VINGT MILLE LIEUES SOUS LES MERS

凡爾納Jules Verne——著　楊松河——譯

海底兩萬哩

推薦序

謝哲青

在我個人的收藏中，有一套法國於二〇〇五年所發行的小全張，內容有六張，以科幻小說名家儒勒・加布里埃・凡爾納（Jules Gabriel Verne）的小說為主題，由左上逆時鐘看來，分別是《氣球上的五星期》（*Cinq semaines en ballon, 1863*）、《地心遊記》（*Voyage au centre de la terre, 1864*）、《環遊世界八十天》（*Le tour du monde en quatre-vingt jours, 1873*）、《海底兩萬哩》（*Vingt mille lieues sous les mers, 1870*）、《沙皇信使》（*Michael Strogoff: The Courier of the Czar, 1876*）以及《從地球到月球》（*De la Terre à la Lune, 1866*）。這位維多利亞時期的小說家，一生寫了上百部的作品，後來也被譯成五十幾種文字，更被女作家喬治・桑（George Sand）譽為「科學家中的文學家，也是文學家中的科學家。」而這套小全張，就匯集了凡爾納最受歡迎的六部作品，百年以來，它們成為多少藝術形式與次文化的靈感來源，也為我們的世界帶來了啟發與夢想。

英國的小說家格雷安・葛林（Henry Graham Greene）曾經說過：「童年的成長記憶，是文學家最大的資產。」一八二八年，凡爾納出生在面向南特港（Nantes）的公寓裡。在他的童年記憶中，南特的港口是個混雜各式氣味的奇妙所在：滿載東方香料的商船、透著嗆鼻瀝青味的散裝貨輪、散發著機油與魚腥的捕鯨船，與噴出濃厚煤焦煙味的駁船。熙來攘往的船隻，豐富了凡爾納對地平線的無限想像，也編織了凡爾納年少漂流的旅行大夢，更預示了日後凡爾納在文學領域中的冒險性格。浪漫主義的探險成就與工業革命的時代特色，更為他的作品增添了許多樂觀昂揚的奮發精神，想了解十九世紀歐洲文化，就一定得閱讀凡爾納。

歐洲當代著名的科學史（Histoire des sciences）、科學哲學（Philosophie des Sciences）權威，也是法蘭西學院的院士米歇爾・瑟赫（Michel Serres）曾經在他的著作《青春：論凡爾納》（*Jouvences: Sur Jules Verne, 1974*）中提到，凡爾納以三種層次為讀者展現世界已知與未知的魅力。

首先，就如一般人，凡爾納的身心靈，都深深地為我們所生存的地球著迷。無論是冰的王國北極、未知的大陸南極洲、高聳入雲的喜馬拉雅、湛藍神祕的南太平洋，或是充滿征服與覬覦的美洲與非洲，在凡爾納細膩的觀察與如同波斯緻密畫般的文字描寫，讓我們在閱讀的過程中，彷彿親臨現場，一同與故事中的人物感受大自然無可比擬的雄偉壯闊；其次，凡爾納將百科全書式的知識，滲入我們所接觸的事物之中，在「知識」的暈染之下，萬事萬物如同寶石一般，折射出千變萬化的璀璨光輝。透過地質學、物理學與博物學的魔法，我們明白原來玻里尼西亞的環礁，是歷經千萬年才累積形成，北美洲東岸如紅寶石般的夕陽晚照，原來是掠過撒哈拉與北太西洋的沙漠風暴，在大氣中所形成的瑰麗景象。最後，在「觀察」與「知識」相乘之後，凡爾納融合了天馬行空卻又具體而微的科學預言，引領我們進入一個充滿魔幻與奇蹟的國度，在這裡，鋼鐵巨象拖曳著寶塔狀的客艙，搖搖擺擺地走過巴黎擁擠的街頭，瘋狂科學家試圖用炸藥爆破，改變地球軸心；在這裡，成千上萬的蒸汽飛船橫越英吉利海峽，異想天開的用大砲將人發射到月球。毫無疑問的，凡爾納是我們所知道，最偉大的未來生活預言家。

早在萊特兄弟造出飛機半個世紀之前，凡爾納就預設了直升機的出現（「征服者羅布爾」Robur le Conquérant, 1887）；他在無線電發明之前就已經想到了電視，並給它起了一個名字叫『有聲傳真』（《印度貴婦五億法郎的遺產》*Les Cinq Cents Millions de la Bégum*, 1879）；幾乎沒有一樣二十世紀的科學成就不被這位維多利亞女王時代的作家所預見：潛水艇、飛機、霓虹燈、飛彈、坦克。毫無疑問，他是科學幻想之父。也難怪法國著名的利奧台元帥，在一次對下議院演講時提到：「現代科學，只不過是將凡爾納的預言付諸實踐的過程而已。」

凡爾納的小說，絕對不僅僅是書本已知事實的轉述而已，更是探索世界的博物誌，充滿冒險精神的時代印記。「海底兩萬哩」，就是十九世紀最偉大的幻想冒險經典，透過主人公的故事歷險，凡爾納向我們展現當代對海底世界的想像，藉著鸚鵡螺號上的學者之口，詳實敘述了深海旅程中，所遭遇到種種奇妙的生物，還有作者本人對生物學與地質學高度的認知。

且讓我們放下日常生活種種的桎梏，透過凡爾納的文字，穿梭於現實與幻想之間，在輕鬆閒暇之餘，也為我們的未來開啟了無限的可能性。

（本文作者為廣播、電視節目主持人）

譯序

楊松河

二〇〇五年是中國的法國文化年，又是法國的儒勒・凡爾納年。在紀念「科幻小說之父」逝世一百周年之際，作為老法語工作者，我有幸應上海譯文出版社之約，重譯儒勒・凡爾納的名著《海底兩萬哩》。我用法語和漢語並用的特殊思維方式，按照科幻先行者的思路，設身處地、親臨其境地扮演起生物學家阿羅納斯教授的角色，同兩位說法文的外國朋友（一位是比利時人，一位是加拿大人）一起，莫名其妙地被時光逆流拋進神出鬼沒的鸚鵡螺號潛水船，作為「自由的囚徒」，與「水中怪人」尼莫船長打了近十個月的交道，進行了迢迢兩萬法哩的潛海航行，歷盡千難萬險，飽覽了千奇百怪的海底風光，完成了一次虛擬的海洋探險考察，實現了一次從已知求未知的科學幻想遠征，並以現代人的眼光重新審視凡爾納的遠見卓識，既緊張又愉快地度過了中國的法國文化年和法國的儒勒・凡爾納年。本來，譯者與作者不好相提並論，但透過本書的翻譯，我似乎同百年後的凡爾納有幾分書緣，竟能結成中西文化合作的「生死之交」，並在電腦桌上實現了隔世的心靈溝通。

一八二八年，儒勒・凡爾納出生在法國西部海港城市南特。父親皮埃爾・凡爾納是當地有名的律師，學識淵博但墨守成規，對文學和科學都有濃厚的興趣；母親索菲・阿洛特・德・拉菲伊出生名門，雖然有些任性，但待人誠懇，擅長寫作，富於幻想。凡爾納可能秉承了家族傳統的遺傳變異優勢，從小就有很強的好奇心和求知欲。父親總希望子承父業，但淘氣而聰明的小凡爾納卻嚮往海外冒險。十一歲那年，他背著家人，私下與柯拉利亞號船上的見習小水手串通好，悄悄乘小艇偷渡出海，爬上這艘開往印度的輪船，準備出去闖大世界。然而，出走並沒有成功。父親得到消息後便把他抓了回來，並嚴厲地懲罰了他。無可奈何的他只好表示：「以後保證只躺在床上靠幻想進行旅行。」沒想到，一句童言竟預言了他一生的輝煌成就。

凡爾納不得不按照父親的旨意到巴黎去學法律。大學畢業後，他卻違背父親的意願，沒有回南特當律師，而決定留在巴黎發展。父親為兒子的前途著想，只好順水推舟，卻沒想到凡爾納並不喜歡司法職業，只熱衷於文學創作，老在文學界，特別是在戲劇圈子裡尋找機會，在沙龍交際中異想天開。不過，命運對凡爾納的天性和志趣格外垂顧。透過母親家族的關係，他認識了著名作家大仲馬的家人，與小仲馬混得很熟。據說，大仲馬喜歡吃南特菜，凡爾納就說他吃的南特菜不地道，然後自告奮勇為大師做了正宗的南特菜。大仲馬吃得津津有味，於是便收下了他這個門徒，並安排他當了巴黎歌劇院的祕書。近水樓臺先得月，凡爾納的創作熱情頓時高漲起來，一連寫了幾個劇本，但都沒有成功。後來，他與小仲馬合作寫了《折斷的麥稈》，被大仲馬看上了，於一八五〇年搬上巴黎舞臺。這是凡爾納第一部公開發表的文學作品，只是成功微不足道，觀眾和輿論反應平淡。之後，他又寫了許多劇本，大都水準不高，波瀾不驚。凡爾納深深陷入創作出路的困惑，意識到在高山林立的戲劇界很難立足，更談不上突破，必須下決心獨闢蹊徑，標新立異。

就在這時，他結識了老探險家雅克・阿拉戈（1790-1855），並經常進出阿拉戈家的沙龍。阿拉戈發起組織了「航海家協會」，沙龍裡流傳著航海家們從海外帶來的各種奇聞。其兄尚・阿拉戈（1786-1853）則是法國著名的物理學家和天文學家。在這個科學家加探險家的家族沙龍裡，經常出入的是當時著名的科學家、工程師、航海家、旅行家、探險家、文學家和各學科的專家學者。凡爾納從中廣交朋友，耳濡目染，獲益匪淺。想當初巴爾札克把社會學引進文學，創造了「人間喜劇」的奇蹟；大仲馬把歷史學引進文學，開創了歷史劇和歷史小說的奇蹟；何不把自然科學，特別是地理學、天文學引進文學領域，開闢科學探險小說的新領域？凡爾納懷著創新的衝動，開始泡圖書館，孜孜不倦地攻讀科學、文學與探險著作，對阿拉戈兄弟的《環球旅行》、《大眾天文學》和美國推理小說鼻祖愛倫・坡的歷險小說則情有獨鍾。他博覽群書，博聞強記，積累了豐厚的科技基礎知識和資料，加上他的邏輯思維與圖像思維特別發達，終於在困境中吸取經驗教訓，很快形成了別開生面的創作新思路。

此時，凡爾納有幸認識了《家庭博覽》雜誌的主編皮特爾・謝瓦利埃，並很快爭取到了他的友誼。一八五一年，凡爾納在《家庭博覽》上發表了中篇小說《墨西哥海軍的首批艦隊》，一個月後又發表了《乘坐氣球旅行》。第二年又發表了《馬丁・帕茲》。至此，凡爾納的人生軌跡發生了根本改變，他的科學探險小說嶄露頭角。

法國有句諺語：自助者天助。意思是說，一個人的成功主要靠自己的努力，也靠他人的幫助，最後就看運氣了。就在凡爾納尋找突破的關鍵時刻，經導師大仲馬的介紹，他結識了大出版家儒勒・赫澤爾。

儒勒・赫澤爾比儒勒・凡爾納大十四歲，是一位有遠見的作家、出版家和社會活動家。他當時正為自己的出版社和《教育與娛樂雜誌》物色、培養青年作者。一八六二年，儒勒・凡爾納不好意思地把《乘坐氣球旅行》交給了赫澤爾。兩個儒勒初次洽談頗為投機。一八六三年赫澤爾書局出版了《氣球上的五星期》，獲得巨大成功。兩個儒勒一拍即合，一下子竟簽訂了二十年長期合作的合約。從此，凡爾納每年要向赫澤爾交二至三部書稿。從此，凡爾納就可以靠稿費維持生計並從事職業寫作了。從此，法國一位職業科幻小說家就這樣聞名於世了。從此，世界各國千百萬讀者就可以興致勃勃地領略凡爾納的生花妙筆，上天入地下海洋，進行亦真亦幻的陸上、空中、水下環球遠程旅行了。

凡爾納是一位高產作家，也是一位暢銷書作家。凡爾納一生寫的作品不下百部，其中大都是科幻小說。《魯濱遜叔叔》（1861）、《氣球上的五星期》（1862）、《哈特拉斯船長歷險記》（1863）、《地心遊記》（1864）、《從地球到月球》（1864）、《格蘭特船長的兒女》（1865）、《環遊月球》（1868年）、《一座漂浮的城市》（1869）、《海底兩萬哩》（1869）、《環遊世界八十天》（1872）、《盛產皮毛之邦》（1873）、《神祕島》（1874）、《蜜雪兒・斯特羅哥夫》（1874）、《太陽系歷險記》（1876）、《黑印度》（1877）、《十五歲的船長》（1878）、《蓓根的五億法郎》（1878）、《機器島》（1893）等一大批信息量大、科技知識豐富、情節離奇曲折、人物形象鮮明突出的充滿奇思妙想的作品相繼問世，受到法國和世界各國讀者尤其是青少年讀者的歡迎。凡爾納科幻小說引人入勝，雅俗共賞，在法國的發行量早已突破兩千萬冊。他的作品被翻譯成上百種文字，在世界暢銷不衰。據聯合國教科文組織的統計，凡爾納是世界上作品被譯介最多的十大名家之一。他的代表作多次被搬上大小銀幕，聞名遐邇，膾炙人口。在聯合國教科文組織支援下，法國電視部門專門設置了以儒勒・凡爾納命名的國際科普電視獎項，以鼓勵各國加強電視科普宣傳教育。二〇〇五年聯合國的「世界旅遊日」主題，自然而然在紀念凡爾納逝世一百周年上大做文章。

凡爾納的確創造了科幻文學的神話，但科幻不是神話。神話是不可能實現的，而凡爾納的許多幻想已經或正在實現，有的將來很可能變成現實。我們現在擁有的電視、潛艇、飛船、導彈、電腦、機器人、飛行器、霓虹燈、水下呼吸器、高速列車乃至全球通訊網絡等高端技術，他在一百多年前就為我們想到了。許多科學家、工程師和作家坦言自己的志趣曾受到凡爾納科幻小說的影響。法國元帥利奧泰對下議院講話時曾說：「現代科學只不過是將凡爾納的預言付諸實踐的過程而已。」這話雖然言過其實，但至少說明，凡爾納手筆不凡，其作品的文學價值、科普效果和教育意義不可低估。

凡爾納當年發表科幻小說使用了一個總題目：《在已知和未知的世界中漫遊》。這個題目顯然是畫龍點睛，抓住了凡爾納科幻小說的精髓。如果讀者能懷著從已知求未知的漫遊心態閱讀凡爾納的科幻小說，那一定開卷開心，在開闊眼界、增長學問的同時，說不定還能培養積極的形象思維和邏輯思維能力，從而提高創新的勇氣和想像力。

在凡爾納的六十多部科幻小說中，如果把《從地球到月球》、《太陽系歷險記》稱作「天書」，把《地心遊記》稱作「地書」，把《環遊世界八十天》稱作「人書」，那麼《海底兩萬哩》就是名副其實的「海書」了。它以海納百川的氣度和海量的海洋知識揭開了海底世界的神祕面紗，奉獻了洋洋大觀的精彩，堪稱科幻小說中的經典，海洋小說中的精品，其文學性、科學性和民主性皆為上品。

《海底兩萬哩》的故事發生在十九世紀六〇年代。當時世界航海業方興未艾，但海難事件頻頻發生。根據許多遇險船隻倖存者的回憶，海難事故大都與海上「獨角獸」有關。歐美報刊對此大加炒作，一時鬧得沸沸揚揚。於是，輿論分為兩派，一派認為海難肇事者是海洋怪物，一派則認為是深海動物。

海難事件是盡人皆知的事實。但肇事者究竟是海怪還是海獸，這在當時的確是一個解不開的謎。所謂「謎」就是未知世界，而未知世界總是神祕的。凡爾納的小說一開頭就抓住這個世界爭論的焦點，不斷調動讀者的好奇心，讓讀者跟著作家的思路去認識這個神祕莫測的未知世界，於是演繹出一段離奇曲折、跌宕起伏、懸念疊出的科幻故事。

凡爾納編的故事雖然離奇，但並不離譜，節外生枝合情合理，來龍去脈頭頭是道，起碼可以自圓其說。

美國海軍為了確保航線安全，派出最先進的軍艦去追殺「獨角鯨」。法國生物學家阿羅納斯教授和加拿大捕鯨能手尼德・蘭應邀隨美軍艦出海執行任務。軍艦與「獨角鯨」終於在不太平的太平洋海域遭遇，並受到「海怪」的重創。法國學者和僕人以及加拿大魚叉手在撞船時不幸落水，但鬼使神差，三個人被命運拋到「獨角鯨」的脊背上。其實，所謂的「獨角鯨」既不是海洋怪物，也不是海洋動物，而是一艘設計精巧、構造複雜、技術先進的人造潛水船。

凡爾納在揭開「獨角鯨」祕密的同時，又讓讀者陷入一系列新的懸念連環套當中。首先要弄清楚鸚鵡螺號究竟具有多高的技術水準，然後要弄清楚鸚鵡螺號的主人到底是什麼人。

我們現在藉由查閱資料可以知道，《海底兩萬哩》成書之前，世界上已經有「潛水船」存在。一六二〇年，荷蘭物理學家科尼利斯・德雷爾成功地製造出人類歷史上第一艘潛水船，木質結構，靠木槳驅動，可載十二名船員，但只能潛水三至五米。一七七六年，美國耶魯大學畢業生大衛特・布希內爾在華盛頓將軍支持下，研製成功海龜號潛艇，靠人力螺旋槳驅動，並首次用於實戰，但發動攻擊沒有成功。一八〇一年五月，富爾頓在法國皇帝拿破崙的支持下，對「海龜」進行了改造，建成了鸚鵡螺號潛艇，銅殼鐵框架，艇長六點八九米，最大直徑三米，狀如雪茄，艇中央有指揮塔，水面用風帆推進，水下用人力螺旋槳推進，用壓載水櫃控制浮沉，艇上帶有壓縮空氣，可供四個人和二支蠟燭在水下使用三小時，能潛水八至九米深。一八六三年，法國建成一艘名為「潛水夫」的潛艇，第一次使用蒸汽發動機，艇長四十二點六七米，排水量四百二十噸，外形如海豚，速度二點四節，潛深十二米，能在水下續航三小時，是二十世紀以前建造的最大一艘潛艇。一八六六年，英國建造了鸚鵡螺號潛艇，使用蓄電池作動力，航速六節，續航力八十海哩。應當指出，當時資訊技術很不發達，加上潛艇主要用於軍事目的，建造過程高度保密，外界很少有人知道潛艇的祕密。但凡爾納顯然掌握當時最先進的潛艇技術資料。因此，他筆下的鸚鵡螺號絕不是無中生有、憑空捏造之物，而是從已知的潛艇技術出發，探索未來潛艇技術的發展前景。值得慶倖的是，凡爾納想像出來的潛艇已經在二十世紀變成了現實，而且有了突破，使用了核動力。當然，這是凡爾納始料不及的。一九五四年一月二十一日，人類第一艘核動力潛艇鸚鵡螺號在美國順利下水，艇長九十米，排水量二千八百噸，當時造價為五千五百萬美元，最大航速達二十五節，最大潛深一百五十米，可以在水下續航五十天、航程三萬海哩而無需添加任何燃料。幾代鸚鵡螺號潛艇發展的軌跡，不正是從已知世界探索未知世界的過程嗎？凡爾納的超凡想像力由此可見一斑。

《海底兩萬哩》作為文學作品，還為後人塑造了一個最具懸念的「水中人」——尼莫船長——的形象。尼莫船長是一個大智大勇、神出鬼沒、總能逢凶化吉的「怪人」。他不是超人，卻勝似超人。他既是鸚鵡螺號的總設計師，又是建造潛水船的總工程師，也是潛艇航行的總指揮和技術總管。他有很高的文化素養，不僅懂法、英、德等現代語言，而且還精通古拉丁語；他不僅搜集海底奇異的動植物標本，而且喜歡收藏世界名著、名畫、名曲，還會彈一手動聽的管風琴。他有很高的智商，天文、地理、人文、海事無所不通，他可以修正專家、學者（其中包括阿羅納斯教授）有關海洋論著中的許多錯誤判斷和見解；他有利用天然條件、開發海洋資源、長期在水下生活的高強本領。阿羅納斯教授說他對人類懷有刻骨的仇恨，其實他只恨壓迫者，為了報仇雪恨，他可以不惜一切代價撞沉敵人的軍艦，但對遇難的苦命採珠人卻捨身相救，慷慨解囊，甚至可以隨時動用「海底銀行」支持被壓迫民族和人民的正義鬥爭；他人道地接納了阿羅納斯教授等三位不速之客，不僅讓他們自由地進出鸚鵡螺號的圖書室、博物館，而且還帶領他們漫步海底平原，飽覽無奇不有的海洋生物，嘗試海底森林打獵，穿越阿拉伯水下通道，參加海底珊瑚公墓葬禮，參觀沉淪海底的大西洋古城，目睹打撈西班牙沉船財寶活動，而且還讓他們見識了最深邃的海溝，最活躍的海底火山，最輕鬆的觸礁脫險，最名貴的珍珠大王，最美麗的珊瑚世界，最危險的冰山絕境，最殘酷的人魚（章魚）大戰……但讀者看到書的最後一頁，竟然弄不明白尼莫船長究竟是哪個國家的人，也不知道他的真名實姓，也不知道他躲避人類社會、深藏海洋的真正動機。這個懸念直到《神祕島》的第三部才被解開。《海底兩萬哩》與《格蘭特船長的兒女》和《神祕島》前後呼應，所以有凡爾納三部曲，或海洋三部曲之稱。

有未來學家稱，二十一世紀必是海洋的世紀，許多學者還提出了海洋發展戰略。阿羅納斯教授曾盛讚尼莫船長在水下掌握的科學技術比陸地（世界）超前了一個世紀。在紀念儒勒·凡爾納逝世一百周年之際，回顧一百年來人類海洋科技發展的歷程，我們可以肯定地說，《海底兩萬哩》提出的許多預言有的已經實現了，有的正在實現，有的還待繼續探索。比如，海洋生物保護問題，海洋資源開發問題，海底旅遊觀光問題，海底城市建設問題，人類向海底移民問題……在強調科學技術是第一生產力的今天，不都是具有戰略意義的重大課題嗎？不都值得有科學頭腦的文學家們發揮奇思妙想、大書特書嗎？

二〇〇五年於南京茶亭

目次

第一部

第二部

第一部

第一章　神出鬼沒的海礁

一八六六年發生了一件怪事，出現一種莫名其妙的現象，誰也無法自圓其說，人們至今念念不忘。且不說轟動一時的種種傳聞，令沿海居民奔相走告，讓內陸輿論沸沸揚揚，就是一般航海人員也都激動不已。歐美外貿商賈、船長和船主、各國海軍將領以及兩大洲各國政府對此事件的關注也都達到無以復加的程度。

的確，不久前，好些航船在海上遇到一個「龐然大物」，那是一個頎長物體，狀如紡錘，不時發出磷光，比鯨大得多，快得多。

對於這個龐然大物的出現，各種航海日誌都有記載，相關事實大同小異，諸如物體或生物體的形狀、神出鬼沒的運動速度、驚心動魄的活動能量以及似乎是天賦的活力等，簡直如出一轍。如果說這是一種鯨類海洋生物，可牠的體積卻遠遠超過了該學科最新認定的鯨。反正居維葉[1]、拉塞拜德[2]、杜梅里[3]和德・卡特法熱[4]先生是不會承認真有這樣的怪物存在的，正所謂科學家只相信自己的眼睛，否則一概不予承認。

只要把多次觀察得到的結果綜合分析一下——擯棄保守的估計，認為該物體只有兩百英尺長；但也不能信口開河，說牠有一海哩寬三海哩長——我們便可以肯定，其大小遠遠超過了迄今為止魚類學家們早已認定的體積，如果此物確實存在的話。

不過，這東西的確存在，事實本身是再也無法否認的了，更何況，好奇之心人皆有之，對這種神出鬼沒現象所引起的世界性轟動，最終還是能夠了解的。至於有人斥之為天方夜譚，恐怕就有失偏頗了。

千真萬確，一八六六年七月二十日，加爾各答—布納奇航運公司的希金森總督號，在距澳洲東海岸五海哩的洋面上曾遇見這個游動的龐然大物。貝克船長當時還以為是一座尚未發現的暗礁，正當他要測定它的準確位置時，這個不明物體突然噴出兩道水柱，呼啦一聲直射空中，高達一百五十英尺。那麼，除非這座暗礁上有間歇噴泉，不然的話，希金森總督號面前的東西就很可能是迄今尚未認知的一種海洋哺乳類動物，牠用鼻孔呼氣，噴出帶泡沫的煙霧水柱。

同年七月二十三日，在太平洋海面上，西印度—太平洋航運公司的克里斯托巴爾—科隆號也碰到同樣的事。可見，這個奇特的鯨類動物能以驚人的速度從一處轉移到另一處，時隔希金森總督號發現怪物之後不過三天，克里斯托巴爾—科隆號在相距七百海哩的地方竟然也看見了牠。而十五天之後，在離上述地點兩千海哩之遙的地方，國營航運公司的海爾維地亞號和皇家郵船公司的香農號，在美國和歐洲之間的大西洋海面上迎面對開時，也分別看到了這個大怪物，方位在北緯四十二度十五分、西經六十度三十五分。根據兩船同時觀察得到的資料，估計這隻哺乳動物的長度至少有三百五十英尺，因為香農號和海爾維地亞號兩船首尾相連也不過百米（約合三百二十八英尺），遠不及怪物長。更何況，最大的鯨，如時常光顧阿留申群島的庫蘭馬克島和烏姆居里克島附近海面的那些鯨，最長也不過

1 居維葉（1769—1832），法國動物學家，古生物學家，比較解剖學的創立者。主要著作有：《地球表面的生物進化》、《比較解剖學教程》等。
2 拉塞拜德（1756—1825），法國自然史學家，是布豐《自然史》的續編者。
3 杜梅里（1774—1860），法國生物學家。
4 德・卡特法熱（1810—1892），法國自然科學家。

五十六公尺——也許壓根就沒達到這個長度。

此類消息連篇累牘，橫渡大西洋的佩雷爾號客輪所做的種種新觀察，英曼航線上的埃特那號跟這個怪物的一次不期而遇，法國軍艦諾曼第號軍官們所寫的航海記錄，克萊德爵士號軍艦海軍參謀菲茨－詹姆斯所做的精密測算，都曾引起轟動。在輕鬆幽默的國度裡，大家都拿這事當笑談，但在嚴肅務實的國家裡，像英國、美國和德國，人們卻很看重這回事。

在各大城市裡，這個怪物變成了風靡一時的寵物：咖啡館有人歌唱牠，報刊上有人嘲笑牠，舞臺上有人表演牠。街頭小報乘機炒作，鴨子居然能下五顏六色的彩蛋。由於沒有複印設備，一些報刊一再發表各種巨型怪獸的報導，有的說是白鯨，有的說是北極海中可怕的「莫比・狄克」[5]，還有的說是大海怪「克拉肯」[6]，據說海怪的觸鬚可以纏住一艘五百噸位的航船，並將它拖入大洋深處。有些人甚至不惜引經據典，搬出亞里斯多德[7]和普林尼[8]的見解，說他們承認這類怪物的存在，有的甚至借用彭托皮丹主教[9]的挪威紀事，保羅・埃紀德的論述，以及哈林頓的報告，後者言之鑿鑿，不容置疑，說他於一八五七年乘坐卡斯蒂蘭號時，看見過一條大海蛇，這種蛇以前只在立憲號航行的海面上出現過。

於是，在知識界和科學報刊上，堅信派和懷疑派之間爆發了一場無休止的爭論。「怪物問題」燒得人們頭腦發熱。信奉科學的記者與宣揚神怪的記者針鋒相對，在這場刻骨銘心的論戰中筆走龍蛇，墨灑海天；更有甚者，有些人還大打出手，為此還流了兩三滴鮮血，因為他們的筆鋒所指突然從海蛇轉向咄咄逼人的反對派。

論戰持續了半年之久尚難分勝負，各種可能性都存在。流行小報振振有詞地反駁巴西地理研究所、柏林皇家科學院、不列顛科學協會、華盛頓斯密森學院發表的權威文論，也攻擊《印度群島報》、穆瓦尼奧神父的《宇宙》雜誌、皮特曼的《消息報》討論的文章以及法國和外國各大報刊的科學專欄文章。它那些信奉神怪的作家們才思敏捷，以其人之道反制其人，利用海怪懷疑論者常引用的林內[10]的一句話來回敬對方：「大自然不製造愚蠢」，懇請時人切勿得罪大自然，要相信「克拉肯」、大海蛇、「莫比・狄克」的存在，要相信頭腦發熱的海員們的胡言亂語。最後，一家善於一針見血的諷刺報，由編輯部最德高望重的編輯大筆一揮，草草發表了一篇文章，像希波呂托斯[11]那樣，向怪物發動猛攻，並給予致命的一擊，在世人的大笑中一了百了。神怪戰勝了科學。

在一八六七年的頭幾個月裡，怪物問題似乎已被埋葬，也似乎不應該節外生枝。但就在此時，人們又得知一些新的事實。這已不再是一個亟待解決的科學問題，而是一個務必繞開的實實在在的重大危險。問題完全改變了本來面目。怪物居然變成了小島、岩石、暗礁，而且這座暗礁神出鬼沒，行蹤莫測，不可捉摸。

一八六七年三月五日夜間，蒙特利爾航海公司的摩拉維亞號航行到北緯二十七度三十分、西經七十二度十五分的海面時，船右舷尾部撞上一座礁石，可是，任何海圖都未曾標明這一帶有礁石。由

5 美國小說家梅爾維爾的小說《白鯨記》中的大白鯨。

6 北歐民間傳說中的大海怪，類似章魚。

7 亞里斯多德（前384—前322），古希臘哲學家、科學家。

8 普林尼（23—79），古羅馬學者，代表作有《自然史》。

9 彭托皮丹（1698—1764），丹麥神學家和作家。

10 林內（1707—1778），瑞典博物學家，雙名命名法的創立者。著作有《自然系統》等。

11 希波呂托斯，希臘神話人物，瑞典王忒修斯與希波呂特的兒子，受異母誣陷後又受父親譴責，最終被海神派遣的海怪掀翻馬車而身亡。

於風力的助威和四百馬力的推動，船速高達十三節[12]。毫無疑問，若不是輪船品質卓越，摩拉維亞號被礁石開膛破肚後，連同從加拿大運來的二百三十七名乘客，勢必同歸於盡，葬身海底。

事故發生在清晨五點左右，那時天剛破曉。值班主事立即奔向船的尾部。他們一絲不苟地觀察了出事海面。但沒有發現任何異常，只看見一個大漩渦，離船尾三鏈[13]處碎成浪花，似乎有大片洋面受到強烈的衝擊。摩拉維亞號準確無誤地記錄下出事地點，然後繼續航行，粗看沒有發生任何海損。它到底是撞上水下暗礁還是巨輪遺骸？人們不得而知。但船到碼頭後進行檢查時，才發現輪船部分龍骨已破裂。

雖說這件事本身性質十分嚴重，不過，若不是在三個星期之後，在相同情況下又發生了類似的事件，它很可能跟許多其他事件一樣很快就會被人忘在九霄雲外。只是由於受損船隻的國籍及其所屬公司的聲望，新發生的撞船事件才引起非同小可的反響。

提起英國著名船主肯納德的大名恐怕無人不曉。早在一八四〇年，這位精明的企業家就創辦了一家郵船公司，航行在利物浦到哈利法克斯[14]之間的航線上，當時只有三艘四百馬力、一千一百六十二噸位的木船。八年後，公司壯大了，擁有四艘六百五十馬力、一千八百二十公噸的船隻，而後，只經過兩年，又增加了兩艘更大馬力和載重量的郵船。一八五三年，肯納德公司再次獲得郵政快運特權，先後添置了阿拉伯號、波斯號、支那號、斯科舍號、爪哇號、俄羅斯號等郵船，這些可都是一流快船，是繼大東方號之後，在海上航行的規模最大、無與倫比的航船。就這樣，到一八六七年，肯納德公司已經擁有十二條郵船，其中八條是輪式的，四條為螺旋槳式。

我之所以簡明扼要地介紹以上細節，是要讓諸君了解這家航運公司舉足輕重的地位，其精明的管理舉世聞名。這家公司經營得法，遊刃有餘，生意興隆，尚無一家跨洋航運企業能與之匹敵。二十六年來，肯納德公司的郵船在大西洋上航行兩千艘次，沒有造成一次失誤，也沒有發生一次晚點，也沒有遺失過一封信件，更沒有丟失過一個旅客或損失一隻船。因此，儘管法國公司的競爭咄咄逼人，但乘客們仍然選擇肯納德公司的航線，只要翻翻近年來官方發表的統計文獻就一目了然了。這麼說來，肯納德公司的一條豪華客輪發生事故引起如此巨大的反響，就不會有人感到大驚小怪了吧。

一八六七年四月十三日，大海風和日麗，波浪不興，斯科舍號行駛到西經十五度十二分、北緯四十五度三十七分的海面上。它在一千馬力推動下，航速達十三點四三節。機輪擊水，運轉一切正常。此時，郵輪吃水深度為六點七公尺，排水量是六千六百二十四立方公尺。

下午四時十七分，旅客們正集中在大廳用餐，斯科舍號船尾，左舷機輪稍後部位，發生輕微撞擊，一般難以覺察。

不是斯科舍號撞擊上了什麼，而是自己被撞擊了，更確切地說是被某種利器劃破或鑽孔的銳器，而不是鈍器撞擊了。震動似乎微不足道，若不是船艙管理員跑到甲板上高喊：「船要沉了！船要沉了！」船上也許沒有人會在意。

開始，旅客們驚恐萬狀，但安德森船長很快就讓他們安下心來。不錯，事態並非岌岌可危。斯科舍號船艙由隔水板分成七個小艙，出現個別漏洞當無大礙。

安德森船長立即跑到艙底下去。他查出第五艙已經開始進水，海水入侵之快，證明漏洞相當大。幸好此艙沒有安裝蒸汽鍋爐，不然的話，鍋爐就會馬上熄火的。

12 節，航速單位，即每小時一海哩。
13 鏈，舊時航海長度單位，約合二百公尺。
14 利物浦，英國沿海城市；哈利法克斯，加拿大沿海城市。

安德森船長下令馬上停機，一名海員立即潛入水下檢查船身受損情況。不一會兒，他證實船體底部有一個兩公尺寬的大洞。裂口太大，堵是堵不住的，斯科舍號只好在機輪半身泡水的情況下繼續航行。當時船離克利爾海岬還有三百海哩，等船開進公司碼頭時，已經晚了三天，弄得利物浦港口人心惶惶。

斯科舍號被架在乾船塢上，工程師們開始檢查。他們簡直不敢相信自己的眼睛。在船身吃水線下兩米半處，竟然張著一個很規則的等邊三角形裂口。鋼板裂痕切割整齊，就是鑽孔切割機也不能鑿得如此俐落。可見造成裂口的銳器絕非普通材料製成，因為，它以驚人的力量向前猛撞，在鑿穿四釐米厚的鋼板之後，竟能遊刃有餘，順利後退，實在教人百思不得其解。

事件剛發生不久，來龍去脈大致如此，但結果卻使公眾輿論再度升溫。千真萬確，從此時此刻起，以往所有不明原因的海難事件，現在都算在這個怪物的帳上了。於是，這隻神出鬼沒的怪物便承擔起所有沉船的責任，不幸的是，沉船事故實在太多了，據統計年鑑記載，每年報損船隻約有三千艘，其中因下落不明而斷定為船體和財產兩空的汽輪和帆船的數目也不下兩百艘！

哦，不管有理沒理，反正人們紛紛把船隻失蹤的禍水潑往怪物身上，正是由於海怪作祟，各大洲間的海上交通才變得愈來愈危險了，公眾信誓旦旦，堅決要求不惜任何代價清除海上這隻十惡不赦的鯨類怪物。

第二章　贊成和反對

這些事件發生時，我剛從美國內布拉斯加州的貧瘠地區做完一項科學考察工作回來。我當時是巴黎自然史博物館的客座教授，法國政府派我參加這次考察活動。我在內布拉斯加州度過了半年時間，收集了許多珍貴資料，滿載而歸，三月底抵達紐約。我決定五月初動身回法國。於是，我就抓緊這段候船逗留時間，把收集到的礦物和動植物標本進行分類整理，可就在這時，斯科舍號出事了。

我對當時的街談巷議自然瞭若指掌，而且，我怎能聽而不聞、無動於衷呢？我把美國和歐洲的各種報刊讀了又讀，但未能深入了解真相。神祕莫測，百思不得其解。我左思右想，搖擺於兩個極端之間，始終無法形成一種見解。其中一定有名堂，這是不容置疑的，如果有人表示懷疑，就請他們去摸一摸斯科舍號的傷口好了。

我到紐約時，這個問題正炒得沸反盈天。某些不學無術之徒提出設想，有說是浮動的小島，也有說是不可捉摸的暗礁，不過，這些假設通通都被推翻了。很顯然，除非這暗礁腹部裝有機器，不然的話，它怎能如此快速地轉移呢？

同樣的道理，說它是一塊浮動的船體或是一堆大船殘片，這種假設也不能成立，理由仍然是移動速度太快。

那麼，問題只能有兩種解釋，人們各持己見，自然就分成觀點截然不同的兩派：一派說這是一個力大無比的怪物，另一派說這是一艘動力極強的「潛水船」。

哦，最後那種假設固然可以接受，但到歐美各國調查之後，就難以自圓其說了。有哪個普通人會擁有如此強大動力的機械？這是不可能的。他在何地何時叫何人製造了這麼個龐然大物，而且如何能在建造中做到風聲不走漏呢？

看來，只有政府才有可能擁有這種破壞性的機器，在這個災難深重的時代，人們千方百計要增強戰爭武器威力，那就有這種可能，一個國家瞞著其他國家在試製這類駭人聽聞的武器。繼夏斯勃步槍之後有水雷，水雷之後有水下撞錘，然後魔道攀升反應，事態愈演愈烈。至少，我是這樣想的。

但是，所謂戰爭機器的假說也因各國政府發表的聲明而站不住腳了。因為事關公共利益，既然海洋交通深受其害，各國政府坦然面對，其真誠態度當不成問題。更何況，怎麼也說不通啊，難道這艘「潛水船」的建造可以逃避公眾耳目不成？在這種情況下，要想保守機密，對個人尚且十分困難，對於一個國家來說就更不可能了，因為牠的一舉一動都受到敵對列強的嚴密監視。

因此，根據在英國、法國、俄國、普魯士、西班牙、義大利、美國乃至土耳其所做的調查結果看，「潛水船」之說也終於被推翻了。

這個怪物儘管遭到小報的冷嘲熱諷，可牠依然故我，遨遊在汪洋大海之中。於是人們浮想聯翩，又在魚類中打主意，從而杜撰出離奇古怪的傳說來。

我一回到紐約，就有不少人前來打聽我對怪事的看法。此前，我曾在法國出版一部著作，兩卷，四開本，題目為《海底的祕密》。此書特別受到學術界的青睞，使我成為自然史這個頗為神祕的學科的一名專家。人們徵詢我的意見。我能否認就否認，除了說不還是說不。但我很快就碰壁了，不得不明確表態。何況，連巴黎自然史博物館尊敬的皮耶・阿羅納斯教授也受《紐約先驅論壇報》的邀請，已經就此事發表了幾點看法。

我闡明自己的觀點。我不能再沉默了，不得不說幾句。我從政治上和學術上探討問題的各種方面，四月三十日，我在《紐約先驅論壇報》上發表了一篇材料豐富的文章，這裡不妨節錄幾段：

我說：「就這樣，我一一研究了各種不同的假設，鑒於其他一切可能性已被排除，就不得不承認，確實有一種力大無比的海洋動物存在。

「我們對廣闊的海洋深處全然無知。探測器鞭長莫及。萬丈深淵底下究竟發生了什麼事情？水下一萬兩千公尺或一萬五千公尺的地方有些什麼生物生存或可能有什麼生物寓居呢？這些動物的身體構造會是怎樣的呢？人們很難加以推測。

「不過，擺在我面前的問題可以用二難推理法[1]來解決。

「生活在地球上的生物多種多樣，我們要麼全認識，要麼不完全認識。

「如果我們不能認識所有的生物，如果大自然還繼續對我們保守著某些魚類學上的祕密，那麼我們最好還得承認，在探測器不可企及的水層裡還有魚類或鯨類新品種的存在，牠們的器官適合長期潛伏深海溝，卻因某種突發事件，或心血來潮，或得意忘形，反正只要牠願意，便突然冒出洋面上來。

「反之，倘若我們的確認識地球上所有的生物，那麼我們就必須從已有的分類過的海洋生物中找出我們討論的動物，在這種情況下，我當然得承認有獨角巨鯨的存在。

「普通的獨角鯨或海麒麟，身長一般有六十英尺。我們不妨把長度擴大五倍甚至十倍，同時賦予這條鯨與身材相匹配的力量，按比例強化牠的進攻武器，那麼這就是我們孜孜以求的那種海上動物了。牠的大小與香農號軍官們所測定的大小吻合，牠的利器也可以劃破斯科舍號船板，牠的衝擊力可

1 二難推理也稱假說推理，是由兩個假說判斷和一個選說判斷作前提而構成的推理。這是人們在辯論中常用的一種推理形式。透過這種推理，辯論的一方，提出一個具有兩種可能的大前提，對方不論是肯定或否定其中的哪一種可能，結果都會陷入進退維谷、左右為難的境地。

以讓輪船解體。

「不錯，這條獨角鯨，誠如某些生物學家所說，長著一把象牙般的利劍，類似硬骨戟。那麼這一定是一顆堅硬如鋼的大牙。有人曾經在鯨身上發現過這種外來的大牙，要知道獨角鯨用利齒攻擊普通鯨往往張口得福。也有人費盡周折才從船底拔出幾顆獨角鯨的大牙，鯨牙咬穿船底就像鑽頭鑿穿木桶那樣方便。巴黎醫學院陳列館就藏有一顆獨角鯨的大牙，長二點二五公尺，底座寬四十八釐米！

「很好！您不妨假定那武器比這要厲害十倍，那動物的力量還要強大十倍，您再把它前進的速度提高到每小時二十海哩，您把品質乘以速度，您就可以算出造成海難事故所需要的那股撞擊力了。

「因此，在沒有獲得更多材料之前，我權且把它說成是一隻獨角鯨，其體形碩大無朋，身上武裝的不是劍戟，而是真正的衝角，猶如裝甲戰艦上的武器裝備，同時又具備戰艦的重量和動力。

「這樣，莫名其妙的神祕現象就可以得到解釋——除非視而不見，充耳不聞，閉目塞聽，根本沒有那麼回事——而捕風捉影也不是不可能的！」

最後幾句話我有點耍滑頭，在一定程度上是想保全教授的尊嚴，不願給美國人提供笑料，因為美國人笑起來是很厲害的。我給自己留了一條退路。而實際上，我是承認有「怪物」存在的。

我的文章引起熱烈討論，產生了很大反響。贊成我的看法的大有人在，有著類聚群分的效應。而且文章結論並沒有把話說死，留有自由想像的餘地。人總愛奇思妙想，喜歡虛構出形形色色的超自然生物。而海洋正是巨大生物寄居的最佳載體，是牠們不斷繁衍和發展的唯一場所，陸上的動物，諸如大象、犀牛之類，與之相比不過是侏儒鼠輩而已。汪洋大海承載著人所共知的巨大的哺乳類動物，也可能有碩大無比的軟體動物和令人生畏的甲殼動物，如百米長的大蝦，兩百公噸重的螃蟹！為什麼不呢？從前，跟地質紀年相應的陸上動物，如四足動物，四手動物，爬行動物和鳥類，都是大模大樣造出來的。造物主用巨型模具對牠們進行塑造，只是時過境遷，模型不斷縮小了。在地殼不斷發生變化的同時，海洋卻故步自封，依然故我，那麼在深不可測的海底，為什麼不能保存古生代的巨大生物種類呢？古生物過日子，把百年當一年，把千年當百年，那麼在海洋內部，為什麼就不可能隱藏有巨大生物的最後變種呢？

我想入非非，浮想聯翩，但好夢不長！因為，在我看來，時間已經把這些空想變成可怕的現實。我再說一遍，當時的輿論對這件怪事的性質已有說法，公認有一種神奇生物的存在，而這種生物與海蛇怪毫無共同之處。

不過，儘管當時有些人認為，此事純屬亟待解決的科學問題；但另一些人，特別是美國人和英國人，卻更講求實際，他們主張把這個可怕的怪物從海洋上清除掉，以確保跨洋航行的安全。工商界的報刊大都持這種觀點。《海運商報》、《勞埃德船舶協會報》、《郵輪通訊》、《海洋殖民論壇》以及為保險公司提高保險費說項的報刊，在這點上意見不謀而合。

公眾輿論一經發表，美利堅合眾國各州便率先表態。在紐約，人們開始準備進行一次追蹤獨角鯨的遠征。一艘林肯級高速驅逐艦正整裝待發，爭取盡快出海。各軍火公司為法拉格特艦長敞開大門，他迫切需要武器來裝備自己的戰艦。

事情巧就巧在這裡，而且往往如此，正當人們下定決心跟蹤追擊這個怪物的時候，怪物卻銷聲匿跡了。有兩個月時間沒聽到有人講起怪物。沒有一條船與怪物相遇。獨角鯨似乎對正在策畫的針對牠的陰謀心中有數。大家談論得太多了，甚至透過海底電纜交談！因此，愛開玩笑的人津津樂道說，這個精靈古怪想必先下手為強，中途截獲了電報，早作防備了。

因此，雖然這艘準備遠征的驅逐艦捕獵裝備精良，卻不知往哪裡開好。正當大家等得愈來愈不耐

一艘林肯級高速驅逐艦。

煩之際，忽然，七月二日，聽說從加州的舊金山開往上海的一班輪船，三星期前在太平洋北部海面上又看見了這隻動物。

這條消息引起軒然大波。大家催促法拉格特艦長立即出航遠征，一天也不可耽誤。一應生活用品都已裝船，底艙堆滿了煤炭。船員各就各位。只等鍋爐點火、加熱和解纜起錨了。哪怕拖延半天也是不可饒恕的。何況，法拉格特艦長巴不得馬上出發才好呢！

在林肯號離開布魯克林碼頭之前三小時，我收到一封信，內容如下：

紐約

第五大道旅館

巴黎自然史博物館教授阿羅納斯先生啟

先生：

如果您願意參加林肯號遠征，合眾國政府希望由您代表法蘭西加盟此舉。法拉格特艦長已準備了一間艙房供您使用。

順致

敬禮

海軍部長J・B・霍布森

第三章　悉聽尊便

在收到霍布森部長來信之前三秒鐘，我想去追蹤獨角鯨的念頭，還沒有試圖穿越美國大西北的想法來得強烈。讀了尊敬的海軍部長的來信三秒鐘後，我才恍然大悟，我的真正志願，人生的唯一追求，就是要捕獵這隻令人惴惴不安的怪物，一定要將它從世界上徹底剷除掉。

可是經過顛簸勞頓，一路風塵僕僕，我非常需要休息。我歸心似箭，只想回國看看，看看朋友，看看我在植物園內的小安樂窩和我收藏的珍貴標本。但現在我卻義無反顧。我把一切都丟到九霄雲外去了，忘記了疲勞，忘記了朋友，忘記了珍藏標本，我未假思索就接受了美國政府的邀請。

「而且，」我這麼想，「條條道路通歐洲，獨角鯨想必通人性，會客客氣氣地把我引向法國海岸！這隻尊貴的動物為了討好我，一定會在歐洲海域委身就擒，那麼，我至少也要從牠口裡拿到半米以上的牙戟獻給自然博物館，少了我還不幹呢。」

不過，此前，我必須到太平洋北部海域去尋找這條獨角鯨，這與我回法國的初衷正好背道而馳。

「貢協議[1]！」我不耐煩地叫起來。

貢協議是我的僕人。小夥子忠心耿耿，我每次出行都由他陪同。這是一位正直的法蘭德斯人，我喜歡他，他也對我好。此人生性冷靜，循規蹈矩，一貫積極肯做，處變不驚，他有一雙靈巧的雙手，做什麼事都乾淨俐落，雖然他的名字叫貢協議，但絕不主動出主意，即使請他發表意見也難得開口。

在我們植物園的小圈子裡，由於經常與專家學者打交道，貢協議倒也弄懂了不少名堂。我身邊簡直多了一位專家，他熟悉生物學分類，猶如雜技演員爬梯子那樣得心應手，從門、類、綱、亞綱、目、科、屬、亞屬、種、變種，一直數到最後一個類別，頭頭是道，有條不紊。不過他的學問也就到此為止了。分門別類，這就是他的生活，除此之外就一問三不知了。他對於分類理論十分投入，但缺乏實踐，我想，他大概連抹香鯨與鬚鯨都難以區別！但不管怎麼說，這小子正直靠得住！

十年來，我為科學四處奔波，貢協議鞍前馬後，一直跟隨左右。他從不計較長途跋涉、顛簸勞頓之苦。不管路途迢遙，不管何方國度，去中國或剛果，他二話沒說，提起行李箱就出發。再說他身體健康，肌肉結實，抵得住大小疾病，而且還不愛激動，好像腦子裡缺幾根神經，待人處事相當隨和。

小夥子今年三十歲，僕人和主人的年齡比為十五比二十，請原諒我用這樣的方式表達我已經四十歲了。

只是，貢協議有一個缺點。他太講究禮節，對我畢恭畢敬，跟我說話總是用第三人稱，簡直教人受不了。

「貢協議！」我又叫了一聲，開始手忙腳亂地打點行裝準備上路。

當然，我對如此忠誠的小夥子很放心。通常，我外出旅行，從不問他是不是願意跟我走，但這一次非同小可，這是一次行期可能無限延長的遠征，是一次凶多吉少的舉動，是去追蹤一種可怕的動物，牠可以像敲碎核桃那樣輕易地擊沉一艘軍艦！臨危而懼，誰都要三思而後行，就連世界上最沉著的人也不例外！貢協議該作何感想？

「貢協議！」我第三次叫他。

1 法文Conseil本是普通名詞，有主意、協議、建議等意思，作者以它為僕人取名，頗有綽號味道，這裡採取音義結合的方法譯出，似乎更接近原意。

貢協議出來了。

「先生叫我嗎？」他說著走了進來。

「是的，小夥子。快準備吧，我的你的。兩個小時後就出發。」

「悉聽尊便。」貢協議不慌不忙地回答。

「一點時間也不能耽誤。所有的旅行用具通通裝箱，外衣、內衣、襪子，不必一一清點了，能帶就帶，趕快！」

「先生的標本呢？」貢協議提醒道。

「以後再整理吧。」

「什麼！先生那些奇形怪狀的動植物標本，毒蛇猛獸還有骨頭怎麼辦？」

「先寄放在旅館裡吧。」

「先生那隻活鹿豚呢？」

「我們不在的時候，托人餵養好了。另外，我會托人將我們的那群動物運回法國去。」

「難道我們不回巴黎嗎？」貢協議問。

「回去……那當然……」我支支吾吾地回答，「不過得繞個彎。」

「先生想必喜歡繞這個彎子。」

「呵！小菜一碟！這條路不太直，如此而已。我們要搭林肯號……」

「只要先生覺得合適就成。」貢協議從容回答。

「你知道，我的朋友，事關那個怪物……事關那頭有名的獨角鯨……我們要把牠從大海中清除出去！……我寫了一本書，《海底的祕密》，四開本，兩卷，不能不跟法拉格特艦長一道出發。任務很光榮，但……也很危險！我們不知道上哪裡去找！這怪物可能很任性！但我們還得去不是！我們有一位勇敢果斷的艦長！……」

「先生怎麼做，我就怎麼做。」貢協議回答。

「你好好考慮考慮，因為我不想對你有任何隱瞞。這一次旅行，說不定永遠就回不來了呢！」

「我聽先生的。」

一刻鐘後，我們的行李箱已收拾妥當。這是貢協議的拿手好戲，我相信什麼也不短缺，因為小夥子對內衣和外衣的分類，就跟對鳥類或哺乳類動物的分類一樣內行。

旅館的電梯把我們送到二樓大廳。我步行幾個臺階向底層走去。大櫃檯門庭若市，我擠上前結清了帳目。我托人把打好包的動植物標本運回巴黎（法國）。我還留下一筆錢，足以托人餵養鹿豚，而後，由貢協議陪從，跳上了一輛馬車。

花二十法郎車費，馬車從百老匯大街直到團結廣場，經過四號馬路到鮑維利街的十字路口，然後轉入卡特琳街，停在三十四號碼頭。那裡，卡特琳渡輪把我們連人帶車馬一起送到布魯克林。布魯克林是紐約的一個大區，位於東河左岸，再走幾分鐘，我們便抵達林肯號停泊的碼頭，只見林肯號的兩座煙囪正吐著滾滾濃煙。

我們的行李很快被送到軍艦甲板上。我急忙上了船。我要求見法拉格特艦長。一個水手把我領到艉樓，只見一位軍官興致勃勃地向我伸過手來。

「是皮耶・阿羅納斯先生吧？」他問我說。

「正是，」我回答，「您就是法拉格特艦長吧？」

「沒錯。歡迎您，教授先生。您的艙房早準備好了。」

我行了禮，為了不打擾艦長忙他的起航準備工作，就請人領我到我的艙房。

林肯號是為這次新使命而精心挑選和裝備起來的戰艦。它是一艘高速驅逐艦，裝有蒸汽過熱器，可以使氣壓增至七個大氣壓。在這個壓力下，林肯號的航行速度平均可達到每小時十八點三海哩，速度雖然很可觀，但要與那頭巨鯨搏鬥還是心有餘而力不足的。

戰艦內部裝備與此次航海任務十分相應。我對我的艙房也很滿意，在船的尾部，房門對著軍官餐廳。

「我們這裡很舒服。」我對貢協議說。

「先生請勿見怪，」貢協議答道，「跟寄居蟹住在蛾螺殼裡一樣舒服。」

我留下貢協議安頓好行李箱，獨自登上甲板，看看開船的準備工作。

這時候，法拉格特艦長正下令解開布魯克林碼頭與林肯號連接的最後幾根纜繩。如此看來，假如我遲到一刻鐘，甚至不要一刻鐘，船就會拋開我開走的，我也就無緣參加這次非常的、神奇的、令人難以置信的遠征了，將來我提起這段遠征，雖然有真實記錄在案，但可能也會引起某些懷疑。

法拉格特艦長迫不及待，不願意耽誤一天甚至一小時，他要趕快把船開到那隻動物最近露面的海域。他把工程師叫過來。

「壓力足了嗎？」艦長問。

「足了，先生。」工程師答。

「開船！」法拉格特艦長喊道。

開船的命令通過氣壓傳聲筒傳到機房，機械師接到命令，立即啟動機輪。閥門剛剛打開，團團蒸汽就呼嘯奔湧而入。成排的長橫活塞吱嘎作響，推動著機軸連杆。螺旋槳的葉片輪番打動海浪，速度愈來愈快，就這樣，林肯號莊嚴起航出海，周圍有上百隻滿載觀眾的渡輪和汽艇簇擁著為它送行。

布魯克林碼頭和東河沿岸的整個紐約地區人山人海，觀眾爭睹為快。五十萬人發自肺腑高呼三聲「烏拉」，此起彼伏。成千上萬條手絹在人頭攢動中飛舞，不停地向林肯號致敬，直到林肯號駛入哈得遜河口，眼看著紐約城長島在此冒尖。

於是，軍艦沿著紐澤西州海岸行駛，只見河右岸風光綺麗，別墅鱗次櫛比，兩岸炮臺大炮齊鳴，爭向大軍艦致敬。林肯號也鳴炮答禮，連升三次美國旗標，國旗上的三十九顆星星在後桅旗杆上閃閃發光；而後，大船改變方向，駛進顯示航標的航道，到了桑迪岬港灣，航道渾圓，掠過沙洲，洲上又有數千觀眾歡呼雀躍來送行。

護送的渡輪和汽艇一直前呼後擁著戰艦行駛，直到信號船附近才肯甘休，那裡有兩道信號燈標明紐約航道的出口。

此時正敲響下午三點鐘。領港員走下軍艦，登上自己的快艇，有一條小帆船正在下風處恭候他。林肯號添煤燒大火勢，螺旋槳加速擊打著波濤，大船沿著長島低淺的黃金海岸行駛，晚上八點，火島西北方燈光逐漸消失，於是，林肯號戰艦開足馬力，在大西洋陰沉迷茫的水面上全速前進。

第四章 尼德・蘭

法拉格特艦長是一位出色的海員，指揮這艘戰艦稱心稱職，當之無愧。他與戰艦已融為一體。他就是戰艦的靈魂。關於那隻鯨類動物的問題，在他腦海裡不容置疑，因此，他不允許在船上討論這隻動物是否存在的問題。他相信此類動物的存在就像許多善良的婦女相信有海怪一樣真誠，這是出於信仰而非出於理智。既然怪物存在，就非把牠從海上清除不可，他曾經為此發過誓。從某種意義上說，這有點像羅德島[1]上一位叫迪厄多內・德・戈宗的騎士那樣去迎擊困擾海島的大蛇。要麼法拉格特艦長殺死獨角鯨，要麼獨角鯨殺死法拉格特艦長。沒有折衷餘地。

船上的軍官們都贊同艦長的意見。不妨聽一聽，他們正在談論、討論、爭辯、估測著千載難逢的各種機遇，不停地觀察著遼闊海面上的動靜。好些人爭搶著要到桅頂橫木上去值班，若是換另一種情況，這種差使沒有人不叫苦連天的。只要太陽還懸掛在空中，船桅邊總是擠滿了水手，儘管甲板熱得燙腳，教人很難站在那裡一動不動！其實，林肯號的船頭還沒有沾上太平洋可疑的海水呢。

至於普通船員，他們恨不得早點遇見獨角鯨，逮住牠，把牠拖上船來，切成肉片。他們小心翼翼地觀察著大海。更何況，法拉格特艦長說過，不管是誰，不論是見習生還是老水手，不論是水兵還是軍官，誰先報告獨角鯨的消息，就可以得到一筆兩千美元的獎金。我請你們想想，在林肯號上工作，眼睛是不是很受鍛煉呀。

我嘛，也不甘落在別人後面，我做好我自己的日常觀察工作，不讓任何人代勞。這艘戰艦也許有充分的理由命名為「阿耳戈斯」[2]。只有貢協議與眾不同，對我們津津樂道的問題，他卻反應冷淡，與滿船的熱情氣氛格格不入。

我說過，法拉格特艦長為艦艇裝備費盡心機，配備了用於捕捉巨鯨的專用器械。就是捕鯨船也沒有如此完備的武裝。各種知名武器，我們應有盡有，從手投魚叉到短銃倒鉤箭，甚至還有鳥槍開花彈。在前甲板上臥躺著一門性能完善的後膛炮，炮栓裝彈，炮壁厚，炮膛窄，其模型曾在一八六七年的世界博覽會中展覽過。這尊寶貴的美式大炮可以輕易發射四公斤重的錐形炮彈，平均射程達十六公里。

因此說，林肯號並不缺任何殺傷性手段。而且還有更拿手的呢。那就是船上還有魚叉大王捕鯨能手尼德・蘭。

尼德・蘭是加拿大人，身手非凡，在出生入死的行當中，他還真是打遍天下無敵手。機敏冷靜，有膽有謀，諸般本領總是高人一籌，除了狡猾的長鬚鯨或鬼頭鬼腦的抹香鯨，一般鯨是很難躲過他的魚叉的。

尼德・蘭大約四十歲。他身材魁梧，身高超過六英尺，體格健壯，神情嚴肅，不苟言笑，有時脾氣暴躁，如果有人惹惱他便暴跳如雷。他的外表引人注意，尤其是他炯炯有神的目光使他的面部表情更加鮮明突出。

我認為法拉格特艦長把尼德・蘭請到船上來是很明智的。不論是眼力還是臂力，他一人抵得上全體船員。我很難找到更恰如其分的比方，只能說他是一架高倍望遠鏡，而且是一門隨時準備開火的大

1 羅德島，愛琴海上的一個希臘小島。
2 阿耳戈斯，希臘神話中的百眼巨人，他警惕性很高，睡覺時五十隻眼睜，五十隻眼閉。

尼德·蘭大約四十歲。

炮。

說他是加拿大人，也可以說他是法國人，儘管尼德·蘭很少與人交往，但我得承認，他對我懷有一定好感。可能是我的國籍吸引了他。對他來說，這是一個開口說話的機會，而對我來說，則可以聽聽拉伯雷[3]時代通行的法國話，這種古老的語言在加拿大幾個省份至今還在使用。這位魚叉手的老家在魁北克，當這座城市還屬於法國的時候，他家就已經成了無所畏懼的漁民了。

漸漸地，尼德·蘭有了交談的興趣，而我很喜歡聽他談北極海域冒險的遭遇。他講起他打魚和戰鬥的故事，娓娓道來，富有詩情畫意。他的敘述簡直是一部英雄史詩，我彷彿是在聽一位加拿大的荷馬[4]在吟誦北極的《伊利亞特》。

我現在來描繪這位英勇無畏的夥伴，就好像他還在我的身邊，音容笑貌栩栩如生。那是因為我們是同甘苦共患難的老朋友，我們的友誼經歷過九死一生的考驗！啊！勇敢的尼德！但願我再活一百歲，這樣我就可以更長久地思念你！

那麼，尼德·蘭對於海怪問題究竟有何見解呢？我不得不承認，他並不相信有什麼獨角鯨，我也得承認，船上只有他與大家看法相左。他甚至避而不談這個話題，但是，我認為有必要找一天跟他好好談一談。

七月三十日晚，夜色美極了，我們出發已經三星期了，林肯號行駛到布蘭卡灣[5]海面，離巴塔哥

3 拉伯雷（1494—1553），法國作家，代表作有長篇小說《巨人傳》。
4 荷馬，西元前九世紀古希臘詩人，代表作有史詩《伊利亞特》和《奧德賽》。
5 布蘭卡灣，在阿根廷海域。

尼亞海岸[6]三十海哩的下風處。我們已經越過南回歸線，麥哲倫海峽[7]遙遙在望，就在正南方不到七百海哩。不出一星期，林肯號就要在太平洋上劈波斬浪了。

尼德．蘭跟我一起坐在艉樓甲板上，我們一邊閒聊，一邊看著這神祕的大海，時至今日，人的目光依然鞭長莫及，看不透大海深處的內幕。東拉西扯，我很自然地把話題轉到獨角巨鯨身上，還談到我們這次遠征成敗的各種可能性。後來，我看尼德只讓我說，自己卻一聲不響，我索性來個順水推舟。

「怎麼啦，尼德，」我問他，「您怎麼能不相信我們追蹤的鯨類動物的存在呢？您疑慮重重，是不是有什麼特別的根據？」

魚叉手沒有馬上回答，他看了看我，習慣性地用手拍拍寬闊的前額，閉上眼睛，好像在思考問題，然後才說：

「也許是吧，阿羅納斯先生。」

「不過，尼德，您作為一位職業捕鯨專家，您熟悉海洋中的巨大哺乳動物，依照您的想像力，應當很容易接受有關巨鯨存在的假設，在這種情況下，即使有異議，也該往最後邊站才對啊！」

「是您弄錯了，教授先生，」尼德說，「作為平民百姓，相信有橫掃天空的奇特彗星，相信地球內部有洪荒時代的怪物群居，那還說得過去，但作為天文學家，或地質學家，絕不會接受此類奇談怪論。捕鯨人也一樣。我追捕許多鯨類動物，光用魚叉就叉過不少，我也殺死過好幾頭，可是，不論鯨力量怎樣強大，多麼兇猛，牠們的尾巴也好，牠們的大牙也好，絕不可能毀壞一艘輪船的鋼板。」

「可是，尼德，人家可以列舉被獨角鯨的牙齒咬穿船底的船隻。」

「木頭船，那倒是可能的，」加拿大人回答道，「而且，即使是木船，我也沒有親眼見過。所以，在找到真憑實據之前，我不相信長鬚鯨、抹香鯨或獨角鯨會有這麼大的本事。」

「聽我說，尼德……」

「不，教授先生，不。除此之外，您愛說什麼是什麼。莫非是一條巨大的章魚，也可能吧？……」

「那就更不可能了，尼德。章魚不過是軟體動物，顧名思義，章魚的肌肉很不發達。章魚不屬於脊椎動物，即使牠有五百英尺長，也不會對斯科舍號或林肯號這類船隻構成危害。有關克拉肯海怪或類似怪物的傳說，都應當視為無稽之談。」

「那麼，生物學家先生，」尼德·蘭帶著點嘲笑的口吻說，「您堅持認為，有巨鯨類動物的存在囉？……」

「是的，尼德，我一再肯定這一點，是有事實根據的。我確信有一種哺乳類動物的存在，牠肌體發達強壯，屬於脊椎動物門類，像長鬚鯨、抹香鯨或海豚一樣，並長著一顆角質長牙，穿透力量非常強大。」

「哼！」魚叉手應聲搖了搖頭，一臉不服氣的神態。

「請您注意，我的加拿大好朋友，」我接著說，「假如有一隻這樣的動物存在，假如牠寄居海洋深處，假如牠不時在離水面幾海哩的深海層活動，牠必然具有無比堅強的肌體。」

「那麼為什麼要這麼堅強的肌體呢？」尼德問。

---

6 巴塔哥尼亞，在智利南部。

7 麥哲倫海峽，在南美洲最南端。

「因為只有力大無比才能在深海層生存下來，才能抗得住海水的壓力。」
「真的？」尼德看看我，眨了眨眼睛，說。
「真的，列舉幾個數字就一目了然了。」
「哦！數字！」尼德答道，「要辨事，找數字！」
「這是實事求是，尼德，而不是做數學運算。聽我說。我們必須承認，一個大氣壓相當於三十二英尺高的水柱壓力。實際上，水柱的高度可能要低一些，因為我們說的是海水，海水的密度大於淡水。那好，當您潛入水中，尼德，在您上面有多少個三十二英尺的水柱，您的身體就要頂住同等倍數大氣的壓力，也就是說，您身上每平方釐米面積上要頂住同等倍數公斤的壓力。由此可以推算，在三百二十英尺深度為十個大氣壓，在三千二百英尺深度就是一百個大氣壓，三萬二千英尺深處，即兩海哩半左右深度，則達到一千大氣壓。這就等於說，如果您能潛入大洋海底如此深度，您身上每平方釐米的面積將承受上千公斤的壓力。然而，我好樣的尼德，您知道您身體表面有多少平方釐米嗎？」
「我倒沒想過，阿羅納斯先生。」
「大約有一萬七千平方釐米。」
「有這麼多呀？」
「而實際上，每個大氣壓比每平方釐米每公斤的壓力稍高一些，那麼您身上一萬七千平方釐米就要承受一萬七千五百六十八公斤的壓力。」
「可是我怎麼感覺不到？」
「您是感覺不到。您之所以沒有被這麼大的壓力壓垮，是因為進入您身體內的空氣也有相等的壓力。內部壓力和外部壓力互相抵消，達到極佳的平衡狀態，所以使您舉重若輕，若無其事。但是在水裡，就是另一回事了。」

「有道理，我明白了，」尼德回答說，聽得也更來勁了，「因為水只包圍在我的體外，而不進入我的體內。」

「正是如此，尼德。照這樣推算，在海平面下三十二英尺，您要受到一萬七千五百六十八公斤的壓力；在水下三百二十英尺深處，將承受大十倍的壓力，即十七萬五千六百一十八公斤的壓力；在水下三千二百英尺，要承受大百倍的壓力，即一百七十五萬六千八百公斤的壓力；在三萬二千英尺深的海底，您將受到大千倍的壓力，即一千七百五十六萬八千公斤的壓力；也就是說，您將被壓成薄片，您就好像是從水壓機裡拉出來的鐵板那樣！」

「不得了！」尼德感歎道。

「那好，我的魚叉好手，如果有些脊椎動物，身長有好幾百公尺，身長必然體粗，長期生活在這樣深的海底，表面積數百萬平方釐米之軀，所承受的壓力就要以數十億公斤來計算了。那麼，您不妨算一算，要頂住如此強大的壓力，牠們的骨骼和肌體將需要多大的抵抗力吧！」

「當然啦，」尼德·蘭回答，「牠們的身體要用八英寸厚的鋼板來製造，就像裝甲戰艦那樣才行。」

「正像您說的那樣，尼德，您不妨想想，這樣一個龐然大物，以快車的速度向一條船撞去，會對船體造成怎樣的破壞。」

「是的……的確……也許。」加拿大人回答，他被這些資料震住了，但他並不願認輸。

「那麼說，您被我說服了？」

「您使我相信了一件事，生物學家先生，也就是，如果海底確實存在這樣的動物，那牠們必須如您所說的那樣強大。」

「可是，固執的魚叉手，如果海底並沒有這類動物，那您如何解釋斯科舍號所遭遇的事故呢？」

「這也許……」尼德遲疑地說。

「說下去！」

「因為……這不是真的！」加拿大人回答，他無意中引用了阿拉哥[8]一句應答名言。

但這個回答只能說明魚叉手很固執，不能說明任何其他問題。這一天我沒有深入探究，斯科舍號事件是否認不了的。船底上確實有洞，而且破洞非補不可，當然，我並不認為有一個洞就可以斷然下結論。可是這個洞絕不會自己產生，因為它不是由暗礁或潛水武器造成，那只能是某種動物犀利器官造成的。

因此，在我看來，根據以上推論的種種理由，這個動物屬於脊椎動物門，哺乳動物綱，魚形類，鯨目。牠與長鬚鯨、抹香鯨、海豚同屬一個科；至於牠應列入哪個「屬」，歸入哪個「種」，這個問題有待今後查清。為了解決這個問題，就必須解剖這個神祕的怪物；為了解剖牠，就必須抓住牠；為了抓住牠，就得叉住牠（這可是尼德·蘭的事情了）；而要叉住牠，就必須發現牠（這就是全體船員的事情了）；而為了發現牠，就得遇見牠（這可是碰運氣的事情了）。

8 阿拉哥（1786—1853），法國物理學家、天文學家。著有《大眾天文學》四卷。

第五章　輕舉妄動

林肯號出航一段時間以來，一路沒有發生任何意外。但這期間也出了一段插曲，尼德・蘭眼疾手快，高超的技巧得到突出的表現，同時也說明，我們對他該有多大的信賴。

六月三十日，在馬魯因群島[1]海面上，林肯號與美國的一些捕鯨船進行了聯繫，我們得知他們沒有獨角鯨的任何消息。但其中有一人，即門羅號的船長，他知道尼德・蘭在林肯號船上，便請尼德上船幫幫忙，好捕獵一頭已經跟蹤在望的鯨。法拉格特艦長倒想看看尼德・蘭到底有多大本事，就准許他到門羅號捕鯨船上去。我們的加拿大朋友運氣的確太好了，一出手不是打中一頭鯨，而是兩頭，他投出雙叉，一叉直刺一頭鯨的心臟，另一頭沒幾分鐘也被追捕上船。

可以確定，如果有一天怪物萬一與尼德・蘭的魚叉打上交道，我是絕不把賭注壓在怪物一邊的。

戰艦以驚人的速度劈波斬浪，沿著美洲東南海岸行駛。七月三日，我們到達麥哲倫海峽開口處，與處女岬同處一個緯度。但法拉格特艦長不願意取道這蜿蜒曲折的海峽，指揮戰艦從合恩角繞過去。

全體船員一致認為艦長的決定有道理。是的，我們怎麼能在這狹窄的海峽裡碰見那頭獨角鯨呢？不少水手都確定怪物不可能通過海峽，因為「牠的身體太大啦」！

七月六日下午三點，林肯號在海峽南十五海哩處繞過這座孤島，只見島上的岩石鑲嵌在美洲大陸的最南端，一批荷蘭水手用故鄉的地名稱呼它，合恩角由此而得名。航道向西北方向展開，第二天，

1　馬魯因群島是法文舊名，即現在的馬爾維納斯群島，又名福克蘭群島，在阿根廷南面大西洋海面上。

有時倚在船尾欄杆上。

林肯號的螺旋槳終於拍打起太平洋海浪了。

「睜大眼睛！睜大眼睛！」林肯號水手們開口不離這句話。他們個個把眼睛瞪得大大的。眼睛和望遠鏡似乎都有點走火入魔，一刻也不肯休息，兩千美金在向他們招手致意。大家夜以繼日地觀察著洋面，晝盲症患者在黑夜中反而看得更清楚，發現怪物的可能性比常人要多百分之五十，中獎的機會自然更大。

我嘛，金錢對我並沒有什麼誘惑力，可我在船上觀察海面的注意力並不比別人差。除了用幾分鐘吃飯，幾小時睡覺，不管日曬雨淋，我寸步不離甲板。有時伏在艏樓舷牆上，有時靠在船尾欄杆上，虎視眈眈，我貪婪地搜索著航道上白花花的浪跡，直到大海蒼茫無際的遠方！多少次，忽然有頭心血來潮的鯨在波濤上拱起灰黑的脊背，我跟船上的參謀人員和員工一樣激動萬分。頓時，戰艦的甲板上擠滿了人，官兵們從船艙裡像洪水般奔湧而出。人人心潮澎湃，火眼昏花，觀察著鯨的動向。我看著，看得眼睛發脹，眼前一片漆黑。可是貢協議卻若無其事，只聽他用平靜的口氣一再對我說：

「先生大可不必把眼睛瞪得那麼大，先生也許可以看得更清楚些！」

但是，大家空歡喜了一場！林肯號改變了航向，向發現的動物衝過去，原來卻是一頭平常的長鬚鯨或普通的抹香鯨，只見鯨在大家的咒罵聲中很快銷聲匿跡了！

然而，天氣卻很通情達理。航行一路順利。本來，正是南半球天氣作惡多端的季節，這一帶的七月與我們歐洲的一月差不多，不過大海風和日麗，極目遠眺，風光無限。

尼德・蘭依然很固執，始終抱懷疑態度；除了輪流到甲板上值班外，他甚至不屑看一眼洋面——至少在沒有發現鯨的時候是這樣。本來，他的神奇的眼力可以派上大用場，可是，這位固執的加拿大人在十二小時當中竟有八小時躲在艙房中看書或睡覺。對他的冷漠態度我百勸無效。

「算了吧！」他回答道，「什麼都沒有，阿羅納斯先生，即便有什麼動物，怎麼就那麼巧讓我們發現了呢？我們豈不是輕舉妄動嗎？據說，有人在太平洋北部海域又看見了這個神出鬼沒的怪物，我很想信以為真。但是，目擊事件已經過去兩個月了，依您心目中這頭獨角鯨的脾氣，牠是不喜歡久留同一個海域的！牠游動神速。何況，教授先生，您比我更清楚，大自然造物絕不會自相矛盾，它絕不會讓天性遲緩的動物，具有快速轉移的能力，因為這種能力對牠並沒有什麼用處。退一步講，假如這種動物果真存在，那牠早就溜之大吉了！」

聽了這話，我不知道如何回答是好。顯然，我們的確是在盲目地行動。可是，又有什麼別的辦法呢？再說，我們的機會極其有限。不過，還沒有人對此舉的成功表示過懷疑，船上沒有一名水手敢打賭否定獨角鯨的存在，也不敢保證牠近期不會露出真面目。

七月二十日，戰艦航行到南回歸線與西經一百零五度交會處；同月二十七日，我們穿過了西經一百一十度上的赤道線。方位確定後，戰艦徑直向西行駛，進入太平洋中部海域。

法拉格特艦長的思路是有道理的，他認為戰艦最好多走深水區，遠離大陸和島嶼，因為怪物似乎總是回避淺水地區，「無疑是因為淺水養不了大魚。」水手長如是說。因此戰艦穿過波莫圖群島[2]、馬克薩斯群島[3]、桑威奇群島[4]洋面後，在西經一百三十二度越過了北回歸線，向中國海開去。

我們終於到達怪物最近拋頭露面的舞臺了！真是一言難盡，船上生活早已失態。心怦怦亂跳，說不定將來會導致不可救藥的動脈血管瘤。全體船員神經極度緊張，我不知道該用什麼詞語來加以形容。大家不吃飯，誰也不睡覺。有時，由於倚欄瞭望的水手產生視覺差錯或判斷錯誤，引起全船驚惶失措，苦不堪言，類似情況每天不下十幾二十次，一而再、再而三的輪番折騰，弄得我們人人自危，神經過敏，以至於導致慣性不良反應。

果然，不良反應很快就發生了。三個月呀，三個月中我們度日如年，簡直長如一個世紀！林肯號把太平洋北部所有洋面梳理了一遍，見到鯨就衝過去，有時忽然離開航道，有時突然掉轉船頭，有時一下子停船不動，一會兒開足馬力，一會兒熄火洩氣，來回折騰著機器，從日本海岸到美洲海岸，沒有一個角落不曾搜索過。可是一無所獲！看到的只是蒼茫浩瀚的波濤！哪有什麼獨角巨鯨，哪有什麼海水埋沒的島嶼，既看不到殘破的沉船，也沒有發現神出鬼沒的暗礁，更談不上什麼神乎其神的妖魔鬼怪了！

不良反應終於發生了。首先是精神上開始灰心喪氣，給懷疑心理打開了縫隙。船上出現了另一種情緒，三分是慚愧，七分是惱怒。讓一個子虛烏有的怪物牽著鼻子走，不僅讓人感到「愚不可及」，而且更令人惱羞成怒！一年來堆積如山的論據，一下子土崩瓦解了，這時，每個人只想美美地吃一餐，香香地睡一覺，來彌補因為輕舉妄動而犧牲掉的時光。

人的思想本來就飄忽不定，容易從一個極端走向另一個極端。這次行動原來熱烈的支持派竟然變成了最激烈的反對派。首先從底艙向上發難，從鍋爐房發展到參謀部。可以確定，若不是法拉格特艦長堅持到底，艦艇早就掉轉船頭往南溜之大吉了。

然而，沒有結果的搜尋活動不可能持久開展下去。林肯號為達到目的已經竭盡全力，絲毫不必因此而自責自艾。美國海軍尚沒有一艘艦艇像林肯號那樣表現出那麼大的耐心和熱情；不該把失敗的帳記在林肯號頭上；林肯號除了返航別無選擇。

---

2 波莫圖群島，即土阿莫土群島，西經一四二度，南緯十九度。
3 馬克薩斯群島，地處西經一三九度，南緯九度。
4 桑威奇群島，即夏威夷群島，西經一六七度，北緯二十四度。

有人向艦長提出返航的建議。艦長堅持己見毫不動搖。水手們一點也不掩飾自己的不滿，情緒所及，船務工作難免受到影響。我不是說船上出現了造反，而是說雙方據理力爭相持了一段時間以後，法拉格特艦長像往昔的哥倫布那樣，請大家再忍耐三天。如果三天期限內怪物還沒有露面，舵手就三轉舵輪，打道回府，林肯號即取道歐洲海域返航。

艦長是在十一月二日許下這個諾言的。諾言的直接效果是使垂頭喪氣的艦艇人員恢復了士氣。大洋重新受到無微不至的關注。每個人都想向大海投入最後幾道目光，每道目光都濃縮著他們出征的種種回憶。望遠鏡東張西望，興致勃勃。這是對獨角巨鯨發出的最後挑戰，看來獨角鯨沒有理由駁回傳票而拒絕「出庭」了吧。

兩天又過去了。林肯號屏息靜氣低速航行。在可能遭遇這個動物的海面上，大家想方設法喚醒怪物的注意力，激發牠那麻木的神經。大塊大塊的肥肉投入水中，拉在船後，但我不得不說，倒是讓鯊魚群大享口福，個個吃得心滿意足。林肯號因故拋錨時，許多小船即投放周圍，分頭四處搜索，保證不留死角。但直到十一月四日夜幕降臨前，這個海底祕密依然沒有被揭穿。

第二天，十一月五日，正午，約定的期限眼看就要到了。中午一過，一諾千金的法拉格特艦長就得下令掉轉船頭向東南方向航行，最終遠離太平洋北部海域。

此時，艦艇正處於北緯三十一度十五分，東經一百三十六度四十二分。日本國土就在不到二百海哩的下風處。夜幕漸漸降臨。八點的鐘聲剛剛敲響。幾塊濃雲遮掩著上弦新月。艦艇埋頭苦幹，悄悄地撥弄著浪花。

這時，我正靠在船頭右側舷牆上。貢協議就站在我身邊，也朝前方觀望著。船員們紛紛攀著桅杆纜繩，瞭望著漸行漸遠、越益陰沉的水天分界線。軍官們拿著夜視望遠鏡對愈來愈黑的海面進行搜索。有時候，茫茫洋面上閃爍一道亮光，那是月亮透過兩片雲絮的夾縫投向大海的一束清輝。而後，閃爍的波光逐漸消隱在黑沉沉的層層夜幕中。

我觀察著貢協議的表情變化，發現他或多或少也受到大環境的影響。至少，我是這麼認為的。也許，而且可能是第一次，他的神經終於被好奇心打動了。

「看吧，貢協議，」我對他說，「這可是獲得兩千美金的最後一次機會了。」

「請先生允許我說句話，」貢協議答道，「我從不指望獲得這筆獎金，即便合眾國政府肯答應解囊十萬美元，政府也絕不會因此就變窮了。」

「你說的對，貢協議。總而言之，這是一件愚蠢的事，我們也跟著他們輕舉妄動參與進來了。白白浪費了多少時間，空歡喜一場！要不然的話，早在半年前，我們就已經回到法國了……」

「早就在先生的小套房裡了！」貢協議接著說，「早就在先生的博物館裡了！我也許早已把先生的生物化石分門別類了！先生的鹿豚也早已安頓在植物園的獸籠中了，很可能會引起全首都的大驚小怪呢！」

「你說的沒錯，貢協議，不過我想，除此之外，我們勢必會遭到大家嘲笑吧！」

「可不是嘛，」貢協議平心靜氣地回答，「我想，一定有人要嘲笑先生的。我該不該說……？」

「說吧，貢協議。」

「那好，先生種瓜得瓜！」

「確實！」

「如果有幸成為先生這樣的學者，就不會輕舉……」

貢協議恭維人欲言又止。全船一片沉默，突然一個人的聲音耳熟能詳。那是尼德・蘭的聲音，只聽他喊道：「噢喂！就是那東西！在下風，我們斜對面！」

第六章　全速前進

聽到尼德‧蘭的叫聲，全體船員急忙向魚叉手跑去，艦長、軍官、水手長、水手、實習生紛至沓來，甚至工程師也離開了機器，司爐離開了鍋爐。停船的命令已經下達，艦艇只是憑藉慣性向前滑動。

當時四周一團漆黑，不管加拿大人眼力如何好，我還是大惑不解，他怎麼就看見了？他究竟看見了什麼？我的心跳非常激烈，簡直快崩裂了。

可是尼德‧蘭並沒有搞錯，我們大家都看到了他手指的物體。

離林肯號右舷尾部兩鏈左右距離，海面好像被來自水下的光源照亮了。顯然不是普通的磷光現象，誰都不會弄錯。這個怪物潛伏在水面下幾米深，發出強烈而神祕的閃亮，就像好些船長在報告中描述的那樣。這種奇妙的光輻射很可能來自一個強大的照明光源。光亮部分在海面上描繪出一個巨大的拖長的橢圓形，橢圓中心是白熱的焦點，焦點熠熠生輝，光芒逐漸往遠處擴散，愈遠愈弱，直至黯然淡出。

「那不過是磷分子的聚合體罷了。」一位軍官嚷嚷道。

「不，先生，」我胸有成竹地反駁道，「海筍也好，沙勒普也罷，這類軟體動物絕不可能發出這麼強的光。從性質上大體判斷，這種光是電光……而且，你們看！你們看！牠在移動！牠在向前移，向後移！向我們衝過來了！」

戰艦上呼喊聲響成一片。

「肅靜！」法拉格特艦長命令，「舵手，逆風，滿舵！倒車！」

水手們跑向舵艙，工程師們衝向機房。汽門立即關閉，林肯號左轉一百八十度。

「右舵！開機前進！」法拉格特艦長喊道。

令行禁止，戰艦很快遠離光源。

我說的並不準確。戰艦是想離開，但那神祕的動物更快，以雙倍的速度緊逼過來。

我們急得喘不過氣來。個個驚惶失措，目瞪口呆，木然不動。只見動物優哉游哉追上我們。當時艦艇航速為十四節，怪物圍繞戰艦兜了一圈，張開電光帷幔把戰艦籠罩起來，周圍好像布滿閃閃發光的塵埃。而後它後退兩三海哩，身後留下一條磷光帶，就像蒸汽機車留下團團煙霧。突然，怪物從海天暗處使出渾身解數向林肯號猛衝過來，眼看離艦身只有二十英尺了，可是牠突然停住，燈光頓時熄滅，顯然不是潛水所致，因為光亮不是逐漸黯淡消失，而是一閃即滅，彷彿光源能量消耗殆盡似的！不一會兒，怪物又在戰艦的另一側冒了出來，很可能是繞船而過，也可能是從船底潛水穿過來的。每時每刻都有可能發生衝撞事故，一旦發生，後果不堪設想。

可是，我對戰艦的行動感到驚訝。它是在逃竄，而不是去攻擊。本應該戰艦追捕怪物，而現在卻是怪物追逐戰艦，我為此向法拉格特艦長提出責問。法拉格特艦長往常一臉冷靜，現在卻驚恐萬狀。

「阿羅納斯先生，」他回答我說，「我不知道我對付的是什麼稀奇古怪的動物，我不想在黑夜裡魯莽行事，拿我的戰艦做無謂的冒險。再說，如何進攻不明底細的對象，又如何抵禦牠的攻擊？等天亮吧，雙方的角色便轉換了。」

「艦長，您對這個動物的性質沒有什麼疑問了吧？」

「沒問題，先生，這顯然是一頭獨角巨鯨，而且是一頭帶電的獨角鯨。」

「很可能，」我又說，「我們不能靠近牠，就像不能靠近電鰻或電鰩一樣。」

「的確，」艦長答道，「倘若牠身上具有雷電般的強大力量，那牠想必是造物主出手造出來的最可怕的動物了。正因為如此，先生，我一定得小心謹慎才行。」

全體船員徹夜不敢懈怠。沒有一個人想到睡覺。林肯號無法與怪物拚鬥速度，只好放慢航速，緩緩前進。而獨角鯨則亦步亦趨，在戰艦旁隨波逐流，沒有任何退出角鬥場的意思。

不過，臨近午夜時分，獨角鯨突然不明去向，或用一句更準確的話說，牠像一隻大螢火蟲那樣「黑了」。難道牠逃跑了？怕就怕牠逃之夭夭，我們並不希望這樣。但到凌晨一點差七分，傳來一陣震耳欲聾的呼嘯聲，好像高壓水柱噴發沖天的巨響。

此時，法拉格特艦長、尼德・蘭和我，我們全都站在艉樓上，面對黑沉沉的夜幕，大家正望眼欲穿。

「尼德・蘭，」艦長問，「您經常聽到鯨叫嗎？」

「常常聽到，先生，但這樣的鯨叫從來沒聽過，發現這樣的鯨可以給我帶來兩千美元的獎金啊。」

「不錯，您有權得到這筆獎金。不過，請您告訴我，這聲音是不是鯨類動物鼻孔噴水時發出來的響聲？」

「正是那種聲音，先生，不過這頭鯨的聲音大得出奇，簡直無法比較。因此，肯定不會搞錯。我們眼前水域裡逗留的正是一頭鯨。只要您允許，先生，」魚叉手接著說，「明天天一亮我們對牠說幾句話。」

「那就要看牠是不是肯賞光對您洗耳恭聽了，蘭師傅。」我回敬他說，口氣有點不以為然。

「我離牠四魚叉遠總可以了吧，到時牠非聽我不可！」加拿大人頂了我一句。

「不過，你想靠近牠，」艦長說，「我是不是要幫你備一條捕鯨艇供您使用啊？」

「那當然，先生，」

「豈不是拿我的船員生命冒險？」

「是拿我的命冒險！」魚叉手回答得倒挺乾脆。

凌晨兩點，先前的光源再度出現，同樣那麼強烈，離林肯號上風大約五海哩遠。雖然距離大，雖然風浪聲很高，但我們還是清晰地聽到鯨尾巴打水的巨響，甚至可以辨認出鯨喘氣的聲浪。可想而知，獨角巨鯨當時正浮出洋面呼吸空氣，氣流呼呼被巨鯨吸進肺腔，猶如蒸汽被送到兩千馬力的大汽缸裡那樣。

「唔！」我想，「好大的一頭鯨，其威力簡直不亞於一個騎兵團，不愧是鯨中的佼佼者！」

大家保持高度警惕，直至天亮，並隨時準備投入戰鬥。沿著舷牆擺放著各種各樣的捕撈工具。大副叫人裝好喇叭口短銃，魚叉一旦射出，可抵達一海哩目標；同時令人裝填好開花彈長槍，一旦擊中，非死即傷，再強大的動物也不能倖免。尼德・蘭卻只顧埋頭磨他的魚叉，那武器在他手裡可是從來不吃素的。

早晨六點，天剛厤厤亮，伴隨著最初幾縷晨曦的出現，獨角鯨的電光卻蕩然消失了。七點，天已大亮，但濃厚的晨霧縮小了海天視野，性能最好的望遠鏡也望塵莫及，失望和懊惱油然而生。

我也爬上艦艇的後桅杆。幾位軍官早已捷足先登，在桅頭上觀望。

八點，團團濃霧追隨著洶湧澎湃的波濤滾滾向前，巨大的氣團在滾動中雲消霧散。蒼茫的海天愈來愈開闊，天空明淨如洗。

突然，像昨晚那樣，傳來了尼德・蘭的喊叫聲。

「看那傢伙，左舷後面！」魚叉手高喊道。

眾目睽睽一下子都轉向他指的地方。

喏，就在那裡，離戰艦大約一點五海哩處，一個長長的黑黝黝的動物身體浮出了水面，約有一公尺高。只見牠的尾巴激烈地攪動著海水，造成一團大漩渦。還沒見過任何動物的尾巴有這麼大的力氣來搏擊海浪。海獸游過的海面，留下了一道寬闊的白花花的浪跡，描繪出一條延伸的弧線。

戰艦向鯨逼近。我無所顧忌地對牠進行了觀察。香農號和海爾維地亞號兩船的報告對牠的體積估測有點誇大，我看牠不過二百五十英尺長。至於寬度，我很難把握，不過，總的看來，這個動物三維比例無可挑剔。

正當我觀察這隻與眾不同的動物時，只見兩道充滿氣泡的水柱從動物鼻孔裡噴發而出，射高達四十米，就憑這一點，我對牠的呼吸方式已心中有數。我可以斷然為牠分門別類：門——脊椎動物；綱——哺乳動物；亞綱——單子宮；類——魚形動物；目——鯨類動物；科……我就不好說了。鯨類動物之目可分為三科：長鬚鯨、抹香鯨和海豚，獨角鯨屬於海豚科。每科又分為好幾個屬，每個屬又分為若干種，每個種分為若干變種。變種、種、屬、科，我還摸不準，但我相信，在老天和法拉格特艦長的幫助下，我會如願以償，以完善鯨的分類工作。

船員們焦急地等待上司下達命令。艦長對動物進行仔細觀察後，立刻派人把工程師叫來。工程師連忙跑來了。

「先生，」艦長問，「您那裡氣壓可以嗎？」

「沒問題，先生。」工程師答道。

「好。加大火力，全速前進！」

命令一下，全船三呼烏拉。戰鬥的時刻已經到來。不一會兒，戰艦上兩個煙囪吐出滾滾黑煙，在蒸汽鍋爐的衝動下，戰艦甲板也發生微微顫動。

林肯號在大功率螺旋槳的推動下，徑直朝怪物衝去。怪物若無其事，任憑戰艦靠近，眼看只有半鏈距離了；然後，牠好像要潛水的樣子，實際上是稍作回避，與戰艦一直保持若即若離的狀態。

如此這般追趕了將近三刻鐘時間，戰艦未能接近鯨，哪怕超前三四公尺。很顯然，這樣周旋下去，我們永遠也追不上鯨。

法拉格特艦長氣壞了，狠狠地揪著下巴毛蓬蓬的鬍子。

「尼德・蘭呢？」艦長喊道。

加拿大人應聲趕到。

「好吧，蘭師傅。」艦長問，「您現在還勸我把艇放下海嗎？」

「不，先生，」尼德・蘭答道，「因為這傢伙是抓不住的，除非牠自動就擒。」

「那怎麼辦？」

「盡可能加大氣壓，先生。我自有辦法，當然要得到您的允許，我在船頭前桅轉帆支索上守候，等我們達到魚叉所及的距離時，我就把魚叉投出去。」

「行，尼德，」法拉格特艦長回答，「工程師，加大壓力。」尼德・蘭上崗就位。火力愈來愈猛，螺旋槳每分鐘四十三轉，蒸汽從閥門噴出。測程器拋入水中，測知林肯號正以每小時十八點五海哩的速度航行。

但那個可惡的動物也以每小時十八點五海哩的速度逃跑。

戰艦保持同樣的速度又緊緊追趕了一個小時，未能縮小兩公尺距離！這對於美國海軍最快的戰艦來說，實在是莫大恥辱。船員們個個怒不可遏。水手們大罵怪物，但怪物不屑答理。法拉格特艦長不光揪鬍子，而且把鬍子咬進嘴裡。

工程師再次被叫了過來。

「您用最大壓力了嗎？」艦長問。

「是的，先生。」工程師回答。

「閥門加壓了嗎？……」

「六點五大氣壓。」

「加到十氣壓。」

好一道美國式命令。即使在密西西比河上賽船，也不能這樣超越呀！

「貢協議，」我對站在我身邊的忠實僕人說，「你知道嗎，我們的船很可能會爆炸？」

「先生說的是！」貢協議答道。

嘿嘿！我承認，機會來了，我倒要去碰一碰運氣。

閥門開足。爐膛添足了煤炭，鼓風機一鼓作氣把爐火燒旺。林肯號再次提高了速度，桅杆從頭到腳在顫動，煙窗過於狹窄，滾滾濃煙很難找到出口。

測程器再次拋入水中。

「喂！舵手？」法拉格特艦長問。

「十九點三海哩，先生。」

「加大火力。」

工程師遵命。氣壓錶指向十氣壓。但這頭鯨無疑也「添火」了，只見牠輕鬆自如地以十九點三海哩的速度疾駛。

多麼緊張的角逐！不，我渾身顫動，激動心情無法形容。尼德・蘭手持魚叉，堅守崗位。有好幾次，鯨故意上前逗人。

「追上牠！追上牠！」加拿大人喊。

可是，正當他準備出手時，鯨卻逃之夭夭，速度之快，我難以估量，至少每小時三十海哩。甚至，在戰艦極速航行時，牠竟然繞船一周，好像有意跟我們鬧著玩！人們義憤填膺，從胸中迸發出一聲怒吼！

中午，我們跟早晨八點一樣，毫無進展。

於是，法拉格特艦長決定採取更為直接的辦法。

「啊！」他說，「這傢伙比林肯號跑得還快！那好吧，我們倒要看看牠能不能躲開我們的錐形炮彈。水手長，前炮手就位。」

船艏火砲立即裝彈並瞄準。一炮打響，可是炮彈卻打飛了，在鯨幾英尺上空掠過去，鯨離艦艇約半海哩遠。

「換一個更機靈的炮手！」艦長高喊道，「誰打中這個惡魔，獎勵他五百美元！」

只見一位鬍子花白的老炮手——其形象彷彿就在眼前——目光鎮定，從容不迫地走向自己的砲位，他調整好砲身，仔細瞄準了很長時間。只聽轟隆一聲爆炸響徹長空，與船員們的歡呼聲混成一片。

炮彈擊中了目標，打到了動物身上，但出乎意料的是，牠竟然從動物圓滾滾的身體表面上滑過去，落在兩海哩外的海面上。

「豈有此理！」老炮手暴跳如雷，說道，「難道這混蛋身上有六英寸厚的鐵甲不成！」

「該死！」法拉格特艦長也吼叫起來。

角逐又開始了，法拉格特艦長俯身對我說：

「我將窮追不捨，哪怕艦艇爆炸也在所不惜！」

「對！」我回答說，「您做的對！」

大家只好指望動物筋疲力盡，牠總不能像蒸汽機那樣不知疲倦吧。然而牠真的毫無倦意。時間一小時一小時過去了，牠毫無疲憊的跡象。

不過，林肯號不屈不撓的搏鬥精神應當表揚。我估算，僅十一月六日這倒楣的一天裡，它至少航行了五百公里！只是夜幕已經降臨，陰影籠罩著波濤洶湧的汪洋大海。

此時此刻，我以為我們的遠征已經結束了，我們永遠也不能再見到這稀奇古怪的動物了。可是我想錯了。

晚上十點五十分，電光在戰艦上風三海哩的海面再度出現，皎潔而且強烈，與昨天夜裡無異。

獨角鯨似乎一動不動。也許白天跑累了，現在正在酣睡，也來個悠然自得，隨波蕩漾？真是天賜良機，法拉格特艦長決定利用這次機會。

艦長下達了指令。為了不驚動對手，林肯號低速謹慎地行駛。在汪洋大海中遇見熟睡的鯨而一舉捕獲成功的事例並不罕見，尼德・蘭就曾不止一次叉中昏睡中的鯨。加拿大人又回到船頭前桅轉帆支索的崗位上。

戰艦悄悄向鯨靠近，在離牠只有兩鏈遠的地方關機，靠慣性滑行。船上人員屏聲靜氣。甲板上一片沉寂。我們離白熱的光源不到一百英尺了，電光的亮度愈來愈強烈，而且非常耀眼。

這時候，我伏在艏樓欄杆上，看見尼德・蘭就在我下面，只見他一手抓住帆索，另一隻手揮動著他那令人生畏的魚叉。鯨一動不動，離他不過二十英尺。

忽然，尼德・蘭的手臂猛烈一伸，魚叉投了出去。只聽到魚叉發出清脆響亮的聲音，好像是撞擊在堅硬的物體上了。

電光頓時熄滅，緊接著兩大水柱如傾盆大雨般猛撲在戰艦甲板上，水流湍急，從船頭一直沖向船尾，船員沖倒了，桅繩沖斷了。

可怕的撞擊終於發生了，我還來不及站穩抓緊，便從欄杆上被拋進大海裡去。

第七章　不明來歷的鯨

雖然我意外落水，不免大吃一驚，然而當時的感覺依然記憶猶新。

我一下子墜入二十英尺深的海水裡。雖不敢與游泳大師拜倫[1]和愛倫坡[2]那兩位游泳大師相提並論，但我畢竟是游泳好手，此次落水並沒有使我驚惶失措。我使勁蹬了兩腳就重新浮出水面。

我最著急的事就是尋找戰艦。船員們有沒有發現我失蹤了？林肯號是不是改變了方向？法拉格特艦長放小艇下海了嗎？我有沒有希望得救？

夜色深沉。我隱隱約約看見一團黑乎乎的物體向東方逐漸消隱，船位指示燈也在遠處熄滅了。那是我們的戰艦。我感到完了。

「救命！救命！」我呼喊著，拚命划動雙臂向林肯號游去。

身上的衣服成為我的累贅。海水泡濕的衣服貼在身上，使我行動極其困難。我正在往下沉！我透不過氣了！……

「救命！」

這是我最後的呼救聲。我的嘴灌滿海水。我垂死掙扎，逐漸被捲入無底深淵……

突然，有一隻強有力的手抓住我的衣服，我感到自己被拉回海面，只聽到，沒錯，有人對我附耳說話：

「只要先生不嫌棄，請靠著我的肩膀，先生游起來就會輕鬆些。」

我一把抓住忠心耿耿的貢協議的手臂。

「你！」我說，「是你呀！」

「是我，」貢協議答道，「請先生吩咐。」

「是不是剛才的撞擊把你我同時拋下海了？」

「根本不是。我伺候先生，就跟著先生下來唄！」

好小子認為這樣做是很自然的！

「艦艇呢？」我問。

「你說那條艦艇！」貢協議回答說，一邊轉身改為仰泳，「我看，先生最好別對它抱太大希望！」

「你說什麼？」

「我是說，就在我跳海時，我聽到舵手們在喊：螺旋槳和船舵斷了……」

「斷了？」

「是的，怪物的牙咬斷的。我想，這是林肯號唯一的一次負傷。但我們處境很糟糕，船已無法掌握了。」

「這麼說我們完了！」

「也許吧，」貢協議冷靜地回答，「不過，我們還可以撐幾個鐘頭，在幾個小時內，我們可以做好多事情！」

貢協議臨危不懼，沉著冷靜，使我深受鼓舞。我游得更有勁了，但我的衣服重如鉛皮，緊緊地裹著我，礙手礙腳，叫我很難堅持下去。貢協議已經看在眼裡。

「請先生允許我把他的衣服割開[3]。」他說。

他打開一把折刀，從我的衣服下面滑進去，從上至下一下子把衣服劃開。而後，他俐落地替我脫

1 拜倫（1723—1786），英國航海家，英國詩人喬治・拜倫的祖父。
2 愛倫坡（1809—1849），美國作家。
3 按照法國舊的傳統習慣，僕人不能對主人你我相稱，而必須用第三人稱。

掉衣服，與此同時，我就拖著他一起游動。

接著，輪到我侍候貢協議了，我幫他脫掉衣服後，我們齊頭並進繼續「航行」。

可是，危機絲毫沒有得到緩解。船上的人很可能沒有發現我們失蹤，即使發現了，由於船舵已經損壞，戰艦也不可能逆風回來救我們。因此，我們只有指望大船放救生艇了。

貢協議冷靜推理做出上述假設，並據此制定應付後果的對策。多麼驚人的性格！這小子臨危不懼，處變不驚，就好像在自己家裡那樣！

現在，我們唯一的獲救機會，就是林肯號放救生艇來救我們，因此，我們應該設法堅持下去，堅持愈久愈好，等待救生艇的到來。於是我決定輪流使用體力，以免兩人同時筋疲力盡，辦法是：一人仰泳，直躺在水上，抱臂，伸腿，一動不動；另一人游水，推動仰臥者前進。「牽引」時間每次不超過十分鐘，如此循環交替，我們就可以在海上漂浮好幾個小時，也許可以一直堅持到天亮。

微乎其微的生還機會！不過，希望已經在我們心中深深紮下了根！再說，我們有兩個人。最後，我敢斷定——儘管看起來不大可能——當時即使我要打破我心中的一切幻想，即使我真的要「絕望」，我也身不由己無能為力了！

戰艦與鯨發生衝撞的時間是在夜間十一點左右。我算了一下，還得游八個小時才能堅持到天亮。輪流替換著用力，游八個小時可以做到。大海作美，我們並不感到勞累。有時候，我真想極目遠望，來戳穿沉沉的黑幕，但到頭來卻只看到我們划水的動作激起的浪花在閃閃發光。我欣賞著這陣陣波光，但波光一到我手裡便破碎不堪了，明鏡般的水面頓時青光點點，銀鱗閃爍。簡直可以說我們是在泡水銀浴了。

凌晨一點左右，我感到極度疲勞。我由於劇烈抽筋，手腳僵直，不敢使勁。貢協議只好一直托著我，保全兩條生命的重擔完全落在他一人身上。不久，我就聽到倒楣的小夥子氣喘吁吁，已經累得上氣不接下氣了。

「放開我！放開我！」我對他說。

「放下先生不管？絕對不行！」他答道，「我打算淹死在他前頭呢！」

這時候，風把一片烏雲吹向東邊，月亮從雲層中露了臉。洋面映照著月光閃爍生輝。仁慈的月光讓我們恢復了力量。我重新抬起頭來。我極目四望，把海天細細地搜索了一遍。我發現了戰艦。它離我們有五海哩遠，只看見黑乎乎的一團，幾乎無法辨認。但小艇呢，連影子都沒有！

我想高聲叫喊。但距離這麼遠，喊有什麼用！我的嘴腫得發不出聲音。貢協議還可以說幾句話，我聽他喊了好幾聲：

「救命！救命呀！」

我們暫停活動，靜候回音。儘管我的耳朵充血，嗡嗡作響，但我似乎聽到有人發出回應貢協議的呼叫。

「你聽到了嗎？」我有氣無力地問。

「是的！是的！」

於是貢協議再次向海空發出絕望的呼救。

這一次，不會聽錯的！的確有一個聲音在回應我們！會不會是一個被拋棄在大海中的受難者的呼聲？抑或是撞船事故的又一個犧牲者？或者果真是戰艦的一隻救生艇在黑暗中呼喚我們呢？

貢協議作最後一次掙扎，他靠在我的肩上，我拚著命支撐著他，他挺起上半身浮出水面張望一下，然後又筋疲力盡倒下來。

「你看見什麼啦？」

「我看見了……」他有氣無力地說，「我看見了……不過我們別說話……盡可能保留力氣！……」

他到底看見了什麼？當時，我也不知道為什麼，腦海裡第一次冒出怪物來了！……可是，分明是人的聲音……如今可不是約拿[4]躲在鯨肚子裡的時代了！

然而，貢協議還是拽著我。他有時抬起頭來，瞅一瞅前方，發出一聲應答的呼喊，回答那個愈來愈近的聲音。我幾乎聽不見他的聲音。我的氣力已經消耗殆盡；我的手指僵硬地張開；我的手已經支撐不住了；我的嘴老張著，抽搐著，灌滿了又鹹又苦的海水；寒氣向我襲來。我最後一次抬起頭來，而後墜入無底深淵……

就在此時此刻，一個堅硬的物體把我碰了一下。我死死抓住不放。後來，我覺得有人在拉我，把我拽出了水面，我的胸部開始收縮，後來我暈了過去……

可以肯定，有人用力對我全身進行按摩，我才很快甦醒過來。我稍稍睜開了眼睛……

「貢協議！」我喃喃道。

「先生找我？」貢協議回應道。

此時，西沉的月亮餘輝猶存，在月光下，我看到一張臉，卻不是貢協議的面孔，但我立即認出是誰了。

「尼德！」我叫了起來。

「正是本人，先生，就是那個追求獎金的人！」加拿大人回答道。

「撞船時您也被拋進海裡了嗎？」

「是的，教授先生，但比您幸運，我幾乎可以立即在一個浮動的小島上站穩腳跟。」

「一個小島？」

「或者，更準確地說，是站在咱們的獨角巨鯨上。」

「說說，尼德。」

「只是，我很快明白了為什麼我的魚叉不能刺傷牠，剛碰到皮就彎了。」

「為什麼？尼德，為什麼？」

「那是因為，教授先生，那畜生是鋼板做的！」

我必須讓我的頭腦清醒過來，必須讓我的記憶重新復活，必須重新檢討我以前的想法才行。

加拿大人的最後幾句話在我的腦海裡產生了急轉彎的作用。我很快爬上動物體或物體的脊背上，只見它半浮半沉在大海裡，正好當我們的臨時避難所。我用腳試了一試。它分明是一個堅硬的無法刺透的物體，根本不是海裡大型哺乳類動物身上那種軟皮物質。

但是，堅硬的物體也可能是一種骨質甲殼，與古生物甲殼類似，我只要把這個怪物歸入兩棲爬行動物，如龜、鱷之類，便可萬事大吉。

說得倒輕巧！不行！我腳下灰黑色的背脊精光溜滑，並非粗粗糙糙的鱗狀物。受到撞擊時，它發出鏗鏘響亮的金屬之聲，實在令人難以置信，我說，它好像是螺絲釘鉚成的鐵板製成的。

不必再懷疑了！這動物，這怪物，這自然現象，它曾使整個學術界百思不得其解，它曾使東西兩

4 約拿，《聖經》人物，小先知之一。因拒絕耶和華要求而逃亡海上，被船員拋入海中，為鯨所吞後又被吐到岸上。西方常以約拿比喻帶來不幸的人。

半球的航海家心驚膽戰，胡思亂想，現在必須承認，它原來是一種更驚人的東西，一種人工製造的精怪。

即使發現了最怪誕、最神奇的生物的存在，也不至於讓我的理智驚駭到這種程度。造物主創造出來的東西原本就千奇百怪，這很容易接受。現在卻在眼皮底下，突然冒出一種人工根本無法製造而卻被神奇般製造出來的東西，就不免讓人糊塗了。

大可不必再猶豫了。我們是躺在一艘潛水船的脊背上，依我看，它的形狀像一條大鋼魚。對此，尼德・蘭早已表明了看法。貢協議和我，我們只能附和而已。

「那麼，」我說，「船裡面一定裝有發動機械以及操縱機器的船員吧？」

「顯然有，」魚叉手答道，「不過，我住上這浮動小島已有三個小時，它卻沒有發出任何生命的資訊。」

「船沒動過？」

「沒有，阿羅納斯先生。它只是隨波晃蕩，卻不挪動。」

「我們知道，千真萬確，它有高速航行的能力。要產生這麼高的速度，就一定要有一套機器，就必然要有機械師來操縱機器，我因此得出這樣的結論……我們有救了。」

「唔！」尼德・蘭哼了一聲，不以為然。

此時，好像專門是為了證明我說的有道理，這部怪異的機器尾部突然呼嚕嚕翻騰起來，推進器顯然是螺旋槳，船開始運動了。它浮出水面只有八十釐米，我們急忙爬上頂端。很幸運，船速不算太快。

「只要它保持水準航行，」尼德・蘭喃喃道，「那我無話可說。但如果它忽然心血來潮潛入水下，那我的命運兩個美元也不必討價啦！」

加拿大人說得一點不錯，恐怕一錢不值。所以，當務之急，就是必須趕緊與關閉在機艙裡的人取得聯繫。我在它表面尋找開口，尋找蓋板，用專業術語就是找一個「人洞」；但成排成行的螺釘整整齊齊，與鋼板焊接得嚴絲合縫，牢不可破。

何況，此時月亮已經退隱，讓我們深陷在茫茫黑夜之中。只好等候天亮，再設法進入潛水船的內部。

這麼說來，我們能否得救，命運完全掌握在駕駛這部機艙的神祕掌舵人之手，如果他們要潛入海裡，我們就完蛋了！除了這種情況，那就有可能與他們取得聯繫，我對此深信不疑。而且，事實上，如果他們自己不會製造空氣，他們勢必不時浮上洋面，吐故納新，滿足呼吸需求。因此，船內肯定需要開個洞，以便與外面通氣。

至於希望法拉格特艦長來救我們，那是應當徹底拋棄的幻想。我們現在被拖著往西走，儘管船速緩慢，但我估計，每小時也有十二海哩。螺旋槳拍打著海浪，有板有眼，循規蹈矩，不時露出水面，向高空噴射閃閃發光的水柱。

凌晨四點，潛水船加快了速度。一個個大浪迎面瓢潑過來，我們被打得暈頭轉向，我們快頂不住了。幸運的是，尼德・蘭的手摸到一個固定在頂部鋼板上的繫纜環，我們便死死抓住不放鬆。

漫漫長夜終於過去了。殘破的記憶難以把當時的真實印象一一描繪出來。唯有一個細節我記憶猶新。有一陣子，海上風浪稍顯平靜，我彷彿多次聽到一種時隱時現的樂聲，一種從遠處傳來的稍縱即逝的和聲。潛海航行的祕密到底是怎麼回事？全世界都在尋找答案。在這隻怪船上生活的到底是些什麼人？究竟有什麼機械動力可以使它具有如此神速的機動能力？

天亮了。茫茫晨霧籠罩著我們，但很快就網開一面。船的頂部是一個平臺，正當我準備仔細觀察船殼時，我感覺平臺在逐漸下沉。

「哎！鬧鬼啦！」尼德・蘭大叫了起來，同時把鋼板踩得噹噹響，「開門呀，不客氣的航海人啊！」

但是，螺旋槳拍打海浪的聲音震耳欲聾，尼德・蘭的喊叫很難讓人聽到。幸好，船暫停下沉。

突然，船內響起猛烈推動鐵栓的聲音。一塊鐵板被掀開，冒出來一個人，只聽他怪叫一聲，又馬上縮了回去。

過一會兒，只見八個身強力壯的蒙面小夥子悄悄溜出來，把我們一股腦兒拖進他們那神祕莫測的機艙裡。

第八章　動中之動

這次綁架粗暴之極，行動之快迅如閃電。我和我的同伴猝不及防，弄不清楚到底是怎麼回事。我不知道當他們意識到已被拖進這座浮動的監獄會是什麼感覺；但是，我自己，卻不禁打了個寒戰，感到渾身冰涼。我們是跟誰打交道？無疑是跟一夥新型海盜有關，他們以獨特的方式橫行海上。

我剛被拖進去，上面狹小的蓋板立即關閉，頓時有被一團漆黑包圍的感覺。從明亮的外界突然進入暗室，我的眼睛一下子適應不了，什麼也看不見了。我只感到我的光腳是踩在一道鐵梯上。尼德．蘭和貢協議被緊緊抓住，緊跟在我的後頭。鐵梯下面一扇門打開了，我們剛進門就又立刻關上了，關門聲響得很。

我們單獨被隔離開了。這是什麼鬼地方？我說不明白，簡直無法想像。黑咕隆咚到一團漆黑的程度，以至於幾分鐘後，我的眼睛也未能捕捉到哪怕是深更半夜昏天黑地中飄忽不定的絲毫亮光。

終於，尼德．蘭怒不可遏，對這種做法發火了，於是破口大罵：

「見鬼了！」他大喊道，「看這幫人，比喀里多尼亞人[1]還好客！只差吃人肉了！我並不感到奇怪，不過我聲明，吃我休想不遭反抗！」

「您冷靜點，尼德朋友，冷靜點，」貢協議鎮靜地勸道，「火候不到別發火。我們還沒有被放進烤肉盤裡！」

「不在烤肉盤裡，沒錯，」加拿大人回答，「可是放進烤爐了，一定！夠黑的了。幸好，我刀不離身，使用時照樣看得清。只要對我先下手的強盜……」

「別生氣了，尼德，」我也勸魚叉手說，「暴力無濟於事，對我們有百害而無一利。誰知道是不是有人偷聽我們說話！不如設法摸清楚我們到底在什麼地方！」

我摸索著走了起來。才挪五步，就碰到一堵鐵牆，上面鉚緊許多螺釘。而後，我轉過身來，碰到一張木頭桌子，桌子旁邊擱著幾張椅子。這座監獄的地板鋪著厚厚的麻線地毯，走路時聲音很小。光滑的牆壁摸不到任何門窗的痕跡。貢協議從反方向兜了一圈，與我碰了個正著，我們一起轉回艙房中

1 喀里多尼亞，古蘇格蘭，當地居民以好客著稱。

心，估計艙房有二十英尺長，十英尺寬。至於高度，儘管尼德·蘭身材高大，但也高攀不上。

又過了半小時，情況依然沒有變化，就在此時，看慣了漆黑的眼睛突然一亮，眼前大放光明。我們的監獄頓時被照得徹亮通明，也就是說，室內充滿了發光物質，光線極其強烈，以至於我的眼睛起初還難以消受呢。一看到這白熾光，那麼耀眼，我明白了，這分明是照明的電光，就是這種電光從潛水船四周發出，造成光彩奪目的磷光現象。我不由自主地閉上雙眼，然後再張開，我才發現，發光體就在艙房頂上，是一個半透明的半圓球體。

「熬到頭啦！終於看清楚了！」尼德·蘭嚷嚷道，只見他手裡拿著刀，以防不測。

「不錯，」我回答說，並貿然提出相反看法，「但情況依然不容樂觀。」

「請先生耐心一點。」貢協議冷言冷語。

艙內突然明亮起來，我可以細細地觀察整個艙房了。艙房內只有一張桌子和五把椅子。看不見門，想必是關得嚴嚴實實的緣故吧。沒有任何聲音光臨耳朵。船內死氣沉沉。船還在航行嗎？還在洋面上嗎？難道它已潛入深海不成？我無法猜測。

但是，艙頂球體不會無緣無故地發出光亮。我倒希望船上的人立刻露面。如果他們有意把我們忘掉，那就不會給黑牢照明。

我果然沒有猜錯。只聽門閂一陣響動，門開了，進來了兩個人。

其中一個是矮個子，肌肉發達，肩膀寬闊，四肢健壯，大頭粗臉，頭髮又黑又厚，鬍鬚密密麻麻，目光犀利有穿透力，渾身洋溢著法國普羅旺斯南方人特有的氣質。狄德羅[2]說的好，人的舉手投足富有隱喻性，這個矮個子提供了活生生的見證。我們感到，在他的慣用語中，想必大量使用擬人、借代和換置等修辭手法。不過，我卻無緣予以證實，因為他在我面前，總是說一種奇特的方言，讓我一句也聽不懂。

第二個陌生人值得費筆墨仔細描寫一番。格拉蒂奧萊[3]或恩格爾[4]的門徒興許可以從他的相貌中看出他的性格。其主要特徵我一目了然：首先是自信，因為他的頭顱莊重地坐鎮於雙肩弓線之上，黑眼睛看人冷竣而有把握；其次是鎮靜，因為他的皮膚與其說是蒼白莫如說是欠紅潤，說明他血性沉穩冷靜；剛毅，他的眉眼肌肉收縮快捷就足以說明這一點；最後是果敢，因為他呼吸氣勢開闊，說明他有強大的生命力。

我還要補充說一下，這個人很高傲，他那鎮靜的目光似乎反映出高深的思想，就總體而言，從相貌、形體動作到面部表情，按照相術先生的說法，可以看出，其人的坦率真誠無可爭辯。

這個人一出現，我就「下意識」地感到放心，我預見到我們的見面會稱心如意。

這個人有三十五歲還是五十歲，我可說不準。他個子很高，額頭很寬，鼻子很直，嘴角線條很清晰，一口漂亮的好牙，雙手纖長細嫩，借用手相術語叫「通靈」，也就是說可以得心應手，這雙手可以為高尚並富有激情的心靈盡力效勞。此人想必屬於頂尖的精英人物，反正我過去從來沒有見識過。有些細微特徵不同凡響，他的雙眼距離偏大，可以廣角觀測，邊遠景象一覽無遺。後來，我證實了他的非凡眼力，比尼德・蘭要強得多，要高明幾倍。陌生人注視某件物體時，只見他雙眉緊蹙，眯著大眼皮，眼皮圓護著眼球，從而縮小了視野，然後仔細進行觀察。多麼敏銳的眼光！居然可以把被遠距

2 狄德羅（1713—1784），法國啟蒙思想家、哲學家和文學家，《百科全書》主編，無神論者，十八世紀法國唯物主義的主要代表之一。著有《對自然的解釋》、《關於物質和運動的哲學原理》、《演員是非談》等。
3 格拉蒂奧萊（1815—1865），法國生理學家。
4 恩格爾（1741—1802），德國作家、哲學家和評論家。

離縮小了的物體重新放大！居然能看穿您的內心世界！居然能看透層層液體的帷幔，而在我們肉眼凡胎看來，這濃厚的液體簡直渾濁不堪！他的目光居然能洞察深海海底的奧祕！……

兩個陌生人都戴著海獺皮貝雷帽，腳穿海豹皮長統靴，身著特殊織料製成的服裝，既充分顯示了形體，又大大方便了行動自由。

兩人中個子更高者顯然是一船之長，只見他細細地打量我們，一句話也不說。然後，他轉過身去和同伴交換意見，說的話我根本聽不懂。這種方言清亮，和諧，婉轉，母音的聲調變化多端。另一位則點頭同意，並補充了幾句，嘰哩咕嚕根本聽不懂。然後，他看了看我，好像是直接問我。

我用流利的法文回答他說，我聽不懂他所說的話；但他似乎聽不明白我的意思，事情變得十分尷尬。

「請先生好好講講我們的故事吧，」貢協議對我說，「這兩位先生也許可以聽懂其中一兩句話！」

於是我從頭講述我們的驚險故事，每個音節都發得很清晰，不漏過任何細節。我表明了我們的姓名和身分，然後按照禮儀一一作介紹：阿羅納斯教授，教授的僕人貢協議，魚叉手尼德．蘭師傅。那個目光溫和而且冷靜的人平心靜氣地聽我訴說，甚至彬彬有禮，全神貫注。但從他的臉部表情看，沒有絲毫聽懂我的故事的表示。我說完了，他一句話也沒說。

還有一招就是說英文。用英文他們也許可以聽懂，因為英文幾乎成了世界通用語言。我會英文，也會德文，閱讀倒是暢通無阻，但說起來就錯誤不斷了。不過，此時此地，首先得讓人明白才行。

「來來來，該您了，」我對魚叉手說，「您說說看，蘭師傅，請您露一手盎格魯—撒克遜人最標準的英文，盡量說得比我漂亮。」

尼德沒有客氣，便把我的故事從頭說了一遍，我差不多都聽懂了。內容大致一樣，但形式不同。加拿大人生性好衝動，說起話來連比帶畫，情緒激昂。他怨氣沖天，怪他們無視人權，無端將他關在這裡，責問對方根據什麼法律將他拘留，他援引人身保護法，威脅說要控告非法拘捕他的人，只見他來回亂走動，指手畫腳，又喊又叫，最後，他做了一個表現力極強的手勢，要對方明白，我們快餓死啦。

這倒是百分百的實話，可剛才幾乎忘記了飢腸轆轆。

令魚叉手大為吃驚的是，他的話並不比我的話吃香。兩位來者連眉頭都沒有皺一皺。可見他們既聽不懂阿拉戈的語言，也不明白法拉第[5]的語言。

實在無可奈何，我們已經耗費了所有的語言資源，但仍無濟於事，我正不知道如何是好，貢協議卻對我說：

「如果先生允許，我不妨用德文說說。」

「怎麼！你會德文？」我叫了起來。

「作為一個法蘭德斯人，請先生不要見怪。」

「正相反，我很高興。來，我的夥計。」

於是貢協議以平和的口氣，第三次講述了我們的各種奇遇故事。儘管措辭簡單明瞭，儘管語調抑揚頓挫，但德文也是勞而無功。

5 法拉第（1791—1867），英國物理學家和化學家，著有《電的試驗研究》、《化學操作法》等。

最後，萬般無奈，我只好搜索枯腸，把我從小學到的點滴知識開發出來，試著用拉丁文講述我們的遭遇。西塞羅[6]聽了肯定會堵住耳朵，非得把我趕到廚房去不可，不過，我總是應付下來了。只是一樣吃力不討好。

最後的嘗試以徹底失敗而告終，兩個陌生人彼此用旁人聽不懂的語言交換了幾句話，然後退出艙房，居然沒給我留下一個安撫人心的手勢。門重新關上了。

「卑鄙無恥！」尼德・蘭嚷嚷道，他再次暴跳如雷，「怎麼樣！我們說法文，說英文，說德文，說拉丁文，這幫混蛋連禮貌都不講，沒一個答理我們！」

「冷靜一點，尼德，」我勸義憤填膺的魚叉手說，「發火解決不了任何問題。」

「但是您知道嗎，教授先生？」我們這位好發火的夥伴說，「我們非餓死在這個鐵籠子裡不可！」

「算了！」貢協議懂事地說，「我們還可以持久堅持下去！」

「朋友們，」我說，「不要失望。我們此前的處境更糟糕嘛。請耐心等等，幫我好好想一想，說說對這條船的船長和船員有什麼看法。」

「我的意見早就說了，」尼德・蘭頂我說，「他們都是混蛋……」

「好！是哪個國家的混蛋？」

「混蛋國家的混蛋！」

「尼德，我的好漢，在世界地圖上還未曾標有這種國家，我承認，這兩個陌生人的國籍現在很難確定。既不是英國人，也不是法國人，又不是德國人，唯一能確定的就是這些。可是，我想說的是，船長和他的副手是生在低緯度的南方人。他們具有南方人的特徵。他們會不會是西班牙人、土耳其人、阿拉伯人或者印度人？從他們的外表看還不能斷定。至於他們說的話，根本無法聽懂。」

「這就是不懂各國語言的難處，」貢協議說，「或者說各國沒有統一語言的弊端。」

「說這些都毫無用處，」尼德・蘭答道，「難道你們沒看出來，這些傢伙只講自己的語言，故意發明一種語言讓要飯吃的好人大失所望！可是，在地球上的所有國家，有誰不明白張開嘴巴，動動下巴，抿唇咬牙是什麼意思？在魁北克和波莫圖，在巴黎和其他對應的地方，難道不都是這個意思：我餓了！給我吃的吧！……」

「噢！」貢協議說，「還真有這樣天生不開竅的人！……」

正說著，門開了。一位服務生走了進來。他送來衣服給我們，是航海穿的上衣和短褲，我不知道是什麼布料做的。我連忙穿好衣服，夥伴們也跟著我穿了起來。

就在這時，服務生（可能是聾啞人）已經整理好桌子，擺好了三人餐具。

「有點兒看頭，」貢協議說，「看來是個好預兆。」

「得了！」魚叉手說，仍然耿耿於懷，「這個鬼地方，有什麼好吃的？除了海龜肝，就是鯊魚片、海狗排！」

「那就等著瞧！」貢協議說。

只見飯菜盤子上蓋著銀蓋子，對稱地擺在桌布上，我們挨著桌子就座。可以肯定，我們遇見了文明人，若不是滿屋電光籠罩著我們，我還以為是在利物浦的阿戴爾菲旅館或在巴黎的大酒店的餐廳裡呢。不過，我不得不說，就是不見一塊麵包，也沒有一瓶酒。水倒是新鮮清澈的，但水畢竟是水，這

6 西塞羅（前106—前43），古羅馬政治家、演說家和哲學家，著有《論善與惡之定義》、《論國家》、《論法律》等。

可不合尼德・蘭的口味。端上來的幾盤肉菜中，有幾樣精心烹調的魚我認識；可是有幾道菜，雖然美味可口，我卻說不上來，甚至弄不清是葷菜還是素菜。至於桌上的餐具，倒是精美雅致，無可挑剔。無論刀叉匙碟，每一件都刻有一個字母，字母周圍刻有一句銘言，現如實抄錄如下：

MOBILIS IN MOBILE

N

動中之動！這句銘言運用在這具潛水裝置上恰如其分，當然，介詞ＩＮ必須翻譯成「在……中」，而不應是「在……上」。字母Ｎ無疑就是那個潛伏海底發號施令的神祕人物姓名的第一個字母！

尼德和貢協議沒有思考那麼多。他們只顧狼吞虎嚥，我很快也跟著大吃起來。再說，我對命運已有把握，似乎覺得事情明朗化了，我們的主人並不想讓我們活活餓死。

不過，萬事皆有盡頭，一切都會過去，我們連續十五個小時沒吃沒喝的飢餓狀態也不例外。胃口得到了滿足，睡意緊隨而來。這種反應是很自然的，我們同死亡整整鬥爭了一個漫漫長夜。

「說真的，我要好好睡一覺。」貢協議說。

「我呀，我睡啦！」尼德・蘭答道。

我的兩個夥伴一頭倒在艙房地毯上，不一會兒就酣然進入了夢鄉。

我呢，雖然睏得要命，但要入睡並不那麼容易。千思萬慮百感交集，多少難題迫不及待需要解釋，多少影像歷歷在目讓我合不上眼！我們到底在什麼地方？是什麼神奇的力量把我們帶到這裡？我感到，或者不如說我自以為感到，這具裝置正在潛往大海深層。噩夢在我腦海中翻騰。在這神祕莫測的避難所裡，我彷彿看到一個陌生動物的世界，而這艘潛水船似乎就是它們的同類，同它們一樣，活靈活現，運動自如！……後來，我的腦海風平浪靜，想像力迷茫一片，頓時昏昏沉沉地睡著了。

第九章　尼德・蘭的憤怒

我們到底睡了多少時間，我不知道，但想必很長，因為一覺醒來，我們徹底消除了疲勞。我是第一個醒來的。我的夥伴們還沒有動靜，只見他們像一堆懶蟲似的躺在角落裡。

從硬邦邦的地板上起來，我就感到頭腦輕鬆，思路清晰。於是，我便把這座牢房重新審視了一番。

房內陳設沒有絲毫改變。監獄還是監獄，囚犯依然是囚犯。不過，服務生乘我們睡覺之機，把餐桌收拾乾淨了。沒有任何跡象表明我們的處境將得到改善，我反復思忖，我們會不會命中註定要無限期地在這牢籠裡生活下去。

這個前景令我難受，如果說我的頭腦已經擺脫了昨夜的煩惱，但胸口卻感到特別悶。我的呼吸困難起來。沉悶的空氣已經滿足不了肺腔葉片的運作。牢房雖然寬敞，但我們顯然已經消耗了艙房內大部分的氧氣。事實上，每人每小時需要消耗一百公升空氣中的氧氣，但如果這一百公升空氣中含的氧氣與二氧化碳差不多等量時，這種空氣就不適合人的呼吸了。

因此，當務之急就是要給我們的監獄更換空氣，當然，潛水船也不例外。

我的腦子由此提出了一個問題。這座浮動府第的指揮官有什麼解決問題的高招？是不是利用化學方法採氣？比如將氯酸鉀加熱得到氧氣，用氫氧化鉀吸收二氧化碳什麼的。在這種情況下，他就必須與大陸保持某種聯繫，以便獲得化學反應所必需的原料。他會不會採用高壓方法把濃縮的空氣壓進儲氣罐裡，然後根據船員的需求逐漸釋放？這也有可能。或者，是不是還有更方便、更經濟、更可行的高招，就像鯨那樣，不時浮出水面呼吸，每隔二十四小時更換一次空氣？不管怎麼說，不管使用什麼方法，我覺得還是小心為妙，應當盡早啟用換氣設施。

沒錯，正當我氣喘吁吁，拚命吸取牢房內僅有的稀薄氧氣時，突然，我感到一陣涼爽，一股略帶鹹味的清新空氣沁人肺腑。這正是含碘的海風，令人盪氣迴腸！我張開嘴巴，大口地吸氣，心胸為之一爽。與此同時，我感到一陣搖晃，船體擺動雖然不算大，但震感千真萬確。這條船，這個鐵皮怪物，剛才顯然升上洋面，用鯨的方式呼吸了。這條船的換氣方式終於水落石出了。

我痛快淋漓地享受這清新的空氣，同時，我開始搜尋給我們輸送有益氣體的管道，也可以叫「輸氣管」吧，我很快就找到了。只見門的上方開有一個通風口，新鮮空氣正是從那裡源源不斷地吹進來，牢房中渾濁的空氣就這樣得到了更新。

我正在觀察的興頭上，尼德·蘭和貢協議幾乎同時醒來，也許是這股清新空氣把他們吹醒過來的吧。只見他們揉了揉眼睛，伸了伸臂膀，一下子站了起來。

「先生睡得好吧？」貢協議問我，還像往常那樣彬彬有禮。

「好得很，我的好小子，」我回答說，「那您呢，尼德·蘭師傅？」

「都睡死了，教授先生。可是我不知道有沒有搞錯，我好像呼吸到一陣海風？」

水手不可能搞錯，我便向加拿大人講了講他入睡後發生的事情。

「好啊！」他說，「這完全可以解釋我們聽到的那一陣吼聲，就是在林肯號發現所謂獨角鯨的那陣子。」

「合情合理，尼德師傅，那就是它呼吸發出的聲響！」

「只是，阿羅納斯先生，我沒有一點時間概念了，也不知現在幾點了，至少該吃晚飯了吧？」

「吃晚飯時間？我親愛的魚叉手，至少該說午飯時間，我們進來已經到第二天了。」

「也就是說，」貢協議回答道，「我們睡了二十四小時。」

「我看是這樣。」我說。

「我毫無疑義，」尼德·蘭辯解說，「但不管晚餐或是午餐，服務生總是受歡迎的，管他送的是晚餐還是午餐。」

「晚餐和午餐都上。」貢協議說。

「對，」加拿大人說，「我們有享用兩頓飯的權利，我嘛，我可要拿雙份了。」

「那好哇！尼德，等著吧，」我回答道，「顯然，這些陌生人並不想讓我們餓死，因為，如果要餓死我們，昨天的晚餐就毫無意義了。」

「不會是要把我們餵肥吧！」尼德反著說。

「別胡說，」我回答道，「我們並沒有落入吃人的野蠻人手裡！」

「一次不成慣例，一頓飯好吃不等於每頓飯好吃，」加拿大人一本正經地回答道，「誰知道這些人是不是很久沒吃到新鮮肉了，果真如此，像教授先生、教授的僕人和我，我們三個健壯的大活人就正好……」

「千萬別胡思亂想，蘭師傅，」我回答魚叉手說，「尤其不能借題發揮，對主人發火，發火只會把事情搞糟。」

「不管怎麼說，」魚叉手說，「我都快成餓死鬼了，晚餐也罷，午餐也罷，飯菜不見送來嘛！」

「蘭師傅，」我勸解道，「我們得遵守船上的規矩，我以為，我們的胃口走在領班師傅開飯時間的前頭了。」

「沒錯！得把開胃時間調到開飯時間上。」貢協議平心靜氣地說。

「我算認識您了，貢協議朋友，」性急的加拿大人反駁道，「您既不上火，也不著急！總是風平浪靜！您大概很有能耐吧，先念飯後經，後念飯前經，寧可活活地餓死，也不怨天尤人！」

「怨天尤人有什麼用？」貢協議問。

「總可以出口氣唄！這已經相當不錯了。假如這些海盜——我稱他們海盜是出於對他們的尊重，免得惹惱教授先生，因為他不讓我叫他們吃人肉的野蠻人——假如這些海盜以為可以任意把我關在這只令人窒息的鐵牢籠裡，又可以對我的發火和咒罵置之不理，那他們就大錯特錯了！算了，阿羅納斯先生，請坦率說吧。您認為他們會長時間把我們關在這只鐵盒子裡嗎？」

「說真的，我知道的並不比您多，蘭朋友。」

「不過，您猜想如何？」

「我猜想，我們碰巧掌握了一個重要祕密。哦，如果潛水船一致要保守這個祕密，如果保密比保三個人的生命更重要，我看我們就危在旦夕了。要是情況相反，只要一有機會，這個把我們一口吞下的怪物，就會把我們送回我們同類居住的世界中去。」

「除非他們把我們當船員一樣看待，」貢協議說，「這樣就會把我們留下……」

「待到那個時候，」尼德．蘭插話說，「有一艘比林肯號更快、更機靈的戰艦來踹掉這個海盜窩，把船員和我們一起送上大桅杆頂吸最後一口海風。」

「分析得不錯，蘭師傅，」我回答說，「不過，據我所知，人家還沒有向我們提出這方面的建議。事情還沒有到萬不得已的地步，因此，沒有必要討論該採取什麼樣的措施。我再說一遍，等一等再說，見機行事，不要沒事找事。」

「恰恰相反！教授先生，」魚叉手回答道，依然固執己見，「應當有所作為。」

「哦呵！什麼作為，蘭師傅？」

「逃跑。」

「陸上越獄已經困難重重，海裡越獄談何容易，我認為絕對行不通。」

「行了，尼德朋友，」貢協議請求道，「先生的意見您如何回答？我只能相信，美洲人也有理屈詞窮的時候。」

可以看出，魚叉手神色尷尬，無話可說了。由於一次偶然的事故，我們才落到這般境地，在現在條件下，逃跑是絕對不可能的。但是，有一個加拿大人就有半個法國人，尼德師傅的回答足以讓人看到這一點。

「這麼說，阿羅納斯先生，」他思考片刻後又說，「難道您沒有猜到，不能越獄的囚犯該怎麼辦？」

「猜不著，我的朋友。」

「很簡單，想辦法留下來就是。」

「好極了！」貢協議說，「待在裡面總比待在上頭或下頭強！」

「但先得把獄卒、看守和獄吏解決掉。」尼德・蘭補充說。

「什麼，尼德？您真想奪這條船嗎？」

「我是很認真的。」加拿大人回答。

「這不可能。」

「那為什麼，先生？總會有空隙可鑽的，好機會不用白不用，我看不讓利用也難。如果船上只有二十幾個人，他們無法讓兩個法國人和一個加拿大人退縮！」

與其同魚叉手爭論下去，不如順水推舟接過他的建議。於是，我只好回答：

「讓我們伺機而動吧，蘭師傅。但是，在此之前，我請您克制急躁情緒，我們只能智取，靠生氣發火您是創造不了好機會的。因此，請您答應我，一定要接受現狀，千萬別動不動就發脾氣。」

「我答應您，教授先生，」尼德・蘭回答，但口氣很難讓人放心，「一句粗話不出口，一個粗暴動作不出手，即使飯菜不及時也沒關係。」

「一言為定，尼德。」我回答加拿大人說。

就這樣，我們中止了談話，各自好好考慮考慮。我承認，儘管魚叉手充滿自信，但我不抱任何幻想。尼德・蘭剛才說總有空隙可鑽，我看並不成立。潛水船行動如此穩當，船上肯定有很多船員，一旦發生爭鬥，我們勢必寡不敵眾。再說，當務之急，我們首先得獲得自由，可我們沒有行動自由。我甚至想不出任何辦法，可以從這個密封的鐵皮牢房裡逃出去。只要這古怪的船長想保守祕密——而保守祕密至少看來是可能的——他就不會讓我們在船上自由行動。現在的問題是，他是想用暴力把我們甩掉，還是找一天把我們往陸地上某個角落一扔了事？這還是個未知數。但兩種假設我覺得都很有可能成立，在這種情況下，只有魚叉手才有望獲得自由。

何況我很明白，尼德・蘭思考得愈多，他的成見就愈尖銳。我聽到他喉嚨裡嚷嚷罵罵個沒完，也看見他摩拳擦掌具有威脅性。他站了起來，像籠中的困獸一樣轉來轉去，無端對牆壁拳打腳踢。再說了，隨著時間的流逝，個個飢腸轆轆，而這一回，服務員又遲遲不肯露面。如果人家真的對我們懷有好意的話，那麼這一次卻把遇難者的處境忘到九霄雲外去了。

尼德・蘭胃口旺盛，經不起飢餓的折磨，愈來愈沉不住氣了，儘管他有言在先，但我還是怕他見到船上的人就大發雷霆。

尼德・蘭又鬧了兩個小時。加拿大人叫著，喊著，但無濟於事。鐵壁裝聾作啞。我甚至聽不到船內有任何聲響，死一般寂靜。船一動不動，因為船如果在航行，我就可以感覺到螺旋槳轉動引起的船體顫動。船無疑已潛入大海深淵，與大地分屬不同的世界了。死寂令人膽戰心驚。

我們被人拋棄，與世隔絕，孤坐牢底，我真不敢想像這種狀況會持續多久。與船長見面之後，我曾滿懷希望，現在這種希望變得愈來愈渺茫了。那人溫和的目光，慷慨大方的臉部表情，莊重高雅的舉止，所有這一切正從我的記憶中消失。我現在看到的卻是一個居心叵測的怪人，此人本應該是冷酷無情的人物。我感到他毫無人性，毫無同情心，是其同類的死敵，與他們有不共戴天的仇恨！

而且，此人把我們關在這座狹小的牢房裡，讓我們受盡飢餓的折磨，是不是故意激發我們可怕的惡念，從而把我們活活餓死？大難臨頭的念頭在我心中熊熊燃燒，再加上胡思亂想，我感到莫名其妙地恐懼。貢協議波瀾不驚，而尼德・蘭則咆哮如雷。

就在此時，門外傳來響動。

金屬地板響起了腳步聲。鎖眼轉動，門開了，服務生出現了。

我還來不及上前阻止，只見加拿大人就撲向這倒楣蛋，把他打翻在地，掐住他的脖子。服務生被尼德・蘭強有力的大手卡得喘不過氣來。

貢協議急忙上前從魚叉手手中搶救被掐得半死的受害者，我也正要上去助他一臂之力，就在此時，我突然聽到有人說了幾句法文，一時讓我目瞪口呆，木然不動：

「消消氣，蘭師傅，還有您，教授先生，請聽我說！」

第十章　水中人

說法文的正是這條船的船長。

聽到法文，尼德・蘭立即起身站了起來。被掐得快斷氣的服務生在主人的示意下踉蹌地走了出去；然而，這正說明船長在船上的威信極高，以至於服務生沒有流露出絲毫對加拿大人本應有的憤懣情緒。貢協議莫名其妙，而我則呆若木雞，我們一聲不響地等著看這齣戲如何收場。

只見船長身靠桌角，雙手交叉抱胸，專注地打量著我們。他有口難開？後悔剛才不該說法文？可以這麼認為吧。

雙方一陣沉默，誰也不想打破僵局。然後，船長用鎮靜、感人的口氣說話了：

「先生們，我會說法文、英文、德文和拉丁文。我本來可以在初次見面時就回答你們，但我首先想了解你們，然後考慮考慮。你們用四種語言講述經歷，內容完全一致，這使我確信了你們的身分。現在我知道，偶然的遭遇讓我見到了你們：皮耶・阿羅納斯先生，巴黎博物館自然史教授，負有出國進行考察的科學使命；貢協議，教授的僕人；以及尼德・蘭，加拿大籍人，美利堅合眾國海軍林肯號驅逐艦上的魚叉手。」

我欠了欠身表示同意。船長所說並不構成問題。因此，大可不必作答。此人口齒流利，沒有任何地方口音。他說話語句明晰，用詞準確，表達能力很強。然而，我並沒有「感覺到」他是我的同胞。

他繼續說下去：

「先生，你們一定覺得，我的第二次來訪未免來得太遲。這是因為，你們的身分確定後，我得深思熟慮後才能對你們作出定奪。我舉棋不定，猶豫許久。糟糕透頂的遭遇讓你們遭遇一個與世斷絕的人。你們的到來打亂了我的生存……」

「不是故意的。」我說。

「不是故意的？」陌生人反問道，提高了音量，「林肯號在海上到處追殺我，難道這不是故意的？你們登上這艘驅逐艦，難道也不是故意的？你們的炮彈打在我的船體上，難道這也不是故意的？尼德・蘭師傅用魚叉打擊我，這難道也不是故意的？」

我突然發現船長話中有一股強壓的怒火。不過，面對他一連串的責問，我可以順理成章進行答覆，於是我順水推舟：

「先生，您也許還不知道，在美洲和歐洲，有一場關於您的爭論。您不知道，您的潛水裝置曾造成多次撞船事故，已經在兩大洲的輿論界掀起軒然大波。為了弄清莫名其妙的現象，人們做了無數的假設，當時只有您才掌握其中的奧祕，我不想羅列那些形形色色的猜測。但是請您明白，林肯號對您窮追不捨，一直追到太平洋北部，它還以為是在追獵某種強大的海怪呢，它為此不惜代價，非要把海怪從大海中清除出去不可。」

船長雙唇微微一笑，然後語氣稍微緩和地說：

「阿羅納斯先生，您敢不敢保證，你們的艦艇不會像追蹤和炮擊怪物那樣追殺潛水船？」

這個問題使我十分尷尬，因為可以確定的是，法拉格特艦長絕不會動搖心意。他自以為有責任摧毀任何類似獨角巨鯨的裝置。

「您現在明白了吧，先生，」陌生人又說，「我有權把你們當作敵人看待。」

我無言以對，道理不言自明。當武力可以摧毀鐵證如山的論據時，那麼爭論類似的問題就毫無意義了。

「我猶豫了很久，」艦長又說，「沒有任何理由要我熱情地款待你們。如果我要擺脫你們，我大可不必再來探看你們。你們曾在船外平臺上避過難，我再把你們送上去即可。然後我潛入海底，從此忘得一乾二淨，如同你們根本沒有存在過。難道這不也是我的權利嗎？」

「這也許是野蠻人的權利，」我回答說，「但不是一個文明人的權利。」

「教授先生，」船長激動地反駁道，「我不是您所說的文明人！我已經同整個社會斷絕了關係，決裂的理由是否成立只有我才有權作出評判。因此，我不服從任何社會法規，請您以後永遠別在我面前提這些陳腔濫調！」

說得斬釘截鐵。陌生人的眼睛閃爍著憤怒與輕蔑的光芒，我彷彿感到，這個人生活裡有一段非同尋常的經歷。他不僅置身於人類法律之外，而且還使自己成為完全獨立、絕對自由、不受任何傷害的人。既然他能在海面上挫敗一個接一個針對他的陰謀行動，那麼，有誰還敢在海底去追殺他呢？又有什麼船隻敢與他的潛水船迎頭碰撞呢？不管裝甲艦的鋼板有多厚，又有哪艘戰艦吃得消它的硬頂硬撞呢？在人世間，沒有一個人能對他的所作所為索問代價，刨根究底。如果他相信上帝，如果他有良心，那麼只有上帝和良心的裁決才能使他就範。

這些念頭匆匆在我腦海裡一一閃過，而那怪人卻閉口不再說話了，只見他神情專注，彷彿陷入苦思冥想當中。我注視著他，既恐懼又好奇，大概同當年的俄狄浦斯注視斯芬克斯[1]情景差不多。

沉默了相當長時間，船長又開始說話了。

「我於是猶豫不決，」他說，「但我想，我的利益可以同天然同情心取得協調，所有的人都有權得到這種天然同情心。你們就留在我的船上吧，既然命運將你們拋了進來。你們在船上將是自由的，當然，自由是相對的，作為自由的交換，我只要求你們答應一個條件。只要你們一言為定即可。」

「說吧，先生，」我回答說，「我想這個條件是一個正直的人能夠接受的吧？」

「是的，先生，請聽好了。有這種可能，迫於某些意外事件，我不得不將你們關進艙房裡，幾小

1 典出希臘神話。斯芬克斯是帶翼的獅身女怪，她用繆斯傳授的隱謎守在底比斯城外，讓過往行人猜謎，猜不中者當場處死。國王宣告凡可除掉斯芬克斯者得王位，並娶前國王王后為妻。俄狄浦斯自告奮勇當面道破了斯芬克斯隱謎，女妖被迫跳崖身亡。俄狄浦斯當了國王，但娶的王后竟是自己的母親。

時或者幾天，視情況而定。但願我永遠不使用暴力，在這種情況下，我希望你們比任何時候都惟命是從。只有這樣做，我才能對你們負完全責任，保證讓你們絲毫不受牽連。因為是我要求你們做到不該看的不看。你們接受條件嗎？」

這麼說，船上一定有事，至少正在發生一些怪事，非離經叛道之人不可目睹！後來令我大驚小怪的事情多了，這件事恐怕就非同小可。

「我們接受您的條件，」我回答他說，「只是先生，請允許我對您提一個問題，只有一個。」

「說吧，先生。」

「您剛才說我們在船上將是自由的？」

「完全自由。」

「那麼我請問您，您對這種自由作何解釋？」

「來往自由，觀看自由，甚至這裡發生的一切皆可耳聞目睹，但某些嚴重情況除外，甚至我們享有的自由你們都有，包括我的同伴和我。」

顯然我們想的並不一樣。

「對不起，先生，」我繼續說，「可是，這種自由，只不過是囚犯在監獄中走動的自由！這種自由不能滿足我們的要求。」

「然而，你們該滿足了！」

「什麼！我們永遠不能回國、永遠不能再見到親友！」

「是的，先生。不過是永遠不再戴上陸地上的枷鎖罷了，而人們還以為這身枷鎖就是自由呢，放棄枷鎖並沒有你們想像的那麼難受。」

「好傢伙，」尼德・蘭叫了起來，「我絕不保證我不設法逃跑！」

「我並沒有要求您保證，蘭師傅。」船長冷淡地回答。

「先生，」我答道，禁不住怒火中燒，「您仗勢欺負我們！未免太殘酷了吧！」

「不，先生，這是仁慈！你們是我戰鬥後抓獲的俘虜！我把你們留下了，本來我只要一句話就可以重新把你們葬送在大洋深淵！你們曾經攻擊我！你們是來刺探情報的，而這個祕密就是我的全部生命，不允許世界上任何人染指！你們還以為，我會把你們送回大陸，其實大陸早就翻臉不認我了！休想！把你們留在這裡，並非為了保護你們，而是為了保護我自己！」

船長一席話說明他的決心已下，任何理由都難以說動。

「如此說來，先生，」我接著說，「您只讓我們在生與死之間做選擇？」

「沒錯。」

「我的朋友們，」我說，「對剛才提出來的問題，我們無言可答。但我們對這艘船的主人沒有做出任何承諾。」

「一點也沒有，先生。」陌生人回答。

而後，他口氣溫和了許多，接著說：

「現在，我還有話要對您說，請讓我把話說完。我了解您，阿羅納斯先生。您呢，若不是您的夥伴在您身邊，您恐怕就不會如此怨天尤人，正是這個偶然事件把您和我的命運聯繫在一起了。這裡有我最愛讀的書，您可以從中找到其中一部，就是您出版的關於海底大世界的著作。我愛不釋手。您研究的領域深遠，搶佔了大陸科學的前沿，但您並非無所不知，也並非無所不見。因此，請允許我告訴您，教授先生，您將不會後悔您在我船上度過的時光。您將漫遊神奇無比的國度。大驚小怪，目瞪口呆，恐怕將是您的精神常態。眼前層出不窮的景象一定會讓您眼花繚亂，百看不厭。而我將再一次周遊海底世界——也許這是最後一次吧，誰知道呢？——我曾多次出入海底世界，我將復習以前力所能及研究的一切領域，而您將是我繼續研究的合作夥伴。打從這一天開始，您將進入一個嶄新的天地，您將看見任何人未曾見識過的事物，當然不包括我和我的夥伴，正是透過我，我們的星球將向您揭開最後的祕密。」

我不能否認，船長這一席話對我產生了重大影響。他一下子抓住了我的弱點，我頓時忘記了，看得眼花繚亂並不能彌補失去的自由。更有甚者，我指望將來去解決自由這個嚴重的問題。因此，我只回答如下：

「先生，您雖然同人類斷絕了關係，但我還是願意相信，您並沒有徹底否認人的感情。我們是遇難者，您的船好心收留了我們，對此我們不會忘記。至於我，我並不否認，只要科學的興趣能抵消自由的需要，那麼，我們的相遇就會給我提供機會，這種機會將給我帶來巨大的補償。」

我想，船長會馬上同我握手，確認我們達成的協定。但他什麼也沒有做。我為他感到遺憾。

「還有最後一個問題。」我說，當時這個神祕莫測的人物正轉身要走。

「說吧，教授先生。」

「我該如何稱呼您？」

「先生，」船長答道，「對您來說，我不過是尼莫[2]船長；對我來說，您和您的夥伴不過是鸚鵡螺號上的乘客。」

尼莫船長叫人。一個服務員來了。船長用外語對他下達命令，反正我聽不懂。而後，他轉身對加拿大人和貢協議說：

「請到你們的艙房去用餐。請跟這個人走。」

「來者不拒！」魚叉手回答。

貢協議和他最終離開了這間牢房，他們整整在裡面關了三十多個小時。

「那麼現在，阿羅納斯先生，我們的午餐已準備好了。請跟我來。」

「是，船長。」

我跟著尼莫船長，一跨出艙門，便走進一條電光照明的走廊，似乎是船的縱向通道。走了十來公尺，只見第二道門在我面前打開了。

我走進一間餐廳，室內裝飾和陳設品味精美雅致。高大的橡木餐櫃，鑲嵌著黑檀木雕飾，直立在餐廳的兩頭，櫃內隔板架上擺著各種陶瓷玻璃器皿，光彩奪目，價值連城。天花板光明普照，金銀餐具發出閃閃爍爍的反光，天花板上精美的繪畫又使室內的光線柔情似水而且賞心悅目。

餐廳中央擺著一張桌子，上面準備好豐盛的飯菜。尼莫船長指了指位置請我入座。

「請坐，」他對我說，「大吃大喝吧，像個餓死鬼。」

午餐有幾道菜全是海味，另幾道我不知何物，也不明來歷。我承認很好吃，但有一股怪味，我倒很容易適應。菜色五花八門，我覺得大都是高磷食品，我想應該是海產吧。

尼莫船長看著我。我什麼也沒問，但他猜到我在想什麼，於是主動回答了我急切想請教的問題。

「大多數的菜您不認識，」他說，「不過，您盡管享用，不必擔心。這些菜既衛生又富有營養。很長時間以來，我就不吃陸地上的食物了，我的身體並沒有因此變壞呀。我的船員們個個身強力壯，

2 尼莫，譯自拉丁語Nemo，意思是「沒有一個人」。

我走進一間餐廳，室內裝飾和陳設品味精美雅致。

他們跟我吃的並沒有什麼兩樣。」

「這麼說來，」我問道，「所有這些食品都是海產品了？」

「沒錯，教授先生，大海裡應有盡有，對我有求必應。有時，我撒開拖網，當我一拉起來時，網都快擠破了。有時，我去捕獵，所到之處，杳無人煙，人類似乎無法涉足，我追逐的獵物，就居住在我的海底森林裡。我的畜群，就像尼普頓[3]的老牧人放養的羊群一樣，在汪洋大海的廣闊草原上無憂無慮地吃草。我擁有一大片由我自主開發的海洋產業，總是由創造萬物的造物主親手播下種子。」

我不勝驚訝地看了看尼莫船長，對他說：

「我完全明白，先生，您的魚網可以為您的餐桌提供美味可口的鮮魚；但我不太明白，您如何在您的海底森林裡追捕水生的獵物；讓我更不明白的是，您的菜肴裡怎麼有一小塊肉，哪怕只有小小的一塊。」

「那我告訴您，先生，」尼莫船長答道，「我是絕對不用陸產獸肉的。」

「這個，可是。」我接著說，指了指一盤菜，上面還有幾片脊肉。

「您可能以為這是豬牛羊肉吧，教授先生，其實這只不過是海龜脊肉罷了。瞧這個是海豚肝，您可能以為是豬雜燴吧。我的廚師可是一把巧手，他很擅長保存各種海產品。這幾道菜請您一一品嘗一下。這是罐頭海參，有個馬來人說是世界上無與倫比的海味；那是奶油，奶來自鯨的乳房，糖則出自北海的墨角藻；最後，請允許我向您介紹銀蓮花果醬，其味道可以同最可口的果醬相媲美。」

我吃得津津有味，與其說我是嗜好美食，莫如說我愛好新奇，而尼莫船長令人難以置信的介紹更

3 尼普頓，羅馬神話中的海神，即希臘神話中的波賽冬。

讓我開心。

「而且，阿羅納斯先生，」他對我說，「大海是神奇的奶母，其乳汁取之不盡，她不僅為我提供吃的，而且提供穿的。您身上穿的衣料，就是貝殼類動物的足絲製成的，大紅大紫的顏色，就是用古大紅加上我從地中海海兔中提取的大紫顏料染成的。在您艙房的洗手間，為您準備的香水，也是海洋植物蒸餾加工的產物。您睡的床是海洋裡最柔軟的大葉藻做的。您使用的蘸水筆實際上是一根鯨鬚，墨水則是墨魚或槍烏賊的分泌物。現在，我的一切來自大海，猶如有朝一日，一切將回歸大海一樣！」

「您喜歡大海，船長。」

「是的，我喜歡大海！大海就是一切！海洋占地球面積的十分之七。大海的氣息純淨而且保健。在茫茫大海裡，人並不孤獨，因為周圍處處都可以感覺到生命的顫動。大海只是一種超自然的神奇生命的載體，大海不過是運動加愛情；正如你們的一位詩人說的，大海是無限的生動。而實際上，教授先生，大自然有三大領域，礦物界、植物界和動物界。在海洋動物中也有廣泛的代表，其中有四類植形動物，三類節肢動物，五類軟體動物，三類脊椎動物：包括哺乳動物、爬蟲類，以及成群結隊的魚類，構成名目繁多的動物系列，不下一萬三千多種，其中只有十分之一生活在淡水之中。大海是大自然的遼闊寶庫。應當說地球始於大海，誰知道會不會最終也歸於大海！大海是安寧的最高境界。大海不屬於任何暴君。在海面上，暴君們依然可以濫用權力，互相爭鬥，互相撕咬，他們把陸地上的一切暴行帶到海上。但是，在海平面三十米以下，他們的權力鞭長莫及，他們的影響消失了，他們的勢力蕩然無存。啊！先生，要活，就到海裡來生活吧。只有在海裡才能獨立自主！在海裡，我沒有主人！在海裡，我自由自在！」

尼莫船長眉飛色舞正講到興頭上，卻突然閉口不說了。他是否信馬由韁，超出了慣常保守的底線？他是不是說得太多了？只見他特別興奮，踱來踱去，來回走了好一陣子。過一會兒，他的情緒冷靜了下來，臉上表情恢復了習慣性的冷峻，他轉身對我說：

「現在，教授先生，如果您願意參觀鸚鵡螺號，我願意奉陪。」

第十一章　鸚鵡螺號

尼莫船長起身離席。我跟著他走。廳後雙重門開啟，我走進另一間房間，大小與剛才離開的餐廳相當。

這是一間圖書室。只見鑲銅紫檀木書架又高又大，寬大的隔板上放置大量統一裝幀的書籍。書架貼牆而立，渾然一體，下部擺著栗皮大沙發，沙發弧線恰到好處，極其美觀舒服。裡面備有幾張輕巧的活動書桌，可以隨意推開或拉近，便於放書和閱讀。圖書室中央立著一張大桌子，上面放滿了小冊子，中間夾雜著幾張舊報紙。電光普照，滿屋和諧，原來光源來自渦形天花板上鑲嵌著的四個毛玻璃半球狀燈泡。我看著這間精心佈置的圖書室，讚佩之情油然而生，我簡直難以相信自己的眼睛。

「尼莫船長，」我對主人說，他剛在一張長沙發上躺下，「這間圖書室，就是放到大陸宮廷內也絕不遜色，當我想到它竟能隨您潛入海底，真是感到妙不可言。」

「哪裡去找更隱祕、更幽靜的場所，教授先生？」尼莫船長回答道，「您在博物館的工作室能讓您得到如此充分的休息嗎？」

「找不到，先生，而且，我還得補充，與您的相比，我的工作室就顯得太寒酸了。您有六七千冊藏書吧……」

「是一萬兩千冊，阿羅納斯先生。這些書是我與陸地的唯一聯繫。但自從我的鸚鵡螺號首次潛入海下那天起，對我來說，世道已經完結。那一天，我購買了最後幾本書，最後一批小冊子，最後幾張報紙，此後，我寧願相信，人類不再思想，不再寫作。這些書，教授先生，從此就由您來支配，您可以隨意使用。」

我謝過尼莫船長，不由走近書架。書架上各種語種的科學、倫理和文學書籍豐富多彩，但沒有發現一部政治經濟方面的書籍，看來船長嚴禁此類書籍上船。有一個奇怪的現象，所有的書一律不分門別類排列，也不按語種放置，這說明鸚鵡螺號船長閱讀時可以隨心所欲，順手拈來。

在洋洋大觀的書籍中，我發現有古今大師的傑作，也就是說，這裡有人類在歷史、詩歌、小說和科學諸方面出版的最優秀的成果，從荷馬到維克多・雨果[1]，從色諾芬[2]到米什萊[3]，從拉伯雷到喬治・桑夫人[4]。但最為可觀的是科學類書籍，它們構成了圖書室的主體，諸如機械學、彈道學、水文地理、氣象學、地理學、地質學等科學著作，佔據地位之重要並不亞於自然史著作。我知道，這些學科都是船長研究的主要領域。我發現書架上有洪堡[5]全集、阿拉哥全集以及傅科[6]、亨利・聖克雷爾・德維爾[7]、夏斯爾[8]、米爾納—愛德華茲[9]、卡特法熱、廷德爾[10]、法拉第、貝特洛[11]、塞奇教士[12]、彼特曼[13]、莫里艦長[14]、阿加西斯[15]等名家著作，還有科學院論文集、各地理學會的簡報等等。我的兩卷著作也放在顯著位置，也許正是這兩本書使我得到尼莫船長比較寬厚的款待。在約瑟夫・貝特朗16的著作中，《天文學的創始人》一書甚至給我留下一個確切的日期，得知此書是一八六五年出版的，由此可以斷定，鸚鵡螺號想必不是在此前下水的。這麼說，尼莫船長的潛水生涯最多不超過三年時間。當然，我希望看到更新的著作，以便確定更準確的日期。不過，來日方長，以後我還可以繼續搜尋證據，但我現在不想耽擱過多時間，以免延誤我們在鸚鵡螺號上的觀光遊覽活動。

「先生，」我對船長說，「謝謝您允許我使用這個圖書室。這裡富含科學寶藏，我肯定會從中獲

1 維克多・雨果（1802—1885），法國大詩人，大作家，代表作有《歷代傳說集》、《巴黎聖母院》、《悲慘世界》等。
2 色諾芬（約前430—約前354），古希臘歷史學家，著有《遠征記》、《希臘史》等。
3 米什萊（1798—1874），法國歷史學家。著有《法蘭西史》、《法國革命史》、《十九世紀史》等。
4 喬治・桑夫人（1804—1876），法國女作家，著有《印第安娜》、《魔沼》等。
5 洪堡（1769—1859），德國自然科學家、自然地理學家，近代氣候學、植物地理學、地球物理學的創始人之一。著有《宇宙》、《中亞》、《新大陸熱帶地區旅行記》等。
6 傅科（1819—1868），法國物理學家、天文學家、法蘭西科學院院士。
7 亨利・聖克雷爾・德維爾（1818—1881），法國化學家、法蘭西科學院院士，著有《化學教程》等。
8 夏斯爾（1793—1880），法國數學家。
9 米爾納—愛德華茲（1800—1885），法國生物學家。
10 廷德爾（1820—1893），英國物理學家，英國皇家學會會長，主要研究輻射熱，發現「廷德爾效應」。著有《視作一種運動模式的熱》、《論聲》等。
11 貝特洛（1827—1907），法國化學家，法國化學學會會長，法蘭西科學院院士，曾任法國教育部部長、外交部部長。著有《合成有機化學》、《中世紀化學》等。
12 塞奇（1818—1875），義大利天文學家。著有《太陽》等。
13 彼特曼（1822—1878），德國物理學家、製圖學家。著有《柏格豪斯世界自然地圖集》、《非洲內陸與德蘭士瓦地圖集》等。
14 莫里（1806—1873），美國海軍軍官、地理學家。著有《海洋自然地理》、《我們居住的世界》等。
15 阿加西斯（1807—1873），美國自然科學家，著有《冰川概論》等。
16 貝特朗（1822—1900），法國數學家。

一間圖書館。

益的。」

「這廳不僅僅是圖書室，」尼莫船長說，「而且還是吸菸室。」

「吸菸室？」我不由叫了起來，「船上還可以抽菸？」

「沒錯。」

「這麼說，先生，我只好認為，您與哈瓦那保有一定聯繫。」

「毫無關係，」船長回答道，「請抽這支雪茄，阿羅納斯先生，雖然不是來自哈瓦那，但如果您是行家，您會喜歡的。」

我接過他遞來的雪茄，其形狀很像哈瓦那產的倫敦牌雪茄，但似乎是金黃菸葉製成的。我在一個銅支架上的小煙灰缸上點燃了香菸，剛吸幾口，就感到渾身舒暢，我愛吸菸，已經有兩天沒聞到菸味了。

「妙極了，」我說，「不過，這不是菸草的菸。」

「當然不是，」船長答道，「這菸既不是來自哈瓦那，也不產自東方。這是一種藻類，富含尼古丁，是大海提供給我的，但卻很名貴。您還懷念哈瓦那的倫敦牌菸嗎，先生？」

「船長，打從今天開始，那種菸就不值一提啦。」

「那您就痛快地抽吧，也不必講究牌子了。反正不受任何專賣局的控制，但我想，品質未必就不好吧。」

「恰恰相反。」

此時，尼莫船長打開了另一道門，與剛才進圖書室的門正好相對，我走了進去，原來裡面是一個燈火輝煌的大廳。

大廳天花板上裝飾有淺淡的阿拉伯圖案，白光如晝，明亮而且柔和，沐浴著博物館裡巧奪天工的陳列品。

尼莫船長對我說，並用手指著安裝在牆壁上的各種儀表。

大廳帶有偶角斜面，呈長方形，長十米，寬六米，高五米。天花板上裝飾有淺淡的阿拉伯圖案，白光如畫，明亮而且柔和，沐浴著博物館裡巧奪天工的陳列品。沒錯，這的確是一個博物館，似有一隻智慧的神來妙手，把天然和藝術的奇珍異寶兼收並蓄，渾然收藏為藝術的整體，猶如琳琅滿目的畫室。

整個牆壁裝飾著圖案樸素大方的壁毯，壁毯上掛著三十來幅名家畫作，畫框統一規格，畫幅之間用陳列武器的盾形板隔開，閃閃發光。我看到上面掛著好些價值連城的名畫，其中大部分畫我在歐洲私人收藏館或畫展上欣賞過。古代各流派大師的作品有：拉斐爾[17]的聖母像，達文西[18]的聖女像，科勒喬[19]的仙女圖，提香[20]的婦人像，委羅內塞[21]的膜拜圖，牟利羅[22]的聖母升天圖，賀爾拜因[23]的肖像畫，委拉斯奎茲[24]的僧侶像，里貝拉[25]的殉難圖，魯本斯[26]的主保瞻禮節圖，特尼埃[27]的兩幅法蘭德斯風景畫，熱拉爾·道[28]、梅蘇[29]、保羅·包泰爾[30]風俗畫派的三幅小型畫，藉里柯[31]和普呂東[32]的兩幅油畫，貝丘生[33]和維爾內[34]的幾幅海洋風景畫。現代繪畫作品有：德拉克拉瓦[35]、安格爾[36]、德康[37]、特魯瓦榮[38]、梅索尼埃[39]、多比尼[40]等署名作品。還有幾尊縮小了的仿古銅像和大理石像，精美逼真，立在古香古色的博物館各個角落的柱座上，令人歎為觀止。鸚鵡螺號船長曾預言我看了會大驚小怪、目瞪口呆，果真被他言中了，我已被這座藝術殿堂迷住了。

「教授先生，」這個怪人乘機說，「請原諒我不拘禮節地接待您，廳裡雜亂無章也請您包涵。」

「先生，」我回答道，「我並不想打聽您是誰，不過，我把您當作藝術家看，您不會介意吧？」

「最多算一個業餘愛好者吧，先生。以前我喜歡收藏這類精美的手工創作的作品。那時，我是一個貪得無厭的搜尋者，是一個孜孜不倦的淘寶狂，我因此收集了幾件價值很高的藝術品。這裡陳列的是大地留給我的最後紀念品，現在對我來說，大地已經死亡。在我眼裡，你們的現代藝術家也不過是

17 拉斐爾（1483—1520），義大利文藝復興時期畫家，建築師。代表作有《三美神》、《巴那斯山》、《西斯廷聖母》等。

18 達文西（1452—1519），義大利文藝復興時期美術家、自然科學家、工程師。代表作有《基督受洗》、《最後的晚餐》、《蒙娜・麗莎》等。

19 科勒喬（1489—1534），義大利文藝復興時期畫家。代表作有《聖卡特琳娜的訂婚》、《牧人萊拜》、《天堂》等。

20 提香（約1490—1576），義大利文藝復興時期威尼斯派畫家。代表作有《聖母升天》、《愛神節》、《西班牙拯救了宗教》等。

21 委羅內塞（1528—1588），義大利文藝復興時期威尼斯派畫家。代表作有《迦拿的婚宴》、《威尼斯的勝利》等。

22 牟利羅（1618—1682），西班牙畫家。代表作有《天使的廚房》、《聖母的誕生》、《小乞丐》等。

23 賀爾拜因（1497—1543），宗教改革時期德國肖像畫家、版畫家。代表作有《死神舞》、《德國商人吉慈像》、《丹麥公主克萊斯提娜像》等。

24 委拉斯奎茲（1599—1660），西班牙畫家。代表作有《火神的鍛鐵工廠》、《酒神》、《宮娥圖》等。

25 里貝拉（1591—1652），西班牙畫家。代表作有《阿基米德》、《跛腳兒童》、《聖巴多羅買殉難》等。

26 魯本斯（1577—1640），法蘭德斯畫家。代表作有《農民的舞蹈》、《劫奪列其普的女兒》、《亞馬孫之戰》等。

27 特尼埃（1610—1690），法蘭德斯畫家。

28 熱拉爾・道（1613—1675），荷蘭畫家。

29 梅蘇（1629—1667），荷蘭畫家。

30 保羅・包泰爾（1625—1654），荷蘭畫家。

31 藉里柯（1791—1824），法國浪漫主義先驅畫家。代表作有《梅杜薩之筏》、《賽馬》、《奴隸市場》等。

32 普呂東（1758—1823），法國畫家。代表作有《被架走的賽琪》、《正義與復仇》等。

33 貝丘生（1631—1708），荷蘭畫家。

34 維爾內（1714—1789），法國畫家。

35 德拉克拉瓦（1798—1863），法國畫家。代表作有《自由領導人民》、《但丁和維吉爾在地獄》、《阿爾及利亞婦女》等。

36 安格爾（1780—1867），法國古典主義畫家。代表作有《愛蒙夫人像》、《別丹先生像》、《泉》、《土耳其浴》等。

37 德康（1803—1860），法國畫家。

38 特魯瓦榮（1810—1865），法國畫家。

39 梅索尼埃（1815-1891），法國畫家。

40 多比尼（1817—1878），法國畫家。

些老古董，他們有兩三千年的歷史了吧，反正在我腦海裡都混淆在一起，不分彼此了。大師沒有年代。」

「那這些音樂家呢？」我指著一大堆樂譜說，其中有韋伯[41]、羅西尼[42]、莫札特[43]、貝多芬[44]、海頓[45]、梅耶貝爾[46]、埃羅爾德[47]、華格納[48]、奧柏[49]、古諾[50]等諸多大師的作品，它們都放在一架大鋼琴上，鋼琴與管風琴合成一體，佔據大廳的一面牆壁。

「這些音樂家，」尼莫船長回答我說，「他們是俄耳浦斯[51]的同代人，因為在死者的記憶裡，時代的差別已經消失——要知道，我已經死了，教授先生，與您那些在地下六英尺長眠的朋友一樣。」

船長又不說話了，似乎陷入了深思。我心情異常激動，不由細細打量他一番，默默地分析他滿臉古怪的表情。只見他雙肘支在一張精美的拼花桌子的邊角上，不再看我一眼，好像忘記了我的存在。

我不想打擾他的思緒，便繼續參觀展廳裡豐富的珍藏。

與藝術品相比，自然界的珍稀品種在展廳裡佔據非常重要的地位。展品主要包括植物、貝殼和其他海產品，這些東西很可能是尼莫船長親自採集來的。展廳中央是電光照明的噴泉，噴出的泉水回落到硨磲大盆裡。硨磲是一種大型軟體動物，這個盛水大盆堪稱硨磲貝殼之最，其邊沿狀似月牙花飾，周長有六米左右，就是威尼斯共和國贈送給弗朗索瓦一世[52]的那幾個漂亮的硨磲與此相比，也只能算小巫了，其中有兩個還被巴黎的聖緒爾比斯教堂用來做了聖水大缸呢。

盛水盆周圍，是精緻的銅架鑲邊玻璃櫥櫃，裡面陳列著彌足珍貴的海產品，均按分類貼上標籤，即使是生物學家也難有緣一飽眼福。我作為生物學教授得以先睹為快，喜悅之情大家可想而知。

植形動物門中，這裡存有兩類珍貴的標本，那就是水螅類和棘皮類動物。在水螅類中，有笙珊瑚、扇形柳珊瑚、敘利亞軟海綿、摩鹿加群島[53]的海木賊、磷光珊瑚、挪威海裡奇異的逗點珊瑚、形形色的傘珊瑚、海雞冠，還有一組石珊瑚（我的導師米爾納．愛德華茲曾對石珊瑚做過詳細的分類），我發現其中有扇形石珊瑚、波旁島眼珊瑚、安地列斯群島的「海神之車」，千奇百怪，美不勝收，珊瑚屍骨成堆便成了海島，珊瑚島連成一片，有朝一日便成了陸地。棘皮類動物明顯的特點是外表多刺，這裡有海盤車、海星、五角海百合、毛頭星、流盤星、海膽、海參等等，標本種類齊全，各就各位，收藏極具代表性。

凡是貝類專家，只要眼光稍微敏銳一點，來到另一個櫥櫃前，看到裡面陳列的更為豐富的軟體動物標本，一定會高興得忘乎所以的。我在那裡看見一套價值連城的實物標本，只是時間有限，不允許

---

41 韋伯（1786—1826），德國作曲家。代表作有歌劇《自由射手》、《歐利安特》，鋼琴曲《邀舞》等。

42 羅西尼（1792—1868），義大利歌劇作曲家。代表作有《塞爾維亞的理髮師》、《威廉．退爾》、《奧賽羅》等。

43 莫札特（1756—1791），奧地利作曲家，維也納古典樂派的中心人物。

44 貝多芬（1770—1827），德國作曲家，世界公認的最偉大的作曲家。

45 海頓（1732—1809），奧地利作曲家。代表作有交響曲《驚愕》、《時鐘》、《告別》，清唱劇《創世紀》、《四季》，126首三重奏，五十四首鋼琴奏鳴曲，十六部歌劇以及十三部彌撒曲等。

46 梅耶貝爾（1791—1864），德國作曲家。代表作有歌劇《西里西亞的軍營》、《北極星》、《非洲女郎》、《惡魔羅勃》等。

47 埃羅爾德（1791—1833），法國作曲家。

48 華格納（1813—1883），德國作曲家和音樂戲劇家。代表作有歌劇《黎恩濟》、《漂泊的荷蘭人》、《萊茵河黃金》、《眾神的黃昏》等。

49 奧柏（1782—1871），法國作曲家，巴黎音樂學院院長。代表作有《石匠》、《青銅馬》、《蒙面舞會》等。

50 古諾（1818—1893），法國作曲家。代表作有《浮士德》、《羅密歐與茱麗葉》、《教皇進行曲》、《聖母頌》等。

51 俄耳浦斯，希臘神話中色雷斯的詩人和歌手，善彈豎琴，琴聲可使猛獸俯首，頑石點頭。

52 弗朗索瓦一世（1494—1547），法國瓦羅亞王朝國王。

53 摩鹿加群島，在印尼海域。

我一一加以描寫。我只好從中略舉數種以為備忘：印度洋風度翩翩的王槌貝，只見紅棕的底色上布滿規則的白花點，圖案晶明鮮亮；有王者風範的海菊蛤，色澤豔麗，渾身長刺，是歐洲博物館藏中罕見的珍品，我估計它價值兩萬法郎；新荷蘭島海域中的一枚海通錘，這種貝很難捕獲，得之不易；來自塞內加爾島的洋唇貝，兩瓣白殼脆若皂泡，彷彿一吹就要破碎似的；多種爪哇嘖壺貝，邊緣有葉狀皺褶的石灰質管子，最受貝殼收藏愛好者青睞；完整的一組馬蹄螺，有的青黃色，撈自美洲海域，有些棕赭色，產自新荷蘭島海域，來自墨西哥灣的呈鱗狀，十分搶眼，取自南半球的呈星狀，而最稀罕最出眾的就是紐西蘭的馬刺螺了；還有奇妙的含硫櫻蛤，珍稀品種浪花蚧和維納斯螺，特蘭克巴爾海濱的格子花盤貝，有大理石花紋的亮殼蠑螺，中國海的鸚鵡綠貝，錐形貝類中幾乎無人知曉的芋螺，印度和非洲作為貨幣使用的各種磁貝，東印度群島最珍貴的貝殼「海之光」；最後還有紐絲螺、燕子螺、金字塔螺、海蝸牛、卵形貝、螺旋貝、僧帽貝、筆螺、鐵盔貝、荔枝螺、蛾子螺、豎琴螺、岩螺、法螺、蟹螺、錘螺、袖螺、翼螺、笠螺、硝子螺、龜螺，這些貝類動物外殼精美細嫩，科學界不吝賜予最富魅力的芳名。

另外，展櫃開設專門格子，用於展示美輪美奐的珍珠串，電光一照，珠光寶氣，星火閃爍，其中有採自紅海的江珧珠玫瑰紅，有取自蝶鮑的綠珍珠，還有黃珍珠、藍珍珠、黑珍珠，它們都是從汪洋大海或北方水系中各種軟體動物身上採摘下來新奇產品。最後還有好幾顆無價之寶，都是從珍稀貝類身上提取出來珠寶極品。這裡陳列的珍珠有的比鴿蛋還大，價值超過旅行家塔韋尼埃[54]賣給波斯國王的那顆大珍珠，時價高達三百萬，也遠比馬斯喀特[55]教長的那顆大珍珠名貴，我原以為那是世界上獨一無二的寶珠呢。

因此，可以這麼說，要為這裡的收藏估個價，那是不可能的。尼莫船長一定耗費數百萬鉅資才得以購置如此豐富的標本，我暗自納悶，他到底從什麼地方弄到這麼多錢來滿足他的收藏狂熱，正當我心裡犯嘀咕時，船長開口打斷了我的思路：

「您對我的貝殼關愛有加嘛，教授先生。當然啦，生物標本引起生物學家的興趣本來不足為怪，但是，對我來說，它們卻另有一番情趣，因為它們都是我親手一件一件採集來的，地球上沒有一處海域沒有被我搜尋過。」

「我明白了，船長，我明白了在奇珍異寶之中閒步是何等的愜意。您是親手創造財富的人。歐洲沒有一家博物館擁有類似的海產珍藏。不過，如果我把讚美詞全用在珍藏品上，那我再來形容承載這些珍品的船隻時恐怕就要才盡詞窮了！我全然無意刺探屬於您的祕密！然而，我承認，鸚鵡螺號本身，它蘊含的動力，使它運轉的機器以及賦予它活力的超強本領，所有這一切都激起我的高度好奇。我看見大廳牆壁上安裝著許多儀器儀錶，不知派什麼用場。我可否了解了解？……」

「阿羅納斯先生，」尼莫船長回答我說，「我告訴過您，您在我的船上是自由的，因此，鸚鵡螺號沒有任何部位對您是謝絕參觀的。您盡可以仔細觀察，而且我樂意充當您的導遊。」

「我真不知道如何感謝您才好，先生，但我不會濫用您的好意的。我只想請教您一個問題，那些物理儀器是做什麼用的……」

「教授先生，我的房間裡也有同樣的儀錶，還是到我房間裡為您解釋它們的用途吧。不過，在此之前，還是先請您看看為您準備的艙房吧。您應當知道您是如何在鸚鵡螺號船上安家落戶的。」

---

54 塔韋尼埃（1605—1689），法國旅行家和作家。

55 馬斯喀特，阿曼蘇丹國首都。

客廳牆角都有門，我跟著尼莫船長出了其中一道門，回到原來的縱向走廊。他領我走向船頭。在那裡，我看到的不是普通艙房，而是一間豪華臥室，有床，有洗手間，家具一應俱全。

我連連對主人表示感謝。

「您的臥室就在我的隔壁，」他打開門對我說，「我的房間正對著我們剛才離開的那間大廳。」

我走進了船長臥室。只見室內陳設樸實無華，簡直像苦行僧的住處。一張鐵床，一張辦公桌，幾樣梳洗用具，滿屋明暗參半。不見任何奢侈品。全是必需品，僅此而已。

尼莫船長指著椅子對我說：

「請坐，」

我坐了下來，他便對我說了如下一席話。

第十二章 一切都用電

「先生，」尼莫船長對我說，並用手指著安裝在牆壁上的各種儀錶，「這些就是鸚鵡螺號航行常用的儀錶。在這裡跟在大廳裡一樣，所有儀錶都在我的監控之下，它們為我指出我在汪洋大海中的具體位置和確切方向。有些儀錶您很熟悉，如溫度計，它會告訴我鸚鵡螺號船內的溫度；又如氣壓計，測量空氣壓力並預告天氣變化；濕度計，指示空氣的乾濕程度；氣候變化預測管，管內混合物一旦分解，表明暴風雨即將來臨；羅盤，專門為我指引航向；六分儀，通過測量太陽的高度，確定船所在的緯度；精密時計，用來計算船所處的經度；最後是日視和夜視望遠鏡，鸚鵡螺號一旦浮出水面，我就可以從各個方位觀測海天景象。」

「這些是航海家常用的儀器，」我答道，「我了解它們的用途。但這裡還有別的儀器，想必是鸚鵡螺號專用的吧。我看這個錶盤，上面指標在轉動，是不是流體壓力計？」

「沒錯，正是流體壓力計。放進海水裡，就可以測出外面海水的壓力，我便知道船潛水的深度。」

「那些是新式探測儀吧？」

「是溫度探測儀，報告各水層的溫度。」

「還有那些？它們的用途我可猜不出來？」

「談到這裡，教授先生，我必須向您做點解釋，」尼莫船長說，「您聽我說。」

他沉默片刻，然後說：

「這裡有一種強大的原動力，順服，快捷，方便，它有求必應，處處都用得上，在船上當家作主。一切都由它包辦。它為我照明，給我溫暖，它是我船上機械設備的靈魂。這個原動力就是電。」

「電！」我驚叫起來。

「是的，先生。」

「可是，船長，您的船航速極快，電的能量難以匹配吧。到目前為止，發電功率還很有限，產生的力量太小了！」

「教授先生，」尼莫船長答道，「我的電不是普普通通的電，請恕我只能對您說這些了。」

「我不會追根究底的，先生，我只是為有這樣的效果感到萬分驚訝。不過，我只提一個問題，若不合適，您可以不回答。為生產這種神奇的原動力，您必須使用大量原材料，這些原料消耗很快吧。比如鋅，既然您與陸地完全斷絕了來往，那您如何得到新的補充？」

「您的問題會有答案的，」尼莫船長答道，「首先，我要對您說，海底蘊藏著鋅、鐵、銀、金等礦物，開採起來完全是可行的。但我從不求助於埋藏於地底下的金屬，我只願意向大海討要生產電力的辦法。」

「向大海討要？」

「是的，教授先生，我有的是辦法。本來，我完全可以把電線埋在不同深度構成電路，利用電線溫差產電，但我更熱衷於一種更實用的方法。」

「什麼方法？」

「您熟悉海水的成分。一千克海水中百分之九十六點五是水，百分之二點七左右是氯化鈉，其次就是少量的氯化鎂、氯化鉀、溴化鎂、硫酸鎂、硫酸鹽和碳酸鈣。那麼您可以看出，氯化鈉在海水中含量可觀。而我就是從海水中提取鈉的，我又用鈉合成我所需的物質。」

「鈉？」

「是的，先生。鈉與汞結合，形成汞合金，代替本生[1]電池中所需要的鋅。汞用之不盡，只有鈉才會消耗，但大海正好為我提供鈉。此外，我還要告訴您，鈉電池應當是能量最高的，它的電力是鋅電池的兩倍。」

「船長，我很明白，您得天獨厚，周圍到處是鈉。海水中有的是鈉。好。不過，得把它生產出來，一句話，要把它提煉出來。您是怎樣做的呢？當然，您的電池可以用來提取，不過，如果我沒有搞錯，電動機器消耗的鈉恐怕要超過提煉出來的產量。結果您為生產而消費的鈉，實際上比您所能生產的鈉數量要大得多！」

「正因為如此，教授先生，我才不用電池來提取鈉，我只用地下的煤炭燃燒發出的熱量來提煉。」

「地下的？」我不由強調了一下。

「就說是海下煤炭吧，隨您的便。」尼莫船長回答道。

「您能開採海底煤礦？」

「阿羅納斯先生，您會看到我的工作面。我只請您稍安勿躁，因為來日方長，用不著性急嘛。我只提醒您注意這點：我一切取自海洋，海為我發電，電為鸚鵡螺號提供熱量、光明和動力，一句話，電賦予鸚鵡螺號生命。」

「但是，電不能提供您呼吸的空氣吧？」

「哦！我也可以製造空氣供我利用，但不必多此一舉，因為我可以隨便浮上海面，只要我樂意。雖然，電不能提供新鮮空氣，但它至少可以發動高功率氣泵，把空氣壓縮進專門的儲氣罐裡，這樣，我可以根據需要潛入海底深處，願待多久就待多久。」

「船長，」我答道，「我不勝佩服，您顯然已經找到了人類將來有一天才能找到的東西，那就是電的真正強大的動力。」

「我不知道他們能不能找到這種動力，」尼莫船長冷冷地回答，「但不管怎麼說，您已經看到

1 本生（1811—1899），德國化學家和物理學家。發明本生燈、本生光度計和本生電池。

了，我利用這種寶貴能源已初見功效。正是電為我們照明，既有均勻性，又有持續性，這是陽光做不到的。現在，您請看這座掛鐘，它是電動的，準確度可與天下名錶媲美。我把錶盤分為二十四小時，與義大利鐘錶制無異；因為對我來說，既不存在黑夜，也沒有什麼白天，既看不見太陽，也看不見月亮，我只有這種人造光，我把它一直帶到海底來！您看，此時此刻，正是早晨十點鐘。」

「絲毫沒錯。」

「電還有另一種用途。掛在我們面前的這個錶盤，是用來指示鸚鵡螺號航速的。只用一根電線把它同測程儀的轉輪相連，上面的指針就為我指出船行的實際速度。您瞧，此時此刻，我們正以每小時十五海哩的中等速度前進。」

「好極了。」我答道，「船長，我明白了，您使用這種能源很有道理，它可以替代風、水和蒸汽。」

「我們還沒看完呢，阿羅納斯先生，」尼莫船長說著站了起來，「請跟我走，我們去看看鸚鵡螺號的後半部分。」

不錯，這艘潛水船的前半部分，我已有了完整的認識，船中心至船艏衝角準確劃分如下：餐廳長五米，隔壁圖書室長五米，兩室之間用細密防水板隔開；大廳長十米，船長室長五米，與大廳毗鄰，中間也用防水板隔開；我的臥室長二點五米；最後是儲氣庫長七點五米，緊挨著船頭。前半部總長三十五米。密封防水牆開有門，全用膠皮嚴絲合縫。萬一船體出現個別裂縫或漏洞，鸚鵡螺號也可確保安然無恙。

我跟著尼莫船長，穿過船的側翼縱向通道，來到船的中心位置。在那裡，兩道密封隔板之間，有一個類似井口的通道，只見一架鐵梯固定在內壁上，一直通向井的頂部。我問船長這架梯子有什麼用場。

「它通向小艇。」船長答道。

「什麼！您有小艇？」我不勝驚訝地盤問道。

「當然。一艘標緻的小艇，輕便而又不會沉沒，用於閒逛和捕魚。」

「但到時候，如果您要上小艇去，您只好浮出海面了吧？」

「大可不必。小艇附著在鸚鵡螺號船體的上部，藏在專設的槽洞裡。小艇渾身都是裝甲，用螺釘鉚緊，絕對密封。這架梯子通向鸚鵡螺號船體上的一個『人洞』，這個『人洞』與小艇側面同樣大小的『人洞』相通。我正是通過這對門洞登上小艇的。有人為我關閉出孔門，就是鸚鵡螺號上的門洞；而我只關閉小艇上的進孔門，一開一閉都用壓力螺栓，我一鬆開螺栓，小艇便高速浮上海面。我打開一直緊閉的蓋板，豎起桅杆，扯開風帆，或者蕩起雙槳，我便在海上遊逛起來。」

「那您如何回船呢？」

「我才不回去呢，阿羅納斯先生，是鸚鵡螺號來找我。」

「聽您的命令！」

「聽我的命令。有電線連接。我只要發一封電報就行了。」

「實在不錯，」我說，被奇蹟陶醉了，「再簡便不過了。」

通過梯籠，來到平臺，我看到一間二米長的艙房，貢協議和尼德•蘭正在裡面用餐，狼吞虎嚥，吃得好開心。接著，只見一扇門打開，裡面是廚房，有三米長，兩邊是寬敞的食品儲藏庫。

廚房烹調一律用電，電比煤氣有勁，好使喚。爐子下面接上電線，通電把鉑綿加熱，熱量散布很均勻，可以控制火候。電還可以加熱蒸餾器，通過汽化，提供純淨飲用水。廚房旁邊開了一間浴室，

機房燈火通明。

裡面設備很舒適，打開水龍頭，可隨意選用熱水或冷水。

廚房的隔壁是船員工作間，長五米。但房門緊閉，我看不見裡面的陳設，要不然，我也許知道操作鸚鵡螺號需要多少人。

工作間盡頭是第四道密封防水板，把工作間與機房隔開。只見一扇門打開了，我走進一間機房，尼莫船長（肯定是一流工程師）把全船的動力機械安裝在這裡。

機房燈火通明，長不少於二十米。機房自然分成兩部分：第一部分包括發電設備，第二部分包括推動螺旋槳運轉的機器。

一進機房，我就感到莫名其妙，滿屋子彌漫著一種說不出來的怪味。尼莫船長發現我神色不對，便對我說：

「這是利用鈉產生出來的氣體；也算美中不足，但微不足道。何況，每天早晨，我們都要露出水面大通風，淨化船內空氣。」

儘管如此，我還是興趣盎然地仔細觀察鸚鵡螺號上的機器設備。

「您看，」尼莫船長對我說，「我用的是本生電池裝置，而不是倫可夫[2]電池裝置。後一種功率不強。本生電池的裝置明堂不多，但電力強，功率大，經驗證明高明一籌。產生出來的電傳輸到船的後部，通過大面積的電磁鐵對杠杆和輪齒組成的特殊裝置產生作用，從而帶動螺旋槳主軸轉動。螺旋槳直徑六米，螺距七點五米，每秒轉速高達一百二十轉。」

「那您可得到的最高速度？」

2 倫可夫（1803—1877），德國機電學家，因發明感應線圈而聞名。

「每小時五十海哩的高速度。」

這裡有個祕密，但我並不想刨根問底。電怎能如此神通廣大？這種幾乎無限的力量來自何方？是不是來自一種新型線圈產生的高壓電？抑或是從一種不明的杠杆系統無限作用的結果[3]？這就是我百思不得其解的疑問。

「尼莫船長，」我說，「我看到了結果，但並不想摸清來龍去脈。我目睹鸚鵡螺號在林肯號前行駛，對它的速度心中有數。但是，光會走遠遠不夠。還得知道往哪裡走。還要能左，能右，能上，能下！您如何能潛入大洋的最深處？您會感到壓力愈來愈大，可以高達幾百個大氣壓。您又如何能重新浮上洋面？最後，您又如何停留在您認為最合適的深度？我提出這些問題未免太冒昧了吧？」

「不必客氣，教授先生，」船長稍顯遲疑後回答我說，「您也許永遠離不開這艘潛水船了。請到大廳去吧。那裡是我們真正的工作室，您可從那裡了解到您該知道的有關鸚鵡螺號的全部情況！」

3（原注）人們正議論此項發明，說有一種新型杠杆裝置可以產生極為可觀的力量。難道尼莫船長與這位發明家有過交往？

第十三章　若干數據

過了片刻，我們坐在大廳的長沙發上，嘴裡叼著雪茄菸。船長把一卷詳圖放在我面前，裡面有鸚鵡螺號的平面圖、剖面圖和立視圖。然後他如數家珍，開始了他的描述：

「阿羅納斯先生，下面就是您乘的這條船的多維尺碼。船身呈長圓柱形，兩端為圓錐狀。整條船活像一支雪茄菸，在倫敦，已有好些船採用這種樣式。圓柱從頭到尾正好七十米，船身最寬處八米。因此，這條船與普通高速遠洋輪不完全一樣，不是嚴格按照十比一的長寬比來建造的，但它的形體狹長，線條流暢，便於潛水作業，阻力小而又小。

「有了這兩個資料，您就很容易計算出鸚鵡螺號的面積和體積。面積為一千零一十一點四五平方公尺，體積為一千五百點二立方公尺——也就是說，船完全潛入水中時，它的排水量為一千五百立方公尺，或者說重量為一千五百公噸。

「我在繪製這艘潛海航船的圖樣時，我要求，在平衡狀態下，船吃水部分占十分之九，浮出部分只占十分之一。因此，在這樣的條件下，它的排水量只能為它體積的十分之九，即一千三百五十六點四八立方公尺，也就是說，船的噸重與此數字相當。所以，我根據以上資料造船時，船的重量不能超過這個數目。

「鸚鵡螺號船體有雙層船殼，一層是內殼，另一層是外殼，兩殼之間，用許多T形鐵連接，使船體極其堅固。真的，正是具備這種細胞式的完整結構，猶如一大塊實鐵，無懈可擊，抗壓性能強。船身包板不會變形受損；船身自成一體，依靠的是建構合理，而不是靠鉚釘螺栓，正是由於材料配置完美，結構高度統一，才能使潛艇在洶湧澎湃的汪洋大海中遊刃有餘。

「這兩層船殼全用鋼板製造，密度約為水的七點八倍。第一層船殼厚度至少五釐米，重三百九十四點九六公噸。第二層，即龍骨，高五十釐米，寬二十五釐米，重六十二公噸。還有機器，壓載、各種輔助設備、生活起居設施、密封艙隔板以及內橫樑等重九百六十一點五二公噸，再加上第一層的三百九十四點九六公噸，總重量為一千三百五十六點四八公噸[1]。這樣您明白了吧？」

「明白了。」我答道。

「所以，」船長又說，「鸚鵡螺號如果處在這種條件下在海上航行，十分之一船體正好浮出水面。那麼，如果我在船內安裝若干儲水罐，總容積正好與十分之一船體相當，即容水重量為一百五十點七二公噸，我一旦把蓄水罐裝滿，此時船的排水量或重量都是一千五百零七點二公噸，那它就完全潛入水中了。這就是事情的原委，教授先生。儲水罐就安裝在鸚鵡螺號下部側翼。我打開閥門，蓄水罐盛滿水，船往下沉，海水正好淹沒船頂。」

「好，船長，可是我們會遇到實際的困難。您可以讓船正好淹沒在海面下，這個我理解。但是，再往下沉，潛入水面以下，您的潛水船難道不會遇到一種壓力，進而受到一股自下而上的推力嗎？估計每三十英尺水柱產生一個大氣壓力，也就是說，每平方釐米必須承受一公斤的壓力。」

「一點沒錯，先生。」

「因此，除非您把鸚鵡螺號全灌滿水，否則，我看不明白您是怎麼能把船潛入深水地帶的。」

「教授先生，」尼莫船長答道，「不應當把靜力學和動力學混為一談，不然的話，就要出現嚴重的錯誤。要到達深海地帶，並不需要費多大工夫，因為物體都有自沉的傾向。請您聽我說說個中道理。」

「我洗耳恭聽，船長。」

「要讓鸚鵡螺號下沉，就得增加其重量。當我決定增加船的重量時，我只要注意水深與海水體積壓縮量之間的關係就行了。」

「這是顯而易見的。」我回答道。

「然而，如果說水並非絕對不可壓縮，但起碼是很難壓縮的。的確，根據最新計算，每個大氣壓（即三十英尺水柱壓力）下，水的壓縮量為四百三十六比一千萬。假如要潛入一千米深的水層，我就得注意在一千米水柱壓力下，即一百大氣壓下海水體積的壓縮量。這個壓縮量為四百三十六比十萬。因此，我應當把重量增至一千五百一十三點七七公噸，而不是一千五百零七點二公噸。因此，實際上只需要增加六點五七公噸。」

「僅此而已？」

「僅此而已，阿羅納斯先生，而且這個資料很容易核實。何況，我還有若干百噸容量的後備蓄水罐，所以，我可以潛入極深的海底。如果我想上浮貼近水面，我只要把水排出即可，如果想讓鸚鵡螺號浮出水面十分之一，我只要把蓄水罐的水全部排出就是了。」

有數據為證，他說的有條有理，我無可挑剔。

「我承認您的計算，船長，」我答道，「如果我再提出異議，未免丟人現眼了，而且經驗每天都在證明您是對的。但目前我預感到有一種實際的困難。」

「什麼困難，先生？」

---

1 數字統計有誤，但原文如此。

「當您潛到一千公尺深的時候，鸚鵡螺號的外殼必須承受一百個大氣壓力。如果這個時候，您想排空後備儲水罐減輕船的負擔，以便上升到水面，那麼，水泵就必須克服一百個大氣壓力，即每平方釐米一百公斤。這就需要一種能量……」

「唯有電能為我提供這種力量！」尼莫船長迫不及待地說，「我再告訴您一次，先生，我的機器的動能幾乎是無限的。鸚鵡螺號的水泵神通廣大，您可能已經領略過了，上次對付林肯號，我們噴出的水柱，直像激流傾瀉，猛撲猛衝，勢不可擋。不過，只有潛入一千五百到兩千公尺的中等深度時，我才啟用備用儲水罐，這都是出於珍惜機器設備的考慮。同樣，有時心血來潮，我想在水下十里洋場漫遊，就改用另外的操作方法，雖然費的時間較多，但效果並不差。」

「什麼方法？」我問。

「這麼說，我自然得告訴您鸚鵡螺號是怎樣駕駛的囉。」

「我巴不得早點知道。」

「駕駛這艘船，為了改變方位，向右也罷，向左也罷，一句話，保持水準航行，我使用普通的寬葉舵，安裝在尾柱上，用輪軸和滑輪轉動。但我也可以駕駛鸚鵡螺號上下縱向移動，這時，我便使用兩塊斜板，裝在兩側吃水線正中處，斜板是活動的，可以隨時調整姿態，通過大功率槓杆在船內進行操縱。機動斜板與船體保持平行時，船便在水準方向上行駛。機動斜板一旦傾斜，鸚鵡螺號在螺旋槳的推動下，就會根據傾斜角度，依照我的要求沿著規定斜線下沉或上浮。或者，如果我想迅速浮上水面，我便操縱螺旋槳，通過水的壓力使鸚鵡螺號直線上浮，就像一只充滿氫氣的氣球迅速升空一樣。」

「妙極了！船長，」我不由叫了起來，「但是，在水下，舵手如何能沿著您指引的路線行駛呢？」

「舵手是在玻璃罩艙裡工作的，玻璃罩艙安在鸚鵡螺號船體上方突出部位，玻璃罩全是透鏡玻璃做的。」

「玻璃罩能抵抗住如此強大的壓力？」

「絕對可靠。水晶玻璃雖然很脆，甚至不堪一擊，但卻非常耐壓。一八六四年，我們在北方海域進行過電光捕魚試驗，我們看到，當時使用的水晶玻璃罩雖然只有七毫米厚，但卻可以抵抗十六個大氣壓力，同時還能讓強熱光線通過，但玻璃板上的熱量分布很不均勻。而我現在使用的玻璃板，中心位置至少有二十一釐米厚，也就是說，厚度比試驗捕魚用的玻璃板厚了三十倍。」

「有道理，尼莫船長；但在海水裡要看得見，必須讓光明驅逐黑暗，我尋思，在暗無天日的海水裡，漆黑一團……」

「在舵手艙後頭，裝有一個大功率的電光反射鏡，強烈的光線可以照亮半海哩以內的海域。」

「啊！妙極了，妙！妙！妙！船長。我現在可以解釋所謂獨角鯨的磷光現象了，這種現象曾讓科學家們輾轉反側，百思不得其解！關於這件事，我順便請教您一下，那轟動一時的鸚鵡螺號與斯科舍號相撞事件，是不是一次偶然碰撞造成的？」

「純屬偶然，先生。事件發生時，我正在水下兩米深航行。何況我看到斯科舍號沒有受到任何重大損失。」

「無關緊要，先生。但跟林肯號相撞呢？……」

「教授先生，關於這件事，我只能說對不起了，居然撞擊了勇敢的美國海軍部一艘最優秀的戰艦，不過話說回來，是人家攻擊了我，我才不得不自衛！但我適可而止，僅僅剝奪林肯號傷害我的能力而已，它絕對可以到最近的海港進行修復，沒有人再去為難它。」

「啊！船長，」我滿懷信心叫了起來，「鸚鵡螺號果然神通廣大，名不虛傳！」

「是的，教授先生，」尼莫船長答道，看來他的確很激動，「我愛它，把它當作我的心肝寶貝！如果說，在你們的船上，隨時都會遇到危險，因為汪洋大海險象環生；如果說，在這片海洋上，正如荷蘭人詹森[2]所說，第一印象就是心驚膽戰，如臨深淵；不過，無論是在鸚鵡螺號船上還是船下，人們心中卻無憂無慮，毫不畏懼。不必擔心船體會變形，因為雙層船殼堅如銅牆鐵壁，牢不可破；它沒有亂七八糟的索具，不怕大風大浪襲擊，不怕顛簸搖晃；它不用掛風帆，再大的風也刮不走；它沒有鍋爐，不必擔心蒸汽沖裂；它不必擔心發生火災，因為船渾身都是鋼鐵，而不是木質結構；它不用煤炭，不受煤耗困擾，因為它的機械能源是電；它不必擔心撞船事故，因為它在深水裡獨來獨往，暢通無阻；它不必與海上風暴周旋，因為它可以在水下幾米深安然無恙，處之泰然！先生，就是這樣。這就是本船的大手筆！有一種說法，設計師比建造師更有信心，建造師比船長本人更有信心，如果真是這樣，那您就可以理解我對我的鸚鵡螺號為什麼情有獨鍾、篤信不移了，因為我既是它的船長，又是它的建造師，而且還是它的設計師！」

尼莫船長出口成章，滔滔不絕。他的眼睛炯炯有神，他的手勢多姿多情，他似乎變了一個人。是啊！他愛他的船，就像父親愛自己的孩子！

不過，有一個問題，也許有點造次，但順理成章，我忍不住就問：

「那麼說您是這艘船的設計師嗎，尼莫船長？」

「是的，教授先生，」他回答我說，「我曾在倫敦、巴黎、紐約求學，那時我還是陸地居民。」

「但是，您怎樣能祕密地建造這艘壯觀的鸚鵡螺號呢？」

「阿羅納斯先生，船上的每一個構件都是從地球不同地方運來的，人名和地址都經過偽裝。龍骨是在法國的勒克勒佐鍛造的，螺旋槳主軸來自倫敦的佩恩公司，船殼鋼板來自利物浦的利爾德公司，螺旋槳來自英國格拉斯哥的斯各特公司，蓄水罐則是巴黎卡伊公司的產品，機器出自普魯士的克魯伯公司，船艏衝角產自瑞典穆塔拉製造廠，精密儀器出自紐約哈特兄弟有限公司，等等，每個製造商都收到我的設計圖，但署名則各不相同。」

「但是，」我又問，「這些構件做好後，還需要組裝和測試吧？」

「教授先生，我先前已經在大洋的一個小荒島上建立起我的加工裝配廠。就是在這個島上，我教育和培訓了我的忠實夥伴們，他們又都是我的工人，我就是同他們一起完成了鸚鵡螺號的組裝工作的。工程結束後，我放了一把火，把島上的遺跡燒得一乾二淨，要是有可能，我非得把整個小島炸碎不可。」

「那麼，我可否認定，這艘船的建造成本高得驚人？」

「阿羅納斯先生，一條鋼船每噸位耗資一千一百二十五法郎。而鸚鵡螺號定位為一千五百公噸，那麼它的成本就是一百六十八點七萬法郎，加上裝備費累計二百萬法郎，再加上船內藝術品等各種收藏總共耗資五百萬法郎。」

「最後一個問題，尼莫船長。」

「問吧，教授先生。」

「想必您一定很富有吧？」

2 詹森（1585—1638），荷蘭天主教反正統派神學家，著有《奧古斯丁書》。

「財富無邊，先生，我可以輕鬆地償還法國所欠的百億國債！」

我目不轉睛地注視著這位怪人，他竟然用這麼大的口氣對我說話。難道他以為我會信以為真？將來我總會弄明白的。

第十四章 黑潮

地球水面積為三億八千三百二十五萬五千八百萬平方公里約合三千八百[1]多萬公頃。液態水體積為二十二億五千萬立方英里，如果構成一個球體，直徑可達六十法哩，重量可達三百億億公噸。要知道這個數目有多大，必須明白一百億億對十億之比，相當於十億對一個單位之比，也就是說，在一百億億中所包含的十億數，等於十億中包含的所有單位數。那麼，液態水總量差不多等於四萬年所有陸地江河的總流水量。

在地質紀年中，火的時期之後是水的時期。最初地表一片汪洋。接著，在志留紀，山峰漸漸露頭，一些島嶼浮出海面，在局部洪流的沖刷下幾落幾起，時隱時現，逐漸連成一片，形成了陸地，最後固定為地理學上的大陸，就是今天我們看到的樣子。固體陸地佔據水域面積為三千七百六十五萬七千平方英里，即一百二十九點十六億公頃。

大陸的形狀把海水分為五大部分：北冰洋，南冰洋，印度洋，大西洋和太平洋。

太平洋從北至南處於南北兩極圈之間，從西至東位於亞洲和美洲之間，跨越一百四十五度經線。太平洋最太平，水流寬闊而舒緩，潮水漲落不大，雨量豐沛。鬼使神差，莫名其妙，命運首先召喚我跑遍的海底世界竟然是太平洋。

「教授先生，」尼莫船長對我說，「如果您樂意，我們去測定我們現在的準確方位，決定此次遠遊的出發點。現在是十二點差一刻。我們馬上浮上水面。」

船長按了三下電鈴。水泵開始把儲水罐中的水排出，流體壓力計指標表明鸚鵡螺號上升時承受不同壓力的運作狀況，後來，指標不動了。

「我們到了。」船長說。

我走向通往平臺的中央扶梯。我沿著金屬階梯一步步往上攀登，蓋板已經打開，我登上鸚鵡螺號船頂。

平臺浮出水面只有八十釐米。只見鸚鵡螺號前後呈紡錘狀，恰如一支長長的雪茄菸。我注意到船身上的鋼板，頗似砌磚疊瓦，鱗次櫛比，活像陸地上大型爬行動物身上的鱗甲。於是我恍然大悟，即使人們使用高倍望遠鏡，這條船也難免總被錯認為是海中怪獸。

臨近平臺正中，只見那隻小艇半身窩藏在船體凹槽內，宛如一個微微突起的腫瘤。在平臺前後，隆起兩個不很高的籠罩，上面安裝有厚厚的透鏡玻璃：一間是鸚鵡螺號的舵手室，另一間則裝有大功率電力探照燈，為航路照明。

大海碧波蕩漾，天空碧藍如洗。修長的船體幾乎感覺不到正置身於萬頃波濤的汪洋大海之中。一

1 原文如此。應為三百八十億公頃。後文數字一律按原文譯出。

尼莫船長帶著六分儀開始測量它的高度。

陣東風徐徐吹來，海面泛起層層波皺。雲收霧散，萬里海天盡收眼底。眼前空空如也，看不見一塊礁石，望不見一個小島。林肯號早已無影無蹤。唯有這蒼茫的大海浩瀚無邊。

尼莫船長帶著他的六分儀，開始測量太陽的高度，由此可以測出所在的緯度。他等了幾分鐘，讓太陽與海天線同處一個水平線上。他觀察時，渾身肌肉似乎定格，儀器穩穩地把握手中，猶如一尊大理石雕刻，紋絲不動。

「正午了，」他說，「教授先生，您希望選擇什麼時刻？」

我向大海投去依依惜別的一瞥，這片海域臨近日本海岸，海水稍微有點發黃，然後我下到大廳。

在大廳裡，船長記下了方位，並精確地計算出船所在經度，還拿以往的時角觀測記錄進行核對。而後他對我說：

「阿羅納斯先生，我們正位於西經一百三十七度十五分……」

「根據哪種子午線？」我連忙問道，指望從船長的回答中得知他的國籍。

「先生，」他回答我說，「我有各種不同的精密時計，可以根據巴黎、格林威治和華盛頓子午線來核準。但是，托您的福，我以後就根據巴黎子午線吧。」

這個回答滴水不漏，我一無所獲。我只好欠身表示感謝，可是船長又說：

「根據巴黎子午線，西經一百三十七度十五分，北緯三十度七分，也就是說，距日本海岸約三百海哩。今天十一月八日，正午時刻，我們從此開始海底探險旅行。」

「願上帝保佑我們！」我答道。

「現在，教授先生，」船長又說，「我就不陪您做研究工作了。我已確定了航線，東北偏東方向，水下五十米深度。這是標記分明的航海圖，您可以跟蹤航線。大廳供您使用，恕我失陪了。」

尼莫船長向我致敬告辭。就剩下我一個人了，萬千思緒頓時湧上心頭。千絲萬縷都與鸚鵡螺號船長有關。這個怪人，他自稱不屬於任何國籍，我能不能弄明白他究竟是哪國人？他對人類懷有刻骨的仇恨，這種深仇大恨很可能付諸於可怕的報復行動，那麼到底是誰得罪了他？他是不是一位懷才不遇的科學家？會不會是一位天才，正像貢協議所說的，「有人找他的麻煩」？會不會是一位現代伽利略[2]？或者，會不會是一位美國莫里式的科學奇才，其事業被政治革命打得粉碎？我當時還說不清楚。可是我，我是出於偶然才被拋到他的船上的，可是我，我的生命卻掌握在他的手中，他接待我不冷不熱，但客客氣氣。不過，我幾次主動要和他握手，但他從來不肯回應。他從來就不曾主動向我伸出手。

整整一個小時了，我陷入苦思冥想之中，一心想揭開我孜孜以求的祕密。後來，我的目光緊緊盯著鋪在桌面上的那張大幅地球平面圖，我就用手指按在剛才觀測到的經緯度交點上。

海洋與大陸一樣，也有自己的江河。這是一些特殊的水流，根據水流的溫度和顏色可以辨認，其中最著名的就是所謂的灣流。科學界認定在地球上有五條主要水流：第一條在大西洋北部，第二條在大西洋南部，第三條在太平洋北部，第四條在太平洋南部，第五條在印度洋南部。過去很可能還有第六條水流存在，那是在印度洋北部，那時裡海和鹹海跟亞洲各大湖泊連成一片汪洋。

恰巧，我手指按住的那點，也有一條灣流經過，日本人叫Kuroscivo，即所謂黑潮。黑潮從孟加拉灣流出，受熱帶陽光直射加溫後，穿過麻六甲海峽，沿著亞洲海岸奔流，在太平洋北部環繞而行，直到阿留申群島，香樟木材和地方土特產順流運輸，碧藍的灣流與波濤洶湧的洋面相遇適成涇渭分明景象。鸚鵡螺號即將順著這條水道隨波逐流。我目隨暖流，眼看著它消失在無邊無際的太平洋裡，我感到自己被捲進了黑潮，就在這時，尼德・蘭和貢協議出現在大廳門口。

我的兩個好夥伴看到眼前琳琅滿目的奇珍異寶，不禁驚呆了：

「我們在什麼地方？我們在什麼地方？」加拿大人大呼小叫道，「難道是在魁北克博物館裡？」

「如果先生賞臉，」貢協議另有說法，「倒不如說是索摩拉爾公館[3]呢！」

「我的朋友們，」我應聲答道，示意請他們進來，「你們既不在加拿大，也不在法蘭西，而是真真切切地在鸚鵡螺號船上，而且還在海面下五十米。」

「當然要相信先生的啦，何況先生如此確定，」貢協議解釋道，「但說實話，這個客廳，即使像我這樣的法蘭德斯人看了也未免大驚小怪的。」

「那你就大驚小怪吧，我的朋友，看一看，反正，搞分類是你的強項，這裡有的是工作讓你做。」

我沒有必要鼓勵貢協議幹活。這個忠實的漢子早就俯身在玻璃櫥櫃上，只聽他嘴裡念念有詞，生物學辭彙脫口而出：腹足綱，蛾螺科，波螺屬，馬達加斯加介蛤種……

這時候，對貝類學毫無興趣的尼德・蘭，便問起我跟尼莫船長交談的情況，問我是否弄清楚他是什麼人，從哪裡來，到哪裡去，他想把我們拖到多深的海底去？問題千頭萬緒，我簡直答不過來。

我把我所知的一切都告訴了他，或者不如說，把我沒弄清楚的全都告訴他了。我又問從他那方面聽到了什麼，看到了什麼。

---

2 伽利略（1564—1642），義大利物理學家和天文學家。一六三二年發表《關於兩種世界體系對話》，反對地心說，主張地動說，因而遭到羅馬教廷的迫害。

3 十九世紀法國著名考古學家和收藏家索摩拉爾父子府邸。

「什麼也沒看到，什麼也沒聽到！」加拿大人答道，「我甚至沒有發現船員的影子。奇怪呀，難道說，船員也是電的不成？」

「電的！」

「說真的，我恨不得以為是電的才好哩。可是您，阿羅納斯先生，」尼德・蘭質問道，他耿耿於懷，總是不肯死心，「您不能告訴我，這船上到底有多少人嗎？十個，二十個，五十個，一百個？」

「這我沒辦法回答您，尼德・蘭師傅。而且，您要相信我，您必須放棄，起碼目前，放棄您那個奪取或逃出鸚鵡螺號的念頭。這艘船是現代工業的傑作，如果沒有見到這部傑作，我會後悔的！我相信有許多人，只要身臨其境，只要見識過這些奇珍異寶，也會接受我們當前的處境。因此，請您務必保持鎮靜，盡可能觀察我們周圍發生的事情。」

「觀察！」魚叉手叫了起來，「什麼也看不到，除了鋼板監獄，什麼也休想看到！我們走呀走，盲人坐瞎船……」

尼德・蘭話音未落，全廳忽然黑了，簡直是一團漆黑。天花板亮光熄滅了，並且說滅就滅，我的眼睛都疼了，與忽然從漆黑見到強光的顛倒感覺一模一樣。

我們默不作聲，一動也不敢動，不知道出了什麼意外，不知道是吉祥還是橫禍，只能等待。只聽到一種滑動的聲響。彷彿是鸚鵡螺號兩側蓋板在移動。

「完了完了！」尼德・蘭說。

「水母目！」貢協議嘀咕道。

忽然，大廳邊側兩個橢圓形窗口亮如白晝。團團海水在電光照射下明晃晃地滾動著。兩道水晶玻璃板把我們和大海隔開。開始，我不寒而慄，生怕脆弱的玻璃隔板會破裂，但玻璃窗四周都有銅件鑲嵌禁錮，抗壓能力可確保萬無一失。

鸚鵡螺號周圍方圓一海哩的海域現在一覽無遺了。不愧千古奇觀！縱有生花妙筆也難以描繪一二！誰能描繪出這一道道光線穿透通明水簾的效果？誰能描繪出深海強光上照和下照光線漸弱的千嬌百媚？

大家知道海水的透明度。大家知道海水的透明度勝過高山流水。海水中富含礦物質和有機物質，反而會增加它的透明性。在太平洋某些海域，例如安地列斯群島，在一百四十五米深的海水裡，仍然可以看見水底的沙床，而且清晰可辨，陽光似乎可以一直照射到三百米的深度。但是，在鸚鵡螺號潛游的海域裡，電光是從波濤內部往外照射的。我們看到的幾乎不是光亮的水，而是液態的光。

如果我們接受艾倫貝格[4]的假設，認為海底有磷光照明現象，那麼，大自然一定給海洋居民留下一大最精彩的奇觀，我在這裡所領略的萬千景象，足以想像磷光變幻莫測的海底世界了。大廳兩側皆開有一扇窗，面向尚未開發的深淵。廳內愈黑暗就顯得窗外愈明亮，我們看著看著，彷彿眼前這片水晶玻璃窗渾然成了巨大的玻璃養魚缸了。

鸚鵡螺號彷彿靜止不動了，那是因為觀察時缺乏參照物的緣故。然而，不時可見船艏衝角破水分開的流水波紋，在我們眼前匆匆掠過。

我們如醉如癡，雙肘支在觀景窗前，誰都不願打破這沉迷入靜的境界，此時卻聽到貢協議開口了：

「您不是想看嗎，尼德朋友，那好哇，您看個夠吧！」

4 艾倫貝格（生卒年代不詳），十九世紀德國科學家。

「奇了怪！奇了怪！」加拿大人讚歎不已，竟忘了他的憤怒和逃亡計畫，居然接受了眼前不可抗拒的誘惑，「能欣賞到這種奇觀，再從老遠趕來也不冤枉啊！」

「啊！」我也嚷了起來，「我明白這個人的生活了！他獨自營造了一個世界，給自己留下驚世駭俗的世外桃源！」

「可是魚呢？」加拿大人忙著讓人幫忙找，「我看不到魚呀！」

「跟您有什麼關係，尼德朋友，」貢協議回答道，「既然您不認得魚。」

「我！一個打魚的人！」尼德．蘭嚷嚷道。

關於魚的問題，兩個朋友發生了一場爭論，因為他們都熟悉魚，但是雙方看法卻大相徑庭。

眾所周知，魚類屬於脊椎動物門中的第四綱，排在最後。人們對魚早有確切的定義：「具有雙循環系統、冷血、用鰓呼吸、生活在水中的脊椎動物。」魚分兩大類：一類是硬骨魚，長有硬骨脊椎；另一類是軟骨魚，長的是軟骨脊椎。

加拿大人也許知道這種區別，但貢協議掌握的知識更多些，現在兩個人成了好朋友，就不願承認自己不如尼德．蘭。因此，他就對尼德．蘭說：

「尼德朋友，不錯，您是魚的殺手，一個打魚的高手。您捕捉過無數有趣的魚。但我敢跟您打賭，您不知道魚如何分類。」

「當然知道，」魚叉手一本正經地答道，「人家都這麼分，一類是可以吃的魚，一類是不可以吃的魚！」

「這是好吃之人的分法，」貢協議答道，「那您能不能告訴我硬骨魚類與軟骨魚類之間存在的差別嗎？」

「也許對答如流，貢協議。」

「那您知道這兩大類下的小分類嗎？」

「那我就不知道了。」加拿大人回答。

「那好吧，尼德朋友，聽著，記住了！硬骨魚可分為六個目：第一目棘鰭魚，上鰓完整，活動自如，鰓呈梳狀。這一目又分十五科，即囊括了已知魚類的四分之三，典型魚種就是普通的鱸魚。」

「相當好吃。」尼德・蘭答道。

「第二目嘛，」貢協議繼續說，「那是腹鰭魚，鰭長在腹腔下部、胸腔後方，而不長在肩骨上。這一目又分五科，包括大部分淡水魚。典型魚種是鯉魚、白斑狗魚。」

「呸！」加拿大人不以為然說，「淡水魚！」

「第三目嘛，」貢協議說，「那是胸鰭魚，鰭長在胸腔下部，與肩骨相連。這一目又分四科。典型魚種有：鰈魚、黃蓋鰈、大菱鮃、菱鮃、舌鰨等等。」

「味道好極了！味道好極了！」魚叉手嚷嚷道，他總是從可口美味的角度來看待魚類。

「第四目嘛，」貢協議津津有味地繼續說，「那是無鰭魚，身體狹長，沒有腹鰭，厚皮有粘性。這一目只有一個科，典型魚種是鰻鱺、電鰻。」

「味道普通！味道普通！」尼德・蘭答道。

「第五目嘛，」貢協議接著說，「那是總鰓魚，上鰓完整，活動自如，毛刷狀，成雙成對排在鰓弓上。這一目只有一個科。典型魚種是海馬、海蛾魚。」

「不好吃！不好吃！」魚叉手答道。

「最後，第六目，」貢協議說，「是固頜魚，上頜骨固定在頜間骨側，顎弓嵌在顱骨縫裡，死死固定住了，這一目魚沒有真正的腹鰭，只有兩個科。典型魚種有單鼻魨、翻車魨。」

「粘鍋只好給鍋丟臉！」加拿大人嚷嚷道。

「您明白了吧，尼德朋友？」貢協議問道，儼然像個學問家。

「一點也不明白，貢協議朋友，」魚叉手答道，「不過，您盡管繼續說，反正您說得津津有味。」

「至於軟骨魚，」貢協議接著說，從容不迫，如數家珍，「只有三個目。」

「再好不過了，」尼德說。

「第一目，圓口魚，口似活動環，具多個外鰓孔。這一目只有一個科。典型魚種有七鰓鰻。」

「挺可愛。」尼德・蘭回答。

「第二目，橫口魚，鰓類似圓口魚，但下頜活動。這一目是同類中的佼佼者，包括兩個科。典型魚種有鰩和角鯊。」

「什麼！」尼德・蘭大叫起來，「鰩魚和鯊魚同屬於一個目！好你個貢協議朋友，為維護鰩魚的利益，我勸您不要把牠們放到一個魚缸裡！」

「第三目，」貢協議照說不誤，「鱘魚，鰓蓋骨下只有一條縫，鰓隨蓋骨張合。此目分四個屬，典型魚種是歐鱘。」

「啊！貢協議朋友，您把最好吃的留在最後了，至少我是這麼看。完了嗎？」

「完了，我的好尼德，」貢協議答道，「不過請您注意，即使知道這些，也不過九牛一毛，因為科又分為屬，屬又分為亞屬，種，變種……」

「好了。貢協議朋友，」魚叉手說著俯身到玻璃窗臺上，「看看，剛說變種，五花八門的變種就過來了！」

「真是！好多魚呀，」貢協議嚷嚷道，「前面好像是個大魚缸！」

「不，」我答道，「因為魚缸只是一個籠子，但這些魚卻是自由的，就像鳥兒在空中自由飛翔。」

「正好，貢協議朋友，請您為牠們一一點名吧，給牠們點名呀！」尼德・蘭說。

「我嘛，」貢協議說，「這我說不上來！這是我主人管的事！」

的確，小夥子很可靠，是個分類狂，但畢竟不是生物學家，我不知道他是否能把金槍魚和舵鰹區分開來。一句話，他與加拿大人正好相反，加拿大人可以不假思索地說出這些魚的名稱，而且一條不落。

「一條鱗魨！」我說。

「而且是一條中國鱗豚！」尼德・蘭回應說。

「鱗魨屬，硬皮科，固顎目。」

可以確定的是，尼德・蘭和貢協議若能結合起來，也許會成為了不起的生物學家。

加拿大人沒有弄錯。這是一群鱗魨，魚身扁平，表皮粗糙，背脊帶刺，只見牠們在鸚鵡螺號周圍遊來蕩去，不斷擺動著尾巴，尾巴兩邊四排尖刺隨之舞動。牠們的包裝堪稱一絕，上灰下白，金黃的斑點在陰暗翻滾的海浪中閃閃發光。在鱗魨群中，幾條鰩魚隨波逐流，像迎風飄蕩的簾幔，在鰩魚群中，讓我喜出望外的是，我看到那條中國鰩魚，上身淺黃色，肚皮粉紅色，眼睛後面帶有三根刺，堪稱珍稀品種，拉塞拜德當時甚至懷疑有這種魚的存在，他只在一本日本畫冊上見識過。

足足有兩個時辰，一支水族大軍始終簇擁著鸚鵡螺號保駕護航。只見牠們逢場戲耍，活蹦亂跳，爭光鬥豔，爭先恐後地比賽著，我看得真切，認出了青隆頭魚，帶有兩道黑紋的刺鯔魚，白地紫斑的圓尾蝦虎魚，海域中的佼佼者、藍體銀頭的日本鯖魚，不費筆墨、只需顧名思義便一目了然的金碧琉璃鯖魚，藍黃錯色鰭的紋鯛魚，黑帶拖尾的紋鯛魚，腰纏六花帶的紋鯛魚，狀似笛孔的笛口魚，似蠣鷸嘴，有時長達一米，日本的蠑螈，多刺的海鰻，還有精靈小眼、大嘴利牙、身長六英尺的海鰻等等。

我們交口讚譽達到登峰造極的程度。我們的驚歎聲此伏彼起，始終沒有平息過。尼德說出魚名，貢協議即刻分類，我呢，我在花枝招展、生動活潑的魚群面前，自然喜不自禁、得意忘形起來。我從沒有遇到這麼棒的機會，可以直接面對天然環境中逍遙自在、活靈活現的水生動物。

眼前的遊魚千奇百怪，五花八門，看得我眼花繚亂，實在難以一一列舉，簡直就是日本海和中國海魚類之集大成。魚翔海底，成群結隊，比高空飛鳥更密集，很可能是受船體電光的吸引。

突然，客廳大放光明，窗戶的蓋板重新關閉，萬千景象頓時消失。可是，我仍然久久地沉浸在美夢之中，直到我的目光落在艙壁掛著的儀錶上，方才恍然大悟。羅盤指標依然指著東北偏東方向，氣壓錶正指向五個大氣壓，說明船正在五十米深處航行，電動測程儀表明航速為每小時十五海哩。

我在等尼莫船長。但他沒有露面。掛鐘正指五點。

尼德·蘭和貢協議返回他們的艙房。我呢，我也回到自己的房間。晚餐早已擺好。其中一道美味就是海龜湯，一盤白切羊魚片，魚肝另做一道菜，好吃極了，還有一盤金鯛脊肉片，味道之鮮美遠在鮭魚之上。

晚上，我看了看書，寫點東西，思考了些問題。後來，睡意漸濃，我便躺在大葉藻床上，很快就酣然入夢了，此時，鸚鵡螺號正穿過湍急的黑潮向前滑行。

一支水族大軍始終簇擁著鸚鵡螺號保駕護航。

第十五章 一封邀請信

第二天，十一月九日，我一覺睡了足足十二個小時後才醒過來。貢協議來了，照例向我問安：「先生夜裡睡得怎樣？」然後就為主人忙活起來。他讓加拿大朋友睡個痛快，加拿大人好像一輩子都睡不夠似的。

我則任這位好小子喋喋不休說個痛快，但沒怎麼答理他。我一心念著尼莫船長，昨晚一席談後就一直沒再見面，我希望今天能看到他。

我很快穿好了貝絲服。貢協議一再對衣料成分感興趣。我告訴他說，衣料是用光滑柔軟的絲狀纖維製成，這種纖維可以把江珧緊粘在礁石上，地中海沿岸盛產這種貝類。過去，人們利用江珧纖維製成漂亮的布料、襪子、手套，既柔軟又暖和。這樣一來，鸚鵡螺號船員穿衣問題迎刃而解，完全不必依靠陸地上的棉花、羊毛和蠶絲了。

我一穿好衣服就連忙趕到大廳去。大廳裡不見人影。

我於是開始埋頭研究玻璃櫥櫃裡成堆的貝類珍藏。我也翻閱了寬幅植物標本集，裡面收藏著許多稀有的海洋植物，標本雖然經過風乾處理，但色澤依然鮮亮如初，令人歎為觀止。在這些珍貴的水生植物中，我看到了環狀冠盤藻、孔雀團扇藻、葡萄葉藻、粒狀絹絲藻、嬌嫩的紅仙菜、扇形海菇，還有吸盤藻，樣子很像扁帽蘑菇，長期被列入植形動物，最後還欣賞了一系列海浮萍之類的海藻植物。

又過了一整天，我始終無緣見尼莫船長一面。大廳觀景窗沒有打開。也許人家生怕我們看花了眼，產生審美疲勞。

鸚鵡螺號依然朝著東北偏東方向行駛，航速為每小時十二海哩，潛海深度為五十米至六十米。

次日，十一月十日，我照樣沒人理睬，照樣冷冷清清。我連一個船員都看不到。尼德・蘭和貢協議陪我度過了大半天。船長莫名其妙不露面，連他們都感到驚訝。難道這個怪人病了嗎？難道他要改變為我們安排的計畫嗎？

儘管如此，正如貢協議所說，我們畢竟享受完全的自由，我們吃得很講究，也很豐盛。我們的主人信守約定。我們不能怨天尤人，況且，我們絕處逢生，因禍得福，我們還無權指責他。

這一天，我開始寫奇遇日記，這樣，日後如果談起往事，就可以做到千真萬確，內容翔實，而且，還有一件有趣的細節，我是用大葉藻製成的紙張寫日記的。

十一月十一日，大清早，鸚鵡螺號船內空氣煥然一新，我知道，我們又浮出了水面，吐故納新，補充了氧氣。我走上中央扶梯，登上了平臺。

清晨六點整。我看見天空烏雲密布，海面灰暗，但悄無聲息。幾乎看不見波浪。但願能在平臺上碰見尼莫船長，他會來嗎？我只發現舵手關在玻璃罩籠裡。我坐在小艇外殼的突出部位上，盡情地呼吸著帶鹹腥味的海上空氣。

濃霧在陽光照耀下漸漸地消散了。一輪紅日從東方海天線上噴薄升起。霞光萬頃，大海如火如荼。高空散雲飄灑，異彩紛呈，無數的「貓舌」[1]預告整天都有風。

然而，大風暴尚且嚇不倒鸚鵡螺號，刮颱風又有什麼了不起！

我索性欣賞起這興高采烈的日出景象，多麼開心，多麼來勁，正在興頭上的時候，卻聽到有人走

1 （原注）指邊緣如鋸齒的輕薄白雲片。

上平臺來。

我正準備與尼莫船長打招呼，上來的卻是他的副手，尼莫船長第一次來探訪時我已經見過他了。只見他在平臺上向前走著，好像沒有發現我的存在似的。他舉起高倍望遠鏡，全神貫注地環顧海天四周，一絲不苟。觀察完畢，他走近蓋板，說了一句話。我之所以記得真切，那是因為每天早上都會遇到同樣的情況，我這裡原封不動記錄如下：

《Nautronrespoclornivirch.》

這話到底是什麼意思，我可說不上來。

大副發完話便下去了。我想，鸚鵡螺號馬上又要潛水航行了。於是，我返回出口處，穿過縱向通道，回到我的房間裡。

五天時間就這樣過去了，情況沒有任何變化。每天清晨，我登上平臺。見到同樣的人，聽到同樣的話。尼莫船長還是不露面。

我打定主意，索性不見他了，可是，十一月十六日，我與尼德・蘭和貢協議回到我的房間時，發現桌上有一張寫給我的便箋。

我迫不及待地打了開來。只見字跡爽朗、明晰，頗有哥德體風格，很像德文字體。

便箋內容如下：

鸚鵡螺號阿羅納斯教授先生啟

尼莫船長邀請阿羅納斯教授先生參加打獵活動，時間明天早晨，地點克利斯波島森林。敬請教授先生務必光臨，並歡迎教授夥伴一同參加。

鸚鵡螺號船長

尼莫船長　一八六七年十一月十六日

「打獵！」尼德嚷嚷起來。

「在克利斯波島森林裡！」貢協議補充道。

「難道他要上陸地去不成，這個怪人？」尼德．蘭又說。

「我看準確無誤。」我說著，不由再看了看信。

「那好吧，一定要接受邀請，」加拿大人振振有辭，「一旦在陸地上站穩腳跟，我們自有辦法。再說，到嘴的幾塊新鮮野味，我不吃白不吃。」

尼莫船長對大陸和海島怨恨有加，現在卻邀請我們去林中打獵，分明是自相矛盾，我不想自圓其說，只是欣然答應道：

「先看看克利斯波島再說。」

我查看一下地球平面圖，北緯三十二度四十分，西經一百六十七度五十分，我找到一個小島，一八〇一年克利斯波船長首先發現，古老的西班牙地圖稱之為羅加．德．拉普拉達，就是「銀岩」的意思。由此得知，離這裡還有一千八百海哩，鸚鵡螺號稍稍調整航向，朝東南方向前進。

我把位處太平洋北部的石頭小島指給兩個夥伴看。

「即使尼莫船長偶爾登陸，」我對他們說，「他不過是選擇一個荒無人煙的小島而已！」

尼德．蘭搖搖頭，一言不發，便同貢協議一起走開了。裝聾作啞的服務生給我端來晚餐，臉上毫無表情。晚飯後，我倒頭便睡，但不無憂慮。

第二天，十一月七日，我一覺醒來，就覺得鸚鵡螺號靜止不動了。我急忙穿好衣服，便進了大廳。

尼莫船長已在大廳裡。他在等我。我一進門，他便起身向我致意，問我陪他打獵是否方便。既然他隻字不提連續一周不打照面的原因，我又不便打聽，只好直截了當回答他說，我和我的同伴都已接受了邀請，隨時準備隨他前往。

「只是，先生，」我補充道，「請允許我向您提一個問題。」

「提吧，阿羅納斯先生，只要我能回答，我一定回答。」

「那好，船長，既然您與陸地斷絕了一切來往，那您怎麼會在克利斯波島上擁有森林呢？」

「教授先生，」船長回答我說，「我擁有的森林不需要太陽，既不需要太陽的光明，也不需要太陽的熱量。獅子、老虎、豹子，等等，任何四腳動物都不會涉足我的森林。只有我才知道這片森林只為我一個人生長。這根本不是陸地森林，而是海底森林。」

「海底森林！」我叫了起來。

「是的，教授先生。」

「您請我到那裡去？」

「千真萬確。」

「步行？」

「步行，而且滴水不沾。」

「步行打獵？」

「步行打獵！」

「手裡拿著槍？」

「手拿著獵槍。」

我看了看鸚鵡螺號船長，臉上絲毫沒有流露曲意逢迎的表情。

「可以斷定，他的腦子有毛病，」我想。「他剛發作了一次，一周不露面，甚至還會拖下去。太遺憾了！我寧願他是怪人，千萬別是瘋子！」

我表裡如一，內心的想法臉上立刻流露出來，但尼莫船長不肯道破，只請我跟著他走，我只好聽天由命跟著他。

我們來到餐廳，早飯已經準備好了。

「阿羅納斯先生，」船長對我說，「我請您吃飯，請不必客氣。我們邊吃邊聊。不過，儘管我答應您到林中散步，但我並沒有向您保證可以在林中找到餐館。所以請您吃飽一點，可能很晚才能回來吃飯。」

我大飽口福。魚的花樣很多，除了溜海參片，還有可口的植形動物，助消化的海藻，像條裂紫菜、苦味藻等等。飲料是潔淨水，我仿效船長的做法，加進幾滴發酵酒，這種酒是按照勘察加人的傳統，從一種著名的「紅巴掌」海藻中提煉出來的。

起初，尼莫船長只顧吃飯，一句話不講。後來他才對我說：

「教授先生，我建議您到我的克利斯波島森林中打獵，您一定以為我自相矛盾。我告訴您這是海底森林，您又以為我是瘋子。教授先生，您千萬不能輕率地評判一個人。」

「不過，船長，請您相信……」

「請您聽我說下去，您就可以看看是不是該怨我發瘋或自相矛盾了。」

「我聽著，船長。」

「教授先生，您和我都知道，只要備足可供呼吸的空氣，人就可以在水底下生活。工人水下施工時穿的是防水服，頭戴金屬頭盔，藉由壓氣泵和氣流調節器，就可以從水上獲得新鮮空氣。」

「那是潛水設備。」我說。

「不錯，但是在這種條件下，人是不自由的，他離不開壓氣泵，當然也離不開輸送空氣的膠皮管，這條管子就成了真正的鎖鏈，牢牢地把人拴在陸地上，如果我們在鸚鵡螺號上也不得不被這樣拴著，那我們就走不遠了。」

「那麼，自由行動的方法呢？」我問。

「是應用了魯凱羅爾—德內魯茲發明的呼吸器，兩位可是您的同胞，我不過根據我的需要加以完善罷了，您戴上這套呼吸器，便能在新的生理條件下從事水下冒險活動，而您的器官絲毫不會感到難受。呼吸器包括一個厚鋼板製成的儲氣瓶，瓶內裝滿五十個大氣壓的空氣。儲氣瓶靠背帶綁在背上，很像士兵的背囊。瓶的上部有個盒子，裡面裝有氣閥，可以控制氣流，空氣只有在標準壓力下才能流出。通常使用的魯凱羅爾呼吸器裡，有兩條膠皮管子連接氣閥和喇叭罩，喇叭罩套在嘴巴和鼻子上，一條管子用來吸氣，另一條管子用來呼氣，舌頭可根據需要控制呼吸開關。但是，我在海底必須承受巨大的壓力，我不得不像潛水夫那樣，把腦袋裝在圓銅盔裡，兩條呼吸管就連接在頭盔裡。」

「太好了，尼莫船長，但您所攜帶的空氣大概很快就會用完的，一旦空氣只含有百分之十五的氧氣，呼吸就成問題了。」

「那當然，但我曾告訴過您，阿羅納斯先生，鸚鵡螺號上的壓氣泵可以用高壓把壓縮空氣儲存起來，在這種條件下，呼吸器儲氣瓶裡的空氣足以供我呼吸九至十小時。」

「真是無可挑剔的了，」我回答道，「不過我只想請教一下，船長，您在海底如何為前路照明？」

「我用的是倫可夫探照燈，阿羅納斯先生。呼吸器當然背在背上，探照燈則繫在腰間。探照燈裝有本生電池，但我不用重鉻酸鉀，而用鈉來發電。用一個感應線圈把電池產生的電集中起來，輸送到一盞特製的燈泡裡。燈泡裡裝有一根玻璃曲管，管中只有少量的二氧化碳。通電時，二氧化碳變亮，發出持續的乳白色光線。有了這兩套裝備，我就可以吐故納新，就可以東張西望了。」

「尼莫船長，您對我提出的質疑有問必答，無懈可擊，我已深信不疑了。不過，如果說我不得不接受魯凱羅爾呼吸器和倫可夫探照燈的話，但您配備給我的那支獵槍，請允許我持保留態度。」

「其實根本就不是什麼火藥槍。」船長答道。

「這麼說是氣槍？」

「沒錯。船上沒有硝石，沒有硫磺，沒有木炭，您要我如何製造火藥呢？」

「更何況，」我說，「海水的密度是空氣的八百五十倍，要在水下進行射擊，必須克服巨大的阻力。」

「這似乎不成其理由。有一種槍，繼富爾頓[2]之後，經過英國人菲力浦・科爾和伯利、法國人菲爾西、義大利人蘭蒂的改進，配備有特殊的封閉裝置，可以在海水中射擊。但我要再告訴您一遍，我沒有火藥，只好用高壓空氣替代，而鸚鵡螺號高壓泵可以源源不斷地提供高壓空氣。」

2 富爾頓（1765—1815），美國工程師，發明家。

「但高壓空氣也會很快用完的。」

「不錯，但我帶有魯凱羅爾儲氣瓶呀，只要有必要，它會及時為我供氣，只需打開一個特殊開關就是了。而且，阿羅納斯先生，您將親眼看到，水底打獵並不費太多的空氣和子彈。」

「可是，我似乎覺得，水下光線不明不暗，海水密度又比空氣大得多，子彈不可能打得很遠，而且很難具有殺傷力。」

「先生，恰恰相反，使用這種槍，每一發都是致命的，而且，動物一旦被擊中，哪怕只觸及皮毛，但必然當場倒斃，像遭雷擊一般。」

「為什麼呢？」

「因為這槍發射的不是普通槍彈，而是一種小玻璃彈管，是奧地利化學家萊尼布魯克發明的，我船上有大量儲備。這種小玻璃彈管有鋼皮護套，有鉛墊底，小巧玲瓏，是真正的萊頓瓶[3]，裡面電壓高得很。只要輕輕一碰，立刻就會放電，動物不論多麼強大，觸電後即刻倒斃。我還要補充一點，這些玻璃彈管並不比四號子彈大，普通獵槍可以裝十發。」

「我不必再爭了，」我說著離桌站了起來，「我拿我的槍就是了。現在，您去哪裡，我就去那裡。」

尼莫船長帶我向鸚鵡螺號船尾走去，經過尼德和貢協議艙房門前，我把兩個同伴叫了出來，他們立即跟著我們走。

很快，我們來到機房邊的一間小屋，我們就在裡面換上海底漫遊的獵裝。

3 萊頓瓶，早期的電容器，由荷蘭萊頓市科學家發明並在該市首先試用成功而得名。

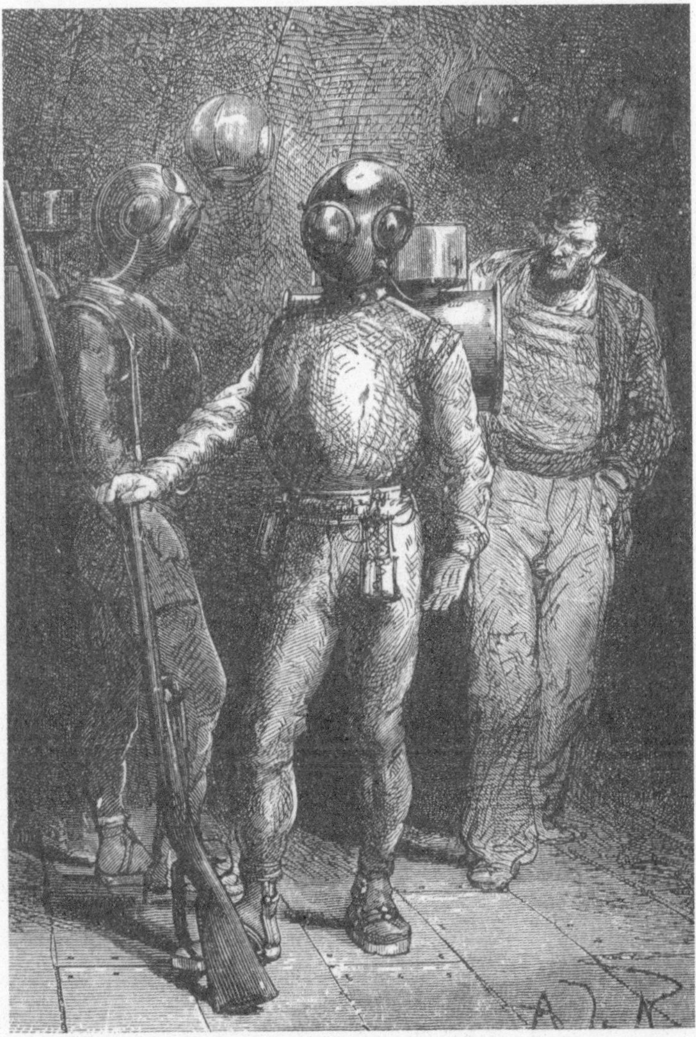

我腰掛倫可夫探照燈，手裡拿著獵槍，正準備出發。

第十六章　漫步海底平原

這個小房間，說穿了，實際上是鸚鵡螺號的軍火庫和更衣室。艙壁上掛著十二套潛水服，供漫步海底的人使用。

尼德・蘭看到潛水服就顯得十分反感，說什麼也不願意穿。

「可是，我的好尼德，」我對他說，「克利波斯島森林只不過是海底森林罷了！」

「好嘛！」魚叉手失望他說，眼看吃新鮮肉的夢想破滅了，「那您呢，阿羅納斯先生，您也要套進這件鬼衣服裡去？」

「必須穿，尼德師傅。」

「您有您的自由，先生，」魚叉手聳了聳肩說，「可是，除非有人強迫我，否則我絕不會自己往套裡裝。」

「沒有人強迫您，尼德師傅。」尼莫船長說。

「那貢協議也去冒險嗎？」尼德問。

「我是先生的尾巴，他去哪裡我跟到哪裡。」

只聽船長一聲招呼，兩名船員立刻過來幫我們穿這套笨重的防水服，衣料是橡膠製品，沒有針眼和線縫，可以承受巨大的壓力，堪稱以柔克剛的鎧甲。套裝衣褲相連，褲腳連著厚鞋，鞋底墊有鉛板。上衣綴滿銅片，猶如護胸鎧甲，可以防止海浪衝擊，讓肺部自由呼吸；衣袖與手套連成一體，柔軟舒適，絲毫不妨礙兩手的運動。

十八世紀曾發明過不少潛水衣，諸如軟木盔甲、無袖潛服、海衣、沉浮筒等等，當時並未定型，卻吹得天花亂墜，可是與這裡改進後的潛水服相比，差距就太遠了。

尼莫船長和他的一個夥伴（此人膂力過人，頗像赫丘利[1]）、貢協議和我，我們很快穿好了潛水衣。現在只要把我們的腦袋裝進金屬頭盔裡就行了。但在戴頭盔之前，我要求尼莫船長允許我檢查一下我們要帶的獵槍。

鸚鵡螺號的一名船員向我出示了一支簡便獵槍。槍托用鋼板製成，裡面是空的，體積相當大。原來槍托是用來儲藏壓縮空氣的，用扳機控制裡面的閥門，可以讓空氣進入槍管。槍托深處裝有彈盒，可裝二十發電子彈，由彈簧自動裝彈。一發子彈射出後，另一發便自動上膛待命。

「尼莫船長，」我說，「這槍太棒了，而且操作很方便。我真有點迫不及待想試一試。可是，我們怎樣去海底啊？」

「教授先生，此時此刻，鸚鵡螺號正潛停在水下十米處，我們整裝待發。」

「可是怎麼出去？」

「您去看看就知道了。」

尼莫船長把自己的腦袋套進圓頭盔裡。貢協議和我也照樣穿戴完備，只聽到加拿大人不無諷刺地對我們說了聲：「打獵愉快！」我們的潛水衣上端是一道銅螺扣領子，銅頭盔就緊扣在銅領子上。圓盔上開有三個圓孔，用厚玻璃密封，只要在圓盔內轉動一下腦袋，就可以觀察四面八方的動靜。只要一戴上頭盔，背上的魯凱羅爾呼吸器便開始工作，我覺得呼吸很順暢。

1 赫丘利，羅馬神話中的大力士，即希臘神話中的赫拉克勒斯。英雄力大無比，神勇過人，曾赤手空拳殺死各種毒蛇猛獸。

我腰掛倫可夫探照燈，手裡拿著獵槍，正準備出發。但是，說實話，身上套著這笨重的潛水服，又被鉛底鞋釘住了腳板，看起來真是寸步難行了。

但這也是預料中的事，我只覺得，有人把我推進毗鄰的另一間小房間裡。同伴們跟著我一一被推了進來。只聽到身後的密封門關上了，周圍一片漆黑。

過了幾分鐘，一陣尖嘯聲傳進耳朵。我感到冷氣逼人，從腳底一直湧到胸部。顯然，有人從船內打開了閥門，讓外面的海水湧進來把我們淹沒，小房間頓時充滿了海水。此時，鸚鵡螺號側面的另一扇門打開了。一道不明不暗的光線照射進來。過一會兒，我們已然腳踏海底了。

但現在，我怎麼才能把海底漫步的印象一吐為快呢？海底世界妙不可言！縱有生花妙筆也難以描繪奇異的液態風光，靠舞文弄墨豈能復活當時的萬千景象？

尼莫船長走在前面，他的同伴殿後，跟在我們身後幾步距離。貢協議和我前後緊挨著，我們好像可以透過金屬頭盔交頭接耳似的。我如釋重負，衣服、鞋底、儲氣瓶頓時失去了許多重量，圓盔也似乎輕鬆起來，我的腦袋在圓球中搖來晃去，就像杏仁在核中滾動一般。物體在水中失去的重量，即相當於它的排水量的重量，阿基米德[2]發現的這條物理定律，如今我感同身受，受益匪淺。我不再是一塊惰性物體，我有了比較大的行動自由了。

陽光可以照射到洋面下三十英尺深的海底，其穿透力令我不勝驚訝。陽光長驅直入，輕易穿過水層，沖淡了海水的色彩。百米之內的物體我看得一清二楚。百米之外，海底如青雲淡出，藍深漸遠，最後黯淡無光，消失在蒼茫的黑暗之中。真的，我彷彿覺得，周圍的水渾渾然不過是一種空氣，密度雖然比地表空氣大，但透明度則不相上下。舉頭上望，平靜的海面依稀可見。

我們在一片沙地上行走，只感到沙質細膩、平坦、沒有皺褶，不像海邊沙灘，在潮水沖刷下會留下層層波紋。海底沙灘猶如光彩奪目的地毯，一面名副其實的反光鏡，反射陽光的強度驚心動魄。由此產生大規模的光輻射，可以穿透任何液體分子。如果我斷定，在水深三十英尺深處的海底，我的視線如同光天化日之下一樣清晰，人家會相信我嗎？

足足有一刻鐘光景，我們跋涉在明沙途中，海底布滿不可捉摸的貝殼粉塵。鸚鵡螺號船體的身影猶如一塊長礁石，眼看著漸漸消失了；不過，一旦夜幕籠罩海水，船上的探照燈就會大放光芒，照亮我們回歸的行程。人們看慣了大地上明如白晝的輝煌景象，但對水下的光照效果恐怕就很難理解了。在陸地上，空氣中充滿塵埃，光線一照，呈現一派霧光迷漫景象；但在海水上下，電光的傳播晶明透亮，能見度無以比擬。

總之，我們不停地走著，遼闊的細沙平原似乎漫無邊際。我用手撥開海水簾幔，然後水簾在我身後自動閉合，我的腳印也隨之被高壓海水撫平了。

不久，我眼前似乎有什麼東西影影綽綽，若隱若現，由於距離遠，很難看清模樣。後來我看出來了，那是琳琅滿目的礁石初次出來打照面，只見礁石表面布滿形形色色、花枝招展的植形動物，我一開始就被這光怪陸離的效果深深打動了。

正是上午十點整。陽光以大傾斜的角度投射到洪波萬頃的海面上，經過海水折射而分解，猶如穿過多棱鏡一樣鮮豔奪目，海底的花草、岩石，幼苗、介殼、珊瑚蟲等，一接觸被分解的陽光，表皮邊緣便出現太陽光譜那微妙的七色光彩。這是一場五光十色的精彩表演，是一個令人大飽眼福的盛大節日，是一架名副其實的萬花筒，赤、橙、黃、綠、青、藍、紫異彩紛呈，讓人眼花繚亂，總而言之一

2 阿基米德（前287—前212），古希臘學者。發現槓杆定律和阿基米德定律。著有《論球體和圓柱體》、《圓的測量》等。

句話，它就是水彩畫大師盡興作畫的一整套調色板！我恨不能把滿腦子興致勃勃的衝動告訴貢協議，和他同喜同樂，交口稱快。我恨不會像船長和他的助手那樣，靠約定的手勢就可以同貢協議交流思想！無可奈何，沒有更好的辦法，我只能自言自語，在套裝腦袋的銅匣子裡大喊大叫，明明知道說空話可能也要耗費不該消耗的空氣。

面對這良辰美景，貢協議和我一樣駐足留連。顯然，這位敬業的小夥子一看到這些名目繁多的植形動物和軟體動物，便連忙進行分門別類，對號入座。珊瑚蟲和棘皮動物俯拾皆是。花樣翻新的愛西絲女王裙、獨善其身的角形蟲、晶瑩累累的枇杷石（從前的芳名叫「白珊瑚」）、一手撐天的海蘑菇、肉盤吸地的銀蓮花……花團錦簇，構成一片海底大花圃，再點綴上藍水母招搖漂動的觸手、沙地上星羅棋布的海星，還有粗糙不堪的星臍藻，宛如水仙巧手刺繡的精美花邊，隨著我們一路走過引起的微波蕩漾，紛紛翩翩起舞，花枝招展。我實在不忍心把成千上萬的軟體動物活標本踩在腳下，只見牠們星光閃耀，雲集海底，其中有圓紋扇貝、海錘螺、斧頭蛤（真正會蹦跳的貝殼）、馬蹄螺、紅冠螺、仙女拂袖貝、海兔螺，以及其他許許多多取之不盡的海洋產物。但是我們不得不走，而且還要繼續前進，我們頭上浮游著成群結隊的僧帽水母，牠們甩開觸手，翻動水袖，飄飄欲仙。還有月芽水母，張開乳白或粉紅膜傘，給我們遮住了頭頂上的陽光，更有帕氏水母，通體磷光閃耀，可以在黑暗中為我們照亮前進的道路！

所有這些海底奇觀，在我走過的四分之一海哩路程中，看得我眼花繚亂，目不暇接，只能草草觀賞一下，幾乎不敢停下腳步，必須緊緊跟著尼莫船長，他正向我招手叫我快跟上呢。忽然，腳下的土質發生了變化。纖細沙平原之後，是一片粘粘糊糊的爛泥地，美國人美其名曰「沙漠綠洲」，實際上是富含矽和鈣的貝類動物專屬區。接著，我們經過一片海藻地，是一片尚未被海水洗劫的深海植物園，深海植物繁衍能力方興未艾。這片密密麻麻的草坪，踩在腳下軟綿綿的，可與最柔軟的手工織毯相媲美。其實，我們不僅腳下綠草如茵，而且頭上青雲疊翠。只見水面上漂浮著一層層海洋植物，大都屬於海藻類，海藻名目繁多，我們已經知道的就有兩千多種。我看見水中浮動著的長帶墨角藻，有的呈球形，有的作管狀，還有凹頂藻、細葉冠盤藻、活像仙人掌的紅皮藻。我發現，綠色植物集中在海水表層，而紅色海藻位居中層，黑色或褐色水草深居底層，從而形成層次鮮明的水下花園和海底花圃。

這裡的海藻確實是天地造化的一大奇觀，是全球植物體系的一大奇蹟。海藻家族造就了地球上最小和最大的植物。因為在五平方毫米的空間裡，可以容納四萬個肉眼看不見的幼芽，同時，人們曾採集過長達五百米的墨角藻。

我們離開鸚鵡螺號已快一個半小時了。此時已接近正午，我發現陽光垂直照射下來，再看不見奇異的折射現象了。光怪陸離的色譜逐漸消失了，頭上的翡翠和碧玉也黯然失色。我們跬步前進，有節奏的腳步回聲震耳欲聾。水下聲音傳播速度極快，稍有響動就很刺耳，久居陸地的人耳很難適應。千真萬確，作為傳播聲音的載體，水比空氣要強得多，傳播速度高出四倍。

這時候，海底出現了明顯的斜坡，地勢愈走愈低。光線色澤趨於單調。我們抵達一百米的深度，身受十個大氣壓力。但我的潛水服就是按照這種條件設計製造的，所以沒有感到什麼難受的壓力。我只感到手指關節活動有些不靈活，但這種不適很快就消失了。按理說，身穿這身從來沒有穿過的笨重服裝連續行走兩個小時，應當感到筋疲力盡才對，而我竟然毫無疲憊的感覺。

抵達三百英尺深度時，我還能看到陽光，但已是強弩之末，黯然失色了。從光芒四射到晚紅夕照，簡直成了日夜交替的陰陽分界線。不過，眼前道路依稀可辨，足以辨認行進方向，還沒有必要啟用倫可夫探照燈。

這時候，尼莫船長停了下來。等我跟上後，他就用手指了指前方不遠的隱蔽處，一團若明若暗的景物隱約可見。

「這就是克利斯波森林了吧。」我想，我果然沒有弄錯。

第十七章　海底森林

我們終於抵達這片海底森林的周邊，這無疑是尼莫船長遼闊領地中風光最為秀麗的一處園林了。他把森林看作他自己的私有財產，自認為有權獨佔這片森林，就像創世紀的人們有權統治世界一樣。不過話又說回來了，有誰曾同他爭奪過這片海產的所有權呢？難道另有第二個墾荒者比他更大膽，手裡操起一把斧頭，就敢來闖蕩這片陰森森的原始叢林，披荊斬棘，開荒種地？

森林中有高大的喬木狀植物，當我們進入一道道大拱門之後，我的目光頓時被奇形怪狀的枝幹排序所吸引，此番布局我迄今見所未見。

這裡沒有地毯似的草坪，地上寸草不生，小樹叢絕不橫生枝節，所有枝蔓不趴倒，不彎腰，不躺在水平面上。所有的植物都挺拔向上，仰望洋面。不論纖細如絲，還是寬闊如帶，全都像鐵杆一樣筆直。墨角藻和藤本植物長期受高密度海水的養育和支使，只知道不斷垂直向上成長。更有甚者，牠們一動不動，即使被我的手分開之後，一鬆手便立即恢復原狀，始終保持直立姿態。這裡是垂直線條的一統天下。

但很快，我就見怪不怪了，從明亮變黯淡的周圍環境也司空見慣、習以為常了。林地上到處有坎坷尖利的塊狀物，很難一一躲開。據我觀察，這裡的海底植物品種應有盡有，甚至比兩極地帶和熱帶區域更為豐富。但是，我初來乍到看幾眼，卻不知不覺地把生物分類弄混淆了，錯把植形動物當作水生植物，把動物當作植物看待。然而，誰沒有看走眼的時候？何況在海底世界，動物和植物神態酷似，本來就難解難分。

根據我的觀察，這裡的植物世界林林總總，只有根部表皮觸地。它們並沒有根系，對支援它們的固體並不太在乎，管它是沙，是貝，是殼或是卵石，只需附著物提供一個支點，而不必提供生命營養素。這些植物自生自長，在海水中求生存，深受海水的呵護，深得海水的養育。海底植物大都不長葉子，只長奇形怪狀的葉身，表面色彩並不豐富，只有玫瑰紅、胭脂紅、藏青、橄欖綠、獸褐、古銅等顏色。我在這裡又看到了招搖有風的團扇藻，自然不像在鸚鵡螺號船上看到的那種乾巴巴的標本，而是像孔雀開屏那樣豔麗，可以扇起萬種風情；還有古色古香的朱陶仙菜；抽著細長嫩芽、秀色可餐的昆布；纏綿悱惻、千絲萬縷、展開十五公尺高的盤絲海囊藻；頭重腳輕的花團藻，以及許許多多其他的海洋植物，其實它們都不開花。有個風趣的生物學家說得好：「海底無奇不有，千奇百怪，那裡動物都開花，植物反而都不開花！」

在高如溫帶林木的海底叢林之間，在牠們的淋漓蔭影之下，到處生長著一堆堆貨真價實的荊棘叢，開著一簇簇生動活潑的花朵；到處有植形動物的籬笆牆，上面有花枝招展的曲紋腦珊瑚，觸鬚明亮的暗黃色石竹珊瑚，青草叢生的六放珊瑚蟲；更令人想入非非的是蠅魚，牠們像蜂鳥似的從這支樹枝飛向另一支樹枝；還有那些兩腮鼓起、鱗甲尖利的黃色蠹蟲魚；還有豹魴鮄、松球魚等，在我們腳下一躍而起，活像一群沙錐。

一點鐘，尼莫船長發出暫時休息的信號。可謂正中下懷，於是我們就在翅藻綠廊下躺了下來，根根翅藻細如挺拔的立箭。

片刻的休息讓我感到非常舒暢，美中不足的是不能彼此交談。既無法說話，也無法回答。我只能把我肥大的銅頭挨近貢協議的銅頭。我看見這條好漢眼睛閃爍生輝，看來他十分滿意，他在銅盔裡搖頭晃腦對我做鬼臉，簡直滑稽可笑到極點。

海底漫步了四個小時，我居然沒有想吃東西的迫切食欲，不由有些驚訝。胃口為什麼會這樣，我也說不清楚。然而，與此相反，我卻昏昏欲睡，像所有潛水夫一樣，睏得要命。就這樣，我在厚厚的玻璃片後閉上了眼睛，頓時陷入難以自拔的昏睡狀態，而剛才只是由於不斷行走才得以挺過來的。尼莫船長和他的壯健夥伴早就伸開手足躺在清澈透亮的水晶液體中，給我們提供了海底睡眠的先例。

這種沉迷狀態到底持續了多長時間，我的確難以估計，但一覺醒來，好像太陽正在西沉。尼莫船長已經起身，我也伸了伸四肢，就在這個時候，出現了一件意外的東西，我立即站了起來。

就在離我們幾步遠的地方，有一隻高達一米的特大蜘蛛蟹，正乜斜著眼看我，牠正要向我身上撲來。儘管我的潛水服相當厚重，可以保護我不至於被怪物咬傷，但我還是被嚇了一大跳。貢協議和鸚鵡螺號水手也都同時醒來。尼莫船長用手勢提醒同伴注意那隻橫行霸道的甲殼動物，水手當即給牠一槍結束了牠的性命，我看著那隻怪物抽搐著大爪垂死掙扎。

此次遇險使我聯想到其他更可怕的動物，牠們可能經常出沒在昏暗的海底世界，而我的潛水服很可能抵擋不了牠們的攻擊。先前我從未想到這種可能性，現在我必須保持警惕。而且，我還以為，休息就意味著海底漫遊結束了，可是我錯了，尼莫船長不但沒有帶我們回鸚鵡螺號，反而繼續進行勇敢的跋涉。

地勢一直走低，斜坡愈來愈大，沿著斜坡往下走，我們愈潛愈深。大約三點鐘光景，我們抵達一道海底大峽谷，只見兩邊峭壁聳立，水深一百五十米。由於潛水設備完善，我們超越了潛水九十米深的大關，這個深度過去曾被認為是大自然逼迫人類潛游的極限。

我敢說有一百五十米的深度，儘管手頭沒有任何儀器可以測定。但我知道，即使海水清澈無雜質，陽光也不可能深入一百五十米以下的地方。可是現在，恰恰就在這個地方，四周變得一團漆黑。能見度不及十步遠。我只好摸索著前進，就在此時，我忽然看見一道強烈的白光閃過。原來是尼莫船長剛剛打開他的電光探照燈。他的同伴跟著打開了自己的燈。貢協議和我也如法照辦。我轉動一下旋鈕，接通感應線圈和玻璃曲管。就這樣，四盞燈全亮了，大海方圓二十五公尺內被照得一片光明。

尼莫船長繼續往森林深處走去，前景黯淡幽深，沿途樹叢愈來愈稀少。我發現，這裡的植物比動物壽命短，消失得也快。在水生植物逐漸稀疏的貧瘠土地上，海洋動物卻大行其道，植形動物、軟體動物和魚類層出不窮，比比皆是。

我邊走邊想，我們隨身攜帶的倫可夫燈光必然會吸引深海黑暗水層某些居民前來圍觀。可是，即使牠們真的來了，也是適可而止，與我們保持相當大的距離，叫獵手鞭長莫及。有好幾次，我看見尼莫船長停下腳步，並舉槍瞄準，但經過一陣觀察後，卻又放棄射擊，繼續往前走。

最後，大約四點左右，此次奇妙的海底漫遊總算結束了。只見一道險峻奇偉的石壁矗立在我們面前，危岩聳立，怪石嶙峋，花崗岩懸崖巨石如磐，大小孔洞黑糊糊的，卻沒有任何可以攀緣的道路。這便是克利斯波島的盡頭。這便是陸地了。

漫遊海底森林。

尼莫船長突然停下腳步。他向我們打了個停止前進的手勢，儘管我多麼希望能穿牆而過，但我只好遵命止步。這裡是尼莫船長領地的邊界線。他不願越雷池一步。界線那邊，便是地球的陸地部分，他死也不願再涉足陸地。

於是我們開始往回走。尼莫船長仍然走在小隊的前頭，他方向明確，勇往直前，從不流連忘返。我彷彿覺得不是取原路回鸚鵡螺號。這條新路坎坷陡峭，因而很難走，但卻能比較快上升到海面。不過，返回海水上層的過程並不太迅速，如果操之過急，水壓減小過快，容易造成肌體功能嚴重紊亂，從而給潛水夫造成致命的內傷。不一會兒，陽光又出現了，而且愈來愈亮，此時夕陽西下，已貼在海天線上，陽光對海水的折射故伎重演，把水下萬物重新包上七彩的光環。

在水深十米的地方，我們穿行在五花八門的小魚群中間，牠們成群結隊，密密麻麻，水上游魚比空中飛鳥還多，而且行動更為敏捷，但卻見不到一隻值得開槍的水棲獵物出現在我們的視野之內。

就在這個時候，我看見船長急忙舉槍頂在肩頭上，對著叢林間一個移動目標瞄準。子彈打了出去，只聽到一聲微弱的呼嘯，一隻獵物就在離我們幾步遠的地方應聲倒下了。

這是一隻非常漂亮的海獺，屬於海洋獺類動物，獺可能是生活在海洋裡唯一的四足獸了。這隻海獺有一點五公尺長，價值想必很高。獺皮上面栗褐色，下面銀白色，可以製成一件上好的皮料，這類皮貨在俄國和中國市場上供不應求，極為搶手。海獺皮毛細膩並富有光澤，至少可以賣出兩千法郎的高價。我非常喜歡這類別致的哺乳動物，圓咕隆咚的腦袋，短短的耳朵，圓圓的眼睛，像貓一樣的白鬍鬚，帶趾甲的腳掌，毛茸茸的尾巴。這種珍貴的食肉動物，由於漁人的圍追捕獵，已經變成了稀有動物，牠們主要躲藏在太平洋北極水域，就是在北極圈內，這一珍稀物種也瀕臨滅絕了。

尼莫船長的同伴上前抓住海獺，扛在肩上，於是大家又上了路。

走了一個小時，腳下伸展的是一片細沙平原。平原有起有伏，高處有時離海面只有兩米深。這個時候，我曾看到我們倒映在水中的身影，清晰可辨，但方向正好相反，影像在我們的頭頂上，同樣的一群人，複製著我們的動作和姿勢，一舉一動毫無二致，只不過他們頭朝下，兩腳朝天罷了。

還有一番景象值得一提。就是過往煙雲說聚就聚，說散就散，但仔細一想，我明白了，所謂的雲層只不過是海底厚薄不一的長浪幻化而來的。我甚至還看到「羊群」浪，那是浪峰破碎後落到海面上形成的泡沫狀浪花。只要我們頭上有大鳥飛過，那我就可以目睹飛鳥展翅迅速飛掠海面的影姿。

無巧不成書，我有機會親眼目睹一次神槍的射擊，這一槍足以讓獵人激動一輩子。一隻大鳥展開寬大的翅膀正朝我們飛來，可以看得一清二楚。尼莫船長的同伴立即舉槍瞄準，待大鳥貼水面只有幾公尺距離時，便扣動扳機。大鳥應聲落水，一直撲騰過來，正好被獵手一把抓住。這是一隻美麗超群的信天翁，堪稱海鳥中的優良品種，令人歎為觀止。

我們的行程並沒有因這段意外收穫而中斷。我們又走了兩個小時，時而腳踩細沙平原，時而跋涉在海藻叢生的草地，穿越海藻地帶步履維艱。老實說，我真的走不動了，就在這個時候，我看見半海哩外有一道微光衝破海水的黯淡。那就是鸚鵡螺號的探照燈。要不了二十分鐘，我們也許就可以上船了，一到船上，我就可以盡情呼吸新鮮空氣了，因為我感到，儲氣瓶為我提供的空氣含氧量明顯不足。但是，我並沒有料到會節外生枝，從而推遲了上船的時間。

我當時正處在尼莫船長身後約二十步左右，我看見尼莫船長突然轉身向我撲來。只見他用手使勁把我按倒在地，與此同時，他的同伴對貢協議也照樣下了毒手。一開始，我還沒弄清楚這次突然襲擊到底是怎麼回事，後來一看，船長也躺在我身邊，而且一動不動，這下我才放了心。

我索性躺倒在地，正好躲在一簇海藻叢後面，抬頭一看，發現幾堆龐然大物磷光閃閃，沸沸揚揚

一隻大鳥展開寬大的翅膀正朝我們飛來。

地從我們面前游過。

我渾身冰冷，血管中的血漿都快凝固了！我看清楚了，威脅我們的原來是幾條兇猛的大角鯊。這是一對火鮫，一種可怕的鯊魚，長長的大尾巴，目光黯淡無神，嘴臉周圍布滿許多圓孔，從中分泌出磷光物質。海怪火鮫大得嚇人，張開血盆大口，鐵齒可以把整個人體咬成肉醬！我不知道貢協議是不是正忙著為牠們分門別類，可是對我來說，我觀察到的火鮫，只是銀白的肚皮，鯨吞的大口，鋒利的大牙，缺乏科學的見解，哪裡有生物學家的樣子，分明是一個受害者的感受。

值得慶倖的是，這對嗜血成性的動物視力很差。火鮫沒有發現我們就游過去了，與我們只是擦鰭而過，淺黃色的鯊鰭居然沒有感覺，我們才得以躲過這場大劫，大難不死堪稱奇蹟，危險之大遠遠比在原始大森林中遭遇猛虎還可怕。

半小時後，在電光指引下，我們終於抵達鸚鵡螺號。外側門依然開著，待我們一一回到第一間小屋後，尼莫船長就把門關了起來。然後，他按動了電鈕。我聽到船內水泵開始運轉，只感到周圍水位在不斷下降，不一會兒，小間的海水全部排空。於是，裡屋門打開，我們進入了更衣室。

在更衣室裡，我們好不容易才把潛水衣脫了下來，我已經精疲力竭，又睏又乏，踉踉蹌蹌走回房間，一頭倒在床上，依然在做著驚心動魄的海底漫遊的美夢。

第十八章　太平洋下四千哩

第二天，十一月十八日，一早醒來，只覺神清氣爽，昨日的疲勞一掃而空，於是我登上平臺，鸚鵡螺號的船副正在重複每日必報的那句話。我忽然茅塞頓開，這話與海況有關，更準確地說應當是：

「我們沒有發現任何情況。」

事實也正是如此，汪洋大海眼空無物。看不到天邊的孤帆遠影。克利斯波島的高地在夜間已經不辭而別。海洋將五顏六色的光線通通吸收了，只把藍光反射到四面八方，大海披上浩淼的靛藍色盛裝。一匹巨幅的蔚藍波紋絲光布在波濤洶湧的海面上依次展開，層層疊疊，起伏蕩漾。

我正在欣賞太平洋波瀾壯闊的美景，尼莫船長上來了。他似乎沒有發現我在這裡，只顧進行一系列的天象觀察。過一會兒，他做完觀察，便來到探照燈旁，兩肘支在燈罩上，目光溶入煙波浩淼的洋面上。

可是，又上來二十多名鸚鵡螺號的水手，一個個都是彪形大漢，身強力壯，原來他們是來收夜間布下的拖網的。這些水手顯然來自不同的國度，雖然都是歐洲人的長相。我是不會搞錯的，我已經辨認出其中有愛爾蘭人、法國人、幾個斯拉夫人、一個希臘人或甘迪亞人[1]。然而，這些水手沉默寡言，彼此只用古怪的方言交流，我很難猜測到他們的底細。我只好聽之任之，不聞不問。

魚網被拉上船來了。這是拖網，跟諾曼第沿海使用的拖網很相似，網囊狀如大口袋，浮標繩把浮

1 甘迪亞人，即伊拉克利翁人，希臘克里特島伊拉克利翁港口居民。

標串連起來，用桁杆把叉網和引揚綱張開。這些囊袋固定在鐵環套上，拽在船的後頭，行船時囊袋貼著海底一掃而過，將過往魚群一網打盡。這一天打撈上來不少新鮮品種，其中有：動作滑稽可笑的海上大丑角鮟鱇魚；長有觸鬚、渾身烏黑的康氏馬鮫；身紮紅腰帶的細波紋鱗魨；彎如新月、口液有劇毒的魨魚；幾條橄欖綠色的七鰓鰻；銀鱗長吻魚；與電鰻和電鰩同等厲害的帶電帶魚；古銅色橫紋多鱗弓背魚；還有淡綠色的鱈魚；形形色色的鰕虎魚，五花八門，不一而足；最後還有幾條大胖魚；一條頭部隆起、身長一米的鯵魚；好幾條花紋藍白相間、美麗多姿的舵鰹魚；三條富麗的金槍魚，儘管行動快捷，但也未能躲過拖網的大劫。

我估算一下，這一網打上來的魚蝦不下千斤重。這一網打得很漂亮，但並不足以大驚小怪。因為網在船後拖了好幾個小時，過往水產的芸芸眾生通通被網羅了進來。因此可以說，我們的確不缺少優質食品，更何況鸚鵡螺號航速很快，又有電光誘引，新鮮魚蝦可以源源不斷得到供應。種類繁多的海產品立即從艙門口被送往食品儲藏室，有些要趁新鮮立刻食用，有些則要妥善保存起來。

捕撈收網了，空氣更新了，我想鸚鵡螺號又該繼續海底漫遊了吧，我正準備回房間，尼莫船長轉身向我走來，不講客套，不事寒暄，就直截了當地跟我聊起來：

「您看看這汪洋大海，教授先生，不也是有血有肉的生命體嗎？它不也有怒火和溫情嗎？昨天，它跟我們一樣睡了個安穩覺，過了一個平安夜，您看它又甦醒過來了。」

不道早安，也不問晚安！人們簡直以為，這個特立獨行的怪人只不過是把早已開始的閒聊繼續談下去罷了。

「您看哪，」他繼續說，「大海在太陽的愛撫下甦醒過來了！它的白晝生活又將重新開始！跟蹤大海肌體的休養生息的確是一道有趣的研究課題。大海有脈搏，有血管，會痙攣，我認為科學家莫里說的很有道理，他發現海洋體內也有血液循環，就像動物體內血液循環一樣真實可信。」

可以確定，尼莫船長並不期望我會答腔，而我也覺得沒有必要對他附和應酬，說一大堆「顯然」、「當然」、「言之有理」一類的客套話。其實，與其說他是對我說話，倒不如說他在自言自語，因為每句話之間停頓的時間很長。這就是所謂吟唱式的深思。

「是的，」他說，「海洋具有真實的循環系統，要促進海水循環，造物主只要在海水中增加熱量、鹽和微生動物就行了。不錯，熱量可以使海水具有不同的密度，從而形成順流和逆流。就海水蒸發現象而言，在北極地區滴水成冰，而在赤道地帶則蒸蒸日上，這就造成熱帶海水和極地海水長年不斷地進行交流。而且，我還意外發現，海水自上而下和自下而上也在流動，從而構成海洋真正的呼吸運動。我見過這種現象，海水分子在水面受熱後，又沉下海底深處，冷卻到零下二度時，密度達到最高值，而後，溫度繼續降低，重量也隨之降低了，於是又重新浮上水面。您將會在極地看到這種對流現象所產生的結果，您將最終明白冰凍現象為什麼只在水面上才能發生！原來這是富有遠見的大自然的必然規律。」

聽到尼莫船長最後這句話，我不由暗自思忖：「極地！難道這位膽大包天的傢伙想把我們帶到極地去！」

然而船長卻不說話了，只見他默默地注視大海，是啊，他對大海的研究可謂無微不至，無所不包，每時每刻都不曾間斷過。不一會兒他又說起話來：

「教授先生，海水中含有數量可觀的鹽分，如果您能把溶解在海水中的鹽分全部提煉出來，您就可以堆成四百五十萬立方法哩的鹽堆，如果在地球表面上全面攤開，就可以鋪成十公尺高的鹽層。您不要以為海水中的鹽分只是大自然胡亂的賜予！不是這樣的。鹽分使海水不容易蒸發，也不讓海風刮走過多的水蒸氣，這些水蒸氣一旦化成雨水，就足以淹沒溫帶地區。多麼了不起的作用！在全球總體經濟中產生著調節作用！」

尼莫船長停頓一下，起身向平臺走了幾步，然後又折回向我走來。

「至於纖毛蟲，」尼莫船長接著說，「海水中的微生物數以億萬計，一滴海水就含有數百萬之巨，八十萬微生物大軍才有一毫克重，牠們的作用同樣非同小可。牠們吸納海水中的鹽，消化海水中的固體物質，是石灰質陸地的真正締造者，因為正是牠們在製造紅珊瑚和石珊瑚！而失去礦物質的水滴自然變輕了，於是又浮上水面，再吸收由於水分蒸發而過濃的鹽分，於是又變重了，再沉下去，重新給微生動物帶來可吸收的物質。這樣一來，海水上下不斷對流，運動不止，生命不息。論生命力，大海比陸地更富有生氣，更朝氣蓬勃，發展更無止境，汪洋大海處處春光明媚，萬紫千紅。有人說，大海對人來說是死亡的冥界，但對無數海洋生物和我來說，海洋則是生命的搖籃！」

尼莫船長說得眉飛色舞，忘乎所以，我也為之感動萬分。

「所以，」尼莫船長補充道，「大海才是真正的寄託！我打算建設水下城市，打造海底住宅區，水下住宅就像鸚鵡螺號那樣，每天早晨浮到海面上來呼吸，果真如願，必是自由的城市，獨立的城邦！不過，誰知道會不會有暴君……」

尼莫船長狠狠地一揮手，掐斷了這句話。而後，好像是為了驅逐一個不祥之兆，便直接來問我：

「阿羅納斯先生，您知道海洋有多深嗎？」

「有所了解，船長，至少，我知道若干測量資料。」

「您不妨羅列出來，必要時我可以加以驗證？」

「下面是我記得起來的若干資料。」我回答道，「如果我沒弄錯，北大西洋的平均深度為八千兩百米，地中海為兩千五百米。最引人注目的探測是在南大西洋，南緯三十五度的地方，測得水深一萬兩千米、一萬四千零九十一米和一萬五千一百四十九米不等。總而言之，假設海底拉平，那麼海洋的平均深度估計在七千公尺左右。」

「好，教授先生，」尼莫船長答道，「我們將提供您更確切的資料，但願如此。就說我們所在的太平洋地區，我可以告訴您，它的平均深度只有四千公尺。」

話剛說完，尼莫船長就走向蓋板，下了扶梯，轉眼不見了。我也隨之進了船艙，回到大廳裡。螺旋槳立即起動，測程儀標明航速為每小時二十海哩。

幾天過去了，幾個星期過去了，尼莫船長很少來看望我們。我也難得見他一面。他的副手定時測定方位並標記在航海圖上，鸚鵡螺號的航行路線我一目了然。

貢協議和尼德・蘭在我這裡度過很長時間。貢協議對他的朋友講述了我們這次海底漫步的奇聞奇觀和奇遇，加拿大人後悔不迭，不該不跟隨我們一起去。但我希望以後還會有機會遊覽海底森林。

大廳的觀景窗幾乎每天都要打開幾個小時，我們睜開雙眼，不知疲倦地觀察著，盡情地探索海底世界的祕密。

鸚鵡螺號正朝著東南大方向行駛，潛水深度保持在一百至一百五十米之間。但是，有一天，我不知道它為什麼心血來潮，突然啟用斜板機沿著對角線一路下潛，深入到兩千米的深度，溫度計顯示攝氏四點二五度，一旦達到這個深度，不管船處於什麼緯度地區，海水溫度似乎都是一樣的。

十一月二十六日，凌晨三點，鸚鵡螺號在西經一百七十二度處越過北回歸線。二十七日，過目不忘桑威奇群島，一七七九年二月十四日，著名的航海家科克[2]就是在這裡慘遭殺害。從出發到現在，我們已經航行了四千八百六十法哩。當天早晨，我登上平臺，看見夏威夷群島就在下風二海哩處，它是桑威奇七島中最大的一個。島上風光歷歷在目，只見耕地阡陌縱橫，群山起伏與海岸走向一致，火山一個接著一個，其中冒納羅亞火山雄踞其上，海拔高達五千米。這一帶海產豐富，別的不說，僅拖網打撈起來的團扇貝，外形美觀，狀似扁平水螅體，是這一帶水域的知名特產品。

鸚鵡螺號繼續朝著東南方向航行。十二月一日，在西經一百四十二度處跨越赤道。穿越速度很快，而且平安無事。同月四日，我們見識了馬克薩斯群島。過了三海哩，在南緯八度五十七分，西經一百三十九度三十二分，我看見奴加衣瓦島的馬丁尖岬，這是法屬諸島中最大的一個。只因尼莫船長不喜歡接近陸地航行，我只能遙望天涯海島，島上山林依稀可見。群島附近，魚網捕捉到不少鮮美的魚蝦，有藍鰭金尾、味道鮮美無比的哥利芬魚，無鱗但味美的全裸鰹魚，帶骨頜的骨吻魚，味比舵鰹的淺黃色的塔查魚等等，凡此種種都可以列進船上正餐菜譜。

離開了由法國國旗庇護的迷人群島之後，十二月四日至十一日，鸚鵡螺號共航行了大約兩千海哩。在這次航行中，值得一提的是，我們遇見了一大群槍烏賊，這是一群奇特的軟體動物，與墨魚頗類似。法國漁民稱之為「encornets」，屬於頭足綱，雙鰓科，其中包括墨魚和船蛸。古代生物學家曾對這一類做過專門研究，古雅典政治集會廣場上的演說家們曾多次以它為比喻，如果加利安[3]時代的希臘醫生阿泰內說的話可信的話，槍烏賊還是當時富人餐桌上的美味佳餚呢。

那是在十二月九日至十日夜間，鸚鵡螺號與這支軟體動物大軍不期而遇，槍烏賊喜歡夜間出動。只見大軍浩浩蕩蕩有數百萬之多。牠們沿著鯡魚和沙丁魚群的游動路線，從溫帶海域向溫熱帶海域轉移。我們透過厚厚的水晶玻璃，看見牠們成群結隊，以極快的速度洄游，靠外套腔管噴水游動，追食魚蝦和軟體動物，吃小魚，也被大魚吃。大自然硬給槍烏賊頭上安了十隻腕足，形似充氣的曲管，運動時七手八腳亂抓胡撓，形態難以形容。鸚鵡螺號雖然速度很快，但穿過這浩浩蕩蕩的隊伍也費了好幾個鐘頭，拖網還乘機打撈了不少槍烏賊，我從中辨認出奧爾比尼[4]劃分的九種太平洋槍烏賊。

在橫穿太平洋航行中，我們看到，大海不斷推出美妙絕倫的節目。表演精彩紛呈，變化無窮。背景和場景花樣翻新，令我們目不暇接，大飽眼福，我們不僅應召飽覽了造物主在液態世界中的傑作，而且還應召去探索海洋最令人生畏的祕密。

十二月十一日，我整天都在大廳裡埋頭看書。尼德·蘭和貢協議通過半開的窗戶，觀察著明晃晃的海水。鸚鵡螺號又一動不動了。儲水罐已經注滿了水，船停留在一千公尺的深度，這樣的深海區海洋生物很少，只有幾條大魚偶爾出來打個照面。

此時我在讀尚·馬塞寫的一本好書，書名叫《護胃幫手》，妙趣橫生，開卷有益，我正讀得津津有味，卻被貢協議的話給攪亂了。

「先生過來一下好嗎？」他對我說道，聲音怪怪的。

「出了什麼事，貢協議？」

「先生請看。」

我起身，靠近玻璃窗，看了看。

外面一片電光，我看見一團黑糊糊的龐然大物懸浮在海水中間，一動不動。我仔細進行了觀察，

2 科克（1728—1779），英國航海家和探險家，曾領導三次海洋探測活動，長期在大西洋、太平洋、印度洋、南北極海域從事航海探險，最後在夏威夷群島被土人殺死。
3 加利安（218—268），古羅馬皇帝和哲學家。
4 奧爾比尼（1802—1857），法國生物學家。

極力要辨認出這頭巨鯨的屬性。但我腦海中忽然閃出一個想法。

「一艘船！」我喊了起來。

「對，」加拿大人答道，「一條沉船！」

尼德・蘭沒有弄錯。我們面前確實是一條船，斷裂的桅索仍然掛在鐵鏈上。船體狀態看樣子還很完好，海難事件剛剛發生不久，頂多只有幾個小時。三根桅杆已經折斷，斷裂處離甲板兩英尺高，說明船在遇難往側面傾斜時不得不犧牲全部桅杆。船側身躺在水裡，艙內已經全部進水，而且繼續向左舷傾斜。在波濤洶湧中的沉船殘骸慘不忍睹，然而更令人毛骨悚然的是看見甲板上還橫躺著幾具屍體，渾身被繩索捆綁著！我看其中有四具男屍，一具女屍，一位男子站在舵輪旁。婦女手中抱著孩子，一腳剛跨出艉樓甲板窗。這個婦人還很年輕。由於鸚鵡螺號燈光很亮，我可以看清婦女尚未被海水泡壞的容貌。她曾做過最後的努力，極力把小孩舉在頭頂上，那可憐的小生命正用兩隻小手死死地摟著媽媽的脖子！四位水手體態非常可怕，我看他們扭著身軀，顯然拚命掙扎過，企圖掙脫將他們捆綁在船上的繩索。只有舵手比較沉著，面部表情堅定而嚴肅，灰白的頭髮貼在前額上，青筋暴腫的手拚命把握著舵輪，好像還在駕駛著遇難的三桅船在深海航行！

多麼可怕的場面！親眼目睹沉船現場，簡直就是最後一分鐘抓拍下寫真的照片，我們一個個目瞪口呆，心口突突跳個不停！我又看見幾條大鮫鯊兩眼冒著火光，搖頭擺尾游了過來，顯然是聞到人肉的香味了！

這時，鸚鵡螺號掉轉方向，繞沉船一周以示哀悼，我得以看清船尾牌子上的船號：

佛羅里達號，森德蘭港[5]

5 森德蘭港，英國海港，位於北海威爾河口。

第十九章　瓦尼科羅島

眼前可怕的情景已經拉開了一連串海難事件的序幕，鸚鵡螺號在自己的航路上勢必一一領教。自從鸚鵡螺號進入船隻光顧較為頻繁的海域後，我們不時會看見遇難船隻腐爛了的殘骸，在更深的水底，則可以看到早已鏽蝕了的火炮、炮彈、鐵錨、鐵鏈以及數以千萬計的其他鐵器。

不過，我們生活在鸚鵡螺號上，好像與世隔絕，總是被潛艇拉著四處奔波。十二月十一日，我們看到了波莫圖群島，過去這裡曾被布根維爾[1]稱之為「危險的組合」，群島全長五百法哩，自東南偏東往西北偏西走向，位於南緯十三度三十分和二十三度五十分之間，西經一百二十五度三十分和一百五十一度三十分之間，從迪西島一直延伸到拉榘列夫島。群島面積共三百七十平方法哩，由六十幾個小島組成，其中有法國保護地甘比爾島群。這些小島全是珊瑚環礁。珊瑚蟲的分泌物緩慢堆積不斷隆起，總有一天會把這些小島連接起來。然後，新形成的島嶼又跟鄰近的群島銜接起來，久而久之，紐西蘭島和新赫里多尼亞島一直到馬克薩斯群島將連成一片大陸，勢必成為未來的第五大洲。

有一天，我在尼莫船長面前發揮了這一理論，但他卻很冷淡，回答我說：

「地球上需要的並不是新大陸，而是新人！」

恰巧鸚鵡螺號正朝著克萊蒙—托內爾島駛去，這是島群中最怪異的島嶼之一，一八二二年被密涅

1　布根維爾（1729—1811），法國航海家。曾率領法國考察隊作環球航行，一七六八年抵達波莫圖群島，因是發現該島的歐洲第一人，故將其中一島命名為布根維爾島。著有《環球航行》一書。

瓦號船長貝爾發現。我因此得以研究太平洋諸小島賴以形成的石珊瑚體系。

千萬要注意，不可把石珊瑚與普通珊瑚混為一談，石珊瑚肌體塗有一層石灰質硬皮，我那赫赫有名的導師米爾納．愛德華茲根據石珊瑚表層結構的不同變化分為五種類別。在珊瑚骨的細胞內，有數十億的微生物在工作。它們的石灰質分泌物長期積澱，形成了岩石、礁石、小島、島嶼。在此地，它們構成一個圓環，圍成一個礁湖或內湖，並留有缺口，可與大海溝通。在彼處，它們造就柵欄狀的暗礁群，類似新赫里多尼亞海岸和波莫圖群島沿海的狀況。而在另一些地方，比如在留尼旺島和模里西斯島，它們高築礁岸，如聳立的懸崖峭壁，而高牆附近的海域卻是萬丈深淵。

沿著克萊蒙—托內爾島邊緣峭壁幾鏈遠航行，我飽覽了這些微不足道的勞動者建構起來的宏偉工程，不由肅然起敬。這些銅牆鐵壁，原來是所謂千孔珊瑚、百孔珊瑚、星珊瑚和腦珊瑚等造礁珊瑚蟲的傑作。造礁珊瑚蟲在波濤洶湧的海水上層特別容易繁殖，因此，牠們的造礁運動首先從上層開始，過剩分泌物連同支撐牠們的礁石從上逐漸往下沉積。至少，達爾文的理論就是這樣解釋珊瑚島形成的過程的，我認為達爾文的理論高人一籌，因為有人說，石珊瑚是以水下幾英尺的山峰或火山作為基礎往上造礁的。

我可以對這道道奇特的高崖峭壁進行抵近觀察，探測儀測得垂直高度為三百公尺，我們船上的電光浩如瀑布，把晶瑩剔透的石灰岩照得閃閃發光。

貢協議提出一個問題，問我構築這麼宏大的長廊屏障需要花多久時間，我回答他說，科學家斷言，一百年才能升高八分之一英寸，這個答案讓他大吃一驚。

「那麼，」他又問，「建成這樣大規模的牆共花了多少時間？」

「用了十九萬兩千年，我的大好人貢協議，這可把《聖經》紀年大大向前推移了。更何況，煤炭的形成，就是被洪水掩埋的森林的礦化過程，所需的時間就要長得多了。而且，我還要補充一點，《聖經》上的一天指的是一個時期，而不是日出複日出之間的一段時間，因為，按照《聖經》的說法，太陽並非始於創世紀的第一天。」

鸚鵡螺號回到太平洋洋面上時，我可以把克萊蒙—托內爾島的成長態勢一覽無餘，因為該島地勢低窪，林木旺盛。島上的珊瑚礁顯然經過狂風暴雨的沖刷已風化成肥沃的土壤。有那麼一天，臨近的陸地上有那麼一粒種子被颶風刮起，落到海島石灰質岩層上，岩層中原來就夾雜著魚類和海洋生物的分泌物，腐爛後形成了腐殖質。一顆椰子被海浪推送到新海岸上。種子發芽生了根。苗木長成了大樹，抑制著水分的蒸發。水流成溪。植被得寸進尺。於是微生物、蠕蟲、昆蟲依附在被風刮倒的樹幹上。海龜便來此下蛋，而飛鳥則在新成長的樹上築巢。就這樣，動物在這裡生息繁衍，綠樹成蔭，土地肥沃，人們紛至沓來。生命之島就這樣形成了，這就是微生物的大手筆。

傍晚時分，克萊蒙—托內爾島漸去漸遠，最終消溶在茫茫大海之中，鸚鵡螺號顯然已經改變了航路。在西經一百三十五度抵達南回歸線後，調頭朝西北偏西方向行駛，重新穿越兩回歸線之間的熱帶海域。儘管夏日炎炎，但我們卻毫無難熬的痛苦，因為在水下三十至四十米深處，溫度總不會超過十至十二度。

十二月十五日，我們讓嫵媚迷人的社會群島和婀娜多姿的太平洋王后塔希提島付之東流。早晨，我在下風幾海哩處看見島上的山峰。沿島水域給船上餐桌提供了不少美味海產，其中有鯖魚、舵鰹、長鰭金槍魚，還有海鰻類的各種海蛇。

鸚鵡螺號已經穿越了八千一百海哩海域。當它在湯加—塔布群島和航海家群島之間航行時，測程儀指數已上升到九千七百二十海哩；湯加—塔布群島是前阿爾戈號、太子港號和波特蘭公爵號全體船員的葬身之地，而航海家群島則是法國航海家拉佩魯茲的朋友朗格勒船長被害的所在。過後，鸚鵡螺號來到維提群島附近，正是在這個島上，團結號上的所有水手和可愛的約瑟芬號船長、南特人比羅被土人殺害。

維提群島南北長一百法哩，東西寬九十法哩，位處南緯六至二度，西經一百七十四至一百七十九度之間。群島由眾多島嶼、小島和島礁組成，維提—萊武島、瓦奴阿—萊武島和坎杜邦島就在其中。維提群島是塔斯曼[2]於一六四三年發現的，同年，托里拆利[3]發明了氣壓計，路易十四[4]一年發生了三件大事，哪一件對人類最有好處，我只好讓後人去評說。後來，一七一四年科克、一七九三年當特爾卡斯托[5]曾先後來到這裡。最後，一八二七年迪蒙・迪爾維爾[6]才摸清了群島的地理情況。鸚鵡螺號開進了懷萊阿灣，狄龍船長曾在這裡進行驚心動魄的冒險，正是他第一個揭開了拉佩魯茲海難事件的祕密。

我們在懷萊阿灣下過幾次網，捕撈到不少鮮美的牡蠣。我們是遵照塞涅卡[7]的遺訓，在餐桌上現剝現吃，吃個痛快淋漓。這種軟體動物頗負盛名，通常叫做瓣鰓牡蠣，在科西嘉島海域極為常見。懷萊阿灣淺灘想必是牡蠣生長的大溫床，如果不是種種破壞性原因，海灣恐怕就要牡蠣成堆了，因為一隻牡蠣就能產卵二百萬個。

尼德・蘭師傅大可不必為這次大吃牡蠣而後悔，因為牡蠣是唯一不會引起消化不良的美食。實際上，一個人每天營養需要三百十五克氮素食物，那麼每人每天至少可以吃兩百個這種無頭的軟體動物。

十二月二十五日，鸚鵡螺號進入新赫布里底群島海域，這個群島是基羅斯[8]於一六〇六年發現的，布根維爾於一七六八年到此考察，科克於一七七三年為該島命現名。群島主要由九個大島組成，在南緯十五至二度、西經一百六十四至一百六十八度之間，形成一道自西北偏北至東南偏南的一百二十法哩長帶。我們貼近歐魯島海岸航行，正午我對該島進行了觀察，只見島上林木蔥蘢，中間聳立著一座峻峭的山峰。

這一天是耶誕節，尼德・蘭似乎感到極其沮喪，不能像家裡那樣歡度這個節日，因為對新教教徒來說，耶誕節是全家團聚的真正節日，是非慶祝不可的。

我已有一個星期沒看到尼莫船長了，二十七日清晨，他走進大廳，臉色隨和親切，好像才離開您短短五分鐘似的。我正忙著在海圖上查找鸚鵡螺號的航路。船長走過來，手指著地圖上的一點，只說了一個地名：

「瓦尼科羅島。」

瓦尼科羅的名字很奧妙，其實只是一群小島總稱，當年拉佩魯茲船隊正是在這裡失蹤的。我猛然站了起來。

「鸚鵡螺號要帶我們去瓦尼科羅群島嗎？」我問。

---

2 塔斯曼（1603-1659），荷蘭航海家。一六四二—一六四四年間先後發現塔斯曼、紐西蘭、湯加、斐濟諸島和卡彭塔里亞灣。著有《航海日記》。

3 托里拆利（1608-1647），義大利物理學家和數學家。著有《重力運動論》。

4 路易十四（1638-1715），法國國王。

5 當特爾卡斯托（1737-1793），法國航海家。

6 迪蒙・迪爾維爾（1790-1842），法國航海家。

7 塞涅卡（約前4-後65），古羅馬哲學家、戲劇家。著有悲劇《美狄亞》、《伊底帕斯》和哲學《論神意》等。

8 基羅斯（1560—1614），葡萄牙航海家。

「是的，教授先生。」船長答道。

「也就是說我可以去訪問這幾個赫赫有名的小島啦，這裡可是羅盤號和星盤號沉船的地方啊？」

「只要您願意，教授先生。」

「我們何時到達瓦尼科羅？」

「說到就到了，教授先生。」

我跟著尼莫船長，登上了平臺，極目遠眺，海天盡收眼底。

在東北方向，海面上露出兩個大小不等的火山島，周圍有四十海哩珊瑚礁環繞。我們面對的就是瓦尼科羅島，迪蒙・迪爾維爾硬要叫它搜索島，確切地說，我們前面是避風小港瓦努，位於南緯十六度四分和東經一百六十四度三十二分之間。從灘塗到山巔，島上植被鬱鬱蔥蔥，高九百米的卡波哥峰巍然聳立，俯視全島。

鸚鵡螺號沿著一條狹窄的水道，繞過環島岩石地帶，來到礁石裡面，水深在五十至六十米左右。我看見紅樹林蔭下有幾個土人，他們看見我們的船抵近海島，表示極度驚訝。看見這條黑糊糊的東西在水面上遊動，他們會不會以為是一頭作惡多端的大鯨，是不是應該早作戒備為好呢？

這個時候，尼莫船長要求我說一說我所知道的拉佩魯茲海難事件。

「這事盡人皆知，船長。」我回答他說。

「那能不能請您把盡人皆知的情況告訴我一下？」他請求我道，語氣略帶譏諷。

「那太容易了。」

我於是把迪蒙・迪爾維爾在最近發表的著作中所談到的情況介紹了一下，下面就是簡要的內容。

一七八五年，拉佩魯茲及其副手朗格勒受路易十六[9]的派遣，去完成一次環球航行。他們登上了羅盤號和星盤號兩艘輕巡航艦，從此一去杳無音信。

一七九一年，法國政府迫切想知道這兩艘戰艦的下落，於是裝備了兩艘軍需運輸艦，分別命名為搜索號和希望號，兩艦於九月二十八日離開布列斯特港，由當特爾卡斯托任艦隊指揮。兩個月後，有人根據阿爾貝馬爾號一個叫鮑恩的船長所作的證詞，說失事的兩艘戰艦殘骸在新喬治亞島附近被發現。可是，當特爾卡斯托卻不知道這條消息（何況來源很不可靠），繼續指揮船隊向海軍元帥群島進發，因為亨特船長的報告明明說拉佩魯茲就是在那兒遇難的。

然而他的這次搜尋活動毫無結果。希望號和搜索號甚至從瓦尼科羅群島前經過都沒來得及停留，總而言之，這次航行非常不幸，當特爾卡斯托、兩名副手和好幾名水手都丟了性命。

還是一位熟悉太平洋航線的老航海家狄龍船長第一個發現海難船隻確鑿無疑的蹤跡。一八二四年五月十五日，狄龍的船聖派翠克號，從新赫布里底群島的提科皮亞島附近經過。這時，一個印度水手駕著獨木舟前來同他攀談，賣給他一把銀質利劍，上面有刀刻的字跡。印度水手還說，六年前，他在瓦尼科羅島逗留期間，曾見過兩個歐洲人，他們是遇難船隻上的人，他們的船好幾年前就在島礁上擱淺了。

狄龍立即猜想到這事與拉佩魯茲船隊有關，這支船隊的失蹤曾驚動了全世界。他打算上瓦尼科羅群島去看看，因為據印度水手說，島上還有許多海難船隻的遺物，但由於風浪太大，他無法上去。

狄龍回到加爾各答。狄龍在那裡想盡辦法讓亞洲航運公司和印度航運公司對他的新發現感興趣。公司終於撥給他一隻船歸他使用，取名為搜索號，一八二七年一月二十三日，狄龍在一名法國特派員

9 路易十六（1754—1793），法國國王。

的陪同下駕船出海了。

搜索號在太平洋查訪了好幾處疑點後，於一八二七年七月七日停泊在瓦尼科羅群島前，地點正是鸚鵡螺號此時此刻停留的瓦努小避風港。

在島上，狄龍收集了大量遇難船隻的遺物：鐵器，鐵錨，滑輪套索，迴旋炮，一發炮彈，天文儀器殘片，船頂斷片，還有一口銅鐘，上面標有「巴贊為我製造」字樣，這是一七八五年前後布列斯特軍火製造廠的出廠標記。水落石出，真相大白。

狄龍為充實已有材料，決定留在島上繼續搜尋，一直忙到同年十月。然後，他離開了瓦尼科羅群島，駛向紐西蘭，一八二八年四月七日抵達加爾各答，然後返回法國，受到查理十世[10]的熱情款待。

可是，這個時候，迪蒙・迪爾維爾對狄龍的發現還一無所知，他已先行出發到別處找尋失事地點了。因為的確有人從一條捕鯨船的報告中獲悉，有些獎章和一枚聖路易十字勳章已經落入路易西亞德群島和新赫里多尼亞島的土著人手中。

迪蒙・迪爾維爾在得知狄龍新發現的消息之前就指揮星盤號出海了，也就是在狄龍離開瓦尼科羅島兩個月後，他到達霍巴特港。他是在霍巴特市得知狄龍掌握的新成果的，而且，他還獲悉，團結號一位名叫詹姆斯・霍布斯的大副曾登上位於南緯八度十八分和東經五十六度三十分之間的島嶼，看到當地土人使用的一些鐵棍和紅布。

迪蒙・迪爾維爾頗為尷尬，不知道是否應當相信報紙上的消息，這些報紙的可信度本來就很低，不過，他還是鼓起勇氣，決定沿著狄龍的線索順藤摸瓜。

一八二八年二月十日，星盤號抵達提科皮亞島，請了一個在島上安家落戶的逃兵作嚮導兼翻譯，然後取道向瓦尼科羅群島進發，並於二月十二日看見瓦尼科羅，一直沿著礁石海岸航行至十四日，一直到二十日，他才進入礁石島內圈，把船停泊在瓦奴港裡。

二十三日，好幾名高級船員在島上轉了一圈，帶回一些無關緊要的海難遺留物品。當地土人不是一口否認就是躲躲閃閃，不願意帶他們到出事現場去看。這種做法形跡可疑，反而讓人以為他們虐待過遇難人員，他們也的確心有餘悸，害怕迪蒙・迪爾維爾來為拉佩魯茲及其難兄難弟報仇雪恨。

但到二十六日，當地土人由於得到了禮物，並確認無須害怕受到任何報復，他們才帶大副雅基諾先生到海難出事地點。

那裡，就在帕庫礁和瓦努礁之間五六米深處，有一堆鐵錨、火炮、鐵錠和鉛塊，表層都布滿了石灰質凝結物。星盤號的小艇和捕鯨船開了進來，船員們費了九牛二虎之力才把一個重一千八百斤的大鐵錨、一門口徑八釐米的鐵鑄炮管、一塊鉛錠和兩門銅炮打撈上來。

迪蒙・迪爾維爾詢問土人時得知，拉佩魯茲在島礁上損失了兩隻船後，又建造了一艘較小的船，可是再次失蹤了……在什麼地方？誰都不知道。

星盤號船長便讓人在紅樹林下堆砌起一座衣冠塚，用以紀念著名的航海家及其夥伴們。金字塔式的墳墓建立在石珊瑚上，簡單樸素，呈四棱錐體，裡面沒有任何金屬物，不會引起土人想入非非。

本來，迪蒙・迪爾維爾想馬上動身離開這個地方，但他的船員受海島衛生條件限制，大都感染上熱病，他本人也病得很厲害，不得不延遲到八月十七日才拔錨起航。

可是陰差陽錯，法國政府擔心迪蒙・迪爾維爾還不知道狄龍的重大發現，便派遣貝榮內茲號輕巡洋艦去瓦尼科羅群島，由勒哥阿朗・德・特羅姆蘭指揮，當時該艦正停泊在美洲西海岸。星盤號離開

---

10 查理十世（1757—1836），法國國王。

瓦尼科羅島。

瓦尼科羅群島後，貝榮內茲號才趕到這裡，沒有找到任何新資料，但證明當地土人對拉佩魯茲的陵墓持尊重態度。

以上就是我對尼莫船長介紹的大致內容。

「這麼說，」尼莫船長對我說道，「外界仍然不知道受難人員在瓦尼科羅島建造的第三條船到底在哪裡沉沒的？」

「還不知道。」

尼莫船長一句話也不回答，只做了個手勢讓我跟他到大廳裡去。鸚鵡螺號潛入水下幾米深處便打開觀景窗。

我連忙走向視窗，只見粘粘糊糊的珊瑚礁表層覆蓋著石芝、管海兔、海雞冠和石竹珊瑚，無數花枝招展的迷人魚兒穿梭其間，其中有魟魚、槽紋魚、唧筒魚、棘鰭旨魚和金鱗魚，我還辨認出拖網撈不走的沉船遺骸，如：鐵箍、錨、炮、炮彈、絞盤索具、艄柱等。通通都是遇難船隻的殘留物，如今已成了活生生的錦繡花壇。

我看著這些令人辛酸的沉船殘骸，只聽尼莫船長語重心長地對我說：

「拉佩魯茲船長是在一七八五年十二月七日率領羅盤號和星盤號出航的。他首先停泊在植物學灣[11]，訪問了友誼群島[12]和新赫里多尼亞，繼而向聖克魯斯群島進發，停泊在哈巴伊群島的納穆卡島。然後，兩艦來到瓦尼科羅群島的無名礁島裡面。羅盤號走在前面，在南岸碰礁擱淺。星盤號前來援救，但也觸礁擱淺。羅盤號幾乎觸礁即毀，星盤號擱淺在下風處，仍然堅持了幾天。當地土人對遇

11 植物學灣，位於東經一百五十一度十二分、南緯三十三度五十九分，離澳洲雪梨不遠。

12 友誼群島，即東加。

難船員相當客氣，友善相待。船員們便在島上住了下來，利用兩艘大船的材料，拼湊著建造了一隻較小的船。有幾個水手自願留在瓦尼科羅島上。

「其他船員，不是體弱就是有病，都跟著拉佩魯茲一起上路。他們朝著所羅門群島方向駛去，結果在所羅門群島主島西海岸的失望角和滿意角之間沉沒，全船人財物毀於一旦！」

「您怎麼知道的呢？」我不由叫嚷起來。

「請看我在海難事件現場發現的東西！」

尼莫船長給我看了一個白鐵皮盒子，上面有法國國徽印記，全都被含鹽海水腐蝕了。他打開鐵盒，我看見一卷公文，雖然紙已發黃，但字跡尚可辨認。

這正是海軍大臣給拉佩魯茲艦長的指令，旁邊還有路易十六的御批呢！

「啊！對一個海員來說，這就是死得其所了！」尼莫船長感慨道，「珊瑚墳墓堪稱安寧的墳塋！但願上天千萬別把我和我的同伴安葬在珊瑚以外的地方！」

第二十章　托勒斯海峽

十二月二十七日至二十八日夜間，鸚鵡螺號高速駛離瓦尼科羅群島海域，取道西南方向，只用三天時間，就從拉佩魯茲群島開到巴布亞南端，航程七百五十法哩。

一八六八年一月一日，大清早，貢協議登上平臺來找我。

「先生，」這個好小子對我說，「請允許我向先生祝賀新年好，可以嗎？」

「怎麼不可以呢，貢協議，不過要完全像在巴黎植物園工作室裡那樣。我接受你的祝願，我答謝你。只是，我要問問你，我們現在所處的情況下，你說的『新年好』是什麼意思。是說新的一年將結束我們的囚禁生活呢，還是將繼續進行這種奇異的旅行？」

「老實說，」貢協議答道，「我真不知道怎樣對先生說才好。我們的確看到了許多稀奇古怪的東西，而且，兩個月來，我們根本沒時間感到厭煩。奇妙之後更奇妙，驚人之後還驚人，一次比一次引人入勝，長此以往，我真不知道如何收場。可是我總覺得，我們似乎永遠找不到一個好機會。」

「永遠找不到，貢協議。」

「此外，尼莫先生，倒是如同他的拉丁文名字一樣，不管他在不在都不礙事。」

「你說的沒錯，貢協議。」

「那麼，我想，如果先生不見怪，一個好年頭也許就是一切都看好的年頭……」

「一切都看得過來嗎，貢協議，這可是需要很長時間呀，不知道尼德・蘭又是什麼想法？」

「尼德・蘭恰恰跟我想法相反，」貢協議答道，「他這人講求實際，胃口又大得很。成天看魚吃魚，都不耐煩了。沒有酒，沒有麵包，沒有肉吃，一個真正的撒克遜人是受不了的，牛排是他的家常便飯，適量的白蘭地或杜松子酒不在話下！」

「對我來說，貢協議，倒不是吃喝問題讓我牽腸掛肚，我倒是很快就適應了船上的飲食條件。」

「我也一樣，」貢協議答道，「因此，我想留下，而尼德師傅卻想逃，所以，如果剛開始的一年對我不是好年頭，對他就是好年頭了，反過來也成立。這麼看來，今年總有人心滿意足。總之一句話，我祝先生心想事成，萬事如意。」

「謝謝，貢協議，不過，我請你先把新年祝願問題擱著，留待以後再說，暫時以握手代替禮物吧。我現在身上只有空空兩手了。」

「先生從來沒有如此慷慨過。」貢協議回答。

說完，好小子就下去了。

一月二日，我們從日本海出發到現在，已經航行了一萬一千三百四十海哩，也就是五千兩百五十法哩。鸚鵡螺號衝角前方，便是珊瑚海的危險水域，這一帶珊瑚礁林立，一直沿著澳洲東北海岸延伸。我們的船與可怕的珊瑚大堡礁淺灘保持幾哩距離前行，一七七〇年六月十日，科克的船隊差一點在這裡覆沒，科克所在的船之所以沒有往下沉，那是因禍得福，被撞壞的珊瑚石，正好嵌在船底裂縫裡。

我倒是巴不得能領教這條長達三百六十法哩的珊瑚暗礁脈，只見大海波濤洶湧，來勢兇猛，大浪直撲礁石，撞得個粉身碎骨，浪花飛濺，發出驚天動地的咆哮聲，猶如高天隆隆的雷鳴。可是，就在這個時候，鸚鵡螺號轉動斜板機，一下子把我們帶到深水層，我再也看不見大堡礁珊瑚長城的蹤影了。我只好退而求其次來欣賞魚網打撈上來的各種魚類。我發現，五花八門的魚中，有白金槍魚，這是一種鯖魚，大小與金槍魚差不多，兩側淡藍色，身上有橫紋，但長大後橫紋會自然消失。白金槍魚成群結隊陪伴著我們航行，其肉質細嫩，不斷為我們餐桌提供美食。我們還打撈上來不少青花綢魚，魚身只有五釐米，味道頗像荊棘鯰；還有火鰭飛魚，堪稱海中飛燕，夜黑時發出磷光，時而劃破長空，時而照耀海水。還有許許多多軟體動物和植形動物，我發現其中有海雞冠、海膽、錘頭雙髻鯊、馬刺貝、盤貝、蟹守螺和龜螺等。水生植物主要是漂浮藻類、昆布和大海藻，海藻身上有細孔，會分泌出一種粘液。我還採集到一種新奇的膠質滑線藻，被博物館列為天然珍稀品種。

穿過珊瑚海兩天之後，一月四日，我們面臨巴布亞島海岸。尼莫船長就此告訴我，他打算經托勒斯海峽進入印度洋。他的通報點到為止。尼德聽了很高興，以為走這條水道他就可以愈來愈接近歐洲海域了。

托勒斯海峽一向被認為是高風險地帶，不僅因為這裡暗礁林立，而且沿岸經常有野民出沒。托勒斯海峽把巴布亞島與新荷蘭島分開，新荷蘭島又叫新幾內亞島。

巴布亞島全長四百法哩，寬一百三十法哩，面積四萬平方法哩。它位於南緯零度十九分和十度二分之間，東經一百二十八度二十三分和一百四十六度十五分之間。正午，大副來測量太陽高度時，我看見阿爾法克斯山脈峰巒起伏，主峰突起，峭壁直插雲天。

這片土地是葡萄牙人佛朗西斯科·塞拉諾於一五一一年發現的，之後登岸探訪的航海家和學者絡繹不絕，一五二六年有唐·約瑟·德梅內塞斯，一五二七年有格里哈爾瓦，一五二八年有西班牙將軍阿爾瓦·德薩阿維德拉，一五四五年有朱伊戈·奧泰，一六一六年有荷蘭人舒騰，一七五三年有尼古拉·斯路易克，還有塔斯曼、丹皮爾、菲梅爾、卡特萊特、愛德華茲、布根維爾、科克、福里斯特、馬克·克魯爾也相繼來過，還有一八二三年迪佩雷，一八二七年迪蒙·迪爾維爾也涉足過。德·利安齊[1]先生說過：「這裡是黑人的家園，黑人佔據整個馬來亞。」我完全沒有料到，這次航行會這麼碰巧，讓我直接面對可怕的安達曼島民。

鸚鵡螺號出現在世界最危險的海峽，就連那些無所畏懼的航海家對這條海峽也望而生畏，盡可能

1 德·利安齊（1789—1843），法國航海家。

不貿然穿越；路易・帕茲・德・托勒斯[2]從南方海域回到美拉尼西亞群島時，曾冒險穿過；一八四〇年，迪蒙・迪爾維爾的艦隊曾在這裡擱淺，生命財產幾乎喪失殆盡。鸚鵡螺號雖然歷盡千難萬險而超然海難之外，但這一次，恐怕就要嘗到珊瑚大堡礁的厲害了。

托勒斯海峽寬約三十四法哩，但沿途有無數的大小島嶼和明岩暗礁，航船幾乎無法通過。正因為如此，尼莫船長決定穿行時格外小心，採取了一切想得到的措施。鸚鵡螺號浮出水面緩慢行駛，螺旋槳輕悠悠地拍打著海水，好像鯨怡然自得地搖晃著尾巴。

乘此機會，我和兩個同伴都登上了平臺，上面空無他人。駕駛艙籠就突出在我們前面，如果我沒有搞錯，尼莫船長一定在裡面，他這次親自出馬操縱鸚鵡螺號過海峽。

我眼前擺著製作精良的托勒斯海峽全圖，這是河海測繪工程師萬桑東・迪穆蘭和海軍少將（現為海軍上將）庫旺—戴斯布瓦測量繪製的，他們曾是迪蒙・迪爾維爾最後一次環球航行的參謀。這些地圖以及船長繪製的地圖堪稱盡善盡美，狹窄通道複雜地志一目了然，我一一查閱，細察入微。

鸚鵡螺號周圍海浪洶湧澎湃。浪潮翻滾著從東南湧向西北，以二點五海哩的速度狂奔，撲向四處拋頭露面的珊瑚礁，浪碎花飛。

「這海好險惡！」尼德・蘭對我說。

「的確險惡，」我答道，「就連鸚鵡螺號這樣的船也為難呀。」

「該死的船長應當對航道十拿九穩才行，」加拿大人又說，「我看見了，那裡珊瑚礁成堆成片，稍不留神觸上暗礁，船體就要碎屍萬段。」

的確，我們的處境千鈞一髮，但鸚鵡螺號彷彿著了魔，竟然在怒氣衝衝的暗礁群中遊刃有餘。它並不完全沿著星盤號和信女號所走的航線亦步亦趨，因為迪蒙・迪爾維爾就是在這條航線上慘遭不幸。鸚鵡螺號卻取道偏北方向，沿著墨里島前行，然後折回西南方向，沿著坎伯蘭水道駛去。我以為它認準這條水道走下去，可它突然又重上西北方向，在星羅棋布的無名島礁之間穿行，開向通德島和魔威海峽。

我正在尋思，尼莫船長是不是太大意太過輕狂了，他竟然想步迪蒙・迪爾維爾的後塵，把船開進兩艘戰艦觸礁的老路上去，卻沒想到它突然來個第二次轉向，向西直插，朝著蓋博羅島駛去。

此時已是下午三點整。浪花飛濺，高潮迭起。鸚鵡螺號靠近蓋博羅島，我看見海島岸邊長滿美麗可觀的露兜林。我們與該島至少保持兩海哩的距離航行。

突然，一陣撞擊把我震倒。鸚鵡螺號觸礁了，它一動不動了，船體稍向左舷傾斜。

我站起身來，看見尼莫船長和船副已出現在平臺上。他們檢查了一下船體觸礁情況，彼此用莫名其妙的方言交談了幾句。

當時我們面臨的形勢是這樣的：右側二海哩處可見蓋博羅島，島岸線由北而西呈弧形，猶如一隻巨大的手臂。由於退潮，南邊和東邊有幾塊珊瑚暗礁已經露頂，我們的船正好擱淺在珊瑚礁上，這一帶潮水漲落不大，鸚鵡螺號很難擺脫窘境。不過謝天謝地。由於船體結構牢不可破，船並無破損。但是，船雖然不會沉沒，也不會解體，卻可能永遠嵌在暗礁上不能自拔，果真如此，尼莫船長的潛水艇恐怕就要完蛋了。

我正這麼胡思亂想，尼莫船長走了過來，只見他神情冷峻而沉著，永遠是那樣胸有成竹，既不焦急也不沮喪。

2 路易・帕茲・德・托勒斯，十七世紀西班牙著名航海家，一六〇六年穿越托勒斯海峽。

「出大事故了嗎？」我問他道。

「不，小事故。」他回答我說。

「不過，」我又說，「一件小事故也可能迫使您不得不回歸陸地當居民的，儘管您極力逃避！」

尼莫船長神情古怪地看了我一眼，做了一個斷然否定的手勢。這就清楚地告訴我，沒有任何力量能強迫他重新踏上大陸的土地。不一會兒，他說：

「更何況，阿羅納斯先生，鸚鵡螺號並沒有完蛋。它還會把您帶到海洋深處飽覽妙趣橫生的海底奇觀。我們的旅行剛剛才開始，有您作伴我不勝榮幸，我不想這麼快就使我們的旅行失去光彩。」

「不過，尼莫船長，」我接著說，並沒有顧忌他話中的諷刺意味，「鸚鵡螺號是在漲潮時擱淺的，可是太平洋潮水起落不大，如果您無法減輕鸚鵡螺號的壓載（在我看來，減輕壓載簡直不可能），我看不出它如何能脫淺。」

「太平洋浪頭不太旺，您說的一點也沒錯，教授先生，」尼莫船長答道，「但是在托勒斯海峽，高潮與低潮的差距依然有一點五米之多。今天是一月四日，再過五天月亮就圓了。哦，我只能求月亮幫忙了，這個有求必應的星球到時如果不把潮水鼓得高高的，我倒要大驚小怪了。」

話剛說完，尼莫船長就帶著船副下到鸚鵡螺號船艙裡面去了。而船呢，依然原地不動，好像珊瑚蟲早已牢不可破地把船與礁石緊緊膠粘在一起了。

「這下好了吧，先生？」尼德・蘭問我，船長前腳剛走，他後腳就跑了過來。

「好了，尼德朋友，我們要耐心等待九日的漲潮，因為那一天，月亮可能會發善心幫我們重新漂起來。」

「就這麼簡單？」

「就這麼簡單。」

「難道船長不會把錨抛到海裡，用機器拉動鎖鏈，想盡一切辦法使船擺脫險境嗎？」

「潮水輕而易舉！」貢協議回答得很乾脆。

加拿大人看了看貢協議，聳了聳肩。這是水手表示自負的慣用手勢。

「先生，」他辯解道，「請您相信我，我告訴您，這堆鐵砣子再也走不動了，不管是在海上還是在海下。當破銅爛鐵依重量賣掉算了。所以我想，時機來了，我們對尼莫船長來個不辭而別。」

「尼德朋友，」我回答道，「對這條英勇無畏的鸚鵡螺號，我不像您那樣悲觀，四天後，我們對太平洋潮水的能耐也就心中有數了。再說，假如我們已經看見了英國海岸或普羅旺斯海岸，逃跑的建議也許還可行，但現在是在巴布亞海面，這就完全是另外一碼事了，如果到時鸚鵡螺號還不能浮起來，我們再採取鋌而走險的辦法也不遲呀，我總覺得逃跑是一件嚴重的事件。」

「但至少可以上岸探探路吧？」尼德．蘭又說，「這是一個海島。島上有樹吧。樹下有陸生動物吧。動物身上有排骨有肉吧，肉可以烤著吃吧，我真想咬牠幾口。」

「說到這裡，尼德朋友言之有理，」貢協議說，「我贊同他的意見。先生何不請求他的朋友尼莫船長把我們送到島上去，即使只讓我們踩一踩地球上堅實的土地，別忘了走路的習慣也成呀。」

「我可以去問問他，」我答道，「但他一定不答應。」

「先生不妨冒險試一試，」貢協議說，「這樣一來，我們對船長的一番好意便心知肚明了。」

令我吃驚的是，尼莫船長竟然答應我的請求，而且回答得非常乾脆，落落大方，並沒有強迫我承諾非要回到鸚鵡螺號船上來不可。然而，想穿越新幾內亞島逃跑凶多吉少，我不可能縱容尼德．蘭去冒這個風險。與其落到巴布亞土人手裡，還不如在鸚鵡螺號當囚犯好受些。

那隻小艇第二天早晨就可交給我們使用。我沒有必要打聽尼莫船長是否同我們一塊上岸。我甚至想到了船上不會派人跟著我們，只能靠尼德・蘭一個人來駕舟了。再說，大船離陸地最多只有二海哩，在暗礁之間駕艇穿梭航行，對加拿大人來說簡直像鬧著玩一樣輕鬆，但對大船來說，恐怕就險象環生了。

第二天，一月五日，小艇被解開，從凹槽中卸了下來，然後從平臺高處推入大海。兩個人操作即可。船槳本來就配備在艇內，只等著我們上去就位。

八點整，我們帶著槍和斧頭離開鸚鵡螺號。海面相當平靜。大陸和風習習。貢協議和我掌握船槳，使勁地划著，尼德・蘭掌舵，小艇在礁石叢生的狹窄水道上破浪穿行。老手輕舟，快速前進。尼德・蘭抑制不住內心的喜悅。他簡直像逃出鐵窗的囚犯，根本沒想到最終還得回到監獄去。

「有肉啦！」他來回地碎唸著，「我們要去吃大肉啦，好香的肉唷！道地的野味！只是沒有麵包，可惜！我不是說魚不是好東西，但也不能每一頓老吃呀，抓一塊新鮮的野味，放在紅炭火上烤熟，美滋滋地換換口味。」

「貪吃鬼！」貢協議回應道，「害我都流出口水了！」

「不過要弄清楚，」我說，「島上樹林裡有沒有野味，即使有野味，也得弄清楚兇猛的獵物會不會獵人。」

「好呀！阿羅納斯先生，」加拿大人回答道，「野獸牙齒像利斧快刀才過癮呢，不過，如果島上沒有其他四足動物，那我就吃老虎，吃虎腰肉。」

「尼德朋友真叫人提心吊膽。」貢協議答道。

「不管怎樣，」尼德・蘭又說，「沒有羽毛的四足獸也好，有羽毛的兩腳鳥也罷，我一發必中，乖乖地來向我報到。」

「好哇！」我答道，「蘭師傅冒冒失失的老毛病又發作啦！」

「別害怕，阿羅納斯先生，」加拿大人答道，「用力划吧，不用二十五分鐘，我就可以端一道我的拿手好菜給您。」

八點三十分，鸚鵡螺號的小艇順利穿過了蓋博羅島周圍的珊瑚環礁群，平穩地停在沿岸沙灘上。

第二十一章 陸上才幾天

雙腳一踏上陸地，我就激動不已。尼德·蘭用腳試了試地面，彷彿要佔有這片土地似的。雖然，我們來到鸚鵡螺號才兩個月，照尼莫船長的說法，我們是「鸚鵡螺號的乘客」，但實際上，我們只是船長的俘虜。

只花了幾分鐘，我們就進入海岸槍彈的射程之內。地面幾乎全是石珊瑚的沉積物，但有些乾涸的河床上殘留有急流沖刷下來的花崗岩碎片，說明這個島嶼的原始地質構成。島上森林密布，形成可觀的綠色帷帳，把整個地平線都遮在幕後了。林中大樹參天，有的高達兩百英尺，樹與樹之間枝葉交織，藤蔓牽扯，猶如天然吊床，在微風中來回搖盪。這裡有相思樹、無花果樹、大麻黃樹、柚木、槿麻樹、露兜樹、棕櫚樹等，林木雜陳交錯，鬱鬱蔥蔥，在綠蔭的庇護下，大樹根周圍布滿了蘭科、豆科和蕨類植物。

然而，加拿大人並不把巴布亞島上美麗的花草樹木看在眼裡，他找的是實用的東西，而不是好看的東西。他發現一棵椰子樹，便打下幾顆椰子，一個個敲碎了，我們喝椰子汁，吃椰子肉，吃得津津有味，可見我們對鸚鵡螺號的日常飲食已經感到膩煩了。

「味道好極了！」尼德．蘭說。

「可口啊！」貢協議附和著。

「我想，」加拿大人說，「你們的尼莫不會反對我們把椰子帶回船上吧？」

「我想不會吧，」我答道，「但他一定不願嘗一口。」

「他不吃活該！」貢協議道。

「那我們就佔便宜了！」尼德．蘭得意洋洋地說，「那就可以多存幾個了。」

「我只說一句話，蘭師傅，」我對魚叉手說，他正準備打另一棵椰子樹，「椰子是好東西，但千萬先別忙著把小艇裝滿了，我看還是明智點，先偵察一下島上是否還出產其他更有用的東西。新鮮蔬菜也許會受到鸚鵡螺號配膳室的歡迎。」

「先生說的對，」貢協議回應道，「那麼我建議在艇上預留三個位置，一處放水果，另一處放蔬菜，第三處放野味，只是我連野味的影子都沒看見。」

「貢協議，千萬別灰心喪氣呀。」加拿大人回敬道。

「我們繼續觀光吧，」我又說，「但是要睜大眼睛，注意戒備。這個島看似無人居住，但說不定裡面藏著幾個人，他們對獵物的形狀質性可沒有我們講究，格殺勿論！」

「嘿！嘿！」尼德．蘭齜牙咧嘴地說。

「好唬人，尼德！」貢協議嚷嚷起來。

「說真的，」加拿大人回敬道，「我開始明白人肉香得很吶！」

「尼德！尼德！您在胡說什麼！」貢協議反擊道，「您，原來是吃人肉的傢伙！在您身邊我性命難保了，我怎麼會跟您同住一個倉房呢！會不會有一天我一覺醒來，您已經把我吞吃一半了？」

「貢協議朋友，我很喜歡您，但還沒有喜歡到無故把您吃掉的程度吧。」

「我才不相信您的鬼話，」貢協議答道，「快打獵去！非打到獵物不可，把食人獸餵得飽飽的，要不然，總有一天早晨，先生再也看不到他的僕人為他服務了，看到的只是僕人身上的幾塊肉。」

我們正一路說笑著，不知不覺進入了森林濃蔭底下，我們在森林裡東南西北亂轉了兩個小時。

我們到處尋找可食用植物，還真碰巧如願以償，我們找到了熱帶地區最常見的一種美味食物，可以彌補船上只有海味沒有山珍的不足。

我說的是麵包樹，蓋博羅島上多得很，我注意到島上的麵包果沒有核，馬來語人管它叫「利馬」。

利馬與眾不同，樹幹筆直，高達四十英尺，多裂闊葉，樹冠渾圓雅致，生物學家一看就知道是「麵包果樹」，在馬思克林群島早已移植成功。青枝綠葉中結出大圓果子，果寬十釐米，外表粗糙，呈六角狀。這種很實用的植物，是大自然對不產小麥地區的恩賜，無須任何耕作養護，一年有八個月提供麵包果。

尼德．蘭非常熟悉麵包果。他在多次旅行途中早就嘗過這種果實，知道如何加工食用。因此，他一見到麵包果就胃口大開，迫不及待想吃到嘴裡。

「先生，」他對我說，「不嘗嘗麵包樹上的糕點，我會饞死的。」

「嘗吧，尼德朋友，痛快地嘗嘗吧。我們來這裡就是要先摸索經驗，就讓我們體驗體驗吧。」

「不消太多時間。」加拿大人答道。

尼德·蘭利用透鏡點著了枯枝爛葉，火苗劈啪作響，歡欣鼓舞。與此同時，貢協議和我，我們負責挑選上好的麵包果。有的果子尚未成熟，白果肉外包著一層厚皮，纖維素很少。其他大都黃熟多膠，只等著人們前來採摘了。

這裡的麵包果沒有果核。貢協議給尼德·蘭送去十二個果子。加拿大人將果子切成厚片，放在炭火上烘烤，他一邊烤麵包一邊叨叨個沒完：

「您看看，先生，這麵包多香！」

「主要是因為我們好久沒聞到麵包味了。」貢協議說。

「這已不是普通的麵包了，」加拿大人補充道，「這可是美味糕點。先生，您從來沒吃過吧？」

「沒有，尼德。」

「那好！就請準備好享用一種特別風味吧。如果你們不當回頭客，我就不配當魚叉手之王了！」

過了幾分鐘，麵包果向火面已經烤焦了。裡面露出白色的糊狀果肉，如同鬆軟的新鮮麵包心，香味很像朝鮮薊。

應當承認，這種麵包味道美極了，我吃得津津有味。

「可惜呀，」我說，「這樣的糕點無法保存，我看沒有必要帶回船上庫存了吧。」

「何以見得，先生！」尼德·蘭叫了起來，「您剛才是以生物學家身分說話，我呢，我得像麵包師傅那樣行事。貢協議，再去摘一些麵包果來，我們帶回去吃。」

「那怎麼做呀？」我問加拿大人。

「我把果肉做成發酵麵團，這樣可以長期保鮮，保證不會變質。等我想吃，只要到船上廚房裡燒烤一番就行了，雖然味道會有點酸，但您仍然會覺得很可口。」

「這麼說，尼德師傅，我看，麵包有了，什麼都不缺了吧……」

「不，教授先生，」加拿大人答道，「還缺少一點水果，至少還得弄點蔬菜！」

「那我們就去找水果和蔬菜吧。」

採摘夠了麵包果，我們便動身去找別的野果蔬菜，得把「地上晚宴」辦得像模像樣才行。

不負我們苦心尋找，將近中午時分，我們採摘到大量香蕉。這種熱帶水果味道甜美，長年有熟果，馬來人叫它「皮桑」，無需烹煮即可生吃。除了香蕉外，我們還採摘到怪味濃重的大榴槤、滑溜爽口的芒果以及莫名其妙的鳳梨。不過，為了採摘這些果實，我們費了老大功夫，但物有所值，沒什麼值得遺憾的。

貢協議一直查看著尼德。魚叉手走在前面，一邊穿越森林遊逛，一邊信手採摘美味野果，收穫愈來愈多。

「夠了吧，」貢協議問，「您不再缺什麼了吧，尼德朋友？」

「哼！」加拿大人回敬道。

「怎麼！您還不滿足啊？」

「植物食品哪能當飯吃，」尼德答道，「這只是餐後水果、餐後點心罷了。可是湯呢，還有烤肉呢？」

「對呀，」我說，「尼德說要請我們吃排骨，現在看來很成問題了。」

「先生，」加拿大人答道，「打獵活動不但沒有結束，甚至還沒有開始呢。請稍安勿躁！我們一定能碰到羽毛動物或毛皮動物，如果不是在這個地方，就是在另一個地方……」

「而且，如果不是在今天，就是在明天，」貢協議補充道，「不要走太遠了，我建議不如打道回艇吧。」

「什麼！既然來了！」尼德喊了起來。

「我們必須在天黑之前趕回去。」我說。

「可是現在幾點了？」加拿大人問。

「兩點了，至少。」貢協議回答。

「腳踏實地時間過得真快呀！」尼德・蘭師傅嚷嚷道，接著又惋惜地歎了一口氣。

「開路吧。」貢協議答道。

於是，我們轉身往回走，在穿越森林路上，我們又有不少收穫，對棕芽進行了一次大掃蕩，採摘棕芽得爬到樹頂上才行，還有不少菜豆，馬來人叫「阿布魯」，還有許多高質薯蕷。

我們回到小艇，可謂滿載而歸。但是，尼德・蘭還嫌不夠。不過，他很走運。臨上船的時候，他發現好幾棵大樹，高二十五至三十英尺，屬於棕櫚科。這種樹與麵包樹一樣珍貴，是馬來亞地區名貴物產之一。

原來，這是西谷椰子樹，野生野長，不需人工養護，同桑樹一樣，靠分根扦插和種子繁殖。

尼德・蘭知道如何對待這類椰子樹。只見他操起斧頭，猛掄猛砍，一下子就砍倒了兩三棵，只要看看葉片上有層白色粉末，就知道樹已經成熟了。

我眼睜睜地看著尼德・蘭砍樹，與其說是飢腸轆轆的餓漢，不如說是頭腦清醒的生物學家。只見他先在樹幹上剝開一層皮，約一英寸厚，皮下可見長纖維網，千絲萬縷形成難解難分的網結，有一種粉末將網結膠粘成一體。這種粉末就是西谷米，可食用，是美拉尼西亞居民的主食。

此時，尼德‧蘭像砍劈柴一般，只是把樹幹斬成小段，留待以後提取澱粉。製作澱粉時，先把樹幹裡的粉刮出來洗成漿，然後用布過濾，把纖維分離開來，然後把米漿曬乾製成澱粉，再把澱粉放進模子裡凝固成塊狀西谷米。

最後，下午五時，我們帶著全部財富離開島岸，半小時後，我們便停靠在鸚鵡螺號旁。沒有任何人來接我們。巨大的鋼板圓柱體內似乎空無一人。食物搬上船後，我下來到自己的房間，發現晚飯已經準備好了。我吃完飯就倒頭睡著了。

第二天，一月六日，船上沒有任何新情況。船內沒有一點動靜，沒有絲毫生氣。小艇依然故我停靠在大船旁邊，還是我們原來停靠的位置。我們決定重登蓋博羅島。作為獵手，尼德‧蘭希望比昨天走運，他還打算到森林其他地方逛逛。

太陽升起的時候，我們已經上了路。順水行舟，驚濤拍岸，我們不一會兒就靠近了小島。我們下了小艇，心想，不如索性憑著加拿大人的感覺走。我們跟在尼德‧蘭後面，但他的腿長，不時把我們甩在後面。

尼德‧蘭上岸後往西走，然後淌水過了幾道急流，登上一塊平坦的高地，平地四周都是茂密的樹林。幾隻翠鳥沿著小溪飛來飛去，但不等我們靠近就飛跑了。牠們如此謹慎小心，說明這些飛禽非常熟悉我們這類兩足動物，據此我得出結論，島上即使沒有居民，至少經常有人走動。

穿過一塊綠油油的草地，我們來到一片小樹林旁，林子裡飛鳥成群，盡情歌舞，一派生機盎然景象。

「只是些飛鳥而已。」貢協議說。

「但有些是可以吃的！」魚叉手答道。

「沒有半隻可以，尼德朋友，」貢協議爭辯道，「我只看到普通的鸚鵡嘛。」

「貢協議朋友，」尼德一本正經地回答道，「沒有別的吃，鸚鵡賽野雞。」

「我插一句，」我說，「這種鳥，如果會烹調，還是值得動刀叉的。」不真的，茂林綠蔭之下，一大群普通鸚鵡在樹枝間飛來飛去，只等有人來耐心地教牠們說人話。不過當前，牠們正忙著與飛舞的同類聯歡，正跟五顏六色的虎皮鸚鵡唧唧喳喳鬧個沒完；一本正經的白鸚鵡若有所思，似乎在探索什麼哲學問題；還有一群鮮紅的絲舌鸚鵡飛過，像絲帶隨風飄舞；加拉奧鸚鵡最多嘴，飛來時總愛吵吵嚷嚷；巴布亞鸚鵡的天藍毛色細膩精密至極；還有各種各樣美麗動人的飛鳥，但總的來說是不好食用的。

然而，當地特產的一種鳥卻沒有加入這次大聚會，這種鳥從來沒有飛離過阿魯群島和巴布亞島的邊界。但命運註定我會很快一睹她的芳容的。

穿過一片稀疏的小叢林，我們又找到一塊灌木叢生的平地。我看見灌木叢中有鳥兒飛起，漂亮極了，牠們身上長著蓬鬆的長羽毛，毛根排序別致，不得不逆風飛翔。牠們的羽毛色澤豔麗，飛行如隨波逐流，構成優美的空中曲線，光彩奪目，嫵媚動人。我一眼就辨認出牠們是什麼鳥了。

「極樂鳥！」我歡叫起來。

「鳴禽目，鳳鳥亞目。」貢協議立刻回應。

「鷓鴣科嗎？」尼德・蘭問。

「我認為不是，蘭師傅。不過，您的靈巧我信得過，快去抓一隻來，這可是熱帶大自然的珍禽喲。」

「那就試試吧，教授先生，雖然我用慣了魚叉，不太善於用獵槍。」

馬來人同中國人做大宗的極樂鳥生意，他們捕鳥的辦法很多，可惜我們都不能用。有時，他們在極樂鳥喜歡棲息的樹頂上下套子；有時用一種強力膠來黏粘，鳥兒粘上就不能動彈了；他們甚至在極樂鳥經常飲用的泉水裡放毒藥。可我們呢，我們唯一的辦法就是對飛鳥射擊，命中的可能性微乎其微。事實也是這樣，我們白白浪費不少子彈。

上午十一點，我們翻越了佔據全島中心位置的第一道山脈，但我們仍然一無所獲。飢餓在折磨著我們。獵手們總以為出獵不會空手回，可是這次恰恰錯了。幸運的是，貢協議自己都大吃一驚，居然一發兩中，保證午餐有了著落。他打中了一隻白鴿和一隻斑尾鴿，三兩下就把鴿毛拔了，穿在鐵籤上掛起來，在熊熊燃燒的枯枝旺火上烤將起來。兩隻野鴿烤得正香，尼德・蘭也收拾好了麵包果。不一會兒，兩隻野鴿連骨頭帶肉被我們吃了個精光，都說味道好極了。野鴿子最愛吃肉豆蔻，肉豆蔻養肉生香，鴿子吃多了當然美味可口了。

「就像小母雞愛吃松露一樣。」貢協議說。

「那麼現在，尼德，您還有什麼不滿足呢？」我問加拿大人。

「就少一隻四腳獸了，阿羅納斯先生，」尼德・蘭答道。「這兩隻鴿子只是餐前小菜，當當零嘴罷了。這麼說吧，只要我還沒打到有排骨的野獸，我是不會心滿意足的！」

「尼德，如果抓不到極樂鳥，我也不會滿足的。」

「那就繼續打獵吧，」貢協議說，「不過得回過頭來往海邊走。我們已經到了第一面山坡，我想最好還是回到森林中去。」

這是個好主意，說走就走。我們走了一個小時後，來到一片名副其實的西谷椰子林。幾條蛇從我們腳下溜過，幸好不傷人。極樂鳥見我們靠近就飛走了，說真的，我大失所望，以為抓不到了，沒想到走在我前邊的貢協議突然彎下腰去，立即發出一陣勝利的歡叫，然後轉身朝我走來，給我帶來一隻美麗動人的極樂鳥。

「啊！好樣的！貢協議。」我喊了起來。

「先生過獎了。」貢協議答道。

「不，好小子。你剛才做得太漂亮了。活捉了一隻天堂鳥，而且是赤手空拳！」

「如果先生仔細看一看，就會發現我沒有大功勞。」

「為什麼，貢協議？」

「因為這隻鳥兒醉得像隻鵪鶉。」

「醉了？」

「是的，先生，吃肉豆蔻醉的，原來牠在樹下太貪吃了，醉醺醺的被我抓住了。瞧瞧，尼德朋友，看看貪嘴的可怕後果吧。」

「鬼話連篇！」加拿大人反駁道，「兩個月來我只喝了點杜松子酒，用不著含沙射影責備我吧！」

於是，我不由仔細檢查了這隻古怪的醉鳥。貢協議說的不錯。極樂鳥是被肉豆蔻液汁陶醉的，只見牠爛醉如泥，軟弱無力。牠飛不起來了，連走路都晃晃悠悠的。不過，我並不擔心，讓牠歇歇就會醒過來。

巴布亞島及其鄰近地區有八種鳥類，這是其中最美麗的一種。這就是所謂的「大綠寶石」極樂鳥，屬於珍稀品種。牠身長三十釐米。頭比較小，眼睛也小，長在嘴角邊。但牠身上顏色搭配妙不可言，黃喙，褐爪，紫紅翅膀淺褐收尾，頭和後脖子淺黃色，喉前卻是碧綠色，而腹部和胸部竟是栗色的，尾巴上方有兩束角狀絨毛，接續的長羽毛輕柔精細，整體色彩渾然天成，不愧為鳥中佳麗，當地人富有詩意地稱之為「太陽鳥」。

我熱切希望能把極樂鳥中的高貴品種帶回巴黎，贈送給植物園，因為那裡還沒有一隻活生生的太陽鳥。

「這麼說這很稀罕了？」加拿大人問。聽他說話的口氣就知道他只是一名普通的獵手，很少從藝術角度來評價獵物的優劣。

「非常稀罕，我的好夥計，特別是很難捕捉到活的太陽鳥。即使是死的，太陽鳥也有人高價買賣甚至走私。因此，當地土人想方設法進行造假，就像人工製造珍珠、鑽石那樣以假亂真。

「什麼！」貢協議叫了起來，「有人製造假的極樂鳥？」

「是的，貢協議。」

「那先生知道當地人造假的方法嗎？」

「瞭若指掌！每到刮東風的季節，極樂鳥開始換毛，尾巴周圍最富麗的羽毛開始脫落，生物學家把這種羽毛叫做副翼毛。假鳥製造者就把這些副翼毛收集起來，然後來一個移花接木，把可憐的虎皮鸚鵡的毛拔掉，巧妙地裝上極樂鳥的副翼毛，在接合部染上仿真的顏色，再給整個假極樂鳥塗一層清漆，這些特殊行業的產品就這樣源源不斷地賣給了歐洲的博物館和業餘收藏家。

「好傢伙！」尼德・蘭說道，「儘管是假鳥，但羽毛畢竟是真的，反正不是拿來吃，我看也不會造成多大的禍害。」

不過，如果說我因為得到了極樂鳥而如願以償，那麼加拿大獵人的欲望還沒有得到滿足呢。幸運的是，兩點鐘，尼德・蘭打死了一隻森林大野豬，土人把這種野豬叫做「巴厘─熬湯」。野豬及時地給我們送來道地的四腳獸肉，當然大受歡迎了。尼德・蘭為自己的這一槍而洋洋得意。野豬中了帶電子彈，立即應聲倒斃。

加拿大人先割下六七根排骨肉，準備晚餐時吃烤排，而後剝去豬皮，開膛破肚，清除內臟。然後我們繼續打獵，尼德和貢協議又該再立新功了。

沒錯，兩位朋友一起敲打灌木叢時，趕出來一群袋鼠，只見袋鼠們開動富有彈性的雙腿，一蹦一跳地四下逃竄。但是袋鼠的腿再快，哪裡跑得過帶電子彈，於是，牠們在大逃亡中被擊斃了。

「啊！教授先生，」尼德・蘭嚷嚷道，正是獵手最興奮最張狂之時，「多好的野味，燉爛了吃才棒呢！鸚鵡螺號伙食要大改觀啦！倒下了兩隻！三隻！五隻！一想到我們可以大啖這麼多肉，再想想船上那些傻瓜不沾肉腥味！」

我看，加拿大人興致勃勃，談笑風生，若不是一口氣說了那麼多話，興許會把這一大群袋鼠全部消滅光！不過，這些有趣的動物，他也就打了十一、十二隻。貢協議告訴我們說，袋鼠屬於無胎盤哺乳動物第一目。

這群袋鼠身材矮小，屬於「兔袋鼠」品種，習慣住在樹洞裡，但牠們的動作極其敏捷，雖然肉不算肥厚，但至少味道還是很值得稱道的。

我們對出獵成果十分滿意。洋洋得意的尼德打算第二天再到這個開心小島上來，他想把島上所有的四腳獸通通宰殺了。但這只是出事前他的如意算盤。

下午六點，我們回到了海灘。我們的小艇依然在原地不動。鸚鵡螺號活像一座長礁石，裸露在離海岸兩海哩的波濤上。

尼德・蘭一刻也不曾耽誤，連忙張羅晚餐大事。燒烤烹調是他的拿手好戲。野豬排骨掛在炭火上燒烤起來，很快就濃香四溢，令人垂涎欲滴！……

而且我還發現，我正步上加拿大人的後塵。面對新鮮的烤豬肉，我也竟然手舞足蹈，欣喜若狂！請大家原諒我吧，就像我已經原諒了蘭師傅一樣，情同此理嘛！

總之，晚餐豐盛極了。後來，我們的非常菜譜上又增添了兩隻斑尾鴿。西谷米粉、麵包果、幾顆芒果、半打鳳梨、酸椰汁應有盡有，我們大吃大喝，好不開心。我甚至覺得，我的兩個可靠夥伴已經神志不清，說話有點離譜了。

「今晚別回鸚鵡螺號，可以吧？」貢協議問。

「永遠別回鸚鵡螺號，可以吧？」尼德・蘭附和道。

就在這時，一塊石頭落在我們腳邊，一下子打斷了魚叉手的話。

第二十二章　尼莫船長的雷電

我們不約而同朝森林方向看去，來不及起身，我手裡拿著食物也來不及往嘴裡送，而尼德・蘭剛把排骨塞進嘴裡，卻都一下子發呆傻眼了。

「石頭不會從天上掉下來的，」貢協議說，「要不然就該叫隕石了。」

第二塊石頭，圓咕隆咚的，顯然經過精心打磨，不偏不倚，正好打掉貢協議手裡抓著的斑尾鴿美味的大腿，這越發證明，他的觀察結論多麼有分量。

我們三人又不約而同站立起來，持槍上肩，準備迎擊任何攻擊。

「會不會是猴子？」尼德・蘭嚷嚷道。

「差不多，」貢協議答道，「反正是野人。」

「快上船！」我說著，連忙向海邊撤。

我們真的必須邊打邊撤，因為有二十來個手持弓箭和投石器的土人，從矮樹林邊冒了出來。小樹林擋住了右邊的地平線，離我們不到百步遠。

而小艇離我們只有二十米左右。

野人沒有跑步，但張牙舞爪，步步進逼，欲置我們於死地。石塊和利箭雨點般飛過來。

尼德・蘭捨不得拋棄食物，儘管危險迫在眉睫，但他一手抱起野豬，一手拖著袋鼠，相當利索地收拾著食物。

只用了兩分鐘，我們退到沙灘上。我們連忙把食物和武器裝上小艇，用力推進大海，裝好船槳。

二十分鐘過後，我們登上了鸚鵡螺號。蓋板敞開著。我們繫好小艇，便回到船艙裡。

我直下大廳，從那裡傳來陣陣和聲。尼莫船長在裡面，正躬身彈奏管風琴，沉醉在美妙的樂曲之中。

「船長！」我叫了他一聲。

他沒有聽見。

「船長！」我又叫了一聲，並用手碰了碰他。

他顫了一下，轉過身來。

「啊！是您嗎，教授先生？」他對我說，「好嘛！打獵打得好吧？植物標本收集得很多吧？」

「是的，船長，」我回答道，「但糟糕的是，我們引來一群兩足動物，他們就在附近活動，事態令人不安。」

「什麼兩足動物？」

「野蠻人。」

「野蠻人！」尼莫船長帶著譏諷的口吻說，「而您卻感到大驚小怪了，教授先生，您剛踏上地球的一片土地，就發現了野蠻人？野蠻人，地球上哪個地方沒有？而且，您所謂的野蠻人，難道比其他地方的野蠻人更野蠻嗎？」

「可是，船長……」

「我見多了，先生，我到處都碰過野蠻人。」

「那好吧，」我答道，「如果您不願在鸚鵡螺號上接待這群野蠻人，那就請您小心為妙，採取防範措施。」

「放心吧，教授先生，沒什麼了不起的事，何必自我緊張呢。」

「可是這群土人人多勢眾呀。」

「您估計有多少人？」

「上百人，至少。」

「阿羅納斯先生，」尼莫船長回答道，十指又回到琴鍵上，「即使巴布亞地區所有土人通通集中到這個海灘上，鸚鵡螺號也根本不必害怕他們的攻擊！」

船長的指頭在琴鍵上迅速移動著，我發現他彈的全部是黑鍵，彈出來的音樂很有蘇格蘭特色。很快，他忘記了我的存在，如醉如癡，完全沉浸在夢幻之中，這樣一來我就不好再打擾他了。

我重新登上了平臺。夜幕已經降臨，因為，在低緯度地區，夕陽消失得很快，沒有黃昏景象。我看著蓋博羅島，眼前只有一片模糊。但是，海灘上卻點燃了好多火堆，證明土人不肯離開。

我就這樣獨自在平臺上待了好幾個小時，雖然不時想起這群土人，但已經不再擔驚受怕了，船長的堅定信心感染了我；可我有時也會把土人忘在九霄雲外，一心只欣賞著熱帶綺麗的夜色。我心往神馳，思緒隨著黃道十二宮飛向法國。再過幾個小時，這些星辰將照亮法蘭西。皓月當空，天頂眾星捧月，灑下萬里清輝。我不由得聯想到，這顆忠心耿耿而又樂善好施的地球衛星，後天一定會如約而至，回到現在的位置，掀起這個地區的海浪，把鸚鵡螺號推出石珊瑚緊咬的牙床。午夜將至，只見陰沉的海面風平浪靜，對岸樹林也悄無動靜，我便回到我的艙房，坦然地睡著了。

一夜平安無事過去了。也許是因為巴布亞人看到海灣裡趴著一個怪物，一下子嚇壞了，望而卻步，其實蓋板一直敞開著，為他們進入鸚鵡螺號船內大開方便之門。

一月八日，清晨六點，我又登上了平臺。朦朧的夜色逐漸消隱。蓋博羅島隨著晨霧的消散很快拋頭露面了，先是海灘，接著是山峰。

土人們一直守在海灘上，比昨天人數還多，可能有五六百人。有幾人趁著退潮，向前爬上了珊瑚礁頂，離鸚鵡螺號不足四百公尺。我把他們看得一清二楚。他們是道地的巴布亞人，身材高大，體格強健，額頭寬闊而且高高隆起，鼻子粗大但並不扁平，滿口白牙。紅羊毛鬈發與油黑錚亮的身軀適成鮮明的對比，膚色與蘇丹的努比亞人無異。割裂拉長的耳垂上掛著骨珠。野蠻人經常赤身裸體。在他們當中，我看見幾個婦女倒是例外，從腰部到膝部圍著名副其實的草裙，腰間還繫著藤蔓編織成的腰帶。幾個首領脖子上戴著新月形飾物和紅白玻璃珠子項鏈。他們幾乎人人手持弓箭和盾牌，肩上背著一個網兜，兜裡裝著圓石塊，到時能靈巧地用投石器把圓球拋出去。

有一位首領相當靠前，對鸚鵡螺號進行仔細觀察。他應當是一位高級頭領「瑪多」，因為他紮著香蕉葉編織成的辮帶，辮帶上還鑲有色彩鮮豔的花邊。

我本來可以輕易將這些土人擊斃，因為他們離我近，射程很短，但我以為，還是等他們明確表示以我為敵之後再動手不遲。歐洲人和野蠻人之間交手，歐洲人最好是自衛還擊而不是主動進攻。

在整個退潮期間，土人們一直在鸚鵡螺號附近轉悠，但並不大吵大鬧，只聽到他們複唸著「阿塞」一詞，根據他們的手勢，我明白他們是邀請我上岸去，不過我覺得還是謝絕為妙。

因此，這一天，小艇一直沒敢離開大船，弄得尼德・蘭師傅很不高興，補充食品的行動又落空了。但加拿大人手藝好，便利用這段時間來加工從蓋博羅島帶回來的野味和西谷米。至於那些土人，在上午十一點漲潮之前，眼看著珊瑚礁尖頂快被潮水淹沒了，也就退回到島岸上去。但我發現，海灘上的人數大量增加。他們很可能從附近島嶼趕來增援，或者說來自巴布亞其他地區。然而，我卻未曾發現一隻土人用的獨木舟。

沒有更好的事情可做，我想不如下到瓊漿玉液般的海水去捕撈一番，水下海螺、海貝、植形動物和海洋植物清晰可見。再說了，今天將是鸚鵡螺號在海峽度過的最後一天，只要尼莫船長打的包票得以兌現，鸚鵡螺號無論如何是可以隨著高潮的到來而漂浮起來的。

於是我把貢協議叫來，他幫我找來一個趕海網具，形狀有點像捕撈牡蠣用的網兜。

「那些野蠻人呢？」貢協議問我道，「先生請勿見怪，我倒覺得他們並不太壞。」

「可是他們會吃人，小夥子。」

「可以既吃人肉，又做好人嘛，」貢協議回答道，「就像可以既貪吃又正派一樣。兩者並不互斥呀。」

「好吧！貢協議，就依你，他們是正派的吃人肉者，他們大大方方地吞吃俘虜。不過，我可不想被吞食，即使是正派地吞食，我得保持警惕，因為鸚鵡螺號船長好像滿不在乎。那麼現在，就開始工作吧。」

我們忙得不亦樂乎，一連摸了兩個鐘頭，卻沒有撈到任何稀罕的東西。網兜裡盡是些驢耳貝、豎琴螺、川蜷螺，但特別值得一提的是，還有我從未見過的美麗多姿的槲頭魚和雙髻鯊。我們還抓到一些海參、貝類以及十幾隻小海龜，通通只能送到配膳室去了。

不過，正當我大失所望之際，我的手卻抓到了一件奇珍異寶，應當說是一隻自然變異的珍稀物種，是可遇而不可求的稀罕物。剛才貢協議下了一網，打上來一大兜五花八門的海貝，裡面全是普通貨，不過他眼明不如我手快，我一把從網兜裡順手撈出一隻海貝，不由驚叫一聲，那是生物學家新發現之聲，是人聲能發出的最強音。

「哦！先生怎麼啦？」貢協議大吃一驚，「先生挨咬了吧？」

「不，小子，不過，為了我的新發現，即使被咬斷了指頭也心甘情願！」

「什麼新發現？」

「這隻海貝。」我指著我的戰利品說道。

「不過是一隻紅斧蛤，斧蛤屬，瓣鰓目，腹足綱，軟體動物門……」

「沒錯，貢協議，這隻貝殼不是從右向左旋，而是從左向右旋！」

「怎麼可能呢！」貢協議叫了起來。

「沒錯，小子，這是一隻左旋貝！」

「一隻左旋貝！」貢協議跟著我嚷嚷道，心情好不激動。

「看看牠的螺紋吧！」

「啊！先生可以相信我，」貢協議說，連指點寶貝的手指都興奮得發抖，「我從來沒有這樣激動過。」

的確令人振奮！其實，大家都知道，正如生物學家所說，右旋是大自然的一條規律。行星及其衛星的自轉和公轉運動，都是自右向左轉的。人習慣使用右手，而少用左手，正因為如此，人使用的工具、器械、門鎖、鐘錶發條等等也自然順應自右向左方式配置。那麼，自然界也就根據這個普遍規律為海貝設計螺紋。因此貝殼螺紋一般都是右旋的，極少左旋的，一旦發現有左旋螺紋的貝殼，收藏家便視若奇珍異寶，不惜花重金收買。

貢協議和我，我們對寶物愛不釋手，左看右看把玩不完，我正說要把牠帶回博物館去豐富館藏呢，突然一個土人投來一塊石頭，不偏不倚，正好打碎貢協議手中的寶貝疙瘩。

我不由失望地大叫一聲！貢協議猛然端起槍來，瞄準一個土人，只見那個土人在十米之外正揮動投石器。我本想阻止貢協議開槍，但子彈已經打了出去，打碎了土人手臂上的護身手鐲。

「貢協議！」我大聲喊道，「貢協議！」

「怎麼啦！難道先生沒看見這個吃人肉的傢伙已經開始進攻了嗎？」

「一隻貝殼豈能同一條人命相比！」我責備貢協議。

「啊！混帳東西！」貢協議喊道，「我寧可被他砸斷肩膀！」

貢協議說的是老實話，但我不能同意他的意見。然而，形勢開始急轉直下，只是我們事先沒有注意到。二十多條獨木舟已把鸚鵡螺號團團包圍起來。獨木舟是大樹幹掏空而成，又長又窄，便於航行，船兩邊還配有漂浮的竹筒以穩定船身。駕駛獨木舟的都是技術嫺熟的半裸土人，我看著他們不斷逼近，不由惶惶不安起來。

顯而易見，這些巴布亞人早就與歐洲人有過交往，而且熟悉歐洲人的船隻。但躺在海灣裡的這條長長的圓鐵筒，既沒有桅杆，也沒發現煙窗，他們看了該作何感想？反正不是好東西，一開始他們就敬而遠之。可是，看這傢伙一動不動，便逐漸壯起膽來，設法摸清它的脾氣。然而，我們正是要阻止這種親密接觸。我們的武器響聲不大，對土人的震懾作用很小，因為他們只迷信轟隆亂響的武器。雷電如果沒有隆隆的雷聲，那是嚇不倒人的，儘管真正的危險在閃電，而不在雷聲。

此時，獨木舟愈來愈逼近鸚鵡螺號了，只見飛箭雨點般打在船板上。

「見鬼！下冰雹了！」貢協議道，「恐怕是帶毒的冰雹！」

「應該通知尼莫船長。」我說著立刻穿過蓋板進入艙內。

我下到大廳。沒發現一個人。我壯著膽子去敲船長臥室的門。

裡面回答我一聲「進來！」。我進門，發現船長正專心地在演算，上面劃滿了X和許許多多的代數符號。

「打擾您了吧？」我客氣地寒暄道。

「沒錯，阿羅納斯先生，」船長回答我道，「但是我想，您來見我必有重要的原因？」

「很重要。我們被土人的獨木舟給圍住了，再過幾分鐘，幾百個土人就會來襲擊我們。」

「啊！」尼莫船長鎮靜地感歎一聲，「他們是駕獨木舟來的？」

「是的，先生。」

「那好吧！先生，只需要把蓋板關好就行了。」
「沒有錯，我就是來告訴您……」
「再簡單不過了。」尼莫船長道。
於是，船長按動電鈕，把命令傳到船員值班室。
「事情辦妥了，先生，」他對我說，好像只是舉手之勞，「小艇已經放回原來的位置，蓋板也關好了。我想，您不必擔心這些先生們會打破這道銅牆鐵壁，你們軍艦的炮彈不是奈何不得嗎？」
「不擔心，船長，可是還有一個危險。」
「什麼危險，先生？」
「明天早晨，此時此刻，我們必須打開蓋板，為鸚鵡螺號換新鮮空氣……」
「沒問題，先生，我們的船本來就是用鯨的呼吸法。」
「只是，到時候，巴布亞人一旦佔領了平臺，我看您如何能阻止他們進來。」
「這麼說，先生，您以為他們一定會上船來囉？」
「我敢肯定。」
「好哇，先生，就讓他們上來好了。我看沒有任何理由不讓他們上來。說實在的，這些巴布亞人可憐得連鬼都不如，我不希望我的蓋博羅島之行會讓任何苦命人喪命。」
話都說到了，我正要告辭，尼莫船長卻要我留下，讓我坐在他身邊。他饒有興趣地詢問有關我們上島遊逛和打獵的情況，看樣子他不太理解加拿大人想吃肉的生理需求。後來，我們又東拉西扯談了一些別的話題，尼莫船長雖然還是那樣含而不露，但顯得比以前和藹可親多了。
在閒聊中，我們談到了鸚鵡螺號的處境，因為它現在擱淺的海峽，正是迪蒙·迪爾維爾死裡逃生的地方。於是話題就轉到迪蒙．迪爾維爾身上。

「這個迪爾維爾，是偉大的水手，是你們的偉大航海人之一，也是你們最有才華的航海家之一。他是你們的科克，是你們法國人的科克。不走運的學者！他敢闖南極浮冰，敢闖大洋洲的大堡礁，也不怕太平洋上的食人族，最後卻慘死在鐵路的一輛列車上！如果這個堅強的男子漢在最後時刻還能思考的話，您能想像他的臨終思想是什麼嗎？」

尼莫船長說到這裡顯得十分激動，我也深為感動。

於是，我們拿起地圖，不由回顧起這位法國航海家的勳績，談到他的環球航行，談到他兩次南極探險，他因此發現了阿代麗島和路易．菲力浦島，最後還談到大洋洲主要島嶼及其水文資料。

「你們的迪爾維爾在海面上做到的事，我在海洋裡面也都做到了，」尼莫船長對我說道，「而且比他做得更容易，更全面。星盤號和信女號不斷遭受狂風暴雨的襲擊，飽受顛沛流離之苦，不能與鸚鵡螺號相提並論，鸚鵡螺號是一間寧靜的工作室，是名副其實的水下安居樂業者。」

「不過，船長，」我說，「迪蒙．迪爾維爾的艦艇與鸚鵡螺號有一點是相似的。」

「哪一點，先生？」

「那就是鸚鵡螺號也同它們一樣擱淺了！」

「鸚鵡螺號沒有擱淺，先生，」尼莫船長冷言冷語地回敬我道，「鸚鵡螺號生來就需要在海床上休息。為了使艦艇脫淺，迪爾維爾費了九牛二虎之力，使出了渾身操作本領，而我卻不必費這麼多手腳。星盤號和信女號差一點葬身海底，而我的鸚鵡螺號卻安然無恙。明天，就是我說定的日子，就在我說定的時刻，潮水會不動聲色地把鸚鵡螺號浮托起來，它將繼續穿洋過海，照航不誤。」

「船長，」我說，「我並不懷疑……」

「明天，」船長起身補充道，「明天下午二點四十分，鸚鵡螺號將漂浮起來，並毫髮無損地駛離托勒斯海峽。」

這話說得乾脆俐落，斬釘截鐵，然後尼莫船長便向我欠欠身，示意我可以離開，於是我回到我的房間裡。

貢協議正在裡面等我，他想了解我同尼莫船長談話的結果。

「我的好小子，」我回答他道，「當時我裝得很有把握，認為鸚鵡螺號已經受到巴布亞土人的威脅，可是船長回答我的話卻連譏帶諷。因此，我只有一事相告：相信船長，安心睡你的大覺吧。」

「先生不需要我幫忙嗎？」

「沒事了，我的朋友。尼德·蘭在做什麼？」

「請先生原諒，」貢協議答道，「尼德正在做袋鼠肉餅呢，想必好吃得很。」

又剩下我一個人了，只好上床睡覺，但睡得很不安穩。我聽到野蠻人在平臺上亂喊亂叫亂跺腳的嘈雜聲，震耳欲聾。就這樣鬧哄哄地過了一夜，全船上下無人過問。就像裝甲堡壘內的士兵對裝甲外的螞蟻漠不關心一樣，船員們對食人族的到來毫不介意。

早晨六點，我起了床……鸚鵡螺號的蓋板尚未打開，船內的空氣也因此得不到更新，但儲氣罐的儲備十分充足，已經開始運行，及時向艙內渾濁的空氣投送了幾立方公尺的氧氣。

我在自己的房間裡一直工作到中午，始終沒有見到尼莫船長，哪怕只是打個照面。船內似乎毫無開航的準備。

我又等待了片刻，而後，我來到大廳。掛鐘指向兩點三十分。再過十分鐘，海面浪濤勢必達到最高潮，如果尼莫船長不是空口許願，那麼鸚鵡螺號很快就會漂浮脫淺。如若不然，它要最終擺脫礁石床的鉗制，恐怕還得在這裡居留好幾個月的時間。

就在此時，只覺得船體顫動了幾下，這是一種預兆。我聽見船殼與粗糙的石灰質珊瑚礁摩擦頂撞的吱嘎聲。

二點三十五分，尼莫船長來到大廳。

「我們立即出發。」他說。

「啊！」我長歎一聲。

「我已下令打開蓋板。」

「可是那些巴布亞人呢？」

「巴布亞人？」尼莫船長反問道，輕輕地聳了聳肩。

「他們不會闖入鸚鵡螺號？」

「怎麼進來？」

「在您叫人開蓋板的時候，可能就溜進來了。」

「阿羅納斯先生，」尼莫船長泰然地答道，「沒人能從鸚鵡螺號蓋板口進來，即使蓋板敞開著也不行。」

我看了看船長。

「您還不明白？」他問我。

「完全不明白。」

「那好吧！過來看看吧。」

我朝中央扶梯走去。尼德・蘭和貢協議也在那裡，正驚訝地看著幾個船員打開蓋板，只聽外面嗷嗷亂叫，咒罵聲怒吼聲響成一片。

蓋板朝外放倒了，二十來副可怕的面孔卻露了出來。第一個土人剛把手放在樓梯扶手上，立即就被一種莫名其妙的力量推了回去，只見他拔腿就逃，一邊亂蹦亂跳，一邊發出恐怖的慘叫。

緊接著，十個同夥也擠到扶梯邊，十個人遭遇同樣的命運。

貢協議看得津津有味。尼德・蘭生性暴躁，一下子衝上扶梯。當他雙手一接觸扶手，也立即被擊倒了。

「千刀萬剮活見鬼！」他嚷嚷道，「我遭雷劈啦！」

一句話道破了天機。這不只是樓梯的扶手，而且是可通電的金屬導體，扶手電纜一直通向平臺。誰碰了通電的扶手，就會感到激烈的震撼，如果尼莫船長高壓輸入電流，那麼就可能置人於死地。千真萬確可以說，尼莫船長在來犯者與他之間設置了一張電網，任何人都不能越雷池一步。

正因為如此，巴布亞人個個驚惶失措，喪魂失魄，慌忙向後撤退。我們喜憂參半，哭笑不得，倒楣的尼德・蘭罵不絕口，我們也只能好言相勸，為他按摩撫慰。

不過，與此同時，鸚鵡螺號被最後的高潮托起，正好是在船長預定的兩點四十分準點起床，最終離開了珊瑚礁。鸚鵡螺號的螺旋槳鄭重其事而又慢條斯理地拍打著海水，速度一點一點地加快。鸚鵡螺號安然無恙地離開了托勒斯海峽危機四伏的水道，重新航行在汪洋大海之中。

第二十三章　強迫睡眠

翌日，一月十日，鸚鵡螺號重新開始水下潛航，但速度快得驚人，我估算每小時至少三十五海哩。螺旋槳高速運轉，看得我目不暇接，當然也無法計算出準確的轉速了。

電這東西，我想真是奇妙無比，它不僅為鸚鵡螺號提供動力、熱量和光明，還能保護它不受外來攻擊，將它變成神聖的方舟，任何褻瀆神明的人都休想不遭到電打雷擊的報應，每每想到這裡，我就感慨不已，從奇妙的機器便立即聯想到建造機器的工程師，對他們佩服至極。

我們一直向西挺進，一月十一日，我們繞過位於東經一百三十五度、南緯十度的韋塞爾角，它在卡奔塔利亞灣的東端。這裡礁石仍然很多，但距離拉大了，而且在海圖上都有明確的標識。鸚鵡螺號輕易地躲過了左側的莫內礁，右側的維多利亞礁，它們位於東經一百三十度、南緯十度，我們嚴格依照這條航線前行。

一月十三日，尼莫船長來到帝汶海，看到了與海同名的帝汶島，東經一百二十二度。該島面積一千六百二十五平方法哩，為印度王公所統治。他們自稱是鱷魚的子孫，也就是說，他們的遠祖就是芸芸眾生人人敬奉的人類始祖。因此，這些有鱗片的列祖列宗便在島國的河道上大量繁殖，受到島民的特別崇拜。人人愛護鱷魚，寵愛鱷魚，奉承鱷魚，飼養鱷魚，把年輕的女孩子送給鱷魚當供品，如果外國人敢動鱷魚一下指頭，那恐怕就要大難臨頭了。

不過，鸚鵡螺號與這些醜陋的動物並無任何瓜葛。帝汶島只容我們在中午順便觀光片刻，因為大副需要測量船的位置。同樣，帝汶群島中的羅地小島，它的芳容也只是依稀可見，在馬來市場上，羅地美女聞名遐邇。

從羅地島為起點，鸚鵡螺號在緯度上取向西南，朝著印度洋航行。尼莫船長滿腦子奇思妙想，他將把我們引向何方？他是不是要回游亞洲海岸？他會不會向歐洲海岸靠近？一個人千方百計要躲開有人居住的大陸，不可能做出那樣的決定吧？那麼他會不會南下呢？是否要繞過好望角，合恩角，然後挺進南極？最後，他是不是還要重回太平洋，因為在太平洋，他的鸚鵡螺號航行起來總是那麼輕鬆自如、獨來獨往。時間會給我們答案的。

我們沿途遇見的礁石有：卡蒂埃、希伯尼亞、瑟蘭加帕當和斯科特，這是固體阻擋流體的最後努力，一月十四日，我們徹底地背土離地了。鸚鵡螺號大大放慢了速度，行動反復無常，時而在深水中潛泳，時而鑽出水面漂遊。

在這段旅途中，尼莫船長對不同深度的水層溫度進行了饒有興趣的測試。在一般條件下，要獲取這些資料需要動用相當複雜的儀器，而且所測結果未必可靠，不管是用溫度探測器（玻璃管在深水壓力下很容易破碎），還是金屬電阻儀錶都是如此。但尼莫船長卻別開生面，他親自深入海洋深處測量水溫，直接把溫度計投入不同水層，可以即時獲得準確可靠的所需水溫資料。

就這樣，鸚鵡螺號時而使用水罐注水法垂直下潛，時而啟動斜板機傾角下潛，先後涉獵了三千、四千、五千、七千、九千、一萬米深海域，試驗的最後結果表明，不論在什麼緯度，凡在一千米以下深度的海域，水溫始終保持在四點五度。

我興致勃勃地跟蹤每一次水溫測試。尼莫船長滿腔熱情地投入試驗當中。我經常捫心自問，他做這些試驗目的何在？難道是為了造福自己的同類？這是不可能的，因為總有一天，他的探測成果都將與他同歸於盡，葬身不知名的海底！除非他把測試結果託付給我。果真如此，那就意味著我的奇特旅行會有期限，只是現在，我還看不到歸期罷了。

不管怎麼說，尼莫船長還是把他親自測得的各種資料告訴了我，透過這些資料可以了解全球主要海域的海水密度。我從他的通報中獲益匪淺，但未得到任何科學的驗證。

那是一月十五日的事情。我和尼莫船長在平臺上蹓躂，他問我是否了解不同海域海水的不同密度。我給了否定的回答，並說科學界對此還缺少有力的觀測資料。

「可是我做過這種觀測，」他對我說，「而且我敢保證觀測結果的可靠性。」

「好啊！」我答道，「但是鸚鵡螺號是世界外的世界，水下科學家掌握的祕密不可能傳到陸地上去。」

「您說的對，教授先生，」他沉默片刻後對我說，「這裡的確是一個世界外的世界。它與陸地形同陌路，就像行星陪同地球圍繞太陽轉一樣，人們永遠也不知道土星或火星上的科學家的研究成果。不過，既然命運讓你我聯繫在一起，我可以告訴您我的觀測結果。」

「我洗耳恭聽，船長。」

「您知道，教授先生，海水比淡水的密度大，但海水的密度並不是到處都一樣。那麼，假如我用一表示淡水的密度，我發現大西洋海水密度是一點零二八，太平洋為一點零二六，地中海為一點零三……」

「啊！」我想，「他竟然在地中海冒險？」

「愛奧尼亞海為一點零一八，亞得里亞海為一點零二九。」

顯然，鸚鵡螺號並不回避歐洲繁忙的海域，我由此得出結論，他會（也許就在不久的將來）把我們重新帶到文明程度較高的大陸去。我想，尼德·蘭如果得知這個意想不到的消息，自然會非常高興的。

有好幾天，我們整天忙於做各種試驗，比如測量不同深度海水的含鹽量、導電性、色譜、透明度等，但不管做什麼試驗，尼莫船長都顯得才華橫溢，對我也是關懷備至。可是，接連幾天我又見不到他了，我在他船上又陷入若有所失的孤寂。

一月十六日，鸚鵡螺號好像在接近海面只有幾米的深度中睡著了。所有的電器停止了運轉，螺旋槳木然不動，船隻處於隨波漂流狀態。我猜測船員們正忙於船內大修，因為機器零件大運動量後有必要進行即時修整。

可是我和我的同伴卻因此目睹了一大奇觀。大廳的窗戶打開了，但鸚鵡螺號的燈光都不亮，海水一片昏暗。

天空濃雲密布，暴風雨即將來臨，天色映照在海洋表層的光亮嚴重不足。

在這樣的條件下觀察海洋，即使是最大的魚看起來也不過是模糊的影子，突然，鸚鵡螺號暴露在光明之中，我以為是船燈打開了，是船上的燈光照亮了海水。可是我搞錯了，我迅速觀察了一下，的確不是那麼回事。

原來，鸚鵡螺號正漂浮在磷光閃爍的水層中，由於海水陰暗，磷光就越發耀眼。光層是無數發光的微生物集聚而成，浩浩蕩蕩的微生物大軍在金屬船殼邊游動，磷光閃耀便顯得更加璀璨奪目。我忽然發現明晃晃的水層劃開幾道閃亮，猶如熾熱的鉛水出爐澆鑄，又像金屬錠加熱到白熱化程度，相形之下，磷光層中的螢光在強光下倒成了陰影，而原來的陰影，似乎一下子遁跡失蹤了。不！這不是我們普通照明燈具發出來的靜止光！閃亮的光芒中有一種非同尋常的活力和動感！這種光分明讓人感到生機蓬勃！

沒錯，這是深海纖毛蟲、粟粒夜光蟲的大聚會，成群結隊，無窮無盡，每條蟲其實不過是半透明的膠質小球體，長有絲狀觸手，在三十立方釐米的海水中，此類微生物數量可達兩萬五千個，再加上缽水母、海盤車、海月水母、海荀和其他磷光植形動物發出的特殊微光，使得海水倍加明亮，因為植形動物體內充滿了解體的海洋有機物，也許還有各種魚類分泌的粘液呢。

鸚鵡螺號在明晃晃的波濤中漂泊了好幾個小時，看到巨大的海洋動物像傳說中的火蠑螈那樣嬉戲遊玩，就更令人歎為觀止。就在這不燃燒的水火中，我看到了幾條嘩眾取寵、行動快捷的鼠海豚，牠們是海洋裡不知疲倦的大丑角；還有身長三米的旗魚，聰明絕頂，對暴風雨總是先知先覺，旗魚上顎尖似利劍，令人望而生畏，經常在大廳玻璃窗前耀武揚威。後來出現了些較小的游魚，其中有花樣翻新的鱗魨、活蹦亂跳的鯖魚、狼鼻子魚，還有上百種其他魚類，牠們游來蕩去，給明媚的水光增添飛揚的紋彩。

這是一道奇觀，五光十色，令人眼花繚亂！興許是某種氣候條件為這種水光現象錦上添花吧？興許是狂風暴雨已席捲了海面吧？只是，位處海面下僅幾公尺深的鸚鵡螺號居然對狂怒的海濤毫無覺察，逍遙於靜海之內還悠然自得。

我們就這樣漸行漸遠，一路奇觀異景、水光魚色層出不窮。貢協議一絲不苟地觀察著，並將植形動物、節肢動物、軟體動物、魚等一一進行分門別類。日子過得太快了，我索性也不去計較過了多少時日。尼德·蘭按照自己的習慣，想方設法改善船上的日常伙食。我們真的成了蝸居鸚鵡螺號的蝸牛，對貝殼裡的生活心安理得，而且我敢說，當名副其實的蝸牛並非難事。

久而久之，我們覺得，這種生活似乎習慣成自然了，我們早已無法想像，在地球的陸地表層，竟然還存在另外一種不同的生活方式，就在此時，發生了一件意外的事情，提醒我們處境異常。

一月十八日，鸚鵡螺號來到東經一百零五度、南緯十五度的海面。天氣突變，風暴咄咄逼人，海上波濤洶湧，東風來勢兇猛。幾天以來，氣壓計一直往下走低，預示一場與自然力的鬥爭即將來臨。

我在大副測量時角時已登上了平臺。按照老習慣，我正等著他說每天必說的那句話。可是，這一天，他卻改說另一句話，令我更加莫名其妙。我發現，他剛把話傳下去，尼莫船長立即登上了平臺，只見船長端起望遠鏡，向著天邊觀察。

有好幾分鐘，船長一動不動，雙眼緊緊盯住鏡頭內鎖定的目標。然後，他放下望遠鏡，與大副交換了十來句話。大副似乎心急如焚，怒不可遏。船長善於自我克制，依然沉著冷靜。

而且，看樣子，船長提出了某些異議，而大副的回答卻不容置疑。至少，我是這麼認為的，他們說話的口氣不同，手勢也不同。

可我呢，我順著他們觀察的方向仔細看了看，什麼也沒有發現，只見海天蒼茫一色，卻在天際留下一條非常清晰的交會線。

然而，尼莫船長卻在平臺上來回踱起步來，從這一頭走到另一頭，看都不看我一眼，也許是沒有發現我吧。他的步伐堅定，但不如平常有規律。有時，他停下腳步，雙手抱在胸前，不斷觀察著大海。在這浩淼的海面上，他究竟在尋找什麼？此時此刻，鸚鵡螺號離最近的海岸少說也有幾百海哩！

大副重新端起望遠鏡，死盯住海天線不斷進行搜索，只見他走來走去，焦躁不安，急得直跺腳，同船長的沉著鎮定形成鮮明的對照。

實際上，過不了多久，這個祕密很快就可以大白於天下，因為尼莫船長已經下達指令，機器加大了推動力，螺旋槳轉動的速度加快了。

此時，大副再一次提請船長注意。船長立即停下腳步，端起望遠鏡朝著大副指點的方位瞭望。他觀察了很長時間。我卻異常納悶，不由走下平臺，來到大廳，拾起我平日使用的高倍望遠鏡回到平臺上來。然後，我把望遠鏡架在平臺前沿突出部的燈罩上，準備對海天線一帶徹底搜索一番。

可是，沒等我的眼睛貼近鏡片，就有人貿然將望遠鏡從我手中奪走。

我立即轉過身來。尼莫船長就站在我的面前，可是我認不出來，他已面目全非。只見他眉頭緊鎖，眼睛冒著陰光；只見他呲著牙，咧著嘴；只見他挺身攥拳，腦袋縮回雙肩，說明他渾身燃燒著深仇大恨。他一動不動。他一手扔掉了我的望遠鏡，任它在他腳下滾動。

難道是我無意中冒犯了他，值得他如此大動肝火？這個不可理解的怪人，他是否以為，我突然掌握了鸚鵡螺號客人不該染指的某種祕密？

不！這場仇恨之火，並非是由我點燃的，因為船長並沒有看著我，他的目光始終死死盯住天際神祕莫測的疑點上。

尼莫船長終於控制了自己。剛才猙獰的面目又恢復了往日的鎮定。他用莫名其妙的語言與大副說了幾句，然後向我轉過身來。

「阿羅納斯先生，」他對我說，語氣相當蠻橫，「我要求您遵守您我之間達成的一項承諾。」

「您指的是什麼，船長？」

「應當把你們關起來，您和您的夥伴都不例外，直到我認為可以讓你們自由為止。」

「您是主人，」我答道，我雙眼狠狠盯住他看，「不過，可以向您提個問題嗎？」

「絕對不行，先生。」

話說到這裡，我無言以對，只有服從了，因為任何反抗都是不可能的。

我下來到尼德·蘭和貢協議住的艙房，把船長的決定告訴他們。加拿大人聽了這個消息後的反應可想而知，何況，我沒有時間作任何解釋。四個船員已經站在門口，他們把我們帶到禁閉室，我們來到鸚鵡螺號的第一夜就是在那裡度過的。

尼德・蘭剛要爭辯，但他一進來門就在他身後關上了，這就是對他抗爭的回答。

「先生能告訴我這是怎麼回事嗎？」貢協議問我道。

我把發生的經過告訴了他們。他們同我一樣感到驚訝，但也一樣一頭霧水。

我陷入了苦思冥想的深淵，船長奇怪的焦慮臉色一直在我腦海裡糾纏。我無法把兩種合乎邏輯的想法統一起來，種種假設摻合著胡思亂想令我更加糊塗，就在這個時候，尼德・蘭的話讓我從胡思亂想中清醒過來：

「看！午餐送來了！」

真的，飯菜已經上桌。很顯然，尼莫船長下令加快鸚鵡螺號航速的同時，也叫人準備了午餐。

「先生允許我對他說句忠告嗎？」貢協議問我道。

「說吧，我的好小子。」我回答。

「那好！請先生用餐。小心為妙，因為我們不知道會發生什麼變故。」

「你說的有理，貢協議。」

「糟糕的是，」尼德・蘭道，「他們只送來船上的飯菜。」

「尼德朋友，」貢協議解釋說，「人家要是不送來午餐又能怎麼樣？」

貢協議一語打中要害，斬斷了魚叉手的滿腹牢騷。

我們於是入座就餐。這頓飯吃得相當沉悶。我吃得很少。貢協議主張小心為妙，「硬著頭皮」把飯菜吃完，尼德・蘭雖然不滿意，但一口也沒少吃。吃完飯，我們各自回到原來的角落呆靠著。

此時，照亮禁閉室的圓球燈光熄滅了，牢房裡一片漆黑。尼德・蘭倒頭就睡著了，讓我吃驚的倒是貢協議，他竟然也酣然入夢了。我正尋思到底是什麼原因使貢協議如此貪睡，我自己卻也感到頭腦發麻發木，神志迷糊起來。我極力想睜開眼睛，但眼皮不聽使喚，又悄悄地閉上了。我受到幻覺的折磨，渾身感到難受。顯然，我們剛才吃的飯菜裡有人放了安眠藥。為了不讓我們了解尼莫船長的行動計畫，他們把我們關起來還嫌不夠，還得強迫我們睡上一大覺！

這時候，我聽到蓋板關上的聲音。海浪輕搖船體的運動停止了。莫非鸚鵡螺號已經離開了洋面？也許它已經潛入靜止不動的水層？

我極力想抵制睡意，但卻力不從心。我的呼吸減弱了。我感到一陣冰涼，我的四肢凍僵了，渾身陷入了癱瘓狀態。我的眼皮簡直像鉛帽一樣沉重，帽沿把我的眼睛緊緊封住。我怎麼也掀不開帽沿。一種充滿幻覺的瞌睡病在我身上發作了。接著，幻覺消失，我完全進入子虛烏有的狀態。

第二十四章　珊瑚王國

第二天，我一覺醒來，感到頭腦特別清爽。令我驚訝的是，我居然躺在自己的房間裡。我的兩個同伴可能和我一樣，也在不知不覺中被送回到他們的艙房。昨天夜裡到底發生了什麼事，我不知道，他們同樣也不知道了，如果要揭開這個祕密，我只能等待時機、聽天由命了。

我想離開臥室。我是不是已經重獲自由，還是再一次淪為囚犯？完全自由啦。我開了房門，穿過通道，登上了中央樓梯。昨晚緊閉的蓋板現在又打開了。我登上了平臺。

尼德・蘭和貢協議已在上面等我。我問了問情況，他們一問三不知。由於睡得很死，什麼也記不起來了，他們發現自己回到艙房不由大吃一驚。

說到鸚鵡螺號，我們覺得它同平常一樣寧靜和神祕。它隨波逐流，緩緩漂行。船上依然故我，似乎毫無變化。

尼德・蘭目光敏銳，他看了看大海。大海一片迷茫。加拿大人在海天交接處並沒有發現任何新情況，既看不到一片風帆，也看不到一寸土地。西風呼嘯而過，捲起排排長浪，風急浪險，鬧得船體動盪不安。

鸚鵡螺號換了空氣之後，潛水平均深度保持在十五米左右，以便隨時迅速返回洋面。航行一反常態，僅一月十九日這一天，它就好幾次升到海面上。只要船體一浮出水面，大副就登上平臺，接著，他老生常談的那句話便在船內回蕩。

可是尼莫船長卻沒有露面。船上人員中，我只見到那位冷面無情的服務生，他一如既往，按時為我提供就餐服務，可是總是沉默不語。

兩點鐘，我正待在大廳裡忙著整理筆記，船長終於開門露面了。我向他表示問候，他的答禮卻難以覺察，而且一句話也不對我說。我只好又埋頭工作，期待他會對我解釋昨夜發生的事情。可是他毫無表示。我看了看他。只見他倦容滿面，睡過之後眼睛依然發紅，愁眉苦臉的樣子，說明他內心有難言之痛，苦不堪言。他走來走去，坐立不安；偶爾拿起一本書，卻又馬上放下；他查看一下儀錶，卻又不作例行記錄；他似乎心亂如麻，一刻也不得安穩。

他終於向我走來，對我說：

「您是醫生嗎，阿羅納斯先生？」

我沒料到他會問這樣一個問題，以至於我看了他許久都沒有回答。

「您是醫生嗎？」他又問道，「您的同行中有好些人學過醫，比如格拉蒂奧萊、莫坎•唐東等等。」

「沒錯，」我說，「我是醫生，是住院實習醫生。進博物館工作之前，我還看過好幾年診呢。」

「好哇，先生。」

我的回答顯然讓尼莫船長感到滿意，只是我不明白他的用意何在，只等他提出新的問題，準備見機作答。

「阿羅納斯先生，」船長對我說道，「您願意為我的人看病嗎？」

「您有病人？」

「是的。」

「隨時準備跟您去。」

「請過來。」

我必須承認，我的心怦怦直跳。我不知道為什麼，總覺得船上這個人的病與昨夜發生的事件有某種聯繫，其中的奧祕與病人一樣令我操心。

尼莫船長把我引到鸚鵡螺號的後艙，讓我進入水手工作間隔壁的一間艙房裡。

只見裡面有張床，床上躺著一位四十來歲的男子，面容剛毅，是道地的盎格魯—撒克遜人。

我俯身為病人診病。他不只是病人，還是個傷患。他頭上纏著血淋淋的紗布，用兩個枕頭墊著。

我解開紗布，傷患睜大眼睛盯著我，任我檢查，卻不吱一聲痛苦。

病人的傷勢慘重。顱骨被器物擊碎，腦髓外露，大腦受到深度破壞，到處凝結著血塊，色如酒糟。他既受到腦損傷，又得了腦震盪。病人呼吸緩慢，面部肌肉痙攣。整個大腦都在發炎，導致感覺器官麻木和運動器官癱瘓。

我為傷患診了脈。脈搏斷斷續續。身體末端已經開始發涼，我看死亡即將來臨，看來是無藥可救了。我為受難者包紮好傷口，整理好頭上的繃帶，轉身向尼莫船長。

「怎麼會受這種傷？」我問船長。

「有何關係！」船長搪塞道，「鸚鵡螺號在一次撞擊事件中折斷了機器的操縱杆，正好砸在這人身上。那您對他的傷勢有何診斷？」

我不方便直說。

「您盡管說，」船長對我說，「這個人聽不懂法文。」

我又看了看傷患，然後回答說：

「這個人再過兩小時就會死亡。」

「沒有一點辦法搶救他？」

「毫無辦法。」

尼莫船長的手顫抖起來，眼睛流出了幾滴眼淚，我原以為他的眼睛生來不會哭呢。

我又觀察了一陣子垂死之人，他的生命力正悄然消失。電光照在停屍床上，死者的臉色顯得越發蒼白。我看著他那聰慧的腦袋，前額布滿未老先衰的皺紋，可能是長期以來積苦積難留下的深刻痕跡。我多麼希望能從他雙唇吐露出來的臨終遺言裡道破他一生的祕密！

「您可以走了，阿羅納斯先生。」尼莫船長對我說。

我告辭出來，船長則留在病房裡。我回到自己的房間，依然為剛才的情景而傷心。我整天忐忑不安，總覺得有不祥之兆。夜裡，我睡得很糟，不時從睡夢中驚醒，我彷彿聽到遠處傳來陣陣的哀歎聲，又像是哭喪的哀歌。莫不是對亡靈的喃喃祈禱？可是我怎麼也聽不明白啊。

第二天早上，我登上了平臺。尼莫船長捷足先登。他一見到我就走了過來。

「教授先生，」他對我說，「今天做一次海底漫遊，不知意下如何？」

「和我的同伴一起去？」我問。

「只要他們願意。」

「恭敬不如從命，船長。」

「那請去穿潛水服吧。」

這與臨死之人或死人問題毫無關係。我找到尼德·蘭和貢協議，說了尼莫船長的建議。貢協議欣然同意，而這一次，加拿大人也跟我們從善如流了。

此時正是早晨八點整。八點三十分，我們穿好海底漫步的服裝，帶上照明燈具和呼吸器。雙層門打開了，我們在尼莫船長及其隨後十二個船員的陪同下，踩到海底堅實的土地，鸚鵡螺號就停留在離海面十米深的這個地方。

走過一段緩坡，我們來到一塊崎嶇不平的海底窪地，深度約二十五公尺。這段海底與我第一次遊覽的太平洋水下景觀迥然不同。這裡，看不見海底細沙，看不見水下草地，看不見海洋森林。我頓時辨認出來了，這裡正是那天尼莫船長盛情接待我們所在的神奇地區。這就是珊瑚王國。

在植形動物門、海雞冠綱中，有柳珊瑚這一目，這一目包括柳珊瑚、角珊瑚和珊瑚蟲三類。最後一種屬於珊瑚蟲類，它是一種奇怪的東西，曾輪番被列入礦物、植物和動物門類。古人用牠當藥材，現代人把牠當珠寶，直到一六九四年，馬賽人佩索內爾才最終將牠列入動物世界。

珊瑚是一種聚集在易脆的石質珊瑚骨上的微生物群體。珊瑚蟲有一種獨特的生殖方式，那就是出芽繁殖，珊瑚蟲既自立門戶，又過著集體生活，堪稱是一種自然社會主義形態。我了解有關這類奇異植形動物的最新研究成果。生物學家的看法非常可取，他們認為珊瑚蟲在長樹生枝的過程中不斷礦物化了，大自然既然在海底種植了這一片片的石化森林，而我又有幸參觀森林中的一角，哪裡去找比這更妙趣橫生的好事啊！

我們點亮了倫可夫照明燈，沿著正在形成中的珊瑚帶走去，在時間的幫助下，總有一天，珊瑚帶將把印度洋的這段海面封鎖起來。路邊雜樹叢生，枝頭星花點點，閃爍著白色的光芒。只是與陸生植物相反，樹狀動物攀附在岩石之上，從上往下生長。

燈光在色彩斑斕的珊瑚樹叢間嬉戲遊玩，產生撲朔迷離的萬千景象。我似乎看見圓筒膜管在水波蕩漾中漂動。我多麼想採摘幾朵鮮豔嬌嫩的觸手花冠，牠們有的剛剛盛開，有的只是含苞待放，只見幾條輕巧敏捷的游魚，鼓動著快鰭，像飛鳥一樣在花叢中穿梭掠過。可是，我的手剛接近這些活生生的花朵，剛接近這些多情善感的含羞草，整棵珊瑚樹便立即警惕起來。白色的花冠馬上縮回到紅色的外套裡，鮮豔的花朵立即在我眼皮底下消失了，小樹叢頓時變成了一堆假山。

陰差陽錯的命運把我安排到這裡來，讓我得以見識植形動物中彌足珍貴的品種。這種珊瑚完全可以同地中海沿岸的法國、義大利和柏柏爾國家[1]沿海打撈的珊瑚相媲美。這些珊瑚因色彩豔麗而享有

1 柏柏爾國家指古柏柏爾民族居住的北非國家。

盛名，其中最漂亮的極品，在商品交易中人們美其名曰「血之花」或「血泡沫」，富有詩情畫意。每公斤珊瑚售價可以高達五百法郎，可是在這個地方，海水淹沒了多少財富，讓天下珊瑚採集者望洋興嘆。這種珍貴的物質每每和其他珊瑚骨混雜在一起，形成密密麻麻卻又雜亂無章的集群，還得了個「馬西奧塔」的芳名，而且我還發現，上面有玫瑰珊瑚的珍稀品種，實在令人歎為觀止。

可是沒多久，珊瑚樹叢愈來愈密集，樹大枝也粗了。我們的腳步所到之處，前面展現的盡是名副其實的水下石林和夢幻建築的長谷。尼莫船長帶領我們進入一條陰暗的長廊，通過一道緩坡，進入一道百米深的海溝。蛇行燈管發出的光線有時會產生魔幻般的照明效果，靈光附著在天然拱門粗糙的表面上，附著在多頭吊燈的裝飾掛件上，竟然能點觸生輝，火星四濺。在珊瑚叢裡，我還發現有珊瑚蟲的其他品種，倒也十分別致，如鉤蝦形珊瑚、節肢鳶尾形珊瑚，還有幾簇珊瑚藻，紅紅綠綠，是道地的鹽鹼海藻，生物學家們經過長期爭論，最終把珊瑚藻列入植物世界裡。但是，有位思想家說得好，「這也許就是真正的起點，生命從石頭中悄悄睡醒過來，但尚未脫離這非同尋常的出發點。」

走了兩個小時，我們終於抵達三百米左右的深度，即珊瑚開始成形的底線。但在這個地方，珊瑚不再是孤立的灌木叢，也不再是低矮的喬木林，而是遼闊的大森林，到處是礦化植物，到處是粗壯的海底石林，樹木之間有富麗的羽狀海藻如藤似蔓交錯牽連，彼此難割難捨連成一片，倍顯千嬌百媚。我們在高大的珊瑚樹冠下暢通無阻，籠罩在樹杈棚頂的海浪陰影隱約可見，腳下則有笙珊瑚、腦珊瑚、星珊瑚、蕈珊瑚、石竹珊瑚，花芽花苞點綴其間，宛若富有珠光寶氣的地毯。

此情此景，縱有生花妙筆也難以描繪！啊！萬千感慨彼此卻無法交流！我們為什麼要被禁錮在金屬玻璃頭盔裡呢！為什麼禁止我們的言論自由！為什麼我們不能像魚兒一樣在水中勃然地生活，即使像兩棲動物那樣也好呀，牠們可以在水陸之間隨意來往，而且一待就是很長時間！

體。

我正感慨萬千，尼莫船長卻駐足不前。我的同伴和我也停止了前進，我不由轉過身來，只見尼莫船長的船員們正面向自己的頭領圍成半圓。再仔細一看，我發現其中四個人肩上抬著一具長方形的物體。

這裡是一片大空地，我們正佔據中央地帶，四周是海底森林高大錯雜的枝杈。我們的照明燈向這個地界發射出黃昏般的幽光，扭曲並拉長了留在海底的影子。在空地的邊緣，昏黑愈顯深濃，只有珊瑚角刺受到光照，在黑幕上閃爍生輝。

尼德・蘭和貢協議就站在我身邊。我們把這一切看在眼裡，我忽然閃過一個念頭，我將親眼目睹一場奇異的場面。觀察一下地面，我發現有些個地方鼓了起來，是石灰質沉澱堆積起來的石包，排列十分整齊，顯然是人工堆出來的。

在森林空地中央，在一片草草堆砌的石頭基座上，豎立著一道珊瑚十字架，它伸開長長的手臂，彷彿是鮮血凝成的化石。

尼莫船長打了個手勢，一名船員邁步向前，在離十字架幾英尺的地方，只見他從腰間取出鎬頭並開始挖坑。

我現在明白了！這片空地，原來就是一塊墓地；這個坑，就是墳墓；這長方形的物體，就是昨夜去世的船員遺體！尼莫船長和船員們是來公墓安葬自己的同伴的，而這個公墓就隱藏在與世隔絕的大洋深處！

不！我的精神從來沒有受過如此強烈的刺激！我的腦海從來沒有留下如此深刻的印象！我真不願意看到我親眼目睹的這番景象！

不過，墓穴挖掘得很緩慢。魚群受到了驚擾，東奔西竄。我聽到鎬頭刨石灰地面的篤篤聲，鐵鎬偶爾碰到海底火石立刻濺出閃閃的火星。墓穴愈挖愈長了，愈來愈寬了，很快就可以埋葬屍體了。

於是，抬屍人抬著遺體進場。遺體纏繞著白絲裹屍布，被安放進濕漉漉的墓穴裡。尼莫船長雙臂抱胸，死者生前好友一起下跪祈禱……我和兩個同伴按照宗教傳統鞠躬致哀。

墓穴重新被剛才挖出來的浮土和碎石掩蓋，堆成微微鼓起的墳丘。

遺體入土為安後，尼莫船長和船員們起立；然後大家走近墳墓，再次屈膝伸手，向死者作最後的告別……

然後，送葬隊伍操原路返回鸚鵡螺號，再次經過森林拱門，穿越珊瑚叢林，一直往上走去。

鸚鵡螺號的燈光終於出現了。順著燈光我們回到船上。

我一換好衣服，就立即登上平臺，一個可怕的意念襲上心頭，便在船燈檯座旁坐了下來。

尼莫船長跟了上來。我起身對他說：

「這麼說，正如我所預料，那個人就是昨夜的死者？」

「是的，阿羅納斯先生。」尼莫船長答道。

「那麼他現在長眠在他的同伴旁邊，在那片珊瑚墓地裡？」

「是的，他們被世人忘卻了，但我們永遠忘不了他們！我們挖墳墓，珊瑚蟲負責把我們的死者封存起來，永垂不朽！」

只見船長雙手顫抖，緊緊地捂住自己的臉，他終於抑制不住，抽噎地哭出聲來。後來，他又說：

「就在那裡，那是我們安寧的墓地，離開波濤洶湧的海面有幾百英尺深！」

「船長，您死去的同伴在那裡長眠，至少可以安息，可以免受鯊魚的傷害！」

「是的，先生，」船長語重心長地說，「可以免受鯊魚和世人的傷害！」

第二部

第一章　印度洋

現在開始第二階段的海底旅行。第一階段以珊瑚公墓動人的場景而告終，感人肺腑，刻骨銘心。這樣看來，尼莫船長要在這浩淼的大海了此終生，他甚至早有準備，已在無人問津的海底深淵為自己準備了墳墓。在這裡，沒有任何海怪會來打擾鸚鵡螺號主人們的最後長眠，他們都是生死與共的患難之交！「而且無人干擾！一個人也沒有！」船長補充道。

尼莫船長對人類社會依然耿耿於懷，怨恨有加，勢不兩立！

而我，我不能總是停留在原來的種種猜測上，可是貢協議卻滿足於這些猜測。這個可靠的小夥子始終認為，鸚鵡螺號船長不過是一位被埋沒了的科學家，他用蔑視來回敬世態炎涼。在貢協議看來，尼莫船長仍然是位不被人理解的天才，他對陸地已徹底失望，心灰意冷，不得不躲到這個與世隔絕的地方，而恰恰在這裡，他的本性可以得到自由的張揚。但是，在我看來，這種猜測只能解釋尼莫船長個性的某一方面。

事實也是這樣：那一夜，我們被莫名其妙地關進牢房，居然強迫我們睡過去；船長出於謹慎，卻粗暴地剝奪我觀察海天景象的望遠鏡；鸚鵡螺號那次不可告人的撞船事故竟然造成自己船員受傷致死的事態，所有這一切都迫使我另謀思路。不！尼莫船長不僅僅是在躲開世人！他建造這艘神奇的潛水船，不僅僅是為了張揚自由的天性，而且也是為了實施某種可怕的報復計畫，只是我對這個行動計畫一無所知罷了。

現在，對我來說，一切尚不明朗，我只是在黑暗中看到了一點亮光，我也只是應當寫下一點記錄而已，也可以說是如實記錄，立此存照。

再說，我們與尼莫船長沒有任何利害瓜葛。他很清楚，我們逃離鸚鵡螺號是不可能的。我們甚至算不上憑保證而被假釋的囚犯。沒有任何正式的承諾捆住我們的手腳。我們不過是俘虜，是囚徒，僅僅出於所謂的禮貌而被稱作客人。當然啦，尼德・蘭並沒有放棄爭取自由的希望。只要一出現機會，他勢必會抓住不放。我可能也會像他那麼做。不過，尼莫船長一旦慷慨地讓我們了解鸚鵡螺號的祕密，而我卻要攜帶這些祕密逃跑，這不能不讓我感到一種內疚！對於這位先生應當憎恨還是應當讚佩？他到底是受害者還是劊子手？還有，說老實話，我還是想完成這次環球海底旅行之後再徹底離開他，因為前一階段的旅途實在太漂亮了。我還要把地球海底堆積如山的奇珍異寶全面一一地觀察。我還要看沒有任何人見識過的好東西，為了滿足平常難以滿足的求知欲，哪怕是付出生命的代價也在所不惜！但到目前為止，我到底有什麼新發現呢？什麼也沒有，或者說幾乎什麼也沒有，我們只在太平洋海底穿行了六千法哩！

不過，我心裡很清楚，鸚鵡螺號正在接近有人煙的土地，我也明白，一旦出現逃生的機會，而我卻一味熱衷於鑽研未知事物，竟要犧牲我的同伴們，那未免太殘忍了吧。我應該跟著他們幹，甚至可能帶他們逃跑。但真的有這種機會嗎？作為被強行剝奪了人身自由的人，我迫切希望有這樣的機會；但作為學者，作為愛好者，我又擔心出現這樣的機會。

這一天，一八六八年一月二十一日，中午時分，大副上來測量太陽的高度。我登上了平臺，點了一支雪茄，然後看著他如何操作。依我看，很顯然，這個人不懂法文，因為有好幾次，我故意大聲說出自己的想法，如果他聽懂了，一定會下意識地做出某種反應，然而他無動於衷，一言不發。

正當大副用六分儀展開觀測的時候，鸚鵡螺號的一名水手上來拭擦船燈玻璃，此人身強力壯，曾陪同我們去克利斯波島進行第一次海底漫遊。我乘機仔細察看這座燈具的裝置，船燈的凸鏡玻璃結構與燈塔相似，聚光效果很好，在有效面上的亮度可增強百倍。電燈的結構非常合理，有利於充分發揮照明能力。由於燈光是在真空中產生的，因而確保了光線的均勻度和強度。而且，真空可以減少石墨的消耗，正是靠石墨棒發出弧光。節約石墨對尼莫船長意義重大，因為補充石墨對他來說絕非容易的事情。在真空條件下，石墨的消耗微乎其微。

鸚鵡螺號準備繼續海底航行，我便下來到大廳。蓋板重新關上，航線一直向西。

我們劈波斬浪在印度洋上行駛，這片汪洋有五點五億公頃海面，海水清澈透明，以至於俯身看水都會引起頭暈目眩。鸚鵡螺號通常保持在一百至二百公尺深度潛遊。幾天來一直如此。如果換了別人，也許會覺得度日如年，枯燥乏味，然而我酷愛大海，海有多大我的愛就有多大；我每天都上平臺來散步，呼吸清爽的新鮮空氣，透過大廳觀景窗觀看水中豐富多彩的節目表演，閱讀圖書室裡的各種書籍，撰寫我的學術論文，所有這些占去了我的全部時間，我沒有任何閒工夫感到厭倦和煩惱。

我們大家的身體狀況良好，十分令人滿意。我們對船上的飲食也十分習慣，適應到家了，我不像尼德·蘭，他總是懷著抵觸情緒，老愛別出心裁另搞一些花樣，我覺得完全沒有必要。此外，在海底恆溫條件下，不必擔心會得感冒。更何況，這裡有一種屬於石珊瑚目的木珊瑚，在法國南部普羅旺斯地區有「海茴香」之稱，在船上有一定庫存，把它同珊瑚蟲的肉一起熬爛，還是治咳嗽的良藥呢。

有幾天，我們看到大量的水鳥，有蹼足鳥、大海鷗和小海鷗等。我們巧妙地捕殺了幾隻，精心烹調，便做成可口的水禽野味。有些大水鳥遠離陸地高飛，經過長途飛行，往往在波濤浪尖上棲息休憩，以消除旅途勞頓，我發現其中有美麗非凡的信天翁，其鳴聲如驢叫一樣刺耳，信天翁屬於長翼科鳥類。全蹼科的代表是軍艦鳥和鸏鳥，軍艦鳥動作快捷，能迅速捕捉水面游魚，而鸏鳥又名草尾鳥，數量繁多，身上有紅色條斑，大小如鴿子，白色羽毛淡淡地染點粉紅色，鮮明地襯托出烏黑的翅膀。

鸚鵡螺號的拖網捕撈到不少海龜（蠵龜屬），牠們背部隆起，龜甲極其珍貴。這些爬行動物善於潛游，關上鼻腔外孔的肉閥，就可以在水下待很長時間。有些蠵龜被抓住時，還在甲殼裡蒙頭睡大覺呢，這樣可以免遭其他海洋生物的傷害。一般來說，海龜肉不怎麼好吃，不過海龜蛋卻是上等海味。

談到魚類，我們總是讚歎有加，每次透過窗戶觀看到各種魚類水下生活的祕密時，我們無不叫絕。有不少魚種還是前所未見的。

我想多談談紅海、印度海域和赤道美洲海域盛產的箱鲀。這種魚和海龜、犰狳、海膽和甲殼動物一樣，有鱗甲保護，但這種鱗甲既不是白堊質，也不是石質，而是真正的骨質護甲。鱗甲或呈三角形，或呈四邊形。披三角甲的箱鲀中，我尤其注意到其中幾種，身長半分米，肉質鮮美富有營養，棕尾，黃鰭，我甚至建議把牠們引進到淡水中養殖，因為不少海魚適宜在淡水中存活。我還要說說四邊甲箱鲀，背上鼓起四個大結包，身體下部有白色斑點，牠們可以像鳥類那樣進行馴養；還有頭上帶刺的三角箱鲀，頭刺是骨質硬殼的延伸，由於會發出呼嚕呼嚕的怪叫聲，所以有「海豬」的綽號。還有一種駝魚，長有錐形肉峰，肉質粗硬，很難咀嚼。

根據貢協議師傅的日記，我還可以列舉這些海域特有的鲀魚品種，如紅背白肚的斯賓格雷魚，三條絲帶紋特別鮮豔；還有電魚，身長七英寸，色彩鮮亮豔麗。還有些魚可作為另類魚的標本，比如沒有尾巴的卵魚，像黑褐色的雞蛋，但身上有白紋；還有渾身長滿尖刺的刺鲀，牠們是名副其實的海上刺蝟，體內吸水便鼓脹起來，形成毛刺林立的刺球；還有海馬，各大海洋都有；還有海蛾飛魚，魚唇很長，胸鰭寬闊似翅膀，雖然不會高飛，但至少可以騰躍出水面；還有抹刀鴿魚，尾巴布滿環狀鱗片；長吻海刺鰍，身長二十五釐米，味道鮮美，色彩靚麗悅目；青灰色美首魚，頭部凹凸不平；無數會蹦跳的鰯魚，身上有黑條紋，胸鰭很長，能在水面上迅速滑行；還有美味的旗月魚，背鰭和臀鰭高且長，狀似順風高揚的風帆；色彩斑斕的鉤魚，大自然的造化神功讓牠非常出色，擁有天藍色、銀白色和金黃色；毛翅魚，魚翅像絲絨般細膩；還有經常拖泥帶水的杜父魚，走動時會發出微弱的響聲；還有魴鮄，有人說牠肝腸歹毒；普提魚，眼睛竟帶著活動眼罩；最後是射水魚，竟能在水下捕獲水上飛蟲，靠的是嘴巴長有一杆可以噴水的長槍，這是夏斯波特[1]家族和雷明頓[2]家族始料不及的，只要噴射一注水就可把昆蟲擊落。

根據拉塞拜德分類法，魚類中的第八十九屬是硬骨魚第二亞綱，其特徵是有一片鰓蓋和一塊鰓膜，在這個屬裡我看到了鮋魚，頭上長尖刺，只有一個脊鰭，這些魚根據所屬的不同亞屬，有的身披細鱗，有的無鱗片。第二亞屬中有一種兩腳魚，身長三至四分米，飾有黃色條紋，魚頭很古怪。在第一亞屬中，有俗稱「海蟾蜍」的怪魚，大腦袋，凹凸坎坷，面目猙獰，渾身疙疙瘩瘩，布滿腫塊、角刺和老繭，針刺扎人很危險，形容可憎可怖。

一月二十一日至二十三日，鸚鵡螺號每天日夜兼程航行二百五十法哩，即五百四十海哩，平均每小時二十二海哩。

我們之所以能一路觀賞到五花八門的魚類，是因為這些魚群被船的電光所吸引，欣然前來陪伴我們同行，但牠們大多數跟不上船的速度，很快就被甩在後頭了，不過有些魚不辭辛苦，在相當長時間內仍然堅持在鸚鵡螺號四周的水域游動。

二十四日晨，南緯十二度五分，東經九十四度三十三分，我們看見了基林島，這是石珊瑚壘起來的島礁，一派綺麗的椰林風光，達爾文先生和菲茨—羅伊船長曾到該島考察。鸚鵡螺號沿著這個荒島抵近懸崖峭壁行駛。拖網打撈起不少珊瑚和棘皮動物，還有一些軟體動物門的新奇貝殼。尼莫船長的寶庫裡又增加了幾樣珍貴的燕子螺，我也為牠增添了一個斑點星珊瑚，這種珊瑚往往寄生在貝殼上。

不久，基林島就在海天線上消失了，我們取道西北方向，向印度半島南端開去！

「文明之地到了，」那一天，尼德．蘭對我說，「這總比巴布亞好得多，在巴布亞，碰見的野蠻人比麅子還多！教授先生，在印度這塊土地上，有馬路，也有鐵路；有英國、法國和印度的城市。走五海哩不可能見不到我們的同胞。嗯！是不是到了該對尼莫船長不辭而別的時候了？」

「不，尼德，不，」我答道，口氣很堅定，「正如你們水手常說的，順其自然吧。鸚鵡螺號正駛向人煙稠密的大陸。它正在返回歐洲，就讓它把我們送到歐洲去吧。一旦到達我們的海域，我們再見機行事不遲。況且，我認為，尼莫船長雖然允許我們上新幾內亞森林打獵，但未必同意我們去馬拉巴爾或科羅曼德爾沿岸打獵。」

「那好！先生，不經他允許自己走不成嗎？」

我避而不答。我不想爭論。其實，我心裡在想，既然命運把我拋到鸚鵡螺號船上，那我就應當抓住千載難逢的機遇，索性來個順水推舟，充分加以利用。

從基林島開始，我們的船速總的放慢了。航跡變化多端，不時把我們拉到大海深處。船員幾次使用斜板機，透過船內槓杆把斜面板調節到與吃水線斜切的姿態上。就這樣，一下子潛下兩三公里的深度，但印度洋海底深不可測，即使可以抵達一萬三千米的探測器也鞭長莫及。至於深海層的水溫，溫度計始終指向四度。但我注意到，在海水上層，海灘的水溫比外海低。

一月二十五日，汪洋大海渺渺茫茫，空空蕩蕩，鸚鵡螺號在海面上度過了一整天，高功率螺旋槳

1 夏斯波特（1833—1905），法國軍械師，曾為法軍發明過新式步槍。

2 雷明頓（1816—1889），美國工程師，曾發明新式步槍和打字機。

劈波斬浪，激起陣陣水花高高濺起。看到此情此景，人們怎麼不把它當作一條巨鯨看待呢？這天，我在平臺上足足待了四分之三的時間。我凝望著大海。天際並無孤帆片影，只在下午四點，有一艘長輪迎面朝西開來。有一陣子，我們可以看見輪船的桅杆，但它不可能看見緊貼著水面航行的鸚鵡螺號。我想，這條輪船是屬於半島東方航運公司的，它經常來往於錫蘭和雪梨之間，必經喬治王岬和墨爾本港。

下午五點，黃昏（在熱帶，日夜之交的黃昏極其短暫）來臨之前，貢協議和我看到一齣新奇的景象，令我們如醉如癡。

那是一種可愛的動物，照古人的說法，有幸遇見這種動物必有好運氣。亞里斯多德，阿泰內，普林尼，奧皮恩[3]等都曾研究過牠的嗜好，恨不得把希臘和義大利學者們的詩才全都用在這個寵物身上。他們稱牠為「鸚鵡螺」或「蛛蜂」。但現代科學沒有沿用這樣的稱號，這種軟體動物現在名叫船蛸。

不論是誰，只要請教過貢協議這個好小子，他就會告訴你，軟體動物門分為五個綱。第一綱就是頭足綱。頭足綱動物有的赤身裸體，有的則披著外殼或長著內殼。頭足綱動物根據鰓的數量分為兩個科，即二鰓科和四鰓科。二鰓科包括三個屬，即船蛸屬、槍烏賊屬和墨魚屬。四鰓科只有一個屬，即鸚鵡螺屬。如果聽完這個介紹，還有哪位木頭疙瘩再把帶吸盤的船蛸與長腕手的鸚鵡螺混為一談，那就不可原諒了。

好傢伙，眼前來的正是一群船蛸，牠們正在洋面上逍遙遠遊。我們估算了一下，不下好幾百條。牠們的腕足有根瘤狀腺膜，是印度洋的特產。

這些軟體動物形態優美，將海水吸入外套動力腔管後噴出，以此推動身體向後運動。牠們有八隻腕足，其中六隻細長，漂游在水面上，另外兩隻如掌狀，迎風張開，猶如輕快的風帆。我看得一清二楚，牠們身上有螺旋狀波紋外殼，怪不得居維葉把牠們比作「畫艇」。的確是一條小船。船是動物的分泌物建構而成的外殼，動物乘船但不貼身。

「船蛸本來可以自由離開貝殼，」我對貢協議說，「但牠從來就沒有離開過。」

「尼莫船長就是這個樣子，」貢協議說到重點了，「把他的船叫做『船蛸號』豈不更好。」

鸚鵡螺號在這群軟體動物中間差不多穿行了一個小時。後來，我不知道牠們受到什麼驚嚇。牠們似乎接到一個信號，風帆突然全部收藏起來；觸手全部收攏，全身蜷縮，貝殼也翻轉了過來，頓時改變了重心，浩浩蕩蕩的船隊一下子消失在水裡。這一切轉瞬之間便告完成，世界上還沒有一家艦隊可以做到如此步調一致。

此時，夜幕驟然降臨，風潮乍起，排排長浪勉力地輕拍著鸚鵡螺號的腰身。

第二天，一月二十六日，我們在東經八十二度跨越赤道，重新回到北半球。

那一天，一大群角鯊為我們保駕護航。這種動物窮兇極惡，由於在印度洋大量繁殖，使得這一帶海域險象環生。這裡有菲力浦角鯊，褐色的脊背，白色的肚皮，嘴裡有十一排牙齒武裝；還有眼球斑角鯊，脖子上有一個白圈包著的黑色大斑，活像一隻眼球；還有灰黃色角鯊，渾圓的嘴臉有灰斑。這些兇猛的動物經常撞擊大廳的玻璃窗口，來勢洶洶，讓人提心吊膽。尼德·蘭見了怒不可遏，恨不得帶魚叉到風口浪尖上去征服這些怪物，尤其是那些一再向他挑釁的星鯊和虎紋大角鯊，星鯊嘴裡的牙齒排列得像一幅鑲嵌瓷磚畫那樣整齊，而虎紋角鯊則長達五米。不過，鸚鵡螺號不久就加快了速度，

3 奧皮恩，西元三世紀希臘詩人。

輕而易舉地把那些游得最快的角鯊甩在後頭。

一月二十七日，在寬廣的孟加拉灣海口，我們好幾次遇見慘不忍睹的景象！水面上漂浮著許多屍體。那是恆河流域的印度各城市的死人，尚未被當地唯一的收屍者——禿鷲——所吞噬，就讓大水沖進了大海。不過，角鯊總會聞風而至，不失時機地來幫助禿鷲為死者完成喪葬後事。

晚上七點，鸚鵡螺號半沉半露地航行在奶海之中。眼前是一望無際的白茫茫的大海，海水彷彿都是牛奶沖出來的。是不是月光流水的現象？不是的，因為新月剛出現兩天，此時還未從夕陽餘輝關照下的海天線上升起。整個天空雖然夕照猶存，但與白花花的海面相比，就顯得黑糊糊的了。

貢協議不敢相信自己的眼睛，他請教我這種奇異現象生成的原因。幸好，我可以回答他的問題。

「這就是所謂的奶海，」我對他說，「一片廣闊的白浪世界，在安波那島附近海域和這一帶海域經常可以看到這種現象。」

「不過，」貢協議問，「先生能不能告訴我產生這種現象的原因是什麼？我想，這海水不會變成奶水吧！」

「當然不會，小夥子，這大片的白奶水讓你吃驚了吧，其實這只是無數的纖毛蟲在作怪，這種小蟲會發光，細如髮絲，像無色透明膠，厚度只有五分之一毫米。纖毛蟲互相粘連，連成浩浩蕩蕩的一大片，有好幾哩長呢。」

「好幾哩長！」貢協議感慨道。

「是的，好小子，你大可不必費那個心思去計算這些毛毛蟲的數量。諒你也算不出來，因為，如果我沒記錯，有的航海家曾在奶海中飄流了四十多海哩遠。」

我不知道貢協議是否聽從我的勸告，但他好像陷入了深思，也許正絞盡腦汁在計算四十平方海哩究竟包含多少個五分之一毫米吧。而我呢，我繼續觀察著這海上奇觀。只見鸚鵡螺號用它的衝角劈斬著白色波濤在充滿泡沫的奶海中悄悄地滑行了好幾個小時，猶如航行在海灣順流與逆流交會處泡沫橫生的海面上一樣。

在幾小時內，鸚鵡螺號的衝角衝開這白色水流，向前行駛，我看見它沒有聲響地在這肥皂泡沫的水面上溜過去，就像在海灣中、順流和逆流相沖時所形成的水沫上面行駛那樣。

午夜將至，大海忽然又恢復了它平常的本色，但在我們身後，直至海天邊際，長天映照著白色的波濤，彷彿久久地沉浸在朦朧的北極光之中。

第二章　尼莫船長的新建議

二月二十八日，鸚鵡螺號於中午浮出水面，位處北緯九度四分，只見西邊八海哩有一塊陸地。我首先看到的是連綿的群山，起伏的峰巒，海拔兩千英尺左右。我測定好方位，回到大廳裡來，在地圖上找到我測定的位置，發現我們正面對著錫蘭島，這顆掛在印度半島葉片下的明珠。

我來到圖書室查找有關錫蘭島的書籍，正好找到一本西爾．H．C先生寫的一部專著，書名叫《錫蘭和僧伽羅人》。我又回到大廳，首先記下錫蘭島的方位，發現古人為這個島取過不少名字。該島位於北緯五度十五分至九度四十九分，東經七十九度四十二分至八十二度四分；全長二百七十五英里，最寬處一百五十英里，周長九百英里；面積二萬四千四百四十八平方英里，也就是說，比愛爾蘭島稍小一些。

這時，尼莫船長和大副進來了。

尼莫船長瞟了一眼地圖，然後他轉過身來對著我說：

「錫蘭島採珠場聞名遐邇。您是否有雅興參觀一下當地的一個採珠場，阿羅納斯先生？」

「毫無疑問，船長。」

「好。小事一樁。只是，我們只能看到採珠場，看不見採珠人。一年一度的採珠季節尚未開始。沒關係。我馬上下令開往馬納爾灣，夜間到達。」

船長對大副說了幾句，大副當即出去了。鸚鵡螺號很快潛入水下，壓力計表明水深三十英尺。

地圖就在眼下，我馬上尋找馬納爾灣，發現它位處北緯九度，在錫蘭島西北方向。馬納爾是個小島，一條長線拉開形成一個海灣。要抵達馬納爾灣，必須沿著錫蘭島西海岸北上才行。

「教授先生，」尼莫船長接著對我說，「要採集珍珠，可以到孟加拉灣、印度洋、中國海、日本海、美洲南部海域、巴拿馬灣、加州灣等地，但只有錫蘭島海域採珠效果最佳。我們可能來早了點。採珠人一般趕在三月份雲集馬納爾灣，三十天內，三百條船擺開陣勢，爭相開發這個有利可圖的海洋寶庫。每條船有十人在水上作業，十人在水下採珠。採珠人分成兩組，輪流下水，潛海時雙腳夾著一塊大石頭沉下海底，可抵達十二米深水層，捆石頭的繩子另一頭拴在船上。」

「這麼說，這種原始方法至今還在使用？」我問道。

「一成不變，」尼莫船長回答我道，「儘管採珠場現在屬於全球最心靈手巧的民族，屬於英國人，早在一八〇二年亞眠條約[1]就把這個採珠場讓給了英國。」

「可是，我覺得，像您使用的潛水服，在採珠業可派上大用場。」

「沒錯，這些可憐的採珠人在水下待不了多長時間。英國人佩瑟瓦爾在他的錫蘭遊記中確實談到一個卡菲爾人[2]，說他能在水下待五分鐘而不必浮出水面換氣，我覺得這事不太可信。我知道，有些潛水人在水下可停留五十七秒之久，有些高手甚至可以堅持八十七秒鐘，但這畢竟十分稀罕，更何況，這些人回到船上後，鼻子和耳朵都血水淋漓。我看，採珠人在水中平均能忍受的時間是三十秒鐘，在這短暫的時間內，他們必須急急忙忙把抓到的珍珠海貝拚命往網兜裡裝。總的看，採珠人壽命不長，他們的視力衰退，眼睛潰瘍，身上傷痕累累，弄得不好還會在海底中風。」

「是的，」我說，「這是一個悲慘的職業，只是為了滿足某些人的窮奢極欲而已。請告訴我，船長，一條船一天能採多少珠貝？」

「大約四、五萬隻吧。有人甚至說，一八一四年，英國政府雇傭採珠人為政府採珠，二十個工作日之內竟採集了七千六百萬隻珍珠貝。」

「至少，這些採珠人得到足夠的報酬了吧？」

「勉強啊，教授先生。在巴拿馬，採珠人每星期的收入才一美元。大部分的情況是，採到一隻含珠的牡蠣才得到一個蘇[3]，可是採上來的牡蠣裡面有多少是不含珍珠的啊！」

「可憐的採珠人只得一個蘇，主子卻發了大財！真是可恨。」

「那就說定了，教授先生，」尼莫船長對我說，「您和您的同伴，你們將去參觀馬納爾灣海灘，

1 一八〇二年，法國及其盟國同英國在法國北部城市亞眠簽訂的和約。該條約規定，錫蘭仍然是英國的殖民地。
2 卡菲爾人，非洲東部沿海操班圖語的一個部族。
3 蘇，舊法郎的輔幣，一法郎等於二十個蘇。

要是趕巧碰到提前趕海的採珠人，那就好啦，可以順便看看他們如何作業。」

「說定了，船長。」

「想起來了，阿羅納斯先生，您不怕鯊魚吧？」

「鯊魚？」我叫了起來。

這個問題，我覺得簡直是明知故問。

「怎麼樣？」尼莫船長追問道。

「我承認，船長，我跟這種魚還不太熟悉。」

「但我們早已習以為常了，」尼莫船長解釋說，「時間長了，您也會習慣的。而且，我們有武器，可以邊走路邊打獵，說不定還能捕獲到角鯊呢。必是一場有趣的獵事。就這樣吧，明天見，教授先生，明天大清早見。」

尼莫船長說得倒輕巧，說完就離開了大廳。

如果有人邀請您去瑞士山區獵熊，也許您會說：「好極了！明天我們去獵熊。」如果人家邀請您去阿特拉斯平原去獵獅或到印度叢林去獵虎，您也許會說：「啊！啊！看來我們要去打老虎了，看來我們要去打獅子了！」但是，人家如果邀請您到鯊魚出沒的海域去捕獵鯊魚，您在接受邀請之前，總該考慮考慮吧。

但我呢，我擦了擦額頭，頭上竟冒了幾滴冷汗。

「考慮考慮吧，」我自言自語，「我們得三思而後行。到海底森林去捕捉海獺，就像在克利斯波島森林裡那樣，那還說得過去。但在海底跑來跑去，而且明明知道會遇到角鯊，那就是另外一回事了！我非常清楚，在某些地方，特別是在安達曼群島，黑人一手握著匕首，一手拿著套索，見了鯊魚會毫不猶豫地發動進攻；但我也知道，與這種兇猛動物搏鬥的勇士中，有多少能活著回來呀！再說了，我又不是黑人；即使我是黑人，我想，臨危而懼，有一點猶疑膽怯，恐怕也無可厚非吧。」

於是我開始設身處地想像鯊魚了，想到鯊魚的血盆大嘴，想到它那一排排嚴陣以待的牙齒，可以一下子把人攔腰咬斷。我頓時感到腰身隱隱疼痛起來。想著想著，我對尼莫船長的神態越發難以理解，他發出這種倒楣的邀請居然滿不在乎！這又不是去樹林抓一隻不傷人的狐狸！

「好！」我想，「貢協議絕不會想去，這樣一來，我自然可以不陪船長去了。」

至於尼德・蘭，老實說，對他能不能冷靜對待我感到心裡沒底。他生性爭強好鬥，這麼大的風險對他肯定有誘惑力。

我不由重新讀起西爾的書來，然而心不在焉，只是機械地翻閱著，字裡行間，彷彿是鯊魚張開的血盆大口。

此時，貢協議和加拿大人進來了，只見他們心平氣和，甚至喜笑顏開。他們還被蒙在鼓裡呢。

「我的天，先生，」尼德・蘭對我說，「您的那個尼莫船長，見他的鬼去吧！剛才提了一個可愛的建議。」

「啊！」我說，「你們知道……」

「請先生別見怪，」貢協議道，「鸚鵡螺號船長邀請我們明天陪同先生去參觀錫蘭美妙的採珠場。他言辭懇切，彬彬有禮，一派紳士風度。」

「難道他沒有對你們透露一點別的東西？」

「沒有呀，先生，」加拿大人答道，「他只說，他已經跟您談過這次閒逛的事。」

「的確說過，」我說，「難道他沒提到別的任何細節……」

「什麼也沒有，生物學家先生。您同我們一起去，是不是真的？」

「我……沒錯！我看您很有興趣嘛，蘭師傅。」

「是的！新奇，很新奇。」

「可能很危險！」我暗示道。

「危險？」尼德・蘭答道，「牡蠣海灘上隨便逛逛而已！」

可以肯定，尼莫船長認為沒有必要在我的同伴腦海裡喚醒鯊魚的概念。可是，我惶惶然瞅著他倆，彷彿他們已經少一支手臂缺一條腿了。我該不該暗示他們一下？是應該，毫無疑問，但我一時不知從何談起。

「先生，」貢協議對我說，「先生是不是願意給我們講點採珠的細節？」

「是採珠本身的事呢，還是採珠發生事故的事……」

「採珠本身的事好了，」加拿大人答道，「入現場最好先了解現場。」

「那好吧！坐下來，朋友們，我就來個現買現賣，把我自己剛剛從英國人西爾那兒學來的東西和盤轉讓給你們。」

尼德・蘭和貢協議便在沙發上坐下，加拿大人首先對我發問：

「先生，什麼是珍珠？」

「尼德，好樣的，」我答道，「對詩人來說，珍珠是大海的眼淚；對東方人來說，珍珠是凝固的露珠；對婦人來說，珍珠是橢圓形裝飾品，晶瑩剔透，光彩瑰麗，可以鑲在戒指、項鏈和耳墜上；對化學家來說，珍珠是磷酸鹽、碳酸鈣和少量明膠的混合物；最後，對生物學家來說，珍珠只不過是雙殼軟體動物介殼素分泌器官的病態分泌物罷了。」

「軟體動物門，」貢協議道，「無頭綱，介殼目。」

「正是如此，博學的貢協議。而且，在介殼動物中，有鳶尾鮑、蝶螺、硨磲、江海珧等，一句話，一切分泌介殼素的動物，分泌物有藍色的、淺藍色的、紫色或白色的，都有可能在雙殼動物內部套膜結締組織中醞釀生成珍珠。」

「貽貝也行嗎？」加拿大人問。

「可以！有些地方河流裡的貽貝照樣可以生成珍珠，如蘇格蘭、威爾斯地區、愛爾蘭、薩克森、波希米亞以及法國某些河流。」

「好！從此以後我該留心點。」加拿大人回答。

「但是，」我接著說，「培育珍珠的最佳軟體動物是珠牡蠣，有珠母尊稱。珍珠不過是珍珠質的球狀凝結物而已。它有的粘在珠母貝殼上，有的嵌入動物體內的縫隙裡。若長在貝殼上，珍珠是粘著的；若長在肉裡，珍珠則是活動的。但不管怎樣，牠總是有一個入侵體內的堅硬小物體作為核心，或是一個小石卵，或是一粒小沙子，動物體內分泌的珍珠質不斷把物體包圍起來，一層一層地沉澱積累，經過好幾年修煉才逐漸得以成熟。」

「在同一隻牡蠣裡可以找到幾顆珍珠嗎？」貢協議問。

「是的，我的好小子。有些珠母簡直堪稱名副其實的珠寶盒。甚至有人說，一隻牡蠣裡竟有一百五十多條鯊魚，反正我不太相信。」

「一百五十條鯊魚！」尼德・蘭叫了起來。

「我剛才說鯊魚了嗎？」我連忙搪塞道。「我是說一百五十顆珍珠。說鯊魚恐怕風馬牛不相及吧。」

「真是的，」貢協議說，「不過，先生能不能告訴我們怎樣才能取出珍珠來？」

「可以用好幾種方法，假如珠子粘在貝殼上，採珠人常常只要用鑷子夾出來就可以了。但最普遍的辦法是，在海岸上鋪開草席，然後把珠貝攤在席上，珠母在露天中自然死亡，十天後珠母肉幾乎腐爛了。然後把腐爛的珠母倒進海灘水池裡，淘洗篩選乾淨。這時就開始兩道清理工序。先是按照商業珍珠品質進行分類：銀白，雜白，雜黑，分別裝箱交貨，每箱一百二十五至一百五十公斤。然後，摘出珠母貝的海綿狀珍珠囊組織，煮一煮，篩一篩，大小珍珠一個個篩選出來，連最小的也丟不了。」

「珍珠的價格是根據大小來定的嗎？」貢協議問。

「不僅根據大小，」我答道，「還要看形狀、看水色，所謂水色就是顏色；還要看光澤，就是閃爍生輝，光彩奪目。最漂亮的珍珠稱為貞珠或雲珠，它們在軟體動物組織內獨自形成，白色，一般不透明，但往往有乳白色的晶瑩剔透，最常見的形狀是圓球形或香梨狀。球形珠可以用來做手鐲，梨狀珠一般用作耳墜；因為極其名貴，所以論顆粒買賣。其他珍珠品種，如粘在貝殼上的，形狀不規則的，則按重量出售。最後，那些小顆粒珍珠，被列為下等品，用升斗等量器出售，主要用來點綴教堂的裝飾繡品上。」

「論顆粒大小篩選珍珠的工作一定很費工夫，而且很麻煩。」加拿大人說。

「不，我的朋友。人家用十一種篩子來完成這道工序，每種篩子的孔洞大小和數量是不一樣的。留在二十至二十四孔篩上的珍珠為一等珠。留在一百至八百孔篩子上的為二等珠。使用九百至一千孔篩子得到的是小珍珠。」

「辦法很巧妙，」貢協議說，「我看，珍珠的分級歸類操作機械化了嘛。先生能不能告訴我們，經營珠母採集場能帶來多少效益？」

「照西爾書裡說的，」我回答說，「錫蘭採珠場一年的包租稅是三百萬角鯊。」

「法郎！」貢協議糾正道。

「是的，法郎！三百萬法郎，」我接著說，「但是，我認為，現在採珠場的效益今不如昔。美洲的採珠場情況也是如此，在查理五世統治時期，年收益為四百萬法郎，現在只有過去的三分之二。籠統算一下，估計珍珠開發總收入為九百萬法郎。」

「不過，」貢協議又問，「能不能列舉幾顆價值高昂的罕世名珠？」

「好吧，小夥子。傳說凱撒大帝送給他的情婦塞爾維利亞一顆珍珠價值十二萬法郎。」

「我甚至聽說，」加拿大人道，「古代有一位貴婦人用珍珠泡醋喝。」

「埃及豔后克麗奧特拉。」貢協議搶答。

「這樣很糟糕。」尼德・蘭補充說。

「很可惡，尼德朋友，」貢協議說，「不過，一小杯醋值一百五十萬法郎，價值連城。」

「很可惜，我未能娶這位貴婦人為妻，」加拿大人說著，甩了甩手臂，神色令人不安。

「尼德・蘭要當埃及豔后的丈夫！」貢協議大喊大叫起來。

「不過我早就應該結婚的，貢協議。」加拿大人一本正經地說，「婚沒有結成，那不是我的錯。我甚至買好一條珍珠項鏈送給我的未婚妻凱特・坦德，但她後來嫁給另一個男人。好嘍，這條項鏈雖然只花了我一點五美金，但請教授先生相信我，項鏈的珍珠很大，也許不會從二十孔篩子裡被淘汰出去。」

「我的好尼德，」我笑著答道，「那是人造珠，是普通的玻璃球塗上閃光的物質。」

「唉！原來是閃光的物質。」加拿大人說，「那也不便宜吧。」

「一文不值！不過是歐鮑魚鱗上的銀白物質，從水裡採集到的，保存在氨水裡，毫無價值。」

「說不定正是因為這樣凱特‧坦德嫁給了別人。」蘭師傅說道，他是一點就通。

「算了，」我說，「還是回到價值連城的珍珠上來吧，依我看，各國君主擁有的珍珠再名貴，也難以同尼莫船長的珍珠相媲美。」

「就是這一顆。」貢協議說，並用手指著玻璃櫥窗裡的那件首飾珠寶。

「就是它，我想我不會估錯，價值高達兩百萬……」

「法郎！」貢協議生怕我說錯。

「對，」我說，「兩百萬法郎，毫無疑問，船長得來全不費工夫，只是順手揀起來。」

「啊！」尼德‧蘭叫了起來，「誰敢說，明天海底漫步時，我們不會遇到同樣的奇蹟！」

「得了吧。」貢協議譏諷道。

「誰說不可能？」

「人在鸚鵡螺號上，縱有百萬珠寶又有何用？」

「船上，不，」尼德‧蘭說，「但……如果在別的地方。」

「噢！別的地方！」貢協議搖頭說。

「其實，」我說，「蘭師傅說的沒錯。假如我們能帶一顆價值幾百萬的珍珠回歐洲或美洲，起碼可以為我們的歷險提供一個強有力的證據，同時也會提高我們海上傳奇的價值。」

「這個我相信。」加拿大人說。

「可是，」貢協議說，他總是喜歡探討有益的問題，「採集珍珠危險嗎？」

「不，」我連忙回答，「只要我們事先準備必要的防範措施。」

「幹這行有危險嗎？」尼德・蘭說，「喝幾口海水罷了！」

「誠如您所說，尼德。想起來了，」我力圖像尼莫船長那麼從容不迫地說，「您怕鯊魚嗎，大好漢尼德？」

「我，」加拿大人回答，「一個職業魚叉手！幹這行當然不在話下！」

「我不是說用旋鉤把鯊魚釣上甲板上來，用斧頭剁掉鯊魚尾巴，然後開膛剖肚，把鯊魚心肝掏出來扔到海裡！」

「那你的意思是……？」

「是的，就是。」

「在水裡。」

「天哪，那得有一把好魚叉！您知道，先生，鯊魚這些畜生，先天不足，咬人得先轉身，仰著肚子轉，就在這時刻……」

尼德・蘭說著做了個「咬」的動作，讓人脊背涼颼颼的。

「那好，你呢，貢協議，你對鯊魚怎麼想？」

「我嘛，」貢協議說，「對先生我會實話實說。」

「那就太好啦。」我想。

「如果先生遇到鯊魚，」貢協議道，「我看他的忠實僕人不會袖手旁觀的！」

第三章　價值千萬的寶珠

晝去夜來。我上床睡覺。我睡得相當糟糕。角鯊成了我睡夢裡的一個重要角色。詞源學說鯊魚「requin」來源於安魂曲「requiem」，我覺得很有道理，又覺得很荒唐。

第二天凌晨四點，我被尼莫船長特地派來的服務員叫醒。我連忙起床，穿好衣服，趕緊來到大廳裡。

尼莫船長正在那裡等我。

「阿羅納斯先生，」他對我說，「您做好出發的準備了嗎？」

「準備好了。」

「請跟我來。」

「我的同伴呢，船長？」

「他們知道了，正等我們呢。」

「我們不穿潛水服嗎？」我問。

「還不到時候。我沒有讓鸚鵡螺號過於靠近海岸，我們離馬納爾海灘有相當距離，但我已讓人準備好小艇，它會將我們送到抵達的準確地點，以免要走很長的路程。艇上有潛水設備，我們穿上裝備就可以開始海底探險活動。」

尼莫船長帶著我走向中央扶梯，拾階而上來到平臺。尼德和貢協議已捷足先登，他們春風滿面，早就為「海底一遊」而躍躍欲試。鸚鵡螺號的五名水手手握船槳在小艇裡等著我們，小艇現在還繫在大船上。

夜色依然昏暗。天空布滿雲朵，只能看見虛疏的幾顆星星。我放眼對岸的大陸，只見一條模糊的海岸線，擋住了西南和西北方向四分之三的海天線。鸚鵡螺號夜間沿著錫蘭島西海岸北上，現正停留在馬納爾灣西面，或更確切地說，是在陸地和馬納爾島形成的海灣的西邊。就在那裡，在陰沉的水下，橫躺著大片珠母灘，那是一塊取之不盡的珠寶福田，全長超過二十海哩。

尼莫船長、貢協議、尼德・蘭和我，我們在小艇後面坐下。艇長負責掌舵，他的四位夥伴負責划槳。纜繩解開，我們便離船出發。

小艇向南劃去。水手們不慌不忙地划著。我觀察到，他們的動作很有力，槳葉吃水很深，十秒鐘划一下，這是海軍的常規節奏。小艇和著節拍滑行，水花飛濺，像熔化的鉛液，落在渾黑的波谷，發出劈哩啪啦的響聲。海面上迎頭湧來一股小浪，小艇輕輕地搖晃了幾下，船頭衝破了幾座浪峰。

我們不聲不響。尼莫船長在想什麼？他也許正在考慮前面不斷靠近的土地，覺得是不是太接近了；加拿大人想得可能正相反，覺得陸地還太過遙遠。至於貢協議，他只是津津有味地在那兒看熱鬧。

五點三十分，曙光初照，海岸線上方的輪廓愈來愈清晰地顯露出來。只見海岸東面地勢相當平坦，向南則時有起伏。我們離海岸還有五海哩，海面霧氣升騰，海岸又模糊不清了。我們與海岸中間只剩下荒涼一片。沒有一條船，沒有一個趕海的人。採珠人盛會的場地竟然冷冷清清，悄無聲息。其實，尼莫船長已經有言在先，我們來得太早了，提早一個月來到這片海域上。

六點，天色忽然大亮起來，這是熱帶地區特有的晝夜匆忙交替現象，既不見晨曦姍姍來遲，也看不到夕照依依不捨。但見一輪紅日光芒四射，穿透東方海天線上的團團積雲，噴薄而出，冉冉升起。

我清晰地看到了陸地，岸上綠樹零星可見。

小艇向南岸渾圓的馬納爾島划去。尼莫船長從座位上起立並觀察了一下海面。在船長的示意下，小艇立即拋錨，錨鏈下滑不長，因為海底只有一公尺深，這裡是珠母灘的最高點之一。小艇借助退潮的推力立刻掉轉方向。

「我們到了，阿羅納斯先生，」尼莫船長說，「您看看這狹窄的海灣。再過一個月，就在這裡，將雲集各路經營者的採珠船，也就在這片海域，各路潛水好漢將大膽展開搜索。這片海灣是採珠業的福地。這裡可以躲開暴風的襲擊，沒有大風就不會有大浪，對潛水夫作業十分有利。我們現在馬上穿上潛水服，我們即將開始水下漫遊。」

我看著這疑團叵測的海浪，一時無言以對，在小艇水手們的說明下，我穿上笨重的潛水服。尼莫船長和我的兩個同伴也正在穿戴之中。可是這一次，沒有任何鸚鵡螺號的水手陪同我們遊覽觀光。

不一會兒，我們從腳到脖子被橡膠服包裹得嚴嚴實實，背上也捆綁好呼吸器。倫可夫探照燈卻不在裝備之列。在我的腦袋套上銅盔之前，我便向船長提出燈的問題。

「這些燈具對我們沒有用處，」船長回答道，「我們潛水並不深，陽光足以為我們沿途照明。再說了，把電光帶進這個水域恐怕會招致不必要的麻煩。燈光會意外驚動潛伏在這一帶的某些危險水族生物。」

尼莫船長說這話時，我不由回頭看看貢協議和尼德·蘭。但是這兩位朋友已經套上了金屬頭盔，既聽不到別人說話，也無法答話。

我還有最後一個問題向船長請教。

「那我們的武器呢，就是槍啊？」我問。

「槍！做什麼用？你們山裡人不是用匕首打熊嘛，難道鋼不比鉛更可靠？這是一把硬刀子。別在您的腰帶上，出發吧。」

我看看我的夥伴們。只見他們和我們一樣別著鋼刀，而且，尼德・蘭還揮動著一把大魚叉，在離開鸚鵡螺號之前，他就把魚叉帶到小艇上了。

然後，我依船長的做法，讓人套上了沉重的銅頭盔，呼吸器也就立即開始供氣。

不一會兒工夫，水手們就把我們一行一個個送出了小艇，進入一點五公尺深的海，我們的腳踩到了沙灘。尼莫船長向我們打了個手勢。我們立刻跟上他，走下一道平緩的沙坡，便潛入到水下。

進入海底世界，縈繞腦海的忡忡憂心通通被拋到九霄雲外。我出奇地恢復了鎮靜。由於行動自如，我增強了信心，眼前的奇觀異景征服了我的想像力。

太陽早已為水下作業備好足夠的光明。水下景象不論粗細都可以看得清清楚楚。走了十分鐘後，我們來到五公尺深的海底，地面相當平坦。

我們腳步所到之處，立刻驚動一群奇異的單鰭屬魚類像沼澤沙錐那樣活蹦亂跳，這類魚只有一個鰭，那就是尾鰭。我發現還有爪窪鰻，酷似長蛇，身長八分米，青灰色肚皮，很容易與身無金線的康吉鰻相混淆。松魚身體扁平呈橢圓形，背鰭如鐮刀，有的像彩蝶般色彩絢麗，曬乾醃製成松魚乾，可烹調名菜「卡拉瓦德」；還有一種特蘭克巴爾魚，非裸脊魚屬，身披橫向八角鱗甲。

不過，太陽愈升愈高，海水也被照得越發明亮。地面也逐漸出現了變化，細沙地之後是地道的卵石地，上面覆蓋著密密麻麻的軟體動物和植形動物。在這兩門動物群中，我發現了胎盤貝，兩瓣薄薄的外殼大小不一致，這是紅海和印度洋特產的一種牡蠣；還有滿月蛤，橘黃色，貝殼呈環狀；還有鑽頭螺；還有波斯紫紅貝，為鸚鵡螺號提供亮麗的染料；還有角岩貝，長十五釐米，直立水中，很像隨時準備抓您的手掌；渾身長刺的角螺；張口舌貝；小鴨嘴蛤，印度斯坦市場上常見的食用貝；發微光的銀環水母；最後，漂亮無比的枇杷石貝，像風流雅致的扇子，這一帶海域最豐富的枝狀動物。

在活生生的海草叢中，在水生植被的庇蔭之下，成群結隊的節肢動物來往穿梭，橫行霸道，尤其是旭蟹值得一提，甲殼帶齒，呈鈍三角形；還有這帶海域的特產椰子蟹，面目猙獰的菱蟹，看起來奇醜無比。還有一種比菱蟹更難看的，我遇見好幾次了，那就是達爾文先生觀察過的大蟹，大自然賦予牠吃椰子的本性和力量，牠可以爬上岸邊的椰子樹，把椰子打下來，椰子落地開裂，大蟹竟然會用強有力的蟹鉗把椰子剝開取食。這裡，海水清澈透亮，只見大蟹行動快捷，而作為馬拉巴爾沿岸常客的海龜，則在活動的卵石間爬行，步履蹣跚，格外慢條斯理。

七點，我們終於抵達珠母灘，只見成千上萬的珠牡蠣在這裡繁衍生息。這些珍貴的軟體動物附著在岩石上，褐色的足絲穩穩地佔據著地盤，絲毫不肯鬆動。從這點看，牡蠣不如貽貝，因為大自然並沒有剝奪貽貝行動的自由。

珠母貝的兩片貝殼頗為對稱，渾圓肥厚，表面卻十分粗糙。有些貝殼呈葉狀，有暗綠色帶紋從頂部向下輻射，這是些幼牡蠣。另外一些表面粗硬，黑乎乎的，年齡在十歲以上，寬度達十五釐米。

尼莫船長用手指著一大堆珠母讓我看，我明白這裡面有取之不盡的寶藏，因為大自然的創造力可以戰勝人的破壞本能。尼德·蘭破壞本性難移，正迫不及待地把美不勝收的軟體動物裝進隨身攜帶的網兜裡。

但我們不能停下腳步。必須緊跟著尼莫船長向前走，看來他是舊地重遊，只走他熟悉的小路。地勢明顯升高，有時我伸直手臂，手臂竟然露出水面。後來海灘又往下傾斜。我們不時遇見又高又峭的方尖岩石，不得不繞道而行。在陰暗的岩石洞穴內外，不時可見巨大的甲殼動物趾高氣揚，好像架起槍炮，正虎視眈眈地瞄準我們，在我們的腳下，則爬行著海櫻螅、吻沙蠶和環節動物，這些動物的觸角、觸手和觸鬚到處伸張。

此時，在我們前面豁然張開一個大石洞，周圍怪石嶙峋，岩石上長滿高大直立的海洋植物。開始，我只覺得岩洞黑咕隆咚。陽光在深洞裡逐漸黯淡無光。海浪忽明忽暗，其實只不過是陽光被海水淹沒產生的光照效果罷了。

尼莫船長率先進洞。我們緊隨其後。我的眼睛很快適應了洞內的昏暗。我看出來了，那分明是奇形怪狀的拱頂沉積物，只見拱頂有天然柱石支撐，柱石底部粗大，坐在花崗岩基石上，很像沉重的托斯卡尼[1]石柱。我們的嚮導真是莫名其妙，為什麼要把我們帶到這個水下教堂來呢？不過我很快就會真相大白。

走過一段陡坡之後，我們雙腳好像踩在一口圓井的底面。尼莫船長到此立刻止步，用手指著一個物體讓我們看，這東西我還真沒見識過。

這是一隻大得出奇的牡蠣，一個碩大無朋的硨磲，簡直可以盛下一湖聖水，這個聖水池有兩米多寬，可見比裝飾鸚鵡螺號大廳的那個大硨磲還要大。

我走近這個非同尋常的軟體動物，只見牠把足絲固定在一塊花崗岩石桌上，獨霸一方，逍遙自得地在水中洞府中成長。我估計這隻硨磲重量足有三百公斤。好傢伙，光肉就有十五公斤，只有巨人高康大[2]能一口吞牠幾十隻。

尼莫船長顯然知道這隻雙殼軟體動物的存在。他並非第一次來這裡問津，我原以為，他帶我們來

1 托斯卡尼，在義大利中西部，位於羅馬和威尼斯之間，是歐洲文藝復興運動的發祥地，古羅馬建築遺跡隨處可見。
2 高康大，法國作家拉伯雷的長篇小說《巨人傳》中的主人公，食量驚人。

這裡，只是讓我們看看自然奇觀而已。我誤會了。尼莫船長原來是專程來看望這隻硨磲的現狀的。

只見硨磲的雙殼微微張開。船長立即上去，將匕首伸進去把兩片貝殼支撐起來，以防雙殼合上；然後，他用手揭開貝殼邊緣的流蘇狀薄膜，即軟體動物體內的外套膜。

就在外套膜裡，在葉狀皺褶之間，我看到一顆活動的珍珠，大小與椰子果核無異。珍珠渾圓如球，晶瑩剔透，光澤靚麗，堪稱無價之寶。我出於好奇，不由伸手就想去抓一抓，掂一掂，摸一摸！但船長阻止了我，示意我不要輕舉妄動，只見他迅速抽出匕首，讓硨磲雙殼迅速合上。

直到此時，我對尼莫船長的良苦用心才恍然大悟。他把珍珠掩藏在硨磲的外套膜裡，讓它神不知鬼不覺地慢慢長大。年復一年，軟體動物便會不斷在珍珠外表添加一層又一層的珍珠質分泌液。這個洞府只有船長一人知情，大自然的神奇果實就在這裡「成熟」，也可以說，這顆明珠是他一人獨自培育的，總有一天，他會把這顆寶珠珍藏在他那雅致的博物館裡。也許，他早就下定決心，要學習中國人和印度人的方法來養殖珍珠，只要在軟體動物的肉囊皺褶裡放進一小塊玻璃或金屬，久而久之，外來物上就會覆蓋一層又一層珍珠質薄膜。不管怎麼說，如果把這顆珍珠與我領略過的珍珠相比，與尼莫船長收藏的那顆閃閃發光的珍珠相比，我估計這顆寶珠價值不下千萬法郎。這是天然造化的罕世奇珍，而不是富貴榮華的首飾，我不知道有哪位貴婦的耳朵承受得起如此碩大的明珠。

對碩大硨磲的專訪結束了。尼莫船長離開了洞府，我們重新爬上了珠母灘，回到尚未被採珠人攪渾的清澈海水層中來。

我們各自行動，猶如散客東遊西逛，欲停則停，欲離則離，隨心所欲。此時我已忘乎所以，對昨夜攪得我寢食難安的危險早已漠不關心了，甚至覺得有點庸人自擾，想來多麼滑稽可笑。淺灘顯然逐漸接近海面，不多時，水深只有一米，我的頭已露出了洋面。貢協議跟上了我，他把粗笨的頭盔在我

我走靠近這顆無比碩大的貝類。

的頭盔上貼了貼，對我擠眉弄眼表示問候。但這塊突起的高地只有幾公尺長，我們很快又回到我們自己的活動場所了。我想，我現在有資格把水下說成自己的生活環境了。

又過了十分鐘，尼莫船長突然止步不前。我以為他是稍事休息以便往回趕路。不。只見他打了個手勢，命令我們緊挨著他蹲在一個大海坑裡。他用手指著前面水流中的一個黑點，我仔細地觀看著。離我五公尺遠的地方，有一個黑影在活動，只見黑影直潛海底。鯊魚的可怕念頭頓時掠過我的腦海。但我虛驚一場，這一次，依然與海洋猛獸風馬牛不相及。

原來那是一個人，一個活人，一個印度人，一個黑人，一個採珠人，無疑也是一個可憐的窮鬼，看來他是趕在採珠季節之前來個先下手為強。我看到了他的採珠船的船底，小船就停泊在他頭上幾英尺的水面上。他一會兒潛入海底，一會兒又升上海面，如此來回折騰。只見一塊狀似圓錐糖塊的石頭捆綁在他腳上，繩子的另一頭拴在船上，這樣可以加快沉入海底的速度。這便是他幹活的全部工具。他一頭潛入五米左右的海底，便急忙跪下，隨手揀起幾把珠母貝，匆匆忙忙往袋子裡裝。然後，浮出水面，倒空袋子，拉起石塊，再次下潛，潛水時間不超過三十秒鐘。

潛水採珠人看不見我們。岩石的陰影遮擋住他的視線。而且，這個可憐的印度人無論如何不會想到，竟有一些同他差不多的可憐人，正潛伏在水下，嚴密窺視著他的一舉一動，對他的採珠作業每個細節都不肯放過！

採珠人時而入潛，時而上浮，就這樣來來回回了好幾次。每潛水一次，他也只能採到十幾隻珠母，因為珠母的足絲牢牢地粘在海底石灘上，要把它們拔起來並非易事。何況，他冒死採集的牡蠣中，又有多少是不含珍珠的呀！

我深切地關注著採珠人的活動。他的作業很有規律，半小時之內，沒有任何危險威脅他的安全。

一回生，二回熟，我對採珠的有趣場面居然感同身受了，就在此時，我看到跪在海底的印度人突然驚恐萬狀，驟然一躍而起，拚命往海面上游。

我明白他恐懼的原因了。原來，在悲慘的採珠人頭上出現一大片陰影。分明是一條巨鯊，只見牠氣勢洶洶斜衝將過來，目光冒著火花，嘴巴張得老大！

我嚇得目瞪口呆，木然不動。

嗜血成性的海獸猛然甩動尾鰭，氣勢洶洶地向印度人撲將過來，印度人急忙往旁邊一閃，躲過了鯊魚的血盆大口，卻未能避開鯊魚的尾巴，只見魚尾當胸一掃，立即把他打倒在地。

這一幕只持續了幾秒鐘。鯊魚回過頭來，仰身後滾翻，恨不得把印度人咬成兩段，此時，我感到蹲在我身邊的尼莫船長突然躍身而起。只見他手持匕首，徑直朝海怪走去，準備同牠展開肉搏戰。

正當鯊魚要咬不幸的採珠人，卻發現冒出了一個新對手，便收腹前滾翻，朝船長猛衝過來。

尼莫船長的英姿至今猶在眼前。只見他躬著身，以無比的沉著準備迎戰巨鯊，角鯊果然迫不及待向他撲了過來，尼莫船長身手非凡，敏捷地側身一閃，躲開了鯊魚的進攻，乘機用匕首直捅鯊魚腹部。但勝負還很難說。一場惡戰卻開始了。

只聽鯊魚大吼一聲。只見鮮血從傷口噴湧而出。海水被血染得通紅，眼前渾濁一片，我什麼也看不見了。

還是什麼也看不見，直到海水閃過一道亮光，此時我才發現，英勇無畏的船長抓住了鯊魚的一片大鰭，正同怪物展開肉搏，用匕首在鯊魚肚皮上一連扎了好幾刀，但都沒有擊中要害，也就是說，沒有刺中鯊魚的心臟。角鯊惱羞成怒，拚命進行掙扎，瘋狂地攪動海水，掀起的漩渦差點把我捲翻過去。

我真想跑過去助船長一臂之力。但是，恐懼把我全身死死地釘在原地，怎麼也動彈不得。我愣著眼傻看。眼看搏鬥形勢急轉直下。龐然大物把船長撲倒在地，並妄圖施以重壓。接著，鯊魚張開血盆大口，直像工廠裡的裁切機。說時遲，那時快，在這千鈞一髮之際，尼德．蘭手持魚叉衝向鯊魚，給以致命的一刺，如果稍晚一步，船長就沒命了。

大團的血水在海裡翻滾成波濤。角鯊暴怒如雷，攪得血浪洶湧，尼德．蘭不失時機擊中目標。怪物發出聲嘶力竭的殘喘聲。牠被刺中了心臟，正在進行垂死掙扎，反衝的水浪把貢協議掀倒在地。

此時，尼德．蘭把船長拉了起來。船長沒有受傷，馬上站立起來，連忙奔向印度人，果斷地割斷捆綁在腿上的繩子，雙手把他抱了起來，腳跟使勁一蹬，很快游向水面。

我們三人緊跟在船長後面，只消片刻，我們大家奇蹟般得救了，來到了採珠人的船上。尼莫船長最關心的就是搶救這位不幸的採珠人。我不知道他有沒有起死回生的本事。但願他能成功，因為這個可憐鬼在水下淹的時間不算長。但是，鯊魚尾巴的沉重打擊很可能置他於死地。

謝天謝地，我看到，在貢協議和船長的使勁推拿按摩下，溺水者慢慢地恢復了知覺。他終於睜開了眼睛。可想而知，當他看到四個大頭銅盔俯身盯著他看，他該有多麼驚訝，甚至多麼害怕！

特別是，當尼莫船長從衣兜裡取出一小袋珍珠塞到他手裡時，他該作何感想？可憐的錫蘭島印度人接過水族人的慷慨施捨，手都在顫抖。他的眼睛誠惶誠恐，不知道是何方神聖既拯救他的生命又贈送他財寶。

船長打了個手勢，我們立刻返回珠母灘，並沿著原路往回走，經過半小時的跋涉，找到了鸚鵡螺號停泊海灘的鐵錨。

一上了小艇，我們各自在水手的幫助下卸下沉重的銅頭盔。

尼莫船長開口第一句話就是感謝加拿大人：

「謝謝，蘭師傅。」

「善有善報，船長。」尼德・蘭答道，「我理當回報。」

船長的嘴角露出蒼白的一笑，一切都在不言中。

「回鸚鵡螺號。」船長道。

小艇破浪飛馳。幾分鐘後，我們看到了漂浮在水面上的鯊魚屍體。

看到鰭頂端有黑斑，我便斷定這條鯊魚是印度洋可怕的黑鰭鯊，是確確實實的鯊魚本家。這條黑鰭鯊體長超過二十五英尺，大嘴佔據身體分量的三分之一。這是一條成年鯊，上顎可見六排牙齒，呈等腰三角形。

貢協議看著鯊魚，科學意趣盎然，我敢確定他在為牠歸類，列入軟骨魚綱，固定鰓軟鰭目，橫口科，角鯊屬，我看不無道理。

正當我目不轉睛地關注這個僵死的龐然大物時，小艇的周圍突然冒出十多條貪得無厭的黑鰭鯊，幸好牠們對我們不感興趣，只是紛紛撲向大鯊的屍體，你爭我奪，恨不能多搶到幾片鮮肉。

八點三十分，我們回到鸚鵡螺號船上。

在船上，我不由回顧起馬納爾海灘參觀遇險的事故。兩點看法油然而生。一是尼莫船長無比的英勇，二是他捨身救人的精神，獲救的只是人類中的普通一員，而船長卻是為躲避人類才逃潛到海裡的。不管他嘴裡怎麼說，這個怪人尚未完全喪失人性和良心。

我把自己的想法告訴了尼莫船長，只聽他不無激動地回答我說：

「這個印度人是被壓迫國家的居民，教授先生，我只要一息尚存，就依然站在被壓迫國家一邊！」

第四章　紅海

一月二十九日，錫蘭島在海天線上消失，鸚鵡螺號以二十海哩的時速穿行在馬爾地夫群島與拉克沙群島之間的航道上，航道撲朔迷離，宛若迷宮。它居然繞基丹島航行，這個島是珊瑚島，瓦斯科・達・伽馬[1]於一四九九年發現，拉克沙群島十九個主要島嶼之一，地處北緯十度至十四度三十分，東經六十九度至五十度七十二分之間。

我們從日本海出發至今，已經航行了一萬六千二百二十海哩，即七千五百法哩。

第二天，一月三十日，鸚鵡螺號浮出洋面，已看不到任何陸地了。取道西北偏北方向，朝阿曼海開去，阿曼灣夾在阿拉伯半島和印度半島之間，是波斯灣的出海口。

這顯然是一條死巷，不可能有通道。尼莫船長到底要把我們帶到哪裡去？我也說不上來。加拿大人對此頗感不快，那天他來問我，我們往哪裡走。

「船長滿腦子奇思妙想，尼德師傅，他帶我們去哪裡我們就去那裡吧。」

「這次奇思妙想不會把我們帶多遠去，」加拿大人回答道，「波斯灣沒有別的出口，如果我們往裡進，到頭來我們還得急忙往回走。」

「太好了！我們就有去有回，蘭師傅，過了波斯灣，假如鸚鵡螺號想問津紅海，那麼曼德海峽恭候光臨，隨時準備為它提供通道。」

「不用我說您也知道，先生，」尼德．蘭答道，「紅海並不比波斯灣開放到哪裡去，因為蘇伊士運河還沒有鑿通，即使開通了，像我們這樣神祕的船隻也不會貿然在船閘林立的運河上去闖關。因此，紅海仍然不是我們回歐洲要走的路。」

「正因為如此，我並沒有說我們將回歐洲。」

「那您的意思是？」

「我猜想，訪問阿拉伯和埃及奇異的海域後，鸚鵡螺號將折回印度洋，可能穿越莫三比克海峽，可能繞道馬思克林群島海域，然後抵達好望角。」

「一旦到了好望角又怎麼樣？」加拿大人問，特別加重了語氣。

「那就好，我們將進入大西洋，我們對這片大洋還陌生著呢。啊呀！尼德朋友，這麼說，這次海下旅行讓您感到厭倦了吧？這麼說，層出不窮的海底奇觀您也玩膩味了吧？可我呢，如果就此草草終止這種旅行，我會後悔一輩子，能得到這樣好的機會進行海底旅行的人畢竟寥寥無幾呀。」

「可您知道嗎？阿羅納斯先生，」加拿大人回答道，「我們被囚禁在鸚鵡螺號船上馬上就三個月了。」

「不，尼德，我不知道，我也不想知道，所以我既不計算日子，也不過問時刻。」

「但結局呢？」

1 瓦斯科．達．伽馬（1469—1524），葡萄牙航海家，曾任葡萄牙駐印度總督。

「時間到了就有結局。再說，我們對此毫無辦法，我們爭來爭去毫無用處。我的好尼德，要是您來告訴我：『逃跑的機會到啦！』那我會同您商討對策。但現在情況不是這樣，我直說了吧，我不認為尼莫船長會下決心到歐洲海域去冒險。」

藉由短短的對話，大家可以看到，我已經成了鸚鵡螺號迷了，潛移默化，儼然是尼莫船長的化身。

尼德・蘭也無可奈何，只好嘀嘀咕咕地結束談話：「話倒說得頭頭是道，可是依我看，哪裡有束縛，哪裡就沒有歡樂。」

又過了四天，到了二月三日，鸚鵡螺號造訪阿曼海，速度或快或慢，潛水或深或淺地遊蕩著。它好像徘徊歧路，東遊西逛，不知走哪條路好，但它從未跨越北回歸線一步。

離開阿曼海的時候，我們與馬斯喀特城打了個照面，這是阿曼國最重要的城市。我很欣賞這個城市奇特的景觀，四周有黑色巉岩簇擁，白色的宅院和城堡在黑岩的襯托下格外顯眼。我看到了市內清真寺的圓穹頂，塔尖優雅別致，超凡脫俗，寺院清新爽朗，草木青蔥。但這只是過眼雲煙，鸚鵡螺號很快就潛入波濤洶湧的陰沉海域了。

然後，鸚鵡螺號又沿著馬赫拉和哈德拉毛一帶的阿拉伯海岸航行，拉開距離六海哩，沿岸峰巒起伏，幾處古代名勝遺跡依稀可見。二月五日，我們終於開到了亞丁灣，海灣酷似漏斗，插進曼德海峽，讓印度洋的海水灌進紅海。

二月六日，鸚鵡螺號在水面上航行，亞丁港在望。亞丁港城雄踞在岬角上，腳下只有一條狹窄的地峽與大陸相連，態勢頗像難以通關的直布羅陀。一八三九年，英國人佔領了亞丁港，並構築了防禦工事。我遠遠看見城裡的八角塔清真寺，歷史學家埃德里西[2]說，這座城市過去曾是沿岸最富有、商業最繁榮的貨物集散地。

我原以為，尼莫船長一旦到達這一點，便會往回走，但我猜測錯誤，令我大吃一驚的是，他恰恰不這麼做。

第二天，二月七日，我們開進曼德海峽，在阿拉伯語裡，曼德海峽之名有「眼淚之門」的意思。海峽寬二十海哩，長度卻只有五十二公里，鸚鵡螺號如果全速前進，穿越海峽只用一個小時就足夠了。但我什麼也沒看見，連丕林島也不明下落，英國政府利用丕林島加強亞丁灣的海防陣地。這裡水道狹窄，英國和法國輪船太多，來往於蘇伊士、加爾各答、墨爾本、波旁島、模里西斯諸線，航路擁擠不堪，鸚鵡螺號不便在這裡拋頭露面，只好小心翼翼地在水下潛航。

中午，我們終於開始耕耘紅海波濤。

紅海，這個聖經傳說中的名湖，即使下雨也很難使水溫涼爽下來，又無大江大河往裡注水，而海水卻不斷在蒸發，就像被水泵把水抽走一樣，水位每年下降一點五公尺！多麼奇特的海灣，其環境閉塞，條件狀似湖泊，說不定到時候會完全乾涸；就這一點看，紅海遠不如它的兩個鄰居裡海和死海，因為裡海和死海量入為出，蒸發和入注的水量正好平衡，水位也就不會下降。

紅海全長兩千六百公里，平均寬度兩百四十公里。在托勒密王朝[3]和羅馬皇帝統治時代，紅海曾是世界商貿的交通要衝，蘇伊士運河的開鑿將恢復紅海的重要地位，而蘇伊士鐵路的開通已重振了部分雄威。

2 埃德里西，十二世紀阿拉伯地理學家和歷史學家。
3 托勒密王朝，即希臘化的埃及國家，為亞歷山大大帝部將托勒密（一世）於西元前三〇五年所建，馬其頓、希臘人掌握最高權力，強盛一時。

我大可不必挖空心思揣摩尼莫船長的心血來潮之舉，他竟然決定把我們帶到這個海灣來。但我毫不保留地支持鸚鵡螺號進入紅海。它中速行駛，時而浮出水面，時而潛入水中，以避開過往船隻，這樣一來，我就可以在水下和水上觀察這片奇妙的海域。

二月八日，天剛濛濛亮，木哈港就在我們眼前亮相，城市已淪為廢墟，炮聲一響，城牆便會紛紛坍塌，只有幾棵椰棗樹七零八落，綠蔭猶存。想當初，木哈港曾是商業重鎮，市內有六個集市，二十六座清真寺，城牆宛若腰帶，全長三公里，有十四座城堡坐鎮其間。

而後，鸚鵡螺號抵近非洲海岸航行，因為這一帶海水較深。透過洞開的玻璃窗口，清澈晶瑩的海水讓我們大飽眼福，可以盡情觀賞千姿百態、光彩奪目的珊瑚叢和披著綠色海藻皮毛盛裝的礁岩斷面。奇觀異景，簡直無法形容；千變萬化，一言難盡，更不知從何下筆去描繪利比亞海岸成群的暗礁和林立的火山島之間的萬千景象了！正是在這一帶，植形動物無不打扮得花枝招展，爭奇鬥豔，而鸚鵡螺號便不失時機貼近東海岸。這就是蒂哈馬海岸，因為這一帶是植形動物的溫床，不僅在水下花團錦簇，而且在水上也縱橫交錯、枝繁葉茂，有的甚至冒出水面十幾米，水上長勢反而更為蓬勃，但不如水下色彩瑰麗，因為海水濕潤，水溫有利於植形動物的保鮮。

就這樣，在大廳的觀景窗前，我不知度過多少如醉如癡的時光！在大船探照燈的照耀下，我不知欣賞過多少海洋動植物新品種！扇形菌，深灰色的海葵，狀似潘神[4]排簫的笙珊瑚，在石珊瑚孔洞中繁衍、底部有短螺紋的紅海特產貝，以及數以千萬計、我從未見識過堪稱珊瑚骨標本的普通海綿。

海綿綱，作為水螅類動物的第一綱，正是由這種奇形怪狀、用途非常廣泛的海洋產品構成的。儘管某些生物學家堅持認為海綿是植物，但它並不是植物，而是最後一目的低級動物，是排在珊瑚後面的一種珊瑚骨。海綿的動物性質不容置疑，人們甚至無法接受古人所謂的動植物中間說。不過，我必須指出，生物學家們對海綿的肌體構造認識並不統一。有的人認為，這是一種珊瑚骨；另一些人，比如米爾納—愛德華茲先生，則認為這是一種單一的獨立的個體。

海綿綱大約有三百多種類，大小海洋均有分布，乃至江河湖泊都可見到，因而有「河綿」之稱。但是，海綿最鍾情的海域是地中海、希臘群島海域、敘利亞沿岸地帶以及紅海。這些海域是細軟海綿滋生繁衍、生長發達的好地方，所產海綿每塊高達一百五十法郎，如敘利亞的金海綿、柏柏爾國家的硬海綿等等。既然蘇伊士地峽難以超越，受到阻隔無法指望到地中海東岸考察這類植形動物，那我只好在紅海水域一睹為快了。

於是，我把貢協議叫到身邊來，此時鸚鵡螺號正緊貼著美礁林立的非洲東海岸緩慢航行，潛水深度平均八至九米。

這裡生長的海綿奇形怪狀，千姿百態，有的像把柄，有的似樹葉，有的如毬果，有的像指掌。漁民們稱它們為花籃、花萼、線團、鹿角、獅爪、孔雀尾、海神手套，名副其實，恰如其分，而且更富有詩意，令專家學者自愧不如。海綿的再生能力很強，布滿毛細孔的纖維組織吸進海水後，經過肌體的收縮運動，會不斷地滲出粘糊糊的膠狀液汁，滋潤再生後的新細胞，然後排出體外。水螅體死後，膠狀體便會變質腐爛，釋放出氫氧化銨，只剩下角質或膠質纖維，家用海綿就是由這種纖維做成的，紅棕色調，然後再根據不同的彈性、滲透性和耐泡性，派上各種不同的用途。

這些海綿珊瑚骨粘著在礁石和軟體動物的貝殼上，甚至可以附著在水草的枝杈上。它們見縫插針，無孔不入，或花枝招展，或婷婷玉立，或倒掛金鐘。我告訴貢協議，採集海綿有兩種辦法，或用

4 潘神，希臘神話中的山林、農牧神，人身羊腿，頭上長角，愛好音樂，發明排簫，經常帶領山林女神盡情歌舞。

網撈，或用手採。手採當然要用潛水夫，手採效果更佳，不會破壞海綿的角質纖維組織，自然就可以賣出好價錢。

與海綿共生的還有許多其他的植形動物，主要有體態優雅美觀的水母；軟體動物的主要代表是名目繁多的烏賊，奧爾比尼認為烏賊是紅海的特產；爬行動物以海龜屬的維氏龜為代表，這種海龜肉質細嫩而富有營養，是餐桌上的美味佳餚。

紅海魚類品種繁多，歷來引人注目。鸚鵡螺號的拖網打撈上來不少魚，不妨把最常見的羅列如下：鰩魚，其中有一種魚身橢圓，磚紅色，身上有大小不等的藍色斑點，因長有一對齒狀尖吻而很容易辨認；銀背阿爾納克魚；尾部有斑點的魟魚；啤酒杯魚，披著兩米長的寬大斗篷在水中飄蕩；嘴裡不長牙的無齒魚，這是近似角鯊的軟骨魚；身長一點五英尺的駝背魨，背頂有鱗板突出，狀似駝峰；鼬鰯，名副其實的海鰭魚，銀白色的尾巴，淡藍色的脊背，褐色的腹部鑲白邊；三色松魚，身有金黃色的淺紋，竟有法國國旗的三種顏色；身長四分米的加氏鰯魚；風流倜儻的鯵魚，身上有七道黑橫紋，藍黃雙色鰭，金銀魚鱗滿身；還有鋸蓋魚，黃頭火鯔魚，櫻嘴魚，隆頭魚，鱗魨，蝦虎魚等，以及成千上萬的其他海魚，我們穿越海洋時大都見識過。

二月九日，鸚鵡螺號漂浮在紅海最寬闊的海面上，在西海岸的薩瓦金與東海岸的孔菲紮之間，兩岸直線距離一百九十海哩。

當天中午，尼莫船長測定方位後，便登上平臺，我正好也在上面。我已打定注意，若打聽不出他今後的行動計畫，我絕不會輕易讓他下去。而他一看見我，便立即走了過來，風度翩翩地遞給我一根雪茄菸，並對我說：

「太好啦！教授先生，紅海好看吧？海中掩藏的寶藏奇妙無窮，您都一一看過來了嗎？紅海的魚呀，植形動物呀，海綿花圃呀，珊瑚森林呀，還有海邊城市遺址，您是不是也有所領略？」

「是的，尼莫船長，」我答道，「鸚鵡螺號妙不可言，十分適合這類研究。啊！這是一條聰明的船。」

「沒錯，先生，鸚鵡螺號聰明、無畏、堅不可摧！它既不怕紅海的暴風驟雨，也不畏懼紅海的潛流和暗礁。」

「的確，」我說，「紅海環境惡劣是榜上有名的，如果我沒有弄錯，在古代，它就臭名遠揚了。」

「名氣臭得很啊，阿羅納斯先生。古希臘和拉丁歷史學家們沒人說過它的好話。斯特拉波[5]說，在風季和雨季裡，紅海航行尤其艱難。阿拉伯人埃德里希曾把紅海稱作科爾珠姆灣，說紅海沙灘埋沒過多少過往船隻，無人敢在夜間航行。他不客氣地說，紅海是颶風肆虐之海，那裡暗礁凶島星羅棋佈，無論是在水下還是在水上，對航海人『有百害而無一利』。不錯，此類言論，在阿利安[6]、阿加塔希德[7]和阿特米德羅斯[8]的著作中都可以找到。」

「很明顯，」我解釋說，「那是因為這些歷史學家未能搭上鸚鵡螺號航行。」

「沒錯，」船長笑著回答，「就此而論，現代人並不比古代人先進。找到蒸汽機械動力居然要花好幾個世紀！誰知道過一百年後，能不能出現第二艘鸚鵡螺號！進步太慢了，阿羅納斯先生。」

---

5 斯特拉波，古希臘地理學家和歷史學家。
6 阿利安，古希臘地理學家和歷史學家。
7 阿加塔希德，古希臘地理學家和歷史學家。
8 阿特米德羅斯，古希臘地理學家和作家。

「的確如此，」我答道，「您的船比時代超前了一個世紀，也許超前了好幾個世紀。這樣的祕密卻將同它的發明者同歸於盡，真是大不幸啊！」

尼莫船長沒有回答我的話，沉默片刻後，他說：

「您剛才提到古代歷史學家關於紅海航行危險的言論，對吧？」

「不錯，」我答道，「不過，他們的恐懼感是不是言過其實了？」

「是又不是，阿羅納斯先生，」尼莫船長答道，我彷彿覺得他成了紅海的當家人了，「現代船隻建造條件良好，船體堅固，靠蒸汽動力機械可以掌握方向，在紅海航行並沒有多大危險，但對古代船隻來說，卻是險象環生，凶多吉少。設身處地想一想，古代最早的航海家乘木船渡海要冒多大的風險，他們的船板全靠棕繩拼接，用搗碎的樹脂填塞木版縫隙，然後塗上海狗油脂。他們甚至沒有測定方向的工具，只是憑感覺在不太熟悉的水流中隨波逐流。在這樣的條件下，不發生海難事件才怪呢。但是，在我們的時代，那些來往於蘇伊士和南部海域的客運和貨運輪船再不必害怕紅海的怒濤了，即使頂著季風航行也不再擔驚受怕。現在船長和旅客出發前不必再祈求神靈的保佑，回來後也不必攜帶花環、頭紮金色彩帶到附近的神廟去頂禮膜拜、感恩戴德了。」

「我贊成您的看法，」我說，「我好像覺得，蒸汽把水手們心中的感恩之情都給吹掉了。不過，船長，您似乎對紅海有專門的研究，您能不能告訴我紅海名稱的來歷？」

「關於這個問題，阿羅納斯先生，至今有多種解釋，您想知道十四世紀一位編年史家是怎麼說的嗎？」

「洗耳恭聽。」

「這位史學家說得天花亂墜，聲稱紅海是以色列人過後才得名的，當時追逐以色列人的法老軍隊葬身紅海，就是因為摩西祈禱的結果[9]。

作為奇跡象徵，
海水變成殷紅，
從此名正言順，
紅海別無他名。」

「這不過是詩人的解釋，尼莫船長，」我回答道，「我不會滿意神話的解釋。因此，我想聽聽您個人的意見。」

「那我就談談我個人的看法。依我看，阿羅納斯先生，我認為紅海這個稱謂應是希伯來語EDROM的譯名。古人之所以叫它紅海，是因為這裡的海水有一種特殊的顏色。」

「可是，直到現在，我看到的只是清澈的波濤，沒有任何特殊的顏色嘛。」

「毫無疑問。不過，往海灣裡面走，您就會看到這種奇特的現象。我記得我曾看到圖爾灣赤紅一片，簡直像血湖。」

「出現這種顏色，您是否認為是微生物海藻造成的？」

「是的。這是一種紫紅色的膠狀物質，是由紅色束毛藻的胚芽分泌出來的，每平方釐米就約有四萬個胚芽。我們到圖爾後，您也許就可以遇見這種景象。」

9 典出《舊約・出埃及記》。摩西帶領以色列人逃出埃及，來到海邊，把耶和華賜予的手杖伸向大海，海水立刻自動分開，退出一條通道讓以色列人通過，法老軍隊急忙追入海底，摩西等以色列人上岸後即再次伸出神杖祈禱，海水重新合攏，法老全軍覆沒，鮮血染紅了海水。紅海由此得名。

「這麼說，尼莫船長，您不是第一次帶領鸚鵡螺號光臨紅海的吧？」

「可不是，先生。」

「剛才，您談到以色列人走出紅海而埃及人卻葬身紅海，那麼，敢問您是否在海底見過這一重大歷史事件的遺跡？」

「沒有，教授先生，有冠冕堂皇的理由。」

「什麼理由？」

「那就是，摩西帶領臣民走過的地方，如今積滿大量泥沙，就是駱駝跋涉而過也濕不了大腿。水淺難行船嘛，更不用說我的鸚鵡螺號了。」

「這是什麼地方？……」我問。

「這地方在蘇伊士往上一點，海峽過去是一個很深的港灣，當時紅海一直延伸到鹹水湖。現在，且不論這條通道是否出現過奇蹟，反正以色列人曾經在此大舉渡海，最終抵達『希望之鄉』[10]，而法老的軍隊也確確實實是在這個地方葬身魚腹的。因此，我想，如果在泥沙裡進行挖掘，一定可以發現大量古埃及兵器和用具的。」

「那當然，」我回答道，「應當寄希望於考古學家，只是遲早的問題，蘇伊士運河鑿通後，地峽上就會建起新的城市。但對於鸚鵡螺號這樣的潛水船來說，運河毫無用處。」

「沒錯，但對全世界卻很有好處，」尼莫船長道，「其實古人早已明白，溝通紅海和地中海的交通對商貿活動至關重要，但是他們卻怎麼也沒想到要挖一條直通的運河，他們把尼羅河當作中轉站。如果傳說可信的話，連接尼羅河和紅海的運河很可能是在舍索斯特利斯[11]時代就開始挖鑿了。有一點是可以確定的，那就是，西元前六一五年，尼科[12]啟動運河開鑿工程，引尼羅河水流經阿拉伯半島隔海相望的埃及平原。沿著運河上溯而行需要四天時間，河床很寬，兩條三層槳戰船可以對開。希斯塔斯普之子大流士[13]繼續開鑿，工程可能在托勒密二世時期竣工。斯特拉波親眼看到了運河的通航。但由於布巴斯特附近的運河起始點到紅海之間的坡度不大，一年中只有幾個月可以通航。一直到安敦尼王朝[14]，運河一直用於商業運作，之後運河被廢棄，泥沙堆積，再後來，哈里發歐麥爾[15]下令修復，最後又於七六一至七六二年間，被哈里發曼蘇爾[16]填平，目的是想阻止敵人通過河道運送糧草到反抗他的穆罕默德・本・阿布杜拉那裡。在遠征埃及時，你們的波拿巴將軍就曾在蘇伊士沙漠中發現過古運河工程的遺跡，而且在返回哈加羅特前幾小時，突然受到潮水的衝擊，差點葬身魚腹，出事地點就在三千三百年前摩西曾經紮營的地方。」

「說的好，船長，開鑿運河，溝通兩海，把西班牙的加的斯與印度之間的路程縮短九千公里，古人不敢做的壯舉，雷賽布[17]先生卻做到了。不久的將來，他一定會把非洲變成一個巨島。」

---

10 典出《聖經》。先驅亞伯拉罕七十五歲時，聽到耶和華的召喚，上帝要他離開祖居，到迦南另建新居。迦南便是他的「希望之鄉」。後人常用此典故來指向往的安居所在。

11 舍索斯特利斯，古埃及第十二王朝法老，舍索斯特利斯三世曾遠征巴勒斯坦和敘利亞，並開挖運河。

12 尼科，又稱尼科二世，古埃及法老（約前609—前593）。

13 希斯塔斯普，古波斯帝國行省總督，其子大流士一世為古波斯帝國國王（前552—前486）。

14 安敦尼王朝，前期羅馬帝國的第三個王朝（96—192），前後共歷七位皇帝統治，是羅馬帝國的穩定鼎盛時期，有許多水利工程遺跡猶存。

15 哈里發，阿拉伯語音譯，意為繼承者或代理人，伊斯蘭教和伊斯蘭國家領袖的稱號。歐麥爾是穆罕默德的第二位繼承者，四大正統哈里發之一。

16 曼蘇爾（707—775），阿拉伯帝國阿拔斯王朝的哈里發。

17 雷賽布（1805—1894），法國外交官、工程師、企業家。一八五八年成立「蘇伊士運河公司」。一八六九年蘇伊士運河竣工通航。一八七九年成立「巴拿馬運河公司」。

「是啊，阿羅納斯先生，您有權為您的同胞感到自豪。這是一個為民族爭光的人物，他的勳績勝過那些最偉大的船長！開始的時候，他同其他人一樣，遇到了許多麻煩和波折，但他天生意志堅強，最終大獲全勝。想起來卻也令人傷心，這麼大的工程，本應該是一項國際性的合作工程，本足以讓當權者流芳百世，可最終只能靠一個人的能力去取得成功。因此，光榮屬於德・雷賽布先生！」

「對，向這位偉大的公民致敬。」我回答道，尼莫船長剛才慷慨激昂的講話語氣讓我大吃一驚。

「很可惜啊，」他又說，「我無緣帶你們穿越這條蘇伊士運河，但後天，你們可以看到塞得港的長堤，那時，我們已到地中海了。」

「上地中海？」我嚷了起來。

「是的，教授先生。很吃驚吧？」

「讓我吃驚的是，後天就到地中海了。」

「真的嗎？」

「是真的，船長，自從我上了您的船以來，我不得不養成一種習慣，對一切東西都不大驚小怪。」

「那這次何來吃驚呀？」

「我對鸚鵡螺號可怕的速度感到吃驚，如果後天要到達地中海，您就必須沿著非洲海岸航行，繞過好望角，突飛猛進才行！」

「誰告訴您要環非洲航行，教授先生？誰說繞道好望角了！」

「除非鸚鵡螺號能陸地行舟，除非它能從地峽下面鑽過去……」

「就是從地峽下面過去，阿羅納斯先生。」

「從下面……」

「沒錯，」尼莫船長沉穩地回答，「長期以來，大自然就在這狹長的地峽之下做好了人類如今正在其地表上做著的文章。」

「什麼！有通道？」

「對，有一條地下通道，我叫做『阿拉伯地下水道』。地道始於蘇伊士城，直通培琉喜阿姆灣[18]。」

「這麼說地峽只是流沙構成的了？」

「流沙層相當深。直到五十米深處才有堅硬的岩石層。」

「這條通道是您碰巧發現的？」我問道，心裡愈來愈莫名其妙了。

「碰巧加推理，教授先生，甚至可以說，推理多於碰巧。」

「船長，我姑妄聽之，但耳朵不肯接受。」

「啊，先生！歷來就有充耳不聞的人。這條通道不僅存在，而且我已經利用過多次。若無這種經驗，我今天豈能來冒險鑽紅海這條死巷。」

「恕我冒昧，敢問您是如何發現這條通道的？」

「先生，」船長答道，「彼此不再分離的人之間不存在任何祕密。」

我沒有理睬他的弦外之音，只等待尼莫船長說下去。

「教授先生，」他對我說道，「生物學家的簡單推理引導我發現了這條通道，而且只有我一個人

18 培琉喜阿姆灣，古埃及地名，今塞得港附近。

知道。我注意到，紅海和地中海有些魚種完全一樣，如鼬鳚、松魚、鮀魚、狼盧、銀漢魚、飛魚等。事實不容置疑，我於是尋思這兩海之間是不是有溝通的可能。如果有通道存在，地下海水勢必從紅海流向地中海，因為紅海水位比地中海高。於是我在蘇伊士附近捕捉了大量的魚，在魚尾上裝了銅環，然後把魚放生海裡。過了幾個月，我在敘利亞沿岸捕獲了幾條帶銅環標記的魚。兩海通道昭然若揭。於是我同鸚鵡螺號一起尋找通道，終於找到了，並冒險通過，不久，教授先生，您也將穿越我的阿拉伯地下水道。」

第五章　阿拉伯地下水道

就在同一天，我把尼莫船長談話的有關內容對貢協議和尼德・蘭做了通報。我告訴他們，再過兩天，我們就要到地中海了。貢協議拍手稱快，但加拿大人只聳了聳肩。

「有一條海底通道！」尼德・蘭大叫起來，「兩海水道可以溝通！誰聽說過這種好事？」

「尼德朋友，」貢協議答道，「您聽誰說過鸚鵡螺號嗎？沒有！可是它卻存在。因此，先別動不動就聳肩，不要藉口沒聽說過而把送上門來的好事拒之門外。」

「我們走著瞧好了！」尼德・蘭反駁道，搖了搖頭，「說一千道一萬，我還恨不得相信有這條通道，巴不得船長說的話是真的，只希望上天真的把我們帶進地中海。」

當天傍晚，鸚鵡螺號浮出水面航行，在北緯二十一度三十分靠近阿拉伯海岸。我看見了吉達港，這是埃及、敘利亞、土耳其和印度一線的商貿重鎮。城市建築群清晰可見，碼頭上檣帆林立，歷歷在目，有些大船吃水較深也不得不停泊在這裡。太陽低吻地平線，夕輝打照在全城白色房舍上，煞白的反光分外耀眼。城外，幾間木板屋和蘆葦房十分搶眼，說明這一帶是貝都因人[1]的居住區。

吉達港在暮色中轉眼即逝，鸚鵡螺號也潛回磷光清淡的海水裡。

第二天，二月十日，迎面開來好幾艘航船。鸚鵡螺號即潛水而行；但到中午，正是測定方位時間，海域空無船跡，鸚鵡螺號又重新亮相，直至露出水位線。

在尼德．蘭和貢協議的陪同下，我來到平臺上坐下。只見東海岸潮雲濕霧繚繞，有成團物體藏頭露尾，若隱若現，難以捉摸。

我們身靠小艇側舷，東拉西扯正在聊天，尼德．蘭忽然伸手指著海上一個點，對我說：

「您看那裡，是不是有什麼東西，教授先生？」

「沒有啊，尼德，」我回答道，「我的視力不如您，這您知道。」

「仔細看看，」尼德又說，「就在那裡，右前方，與燈座差不多高！難道您沒有看到一團東西好像在挪動？」

「真的，」我說，我觀察得很仔細，「我看到水面上有一團黑糊糊的長傢伙。」

「難道是第二艘鸚鵡螺號？」貢協議說。

「不，」加拿大人答道，「要麼我徹底弄錯了，要麼那就是什麼海洋動物。」

1 貝都因人，遊牧在北非和阿拉伯半島沙漠上的阿拉伯人。

「您看那裡，是不是有什麼東西，教授先生？」

「紅海中有鯨嗎？」貢協議問。

「有的，我的小夥計，」我答道，「有時也會碰到。」

「一點不像鯨，」尼德・蘭又說，他目不轉睛地盯著所指物體，「我和鯨，我們可是老朋友了，鯨是什麼樣子，我不會弄錯的。」

「等一等，」貢協議道，「鸚鵡螺號正朝那邊開去，我們很快就可以見分曉。」

的確，這團黑乎乎的傢伙離我們只有一海哩了。它好像是汪洋大海中逍遙自得的一塊大礁石。到底是什麼東西呢？我還說不上來。

「啊！它走動了！潛下去了！」尼德・蘭嚷嚷道，「見鬼啦！會是什麼動物？牠沒有分叉尾巴，不像露脊鯨，也不像抹香鯨，牠的鰭活像截斷的手腳。」

「要是這麼說……」

「好，」加拿大人又說，「看牠躺在水上了，乳房都鼓出水面，大出風頭呢！」

「那是一條鰻螈，」貢協議叫了起來，「一條道地的鰻螈，請先生恕我冒昧。」

鰻螈這個名稱讓我茅塞頓開，我明白，鰻螈歸屬於海洋動物，神話傳說把牠美化成美人魚，一半女兒身，一半魚兒身。

「不，」我對貢協議說，「這一點不像鰻螈，卻是一種古怪的生物，世界上已所剩無幾，紅海尚存幾條標本。這是一條儒艮。」

「海牛目，魚形類，單子宮亞綱，哺乳動物綱，脊椎動物門。」貢協議對答如流。

既然貢協議如數家珍，我也就不必多說了。

尼德・蘭始終盯住觀察。一看到這類動物，他的眼睛就發出貪得無厭的光芒。他的手似乎做好了投魚叉的準備。想必他是在待機而動，到時很可能跳下海去發動進攻。

「哦！先生，」他對我說道，情緒激動得說話聲音都在發抖，「平生還沒有跟『這傢伙』廝殺過。」

一語道破了魚叉手的全部心機。

就在這時，尼莫船長出現在平臺上。他看見了儒艮。他理解加拿大人躍躍欲試的心態，索性直截了當地說：

「您只要魚叉在手，尼德・蘭，就會心急火燎手癢難當吧？」

「讓您說中了，先生。」

「如果有一天您重操打魚舊業，在您捕鯨收穫清單上，今天又添這條鯨類新動物，不是更加開心？」

「我當然會很開心。」

「那好吧！您不妨試試身手。」

「謝謝，先生。」尼德・蘭回答，雙眼冒著火光。

「只是，」船長又說，「我希望您不要錯過，這對您有好處。」

「攻擊儒艮有危險嗎？」我問，儘管加拿大人在聳肩。

「是的，有時候，」船長答道，「這動物受到攻擊會掉頭反擊進攻者，並把捕捉它的漁船掀翻。但對蘭師傅得另當別論，這種危險大可不必擔心。蘭師傅眼捷手穩。我之所以叮囑他不要錯過這頭儒艮，是因為這種動物一向被視為肉質精細的獵物，我知道蘭師傅愛吃大塊好肉。」

「啊！」加拿大人大發感慨，「這傢伙居然很美味，是不是能上豪門盛宴啊？」

「沒錯，蘭師傅。牠的肉確實是上等好肉，名氣很響亮，在整個馬來西亞地區，只有公子王孫們才有福享用。因此，各地興師動眾大舉捕殺這種珍貴動物，其命運如同海牛一樣，愈來愈稀少了。」

「不過，船長先生，」貢協議一本正經地說，「假如這頭動物恰好是世界上最後一隻儒艮，為科學事業考慮，放牠一馬難道不行嗎？」

「也許吧，」加拿大人答道，「但從伙食改善角度考慮，最好還是去捕獵吧。」

「說幹就幹，蘭師傅。」尼莫船長回答道。

說著，七名船員登上平臺，他們跟往日一樣，默不作聲，面無表情。只見其中一人手拿魚叉和類似捕鯨人用的套索。小艇被解開鎖扣，拉出了凹槽，推到了海裡。六位水手各就各位，隊長把舵。尼德・蘭、貢協議和我，我們坐在小艇後頭。

「您不下來嗎，船長？」我問。

「不啦，先生，但我祝你們捕獵成功。」

六支槳一齊用力，小艇駛離大船，迅速逼近儒艮，當時牠離鸚鵡螺號有兩海哩遠。

離海獸只有幾鏈遠了，小艇放慢了行駛速度，槳葉悄悄划入平靜的海水。尼德・蘭手持魚叉，走向船頭，站穩了腳跟。獵鯨用的魚叉通常繫一根長繩，被擊中的鯨帶著魚叉倉惶逃竄時，長繩便儘量放開。但這次魚叉繩長不足六十幾庹[2]，而且另一端只繫在會漂浮的小桶上，這樣就可以顯示儒艮在水下的行蹤。

我不由站了起來，對加拿大人的對手進行了觀察。這種儒艮，又名美人魚，很像海牛。身體呈橢

2 一庹約六英尺，約一點八公尺。

圓形，肥厚的尾巴拖得很長，側鰭頂端狀似手指。牠與海牛不同，上顎長有兩顆又長又利的尖牙，左右防衛各有用場。

尼德·蘭準備攻擊的這頭儒艮體態龐大，身長至少超過七公尺。只見牠一動不動，好像在波浪上睡大覺，此時捕捉容易得多。

小艇悄悄向海獸靠近，只有三庹距離了。船槳擱在槳位上。我半蹲著。只見尼德·蘭身體稍微向後一仰，魚叉便順手投了出去。

突然，聽到一陣嘶鳴聲，儒艮不知去向。死勁甩出去的魚叉，興許只打了個水漂。

「見鬼了！」加拿大人氣衝衝地嚷道，「我沒打中！」

「不，」我說，「動物受傷了，那是牠流的血，不過你的武器沒有扎在牠身上。」

「我的魚叉！我的魚叉！」尼德·蘭喊道。

水手們又開始划槳，艇長掌舵朝漂浮在海上的小桶駛去。魚叉收了上來，小艇開始追蹤海獸。

海獸不時得浮出水面呼吸空氣。看來牠受傷並不嚴重，游動起來依然極快。水手們猛力划槳，小艇飛速跟蹤追擊。有好幾次，小艇逼近海獸只有幾庹遠，加拿大人做好打擊準備，但儒艮紮個猛子，逃之夭夭，叫人無從下手。

尼德·蘭本來就是急性子，這一下更是氣急敗壞，他用最惡毒的罵人英語詛咒這隻倒楣的動物。而我呢，只是看到儒艮一再挫敗我們的陰謀詭計而惱羞成怒。

我們毫不鬆懈地緊緊追蹤了一個小時，但我已開始氣餒，認為要捕獲海獸怕是很困難的，就在此時，海獸似乎抱定誓死報仇的決心，全然不顧追悔莫及的後果。只見儒艮掉轉過身來，向小艇發動了猛攻。

海獸的動作逃不出加拿大人的眼睛。

艇長用古怪的語言說了幾句話，無疑是提醒水手們加強警戒。

儒艮離小艇二十英尺時停了一下，突然張開大鼻孔吸了一口氣，牠的鼻孔不是開在吻的前端，而是在上方。然後，牠躬身一躍，向我們猛撲過來。

「當心！」尼德・蘭說。

小艇未能躲過海獸的衝撞，翻了半個船身，有一兩公噸海水湧入船艙，必須立即把水排出，幸虧艇長機敏過人，小艇沒有全面受到衝擊，只是側身挨了一頓揍，船體並沒有被傾覆。只見尼德・蘭一手死死抓住船頭，一手用魚叉拚命往巨獸身上亂扎，巨獸則用長牙咬住船舷，居然把小艇掀離水面，玩起獅子叼麅子的遊戲。我們個個東倒西歪，你擠我，我壓他，亂成一團，若不是加拿大人自始至終與猛獸奮力搏鬥，最終刺中猛獸的心臟，我真不知道這次冒險行動會如何收場。

我聽到了一陣快牙咬鋼板的吱嘎聲，儒艮不知去向，魚叉也被牠帶走了。不過，小桶很快浮出了水面，不一會兒，海獸的屍體仰面朝天漂了出來。小艇挨近海獸，拖著牠向鸚鵡螺號划去。

要把這頭儒艮提上平臺，必須動用大功率的滑輪吊車。儒艮重達五千公斤。加拿大人堅持要觀看屠宰海獸的細節，人家就當著他的面開膛剖肚。當天晚餐，服務員還給我配送了幾片儒艮肉，經過船上廚師的精心烹調，我覺得味道好極了，甚至超過小牛肉，雖然談不上比大牛肉順口。

第二天，二月十一日，鸚鵡螺號配膳室又增添了一道野味好菜。一群海燕突然光臨鸚鵡螺號。這是埃及特有的尼羅河燕鷗，黑喙，紅爪，白腹，灰背，灰翅膀，灰尾巴，斑點灰頭，環白眼圈。我們還抓了幾十隻尼羅河野鴨，這可是飛禽中的上好野味，白頭，白脖子，間有黑斑點。

此時，鸚鵡螺號放慢了航速。簡直是沿途閒逛。我發現，我們愈靠近蘇伊士，紅海海水含鹽量反而愈低。

下午五點，北邊穆罕默德角在望。穆罕默德角是阿拉伯半島中部石脈的前端，位於蘇伊士灣和亞喀巴灣之間。

鸚鵡螺號開進了朱巴爾海峽，可通往蘇伊士灣。我清楚地看見了一座高山，雄踞兩個海灣之間的穆罕默德角之上。這就是神峰何烈山，即西奈山，當年摩西就是在這座聖山頂上面對面接受上帝十誡的，因此，在人們的心目中，山上總是閃耀著神靈的光環。

下午六點，鸚鵡螺號途經圖爾海面，時而上浮，時而下潛，圖爾地處海灣深處，海水果然赤紅一片，尼莫船長早就觀察過這種現象。不久，夜幕降臨，偶爾有幾聲鵜鶘或夜鳥的啼鳴打破周圍的沉寂，還可以聽到大浪衝擊岩石的嘩嘩聲，以及遠處輪船螺旋槳拍打沉悶海水的咕嚕聲。

八點至九點，鸚鵡螺號在海面下幾公尺潛航。照我的計算，我們離蘇伊士城應當很近了。透過大廳的觀景窗，我看到石山腳跟被大船電光照得通明透亮。我彷彿覺得海峽變得愈來愈狹窄了。

九點一刻，大船回到海面，我登上了平臺。我迫不及待想穿越尼莫船長的地下水道，不由坐立不安起來，於是大口地呼吸著夜晚的清新空氣。

不久，在朦朧夜色中，我看見一盞燈火在前面發出蒼白的光亮，由於霧氣籠罩，燈光黯然失色，在離我們一海哩遠的地方隱約閃爍著。

「一盞浮標燈。」身後有人說。

我馬上轉過身去，原來是尼莫船長。

「這是蘇伊士城的浮標燈，」船長又說，「我們很快到達通道口了。」

「進去不容易吧？」

「是不容易啊，先生。所以，按照老習慣，我得待在駕駛室裡親自進行操縱。現在，請您下去吧，阿羅納斯先生，鸚鵡螺號就要潛入水下了，穿過阿拉伯通道後才能重新回到海面上來。」

我跟著尼莫船長下了平臺。蓋板關上了，水罐裝滿了水，船下潛十來米深。

我正準備回自己的房間，尼莫船長卻把我叫住。

「教授先生，」他對我說，「陪我到駕駛艙，不知可否？」

「我正求之不得呢。」我答道。

「那就跟我來。這樣，您將會看到地下和水下同時並舉的航行的全部細節。」

尼莫船長領著我走向中央扶梯。來到樓梯中部，尼莫船長打開一道門，沿著上層縱向通道，我們來到駕駛室，前文提過，駕駛室就在平臺的突出部裡。

駕駛艙每邊六英尺，與密西西比河或哈得遜河上的輪船駕駛艙頗為相似。中間有一臺垂直舵輪在運轉。操縱杆帶動齒輪，齒輪牽動傳動鏈，傳動鏈直通鸚鵡螺號後部機房。駕駛艙四壁安裝有四個透鏡舷窗，舵手可以觀察四面八方的情況。

駕駛艙很暗，但我的眼睛很快適應了艙內昏暗的光線，我看到了舵手，是體格健壯的一個大漢，雙手握著舵柄。駕駛艙外，位於平臺另一端的艙後探照燈把海水照得通明徹亮。

「現在，」尼莫船長道，「讓我們找找我們的通道吧。」

駕駛艙與機房之間有幾條電線相連，船長可以在駕駛室內對鸚鵡螺號發號施令，決定航向並採取行動。他按下一個金屬電鈕，螺旋槳速度立刻放慢下來。

我默默地注視著一道高大的牆壁，此時，我們正沿著這道峻峭的高牆壁前進，那是泥沙高地堅如磐石的岸基。我們就這樣貼近牆根幾米處摸索著走了一小時。尼莫船長眼睛直盯著掛在駕駛艙內的羅盤，兩個同心圓指示著方位。他只要稍做手勢，駕駛員就隨時可以修正鸚鵡螺號的航向。

我坐在左舷窗邊，窗外奇觀異景令我目不暇接，堆積如山的珊瑚地下建築何其壯觀，還有各種各樣的植形動物、海藻和甲殼動物，蝦兵蟹將們把守著岩石洞穴，正張開長爪，橫行霸道呢。

十點十五分，尼莫船長親自掌舵。我們面前展現出一條又寬又黑又深的長廊。鸚鵡螺號義無反顧地鑽了進去。船的兩側傳來非同一般的聲響。原來這是由於地道傾斜，紅海之水急速流灌地中海的緣故。鸚鵡螺號如離弦之箭，順水飛舟，即使機器剎車，迫使螺旋槳倒轉也無法讓船放慢速度。

在這條狹窄通道的洞壁上，我只看到一道道閃亮的劃痕，一條條筆直的拉線，一束束火光的流跡，那是因為船高速前進過程中造成的電光照壁效果。我的心怦怦直跳，我趕緊用手捂住胸口。

十點三十五分，尼莫船長鬆開舵輪，轉身對我說：

「地中海。」

鸚鵡螺號激流勇進，不到二十分鐘就穿越了蘇伊士地峽。

第六章　希臘群島

第二天，二月十二日，天剛亮，鸚鵡螺號便重新回到海面上來。我連忙登上平臺。南面三海哩處，培琉喜阿姆灣依稀可見。一股湍急的湧流把我們從一個海帶到另一個海。但在地下水道，順流而下輕而易舉，逆流而上恐怕就比登天還難了。

七點許，尼德．蘭和貢協議也上來找我。這兩個形影不離的夥伴倒是安然睡了一覺，對鸚鵡螺號的壯舉居然毫無覺察。

「好嘛，生物學家先生，」加拿大人略帶譏諷的口吻問道，「哪是地中海呀？」

「我們正漂在地中海海面上，尼德朋友。」

「嗯！」貢協議說，「就在昨夜？……」

「對，就在昨夜，只用幾分鐘，我們就穿越了這道不可穿越的地峽。」

「我才不會相信呢。」加拿大人回答道。

「您可錯了，蘭師傅，」我又說，「那道向南突出的渾圓低海岸，就是埃及的海岸。」

「您去哄別人吧，先生。」加拿大人反駁道，他還是固執己見。

「既然先生那麼肯定，」貢協議勸他道，「就應該相信先生才是。」

「而且，尼德，尼莫船長還請我參觀了他的地下水道呢，我當時就在他身旁，在駕駛艙裡，是他親自駕駛鸚鵡螺號通過這狹窄通道的。」

「您聽到了嗎，尼德？」貢協議問。

「您的眼睛那麼厲害，」我補充道，「您可以一眼就看出來，尼德，看看塞得港伸向大海的長堤嘛。」

加拿大人這才認真看了看。

「果然不錯，」他說，「您說的對，教授先生，您的船長是個很有本事的人。我們是在地中海上。好。那就說說我們的區區小事吧，有請了，但千萬別讓外人聽見。」

加拿大人想談什麼我清楚得很。反正，我想，既然他想談，談談更好，於是我們三人坐在探照燈座旁，這裡不容易被浪花濺濕。

「現在，尼德，我們聽您講，」我說，「有何高見？」

「我要對你們說的話很簡單，」加拿大人回答道，「我們現在到了歐洲，乘尼莫船長還沒有心血來潮，趁他還沒有把我們帶到南北極海底，趁他還沒有把我們帶到大洋洲之前，我請求離開鸚鵡螺號。」

我承認，同加拿大人討論這件事，我一直感到處於兩難的尷尬。我不想以任何方式給同伴的自由設置障礙，同時，我怎麼也捨不得離開尼莫船長。幸虧有了他，幸虧有他的這條船，我的海底研究才日臻完善，我是在借水養魚，利用船長創造的條件來修改我那部海底研究的專著。我今後還能找到這麼好的機會，讓我盡情領略海洋奇觀嗎？不，肯定不可能！在完成環球考察之前，我絕不動離開鸚鵡螺號的念頭。

「尼德朋友，」我說，「請您坦率回答我。您是不是在船上待膩了？命運把您拋到尼莫船長的手裡，您是不是感到很火大。」

加拿大人沒有立即回答。過了片刻，他雙臂抱在胸前，說：

「老實說吧，我對這次海底旅行並不後悔。如果能進行到底，我當然很高興，但要進行到底，就得有個了結。這就是我的想法。」

「總會結束的，尼德。」

「何地？何時？」

「何地？我不知道。何時？我說不上來，不如這麼說吧，等到海洋沒有什麼可學的時候，旅行也就結束了。在這個世界上，有起點必有終點。」

「我和先生的想法差不多，」貢協議道，「很有可能，待我們跑遍全球所有的海洋，尼莫船長就會讓我們三人遠走高飛。」

「遠走高飛！」加拿大人叫了起來，「遠走高飛，您的意思是說？」

「別說風就是雨，蘭師傅，」我接著說，「船長沒什麼好害怕的，但我也不同意貢協議的看法。我們已經掌握了鸚鵡螺號的祕密，因此，我並不指望鸚鵡螺號的船長會還給我們自由，會心甘情願讓我們帶著滿船祕密跑遍全世界。」

「那您還指望什麼呢？」加拿大人問。

「我希望半年後，會出現跟今天同樣可以利用也應該利用的機會。」

「唉唷喂！」尼德・蘭感歎道，「敢問半年後，我們人在何方，生物學家先生？」

「也許在這裡，也許在中國。您曉得，鸚鵡螺號是潛水快艇。它穿越海洋猶如靈燕飛掠天空，猶如快車賓士大地。鸚鵡螺號不怕出入熱鬧繁忙的海域。誰敢說它會不會到法國、英國或美洲海岸兜風呢？一旦到了那些地方，豈不同這裡情況類似，照樣有逃跑的機會了嗎？」

「阿羅納斯先生，」加拿大人答道，「您的論據牛頭不對馬嘴。您說的是將來：『我們將在那裡，我們將在這裡！』但我說的是現在：『我們現在是在這裡，應當利用現在這裡的條件。』」

尼德・蘭的邏輯咄咄逼人，我有被打翻在地的感覺。我實在找不到更有利的論據來招架了。

「先生，」尼德接著說，「我們不妨做這樣的假設，如果尼莫船長就在今天給您自由。您接受嗎？」

「我不知道。」我答道。

「如果他又說，他今天給您自由，只此一次，下不為例，您會接受嗎？」

我沒有回答。

「那麼貢協議朋友有何想法？」尼德・蘭問。

「貢協議朋友，」可靠的小夥子心平氣和地說，「貢協議朋友無話可說。他對這樣的問題毫無興趣。他和主人一樣，和夥伴尼德一樣，都是單身漢，沒有妻子、父母和子女在國內等著他。他為先生服務，想先生之所想，道先生之所道，可是十分遺憾，他無能為力為先生湊足多數。現場只有兩個人爭論，一邊是先生，另一邊是尼德・蘭。話說完了，貢協議朋友洗耳恭聽，隨時準備給二位打分數。」

看到貢協議把自己推得一乾二淨，我不禁微微一笑。說穿了，貢協議並沒有投他的反對票，加拿大人應當高興才對。

「那麼，先生，」尼德・蘭說，「既然貢協議置身局外，只有我們倆來討論了。我說過了，您也聽到了。您做何回答？」

顯然，我必須當機立斷，我討厭閃爍其詞。

「尼德朋友，」我說，「我來回答。您的反調唱得有道理，在您的論據面前，我的立論站不住腳。我們不能指望尼莫船長發慈悲。他稍有戒心就不會讓我們獲得自由。反過來，利用第一次機會逃離鸚鵡螺號也要謹慎小心。」

「好，阿羅納斯先生，這話說得入情入理。」

「只是，」我說，「要注意一點，就一點。時機必須是切實可靠的。我們的第一次逃跑企圖只許成功，因為萬一失敗了，我們就再沒有任何機會了，尼莫船長是絕不會饒恕我們的。」

「您說的全都對，」加拿大人回答道，「但您的提醒適用於一切逃跑計畫，兩年後和兩天後實施沒什麼兩樣。因此，問題依然是：如果出現了有利時機，就應該緊緊抓住。」

「我贊成。那麼，現在，請您告訴我，尼德，您說的有利時機是什麼？」

「就是說，趁一個昏黑的夜晚，鸚鵡螺號離歐洲某個海岸不遠的地方。」

「您試圖泅水逃生？」

「是的，只要我們離海岸不太遠，而且我們的船必須漂在水面上。如果離岸很遠，而船又在潛航，那就不行了。」

「如果出現這種情況怎麼辦？」

「在這種情況下，我設法偷奪小艇。我知道如何駕駛。我們進入小艇，鬆開螺栓，立即浮出水面，前面駕駛艙裡的駕駛員也發現不了我們逃跑。」

「好吧，尼德。那就留心這種機會吧，但千萬小心，一失足終成千古恨。」

「我忘不了，先生。」

「那麼現在，尼德，您願意聽聽我對您的計畫的全部想法嗎？」

「願意啊，阿羅納斯先生。」

「那好，我想——我不說我希望——我想這樣的有利機會不會出現。」

「為什麼這麼說？」

「因為尼莫船長不會沒有覺察到，我們並沒有放棄重獲自由的希望，因此他一定會保持警惕，尤其是在歐洲海域可以看見海岸的地方。」

「我同意先生的意見。」貢協議說。

「那就走著瞧。」尼德・蘭答道，搖搖頭，但神色很堅定。

「那麼尼德・蘭，」我補充道，「討論到此為止吧。這件事今後千萬不要再提。哪天您準備好了，就通知我們，我們就跟您走。完全拜託您了。」

這次談話就這樣結束了，但帶來的後果應當說極其嚴重。現在我可以這麼說，事實似乎證實了我的預見，卻令加拿大人大失所望。來到繁忙的海域，尼莫船長到底是在提防我們，還是僅僅為了躲開在地中海上來來往往的各國船隻？我不得而知，但鸚鵡螺號大部分時間是在遠離海岸的水下航行。即使浮出水面，也只露出駕駛艙，要不就索性潛入深海，因為在希臘群島和小亞細亞半島之間，兩千米深處尚見不到海底。

正因為如此，我未能見到卡爾帕托斯島，它是斯波拉提群島中的一個大島，尼莫船長指著地圖上的一個點，朗誦了維吉爾[1]的一句詩，我才對這個島有所了解：

卡爾帕托斯島上住著先知
他就是尼普頓之子普洛特斯[2]……

不錯，這是海神尼普頓的老牧人普洛特斯的故居，現在叫斯卡潘托島，位於羅德島和克里特島之間，我只能透過大廳的觀景窗看到花崗岩島基。

第二天，二月十四日，我下決心花幾個小時來研究群島的魚類，但不知因何緣故，窗板老是關閉著。在測定鸚鵡螺號的航向時，我發現它正朝康地島（即現在的克里特島）開去。我登上林肯號的時候，全島剛爆發反抗土耳其專制統治的起義。後來起義結果如何，我一無所知，尼莫船長與大陸斷絕一切聯繫，自然也不可能告訴我相關情況。

當晚，我獨自同他待在大廳裡，對此事件隻字不提。再說，他好像心事重重，卻又不肯說出來。後來，他一反常態，下令打開大廳的兩扇窗，來來回回地踱著步，仔細觀察著海水的流動狀態。他到底在搞什麼名堂？我實在捉摸不透。我便利用時間研究眼前游過的魚類。

在眾多游魚中，我特別注意阿菲茲蝦虎魚，亞里斯多德多次提過，俗名「海花鰍」，在尼羅河三角洲鹹水中最為常見。與海花鰍為伴的是成群的半含磷光的大西洋鯛，牠是鯛魚中的佼佼者，埃及人視為神魚，每當鯛魚光臨尼羅河時，便預示著水量充沛，豐收有望，因此，人們要舉行宗教儀式隆重歡迎。我還注意到身長只有三分米的唇魚，這是一種硬骨魚，鱗甲透明，青灰色魚身有紅斑點，以水草為食，而且食量很大，肉質鮮美至極，備受古羅馬美食家的青睞，唇魚的內臟配以海鱔白肉、孔雀腦、紅鸛舌，可以烹製宮廷極品名菜，維泰利尤斯[3]吃得津津有味。

另一類海洋居民吸引著我的注意力，讓我頓生懷古之情。這就是印魚，牠們可貼在鯊魚的肚皮上進行沾光旅遊，據古人說，如果印魚貼滿船底，還可能引起重心失衡或機身失靈，妨礙行船。在著名的亞克興戰役[4]中，一條印魚拖住了安東尼的戰艦，讓奧古斯都輕易取得勝利。列國命運居然維繫於一條小魚！我還欣賞了美麗多姿的花鮨魚，屬於笛鯛目，希臘人視之為神魚，說牠們能把海怪驅逐出

1 維吉爾（前70—前19），古羅馬詩人。代表作有史詩《伊尼特》、《農事詩》、《牧歌集》等。
2 普洛特斯，希臘神話中變化無常的海神，負責放牧海獸，他從父親尼普頓那兒學到預知未來的本事。
3 維泰利尤斯（15—69），古羅馬皇帝。
4 亞克興戰役，西元前三十一年古羅馬屋大維（奧古斯都）與安東尼在希臘亞克興海角發生的一次大戰，奧古斯都大獲全勝，從而奠定了他在羅馬帝國的統治地位。

自己經常活動的水域。顧名思義，花鮨裡的「花」，是指色澤豔麗，富有變化，從玫瑰紅到寶石紅，斑斕多彩，背鰭閃閃發光，很容易辨認。海裡奇珍異寶層出不窮，令我目不暇接，竟然有一個意想不到的不速之客映入眼簾。

大海水裡突然冒出了一個人，原來是一個潛水夫，腰帶上繫著皮夾子。這肯定不是被拋入海浪中的死屍。是一個正在用手使勁划水的活人，有時候他消失了，為了浮出水面呼吸空氣，但立刻又潛回水裡。

我轉身對著尼莫船長，聲音激動地大叫道：

「一個人！一個遇難的人！要不惜代價救他！」

船長沒有理我，只見他走過去靠在窗上。

那個人游了過來，臉貼在窗板上，眼睛看著我們。

讓我大吃一驚的是，尼莫船長居然對他打了個招呼。潛水夫用手勢回答，然後立即游向海面，再也沒有出現。

「別擔心，」船長對我說，「這是尼古拉，馬塔潘角的，外號叫佩斯。基可拉季斯群島上知名度很高。一個大膽的潛水人。水就是他的家園，他在水中待的時間比在陸地上還長，不停地在各個島之間游來游去，一直游到克里特島。」

「您認識他，船長？」

「為什麼不，阿羅納斯先生？」

說完話，尼莫船長便向大廳左窗附近的一個壁櫥走去。靠著壁櫃，我看見一只包鐵皮的箱子，箱蓋上有一塊銅牌，鸚鵡螺號的題銘赫然可見：「動中之動」。

這時候，船長竟然不顧忌我也在場，大方地打開櫥櫃，原來是一個保險櫃，裡面裝著大量的金屬條。

這是金條。這些價值昂貴的貴重金屬從何而來？船長又是從什麼地方弄到這些黃金的？他到底想做什麼？

我不發一語，只是默默看著。船長把金條一根一根從保險櫃裡取出，整齊有序地疊在箱子裡，裝了滿滿一箱子。我估算箱子裡裝有一千公斤以上的黃金，也就是說，其價值接近五百萬法郎。

船長把箱子關得嚴嚴實實，在箱蓋上寫了地址，用的可能是現代希臘文。

弄妥後，尼莫船長按了一下電鈕，電鈕與船員值班室有電線相通。馬上來了四個人，他們好不容易才把箱子推出了大廳。後來，我聽到他們動用滑輪吊車把箱子放到鐵梯上。

此時，尼莫船長轉身問我說：

「您剛才說什麼來著，教授先生？」

「我什麼也沒說，船長。」

「那麼，先生，我祝您晚安。」

說著，尼莫船長離開了大廳。

我回到寢室，心裡有多鬱悶，人們可想而知。我想一覺解千愁，但哪裡睡得著。我老想著潛水人的出現與裝滿黃金的箱子有什麼聯繫。不久，我感到船身在顛簸晃動，鸚鵡螺號正離開深水層浮向海面。

而後，平臺上有走動聲。我知道，有人解開了小艇，放出了海。小艇與鸚鵡螺號船側碰撞了一下，而後再也無聲無息了。

過了兩小時，又響起同樣的聲響，同樣來來回回的腳步聲。小艇被吊回大船，重歸原位，鸚鵡螺號也重新潛入水裡。

就這樣，價值好幾百萬的黃金被送到指定的地點。大陸的哪個地點？尼莫船長的聯繫人又是誰？

第二天，我把昨天夜裡發生的事告訴了貢協議和加拿大人，說這件事過於古怪，讓我百思不得其解。我的兩個夥伴聽了更驚訝，比我有過之而無不及。

「他從哪裡弄來這幾百萬黃金？」尼德・蘭問。

對這個問題，我無從回答。午飯後，我便回到大廳，開始伏案工作。直到下午五點，我還在做筆記。此時——可能與我個人心態有關——我感到渾身燥熱，只好脫掉真絲外衣。簡直莫名其妙，我們又不在高緯度地區，何況鸚鵡螺號已潛入水下，溫度不應該升高。我看了看壓力錶，表明水深六十英尺，大氣溫度即使很高也不可能影響到這麼深的海水。

我繼續我的工作，但溫度不斷上升，達到叫人忍無可忍的程度。

「難道船上起火了？」我自言自語。

我正準備離開大廳，尼莫船長卻進來了。他走近溫度計，查看了一下，轉身對我說：

「四十二度。」

「我看到了，船長，」我答道，「只要溫度稍微上升一點，我們可就要承受不了啦。」

「哦！教授先生，只要我們不希望升溫，它就升溫不了。」

「這麼說您可以隨意調節溫度？」

「不行，但惹不起卻躲得起呀。」

「這麼說熱度來自外部？」

「沒錯。我們正在沸騰的水流中穿行。」
「這怎麼可能？」我嚷嚷道。
「您看看。」
窗蓋板打開了，我看到鸚鵡螺號周圍海水白花花一片。一股含硫的蒸汽從水浪中翻滾，海水像鍋爐一樣沸騰著。我把手貼到玻璃窗上，只感到一陣滾燙，只好連忙把手抽回。
「我們在什麼地方？」我問。
「桑托林島附近，教授先生，」船長回答我道，「準確地說，在內阿—卡邁尼島和帕萊阿—卡邁尼島之間的水道上。我剛才是想讓您看看海底火山爆發的奇觀。」
「我還以為，」我說，「這些新島嶼的形成已經結束了呢。」
「在火山帶，沒有平靜的時候，」尼莫船長說，「地下火總是在這一帶鼓搗著地球。據卡希歐多爾爾[5]和普林尼的論著，早在西元十九年，就出現過一個新島，叫忒伊亞聖島，就是現在形成火山新島的地方。後來，忒伊亞聖島沉入波濤中，西元六十九年，再次拋頭露面，而後再次沉淪。此後一直到現在，該島的沉浮似乎靜止了。但是，一八六六年二月三日，一個新的小島，有人命名為喬治島，在含硫的蒸汽煙霧中，在內阿—卡邁尼島附近冒了出來，並於同月六日與該島連成一片。七天後，即二月十三日，又冒出了一個小島，叫阿夫羅薩，它與內阿—卡邁尼島之間形成了一條十米寬的水道。造島事件發生時，我正在這一帶水域活動，我有幸目睹了造島運動的全過程。阿夫羅薩島，圓形，直徑三百英尺，高三十英尺。它是黑色玻璃熔岩夾雜著長石片形成的。最後，三月十日，一個叫雷卡的

5 卡希歐多爾爾（約480—575），古代拉丁語作家。

更小的小島冒了出來，在內阿—卡邁尼島附近，此後，這三個小島連成一片，就形成了三合一的島嶼了。」

「那麼，我們現在所在的水道呢？」我問。

「那就是，」尼莫船長指著一張希臘地圖對我說，「您看，我已經把所有的新島都標在上面了。」

「這麼說，這條水道總有一天會被填平吧？」

「有可能，阿羅納斯先生，因為，自一八六六年以來，在帕萊阿卡—邁尼的聖尼古拉港對面，已經冒出了八個熔岩小島了。事情很明顯，內阿島和帕萊阿島很可能在不久的將來合二為一。如果說，在太平洋，是纖毛蟲在興造陸地，那麼，在這裡，則是火燒熔岩擔此重任。您看，先生，您看造島工程還在海浪裡進行呢。」

我回到觀景窗前。鸚鵡螺號停止了運動。高溫叫人無法忍受。海水由白色變成了紅色，那是一種鐵鹽侵染的結果。儘管大廳嚴加封閉，但依然迷漫著一股嗆人的硫磺味，我看到窗外猩紅的火光逼人，電光的威風頓時無地自容。

我渾身大汗淋漓，氣都喘不過來，快被蒸熟了。是的，千真萬確，我有在蒸籠裡被蒸的感覺！

「沸水裡不可久待。」我對船長說。

「是的，不可造次，還是小心為妙。」尼莫船長不動聲色地說。

船長一聲令下，鸚鵡螺號立即掉轉船頭，遠離了這座大火爐，那裡頭可不是逞能的所在，弄不好要自討罪受。一刻鐘後，我們露出水面呼吸到新鮮的空氣。

這時，我還心有餘悸，假如尼德・蘭選擇這帶水域實施逃跑計畫，那我們非葬身火海不可了。

第二天，二月十六日，我們離開了羅德島與亞歷山大港之間水深三千米的大海溝。鸚鵡螺號通過基西拉島海面，繞過馬塔潘角，告別希臘群島揚長而去。

第七章　地中海四十八小時

地中海，蔚藍的海，希伯來人心目中的「大海」，希臘人眼裡就是「海」，羅馬人則親切地叫「我們的海」，沿岸到處是柑橘、蘆薈、仙人掌和海松，到處迷漫著愛神木的芳香，周圍高山峻嶺環抱，空氣純淨清新，但也不斷受到地火的熬煎，是一個名副其實的水火大世界。米什萊說，正是在這個地方，在岸上，在海裡，在全球最強勢的一個環境裡，人類再次經受了水與火的考驗。

地中海盆地美則美矣，但我只能匆匆一瞥，它方圓面積達兩百萬平方公里。尼莫船長對地中海瞭若指掌，但他對我滴水不漏，因為尼莫船長在鸚鵡螺號急速穿行過程中沒有露過一次面。我估計，鸚鵡螺號在地中海海底航行了六百法哩，用了四十八小時。二月十六日我們離開希臘海域，十八日太陽升起時我們已經穿過了直布羅陀海峽。

我心裡很清楚，尼莫船長不喜歡地中海，因為地中海四面受陸地重重包圍，而尼莫船長又極力想逃避陸地。地中海的浪，地中海的風，畢竟給他帶來太多的回憶，即使不是太多的悔恨。在這裡，他再也不能享有汪洋大海賦予他的那種自由自在，那種獨立自主，非洲海岸和歐洲海岸隔海相望，畢竟距離太近，鸚鵡螺號總有冤家路窄的感覺。

正因為如此，我們的速度高達每小時二十五海哩，即十二法哩。不用說了，尼德・蘭傷透了腦筋，不得不放棄他的逃跑計畫。每秒航速高達十二至十三米的情況下，小艇是無法動用的。在這樣條件下離開鸚鵡螺號，無異於從飛馳的火車上往下跳，那就太魯莽了。更何況，我們的船隻在夜間才浮出水面以更新空氣，只按羅盤和測程儀決定航向和速度。

置身地中海往外看，猶如快車旅客觀看眼前一閃而過的風光一樣，只能看到遙遠的海天，卻看不清稍縱即逝的近景。不過，我和貢協議，我們卻可以觀賞到地中海的幾種魚類，因為牠們的鰭極其強壯有力，得以跟鸚鵡螺號同步前進了一段時間。我們一直窩在大廳觀景窗前觀察著，並做了筆記，可以簡要介紹一下地中海魚類分布的情況。

地中海魚類品種繁多，有些我看清楚了，有的則晃眼而過，有的根本無緣一睹，因為鸚鵡螺號航速太快，難免有漏眼之魚。我只好即興進行分門別類，這樣更符合行船觀魚的快節奏。

探照燈把海水照得通明徹亮，幾條七鰓鰻逶迤游來，身長約一公尺，各種氣候條件都能適應。幾條尖吻鰩魚，體寬五英尺，白腹，灰背有小斑點，胸鰭寬大如披肩，順流張揚飄搖。還有一些別的鰩魚，由於來去匆匆，來不及辨認，反正希臘人美其名曰「鷹魚」，想必名正言順，而現代漁民則為牠們取了不少外號，什麼「耗子」、「癩蛤蟆」、「蝙蝠」之類。米氏角鯊，長十二英尺，很令潛水夫生畏，正在爭先恐後比賽速度。海狐狸，身長八英尺，嗅覺特別敏銳，看上去像一片淺藍色的陰影在移動。鯛屬荊棘鯰魚，有的長達十三分米，身穿銀白色和天藍色衣裝，身上還繞著細紋帶，魚鰭顏色尤其深沉，眼睛深陷，眉骨若鑲黃金，各種氣候、水溫、水質都能適應，淡水、鹹水從不計較，江河湖海均可安居，屬於名貴魚種，其先祖可追溯到地質時期，至今仍然保持原始的天生麗質，可做祭奠美神維納斯的供品。還有漂亮的鱘魚，身長九至十米，行動快捷，脊背淺藍色，有褐色小點，魚尾強壯有力，不時觸撞玻璃窗蓋板；鱘魚狀似角鯊，但力量搆不上角鯊等級，各海域都可以看到；春天，牠們喜歡溯江河而上，在伏爾加河、多瑙河、波河、萊茵河、羅亞爾河、奧得河逆水遠遊，以鯡魚、鯖魚、鮭魚和鱈魚為食；雖是軟骨綱動物，但肉質鮮嫩，可以生吃，也可以曬魚乾吃，也可以醃鹹魚吃，古代還有人為慶功而把鱘魚送上盧古魯斯[1]的餐桌。在地中海水族生物中，我觀察得最為實際的魚就是硬骨魚第六十三屬，因為當時鸚鵡螺號正接近海面。那就是金槍鯖魚，藍黑背脊，腹部有銀甲，背部條紋會發出微弱的金光。金槍鯖魚以喜歡跟船走而聞名，為了躲開熱帶驕陽的輻射，千方百計尋找陰涼的地方乘涼，鸚鵡螺號證實牠們名不虛傳，只見牠們陪伴著鸚鵡螺號行走，正如過去牠們陪同拉佩魯茲的船隊前進一樣。牠們同我們的船比賽速度，一連跑了好幾個小時。我百看不厭，津津有味地欣賞這些快跑高手，牠們的體形天生就是游泳的好料，頭小，體滑，呈流線紡錘形，有的身長超過三米，胸鰭發達，尾鰭分叉。金槍鯖魚的行進隊伍與某些鳥群類似，成三角隊形，速度也不相上下，致使古人說它們熟諳幾何學和戰略學。然而，牠們卻逃脫不了普羅旺斯人的追殺。過去，普羅蓬迪特[2]沿岸和義大利居民愛吃這種魚，今天普羅旺斯人胃口更大，成千上萬的珍貴動物就這樣稀裡糊塗地鑽進了馬賽人的魚網而死於非命。

作為備忘，我不妨列舉我或貢協議匆忙一見的地中海魚類。如蒼白的費氏電鰻，像難以捕捉的蒸汽那樣飄忽而過；長蛇一般的康吉海鰻，身長三至四米，披綠、藍、黃三色盛裝；無鬚鱈魚，長三英尺，魚肝味道鮮美；鰷魚，像纖細的海藻一樣在水裡漂遊；魴鮄，詩人們美其名曰「琴魚」，水手們

1 盧古魯斯（前117—前56），古羅馬統帥，曾多次遠征東方。
2 普羅蓬迪特，古海名，即現在的土耳其馬爾馬拉海。

則叫牠「哨子魚」，吻部有兩塊三角形鋸齒狀骨板，活像老荷馬使用的樂器；燕魴鮄，顧名思義，游泳速度快如飛燕；紅頭鋸鯛，背鰭有細絲；西鯡魚，身上有黑色、灰色、褐色、藍色、黃色、綠色花點，魚群靠發聲進行聯絡，對清脆的鈴聲非常敏感；大菱鮃，色彩豔麗，有海錦雞之稱，菱形，黃鰭，身上有褐斑，左上側有大理石花紋；最後是大群的緋鯔魚，堪稱海中的極樂鳥，羅馬人曾花一萬銀幣買一條小緋鯔魚，只是為了目睹躺在桌上的活魚死亡過程中的顏色變化，從鮮活的朱紅色變成蒼白的死人色，這種眼福也夠殘忍的。

我無緣一見的魚有花蝶斑魚，鱗魨，單鼻魨、海馬、海筍魚、玻甲魚、鯽魚、羊魚、隆頭魚、胡瓜魚、飛魚、鯷魚、真骨鯛、泥鰱鯛、頜針魚，以及鰈形目的主要代表，如黃蓋鰈、葉鰈、舌鰨、比目魚等，大西洋和地中海都產這類魚，我之所以草草了事，只能怪鸚鵡螺號穿越這片漁產豐富的海域時速度太快，叫我目不暇接，頭暈目眩。

至於海洋哺乳動物，路經亞得里亞海口時，我好像見到兩三頭抹香鯨，都有類似背鰭的矮角狀隆起；還有幾條圓頭海豚，這是地中海的特產，頭前部有明顯的淺色斑紋；幾十隻海豹，白肚皮，黑皮毛，身長三米，有「僧侶」之稱，頗有多明尼克修士的風度。

貢協議另有收穫，牠看到一隻海龜，體寬六英尺，有三道縱向隆起。我很遺憾，沒有看到這隻爬行動物。但據貢協議為我做的描述，我認為應當是棱皮龜，屬於珍稀品種，我只看到幾隻長甲卡庫安海龜。

至於植形動物，我有幸觀賞了幾眼婀娜多姿的橘黃色的「山珊瑚」，只見它掛在左側觀景窗外，絲絨又細又長，不斷分叉，枝外有枝，末梢鑲有精美的花邊，就是阿拉喀涅的對手也編織不出來[3]。可惜，我未能打撈到這樣精美的標本，若不是十六日夜晚鸚鵡螺號特意放慢了航速，地中海其他植形動物恐怕就難得一見了。事情原來是這樣的。

當時，我們正航行在西西里島和突尼斯海岸之間的海域。突尼斯的邦角與義大利的墨西拿海峽之間水道極其狹窄，海底地形又陡然上升，形成了一道名副其實的海脊，高峰離海面只有十七公尺，而海脊兩側的水深則達一百七十公尺。因此，鸚鵡螺號不得不謹慎小心行駛，以免撞在這道海底柵欄上。

我展開地中海地圖，把這道長礁所在的位置指給貢協議看。

「不過，請先生恕我冒昧，」貢協議說，「這才是連接歐洲和非洲的一道名副其實的地峽。」

「不錯，小夥計，」我答道，「它把利比亞海峽封住了，而且史密斯的勘察也證明，歐洲和非洲兩個大陸從前是連成一片的，就在博科角和菲麗娜角之間。」

「對這種說法我心悅誠服。」貢協議道。

「我還要補充一點，」我又說，「直布羅陀與休達之間也存在一道類似的柵欄，在地質時期，正是這道柵欄封鎖了地中海。」

「哦！」貢協議感歎道，「有朝一日海底火山爆發，勢必把這兩道柵欄推出水面！」

「這幾乎是不可能的，貢協議。」

「不管怎麼樣，請先生允許我把話說完，假如真的發生這種現象，雷賽布先生可就光火了，他為了鑿通地峽，不知遭了多少罪！」

「我贊成你的看法，但我再說一遍，貢協議，這種現象是不會再發生了。地下能量愈來愈少了。

3 典出希臘神話。阿拉喀涅是呂狄亞少女，善於織繡，女神們都愛到她家裡欣賞她的作品，這引起雅典娜的妒忌，雅典娜便同她比賽刺繡，結果阿拉喀涅獲勝。雅典娜惱羞成怒，就把阿拉喀涅變成蜘蛛。

創世之初，火山多得很，後來逐漸熄滅了，地球內部的熱量正在減少，地球深層溫度每一百年就有明顯的下降，這對我們的星球可不是好事，因為地熱就是地球的生命。」

「可是，太陽……」

「太陽鞭長莫及，貢協議。太陽能讓屍體恢復體溫嗎？」

「不能，這我知道。」

「那好了，我的朋友，地球總有一天會變成冷冰冰的屍體。地球將跟月亮一樣變得無法居住，荒無人煙，月亮早就把生命賴以生存的熱量消耗殆盡了。」

「得過好多世紀吧？」貢協議問。

「再過幾百萬年吧，夥計。」

「這麼說，」貢協議答道，「我們還來得及把海底旅行進行到底，當然啦，只要尼德・蘭不瞎攪和就行。」

於是，貢協議心安理得，繼續開始研究這道高隆的海底。鸚鵡螺號正以緩慢的航速貼近海脊摸索著前進。

在火山岩構成的海底，盛開著一系列生動的花卉，其中有海綿、海參，還有透明的環口櫛水母，粉紅的絲狀腕手加以裝飾，發出淡淡的磷光；還有瓜水母，俗名海黃瓜，在陽光照耀下會發出七色閃光；還有會游動的毛頭星，寬一米，大紅大紫的顏色可以把海水染紅；美輪美奐的海喬木蔓蛇尾；長莖多花孔雀葵；各種各樣可食用的海膽；灰杆、褐花盤的綠海葵，叢狀觸手蓬勃向上，如綻放的花瓣，似張揚的美髮。

貢協議對軟體動物和節肢動物情有獨鍾，觀察得頗為用心，雖然羅列分類辭彙難免有些枯燥，但我可不能辜負這位好夥計的努力，別把他個人的觀察結果給忽略了。

在軟體動物門中，貢協議羅列了大量櫛形扇貝，成堆層疊的驢蹄海菊蛤，三角斧蛤，黃鰭亮殼三齒龜螺，橘黃無殼側鰓貝，淺綠斑點卵形貝，腹足海兔，截尾海兔，多肉無觸角螺，地中海傘形貝，名貴螺鈿質海耳鮑，火焰扇貝，不等蛤（據說，法國朗格多克人愛吃不等蛤勝過牡蠣），馬賽美食綴錦蛤，白白胖胖的雙層簾蛤，難得一見的美洲簾蛤（北美洲海域盛產這類軟體動物，在紐約銷量很大），五顏六色的蓋梳貝，躲在洞中的石蟶（我很喜歡牠的辣味），細紋簾心蛤（貝殼頂部隆起，猶如突起的海岸），渾身長滿紅疙瘩的石勃卒，兩端上翹、狀似威尼斯輕舟貢朵拉的龍骨螺，戴冠的蕁麻螺，螺旋明螺，條紋頭巾白斑灰色南瓜貝，活像小蛞蝓的蓑海牛，仰面爬行的龜螺，多種耳形貝（尤以橢圓殼勿忘我耳貝為貴），淺黃淡褐梯螺，濱螺，海蝸牛，千里光螺，住石蛤，片螺，貓眼蛤，邦門蛤等等。

說到節肢動物，貢協議在筆記中準確地分為六綱，其中有三綱屬於海洋動物，即甲殼綱、蔓足綱和環節綱。

甲殼綱分九目，第一目為十足目，這類動物的頭和胸通常連為一體，口腔由好幾對顎足組成，有四至六對胸肢或步足。按照我們的導師米爾納•愛德華茲的分類法，貢協議把十足目分成三類：短尾類、長尾類和異尾類。這些名稱雖然有點粗俗，但卻準確無誤，恰如其分。在短尾類裡，貢協議提到的有：阿瑪蒂提琴蟹，額前長有兩根分叉長刺；海蠍子，不知是什麼緣故，希臘人視為智慧的象徵；馬塞納緊握蟹，斯皮尼曼緊握蟹，牠們通常生活在深水裡，也許是迷路才爬上海底高地的；還有團扇蟹，毛刺蟹，菱角蟹，癩疤饅頭蟹，貢協議說，這些蟹很好消化；還有無齒冠海蟹，堅殼蟹，波紋蟹，絨毛蟹。長尾類又分五個科：鱗甲科，掘足科，螯蝦科，長臂蝦科和鞘蝦科。他還提到幾種普通的龍蝦，說母龍蝦的肉特別受青睞；還有熊蝦和海蟬；還有近岸蝦和各種食用蝦。不過，他沒有對螯蝦科進行分類，因為地中海除了龍蝦之外沒有別的螯蝦。最後，在異尾科中，他看到一些普通的走蟹，牠們爭到一只空貝殼，便躲在後頭；還有前額帶刺的人面蟹，寄居蟹，寶貝蟹等。

貢協議的分類工作也就到此為止了。因為時間有限，他未能把甲殼綱動物羅列齊全，來不及觀察口足目、端足目、同足目、等足目、三葉蟲目、鰓足目、介形目和切甲目等動物。為了完整地研究海洋節肢動物，他本該列舉蔓足綱動物，包括劍水蚤、鯴等在內，還有環節綱，他已經做了管毛目和背鰓目的分類。但是，鸚鵡螺號駛出利比亞海峽海底高地後，又潛入深水層，恢復了正常的航速，從此後，就再也看不到地中海的軟體動物、節肢動物和植形動物了。我們只看到幾條大魚像影子一般一晃而過。

二月十六日至十七日夜間，我們進入地中海第二海盆，最深處有三千公尺。鸚鵡螺號在螺旋槳的推動下，使用斜板技術，一下子潛入最深的水層。

在地中海深水區，雖然見不到奇珍異寶，但一幕幕水下慘狀卻令人膽戰心驚。千真萬確，我們當時正穿越地中海海難最多發的區域。從阿爾及利亞海岸到普羅旺斯海岸，不知有多少船隻葬身海底，不知有多少輪船不明下落！與浩浩蕩蕩的太平洋相比，地中海不過是一泓湖泊而已，然而，這個湖泊卻喜怒無常，變幻莫測，對風帆來說，今天它可能對你千依百順，極盡溫柔體貼，讓你在海天之間逍遙自得；但明天，它卻有可能狂風怒吼，波浪滔天，以迅雷不及掩耳之勢，把大船的鋼筋鐵骨打得七零八落。

因此，當鸚鵡螺號快速穿越深水區時，我看到了許多長眠海底的沉船殘骸，有的長滿珊瑚蟲，有的則只是鏽跡斑斑，其中有鐵錨、炮管、炮彈、鐵器、螺旋槳葉片、破機器、破氣缸、破鍋爐，有的船殼在漂浮，有的直立，有的索性來個底朝天。

這些遇難船隻，有的是因撞船而沉淪的，有的則是觸礁不幸葬身海底。我看到有些沉船直挺挺地躺在海底，桅杆依然筆直挺立，帆索被海水浸泡得反而僵硬緊張起來，它們似乎正停泊港灣待命起航。鸚鵡螺號就在這片沉船之間穿行著，電光所照，一覽無遺，原以為這些待命的航船正要動用旗標向自己示敬呢！其實根本不是，在這片災難場地上，除了寂靜和死亡，毫無生氣可言！

我發現，鸚鵡螺號愈是靠近直布羅陀海峽，地中海海底沉船殘骸就愈集中。在這裡，非洲海岸與歐洲海岸最為接近，在這狹窄的水道上，航船相撞事件時常發生。我在那裡看見不少鐵製船具，不少奇形怪狀的殘骸，有的躺倒，有的直立，活像海裡的怪獸。其中有一條船側身破裂，煙窗歪扭著，機輪只剩下支架，船舵早已同艉柱分了家，尾部船板也都被海鹽鏽蝕，但一根鐵鏈還在維繫藕斷絲連的殘局，此情此景多麼可怕！大難臨頭，船毀人亡知多少！多少無辜者葬身魚腹！遇難船上有沒有水手死裡逃生，可以講述這次可怕海難事件的經過？抑或海浪依然保守著海難的祕密？不知為什麼，我猛然產生這樣的聯想，這艘沉船也許就是二十多年前失事的阿特拉斯號輪船，全船的生命財產不明下落，此後一直杳無音信！啊！如果要撰寫人類的海難史，最淒慘的恐怕就是地中海了，這裡骸骨成堆，連成一大片，多少財富沉淪海底，多少生命死於非命！

然而，鸚鵡螺號對此卻無動於衷，照樣開足馬力，快速穿行在沉船廢墟之間。十八日凌晨三點，它出現在直布羅陀出口處。

直布羅陀海峽有兩股水流：一股是上順流，早就人所共知，正是這股水流引大西洋之水入注地中海盆地；另一股是下逆流，今天用推理的方法證實了它的存在。不錯，大西洋海水和江河水的流入使得地中海水量不斷上漲，而地中海海水的蒸發量又不足以抵消增加的水量，那麼海平面勢必年年升高。然而，實際情況卻並非如此，人們自然而然承認有下逆流的存在，通過直布羅陀海峽，把地中海過剩的海水送回大西洋盆地。

事實正是如此。鸚鵡螺號恰恰就是利用了這股逆流，迅速地通過了這道狹窄的水道。只見沉淪的赫丘利[4]神廟遺跡一晃而過，普林尼和阿維紐斯[5]言之鑿鑿，說神廟是和它所在的小島一起沉淪大海的，只過了幾分鐘，我們就在大西洋浮出了水面。

4 赫丘利，羅馬神話中的大英雄，即希臘神話中的海格立斯。
5 阿維紐斯，古拉丁詩人和地理學家。

第八章　維哥灣

大西洋！二千五百萬平方公里的汪洋大海，長九千海哩，平均寬度二千七百海哩。這麼重要的海洋，古人可能除了一些迦太基[1]人外，幾乎無人知曉！這些迦太基人實際上是古代荷蘭人，他們沿著歐洲和非洲西海岸進行長途商貿跋涉。大西洋海岸彎彎曲曲，但走向卻基本平衡，擁抱著幅員遼闊的水域，世界上最大的河流大都注入其間，聖羅倫斯河、密西西比河、亞馬遜河、拉普拉塔河、奧里諾科河、尼日爾河、塞內加爾河、易北河、羅亞爾河以及萊茵河，給大西洋帶來最文明國度和最野蠻地區的水源！滄海橫流，各國船隻來往穿梭，各國國旗迎風招展，兩個可怕的岬角分別把守大洋的兩端，那便是令航海家膽戰心驚的合恩角和風暴角[2]！

鸚鵡螺號以衝角劈波斬浪，航行在浩淼的大西洋上，三個半月以來，行程近一萬法哩，相當於繞地球一圈多[3]。現在，我們要去什麼地方？等待我們的前途又會怎樣？

鸚鵡螺號走出直布羅陀海峽後，沖進了汪洋大海，重新浮出了水面，我們又恢復了天天上平臺散步的習慣。

我在尼德・蘭和貢協議的陪同下，立刻登上了平臺。眼前十二海哩處，西班牙西南端的聖維森提角依稀可見。陣陣南風來勢兇猛，大海波濤洶湧。鸚鵡螺號隨著風浪顛簸不停。大浪不斷襲擊平臺，我們躲之不及。我們呼吸幾口新鮮空氣後，便不得不匆匆回到船內。

我回自己的寢室。貢協議則回他的艙房，但加拿大人卻憂心忡忡地跟著我。我們的船快速穿越地中海，他的逃跑計畫未能實現，難免露出垂頭喪氣的模樣。

關好了房門，加拿大人便坐了下來，一聲不吭地看著我。

「尼德朋友，」我對他說，「我理解您的心情，但您大可不必自責。在鸚鵡螺號那樣航行條件下想逃跑，那簡直就是發瘋！」

尼德・蘭一言不答，只見他緊繃著雙唇，緊蹙著眉頭，說明他並不死心，非拚個魚死網破不可。

「您看，」我接著說，「還沒有到山窮水盡的地步嘛。我們正沿著葡萄牙海岸向上走。不遠就是法國、英國，在那裡，我們很容易找到逃脫的機會。啊！假如鸚鵡螺號離開直布羅陀海峽之後向南

1 迦太基，非洲北部奴隸制古國，曾強盛一時，在今突尼斯境內。
2 合恩角在南美洲的最南端，是大西洋和太平洋的分界處；風暴角即現在的好望角，在非洲最南端，是大西洋和印度洋的交匯處。
3 一法哩約合四公里。地球赤道周長約四萬公里。

走，假如它把我們帶到遠離大陸的地方，那我就會跟您一樣坐立不安。不過，現在我們已經明白，尼莫船長並不回避文明化了的海域，我想，再過幾天，您就可以有幾分把握採取行動了。」

尼德・蘭死盯住我看，最後終於開口了：

「那就在今天晚上。」

我霍地站了起來。我承認，我沒料到會談出這樣的結果。我本想回答加拿大人，但理屈詞窮。

「我們說好要等待時機，」尼德・蘭繼續說，「時機，現在我抓到了。今天晚上，我們離開西班牙海岸只有幾個海哩。茫茫黑夜，大海颳風。阿羅納斯先生，您的話我記著，我相信您。」

由於我始終不說話，加拿大人便站了起來，向我走了過來。

「今晚，九點，」他說，「我已經通知貢協議。到那時，尼莫船長已閉門謝客，或許已經上床睡覺了。不論是機械師還是其他船員都看不見我們。我和貢協議，我們上中央樓梯。您呢，阿羅納斯先生，您待在圖書室裡，離我們只有幾步遠，等待我的信號好了。船槳、桅杆和船帆都裝在小艇裡。我還設法藏進一些食品。我還弄到一把扳手，用來擰開小艇固定在鸚鵡螺號上的螺母。就這樣，一切都準備好了。今晚見。」

「海況很糟。」我說。

「我知道，」加拿大人回答道，「但必須冒這個風險。自由需要付出代價。再說，小艇很牢靠，順風跑幾海哩不算什麼事。誰知道明天我們會不會在百里之外的大海上？但願一切如意，十點到十一點之間，要麼我們登上陸地，要麼非死不可。只好讓天主保佑我們了，晚上見！」

加拿大人說完這話就告退了，我茫然不知所措，半天愣在那裡。我原來設想，即使來了時機，我也許還有時間考慮考慮，研究研究。可是我那強夥伴不允許我深思熟慮。事已如此，我還說什麼好呢？尼德・蘭有一百條理由這麼做。眼看就有機會了，當然要利用。我豈可言而無信，為了一己私利而犧牲同伴們的前途？明天，尼莫船長不就會把我們帶到遠離大陸的汪洋大海中去了嗎？

此時，一陣十分響亮的哨聲傳來，我知道水罐開始注水了，鸚鵡螺號已開始潛入大西洋水中。

我一直待在房間裡。我有意躲開尼莫船長，不能讓他看出我忐忑不安的情緒。多麼難過的一天，我就這樣熬過來了，我左右為難，進退維谷，既渴望恢復自由，卻又捨不得離開鸚鵡螺號，實在不甘心讓我的海底研究半途而廢！難道就這樣離開這片海洋，離開「我的大西洋」（因為我喜歡這樣稱呼它），可是我還沒有來得及觀察它海底水層的狀況，還沒有揭開大西洋海底的祕密，而我在印度洋和太平洋卻一一揭開了謎底！小說才讀完第一卷豈能就釋手，美夢正酣甜豈容被打斷！我思前想後，苦不堪言，來回自我折磨了好幾個小時，時而眼看自己同夥伴們一起平安地登上了陸地，時而又失去理智，總希望出現意外情況，讓尼德・蘭的計畫實現不了。

我兩次來到大廳。我想查看一下羅盤。我想看看，鸚鵡螺號的航向到底是接近還是遠離海岸。但都不是。鸚鵡螺號始終在葡萄牙水域潛航。它一直沿著大西洋海岸北上。

因此，必須下決心準備逃跑。我的行李並不重。除了筆記本，兩手空空。

至於尼莫船長，我捫心自問，他對我們的潛逃該作何感想？他會怎樣地惶惶不安？對他會造成什麼樣的傷害？萬一潛逃計畫敗露或逃跑失敗，船長會採取什麼措施？當然，我對他毫無怨言。相反，我對他感恩不盡。他待我們情真意切，無與倫比。可是我離開他，也不能說是「忘恩負義」吧。我們之間並無誓約束縛。他想把我們永遠留在他身邊，靠的是事物本身的力量，並不需要我們做什麼承諾。然而，既然他公開聲明要把我們永遠囚禁在他的船上，反而證明我們逃跑的企圖是無可非議的。

自從參觀過桑托林島之後，我就再沒見過尼莫船長。我們逃跑前萬一碰上他呢？我既想見他，又怕見他。他就住在我的隔壁，我不由留心隔壁的動靜，聽聽他是不是在走動，可是我的耳朵沒有聽到任何聲響。隔壁房間好像空無一人。

我不由問我自己，這位古怪人物會不會不在船上？自從那天夜裡，小艇離開鸚鵡螺號去執行一項神祕使命之後，我對這個怪人的看法稍有改變。我想，別管他嘴上如何表白，他跟陸地似乎仍然保持著某種聯繫。難道他一直未曾離開過鸚鵡螺號？我經常幾個星期沒見他一面。這段時間他到底在做什麼？我原以為他憤世嫉俗，看破紅塵，他會不會是到遠處去幹什麼祕密勾當，而我至今卻被蒙在鼓裡？

所有這些念頭夾雜著其他想法似千頭萬緒在我心頭胡攪蠻纏。我們的處境本來就很離奇，胡猜亂想難免不著邊際。心中的鬱悶忍無可忍。等待中度日如年。我的心情愈煩躁，愈發嫌時間過得太慢。

我照常在房間裡用晚膳，但精神過於緊張，吃得很分心。我七點離開餐桌。只有一百二十分鐘——我默默地數著——我就得與尼德・蘭會合了。我更加心煩意躁。我的脈搏怦怦直跳。我坐也不是，站也不是。我來來回回地踱著步，希望用運動來安撫慌亂的心態。想到此次採取的魯莽行動很可能死路一條，難免瞻前顧後，但我卻可以視死如歸；但再一想，如果我們的計畫在離開鸚鵡螺號前就敗露了，我們被抓回到尼莫船長的面前，看到船長因我的背信棄義而大發雷霆，甚至更糟糕的是，他因此備感痛心疾首，我的心反而忐忑不安起來。

我想與大廳作最後的告別。我穿過通道，來到這間博物館，我曾在這裡度過多少愜意而有意義的時光。我看了看滿廳的財富，這琳琅滿目的奇珍異寶，猶如終身被流放之人，在一去不復返的前夜那樣戀戀不捨。這些大自然的造化神功，這些藝術傑作，多少時日以來，我置身其間，早已和我融為一體，成了我生命的精華，而我現在卻要永遠拋棄它們不管了。我本想通過大廳的觀景窗留連注目大西洋的層層海水，可是蓋板封閉得嚴嚴實實，一張鐵板就把我與這片尚未摸底的大洋隔開了。

我就這樣戀戀不捨地走過大廳，來到裝飾有隅角斜面的門旁，這扇門正對著尼莫船長的臥室。令我大吃一驚的是，門居然半開著。我不禁退了回來。如果尼莫船長在房間裡，他就可能看見我。不過，沒有聽到任何動靜，我便走了過去。房裡沒有人。我索性把門推開。我往裡走了幾步。還是那樣樸素無華，好像苦行僧的住所。

就在這時，牆上懸掛著的幾幅銅版畫映入我的眼簾，我首次來訪時並沒有發現。這是幾幅肖像畫，是一些歷史偉人的畫像，他們畢生忠誠於人類的一種偉大理念，其中有：柯斯丘什科[4]，一位在「波蘭完了」的呼喊中倒下的英雄；博察里斯[5]，現代希臘的列奧尼達[6]；奧康瑙爾[7]，愛爾蘭的保衛者；華盛頓，美利堅合眾國的締造者；馬寧[8]，義大利愛國人士；林肯，倒在奴隸制頑固派的槍彈下；最後是絞刑架上的約翰・布朗[9]，為黑人的解放而犧牲，很像是維克多・雨果用鉛筆勾畫的慘狀。

這些英雄與尼莫船長難道有什麼心心相印的聯繫？我能不能從這組肖像裡最終找到船長為人處世的祕密？難道他是被壓迫人民的捍衛者，被奴役民族的解放者？難道他在本世紀最近的政治和社會動亂中拋頭露面過？他會不會是可歌可泣的美洲大戰中的一位英雄？……

4 柯斯丘什科（1746—1817），波蘭將軍，抗擊沙俄侵略的民族解放運動領袖之一。
5 博察里斯（1788—1823），希臘獨立戰爭初期領導人之一。
6 列奧尼達，古斯巴達國王（前488—前480）。抗擊波斯入侵的民族英雄。
7 奧康瑙爾（1794—1855），英國憲章運動領袖之一，曾參加愛爾蘭獨立運動。
8 馬寧（1804—1857），義大利律師，威尼斯復興運動領袖。
9 約翰・布朗（1800—1859），美國廢奴主義者，為黑人的解放英勇就義。

突然，掛鐘敲響了，八點整。鐘錘擊打鐘鈴的第一響就把我從迷夢中喚醒。我膽戰心驚，彷彿有一隻暗藏的眼睛能看穿我內心深處的隱祕，於是我急忙退出船長的臥室。

回到大廳，我的目光不由落在羅盤上。我們的航向一直向北。看了看測程儀，中等速度。再看看壓力錶，水深六十英尺左右。這正是實施加拿大人計畫的有利時機。

我回到自己的寢室。我穿戴得暖暖和和的，海靴、水獺帽和海豹皮裡子的真絲外套，一應齊全。我準備就緒。我等著。船上一片寂靜，只聽到螺旋槳低沉的咕嚕聲。我豎起耳朵，仔細聽了聽。有沒有什麼人突然大喊大叫，告訴我尼德・蘭的逃跑計畫已被發現了吧？我擔心得要命。我極力使自己冷靜下來，但我辦不到。

差幾分就九點了，我把耳朵貼近船長的房門。無聲無息。我離開寢室，又回到大廳裡。大廳光線黯淡，但空無一人。

我打開通往圖書室的門，一樣光線不足，更顯冷冷清清。我走過去，站在門邊，對著中央樓梯，等待尼德・蘭的信號。

正在此時，螺旋槳的咕嚕聲明顯減弱，而後索性停止了。鸚鵡螺號為什麼出現一反常態的變化？這次停機對尼德・蘭實施計畫是有利還是有礙？我很難說清楚。

我的心怦怦直跳，攪亂了四周的沉寂。

突然，我覺察到一陣輕微的震動。我明白了，鸚鵡螺號剛才在海底停泊了。我更加惶惶不安。加拿大人沒有向我發信號。我想去找尼德・蘭，勸他推遲他的行動計畫。我感到，我們的航行有悖常規……

此時，大廳門開了，尼莫船長出現了。他見到我，不作任何寒暄，一見如故地說：

「啊！教授先生，我正找您呢。您曉得你們的西班牙歷史吧？」

即使精通本國歷史，但在我當時的處境下，心慌意亂，六神無主，恐怕誰也說不出一句話來。

「到底怎麼啦？」尼莫船長又說，「您聽見我的問題了嗎？您曉得西班牙歷史嗎？」

「知之甚少。」我答道。

「學者們都如此，」尼莫船長說，「他們並不懂得。」後來，他又補充說：「那好，請坐下，我來給您講一段歷史軼聞吧。」

船長躺倒在長沙發上，我萬般無奈，只好背著光坐在他身旁。

「教授先生，」他對我說道，「好好聽著。從某種意義上講，這段歷史會讓您感興趣的，因為它會回答一個您也許至今懸而未決的問題。」

「我洗耳恭聽，船長，」我說，我不知道言者究竟意欲何為，我尋思會不會與我們的逃跑計畫有關。

「教授先生，」尼莫船長又說，「如果您同意，我們就從一七〇二年說起。您不會不知道，在那個時代，你們的國王路易十四，他以為只要專制君主打一個手勢，庇里牛斯山脈就會縮回地下去，於是就把王孫安儒公爵強加在西班牙人頭上。這位親王號稱菲力浦五世，其統治危機四起，在國外遇到了強大對手的麻煩。

「實際上，此前一年，荷蘭、奧地利和英國王室在海牙早已簽訂了一項同盟條約，目的就是要摘掉菲力浦五世在西班牙的王冠，改戴到奧地利一位大公的頭上，同盟國迫不及待，提前封這位大公為查理三世。

「西班牙不得不抵制這個聯盟。但西班牙陸、海軍形同虛設。不過，西班牙並不缺乏金錢，只要滿載美洲金銀財寶的帆船源源不斷地進入港口就行。哦，一七〇二年底，西班牙正等待一支滿載而歸的船隊，法國派出一支擁有二十三艘船隻的艦隊為其護航，艦隊由德．夏多．雷諾海軍上將指揮，因為同盟國的軍艦當時正在大西洋這帶海域遊弋。

「船隊本應開往加的斯港，但雷諾上將得知英國艦隊正在這一帶巡航，便決定在法國的一個港口靠岸。

「西班牙船隊的船長們一致反對這個決定。他們要求法軍護航到一個西班牙港口，即使不能去加的斯港，到維哥灣也行。維哥灣位於西班牙西北部海岸，當時那裡尚未被封鎖。

「雷諾上將屈從了船長們的要求，船隊開進了維哥灣。

「糟糕的是，維哥灣是一個敞開的錨地，根本無法防守。因此，必須搶在盟國艦隊到來之前把貨物卸完，若不是突然發生了爭權奪利的可悲問題，卸貨應該是來得及的。」

「您明白事件的來龍去脈了嗎？」尼莫船長問我。

「一清二楚。」我說，但我仍然搞不清楚他為什麼要給我上這堂歷史課。

「我接著說下去。事情的經過是這樣的。加的斯港的商人歷來享有一種特權，根據這一特權，凡來自西印度群島的一切商品均應由他們接貨。而把船隊的金條卸在維哥港，這就侵犯了他們的權力。他們便到馬德里告狀，並從軟弱的菲力浦五世那裡得到指令，要求船隊暫停維哥灣，封存貨物，等到敵艦遠離後再說。

「然而，正當西班牙做出這項決定時，英國艦隊已於一七〇二年十月二十二日抵達維哥灣。雷諾上將儘管處於劣勢，還是英勇作戰，但當他眼看一船船滿載的財富就要落入敵人之手時，便索性燒毀、破壞商船隊，大量金銀財寶就這樣隨沉船墮入海底。」

尼莫船長剎住了話題。老實說，我仍然看不出這段故事有何處使我感興趣。

「那又怎麼樣？」我問他道。

「是這樣的，阿羅納斯先生，」尼莫船長回答我說，「我們現在就在這個維哥灣裡，能不能揭開個中奧祕全仰仗您了。」

船長起身並請我跟他走。我定了定神。我服從了。大廳很暗，但透過玻璃窗，可看見海水閃閃發亮。我留神觀看。

在鸚鵡螺號周圍，在半海哩範圍之內，海水彷彿泡在電光之中。海底沙土清晰而明亮。幾個船員身著潛水服，正忙著在黑糊糊的沉船殘骸之間，清理一些行將腐朽的木桶和已經開裂的木箱。只見從破桶和破箱裡散落出一大堆金條和銀錠，還有數不清的錢幣和珠寶，攤滿了沙地。後來，船員們扛著貴重的戰利品回到鸚鵡螺號，才卸下包袱，就又回去打撈取之不盡的金銀財富。

我明白了。這裡就是一七〇二年十月二十二日那場海戰的戰場。也就是在這裡，為西班牙政府運送金銀財寶的船隊全部沉沒。也是在這裡，尼莫船長按照自己的需要，把數以百萬計的金銀財寶裝上鸚鵡螺號。美洲為了他，只為他一個人，奉獻出貴金屬。這些財寶原來是從印加[10]人那裡，從費爾南・科爾特斯[11]手下敗將那裡搶奪來，他居然成了這些財寶的直接繼承人，而且是獨一無二的繼承人！

「您可曾知道，教授先生，」船長笑問我說，「海裡深藏如此多的財富？」

「我只知道，」我答道，「有人估算過，海水中有兩百萬公噸懸浮狀態的銀。」

---

10 印加，即印加帝國，南美洲西南部古國名。其君主稱「印加」，國民為印加人。一五三三年，印加帝國被西班牙殖民者消滅。

11 費爾南・科爾特斯，侵略墨西哥的西班牙殖民者。

「也許吧，但要提煉這些銀，費用比利潤高。可是這裡，正好相反，我只需要把別人丟失的東西揀起來，不僅在維哥灣如此，在成千上萬海難發生地也都如此，我的海底地圖都一一加了標記。現在，您是不是明白了，我可是億萬富翁？」

「我明白了，船長。不過，請恕我對您直說，僅就開發維哥灣而言，您的打撈工程比一家與您競爭的公司只是捷足先登一步而已。」

「哪家公司？」

「有家公司得到西班牙政府的特許，正要尋找這批沉船。股東們對這筆巨大的利潤趨之若鶩，因為有人估計過，沉船財富高達五億。」

「五億！」船長回答我道。「原來有五億，可是現在就沒那麼多了。」

「的確，」我說。「因此，對股東們好言提醒一下，也許堪為善舉。不過，誰知道好心會不會受到歡迎呢。因為在一般情況下，賭棍們悔恨最厲害的，並非心疼輸了多少錢，而是瘋狂期望值的破滅。總而言之，我倒不是為賭徒們鳴冤叫屈，而是為成千上萬苦難的人們感到難過，如果這麼多的財富能讓他們合理地沾點光，他們也許從中受益，可是現在對他們來說毫無好處。」

我何苦發這個牢騷呢，因為我感覺到了，尼莫船長很可能受到了傷害。

「毫無好處！」尼莫船長憤憤不平地答道。「難道您以為，先生，這些財富就此泡湯了，是我把財富揀走拉倒了？照您的說法，我辛苦打撈這些財寶是為了我自己？誰告訴您我沒有好好加以利用？難道您以為，我不知道地球上還有受苦人，還有被壓迫民族，還有需要救濟的窮人，還有準備報仇的受害者嗎？難道您不理解？……」

尼莫船長收住了話題，也許他後悔說得太多了。但我猜對了。不管是出於什麼動機，他被迫到海底來尋找獨立自主，說到底他首先依然是一個人！他的心仍然在為人類的苦難而怦跳不休，他樂善好施，扶困濟貧，不僅惠及個人，也資助被奴役的種族！

而我終於明白了，當鸚鵡螺號航行在起義中的克里特島海域時，尼莫船長究竟把千百萬的財產送給了誰！

第九章　沉淪的陸地

第二天，二月十九日，清晨，我看見加拿大人進入我的房間。我正等著他登門拜訪呢。只見他一臉不高興。

「怎麼說，先生？」他問我。

「嘿，尼德，昨天很不湊巧啊。」

「就是嘛！我們剛剛要離船逃跑，該死的船長就把船停下不走了。」

「是的，尼德，他到他的銀行辦事了。」

「他的銀行！」

「或者說是他的銀行大行宮吧。我說的大行宮就是指大海，他把財富寄存在大海裡，比放在一個國家的國庫裡更安全。」

於是，我把昨天夜裡發生的事件告訴了加拿大人，希望他能回心轉意，千萬不要離開尼莫船長，但又不好道破我的良苦用心；可是我的一番話卻節外生枝，產生別的副作用，尼德為未能親自到維哥灣戰場走一遭而深表遺憾。

「總而言之，事情並沒有一了百了。只是打空一魚叉罷了。下次一定會成功，如有可能，今晚就……」

「鸚鵡螺號的航向怎樣？」我問。

「我不知道。」尼德答道。

「那好吧！中午，我們看看方位。」

加拿大人回到貢協議身邊。我穿好衣服，便來到大廳。羅盤指針叫人放心不下。鸚鵡螺號正朝西南偏南方向行駛。我們是背離歐洲航行的。

我有些不耐煩，等著地圖標上現在的方位。十一點三十分左右，儲水罐排空，我們的船浮出水面。我急忙登上平臺。尼德．蘭卻捷足先登了。

已經看不到大陸的影子了。眼前只有茫茫大海。幾片風帆在天邊招搖，這些船隻也許是去聖羅克角等待順風，以便繞過好望角。天陰雲湧，就要起風了。

尼德怒氣未消，恨不能望穿雲遮霧障的天際。他多麼希望雲霧後面就是盼望已久的大片陸地。

中午，太陽出來打了個照面。大副抓住短暫放晴的時機測量太陽的高度。不久，大海更加洶湧澎湃，我們只好走下平臺，蓋板又關上了。

過了一小時，我去查看航海圖，只見鸚鵡螺號標位在西經十六度十七分，北緯三十三度二十二分，離最近的海岸一百五十公里。想逃跑根本沒門，可想而知，我把情況告訴加拿大人後，他是何等的生氣。

對我來說，我並沒有大事落空的懊喪，反倒覺得如釋重負，可以安心地繼續從事我的日常工作。

夜間十一點，尼莫船長意外來造訪我。他言詞懇切，問我昨天一夜沒睡是不是累著了。我說累不了。

「那好，阿羅納斯先生，我建議您來一趟奇妙的漫遊。」

「請說，船長。」

「您只在白天、在陽光下遊覽過海底。是否有意在黑夜去觀光海底世界呢？」

「當然願意。」

「這次漫遊很累人，我可有言在先。要走很長時間，還要爬一座山。路也不很好走。」

「聽您這麼一說，船長，反倒增加了我的好奇心。我準備跟您走。」

「那就來吧，教授先生，我們去穿潛水服。」

來到衣帽間，我才發現，這次遊覽活動，我的同伴和船上人員沒有任何人陪同前往嘛。尼莫船長居然沒有提議我帶上尼德和貢協議。

很快，我們穿戴好行頭。有人幫我們把充滿空氣的呼吸器披掛在背上，但沒有準備電燈。我問了船長這個問題。

「電燈對我們沒有用。」他答道。

我以為我聽錯了，但我已不能重提此事，因為船長的腦袋已戴上金屬頭盔。我穿戴好後，只覺得有人往我手裡遞一根包鐵的棍子，按照老辦法，經過幾分鐘操作後，我們便踩到了大西洋海底，水深三百公尺。

快到半夜了。海水黑咕隆咚，但尼莫船長給我指出遠處一點慘澹的紅光，只見它閃閃爍爍，離鸚鵡螺號兩海哩遠。這是什麼火光？是什麼物質在發光？為什麼而且怎麼樣在海水裡自燃？我都說不上來。但不管怎樣，它在為我們照明，光線的確很模糊，但讓我很快適應了這特殊的黑幕，我明白了，在這種條件下，倫可夫燈派不上用場。

尼莫船長和我，我們緊挨著，直朝閃光處走去。平坦的海底不知不覺在往上升。我們拄著手杖，跨著大步向前進，但總的來說，進展很緩慢，因為我們常常須在海藻和泥石混雜的泥濘中跋涉。

走著走著，我聽到頭上有嗶嗶剝剝的響聲。這聲響有時變得厲害了，劈哩啪啦持續鬧了好一陣子。我很快地明白原因。原來這是雨水猛落海面發出的聲音。身臨其境，我居然有被雨水淋濕的感覺！在水中被水淋！冒出這種怪念頭，我禁不住笑了起來。不過，說穿了，披掛著這厚厚的潛水服，根本感覺不到是在水裡，還以為是在大氣層中，只不過空氣密度比地面上更濃些，如此而已。

走了半個小時，地面石頭愈來愈多。水母、小甲殼動物、海鰓等發出微弱的磷光，為海底提供黯淡的照明。我模糊地看到一堆堆石頭上長滿千百萬植形動物和雜亂的海藻。踩在粘糊糊的海藻地毯上，我感到腳老是在打滑，如果沒有鐵皮手杖的協助，我恐怕早跌了好幾跤。回頭看看，鸚鵡螺號探照燈的白光愈來愈遙遠，愈來愈黯淡。

我剛才提到的海底石陣，排列得很有章法，我對此大惑不解。我還發現有巨大的長溝，直往暗處延伸，長度難以估量。還冒出了別的怪異情況，弄得我也莫名其妙。我似乎覺得，我沉重如鉛的靴底好像踩在一片骸骨上，發出乾脆的喀喇喇的斷裂聲。那麼，我涉足的這片海底大平原到底是怎麼回事？我很想請教尼莫船長，雖然他可以用手語同跟隨他來海底漫遊的夥伴們交談，但我對手語卻一竅不通。

不過，引導我們前進的黯淡紅光愈來愈火旺，將遠海照得一片通紅。在水下竟然出現這種光源，更讓我百思不得其解。難道這是一種放電現象？我面對的自然現象，難道世界學者們仍然一無所知？我甚至突發奇想，會不會有人工參與了燒火堆活動？是不是有人在點火煽風？在這深層海底，我有沒有可能遇見尼莫船長的同伴和朋友？他們跟船長一樣，以特立獨行的方式生活，而尼莫船長此次是專程來拜訪他們的。我有沒有可能在那裡發現一片流亡者的殖民地？他們早已厭倦了陸地上的苦難，卻在大洋深處尋找並找到了獨立自主。這些荒唐的奇思怪想，本來是不可理喻的，卻在我腦海裡久久糾纏，不斷興風作浪，在這樣的精神狀態下，再加上眼前層出不窮的海底奇觀，令我興奮不已，即使我真的遇見一座尼莫船長夢寐以求的海底城市，恐怕也不至於大驚小怪了吧。

我們的前路被照得愈來愈明亮了。白色的光芒發自一座高八百英尺的山峰。但我看到的只不過是海水折射過的反光。而光源，那莫名其妙的發光體，卻是在背面的山坡上。

在大西洋底阡陌縱橫的石陣迷宮當中，尼莫船長勇往直前。他熟悉這條陰暗的道路。他一定常來常往，因此不會迷路。我緊隨其後，堅信不疑。我彷彿覺得，他好像海底的神靈，在我前面帶路，我崇敬他那高大的形象，只見他那崇高的黑色身影清晰地映照在海天明亮的背景上。

凌晨一點鐘，我們來到山腳下前緣坡地。但要爬上山坡，還得冒險走崎嶇不平的小路，穿過一大片矮樹林。

是啊！這是一片枯樹林，沒有樹葉，沒有樹液，樹木在海水的作用下通通礦化了，只見幾棵高大的松樹彼此分散地屹立其間。這簡直是依然挺立的煤礦樹，樹根紮在塌陷的地面上，枝條則如精細的剪紙，在海水「天花板」上清晰地顯印出來。觸景生情，猶見哈次山[1]山坡森林，只是這裡森林已沉

1 哈次山，德國中部山林風景區，草木繁茂，風光秀麗。

淪海底。小路上布滿海藻和黑角藻，分明是橫行霸道的甲殼動物世界。我跋涉前進，爬過巉岩，跨過橫躺的樹幹，扯斷糾纏在兩樹之間招搖的海藻，嚇跑在樹叢間逍遙穿梭的游魚。我東張西望，根本不感到勞累。我跟著嚮導走，他不知疲倦，我也不知疲倦。

多麼奇妙的景觀！如何下筆才好呢？怎樣描繪水下森林和石陣的景象？只見下部陰森可怖，青面獠牙，而上部則奼紫嫣紅，鮮豔如染，在海水的折射下更顯光鮮亮麗。我們攀緣石堆，大片石塊頓時坍塌，發出泥石流般的沉悶響聲。左右兩邊是深陷的陰森長廊，看不見哪兒是盡頭。這裡卻豁然開朗，是一片林中開闊地，似乎經過人工的整理，我不時提醒自己，說不定這個地區的海底居民會突然在我面前冒出來呢。

可是，尼莫船長始終往上走。我不甘落後，放開膽子跟著他前進。手中的拐棍功不可沒。在臨淵陡壁鑿空的羊腸小徑上，一失足將鑄成千古恨，但我穩步前進，並沒有頭暈目眩的感覺。有時，我從一條地縫上跨越而過，裂縫深不見底，若是在大陸冰川地帶，我很可能就後退了；有時，我行走在橫跨深淵的獨木橋上，樹幹搖搖欲墜，而我只顧欣賞當地原始的自然美景，腳下的危險根本無暇一看。那兒，巉岩屹立，懸崖峭壁往嶙峋的石根傾斜，公然藐視平衡的定律。在圓鼓如膝的岩石間，長著一簇高樹，彷彿一束高壓噴泉，水柱彼此照應扶持。繼而是幾座天然塔樓，幾道寬闊陡峭的石壁，巧奪天工，活像兩座堡壘之間的護牆。塔樓和護牆的傾斜度很大，如果在陸上，早就超過了萬有引力允許的角度。

我如今身臨其境，親自感受到水陸行走之間的差別，儘管我現在身穿沉重的潛水服，頭戴銅盔，腳蹬金屬靴，但由於身處高密度的水中，我攀岩走坡，可以像山羊或岩羊一樣輕鬆自如！

說起我這次海底遊覽活動，連我自己都感到難以置信！有些事物看似子虛烏有，實際上卻千真萬確存在著，不容置疑，我就是似無實有事件的歷史見證人。我不是在做夢。我親眼見到了，我親身體驗到了！

離開鸚鵡螺號已經兩小時了，我們已翻越過山林地帶，在我們頭頂一百英尺高處，巍然屹立著一座陡峭的山峰，背後山坡火光熠熠，山峰投影清晰可鑒。石化灌木叢東倒西歪，迂迴爬坡，蜿蜒伸展著。我們的腳步所到之處，魚群如高樹上的驚弓之鳥一哄而起。巉岩千瘡百孔，坑坑窪窪，有的是深不見底的孔穴，有的是神祕莫測的洞窟，我們無法進入，但卻聽到洞內有怪異亂動的聲響。我猛然發現有一根狀似天線的巨大觸鬚攔住了去路，或者聽到黑洞中鉗爪收攏時發出可怕的咯咯聲，便會心驚肉跳，熱血回湧！在暗無天日的海底，卻有千千萬萬閃光的亮點。原來這是窩藏在洞窟中大型甲殼動物的眼睛，只見巨大的龍蝦像持戟的衛兵一樣趾高氣揚，張鬚舞爪，發出刀槍劍戟擊撞的聲響；還有大得出奇的海螃蟹，猶如一門門支好的大炮準備發威；還有令人望而生畏的章魚，牠們正張揚著觸手，活像一窩活蛇在來回蠕動。

這個非常世界到底是什麼樣子？我居然對它一無所知。這些節肢動物應當如何分類歸目？岩石似乎成了牠們護身的第二道甲殼。大自然從什麼地方發現牠們具有植物性狀的祕密？難道千百年來，牠們就這樣潛伏在大洋底層存活下來的嗎？

但我不能停下腳步。尼莫船長早已和這些可怕的動物廝混熟了，對牠們並不留意。我們來到了第一層高原，眼前別有一番奇異景象令我著迷。那裡有殘垣斷壁，往昔的風光猶存，人工痕跡明顯，說明不是造物主所為。在大片的亂石崗中，城堡和寺廟的輪廓依稀可辨，只是上面長滿花枝招展的植形動物，披著厚厚實實的植物外套，這層密密麻麻的外套不是常春藤交織而成，而是海藻和墨角藻繁衍蔓延所致。

由於地殼的激烈運動，沉淪海底的地表究竟成了什麼樣子？是誰把這些岩石和石塊堆砌成史前石棚或石桌墳模樣？我現在身處何地？尼莫船長心血來潮，把我帶到了什麼地方？

我真想問個明白。但我無法提問，只好攔住他。我抓住他的臂膀。但他只搖了搖頭，指了指最後一座山峰，彷彿對我說：

「走吧！還要走！一直走！」

我鼓足最後一股衝勁，跟了上去，只用幾分鐘，我登上了雄視整座巉岩的十幾公尺高峰。

我看了看來路這一側。山高出平原不過只有七百至八百英尺；但朝背面一看，高崗到大西洋海底的高度則是那一邊的兩倍。我極目遠眺，強光激蕩的大片水域盡收眼底。千真萬確，這是一座火山。在離頂峰五十英尺的山坡上，一個大火山口正在噴發熔漿，熔岩夾雜著石塊勢如暴雨，熔岩匯成火紅的瀑布流入海裡。火山位置如此，其狀如巨大的火炬，照亮了山下的高原，照亮了遙遠的海天線。

我說過，海底火山噴出來的是熔岩，而不是火焰。火焰燃燒需要空氣中的氧氣，在水中，火焰燒不起來。但熔漿流動本身就有白熱化的可能，可以達到白熾效果，強制對海水進行加熱，一接觸海水立即讓它汽化。熔漿洪流把冒出來的各種氣體帶走，一直流到山腳下，猶如維蘇威火山的熔漿奔向托雷—德爾格雷科[2]。

果然，就在那裡，就在我的眼底下，居然出現了一座毀壞的城市，屋頂塌落，寺廟毀損，穹拱四分五裂，支柱東倒西歪，托斯卡尼建築[3]風格凜然猶存；再往遠看，可見幾段高大引水渠的遺跡；這

---

2 托雷—德爾格雷科，義大利海濱城市，位於維蘇威火山西南，瀕臨那不勒斯灣。

3 托斯卡尼建築是文藝復興時期托斯卡尼地區傳統建築藝術的傳承和發展，也是義大利建築藝術的精華，極具人與大自然的和諧美。

就在我的眼底下，居然出現了一座毀壞的城市。

邊是一座古衛城的堅實高崗，頗有浮動的帕德農神廟的風采；那邊是碼頭遺址，好像是古代一座海港，往昔沿岸曾商船如雲，戰艦林列，現在已海去人空了；再往更遠處看，可見幾條倒塌了的長牆，幾條荒廢了的大街，簡直像沉淪海底的整座龐貝古城[4]，尼莫船長居然讓它在我眼前復活了！

我在哪裡？我身處何方？我無論如何要知道我的下落，我要說話，我真想摘掉禁錮我腦袋的銅頭盔。

但尼莫船長向我走來，打了手勢以防我亂動。然後，他撿起一塊白堊石，朝一塊黑色岩石走去，只題了一個詞：

大西洋島[5]

我恍然大悟，茅塞頓開！原來大西洋島就是泰奧彭波斯[6]所說的古梅羅皮德，就是柏拉圖[7]所記載的大西洋島，奧利金[8]、波菲利[9]、揚布里克[10]、昂維爾[11]、馬爾特—布戎[12]、洪堡[13]等否認這片陸地的存在，認為大西洋島消失之說純屬神話傳奇，不足為憑；而波塞多尼奧斯[14]、普林尼、安米阿努斯—馬西利納斯[15]、德爾圖良[16]、恩格爾、謝樂[17]、圖爾納福爾[18]、布豐[19]、阿韋札克[20]肯定這片大陸曾存在過，現在這片沉淪的大陸就在我的眼睛底下，上面分明帶著災難遺留的確鑿證據！顯然，這個沉淪的地區不在歐洲，也不在亞洲或利比亞，它在海格立斯擎天柱[21]以外，那裡曾經居住過強悍的大西洋民族，古希臘最早發動的幾次戰爭就是跟他們打的！

柏拉圖自己就是把英雄時代的豐功偉績寫進自己著作的歷史學家。他與狄美和克里提亞斯的對話錄可以說是受到詩人和法學家梭倫[22]的啟發而寫就的。

一天，梭倫同古埃及塞斯城幾位老聖賢進行交談，此城已有八百年歷史了，寺廟聖牆上鐫刻的年表足資證明。其中一位智叟講述了另外一座古城的故事，其歷史比塞斯城悠久上千年。它是雅典最早

---

4 龐貝古城位於義大利南部海濱城市那不勒斯附近。西元七十九年，維蘇威火山爆發，全城被火山灰湮沒，造成數千人死亡。一七四八年，龐貝古城的發掘工程開始啟動，至今還有四分之一古跡尚未出土。

5 大西洋島，西方古代傳說中的海島，一譯「亞特蘭提斯」。島上風光綺麗，物產豐富，文明昌盛。一萬兩千多年前忽被海浪吞沒，從此杳無蹤影，後人只能在西元前七世紀戈麥爾和西元前三、四世紀柏拉圖等人的著作中讀到相關記載。

6 泰奧彭波斯，西元前四世紀希臘演說家和歷史學家。

7 柏拉圖（前427—前347），古希臘哲學家。著有《理想國》、《法律篇》、《智者篇》等。

8 奧利金（約185—約254），基督教希臘教父主要代表人物之一。著有《論原理》、《駁塞爾索》等。

9 波菲利（233—約305），古羅馬哲學家，編撰有《九章集》和《範疇篇導論》等。

10 揚布里克（250—330），新柏拉圖派哲學家。

11 昂維爾（1697—1782），法國地理學家。

12 馬爾特—布戎（1775—1826），法國記者和地理學家。

13 洪堡（1769—1859），德國自然科學家和自然地理學家。著有《宇宙》五卷、《新大陸熱帶旅行記》三十卷等。

14 波塞多尼奧斯（約前135—前50），古代歷史學家和哲學家。

15 安米阿努斯—馬西利納斯（約330—401），古羅馬歷史學家。著有《羅馬史》三十一卷。

16 德爾圖良（約160—約230），古代基督教神學家。著有《護教篇》、《論靈魂》等。

17 謝樂（1815—1889），法國批評家。

18 圖爾納福爾（1656—1708），法國植物學家和醫生。

19 布豐（1707—1788），法國生物學家和作家。

20 阿韋札克（1800—1875），法國歷史地理學家。

21 海格立斯擎天柱，指聳立在直布羅陀海峽兩岸的懸崖峭壁。古地中海人認為，直布羅陀擎天柱是天之西盡頭的標誌。傳說希臘神話中的英雄海格立斯（即羅馬神話中的英雄赫丘利），經地中海駛向陰間執行一項危險使命時，在直布羅陀和它對面摩洛哥的海岬上豎立了這兩根柱子。

22 梭倫（約前638—約前559），古雅典政治改革家和詩人，古希臘七賢人之一。

的城邦，已有九萬歲高齡，但由於受到大西洋人的入侵，城市遭到部分毀壞。他說，大西洋人佔據一塊遼闊的大陸，面積超過非洲和亞洲的總和，從北緯十二度一直延伸到北緯四十度。他們的勢力甚至擴展到埃及。他們還想把勢力擴大到希臘，但由於遭到希臘人不屈不撓的頑強抵抗，不得不退縮回去。光陰荏苒，幾個世紀又過去了。忽然大難臨頭，洪水肆虐，地動山搖。僅僅在一天一夜之間，大西洋島就不明下落了，但幾座最高的山峰如馬德拉、亞速、加那利、佛德角群島依然露出水面。

尼莫船長的即興題字令我浮想聯翩，激起我對上述歷史的回顧。命運就是這樣離奇古怪，鬼使神差，我的腳居然踩在這片沉淪大陸的一座山頭上！我居然親手觸摸著沉淪在十萬年前與地質時代同期的廢墟！我涉足之深遠，竟然是人類始祖走過的地方！我腳下笨重的金屬靴底，居然把神話時代的動物骨骼踩得吱嘎亂響，周圍已經礦化的樹木，曾經為這些動物布下多少陰涼。

啊！為什麼不給我足夠的時間？我多麼想走下這陡峭的山坡，踏遍這廣袤的大地，毫無疑問，這片陸地曾把非洲和美洲連在一起，我還想參觀參觀諾亞大洪水之前的諸多大城邦呢。喏，在我眼下，好戰的馬基摩斯城和虔誠的優西貝斯城也許就安臥在那裡，城中巨人居住了好幾個世紀，他們個個身強力壯，有足夠的力量來堆砌這些大石塊，這些工程至今還在抵禦著海水的侵蝕。也許有那麼一天，火山再度爆發，重新把沉淪的廢墟拱出水面！早就有人提醒注意，大西洋這一帶有眾多海底火山，許多船隻從翻騰胡鬧的海面上經過時，都有不尋常的震感。有的船還聽到沉悶的隆隆響聲，說明火山內部明爭暗鬥激烈；另一些船隻還收到噴出海面的火山灰。整個這片土地一直延伸到赤道，深層熔漿生性好動，仍然在惹是生非。誰又知道，在遙遠的將來，由於火山的不斷爆發，山頂熔漿和灰燼層層積累，會不會有一天冒出大西洋海面呢！

正當我想入非非，正當我極力把眼前壯觀的細節通通裝進腦海時，尼莫船長卻雙肘支在一道長滿苔蘚的石碑上，凝神深思，一動不動，活像一尊無言的雕像。他是不是在想念那一去不復返的歷代前輩，是否想向他們討教人類命運的天機？這個怪人不想過現代生活，是不是經常來這個地方重溫歷史，嚮往古人的生活？我多麼想知道他到底在想什麼，以便為他分憂解惑，成為他的知音！

我們在這個地方足足待了一個小時，默默地觀賞著火山噴發時海底高原的壯麗景色，熔漿濺噴不時有密集的驚心動魄之舉。地球內部沸騰翻滾迅速導致山體顫動。深海沉悶的聲響經過海水的傳播和放大，形成排山倒海般的隆隆回響。

此時此刻，月亮一度穿越海水露了面，把朦朧的月光灑在沉淪的陸地上。一縷慘澹的月光竟然能產生妙不可言的效果。船長站起身來，最後對遼闊的平原看了一眼，然後給我一個手勢，讓我跟他走。

我們迅速地下了山。走過那片礦化的森林，我一眼就看見鸚鵡螺號的探照燈像明星在閃耀。船長徑直朝燈光走去。我們回到船上時，海面上剛剛染上第一縷魚肚白的晨曦。

第十章　海底煤礦

第二天，二月二十日，我醒得很晚。一夜的勞累讓我睡得死死的，一覺睡到上午十一點才起床。我連忙穿好衣服。我迫切想知道鸚鵡螺號的航向。儀錶顯示，它一直朝南行駛，時速二十海哩，潛水深度一百米。

貢協議進來了。我向他講述我與尼莫船長夜間漫遊的經過。窗板正開著，他還可以流覽一眼這塊沉淪的陸地。

不錯，鸚鵡螺號僅以十公尺的近距離正貼著大西洋平原航行。它像陸地上被風吹走的氣球飛掠而過；但是，如果把船內大廳比作特快列車的車廂，似乎更為貼切。在我們眼前閃過的最早畫面，首先是奇形怪狀的岩石，然後是從植物世界轉入動物世界的大樹林，它們原地不動的身影在水浪中裝模作樣，醜態百出。還有一堆堆沉沒海底的大石塊，上面覆蓋著一層厚厚的軸草和海葵，還有垂直向上竄長的長蛇藻，還有形容怪異的火山熔岩，證明地火張狂爆裂到何等程度。

在我們的燈光照耀下，撲朔迷離的景象更顯光怪陸離，我不由對貢協議說起大西洋人的故事，這些故事曾激發巴伊[1]浮想聯翩，寫就多少引人入勝的篇章。我向他敘說英雄人民的歷次戰爭。我討論了大西洋島的問題，言之鑿鑿，不可置疑。然而貢協議卻心不在焉，幾乎聽不進去，後來，我很快找到了他對這個歷史問題漠不關心的原因。

原來，窗外無數的魚群吸引著他的目光，魚群紛至沓來，貢協議正忙不迭地為牠們分門別類，陷入了不可自拔的癡迷程度。既然如此，我索性順水推舟，同他一起投入了魚類學的研究中。

其實，大西洋的魚類與我們迄今觀察過的各種魚類相比，也只是大同小異而已。這裡有身材碩大的鰩魚，長五米，身強力壯，可以躍出水面；品種繁多的角鯊，其中有一種藍鯊，長十五英尺，滿口三角尖齒，藍色透亮的軀體與海水渾為一色，很難發現其蹤影；褐色薩格爾小角鯊；披著癩皮甲的人

1 巴伊（1736—1793），法國科學家和政治家，科學院院士。

形鯊；鱘魚，與地中海鱘魚頗為相似；喇叭管狀海龍，長一點五英尺，黃褐色，長有灰色小鰭，沒有牙齒，也沒有舌頭，行動像水蛇一樣婀娜靈巧。

在硬骨魚當中，貢協議提到淺黑色金槍魚，長三米，上顎插有利劍；還有色彩鮮豔的龍螣，在亞里斯多德時代以海龍著稱，背鰭上長有尖刺，捕捉很危險；還有鯕鰍，褐脊背間有藍色細條紋，而且鑲有金邊；美觀大方的鯛魚；還有滿月金口螺魚，猶如一張發藍光的圓碟盤，魚群在陽光照耀下，星星點點，銀光閃爍；最後提到箭魚，長八米，淡黃鰭，或如彎鐮，或似長劍，成群結隊而游，英勇無畏，但與其說是食肉動物，還不如說是食草動物，只要雌魚給個信號，雄魚便會言聽計從，堪稱海裡的模範丈夫。

但是，我並沒有顧此失彼，在觀察五花八門的海洋動物的同時，我依然留意觀察漫長的大西洋海底平原。有時候，海底地勢崎嶇不平，鸚鵡螺號不得不放慢速度，像鯨一樣左右逢源，在起伏的丘陵地帶的狹窄水道中逶迤滑行。若在迷宮裡走失方向，它便像氣球一樣升起，跨越過障礙後，又貼近海底幾公尺處恢復原來的快速度。這樣的航行神出鬼沒，何其逍遙愜意乃爾，不由令人聯想起駕氣球空中漫遊的情景，所不同的是，鸚鵡螺號必須被動地接受舵手的掌控。

下午四點，海底地貌逐漸出現了變化，原來大都是夾雜著礦化樹幹的厚厚爛泥，現在岩石愈來愈多，到處可見礫岩和玄武凝灰岩，還有火山石和含硫化物的黑曜岩。我想，平原即將過去，山區很快就要到來了，果然，在鸚鵡螺號遊蕩過程中，我發現南邊海天盡頭有一堵高牆，封死了所有的去路。其高峰顯然超過了海平面的高度。很可能是一片陸地，至少是一個島嶼，也許是加那利群島之一島，也許是佛德角群島之一島。方位尚未測定——可能是有意安排的吧——我不知道我們所處的位置。但不管怎麼說，我看這堵高牆標誌著大西洋島結束了，可見，我們走了半天，實際上只漫遊了大西洋島的一小部分。

即使在夜間，我也沒有終止觀察。我獨自留在大廳裡。貢協議已經回到他的艙房去了。鸚鵡螺號放慢了行進速度，貼著影影綽綽、成團成堆的海底游來游去，時而輕輕擦過，彷彿要停歇在上頭，時而又心血來潮，一下子浮出水面。於是，我得以透過晶瑩清澈的海水，依稀看見幾個璀璨的星座，並認準了獵戶座後拖著的五六顆黃道星宿。

我緊挨著玻璃窗又待了很長時間，觀賞著海天多姿多彩的美景，直到蓋板關上為止。此時，鸚鵡螺號已抵達高牆腳下。鸚鵡螺號將如何動作，我無法猜測。我回到我的臥室。鸚鵡螺號也停機不動了。我還是先睡它幾個小時，醒過來再繼續觀察為好。

但是，第二天，我回到大廳時，已經八點了。我看看壓力錶，知道鸚鵡螺號正漂浮在水面上。而且，我還聽到平臺上有腳步聲。可是，船身平穩，沒有任何跡象表明海面上波濤蕩漾。

我不由登上蓋板口。蓋板已經打開。但大大出乎我的意料，我看到的不是我期望的光天化日，而是暗無天日。我們究竟在什麼地方？難道我弄錯了？莫非還在黑夜？不！沒有一顆閃爍的星星，夜色也不可能如此一團漆黑呀。

正當我不知作何感想時，有個聲音說話了：

「是您嗎，教授先生？」

「啊！尼莫船長，」我答道，「我們在什麼地方？」

「在地下，教授先生。」

「地下！」我嚷嚷起來，「鸚鵡螺號不是還浮動在水面上嗎？」

「它一直在浮動。」

「可是，我不明白呀？」

「等一下就知道了。我們的探照燈很快就會亮的，如果您想弄個明白，您會心滿意足的。」

我登上平臺等著。四周黑咕隆咚，連尼莫船長也看不見了。不過，我仰望天穹，就在頭上，我似乎捕捉到一道若隱若現的微光，它彷彿是從某個圓洞裡洩漏下的一線餘光。此時，探照燈突然亮了，強光普照，隱約的餘光無地自容。

電光束掃來，照得我眼花繚亂，我連忙閉上眼睛，過了好一陣子才睜開看了看。鸚鵡螺號已經停泊好了。它浮在水面上，緊挨著一道陡坡，樣子像個碼頭。鸚鵡螺號此時停泊的海域，實際上是個湖泊，四周高牆壁壘，湖面直徑有兩海哩，周邊全長六海哩。壓力錶顯示，湖內的水面與牆外的海面是處於同一個水平面上，內湖與外海必有溝通。高大的內壁弓腰沉基，頂部渾圓如穹拱，猶如一隻倒置的大漏斗，高度有五百至六百公尺。穹頂有一個圓洞，我剛才發現的微光，顯然就是外面自然光的洩漏。

我來不及仔細觀察巨洞的內部結構，也來不及考慮這到底是大自然的造化還是人工巧奪，我急忙地走向尼莫船長。

「我們在什麼地方？」我問。

「在一座死火山的中心，」尼莫船長回答我道，「由於發生大地震，海水浸入到火山內部。就在您剛才睡覺的時候，教授先生，鸚鵡螺號已通過一條十公尺深的天然通道駛進這個火山環礁湖。這裡是環礁湖的船籍港，是一個可靠、方便、神祕的港口，任何風暴休想在此作威作福。您不妨在你們的陸地或海島的沿岸找找，豈能找到一個如此安全可靠的能抵禦狂風惡浪的避風港！」

「的確如此，」我答道，「在這裡，您很安全，尼莫船長。人身處火山中心，誰能奈何得您呢？

不過，在穹頂上，我發現有一個開口吧？」

「沒錯，那是噴火口，從前這裡熔漿四溢，熱氣騰騰，火光熊熊，不過現在，它卻為我們呼吸新鮮空氣提供了天然通道了。」

「那麼，這座火山有何故事？」我問道。

「這一帶海域海島星羅棋佈，四面開花，它只不過是其中一個小島。海上行船將它視為一個普通的暗礁，在我們眼裡，它卻是一個巨大的山洞。偶然讓我發現了大山洞，大山洞也偶然幫了我大忙。」

「能不能從火山噴火口下來？」

「既不能上去，更不能下來。火山內壁底部一百英尺尚可上下攀緣，再往高處懸壁陡峭，就寸步難挪了啊。」

「我看，船長，大自然處處為您提供方便，而且總愛幫您的忙。您在湖上很安全，除了您，任何人休想涉足這片水域。但是，避風港有什麼用呢？鸚鵡螺號不需要港口嘛。」

「沒錯，教授先生。但鸚鵡螺號的一舉一動都需要電，發電需要原料，要從原料中提取鈉元素，要提取鈉元素就得有煤，煤是從煤礦中開採而來的。哦，正是在這裡，大海埋藏著一大片完整的森林，那是從地質年代就保存好了的。現在，這片森林已全部礦化了，變成了煤炭，居然成了我取之不盡的煤礦了。」

「船長，您的船員到這裡不就改行當礦工了？」

「正是如此。這裡的礦層一直往波濤洶湧的海浪下延伸，規模與鈕卡斯爾大煤區相當。就是在這裡，我的船員穿上潛水服，拿起鎬和鍬就可以挖煤了，我居然不必向陸地煤礦要一塊煤炭。我在這裡燃燒煤生產鈉時，煙霧便從火山口冒了出去，外人一看，以為這座火山還活著呢。」

「可以看看他們的工作嗎，您的夥伴們？」

「不行，至少這次不行，因為時間緊迫，要繼續我們的環球海底旅行。因此，這一次只要把我儲存的鈉裝船就行了。裝船的時間嘛，只要一天就足夠了，然後就繼續我們的旅行。如果您想逛逛這個山洞，圍繞環礁湖兜兜風，那就利用今天這段時間吧，阿羅納斯先生。」

我謝過船長，於是我去找我的兩位夥伴，他們還沒有離開他們的艙房。我請他們跟我走，但沒有告訴他們目前所處的位置。

他們登上了平臺。貢協議一向見怪不怪，處變不驚，睡覺前在水裡，醒來時在山下，在他看來，這是很自然的事情。但尼德・蘭卻只顧尋找火山洞是否有出口。

吃完飯，十點光景，我們下船來到陸岸上。

「我們又上陸地了。」貢協議說。

「我才不把這地方叫『陸地』呢，」加拿大人回答道。「更何況，我們不是在地上，而是在地下。」

在山的峭壁腳下與湖水之間是一條沙堤，最寬處有五百英尺，沿著沙灘繞湖逛一圈可能很輕鬆。但峭壁底部地勢崎嶇不平，火山岩和大浮石成堆，怪石嶙峋，橫七豎八，好看卻不好走。怪石大都風化，在地下火的作用下，鍍上一層光滑的琺瑯質，在探照燈的照耀下，反射出炫目的光輝。我們腳步所到之處，微塵紛紛飛揚，夾雜其中的雲母細片形成閃閃爍爍的火星雲。

離湖灘愈遠，地勢愈高，我們很快來到了陸坡上，陸坡很長，蜿蜒曲折，堪稱地道的滑坡，雖然可以緩慢往上爬，但務必小心翼翼，因為礫岩沒有水泥粘砌，大石頭光亮如玻璃，石英結晶細如齏粉，走起來很容易打滑。

在偌大的山洞裡，火山的自然屬性昭然若揭。我讓我的兩個夥伴留意進行觀察。

「你們能不能想像一下，」我問他們，「當這個大漏斗裝滿沸騰的岩漿，火紅的液體就像熔爐裡的鐵水一樣直往火山口冒，該是怎樣的景象？」

「我完全可以想像，」貢協議答道，「不過，先生能不能告訴我，為什麼這位偉大的鑄工半途而廢，終止了自己的工作，熔爐怎麼變成了一湖風平浪靜的海水了？」

「貢協議，很有可能是大洋水下發生了重大變故，形成了一個大缺口，鸚鵡螺號就是利用這個通道開進來的。當時大西洋的海水大舉入侵火山內部，水火無情展開了一場大戰，結果海王尼普頓略勝一籌。此後，多少世紀過去了，這個被海水半淹的火山就變成了平靜的山洞。」

「很有意思，」尼德．蘭回敬道，「我同意這個解釋，但是我感到遺憾，剛才教授先生說的那條通道沒開在海平面以上。」

「可是，尼德朋友，」貢協議也回敬道，「如果通道不開在水下，鸚鵡螺號就不可能進來了！」

「而且，我補充一點，蘭師傅，那樣的話海水就進不了山裡面，火山依然是火山，因此說，您的遺憾是多餘的。」

我們繼續往上爬行。堤岸愈來愈陡，愈來愈窄。坡道不時被深坑切斷，必須跨越而過。老有大石頭攔路擋道，請我們繞著走。我們有時跪著雙膝鑽，有時貼著肚皮爬。多虧貢協議的敏捷和加拿大人的力氣幫了我的大忙，所有的障礙都被克服了。

爬到三十公尺左右高度，出現了地質變化，但還是不好通行。繼礫岩和粗面岩之後，又出現了黑色玄武岩。玄武岩是火山岩漿鋪攤而成，石被裡充滿氣泡；礫岩和粗面岩則形成有規則的棱柱，猶如廊柱那樣支撐著巨大穹隆的拱頂柱石，堪稱鬼斧神工的天然建築，令人歎為觀止。還有，在玄武岩之間，熔岩蜿蜒流過時遭到冷卻，留下長長的瀝青條紋，而且覆蓋著厚厚的硫磺毯。此時，一道更強的自然光從穹頂火山口洩漏進來，讓奇形怪狀的火山噴出物沐浴在朦朧的晝光之下，否則，它們葬在死火山的腹地，將永遠不見天日。

但是，當我們爬到兩百五十英尺高度時，遇到不可逾越的障礙，不得不立即停止前進。此地穹隆內壁突起，不能直接往上爬，只能繞道而行。在這最高層面，植物開始同礦物爭奪統治權。在坑坑窪窪的峭壁上，不時冒出幾株灌木，甚至幾棵大樹。我認出幾棵大戟，正流著腐蝕性的乳漿。還有一些向日草，在這裡有名無實，因為太陽光從不關照它們，只見它們垂頭喪氣，垂掛著色褪香消的半老花朵。七零八落的長葉蘆薈也形容憔悴、鬱鬱寡歡，它們腳下開著幾朵菊花，扭扭捏捏，還頗難為情的。但在凝固的熔岩流之間，我發現幾朵小紫羅蘭，發出幽幽的清香，我得承認，這股幽香沁我肺腑，盪氣迴腸。香是花之靈魂，而海裡的花雖是水生瑰麗，但沒有靈魂！

我們爬到一棵茁壯的龍血樹下，它們憑藉粗壯發達的根系，硬是排開壓頂的亂石，贏得生存的權利，就在此時，聽到尼德·蘭大喊大叫：

「啊！先生，一個蜂窩！」

「一個蜂窩！」我駁回他的發現，並做了個手勢，表示根本不相信。

「真的！是蜂窩。」加拿大人一再肯定，「還有蜜蜂在周圍嗡嗡叫呢。」

我不由走了過去，非看個水落石出不可。果然，在一棵龍血樹幹上開有一個窟窿，洞口聚集著成千上萬個昆蟲界的能工巧匠，這些昆蟲在加那利群島比比皆是，牠們生產的蜂蜜在當地備受青睞。

當然，加拿大人想採集蜂蜜豐富他的食品儲備，我若反對似乎有點不近人情。只見加拿大人搜羅一堆混雜著硫磺的枯葉，用打火機點上火，開始用煙來熏跑蜜蜂。蜜蜂的嗡嗡聲逐漸靜止下來，尼德打開了蜂巢，收割了好幾公斤香甜的蜂蜜。加拿大人把蜂蜜通通裝進了他的背囊。

「等我把蜂蜜與麵包樹粉和成麵團，」尼德・蘭對我們說，「我就可以提供你們美味可口的糕點了。」

「那好！」貢協議道，「那可是蜜餞香麵包呀！」

「去吃你的蜜餞香麵包吧，」我說，「還是繼續我們的風味遊覽吧。」

我們走在羊腸小徑上，就在小道的幾個轉彎處，整個湖面可以盡收眼底。船上的電光一照無餘，但見水面風平浪靜，光滑如鏡。鸚鵡螺號保持紋絲不動狀態。船員們在平臺上和湖岸上來來往往，忙忙碌碌，其身影清晰地映照在明亮的背景上。

我們繞來繞去，此時終於繞到了支撐穹隆首當其衝的最高峰前。在這裡，我才發現，蜜蜂並非火山洞裡稱王道霸的唯一動物。竟然還有兇猛的飛禽在黑洞中盤旋飛翔，有的則從巉岩峭壁的巢穴裡忽然跳將出來。原來這是白肚鷹和好尖叫的隼。在峭坡上，還有美麗肥胖的大鴇邁開長腿在飛跑。不難想像，看到如此美味的獵物，加拿大人豈能不垂涎欲滴，也許他正後悔沒隨手帶槍出來呢。他試圖用石塊代替子彈，雖然幾次都沒有擊中，但最終還是打傷了一隻肥鴇。為了抓到這隻獵物，他可是冒著九死一生的危險，我這麼說絕非危言聳聽，而是千真萬確的事實，但他畢竟化險為夷，手到擒來，讓肥鴇一併收入囊中，與蜂蜜糕點甜蜜相處了。

到了這裡，山脊是爬不上去了，我們只好往回走下堤岸。在我們頭頂上，火山正張著大嘴，猶如井口大敞開。在現在的位置，洞外青天清晰可見，西風席捲浮雲飛馳而過，雲霧殘片掛在山崗上，說明雲層低垂，沒有超過八百英尺海拔高的主峰。

從加拿大人帶著最後戰績凱旋算起，我們又走了半個小時，終於回到湖畔。這裡的植被主要是海馬齒草地，小草開著傘花，可以沾醋吃，味道很鮮美，別名又叫鑽石草、穿石草、海茴香等。貢協議順便採了幾把。至於動物，有不可勝數的甲殼動物，如龍蝦、黃道蟹、瘦蝦、糠蝦、長腳蝦、鎧甲蝦等；還有大量的貝類，如寶貝、骨螺和冠貝等。

這個地方張開一個奇妙的岩洞。我和夥伴們興致勃勃，伸開手腳躺在洞裡的細沙地上，地火烤過的琺瑯質洞壁光滑錚亮，雲母粉屑閃閃發光。尼德・蘭摸摸洞壁，想試探一下厚度。我忍不住笑了起來。話題又轉到他那不死心的逃跑計畫，我以為不宜過分細談，但可以給他一點希望：尼莫船長之所以南下，僅僅只是為了補充鈉元素。因此，我希望他會重回歐洲和美洲海岸，這樣一來，加拿大人就又可重啟多次未遂的逃跑計畫，而且更有成功的把握。

我們在這個妙趣橫生的洞府足足躺了一個小時。起初我們討論得很熱烈，但現在卻個個無精打采了。我們無不昏昏欲睡。何必與瞌睡蟲作對呢，不如索性睡個痛快覺。我頓時進入了夢鄉，但做什麼夢是無法選擇的，我夢見我淪為軟體動物，渾身麻木不仁。這個山洞似乎成了我賴以藏身的兩片貝殼。

突然，我被貢協議的叫聲驚醒。

「危險！危險！」這位好小子嚷嚷道。

「出了什麼事？」我問，立刻坐了起來。

「水漫上來了！」

我驀地站起身。洶湧的海水向我們的藏身之地猛撲過來，既然我們不是軟體動物，還是逃命吧。

不一會兒，我們安全地爬上了洞頂。

「這是怎麼回事？」貢協議問道。「出了什麼怪現象？」

「不！朋友們，」我答道，「這是潮水。只是潮水上漲把我們嚇了一跳，就像沃爾特・司各特[2]小說中的主人公受驚嚇那樣。大西洋在外面漲潮，根據平衡的自然規律，湖水也隨之上漲。我們算泡了半個澡。趕緊回鸚鵡螺號去換衣服吧。」

又過了三刻鐘，我們結束了環湖遊逛，回到鸚鵡螺號船上。此時，船員們的裝鈉工作也行將結束，鸚鵡螺號即可啟航。

可是，尼莫船長卻不下任何命令。莫非他想等到天黑，然後神不知鬼不覺地通過水下通道離開？有可能。

但不管怎麼說，第二天，鸚鵡螺號離開了它的避風港，在遠離陸地的大西洋水下幾米深的海域潛航。

---

2 沃爾特・司各特（1771—1832），英國詩人，歷史小說家。代表作有：《湖上夫人》、《撒克遜劫後英雄略》、《皇家獵宮》等。

第十一章　馬尾藻海

鸚鵡螺號的航向並沒有改變。重回歐洲海域的一線希望又不得不暫時回避。尼莫船長執意往南航行。他要帶我們去哪裡？我不敢妄加推測。

那天，鸚鵡螺號穿行在大西洋一片奇異的海域。眾所周知，大西洋存在一股大暖流，那就是著名的「灣流」，也叫墨西哥灣流。它從佛羅里達海峽流出後往挪威的斯匹次貝根群島流去。但在注入墨西哥灣之前，這股暖流在臨近北緯四十四度處分為兩支，主流奔向愛爾蘭和挪威海岸，而支流則在與亞速群島同緯度處向南流去，然後抵達非洲海岸，從而勾畫出一個長長的橢圓，而後又回流安地列斯群島。

不過，這第二條臂膀般的支流——與其說是臂膀般的支流，不如說是項鏈般的環流——以熱水環流把大西洋這片冰冷、寧靜、安分守己的海水團團包圍起來，人們便把這部分海域稱為馬尾藻海。堪稱大西洋地道的洋中海，海中湖，若要隨大暖流環馬尾藻海兜一圈，至少也得三年時間。

所謂的馬尾藻海，說來也巧，正好覆蓋整個沉淪的大西洋島。有的作家甚至接受這樣的觀點，認為海面上到處散布的無數海草，全是沉淪的古老大陸草原浮根生成的。然而，更大的可能是，這大片海草、海藻、墨角藻，原本產自歐洲和美洲沿岸，是被灣流裹挾著帶到這個海域的。這也是導致哥倫布推測有一個新大陸存在的理由之一。當這位無畏的探索者的船隊抵達馬尾藻海時，他們的航行受到海草的糾纏，行動極其艱難，水手們個個驚惶失措，足足耽誤了三個星期的時間才勉強穿過。

鸚鵡螺號此時造訪的正是這片海域，堪稱一片道地的海草原，一幅用海藻、墨角藻、馬尾藻緊密編織的海地毯，密密麻麻，結結實實，行船衝角若不費些周折，那就休想撕開一條通道。有鑒於此，尼莫船長才不想讓自己的螺旋槳捲進海草的麻煩，便潛入水下幾米深，溜之大吉。

法語馬尾藻「Sargasses」一詞源自西班牙語的「sargazzo」，就是褐藻的意思。這類褐藻，俗稱海浮萍，又叫海灣寄生草，在這片遼闊的草灘上唱著主角。這些海生植物為什麼會集中在大西洋這片寧靜的海域呢？科學家莫里——《地球自然地理》的作者——對此作了如下的解釋：

「若要找到這個問題的答案，似乎可以從眾所周知的一種試驗得到解釋。我們不妨把一些軟木塞或漂浮碎片放在一盆水裡，然後讓水作循環運動，即可發現，四散的碎片很快就集中到水面中央，也就是處於水流最平靜的中心點上。這種現象啟發我們：水盆，就是大西洋；灣流，就是循環水；而所謂馬尾藻海，就是中心點，所有的漂浮物都集聚在中心點周圍。」

我贊同莫里的觀點，在這片船跡罕至的特殊海域裡，我終於能對這一現象進行一番考察了。在我們頭頂上，浮動著從四面八方漂來的物體，與褐色海藻糾纏堆積在一起，其中有從安地斯山或洛磯山上沖下來的樹幹，它們是順亞馬遜河或密西西比河一路漂流到這裡來的；也有許多遇難船隻的殘骸，船體、龍骨、船板、船具支離破碎，千瘡百孔，上面擠滿了貝殼和茗荷貝，沉甸甸地往下墜，再也難以浮出洋面。總有一天，時間將證明莫里的另一個觀點也是正確的，亦即，這些漂流物質，經過千百年的積累，在海水的作用下勢必發生礦化演變，久而久之便會形成取之不盡的煤礦。人類總有耗盡大陸礦藏的時候，大自然未雨綢繆，正在為人類儲備未來的寶藏。

在亂七八糟的海草叢中，我發現有許多秀色可餐的玫瑰紅八放珊瑚蟲，有拖著長長觸手的海葵，有綠、紅、藍不同顏色的水母，尤其可愛的是居維葉命名的根足水母，淡藍色的傘膜上鑲有一圈紫花邊。

二月二十二日一整天都在馬尾藻海度過，愛吃海草和海貝的魚類，在這裡可找到豐富的食物。第二天，大西洋恢復了往常的面目。

從這個時候開始，在二月二十三日至三月十二日的十九天期間，鸚鵡螺號一直航行在大西洋水域，以日行百法哩的恆速帶著我們前進。尼莫船長顯然是想完成他的海底旅行計畫，我仍然相信，繞過合恩角後，他會考慮重返太平洋南部海域的。

這樣一來，尼德・蘭又該擔心了。在茫茫大海上，看不見任何島嶼，休想離船沿一步。尼莫船長的意志再也無法抗拒。唯一的辦法就是惟命是從，武力和詭計都無濟於事，我倒想用說服來解決問題。海底旅行結束之後，只要我們發誓絕不洩露他存在的祕密，他該不會不還給我們自由吧？信守誓言，否則身敗名裂。但這個問題極其棘手，必須同尼莫船長好好商談。但張口要求這種自由，能受到歡迎嗎？我們上船伊始，他不是曾親自正式宣布過，為了保守他生存的祕密，必須永遠把我們囚禁在鸚鵡螺號船上嗎？四個月以來，我閉口不提自由一詞，他該不會以為，我等於默認了既成事實？我如果現在舊話重提，會不會引起他的疑心，反倒弄巧成拙，危及我們的逃跑計畫？到時候即使真的出現了有利時機，恐怕也無能為力了。前因後果，權衡利弊，我思來想去反復掂量，但始終拿不定主意，我讓貢協議來幫我出謀畫策，但他一樣左右為難，比我強不到哪裡去。當然，我不會輕易洩氣，但我明白，與親友重逢的可能性怕是愈來愈渺茫了，尤其在這關鍵時刻，眼看著尼莫船長直奔南大西洋，如何叫我不憂心如焚！

就在我剛才說的十九天裡，我們的旅程沒有發生特別值得一提的變故。我難得見到船長。他在忙工作。在圖書室裡，我經常看到他打開後未合上的書，自然史方面的居多。我那部論及海底的著作也被他翻閱過，空白處寫滿密密麻麻的批註，有時還對我的理論和學術體系提出異議。但船長只是透過旁批來協助我工作，卻很少同我當面討論問題。有時候，在神祕莫測的漆黑夜晚，當鸚鵡螺號在茫茫大海中安然入睡的時候，也只在這個時候，我聽到悽楚憂鬱的管風琴聲，那是尼莫船長在淋漓盡致地彈訴自己的心聲。

在這段旅程中，我們全天候在水上航行。大海似乎被遺棄了，很少有人問津。偶爾有幾艘往印度運貨的帆船正朝好望角開去。有一天，我們遭受一隻捕鯨船的追蹤，他們無疑把我們當作巨鯨了，指望賣個大價錢。但尼莫船長不想讓這些好漢白費時間和苦力，就讓鸚鵡螺號一頭潛入水下，從而結束了這場追逐。尼德・蘭對這個意外事件似乎格外感興趣。我可以有把握地這麼說，加拿大人肯定非常沮喪，他恨不得我們這條鐵皮鯨被捕鯨人一叉叉死才痛快呢。

在這一階段，我和貢協議觀察到的魚類，與我們在別的海域考察過的海域差別不是很大。我們主要關注可怕的軟骨魚類中的幾個品種。軟骨魚分三個亞屬，不下三十二個品種，其中有條紋角鯊，五米長，頭大體小扁腦袋，尾鰭渾圓，脊背上有七條縱向黑色寬條紋；珠光角鯊，淺灰色，有七個鰓孔，只有一根背鰭，大體居於魚身中央位置。

水面上還游過幾條「大海狗」，牠們兇猛貪食，是一種大角鯊。漁民的傳說您可以不信，但聽聽也無妨。說有人在一條大角鯊肚子裡發現一個牛頭和一隻完整的牛犢；在另一條角鯊肚子裡發現兩條金槍魚和一個穿制服的水手；一條魚吞下一個帶軍刀的武士；又一條連騎士帶馬一起吞進肚子裡。說實話，這些傳聞未必可信。不過，鸚鵡螺號的拖網一直未能捕捉到大角鯊，大海狗的饕餮海量我就無從證實了。

有那麼幾天，一群群風度翩翩又嬉戲好鬧的海豚一直陪伴著我們。牠們五六隻為一群，正在追逐捕食，就像曠野狼群出獵一樣，如若相信哥本哈根的一位教授說法，海豚嘴饞的程度並不亞於海狗，他曾從一條海豚肚子裡掏出十三隻鼠海豚和十五隻海豹。這位教授說的其實是虎鯨（註：即虎鯨，一般所說的殺人鯨。），是已知海豚中的巨無霸，長度超過二十四英尺。海豚科有十個屬，我所見的海豚屬於長吻海豚，最突出的特點是喙特別狹長，比頭長四倍，身長三米，上黑下白，腹部有稀疏小斑點。

在這些海域裡，我列舉若干棘鰭魚和石首魚的珍稀品種。有幾位作者——與其說是自然學家，不如說是詩人——聲稱，這些魚唱起歌來非常動聽，說魚群的大合唱足令人類合唱隊汗顏。我且不說此言不可信。但我們通過這片海域時，沒有聽到石首魚為我們唱過任何小夜曲，我對此感到遺憾。

對海域魚類的考察行將結束，貢協議最後對大群的飛魚作了分類。最叫絕稱奇的莫過於看海豚捕食飛魚，命中率之高令人歎為觀止。不論飛魚飛得多遠多高，不管牠飛行的彈道多麼巧妙，即使牠躲到鸚鵡螺號上空，倒楣的飛魚最後還是難逃海豚張開迎接牠的血盆大口。這些不是豹魴鮄就是鳶魴鮄，嘴巴會發光，一到夜裡，牠們騰空而起，猶如流星雨在夜空劃出一道道光亮的軌跡，然後投入昏沉沉的大海裡。

我們就在這樣的環境裡日夜兼程，直到三月十三日。這一天，鸚鵡螺號展開了海底探測，引起我強烈的興趣。

我們從太平洋出發迄今已經航行了近一萬三千法哩。經測定，我們現在處於南緯四十五度三十七分，西經三十七度五十三分。當年就是在這個海域，先驅號船長德納姆曾投下一千四百米的探測器，竟沒有碰到海底。後來，美國國會號護衛艦派克海軍上尉也在這裡投下一萬五千一百四十米的探測器，居然也沒能到達海底。

尼莫船長下決心把他的鸚鵡螺號潛向最深處，以便核實此前不同的探測結果。我準備把探測的所有資料一一記錄在案。大廳的窗板已經打開，探測作業已經開始，一定要深入到最神祕的海底奇觀中。

大家一定會想到，現在不是靠儲水罐充水就能下潛海底的問題。因為充水方法不足以增加鸚鵡螺號在深水中的比重。更何況，從海底浮向海面必須把超載的海水排出，恐怕水泵的功率不夠強大，無法克服外部的高壓。

尼莫船長決定另闢蹊徑，讓斜板機與吃水線保持四十五度傾斜角，迫使鸚鵡螺號走一條盡可能長的對角線潛入海底。然後，螺旋槳的轉速被發揮到極限，四片機葉擊水猛進，聲勢之浩大難以形容。

在如此強大的推動力作用下，鸚鵡螺號的船體如弓弦震顫有聲，並勻速潛入水下。船長和我守候在大廳裡，眼睛盯著壓力錶，只見指針飛速地轉動。鸚鵡螺號很快穿過適合大部分魚類生存的水層。如果說只能生活在河海表層的魚類寥寥無幾，那麼能生存在深海的魚類就更少了。深海魚中，我觀察到的有：六鰓角鯊，海狗的一種，長著六個呼吸孔；望遠鏡魚，眼睛大得出奇；馬氏黃魴鮄，灰色後胸鰭，黑色前胸鰭，有淺紅色胸甲骨片護體；最後是突吻鱈魚，深居一千二百公尺水下，因此要承受一百二十個大氣壓的壓力。

我問尼莫船長是否在更深的海層考察過魚類。

「魚類？」他回答我道，「很少。就目前的科學水準，何以預測？何以知之？」

「現成的就有，船長。現已知道，在海洋下層，水愈深，植物比動物消失得愈快。還知道，有的深水區尚有動物生存，但卻寸草不長。大家知道，牡蠣可生長在兩千公尺的深水層，北極海的探險家麥克林托克[1]就在兩千五百公尺深的海層採集到一隻活海星。大家還知道，英國皇家海軍鬥牛犬號船員在兩千六百二十英尋[2]，即四公里深的水下採到一隻海星。尼莫船長，您該不會說人們一無所知吧？」

「不，教授先生，」船長答道，「我不至於如此不客氣。不過，我想問問您，動物何以能在如此深的海層生存呢？」

「我有兩個理由可以解釋，」我答道。「首先，那裡有垂直的水流，受到海水鹹度和密度懸殊的影響而上下運動，足以維持海百合和海星的基本生命需求。」

「沒錯。」船長道。

「然後，還有第二個原因，如果說氧氣是生命的基礎，而大家知道，氧氣可以溶解在海水中，水愈深，含氧量愈高，而不是愈低，深層的水壓可以把氧氣濃縮。」

「啊！這個也知道呀？」尼莫船長答道，語氣頗顯驚訝。「好哇，教授先生，大家有理由知道，因為這是事實。可是我還必須做一點補充，當魚在表層被捕時，魚鰾含氮量高於含氧量；而在深海被捕時，情況正相反，含氧量高於含氮量。這證明您的立論是對的。讓我們繼續進行觀察吧。」

我的目光又落到壓力計上。儀錶顯示已達六千公尺深度。我們已潛水一個小時了。鸚鵡螺號順斜板下滑，不斷往深海潛行。冷漠深邃的海水格外清澈透明，難以用語言描狀。又過了一個小時，我們已抵達一萬三千公尺深度，即十三公里，可毫無見底的跡象。

不過，在一萬四千公尺深度，我隱約發現水中央露出黑糊糊的尖峰，猶如喜馬拉雅山或白朗峰那樣巍峨險峻，甚至有過之而無不及，至於往下的深淵有多深，那就難以估量了。

鸚鵡螺號繼續往下沉降，儘管它要頂住愈來愈大的壓力。我感覺到，船體鋼板螺絲在微微顫動，欄杆正在慢慢扭曲，隔板正在哼哼唧唧呻吟，大廳的玻璃窗正在海水高壓下鼓鼓脹脹地變形。這條牢靠的潛水船若不是像它的船長所說的那樣鐵板一塊，堅不可摧，恐怕早就頂不住了。

船貼著水下懸崖峭壁往下潛行過程中，我依然可以看見一些海貝、龍介蟲等動物，還有幾種海星。

不過很快，動物生存的最後代表終於隱退了，在三法哩以下，鸚鵡螺號已超越海底生命的極限，

1 麥克林托克（1819—1907），愛爾蘭探險家。
2 英尋，水深單位，一英尋相當於一點八三米。

正如氣球飛上高空超過極限一樣。我們抵達一萬六千公尺，即十六公里深度，鸚鵡螺號承受著一千六百個大氣壓的壓力，也就是說，船體表面每平方釐米要承受一千六百公斤的重壓。

「多麼驚心動魄的情景！」我叫了起來。「在杳無人跡的深海世界遨遊！您看看，船長，看看這一座座崢嶸峻峭的岩石，看看這一個個無人問津的洞府，看看地球最後的集大成景觀，裡面卻沒有生命！何等奇妙的風景線，可惜人間無人知，我們有緣相見，卻為何無緣再見，只能空留記憶中？」

「您是否有意帶回比記憶更美好的東西？」尼莫船長問我道。

「這話怎麼說？」

「我是說，事情再簡單不過了，只要為這個海底世界拍一張景觀照片不就萬事大吉了嘛！」

聽了這個新建議，我驚喜萬分，可是還來不及表達，只聽尼莫船長一聲招呼，馬上有人把一臺照相機推進大廳。窗板全部打開，電光普照窗外的水域，景象明亮清晰，效果無可挑剔。既沒有一絲陰影，也沒有產生任何淡出的暈環。即便是光天化日，恐怕也未必有利於此情此景的拍照。鸚鵡螺號在螺旋槳的推動下，透過斜板機控制，已經停泊穩當，紋絲不動。照相機鏡頭對準海底景觀，只消幾秒鐘，我們就得到一張清晰度極高的底片。

我這裡提供的一張照片，就是那張底片沖洗出來的。從照片上可以看到那些從未見過天日的原始岩石，那些構成地球堅不可摧的底層花崗岩，那些在巉岩中深藏的孔洞，以及那些清晰無比、黑道描邊的側面輪廓，彷彿出自法蘭德斯畫派[3]大師的手筆。然後，再往遠處看，山外有山，峰巒起伏，一條蜿蜒曲折的風景線構成這幅風景畫的遠景。海底石相千姿百態，縱有生花妙筆也難以形容。只見一堆堆怪石黑黝黝的，滑溜溜的，亮錚錚的，表面不長一絲蘚苔，不沾一點污垢，奇形怪狀，當仁不讓地穩占沙毯上，一攤細沙在電光照耀下熠熠生輝。

可是，拍完照片後，尼莫船長卻對我說：

「上去吧，教授先生。此地不可久留，也不可讓鸚鵡螺號承受太長時間的高壓。」

「那就上去吧！」我答道。

「站穩了。」

我還沒明白尼莫船長叮囑的用意，就在地毯上一下踉蹌。

只聽船長一聲令下，螺旋槳便立即啟動，斜板機隨之豎立起來，鸚鵡螺號猶如氣球升空，雷厲風行騰飛起來。它快刀斬浩水，水聲如雷。外景一掠而過，看不見任何細節。只用四分鐘，它就衝出四法哩厚的水層，一下子升到海面上來，猶如飛魚躍出水面，旋即落下，激起沖天浪花。

3 法蘭德斯畫派，十六至十九世紀荷蘭南部（現比利時法蘭德斯地區）地方繪畫藝術的通稱，代表畫家有勃魯蓋爾、魯本斯、凡戴克等，對歐洲美術的發展產生過重大影響。

第十二章　抹香鯨與露脊鯨

三月十三日至十四日夜間，鸚鵡螺號繼續取道南行。我想，到了合恩角緯度線，它會掉轉船頭向西開去，以便回到太平洋海域，從而結束環球旅行。可是鸚鵡螺號偏不這麼做，而是繼續開往南方地區。它到底要去哪裡？難道要去南極？那真叫瘋狂了。我現在才認識到，船長特立獨行，尼德・蘭對他採取戒備態度不無道理。

加拿大人許久以來不再對我提他的逃跑計畫了。他變得沉默寡言，對我愛搭不理。我看得出來，一再拖長的囚禁生活壓得他喘不過氣來。每當他遇見船長，兩眼便燒起陰森森的怒火，我總是擔心他的火爆脾氣會導致他鋌而走險。

三月十四日那天，貢協議和他來我房間找我。我問他們登門拜訪有何貴事。

「有個簡單的問題要問您，先生。」加拿大人開門見山答道。

「問吧，尼德。」

「您估算鸚鵡螺號上有多少人？」

「我說不上來，朋友。」

「依我看，」尼德・蘭又說，「操縱這艘船不需要多少船員。」

「不錯，」我答道，「就目前情況看，最多有十來個就夠了。」

「那好，」加拿大人說，「為什麼不需要更多的人？」

「為什麼？」我反問道。

我直盯著尼德・蘭看，他的意圖很容易被識破。

「因為，」我說，「根據我的猜測，根據我對船長生活方式的理解，鸚鵡螺號不僅僅是一條船。它可能是一個避難所，像船長這樣的避難人，業已同陸地斷絕了聯繫。」

「有可能，」貢協議說，「總之，鸚鵡螺號只能容納一定數量的人，先生能不能估算一下，最多可容納多少人？」

「如何估算，貢協議？」

「可以計算。鑒於先生已經了解船的容量，就可以推算出它可容納多少空氣；另一方面，知道每個人需要呼吸多少空氣，而鸚鵡螺號每隔二十四小時就需要浮出水面換一次空氣，把兩項結果一對比……」

貢協議話未說完，我就知道他想說什麼。

「我明白你的意思，」我說，「這種演算，很容易，但只能說個大概。」

「沒關係，」尼德・蘭又道，心情頗迫切。

「那就算算，」我答道，「每人每小時消耗一百升空氣中的氧氣，二十四小時就要消耗兩千四百升。因此必須求出鸚鵡螺號容納多少倍的兩千四百升。」

「正是。」貢協議說。

「哦，」我繼續算，「鸚鵡螺號的容量是一千五百桶，一桶是一千升，鸚鵡螺號含有一百五十萬升空氣，除以兩千四百升……」

我用鉛筆很快得出答案：

「得出商數是六百二十五。鸚鵡螺號所含的空氣可供六百二十五人呼吸二十四小時。」

「六百二十五！」尼德重複道。

「但可以確定，」我補充道，「把水手和管理人員通通加總，全部乘員不會超過這個數的十分之一。」

「對三個人來說還是太多了。」貢協議喃喃道。

「所以說，可憐的尼德，我只能勸您還是忍耐為佳。」

「不只是忍耐，」貢協議回答道，「而且要聽天由命。」

貢協議一語中的。

「說一千道一萬，」他繼續說，「尼莫船長總不至於一直往南開吧！他總該有停下來的時候，別的不提，光是浮冰就足以讓他止步，非打道返回文明海域不可！到了那個時候，再考慮尼德・蘭的計畫也不遲呀。」

加拿大人搖搖頭，用手捂住前額，一言不答就出去了。

「請先生允許我談談對他的印象吧，」貢協議趁加拿大人出去之機對我說，「可憐的尼德老想求之不得的東西。他念念不忘過去的生活。愈是要我們忍耐的事情，他就愈感到委屈。回想往事成了他沉重的思想包袱，心裡很憋屈。我們要理解他。他在這裡有什麼事情可做呢？成天無所事事。他不是學者，不能跟先生相比，不可能和我們一樣對水下奇觀異物感興趣。然而，如果水下有他老家的一間小酒店，他恐怕會千方百計溜進去！」

可以肯定，船上單調的生活使加拿大人無法忍受，因為他過慣了自由自在、積極蓬勃的生活。很少有什麼事情能激起他的愛好和熱情。然而，那一天，一件意外的發現喚起魚叉手對美好日子的回憶。

上午十一點，鸚鵡螺號正航行在洋面上，突然闖進了一群鯨的行列中。海上遇到鯨不值得大驚小怪，因為我知道，這類動物正慘遭捕獵，正紛紛逃往高緯度海域避難。

鯨對世界航海業的作用和對地理新發現的影響功不可沒。正是鯨先後引導巴斯克人、阿斯圖里亞人、英國人、荷蘭人勇敢地與海上危險作鬥爭，並引導他們從地球的一端駛向另一端。鯨喜歡光顧南極和北極海域。有些古老的傳說甚至聲稱，鯨曾把漁民帶到距北極只有七法哩的地方。倘若傳說不是事實，那麼傳說總有一天會成為事實，人類很可能在捕鯨過程中追蹤到北極或南極海域，從而抵達地球尚不為人知的極點。

那天風平浪靜，我們坐在平臺上。而在這個高緯度地區，十月正值秋高氣爽，風和日麗。正是加拿大人明察秋毫，指出東邊海天線上有一頭鯨，他一定不可能弄錯。我們定睛細看，在離鸚鵡螺號五海哩處，果然有黑糊糊的鯨背在波濤中時隱時現。

「啊！」尼德・蘭叫了起來，「如果我正在捕鯨船上，這是喜從天降的機遇。而且是個大傢伙呢！你們看，牠的鼻孔噴射出來的水柱氣勢有多大！鬧鬼了！為什麼我要被拴在這塊鋼板上？」

「怎麼啦！尼德，」我回答他道，「您還捨不得捕鯨的老念頭啊？」

「一個捕鯨人，先生，能忘記他的老行當嗎？遇到如此捕獵良機，捕鯨人豈有不激動之理？」

「難道您從來沒來過這些海域捕獵過嗎，尼德？」

「從來沒有，先生。只在北極海周邊打過，白令海峽和戴維斯海峽去過。」

「這麼說，南極的鯨對您也是陌生的。您過去捕獵的只是一般的鯨，牠們不敢貿然穿越赤道暖流水域。」

「啊！教授先生，您說什麼？」加拿大人反駁道，口氣聽來頗多懷疑。

「我說的是事實。」

「我也不是吹牛！我告訴您，一八六五年，就是兩年半前，我在格陵蘭島附近捕捉到一頭側身早已中叉的鯨，魚叉是從白令海峽一條捕鯨船上打出的。那我倒要問您，動物在美洲西岸被擊中，假如牠不繞過合恩角或好望角，穿越赤道，牠怎麼會繞到東岸來尋死呢？」

「我的想法和尼德朋友一樣，」貢協議道，「我期待先生的回答。」

「先生這就回答你們的問題，我的朋友們。鯨種類不同，居住在不同的區域，而且不肯背井離鄉。如果有一頭鯨從白令海峽游到戴維斯海峽，那只能說明兩個海峽之間存在一條通道，從一個海域通向另一個海域，通道或者開在美洲海岸，或者開在亞洲海岸。」

「該不該相信您呢？」加拿大人問道，說著閉上一隻眼睛。

「應當相信先生。」貢協議回答道。

「就是說，」加拿大人接著講，「既然我沒有在這些水域捕過鯨，我就不熟悉經常出沒這個海域的鯨嘍？」

「我已經跟您說過這層意思，尼德。」

「那就更有必要熟悉這些鯨囉。」貢協議旁敲側擊道。

「你們看！你們看！」加拿大人激動地喊道。「牠來了！牠向我們游過來了！牠在嘲弄我！牠知道我奈何不了牠！」

尼德直跺腳。只見他的手顫動著，做出投送魚叉的姿態。

「這類鯨與北極海的鯨一樣大嗎？」他又問。

「差不多，尼德。」

「我見過超大的鯨，先生，有一百英尺長！我索性說了吧，在阿留申群島的霍拉莫克島和烏姆加里克島，有時能見到一百五十英尺長的鯨。」

「我覺得言過其實了，」我回答道，「那不過是些長著背鰭的鰮鯨，和抹香鯨一樣，比一般鯨小。」

「啊！」加拿大人嚷嚷道，目不轉睛地盯住海面，「牠過來了，牠游到鸚鵡螺號水區來了！」

接著，他繼續談話：

「您談起抹香鯨好像在談小貓小狗一樣！可是有的抹香鯨大得不得了。這類鯨可聰明了。據說，有些抹香鯨會用海藻和墨角藻作偽裝。人們以為是小島，便在牠背上安營紮寨，生火做飯……」

「還在上面蓋房造屋呢，」貢協議揶揄道。

「就是嘛，搗蛋鬼，」尼德・蘭反擊道，「然後，有一天，那傢伙潛入水裡，就把背上的居民都拖向無底深淵。」

「就像水手辛巴達[1]歷險記裡說的那樣。」我笑著回應道。

「啊！蘭師傅，看來，您喜歡非凡的故事！您的抹香鯨未免太離譜了！您千萬別信以為真！」

「自然學家先生，」加拿大人一本正經地答道，「凡是有關鯨的傳說全都可信！——看這一條，牠游得多神氣！看牠神出鬼沒的樣子！——有人聲稱，這類動物十五天可繞地球一圈！」

「我不否認。」

「但是，您未必知道，阿羅納斯先生，創世紀之初，鯨游得還要快呢。」

「啊！真的嗎？尼德！何以見得？」

「因為那時候，鯨的尾巴是橫擺的，像魚一樣，也就是說，鯨尾巴上下垂直受壓緊縮，只好左右搖擺擊水。可是，造物主發現牠游得太快，就扭轉鯨尾巴的運動方向，牠只好上下打水，速度顯然變慢了。」

「好，尼德，」我說，並借用加拿大人剛才說的一句套話回敬他，「該不該相信您呢？」

「不必太認真，」尼德・蘭答道，「就像我剛才對您說，有三百英尺長、十萬磅重的鯨，就更不必認真了。」

---

1 水手辛巴達，《一千零一夜》中的航海英雄，曾七次遠航，歷盡海上風險。

「的確，水分太多了，」我說，「不過，應當承認，有些鯨類動物發展十分驚人，比如有人說，牠們能提供一百二十公噸重的油脂。」

「這個，我倒見過。」加拿大人道。

「我信，尼德，正如我相信，有些鯨體重勝似百頭大象。請估量一下，這樣一個龐然大物，全速衝過來，將會產生怎樣的後果！」

「牠們真能撞沉行船嗎？」貢協議問。

「把船撞沉？我不信，」我回答道。「不過，有人說，一八二〇年，就是在這一帶南部海域，一條露脊鯨衝到埃塞克斯號船上，迫使該船以每秒四公尺的速度後退。海浪從船後一湧而進，埃塞克斯號當即沉淪海底。」

尼德看了看我，露出嘲諷的神態。

「我嘛，」尼德說，「我挨過鯨一次大甩尾——當然啦，我當時乘坐在我的捕鯨小艇裡。我和同伴們被拋到六公尺高空。不過，與教授先生剛才說的露脊鯨相比，不過是小巫見大巫，一頭鯨崽子罷了。」

「這些動物壽命長嗎？」貢協議問。

「上千歲。」加拿大人不假思索地答道。

「您怎麼知道，尼德？」

「因為大家都這麼說。」

「為什麼大家這麼說？」

「因為大家都知道。」

「不，尼德，大家並不知道，但大家都這麼猜測，猜測的推理根據是這樣的。四百年前，漁民第一次捕鯨時，鯨的塊頭比現在的大得多。於是，人們提出合乎邏輯的假設，現在的鯨之所以今不如昔，是因為它尚未充分發育。所以布豐推理說，此類鯨可以而且應當能活千歲以上。您明白了吧？」

尼德沒有聽進去。他根本就沒聽。那頭鯨愈游愈近。尼德虎視眈眈。

「啊！」尼德嚷嚷起來，「不只一頭鯨，有十頭，有二十頭，成群結隊！可是我毫無辦法！手腳都被捆住啦！」

「可是，尼德朋友，」貢協議道，「何不請求尼莫船長讓您去捕獵呢？……」

貢協議話音未落，尼德·蘭就從蓋板口哧溜進艙連忙去找尼莫船長。不一會兒，這兩個人一起登上平臺。

尼莫船長觀察著鯨群，牠們在離鸚鵡螺號一海哩海面上嬉戲玩鬧。

「這是南露脊鯨，」船長說，「夠大隊捕鯨船發大財了。」

「嗯！好，先生，」加拿大人請求道，「我能不能去捕獵牠們，即使只是過過癮，為了不至於忘記我的魚叉手本行？」

「何苦呢，」尼莫船長答道，「只是為了摧毀而捕獵！我們船又不造鯨油。」

「可是，先生，」加拿大人又說，「在紅海，您卻允許我們去追捕一隻儒艮！」

「當時是為了給船員提供新鮮肉食。可是在這裡，只是為殺而殺。我深知，這是人類的一種特權，但我不允許把殺戮當消遣。屠殺南露脊鯨與消滅格陵蘭露脊鯨一樣，蘭師傅，您的同類都是在濫殺無辜和善良的動物，都犯下了罪行，理應受到譴責。正是你們的濫捕濫殺，致使巴芬灣鯨瀕臨滅絕，您的同類將毀滅一個有用的物種。還是讓這些倒楣的鯨類動物過過太平日子吧！牠們的天敵已經夠多的了，抹香鯨，箭魚，鋸鰩，還不用提你們又參與了大屠殺。」

可想而知，加拿大人聽了這堂道德教育課後，臉上表情有多難看。對捕鯨獵手講停止捕鯨的道理，無異於對牛彈琴，白費口舌。尼德‧蘭看了看尼莫船長，顯然理解不了船長的良苦用心。然而，船長言之有理。對鯨的野蠻無度的捕獵，總有一天會使得海洋裡的最後一頭鯨遭受滅種之災。

尼德‧蘭口裡哼起了美國小調，雙手插進口袋裡，索性轉過身去。

然而，尼莫船長關注著鯨的動向，然後對我說：

「我剛才說的沒錯，除了人類，鯨還有別的天敵。說來就來了，那群露脊鯨很快就要遭遇強敵了。阿羅納斯先生，您看見了嗎，八海哩下風處，有一片黑點在浮動？」

「看見了，船長。」我答道。

「那就是抹香鯨，十分可怕的動物，我有時遇見兩三百條，成群結隊而過！這些傢伙，兇狠殘暴，無惡不作，理應格殺勿論。」

加拿大人聽到最後一句話，急忙轉過身來。

「那好，船長，」我說，「還來得及，權且從保護露脊鯨出發……」

「何必去冒險呢，教授先生。鸚鵡螺號就可以驅散這幫抹香鯨。船頭裝有鋼衝角，我想，總比蘭師傅的魚叉厲害吧。」

加拿大人情不自禁地聳聳肩。用船衝角去進攻鯨！誰聽說過有這等事？

「等著瞧吧，阿羅納斯先生，」尼莫船長道，「我們要讓您開開眼界，看一場您見所未見的漁獵活動。對於兇殘的抹香鯨，心慈手軟不得。牠們只長嘴和牙。」

只長嘴和牙！一語道破，惟妙惟肖，大頭抹香鯨的形象勾畫得再逼真不過了。抹香鯨有時身長可

牠們只長嘴和牙。

超過二十公尺，頭特大，約占全身的三分之一。牠們的武裝比露脊鯨厲害多了，露脊鯨上顎只有幾縷鯨鬚，但抹香鯨卻有二十五顆大牙，牙高二十釐米，牙尖呈圓柱形或圓錐形，每顆牙有兩磅重。就在大腦瓜的上部，由軟骨隔開的大骨腔裡，裝有三四百公斤的鯨腦油，俗稱「鯨白蠟」。抹香鯨形容醜陋，根據弗雷多爾的說法，與其說牠是魚，不如說牠是蝌蚪。抹香鯨是一種天生有結構性缺陷的動物，可以說左空右實，只用右眼看東西。

可是，這群醜八怪不斷向我們逼近。牠們發現了露脊鯨群，正準備發動襲擊。可以事先做出判斷，抹香鯨必勝無疑，不僅因為抹香鯨的形體比性情和善的對手更具有進攻性，而且還因為抹香鯨可以在水下潛藏更長的時間，不必急忙浮出水面呼吸空氣。

千鈞一髮，是拯救露脊鯨的時候了。只覺得鸚鵡螺號開始衝浪。貢協議、尼德和我，我們在大廳觀景窗前坐下。尼莫船長走到舵手身旁，親自掌舵，好把潛水船當作殲擊機使用。很快，我就感到螺旋槳在急劇轉動，船速也隨之加快。

等鸚鵡螺號抵達作戰海域時，抹香鯨與露脊鯨的戰鬥已經打響了。鸚鵡螺號對大頭鯨隊伍實行切割戰術。抹香鯨們看見來了個新怪物參加戰鬥，一開始並不以為然。但很快發現來者不善，只好躲避鋒芒。

這場海戰何其壯烈！就連悶悶不樂的尼德·蘭也頓時興奮起來，不由拍手叫好。鸚鵡螺號抖擻精神，成了船長手裡得心應手、神通廣大的魚叉。只見鸚鵡螺號橫衝直撞，攔腰斬斷渾身橫肉的抹香鯨，身後只留下繼續垂死掙扎的身首分離的動物屍體。抹香鯨的尾巴狠狠地打擊船體兩側，而鸚鵡螺號居然毫無感覺。就連它自身發動的衝擊，也沒有感覺到什麼異常。剛幹掉一條抹香鯨後，它立刻奔向另一條；為了跟蹤追擊獵物，牠可以在原地掉頭，可以前進，也可以後退，舵手操縱自如，可隨抹香鯨深潛而深潛，可隨抹香鯨上浮而上浮，時而迎頭痛擊，時而旁敲側擊，或切割，或撕扯，從四面八方，分輕重緩急，可怕的衝角一戳就穿。

好一場大血戰！好一片海上垂死掙扎的呼號聲！動物受驚的尖利呼叫和殺氣騰騰的怒吼連成一片，多麼驚心動魄！往昔任鯨悠哉游哉的平靜海面，如今卻被鯨尾巴攪動得怒濤滾滾，惡浪滔天。

這場荷馬史詩般的廝殺前後持續了一個小時，大頭怪物在劫難逃。有好幾次，十幾隻抹香鯨團團包圍住鸚鵡螺號，試圖群起將它擠壓成碎片。我們從窗戶可以看見抹香鯨張著血盆大口、獠牙瞪眼的凶相。尼德·蘭情不自禁對牠們咬牙切齒相威脅，罵不絕口。我們感到抹香鯨已經死死糾纏著我們不肯放鬆，猶如獵狗圍困樹叢中的野豬不肯鬆懈。但鸚鵡螺號開足了馬力，或推或掀或拖或拽，不時將怪物趕出海面，並不把牠們笨重的身軀和巨大的擠壓能力看在眼裡。

終於，抹香鯨群被打得七零八落，四散逃命去了。海面又恢復了寧靜。我覺得鸚鵡螺號重新浮出水面。艙蓋一打開，我們迫不及待地登上了平臺。

海面上漂滿了橫七豎八的傷殘屍體。即使發生一場大爆炸，也不可能把這麼一大堆肉體切割、撕扯、搗鼓成如此慘狀。我們浮游在巨屍之間，抹香鯨的淺藍脊背、灰白的肚皮、癲皮疙瘩觸目驚心。幾頭驚魂未定的抹香鯨正向天邊倉惶逃命，血跡染紅了遠近波濤，連綿好幾海哩，鸚鵡螺號簡直是在血海中漂泊。

尼莫船長也上來了。

「還好吧，蘭師傅？」船長問。

「滿好的，先生，」加拿大人答道，內心的狂熱已經冷靜下來，「真是可怕的場面，真的。但我不是屠夫，我是個獵人，這裡只是一個屠宰場罷了。」

「這是害獸的屠宰場，」船長答道，「鸚鵡螺號不是一把屠刀。」

「我更喜歡我的魚叉。」加拿大人反詰道。

「各有所長。」尼莫船長回答道，眼睛直盯著尼德・蘭看。

我生怕尼德・蘭無法自制而粗暴行事，勢必會鬧出不可收拾的後果。但他發現鸚鵡螺號正向一隻露脊鯨開去，心中的怒火也就隨興趣轉移了。

露脊鯨未能逃脫抹香鯨的尖牙利齒。我認出這是一條南露脊鯨，扁平的頭，渾身漆黑。從解剖學角度看，南露脊鯨與白露脊鯨及挪威北角的露脊鯨之間存在區別，牠的七塊頸椎骨是完全癒合的，而且比同類多了兩根肋骨。倒楣的露脊鯨已被咬死，側臥在水面上，肚皮千瘡百孔，受傷的鰭上還吊著一隻幼鯨，母鯨未能保護好自己的孩子免遭殺戮。母鯨張開大嘴，水從鯨鬚裡汩汩流出來。

尼莫船長把鸚鵡螺號開到母鯨屍體旁。兩位船員登上母鯨身體上，我不勝驚訝，他們居然從母鯨的乳房裡擠鯨奶，直到擠乾為止，足足有兩三桶。

船長遞給我一杯溫熱的鯨奶。我連忙說我不愛喝這類飲料。但他要我放心，保證鯨奶味道好極了，比牛奶毫不遜色。

我嘗了嘗，味道果然不錯，對我們來說是十分有益的儲糧，因為鯨奶製成的鹹黃油或乳酪，可為我們的日常伙食增添不少可口的花樣。

從那一天開始，我心裡就惴惴不安，注意到尼德・蘭對尼莫船長的態度愈來愈糟糕，我決定密切注意加拿大人的一舉一動。

第十三章　大浮冰

鸚鵡螺號早已抱定南下的航向。它沿著西經五十度高速前進。這麼說它非去南極不可了？我想不至於，因為南極迄今尚無人問津，所有試圖登上地球南端的努力無不半途而廢。再說季節也過於遲誤，南極的三月十三日相當於北極的九月十三日，已經是秋分景象了。

三月十四日，在南緯五十五度海域，我發現了浮冰，雖然只是零星的灰白冰塊，大小在二十至二十五英尺之間，但已構成暗礁，任憑波浪衝擊翻滾。鸚鵡螺號堅持在洋面上航行。尼德・蘭曾在北極海打過魚，對冰山景觀熟視無睹。而我和貢協議初來乍到，是平生第一次觀賞冰山一角的奇觀。

遙望南天，只見天際橫亙著一條白色長帶，形成一道炫目的風景線。英國的捕鯨好手稱之為「冰光帶」。不管雲層有多厚，冰光都不會黯然失色。冰光帶預示那裡不是有一座冰山，便是有一道冰層。

果然，很快就出現更大的浮冰，雲霧變化無窮，冰光也變幻莫測。其中有些冰塊顯露出綠色的紋理，彷彿是硫酸銅描繪出來的波紋。還有幾塊酷似碩大的紫水晶。近處陽光長驅直入，經過無數水晶切面的折射，反射出絢麗的光芒；遠處則呈現花崗岩紋理的微妙反光，足以建造一座宏偉的大理石城。

我們愈是往南行駛，漂浮的冰島就愈來愈多，愈來愈大。成千上萬的南極海鳥在冰山上築巢。其中有海燕、棋盤鸌、海鸚等，海鳥喧鬧一片，震耳欲聾。有些海鳥錯把鸚鵡螺號當作一條死鯨，便紛紛落在上頭棲息，還不時用喙把鋼板啄得篤篤直響。

在穿越浮冰航行期間，尼莫船長不時登上平臺。他認真地觀察著這片無人問津的海域。我看見他那一向冷峻的目光不時興奮生輝。莫非他在心中自言自語？在這片與世隔絕的南極海域，他才有到家的感覺，這片空間是人類不可逾越的禁地，而他才是禁苑的真正主人！也許吧。但他心照不宣。只見他一動不動，只有當駕駛操作需要時，他才本能地猛醒過來。於是，他嫻熟地駕駛著鸚鵡螺號，巧妙地躲開冰塊撞擊，有的冰塊長達幾海哩，高達七八十公尺。海天盡頭每每看似全線封鎖。到了南緯六十度一線，已經無路可走了。但尼莫船長仍在認真探路，結果總是絕路逢生，很快就能找到一道夾縫，他便大膽地鑽了進去，他很清楚，冰縫很可能馬上就會在身後合攏。

就這樣，鸚鵡螺號在這雙巧手的引導下，繞過了這一座座冰塊，貢協議興致勃勃，按照冰塊的大小和形狀進行了精確的分類：冰山或冰峰，冰原或大冰地，流冰或浮冰，冰園或冰田，圓形的叫冰場，若是長條形的則叫冰川。

當地的氣溫比較低。溫度計挪到外面，測得現實溫度為零下二至三度。但由於我們身穿海豹或海熊皮衣，渾身暖洋洋的。鸚鵡螺號船內有電取暖設備恆溫供暖，氣溫再低也不用害怕。再說，萬一忍受不了，鸚鵡螺號只要潛入水下幾米，就可躲開嚴寒。

倘若早來兩個月，就在我們所處的緯度線內，就可享受全天皆白晝的福分，但現在每天要過三至四小時的黑夜；再過一段時間，恐怕就要過半年的漫漫長夜了。

三月十五日，我們穿越了南設德蘭群島和南奧克尼群島的緯度線。船長告訴我說，過去這裡海豹遍地都是，但美、英捕鯨隊嗜殺成性，把海豹趕盡殺絕，連懷孕的母海豹也不放過，把生機勃勃的陸地變成死氣沉沉的幽冥。

三月十六日，上午八點，鸚鵡螺號沿著西經五十五度穿越南極圈。浮冰將我們團團包圍起來，通往天邊的航道也被封鎖。然而，尼莫船長船到冰前必有路，闖過了一道道難關險隘，總能絕處逃生。

「他究竟要奔往哪裡？」我問。

「往前闖，」貢協議答道，「反正走投無路時，他不停也得停下來。」

「我真是看不透！」我答道。

不過說真的，我必須承認，此次旅行雖然冒險，但一點也不會讓我掃興。新區美景多麼令我陶醉，很難用言語來表達。冰肌玉骨，千姿百態，妙不可言。這裡，寺院鱗次櫛比，清真寺尖塔如林，整體上彷彿是一座東方城市；那裡，斷壁殘垣，儼然是地震後殘留的都市廢墟。斜陽落照，餘輝氣象變化萬千，但暴風雪襲來，眼前只剩下灰濛濛的一片迷茫。然後，四面八方，冰山在爆裂，在崩塌，在翻滾，猶如透景畫不斷地變幻著背景。

如果趕上鸚鵡螺號潛入水下，而冰山失去平衡，崩裂的巨響傳到水下，強烈程度不亞於萬鈞雷霆，冰塊落水掀起巨浪，產生的渦流波及大洋深層，鸚鵡螺號隨之被捲入漩渦中去，顛來倒去，轉來轉去，猶如在狂風惡浪中苦苦掙扎的航船。

每每看見無路可走，我就以為永無脫身之日了，但尼莫船長鬼使神差，總能見微知著，找到新的通道。他善於對冰層觀顏察色，從冰地的藍色細流中認路，從來不會搞錯。因此，我猜測，他很可能早就駕鸚鵡螺號到南極探險過。

可是，三月十六日那天，冰田封死了我們的去路。這不是浮冰，而是天寒地凍的大片冰層。這一障礙休想阻止尼莫船長前進，他索性使出渾身解數強行破冰。鸚鵡螺號如一枚楔子插入易碎的冰縫裡，冰層頓時四分五裂，喀喳作響。這有如是古代撞門破城的故伎重演，碎冰塊被拋向天空，然後像冰雹那樣紛紛落在我們周圍。鸚鵡螺號依靠自身的推動力，為自己開闢了前進的通道。有時，它用力過猛，一下子衝上冰田，用重力把冰層軋碎；有時，它潛入冰層下面，輕輕拱一拱，顫一顫，就把冰層撕裂開一個大洞。

在這些日子裡，我們經常受到冰雪的狂轟濫炸。有時大霧迷漫，站在平臺兩端互相看不見。風向說變就變，活蹦亂跳，瘋狂莫測。積雪凝固成冰，必須用鎬頭敲開。只要氣溫下降到零下五度，鸚鵡螺號渾身就被堅冰包裹。若是帆船，全部索具肯定無法操作，繩索將被凍結在滑輪凹槽裡，動彈不得。只有像鸚鵡螺號這樣的船隻，不用風帆，不用煤而用電作動力，才敢在這樣的高緯度地區橫衝直撞。

在這種環境裡，氣壓計一般處於低位，甚至降至七十三點五釐米。羅盤的指標不再具有可靠性。羅盤磁鍼愈接近南磁極，晃動愈錯亂，所指方向矛盾百出，南磁極與地理南極無法構成一致。按照漢斯廷[1]的說法，南磁極位於南緯七十度、東經一百三十度；而根據迪佩雷[2]的觀察，則是在東經一百三十五度、南緯七十度三十分。因此，必須把羅盤置於船的不同方位進行反復觀察，取一個平均數。但人們往往用這種方法來測定航跡，由於航道曲曲折折，標位不斷變化，效果很難令人滿意。

最後，三月十八日，鸚鵡螺號左衝右突，經過二十來次衝擊失敗後，終於感到力不從心了。這裡既不是流動的冰川，也非浮動的冰園或冰田，而是冰山連鎖而成的屏障，巋然不動，無邊無際。

「大浮冰！」加拿大人對我說。

我明白，對尼德・蘭來說，對那些來過南極的航海先行者來說，大浮冰是不可逾越的障礙。正午時分，太陽很露臉，讓尼莫船長測得一個比較準確的資料，我們正處在西經五十一度三十分，南緯六十七度三十九分。這個方位點分明已深入到南極腹地了。

洶湧的海洋，流動的水面，通通在我們眼前不見了。鸚鵡螺號的衝角下，延伸著一望無際的冰原，坎坎坷坷，跌宕起伏，雜亂無章的狼藉景象恰似一條即將化凍的冰河，只是規模浩大壯闊多了。遠近不時尖峰突起，如摩天神針，高達兩百英尺；再往遠看，是一道道鬼斧神工修鑿成的灰白色刀鋒峭壁，宛若一面面摩天大鏡，反射著漫浸雲霧半遮面的幾縷陽光。除此之外，孤苦的荒原安靜得嚇人，偶爾有幾隻海燕或海鷗振翅而起，才打破這死氣沉沉的天然落寞。一切都凍結了，連聲音也不例外。

就這樣，鸚鵡螺號陷在冰原中不能自拔，只好停止探險的征程。

「先生，」當天，尼德・蘭對我說，「如果您的船長再往前走……」

「那又怎麼樣？」

「那他一定是了不起的人物。」

「為什麼，尼德？」

「因為沒有人能超越大浮冰。您的船長的確厲害，但魔鬼更厲害！他再厲害也鬥不過大自然，大自然立下的界限，不管你願意不願意，都只能到此止步。」

「沒錯，尼德・蘭，不過，我倒想知道大浮冰後面是什麼東西！卻碰上一堵牆，這是我最惱火的！」

「先生說的對，」貢協議道，「千不該，萬不該，不該造一堵大牆跟學者過不去！」

「好！」加拿大人道，「這座大浮冰後面有什麼，其實大家都知道。」

「會是什麼？」我問道。

1 漢斯廷（1784—1873），挪威地理學家和天文學家，對地磁研究成就斐然。
2 迪佩雷（1786—1865），法國航海學家、水文學家和大地磁學家，法蘭西學院院士並曾任院長。

「冰啊，除了冰還是冰！」

「您倒是說一不二，尼德，」我回敬道，「可是我，卻心中無數。因此我想過去看看。」

「算了吧，教授先生，」加拿大人答道，「放棄這個念頭吧。您已經來到大浮冰前面，這就很夠了，您別想再往前走了，還有您的尼莫船長，還有他的鸚鵡螺號，都不行的。不論他願意不願意，我們必須轉道往北走，回到好人居住的國度去。」

我不得不承認，尼德．蘭言之有理，只要上冰的船還沒有造出來，下海的船遇到大浮冰只好望而卻步了。

果不其然，鸚鵡螺號雖然開足了馬力，使出渾身的解數想一舉破冰，但冰非但沒有鬆動，自己反而不能動彈了。一般來說，即使無法前進，總還是可以退回去，但現在既不能前進，又不能後退，因為我們身後的航道已經癒合，只要我們的船一停下來，很快就會被原地凍結。下午兩點左右，事情果然發生了，船的兩側出現新的冰層，凍結速度之快令人吃驚。我不得不承認，尼莫船長處事過於不謹慎了。

此時，我就待在平臺上。船長觀察了一下情況，對我說：

「怎麼樣，教授先生，有何感想？」

「我想，我們被困住了，船長。」

「被困住了！是什麼意思？」

「我的意思是說，我們既不能前進，也不能後退，也不能左右動彈。我以為，這就叫『被困住了』，至少在有人煙的地方是這麼說的。」

「這麼說，阿羅納斯先生，您以為鸚鵡螺號無法脫身了？」

「很難吶，船長，因為季節太晚啦，休想指望解凍啊。」

「啊！教授先生，」尼莫船長用揶揄的口吻答道，「您總是抱著老一套不肯放！您眼裡只看到險阻和障礙！但我呢，敢向您保證，鸚鵡螺號不僅可以擺脫困境，而且還要繼續往前走！」

「還要往南走？」我問道，看了看船長。

「對，先生，到南極去。」

「到南極去！」我叫了起來，情不自禁做了個動作，表示難以置信。

「沒錯，」船長冷冷地回答道，「到南極去！到那個不為人知的地點，到那個地球子午線交會的地點。您就知道我是否能讓鸚鵡螺號做我想做的事情。」

對！我當然知道。我知道此人膽大到妄為的地步！但是，要戰勝南極路上的艱難險阻談何容易，比上北極難多啦，迄今連最大膽的航海家都沒登上北極，更不用說涉足南極了，妄言到南極去，簡直是瘋人囈語，癡心妄想！

我當時忽然產生一個念頭，想問問尼莫船長是否曾捷足先登，來到這個人類不曾涉足的地方探險過。

「沒有，先生，」船長回答我道，「我們將一道去揭開它的奧祕。別人失敗的地方，我不會失敗。我還從來沒有把我的鸚鵡螺號開到南極海如此深入的腹地，但是，我再說一遍，它還要向前開去。」

「我願意相信您，船長，」我又說，口氣略帶諷刺的意味，「我相信您！勇往直前！我們沒有障礙！衝破大浮冰！索性把它炸了！它若頑抗，就叫鸚鵡螺號插上翅膀，從上面飛過去！」

「從上面？教授先生，」尼莫船長平心靜氣地回答，「不是從上面，而是從下面。」

「從下面！」我大叫起來。

船長無意中洩漏了天機，我茅塞頓開，終於明白了，鸚鵡螺號巧奪天工，勢必幫助船長完成此次超凡的壯舉。

「我想，我們終於心有靈犀了，教授先生，」船長對我說，咧嘴一笑，「您對可行性已見端倪，而我，我說必勝無疑。普通航船做不到的事，鸚鵡螺號易如反掌。如果南極出現陸地，鸚鵡螺號將在陸地前止步。但如果南極沒有陸地，那它就是一片自由的汪洋大海，鸚鵡螺號將直奔南極！」

「的確，」我說，船長理直氣壯，令我心悅誠服，「即使海面千里冰封，下層卻是自由流水，天理昭昭，得天獨厚，海水的最大密度比冰點高。如果我沒有記錯的話，大浮冰水下部分與水上部分的比例是四比一吧？」

「差不多，教授先生。冰山露出海面一英尺，它在水下就有三英尺。呵呵，這些冰山高度不超過一百米，它深入水中最多也就三百米。呵呵，區區三百米的深度對鸚鵡螺號算得了什麼？」

「不在話下，先生。」

「它甚至可以潛入更深的水層，尋找一片水溫恆定的海層，這樣，我們就可以躲過海面上零下三十至四十度的低溫，安然無恙。」

「正是這樣，先生，正是這樣啊。」我答道，興奮得很。

「唯一的困難，」尼莫船長接著說，「就是必須在海裡待好幾天，不可能浮出海面更新空氣。」

「只有這一件？」我反問道，「鸚鵡螺號不是有許多大儲氣罐嗎？我們把它們裝得滿滿的，足可以為提供所需的全部氧氣了。」

「想得周到，阿羅納斯先生，」船長微笑著答道，「我不過不想讓您到時埋怨我行動過於魯莽，還是事先說明白為佳。」

「還有何問題？」

「只有一個。南極如果有海，而南極海全部被堅冰封蓋，那麼，我們因此有可能無法回到海面上。」

「好的，先生，您是不是忘了，鸚鵡螺號武裝有攻無不克的衝角？難道我們不會取一定的斜角往冰田衝去？衝角一到，冰田開道。」

「呵！教授先生，您今天點子很多。」

「此外，船長，」我補充道，而且愈說愈來勁，「在南極，為什麼不能像在北極那樣，遇見自由海呢？不論在南半球還是在北半球，冷極和地極並不重疊，在找到相反的證據之前，我們不妨設想，在地球的兩極，要麼是堅冰覆蓋著的陸地，要麼是堅冰覆蓋著的海洋。」

「我也這麼認為，阿羅納斯先生，」尼莫船長答道，「我只提請您注意，您原本千方百計反對我的計畫，現在又千方百計為它辯護，威逼利誘想把我壓垮呀！」

尼莫船長說的沒錯。我終於膽大妄為地戰勝了他！是我把他拖到南極去的！我搶先他一步想到了，而後步步超越他……其實並不是這麼回事！可憐的大傻瓜。尼莫船長比你知道問題的利害所在，他不過是逗著你玩，樂於看到你面臨無法逾越的天險時那種想入非非的幻想模樣罷了！

不過，他片刻也未曾耽誤。只消一個信號，大副就出來了。兩人用莫名其妙的語言迅速交換意見，也許大副事先就對計畫心中有數，或者他覺得計畫切實可行，反正他沒有流露出任何吃驚的樣子。

如果說大副是無動於衷，那麼貢協議的表現則有過之而無不及，那是徹底的麻木不仁，當我對這個忠實的小夥子說要去闖南極時，他輕描淡寫地以一句「悉聽尊便」來打發我的通知，我只好不了了之。至於尼德・蘭的態度，若論聳肩的高度，加拿大人堪稱天下第一。

「您看看，先生，」他對我說道，「您和您的尼莫船長，你們真讓我可憐！」

「可是我們一定要去南極，尼德師傅。」

「有可能，但有去無回！」

於是尼德・蘭轉身回艙房去，臨走只對我說了一句話：「別自討苦吃！」

不過，這項大膽的計畫準備工作業已展開。鸚鵡螺號的高功率抽氣泵正在為儲氣罐高壓灌氣。四點，尼莫船長通知我說平臺蓋板即將關閉。我們就要穿越這座厚重的大浮冰，我最後看了它一眼表示告辭。天氣晴朗，空氣純淨，但寒氣逼人，氣溫在零下十二度，不過風已經消停，這樣的冷天還不至於叫人無法忍受。

鸚鵡螺號上來十幾號人，他們拿著鎬頭，把船周圍的凍冰敲碎，不一會兒船身便鬆動了。幸好剛凍不久，冰層淺薄，破冰工作很快就完成了。我們大家回到船艙裡面。常備儲水罐灌滿了流動的海水。鸚鵡螺號抓緊時間潛入海裡。

我同貢協議在大廳裡就座。透過觀景窗，我們觀察南冰洋下層海域。溫度計不斷攀升。壓力計指標在刻度盤上轉動。

正如尼莫船長預見的那樣，潛到三百公尺深處，我們便漂浮在大浮冰下波動的水面上。但鸚鵡螺號還在繼續下沉。它已抵達八百公尺深度。剛才海面水溫為零下十二度，現在溫度計已超過零下十一度，也就是說我們已經贏得近兩度的升溫。當然，鸚鵡螺號內部有暖氣機供暖，一直保持在一個較高的室溫上。船內各項操作準確無誤，無懈可擊。

「此路可行，先生不必多慮。」貢協議對我說。

「我心中有數！」我答道，口氣深信不疑。

在這個自由海域裡，鸚鵡螺號一路直奔南極，始終不偏離西經五十二度。從南緯六十七度三十分至九十度，還有二十二度三十分路程要走，也就是五百法哩（合兩千多公里）。鸚鵡螺號平均航速為每小時二十六海哩（合四十七公里），相當於特快列車的速度。如能保持這樣的運行速度，四十小時後即可到達南極點。

已進入深夜了，但嶄新的景象吸引著我們，我和貢協議一直守在觀景窗前不肯離去。船燈電光普照，海水閃閃發亮。但海域一片荒涼。魚類不肯在冰封的水牢裡居留。牠們只是匆匆過客，借道從南冰洋游向南極自由海。我們的船速很快，從船殼顫動加劇就足以感覺到這一點。

凌晨兩點，我回去休息幾個小時。貢協議也跟著走了。在走道上，我未能遇見尼莫船長。我想他正待在駕駛室裡。

第二天，三月十九日，清晨五點鐘，我又回到大廳的老位置上。電動測程儀告訴我，鸚鵡螺號正在減速。它正浮向海面，但小心謹慎，慢慢地把儲水罐裡的水往外排。

我的心怦怦直跳。莫非我們即將浮出水面，可以呼吸南極的自由空氣了？

不。一陣震感告訴我，鸚鵡螺號撞上了大浮冰的底層表面，撞擊聲沉渾，可以斷定冰層依然很厚。用航海行話來說，我們的確「觸」了，但不是在海面上觸礁，而是在一千英尺深度。可見我們上面有兩千英尺高的冰層，其中一千英尺是露出水面的。大浮冰的高度遠遠超過了我們在其邊緣測得的高度。處境有點不妙。

整整一天時間，鸚鵡螺號多次試圖突破，但我們頭上冰板橫陳，屢次以碰壁告終。有時候，它在九百公尺深處碰到冰牆，說明冰的厚度達一千兩百公尺，其中二百公尺露出海面。與鸚鵡螺號剛潛入水下相比，冰層高度翻了一番。

我認真地將所測的不同深度一一記錄在案，並依此描繪出水下冰層厚度的縱面圖。

到了晚上，嚴峻的形勢依然毫無變化。冰層厚度一直在四百至五百公尺之間徘徊。但顯然逐漸變薄，到洋面的距離依然很大。

已是八點鐘了。按照慣例，早在四個小時前，鸚鵡螺號艙內的空氣就該更新了。然而，我並未感到怎麼難受，再說，尼莫船長也沒有動用儲氣罐來補充氧氣的意思。

那天晚上我苦苦睡不著。希望和恐懼輪番折磨我。我起來好幾次。鸚鵡螺號還在繼續摸索探測。凌晨三點，我發現大浮冰底面深度為五十公尺。這麼說我們離水面只有一百五十英尺了。大浮冰逐漸又變成了冰田。山變成了平原。

我的眼睛死死盯住壓力錶。我們一直沿著一條斜線不斷上升，水面被探照燈照得閃閃發光。大浮冰水下和水上坡度不斷降低，每前進一海哩，冰層就明顯見薄。

最後，應當記住這個值得紀念的日子：三月十九日，早晨六點鐘，大廳門開了。尼莫船長走了進來。

「自由海！」他對我說。

第十四章　南極

我連忙登上平臺。沒錯，自由海！除了幾塊零散的浮冰和幾座流動的冰山外，遠近一片汪洋，上空是百鳥翱翔的世界，水下則是萬魚嬉戲的家園，海水的深度不同，顏色也不一樣，由深藍逐漸過渡到橄欖綠。溫度計指示攝氏三度。大浮冰之後，暗藏著一個相對封閉的春天，只見大浮冰漸漸遠去，在北方的天際落成遠山的輪廓。

「我們在南極嗎？」我問船長，心跳得厲害。

「我不知道，」他回答我說，「中午我們測一下方位。」

「可是太陽在雲障中，會露臉嗎？」我問，眼看著陰霾滿天。

「只要它肯賞點光，就足夠了。」船長答道。

往南看，離鸚鵡螺號十海哩處，有一座二百公尺高的小島孤零零地冒出水面。我們朝小島開去，小心翼翼，生怕觸著暗礁，水下很可能隱藏著星羅棋布的礁石。

過了一個小時，我們抵近小島。兩小時後，我們繞島一圈。小島周長四至五海哩。一道狹窄的海峽把小島與大片陸地隔開，這片大地很可能是一個大陸洲，反正一眼望不到盡頭。

這片大地的存在似乎證明莫里的假說是有道理的。這位才華橫溢的美國人的確曾經指出，在南極與南緯六十度之間，海面布滿了浮冰，體積巨大，在北大西洋見所未見。據此，他得出這樣一個結論，南極圈內擁有大片的陸地，因為冰山不能在汪洋大海中而只能在海岸邊形成。根據他的推算，覆蓋南極的冰蓋宛如圓拱，寬度可達四千公里。

他佇立在奇岩顛峰上，雙手抱胸，目光炯炯。

然而，鸚鵡螺號最怕擱淺，於是便在離海灘三鏈處停泊，海灘上怪石叢生，頗為壯觀。小艇已經卸下投入大海。船長及其兩個攜帶器械的船員、貢協議和我，我們上了小艇。已是上午十點鐘。我沒看見尼德・蘭。這個加拿大人，想必無顏面對南極就在眼前的事實。

只划了幾下船槳，小艇就登陸沙灘。貢協議正要往地上跳，我連忙攔住他。

「先生，」我對尼莫船長說，「請您第一個登上這片土地。」

「好吧，先生，」船長答道，「我之所以捷足先登南極土地，是因為迄今還沒有人在上面留下足跡。」

說完，船長便輕輕跳到沙地上。他非常激動，心跳怦怦可聞。他爬上一座岩石，巉岩突兀在一個小岬角上。只見他佇立在奇岩巔峰上，雙手抱胸，目光炯炯，屹立如塑，不發一語，似乎南極地區已經納入他的領地。這種如癡如醉的狀態足足持續了五分鐘，而後，他轉身對我高喊道：

「隨時恭候您，先生！」

於是我也下了船，貢協議跟著我，兩個水手仍守在小艇上。

眼前很長的地段是淡紅色凝灰岩，彷彿是碎紅磚鋪成的。遍地是火山的岩渣、熔岩和浮石。不難看出，這裡是舊火山了。在一些地方，還散發著輕微的火山氣體，可以聞到硫磺的味道，這說明地下火仍然在拚命往外擴張。不過，我爬上一座峻峭的山峰，極目四望，方圓好幾法哩並未發現任何火山。我們知道，詹姆斯・羅斯[1]在南極地區探險，曾在東經一百六十七度、南緯七十七度三十二分處發現埃里伯斯和泰羅爾活火山口。

1 詹姆斯・羅斯（1800—1862），英國探險家。曾五次到南極探險，發現維多利亞地和埃里伯斯火山，推斷南極大陸的存在。

在這荒涼的大陸上，植物品種看來極為有限。黑色的岩石覆蓋著一層灰囊果苔蘚。有些植物用顯微鏡才能看見胚芽；有些原始矽藻，是夾在石英質貝殼間的細胞植物；有些長墨角藻，原來附著在魚鰾上，後來被大浪沖到海岸上，逐漸蔓延泛著紫紅或深紅的顏色……

所有這些構成了當地的植物體系。

海岸上散布著多種軟體動物：小貽貝，帽貝，牛心光貝等。特別是海若螺，細長，膜狀，頭由兩個圓耳葉構成。我還看見無數曾在北極發現的海若螺，長三釐米，鯨一口可以吞下成千上萬隻。還有那些可愛的翼足軟體動物，堪稱名副其實的海蝴蝶，正是牠們讓流動的海水充滿勃勃生機。

在海底植形動物中，居然有幾棵深海珊瑚樹，據詹姆斯·羅斯觀察，這類珊瑚樹可在南極一千米深的深海裡存活；還有屬於深海鸌形小海雞冠珊瑚蟲，還有大量只在這種氣候條件下才能生長的海盤車和俯拾皆是的海星。

但最富有生機的場面是在空中。在南極天空，有成千上萬的各種鳥類飛來飛去，鳴叫聲震耳欲聾。有的鳥兒成堆擠在岩石上，看著我們經過毫無懼色，甚至紛紛擠在我們腳邊表示親熱。還有那些企鵝，在水中個個機靈敏捷，甚至被誤認為是金槍魚，可是牠們一上岸就呆頭呆腦，笨態可掬。牠們喜歡成群結隊，怪叫連天，一貫說得多，動得少。

說到鳥類，我還看見有涉禽類鞘嘴鷗，大小似鴿子，白羽毛，短錐喙，紅眼圈。貢協議捉了許多鞘嘴鷗做儲備食物，這種海鳥如果烹調得法，味道十分鮮美。空中飛過許多淺煙灰信天翁，羽翼寬四米，有大洋禿鷲之稱；還有南極巨海燕，其中弓翼海燕最愛吃海豹肉；還有棋盤鸌，是一種小鴨子，羽毛分黑白兩色；南極海燕品種繁多，有的渾身雪白，兩翼邊緣為褐色，而有的卻是藍色，這是南極海的特產。我對貢協議說，白海燕「渾身是油，法羅群島居民索性在海燕身上裝一根燈芯，一點就亮。」

「再肥一點，」貢協議答道，「就是一盞標準的油燈了！」

又走了半海哩，地上到處可以看到企鵝的巢穴。那是企鵝下蛋的地方，只見大群企鵝紛紛從窩裡大搖大擺走了出來。尼莫船長過後讓人逮了幾百隻，企鵝肉雖然黑糊糊的，吃起來味道卻很不錯。牠們的叫聲很難聽，好像驢叫。企鵝大小像鵝，深灰的背，雪白的腹部，脖子好像繫一條檸檬色領帶，牠們寧可任人用石頭打殺，也從不倉惶逃命。

可是，濃霧不肯散去，都十一點了，太陽還未露面。太陽不給臉，我卻焦急起來。不見太陽，就無法進行觀測。如何測定我們是否已經抵達南極呢？

我找到了尼莫船長，只見他雙手支在一塊岩石上，默默地仰望天空。他似乎心煩意亂，焦躁不安。又有什麼辦法呢？這個強人雖然敢作敢為，一向天不怕地不怕，但他既指揮不了大海，也不能使喚太陽啊！

又等到正午時刻，太陽依然深藏不露。我們甚至不知道它究竟在雲霧大幕後佔據什麼地位。不久霧氣變成了紛揚的雪花。

「明天再說吧。」尼莫船長只簡單對我說了一句話，而後我們就冒著鵝毛大雪回到了鸚鵡螺號。

我們離開時，船上的魚網已經張開。回來時，魚已經打撈上來，我興致勃勃地觀察著滿船的鮮魚。南極海是大量洄游魚群的避難所，游魚們雖然躲過了低緯度海域的大風暴，卻又讓南極海豚和海豹打了牙祭。我發現有幾條南極的杜父魚，長一分米，是一種灰白色的軟骨魚，身上披有青灰色橫紋，長著尖刺；還有南極銀鮫，身材修長，達三英尺，白皮嫩肉，銀光閃閃，滑頭圓腦，背負三鰭，嘴生吻管，彎向嘴巴。我嘗了嘗銀鮫肉，覺得不怎麼好吃，但貢協議卻吃得津津有味。

直到第二天，暴風雪還下個不停。平臺上不可能再站人了。我只好待在大廳裡，把南極大陸歷險的經過摘要記錄下來，我聽到了海燕和信天翁在風雪中嬉戲打鬧的歡叫聲。鸚鵡螺號並沒有停滯不前，而是沿著海岸緩慢行駛，並南進了十幾海哩，天邊晦明參半，落日餘暉稍縱即逝。

第二天，三月二十日，雪已經停了。天寒地凍，冷氣更加逼人。溫度計指示零下二度。大霧終於收起，我指望今天可以如願進行觀測。

尼莫船長尚未出來，小艇先把我和貢協議送到陸地上。地表依然是火山土。到處是熔岩、玄武岩、火山渣的痕跡，卻未發現噴發熔漿的火山口。和前面的情況相似，成千上萬的海鳥鋪天蓋地，熱鬧非凡，使得這片南極大陸朝氣蓬勃。但這個鳥的帝國並不專權，竟同海洋哺乳動物分享熱鬧，哺乳動物們還以溫和的目光歡迎我們的到來。這裡有好幾種海豹，牠們或躺在平地上，或安臥在漂流的冰床上，有的剛從海裡冒出頭來，卻又有幾隻急忙潛回水裡。牠們從未同人打過交道，看我們走近也不懂得逃跑，我估算一下，即使上來幾百條船，海豹肉供應應當不成問題。

「謝天謝地，」貢協議說，「幸虧尼德·蘭沒有跟我們一塊來。」

「為什麼說這種話，貢協議？」

「因為瘋狂的獵手會把牠們全殺光。」

「殺光未免言過其實，但我相信，真的，加拿大人一旦動了魚叉，難免有幾隻美麗的鯨類動物遭殃，我們誰也阻攔不了。尼莫船長見了想必不高興，他不會讓無害的動物慘遭殺害。」

「他是對的。」

「當然啦，貢協議。不過，你必須告訴我，你是不是已經將這些出類拔萃的海洋動物分好類？」

「先生您很清楚，」貢協議回答道，「我在實踐方面不太內行。只要先生告訴我這些動物的名字……」

「這是海豹和海象。」

「鰭腳科的兩個屬，」聰明的貢協議立刻脫口而出，「食肉目，有爪類，單子宮亞綱，哺乳動物綱，脊椎動物門。」

「很好，貢協議，」我回應道，「但是，這兩個屬動物，海豹和海象，假如我沒有弄錯的話，又可分好幾種，我們何不乘此機會就地考察一番。走吧。」

現在是上午八點整。正午要觀測太陽，我們還有四個小時可以利用。我們信步朝一個大海灣走去，海灣深入陸地，沿岸懸崖峭壁環抱。

到了那裡，我可以這麼說，極目四望，不論是在地上還是在冰上，到處是熙熙攘攘的哺乳動物，我的目光在下意識地搜尋海中老人普洛特斯[2]的身影，正是他為海神尼普頓放牧這洋洋大觀的畜群。這裡海豹最為可觀。牠們形成明顯的群體，雄雌分工合作，父親照看全家，母親為孩子餵奶。有幾隻年輕海豹，已經身強力壯，正鍛煉離群獨步。海豹想要挪動地方，就得曲身前拱，小跳動爬行，笨拙地利用不完善的闊鰭，而這種鰭在同屬的海象身上，就成了真正的前臂。我要說，這些動物脊椎骨活動靈活，骨盆狹窄，體毛短而且密，長著腳蹼，一旦進入水裡，身體各部位便神氣活現起來，游泳姿勢漂亮極了。牠們在陸地上休憩時，姿態溫文爾雅，優美之極。無怪乎古人見了海豹那千嬌百媚的體態，那溫柔嫵媚的容顏，那毛茸茸的亮晶晶的眼睛，那傳情勾魂的眼神，無不對海豹進行美化和神

2 普洛特斯，希臘神話中變化無常的海神，又叫海中老人，能預知未來，只有中午出海躺在岩石陰影下睡午覺。誰若能遇見他，便可得知未來。

化，終於把雄海豹改造成了半人半魚的海神，把雌海豹變為美人魚。

我告訴貢協議，這些聰明的鯨類動物的腦細胞頗為發達。除了人類，恐怕任何哺乳動物都沒有如此豐富的大腦組織。正因為如此，海豹可以接受一定程度的教育訓練，很容易馴養。我贊同有些自然學家的看法，認為海豹經過適當的馴養後，就可以像獵魚犬一樣，為人類效力。

海豹大都在岩石或沙灘上睡覺。從定義來區分，海豹的外耳殼已退化，而海獅外耳猶存，這是兩者區別的所在。我從海豹群中發現長吻海豚屬的幾個變種，它們身長三米，白皮毛，頭像叭喇狗，上下顎各有十顆牙，其中四顆是門牙，兩顆是百合花形的犬牙。在牠們當中，還夾雜著幾隻海象，實際上是海豹的變種，只不過短鼻子會動，長著長牙，是龐大型的海豹，腰圍有二十英尺，身長十米，我們靠近時，牠們都懶得動一動。

「這不會是危險的動物吧？」貢協議問我。

「不危險，」我答道，「除非有人對它們發動進攻。不過海豹為了保護幼子不受侵犯，暴怒起來也很可怕，把捕獵的漁船搗成碎片都不是什麼稀罕事。」

「這是自衛的權利。」

「我不反對。」

又走了兩海哩，我們被一道岬角擋住去路，岬角成了海灣抵擋南風襲擊的屏障。岬角峭壁垂直面向大海，驚濤拍岸，浪花四濺。峭壁外邊怒濤洶湧澎湃，咆哮如雷，猶如反芻動物發出驚天動地的哀吼。

「好嘛，」貢協議感歎道，「莫非是牛群大合唱？」

「不對，」我說，「是海象在叫。牠們在打架吧？」

「不是打就是鬧著玩。」

「請先生別見怪，應當去看看。」

「是該看看去，貢協議。」

說著，我們就翻過一塊發黑的大岩石，但讓我始料不及的是，我們竟然踩在一堆冰凍的亂石堆上，走起來一直打滑。我跌了好幾跤，差點閃了腰。貢協議比我小心，也比我結實，怎麼也摔不倒，他把我扶起來，對我說：

「先生只要叉開兩腿，先生就能好好地保持平衡了。」

我爬上岬角的脊頂，一眼望去，前面是一片白皚皚的遼闊平原，到處都是海象。海象們互相嬉戲打鬧著。原來牠們是在歡天喜地的狂叫，而非驚天動地的怒吼。

海象和海豹在體形和肢體分布上頗為相似。但海象的下顎沒有犬牙和門牙，而上顎的犬牙，實際上就是兩顆長達八十釐米的獠牙，牙槽周長三十三釐米。獠牙質地細密無瑕疵，比象牙還要堅硬，而且不容易變黃，屬於珍稀名貴的搶手貨。但正因為如此，海象慘遭大規模的捕獵，瀕臨滅絕的危險，因為獵人見海象就殺，不分懷孕的母海象還是青少年海象，每年屠殺數量超過四千頭。

我從這群珍稀動物群中走過，因為貼得很近，可以隨心所欲地進行觀察，牠們卻也逍遙自在，不擔心受到打擾。海象皮很厚，而且非常粗糙，近乎紅棕色，毛短淺而稀疏。有的海象體長達四公尺。南極海象比北極海象更坦然自得，更少擔驚受怕，沒有派精兵強將在營地四周警戒放哨。

視察過這座海象聚居的城邦之後，我該往回走了。已是上午十一點了，倘若尼莫船長時來運轉，能找到觀測方位的好時機，我倒願意在觀察現場作陪。但太陽到時肯不肯露臉，我並不抱什麼奢望。只見天邊烏雲壓地，遮天蔽日。這個好妒的星體似乎不願對人揭開地球這一極地的奧祕，至今尚無人涉足這一極點。

反正我想回鸚鵡螺號後再說。我們沿著懸崖峭壁脊樑上的羊腸小徑往下走。十一點三十分，我們抵達下船的地點。小艇擱在海灘上，船長已經上了岸。我看見船長站在一塊玄武岩上。觀測器械都在身邊。他的目光鎖定北方地平線，太陽在天際描繪出綿長委婉的行蹤。

我來到他的身邊站好位置，默默地等待著。正午時刻到了，跟昨天一樣，太陽不肯露臉。天公不肯作美，觀測再次泡湯。倘若明天依然無所作為，我們的方位測定工作就只好告吹了。

千真萬確，今天是三月二十日。明天，即三月二十一日，時值秋分[3]，如果不計較曙暮光，太陽將有半年時間沉淪地平線之下，而隨著陽光的消失，南極便開始了漫漫的極夜。從九月春分開始，太陽則在北部地平線上出現，呈螺旋狀上升態勢，直至十二月二十一日。此時正當北極地區的夏至，南極的冬至，太陽又開始隕落了，明天陽光又該久別了。

我把我的想法和憂慮對尼莫船長坦然相告。

「您言之有理，阿羅納斯先生，」他對我說，「假如明天我測不到太陽的高度，那麼，半年之內我就不可能再做測定。但也正因為如此，我的航行鬼使神差，使我得以在三月二十一日抵達南極海域，只要明天中午，太陽在我視線中一冒頭，我就可以輕易測定我的方位點。」

「為什麼，船長？」

「因為，當太陽畫漫長的螺線時，是很難測定它距地平線的準確高度的，儀錶也可能出現嚴重的誤差。」

「那該怎麼辦？」

「我只要使用我的測時計就可以了。如果明天，三月二十一日，中午，日光碟（可把暮光考慮在內）正好同北海天線相切，那就說明我在南極了。」

「不錯，」我說，「但是，從數學角度看，這種論斷未必很嚴密，因為秋分的時間不一定落在正午時刻上。」

「有可能吧，先生，但誤差不會超過一百公尺，我們也不必要做到那麼精確。那就明天見。」

尼莫船長回船去了。貢協議和我，我們一直在沙灘上來回折騰，邊觀察邊研究，一直逛到五點才回去。但我並沒有採集到什麼新奇玩意兒，不過有一個企鵝蛋大得驚人，說不定收藏家願意出一千多法郎收買呢。褐色的企鵝蛋上竟然有象形文字般的線條和紋理，堪稱罕世奇珍。我把它交到貢協議手上，這個小夥子辦事一貫謹小慎微，走路穩當，只見他接過企鵝蛋，就像抱一件中國名瓷那樣呵護著，確保完整無損地帶回鸚鵡螺號。

我回到船上後，即把這稀罕的企鵝蛋放進陳列室的玻璃櫥裡。晚飯胃口大開，我美美地吃了一塊海豹肝，有點像豬肉的味道。然後上床睡覺，我像印度教徒一樣，暗暗祈求光芒四射的太陽不吝賞光。

第二天，三月二十一日，早上五點，我急忙登上平臺。尼莫船長已經在上面了。

「天氣開朗了一些，」船長對我說，「我滿懷著希望。吃過飯，我們就登陸挑選好觀測位置。」

我與尼莫船長約好後，便去找尼德・蘭。我真想帶他同我一起去。但加拿大人過於固執，斷然拒絕了，我看得很清楚，他愈來愈意氣用事，而且也愈來愈悶悶不樂了。但不管怎麼說，在這種情況下，他的頑固態度倒未必讓我遺憾。說真的，地上的海豹太多了，不應該以此為誘惑來吸引這位不善

3 南半球的節氣正好與北半球相反，北極的春分正是南極的秋分。

於思考的漁夫。

吃完飯我就準備登陸。鸚鵡螺號昨夜又上行了幾海哩。它現在停泊在海面上，離海岸足足一法哩，只見海岸上有一座高四五百公尺的峻峭山峰坐鎮。我和尼莫船長以及兩位船員上了小艇，各種儀器也攜帶齊全，即一個計時器、一副望遠鏡，和一個氣壓計。

乘小艇在海面上穿行時，我看見許多鯨，牠們是南極海特有的三個品種：沒有背鰭的露脊鯨，英國人叫「right—whale」，即所謂「正牌鯨」，簡稱「正鯨」；座頭鯨，即駝背鯨，腹部具褶溝，鰭肢闊大呈灰白色，胸鰭狹長，雖有「長臂」俗稱，但並不構成翅翼；黃褐色的長鬚鯨，算是最機敏的鯨類動物了。長鬚鯨體壯氣粗，老遠就先聞其聲，牠噴氣時形成高揚的水汽柱，有熱氣蒸雲的氣勢。這幾種不同類型的哺乳動物正成群結隊在寧靜的大海中嬉戲打鬧，我一看就明白了，南極海已經成為鯨逃避人類濫捕濫殺的避難所。

我還發現紐縲樽灰白色的膠狀長漂帶，這是一種無脊椎浮游動物；還看見了大水母，在海浪的漩渦中隨波逐流，漂來蕩去。

九點整，我們上了岸。天空逐漸開朗。亂雲倉惶南竄。濃霧正從冰冷的海面上撤退。尼莫船長向陡峭的山峰走去，他想必想在峰頂設置觀測點。在尖刻的火山岩和浮石上攀登，還要呼吸迷漫在空中的火山硫磺氣體，舉步維艱，苦不堪言。尼莫船長儘管不習慣在陸路上行走，但他攀登陡坡時，手腳卻很俐落，身手輕捷不凡，我不得不甘拜下風，庇里牛斯山的岩羊見了恐怕也要自歎弗如的。

我們足足爬了兩個小時才登上這座斑岩和玄武岩混合而成的峭壁石峰。登峰北望，一片汪洋一直延伸到天盡頭的海天線上。在我們腳下，則是白光耀眼的冰雪大地。在我們頭上，雲霧初開，藍天淡然顯現。往北方一看，太陽正露出圓臉，猶如一輪火球遠走天涯，卻被海天線切去了一角。在浩淼的大海上，群鯨吐水，數百根水柱衝天而起，蔚為壯觀。在遠處，鸚鵡螺號隨波蕩漾，猶如一頭酣睡的大鯨。我們身後，則是一望無垠的大地，不斷向南向東擴展，冰原上亂石狼藉，冰坨成堆。

尼莫船長登上峰頂，就用氣壓測高儀仔細測出石峰的高度，因為測量太陽的高度也必須考慮觀測點的高度。

十二點四十五分，太陽的金輪通過折射的暮光和盤托出，把最後的餘輝散發給這片被人遺忘的大地，給這片無人問津的大海，讓我們大飽了眼福。

尼莫船長正使用一台望遠鏡觀察太陽。望遠鏡內有十字線刻度，有鏡片可修正折射光。只見太陽正沿著一條長長的對角線逐漸沉入海天線。我手裡拿著測時計。我的心口突突直跳。如果日輪正好隕落一半，而測時計正好指向正午時刻，那麼我們就處於南極無疑了。

「正午時刻！」我大叫道。

「南極！」尼莫船長莊嚴回答。他立即把望遠鏡遞給我，望遠鏡裡顯示的太陽正好被海天線對半切開。

我發現太陽的最後幾縷餘輝正在為山峰摩頂，而陰影逐漸爬上了山腰。

這個時候，尼莫船長把手搭在我的肩上，對我說：

「先生，一六〇〇年，荷蘭人吉里克被海流和風暴捲到南緯六十四度，發現了南設德蘭群島；一七三三年一月十七日，著名的科克沿東經三十八度，抵達南緯六十七度三十分，並於一七七四年一月三十日，到達西經一百零九度，南緯七十一度十五分；一八一九年，俄國人貝林格森抵達南緯六十九度，一八二一年，又到達南緯六十六度、西經一百一十一度處；一八二〇年，英國人布蘭斯菲爾德在南緯六十五度受阻；一八二〇年，美國人莫雷爾在西經四十二度、南緯七十度十四分發現自由海，但他的敘述未必可信；一八二五年，英國人鮑威爾未能越過南緯六十二度；同年，英國人威德爾（一個普通的捕獵海豹的漁民）到達南緯七十二度十四分、西經三十五度處，最遠抵達南緯七十四度十五分、西經三十六度；一八二九年，英國人福斯特指揮雄雞號，在南緯六十三度二十六分、西經六十六度二十六分處登陸；一八三一年二月一日，英國人比斯科在南緯六十八度五十分，發現了恩德比地，又於一八三二年二月五日在南緯六十七度發現了阿德萊德島，二月二十一日，又在南緯六十四度四十五分發現了格雷厄姆地；一八三八年法國人迪蒙・迪爾維爾在南緯六十二度五十七分遇見大浮冰，測定了路易菲力浦島的方位，兩年後，一月二十一日，在南緯六十六度三十分，發現了一個新的海角，命名為阿代麗島，一星期後，在南緯六十四度四十分，發現並命名克拉里海岸；一八三八年，英國人威爾克斯突進至南緯六十九度，東經一百度。一八三九年，英國人巴爾尼在南極圈邊緣地區發現了薩布裡納地。最後，一八四二年一月十二日，英國人詹姆斯・羅斯登上了埃伯里斯和泰羅爾兩座火山，在南緯七十六度五十六分、東經一百七十一度七分發現了維多利亞地，同月二十三日，他測定自己抵達七十四度，涉足緯度之高史無前例，二十七日抵達南緯七十六度八分，二十八日抵達南緯七十七度三十二分，二月二日，抵達南緯七十八度四分；一八四二年，他再一次來到南緯七十一度，但未能繼續突破。好吧，我，尼莫船長，我來了，一八六八年三月二十一日抵達南緯九十度的南極圈內，我業已佔領了地球的這片土地，這片土地居世界公認的各大洲的第六位。」

「以誰的名譽，船長？」

「以我的名譽，先生！」

說著，尼莫船長展開一面黑色的旗幟，只見薄紗旗中央大大方方地印著一個金黃色的大寫字母「N」。然後，船長轉身面向太陽，太陽的餘輝戀戀不捨地舔著海天線。

「再見了，太陽！」尼莫船長高喊道，「歇息吧，光明的天體！進入自由海裡去睡大覺吧，讓半年的長夜在我的新領地上展開它那漫漫陰影吧！」

第十五章　大事故還是小事故？

第二天，三月二十二日，早晨六點鐘，出發的準備工作已經開始了。最後的夕照在夜色中逐漸消溶。天寒地凍冷颼颼。群星璀璨。南十字星座在穹頂發出耀眼的光芒，那便是令人歎為觀止的南極星了。

溫度計標明零下十二度，寒風凜冽，刮得人刺骨生疼。自由海上的浮冰愈積愈多。大海到處都在上凍。成片成堆的發黑冰塊擁擠在海面上，說明新的冰層即將形成。顯然，南極海經過半年之久的嚴冬冰凍，船隻是絕對無法通行的。在冰封時期，鯨該如何是好？牠們很可能從浮冰下面逃之夭夭，去尋找更適宜生存的海域。至於海豹和海象，牠們已然適應了最惡劣的氣候，還捨不得離開冰封雪蓋的海岸。牠們有在冰原上打洞的本能，並讓洞口保持開放狀態。牠們正是通過這些洞口來進行呼吸，此時，候鳥們為了避寒，紛紛往北遷徙，這些哺乳動物便成了南極大陸唯一的主人了。

與此同時，鸚鵡螺號的儲水罐注滿了海水，船開始慢慢下潛。直至一千英尺深度，船才停止下沉。螺旋槳拍打著海浪，鸚鵡螺號徑直朝北行駛，時速為十五海哩。傍晚時分，它已在大浮冰的遼闊冰蓋下逍遙自得了。

為謹慎起見，大廳觀景窗蓋板已經關閉，因為鸚鵡螺號在浮冰下航行，船體難免碰上沉入水下的冰砣子。因此，我就用這一天來整理我的筆記。我的腦海裡充滿著對南極的回憶。我們居然安然無恙地抵達這片前人無法涉足的極地，而且毫無疲勞的感覺，我們彷彿乘坐在一節漂浮的車廂裡，沿著鐵路的軌道航行。如今現在，千真萬確，返程的航班業已啟動。我還能有類似的過望驚喜嗎？我浮想連翩，因為海底奇觀層出不窮！不過，自從鬼使神差把我們拋進這條船上以來，已經五個半月了，我們遠涉重洋，行程達一萬四千法哩，在這段比地球赤道還要長[1]的旅途中，我們不知遇過多少意外驚險，不知領略過多少奇觀怪狀，不知感受過多少驚心動魄，讓我們一路大喜過望：克利斯波森林的狩獵活動，托勒斯海峽的擱淺，珊瑚墓地，錫蘭採珠，阿拉伯海底通道，桑多林島海底火山，維哥灣的億萬珍寶，大西洋島，南極！那天夜裡，一路所見所聞歷歷在目，一個夢接著一個夢，在回憶的腦海裡翻來覆去，一刻也不得停。

凌晨三點，我被一陣猛烈的震動驚醒，驀地從床上坐起，在黑暗中細聽動靜，卻冷不防被甩到艙房中央。很顯然，鸚鵡螺號碰到什麼東西，船身發生劇烈的傾斜。

我摸索著房間隔板，沿著通道向亮著燈光的大廳走去。大廳桌椅東倒西歪，所幸玻璃櫥櫃腳跟被牢牢鎖定，穩住了陣腳。船右舷的畫框已緊貼在掛毯上，而左舷畫框的下沿則同掛毯拉開了一英尺的距離。這說明鸚鵡螺號船體向右傾斜，更有甚者，它已無法動彈了。

我聽到船內響起一陣嘈雜的腳步聲和說話聲。但是，尼莫船長沒有露面。我正要走出大廳，尼德・蘭和貢協議走了進來。

「怎麼回事？」我連忙問他們道。

「我來問先生呢，」貢協議答道。

「見鬼了！」加拿大人嚷嚷道，「我知道怎麼回事了，我！鸚鵡螺號觸了，以目前情況判斷，我想它麻煩大了，不可能像頭一回在托勒斯海峽那樣輕易脫險。」

「但至少，它已經回到海面上了吧？」我問。

「我們不知道。」貢協議答道。

「這很容易知道。」我答道。

我看了看壓力錶。我感到十分吃驚，壓力錶指示水深三百六十公尺。

「這是怎麼回事？」我不由叫了起來。

「應當去問尼莫船長。」貢協議道。

「去哪裡才能找到他？」尼德·蘭問。

「跟我來。」我對兩個夥伴說。

我們走出了大廳。圖書室，一個人也沒有。中央扶梯，船員值班室，空無一人。我猜測尼莫船長可能在駕駛艙裡親自操作。最好等一等。我們三人便又回到大廳裡。

加拿大人滿腹牢騷，不停咒罵，我一概置之不理。他可是逮住發洩不滿的好機會了。我索性任他胡說八道，一句話也不答理。

我們就這樣待了二十分鐘，挖空心思想捕捉鸚鵡螺號內微妙的動靜，就在此時，尼莫船長進來了。他似乎沒有看見我們。他的臉一向不露聲色，但是現在卻面有難色。他默默觀察了一下羅盤和壓

1 地球赤道長度約為四萬零七十六公里。

力錶，然後指著地圖上的一個點，這個點就在南極海的範圍內。

我不想打斷他的思路。過了一會兒，他自己朝我轉過身來，在這一刻，我用他在托勒斯海峽說過的一句話來回敬他：

「小事故吧，尼莫船長？」

「不，先生，」他答道，「這次是大事故。」

「嚴重嗎？」

「可能。」

「危險迫在眉睫？」

「不會。」

「鸚鵡螺號擱淺了？」

「是的。」

「擱淺是因為……」

「是因為大自然的任性，而不是人的失誤。我們的操作沒有任何錯誤。不過，人們無法阻止平衡規律所起的作用。人類的法律可以違抗，但自然規律不可抗拒。」

尼莫船長選擇這個奇異的時刻來進行這種哲學思考堪稱標新立異。但是，他的回答令我匪夷所思。

「我可否知道，先生，」我問他道，「這次事故到底是什麼原因？」

「一塊大浮冰，一座大冰山，整個掉轉過來了，」他回答我說，「冰山底部受到暖流的作用，或受到反復衝擊，中間不斷被掏空，導致重心上升。於是，到一定時候來了個大轉身，上下翻了個筋斗。我們正好遇上了。其中一塊大冰撞到了正潛伏在水中的鸚鵡螺號上。而後，冰塊從船底滑下去，以不可抗拒的力量又把船再頂起來，並推到密度比較小的水層，船便採取側臥的姿態了。」

「難道不能把水罐的水排出，讓船重新恢復平衡？」

「現在正試著這麼做，先生。您可以聽到水泵運轉的聲音。您看看壓力錶的指針。鸚鵡螺號正在上浮，只是冰塊也隨著上浮，只有上面遇到障礙船體不能繼續上升時，我們的姿態才會得到改變。」

沒錯，鸚鵡螺號仍然朝右舷傾斜。無疑，只有當冰塊停止上升時，船才會正過身來。可到那時候，我們會不會在頭上撞到上層大浮冰？會不會被夾在兩大冰塊之間，受到上下可怕的擠壓？

情況嚴重，我反復思量各種可能的後果。尼莫船長不停地觀察著壓力錶。鸚鵡螺號撞上冰山後，已經上浮了一百五十英尺，但右傾的角度始終未得到改善。

突然，我覺得船體有輕微的震動。顯然，鸚鵡螺號正了一下身子。大廳裡的掛件正逐漸恢復正常狀態。隔板也趨於垂直。我們都不說話。心口都很緊張，我們觀察著，我們感覺到船位在起立。腳下的地板恢復了水準。十分鐘過去了。

「我們終於又直了！」我嚷嚷道。

「沒錯。」尼莫船長道，並向大廳門口走去。

「可是還能浮起來嗎？」我問他道。

「一定能，」他答道，「因為儲水罐尚未排空，一旦排空，鸚鵡螺號就該浮到海面上了。」

船長出去了，我很快發現，在他的命令下，鸚鵡螺號停止上升。如果繼續上浮，它可能撞到大浮冰的底端，最好還是待在水中保險。

「我們僥倖脫險了！」貢協議脫口而出。

「是的。剛才很可能被兩大冰塊擠扁了，至少會被困死。如果真是那樣，又不能更新空氣……不錯，我們僥倖脫險了！」

「說不定一了百了！」尼德・蘭嘀咕道。

我不想同加拿大人作無益的爭論，也就沒有跟他計較。何況此時觀景窗蓋板已經打開，外面的光線透過玻璃窗長驅直入。

前面已經說過，我們周圍都是水，但是，鸚鵡螺號兩側十公尺遠近的地方，卻都矗立著一道耀眼的冰牆。而且船上和船下居然也都有冰牆阻隔。原來，上面是大浮冰的底面在水下延伸，猶如一面廣闊的天花板；下面則是翻了跟頭的冰山，它在緩慢的滑動過程中，在冰牆的兩側找到了支點，竟然架住不動了，形成了現在的態勢。這樣一來，鸚鵡螺號就被囚禁在一條名副其實的冰窖裡，寬約二十米，裡面充滿著平靜的海水。因此，鸚鵡螺號要從冰窖裡出來也不是難事，只要往前開，或向後退，然後下潛幾百米，在大浮冰下就能找到自由出入的通道。

天花板上的電燈雖然已經熄滅，但大廳卻明亮如晝。這是因為四周冰牆把瀑布般的強烈燈光反射進來了。我自恨筆力不足，難以描繪鬼斧神工雕鑿的大片冰牆反射電光的奇妙效果，只見每個角，每道稜，每個面，由於結晶的紋理千變萬化，反射出的光芒也就爭奇鬥豔，絢麗多彩。活像一座光彩奪目的寶石礦井，裡面最名貴的當然是藍寶石了，卻見藍寶石光與綠色翡翠交相輝映，精彩紛呈。在一片溫柔細嫩、含情脈脈的乳光中，遠近卻有星星點點的火光，猶如鑽石珠寶熠熠生輝，光芒灼眼炫目，令人不敢消受。藉由不斷反射，探照燈的亮度擴大了上百倍，其強度不亞於一流燈塔聚光燈的效果。

「多美啊！多美啊！」貢協議驚歎道。

「是啊！」我說，「這景象令人歎為觀止。是不是，尼德？」

「嘿！見鬼了！對的，」尼德・蘭回應道，「太漂亮了！我光火也得承認它太美了。平生從未見識過。但這種美景必然要付出高昂的代價。如果要我言無不盡的話，我想，我們這裡看到了上帝禁止人類看見的東西！」

不幸被尼德・蘭言中了。美觀過頭了。突然，貢協議大叫一聲，我不由立刻把頭轉過去。

「出什麼事了？」我問。

「先生快閉上眼睛！先生千萬別再看了！」

說著，貢協議用手死勁把眼皮捂住。

「你怎麼啦，我的小夥計？」

「我眼花了，看不見！」

我不由把目光轉向玻璃窗口，但我也忍受不了那奪窗而入的灼目火光。

我知道發生了什麼情況。原來鸚鵡螺號剛才在高速起動。冰牆上原本靜止的反光頓時變成了道道閃電。成千上萬道鑽石光芒交相輝映，愈演愈烈。鸚鵡螺號在螺旋槳的驅動下，正在一條閃電隧道中出遊。

於是，大廳的景觀窗口關閉了。我們的雙手依然捂著眼睛，猶如受過陽光強烈的刺激後，我們的視網膜上依然浮動著同心圓的光芒。過了好一陣子，我們的眼睛才從炫耀狀態中安靜下來。

最後，我們才把手放了下來。

「我的天，我簡直不敢相信。」貢協議道。

「可是我現在還不敢相信！」加拿大人作出了反應。

「等我們回到地面上，」貢協議補充道，「飽覽了如此多的自然奇觀，再看看可憐巴巴的大陸和那些可憐巴巴的手工藝品，該作何感想？不！風塵世界簡直微不足道！」

這話居然出自一位生性冷漠的法蘭德斯人之口，說明我們興致之高已經達到無以復加的程度。但加拿大人照例不失時機地潑點冷水。

「風塵世界！」加拿大人搖搖頭說，「放心好了，貢協議，我們一定是回不去了！」

才到早晨五點鐘。此時，鸚鵡螺號船艏發生了衝撞。我知道衝角剛才碰到了一個大冰塊。很可能是操作不當所引起，因為海裡隧道到處有浮冰作祟，鸚鵡螺號穿行談何容易。因此我想，尼莫船長會改變路線的，或繞道而行，或左右逢源，曲線進取。總之，船要往前開，絕對不能停滯不前。可是，出乎我的意料，鸚鵡螺號明顯地往後退。

「我們往回退？」貢協議問。

「是的，」我答道，「想必隧道那頭沒有出口。」

「那怎麼辦？……」

「辦法嘛，」我說，「其實也簡單。我們退回去，從南邊找出口。就這麼簡單。」

我之所以這麼說，不過是故作鎮定罷了，其實我心裡並沒有底。此時，鸚鵡螺號後退速度加快，螺旋槳在倒轉，我們飛速倒退。

「這要誤時的。」尼德說。

「沒關係，多少得延誤幾個小時，只要出得去就行。」

「對，」尼德・蘭也唸叨道，「只要出得去就行。」

我在大廳和圖書室之間來回踱著步。我的兩個夥伴坐著，一聲不吭。過一會兒，我索性倒在沙發上，拿起一本書，心不在焉地流覽著。

過了一刻鐘，貢協議走過來，對我說：

「先生讀的東西有趣嗎？」

「很有趣。」我答道。

「我也覺得很有趣。先生是在讀先生的書！」

「我的書？」

真的，我手裡拿的是我自己的著作《海底的祕密》。我竟然毫無察覺。我把書合上，又開始踱起步來。尼德和貢協議起身準備出去。

「留下來吧，朋友們，」我挽留他們說。「讓我們待在一起吧，直到走出這條死巷。」

「恭敬不如從命。」貢協議答道。

又過了幾個小時。我不時查看掛在大廳內壁上的各種儀錶。壓力錶指示鸚鵡螺號一直維持在三百公尺深度，羅盤指向南方，測程儀表明航行時速為二十海哩。在這麼狹窄的空間行進，速度不能再加快了。可是，尼莫船長明明知道他不能操之過急，但他也明白，此時此刻，分分秒秒抵上幾個世紀。

八點二十五分，第二次撞擊發生了。可是這回是在後頭。我大驚失色。夥伴們一齊向我靠近。我緊緊抓住貢協議的手。我們用目光互相詢問，這比用語言交換思想更直截了當。

這時，尼莫船長走進大廳。我迎了上去。

「南邊的路堵住了？」我問他道。

「是的，先生。冰山翻轉時堵住了所有的出口。」

「我們被封鎖了？」

「是的。」

第十六章　空氣稀薄

就這樣，鸚鵡螺號上下左右前後都被密不透風的冰牆圍住了。我們竟成了大浮冰的囚徒！加拿大人用重拳狠狠地錘打桌子。貢協議卻一聲不響。我看了看船長，只見他的臉色又恢復了往常的冷峻。他雙臂抱著胸。他正在思考。鸚鵡螺號再也開不動了。

船長終於開口說話了。

「先生們，」他心平氣和地說，「就我們目前的處境，我們無非有兩種死法。」

這個怪人就像數學老師在為學生論證數學難題那樣從容不迫。

「第一種，」他接著說，「就是被軋死。第二種是被憋死。我且不說有餓死的可能性，因為鸚鵡螺號的食品儲備肯定可以滿足我們生前的需要。那麼，當務之急就該關心被軋死和被憋死的命運吧。」

「說到憋氣問題，船長，」我回答道，「這倒不必擔心，我們的儲備儲氣罐還滿滿的呢。」

「說的很對，」尼莫船長繼續說，「但它們只能提供兩天的空氣。可是我們潛入水下已有三十六個小時了，船內的空氣早已污濁，需要更換了。再過四十八小時，我們的空氣儲備將消耗殆盡。」

「那好，船長，我們務必在四十八小時前脫身！」

「我們總得試一試，設法把周圍的冰牆打穿。」

「打哪邊？」我問。

「探測器會告訴我們的。我把鸚鵡螺號停靠在浮冰下，船員們穿上潛水服，從最薄的冰層下手鑿穿冰山。」

「可以打開大廳的窗蓋板嗎？」

「無妨。反正不走了。」

尼莫船長走了。很快傳來一陣哨鳴聲，我知道儲水罐開始注水了。鸚鵡螺號慢慢下沉，在三百五十米深處停在船下的冰面上，那也是入水浮冰淹水的深度。

「我的朋友們，」我說，「情況是嚴重的，但我相信你們的勇氣和力量。」

「先生，」加拿大人回答我道，「我不該在這個時候怨天尤人煩您了。為了大家能得救，我赴湯蹈火在所不辭。」

「好樣的，尼德！」我握著加拿大人的手說。

「還有，」加拿大人接著說，「我用鎬頭跟使魚叉一樣得心應手，只要我能幫上船長的忙，我聽從他的調遣。」

「他不會拒絕您的幫助的。來，尼德。」

我帶加拿大人來到更衣室，船員們正在裡面穿潛水服。我向船長轉達了尼德的自告奮勇，船長欣然接受了。只見加拿大人穿好海底工作服，正與工作夥伴們一起整裝待發。每個人肩上都背著魯凱羅爾呼吸器，裡面充滿了儲氣罐提供的純淨空氣。鸚鵡螺號儲備空氣有限，這筆支出相當可觀，但很有必要。至於倫可夫燈，在這片燈火通明的水域裡，就失去了用武之地了。

我看尼德穿好工作服，就轉身回大廳了，觀景窗已經打開，我便靠著貢協議坐下，開始觀察支撐鸚鵡螺號的冰層。

不一會兒，我看到十幾個船員已經在船下冰層上落腳，尼德・蘭也在裡面，他身材高大，一眼就認出來了。尼莫船長也同他們在一起。

在動手鑿冰牆之前，尼莫船長首先讓人對冰層厚度進行探測，以便摸清主攻方向。只見長長的探針插入堅冰，已深入十五米了，但依然厚不見頭。想打破天花板的厚冰是白費力氣，因為大浮冰本身的高度就達四百多公尺。於是，尼莫船長就讓人往下鑽，結果才只鑽十公尺就見水了。這就是冰山的厚度。現在的問題是要把底下的冰層鑿出一個大窟窿，面積大小與鸚鵡螺號吃水線相當。這就是說，得挖掉六千五百立方公尺的堅冰，才能使得鸚鵡螺號從這個大冰洞裡鑽到冰山底下去。

工程說做就做，大家不怕疲勞，頑強戰鬥。尼莫船長並沒有讓人沿著船的邊線挖，因為這樣做事倍功半，而是叫人在離左舷八公尺處畫一個大圈，圈定了大坑的範圍，然後分好幾個點分別作業。只見鎬頭猛鑿堅冰，厚冰迅速裂成碎塊，因為冰比水輕，碎冰便紛紛浮到隧道上層，這樣一來，下層的冰層愈來愈薄了，而上層的冰蓋卻愈來愈厚了。難免有薄此厚彼的問題，但只要能做到薄此，問題就不大了。

經過兩個小時的苦戰，尼德・蘭筋疲力盡地回來了。由鸚鵡螺號大副帶隊的另一批勞動者把他們輪換下來，我和貢協議也在其中。

我感到海水冰冷刺骨，但一掄起鎬頭來，渾身立刻就熱乎乎起來，雖然是在三十個大氣壓下工作，動作卻輕鬆自如。

一連做了兩個小時後，我回來吃點東西，休息休息，這時，我才發現魯凱羅爾呼吸器為我提供的純淨空氣與船裡的空氣大為不同，船內空氣已有四十八小時沒有更新過，充滿了過量的二氧化碳，清爽的氧氣明顯稀薄。然而，苦做了十二小時，我們僅僅在指定範圍內刨出一公尺厚的堅冰，大約六百立方公尺。如果按照這樣的工作進度計算，完成整個工程還需要五夜四晝的時間。

「五夜四晝！」我對夥伴們說，「可是我們只有兩天的空氣儲備。」

「更不必說，」尼德附和道，「即使我們逃出了這座該死的冰牢獄，到頭來還是大浮冰的囚犯，仍然不可能呼吸到新鮮空氣。」

這種憂慮是正常的。誰能預料，到底需要多少時間才能脫險？也許，鸚鵡螺號能夠浮出水面，但我們豈不因缺氧而早已被憋死了嗎？難道全船上下註定都要葬身冰墓同歸於盡嗎？形勢岌岌可危。但我們每個人都正視現實，恪盡職守，決心堅持到最後一口氣。

正如我的預測，昨天夜裡，在指定的大圈內，又有一公尺厚的堅冰被刨開。但一大早，我穿好潛水服，在零下六至七度的海水中走過，卻發現兩側冰牆正在緩慢合攏。離工作面較遠的水層，因為沒有人在那裡做事，水溫不可能升高，出現了上凍的趨勢。面對新的迫在眉睫的危險，我們自救的可能性到底有沒有把握？到底能不能阻止冰窖內海水的結冰？如果不能，鸚鵡螺號的四壁恐怕就會像玻璃杯那樣被擠爆的！

我沒有對我的兩個夥伴提及這種新危險。他們正全力以赴投入艱苦的自救工作，氣可鼓而不可洩，何必打擊他們的積極性呢？但當我回到船上時，立即提醒船長注意這個嚴重而複雜的局面。

「我知道，」他語氣鎮定地對我說，即使岌岌可危，他也照樣從容不迫，「一波未平一波又起，攔是攔不住的。我們自救的唯一辦法，就是要走在凍冰的前面，工程進度要比凍結速度快。關鍵是搶在前頭。成敗在此一舉。」

搶在前頭！到頭來我只好順從他的說話方式了！

這一天，我拚命揮鎬刨冰，一連做了好幾個小時。工作使我堅強。再說，做事就要離開鸚鵡螺號，就可以直接呼吸從儲氣罐裡抽出來然後灌入呼吸器裡的純潔空氣，就是離開渾濁缺氧的空氣。

傍晚時分，我們又把冰坑往下挖了一米。我回到船上，差點被飽含二氧化碳的污濁空氣給憋死了。啊！為什麼沒有找到化學方法，把有害的氣體清除掉？我們並不缺氧。海水中含有大量的氧，可以用高效電池把氧從水中電解出來，這樣，空氣就又可以變得清爽起來。我曾認真考慮過這個方案，但遠水救不了近火，我們呼出的二氧化碳已經迷漫全船各個角落。要吸收二氧化碳，就得把氫氧化鉀放在容器中不斷晃動。船上沒有這種物質，又沒有其他物質可以替代。

當晚，尼莫船長不得不打開儲氣罐開關，給鸚鵡螺號灌注幾股純淨的空氣。若疏忽了這項措施，我們就醒不過來了。

第二天，三月二十六日，我又去做礦工的重活，開掘第五公尺冰層了。兩側冰牆和冰蓋下沿的天花板明顯增厚了。很顯然，鸚鵡螺號還來不及脫險，上下左右就可能合攏起來。我頓時感到絕望。鎬頭差點從我手中脫落。假如我該被憋死，該被凍成堅冰的水擠死，拚命挖又有何用呢？這種極刑，恐怕最兇殘的野蠻人也未必能發明出來。我似乎掉進怪物的血盆大口，眼睜睜地看著上下可怕的頜骨就要合上，無論如何是無法抗拒的了。

這個時候，既指揮幹活又親自幹活的尼莫船長從我身邊走過。我用手碰了碰他，並指了指監牢的內壁。右側冰牆又增厚了，離鸚鵡螺號船體不到四公尺遠。

船長心領神會，並示意讓我跟他走。我們回到船上。脫下潛水服，我陪他來到大廳。

「阿羅納斯先生，」他對我說，「應當考慮英雄壯舉了，不然的話，我們就將被封凍在固態水中，就像澆鑄在水泥裡一樣。」

「是啊！」我說，「可是怎麼辦？」

「啊！」船長叫了起來，「要是我的鸚鵡螺號很堅固，可以頂住這種壓力，而且不會被壓碎，那就……」

「那就怎麼樣？」我問，不明白船長說的是什麼意思。

「難道您不明白，」船長接著說，「水結冰過程是來幫我們的大忙的！難道您沒看出來，水的凝固過程，會使囚困我們的冰蓋崩裂，就像水的結冰可以使頑石斷裂一樣！難道您不覺得，水結冰是救星而不是災星！」

「是啊，船長，有可能。但是，鸚鵡螺號雖然具備一定程度的抗壓能力，它畢竟難以承受如此驚天動地的壓力，說不定它會被壓成一塊鋼板。」

「我知道個中厲害，先生。看來不能指望大自然來拯救我們，只能依靠我們自己了。應當設法對付海水結冰。要阻止凍結過程。現在，不僅兩側冰牆在不斷靠近，而且鸚鵡螺號前後只剩下十英尺的水域了。冰凍從四面八方向我們逼近。」

「儲備空氣還夠用多少時間？」我問。

船長直對著我看。

「後天就空了！」他答道。

我頓時冒出了冷汗。不過，我對這個答案又何必大驚小怪呢？三月二十二日，鸚鵡螺號潛入南極自由海。今天已是二十六日了。五天以來，我們一直靠船上的儲備空氣生活！剩下的可呼吸空氣要留給做事的人用。我寫到這裡，印象是那樣的深刻，至今活靈活現，回想起來真是有點害怕，彷彿肺部依然缺乏空氣似的。

此時，尼莫船長陷入了沉思，只見他默不作聲，一動不動。可以看出，他腦海中有一個點子。但又似乎要把它推翻。他自言自語地否定自己的想法。後來他終於脫口而出：

「開水！」他喃喃道。

「開水？」我嚷嚷起來。

「對，先生。我們被困的空間比較狹窄。如果動用鸚鵡螺號的水泵，不斷把船內的開水抽出來注入冰窖，冰窖溫度勢必提高，冰凍時間不就推遲了嗎？」

「應當試一試。」我果斷回應道。

「我們試一試，教授先生。」

當時溫度計顯示，船外氣溫是零下七度以下。尼莫船長把我帶到廚房，只見裡面有幾個大蒸餾器正在工作，它們透過蒸發作用，為我們提供純正飲用水。蒸餾器裝滿了水，水裡裝有蛇形導管，電池發出的電熱通過導管散發到水裡，不消幾分鐘，容器內的水溫就達到一百度沸點。水泵抽出開水，蒸餾器再灌注冷水。電池裡的電能可以轉化成強大的熱能，海水只要經過蒸餾器，很快就變成開水源源不斷流入水泵。

灌注沸水開始了，三個小時後，溫度計指示為零下六度，也就是說，我們已經贏回了一度。又過了兩個小時，溫度計顯示為零下四度。

我反復觀察溫度計，溫度正穩步上升，於是，我對尼莫船長說：

「我們一定能成功。」

「我也這麼想，」尼莫船長答道，「我們不會被壓碎。現在要擔心的只有窒息問題了。」

夜裡，海水溫度上升到零下一度。即使繼續注開水，溫度也難再提高了。除非海水反降兩度才可能結冰，我排除了繼續凍結的危險，終於放下心來。

第二天，三月二十七日，六米深的冰層被刨開。只剩下四米了，也就是說還要挖四十八小時。鸚鵡螺號船內的空氣再也得不到更新。這一天每下愈況，我們的處境堪憂。

空氣污濁，鬱悶難當，叫我喘不過氣來。下午三點，我的難受愈演愈烈，達到撕心裂肺的程度。大喘氣弄得我下巴差點脫了臼。我的肺葉掙扎著，拚命吸納必不可少的含氧空氣，然而空氣中的含氧量卻越來越稀薄。我突然感到迷糊。我四肢無力地躺倒在地上，幾乎失去知覺。大好人貢協議出現了同樣症狀，也感到同樣的痛苦，但他寸步不離開我。他拉著我的手，鼓勵我，只聽他嘟噥道：

「啊！如果我能不呼吸就好了，可以讓先生多吸點空氣！」

聽著他的肺腑之言，我的眼淚奪眶而出。

船內形勢窘迫，人人都憋得難受，相比之下，一輪到自己外出幹活，那是多麼迫不及待，多麼興高采烈，恨不得連忙穿好潛水服去工作！鐵鎬敲得堅冰叮噹亂響。臂膀掄累了，手掌震裂了，但疲勞算得了什麼，傷痛又算得了什麼！只要肺裡充滿有機的生氣！只要能痛快地呼吸！只要能痛快地呼吸！

但是，沒有一個人故意拖延在水下的作業時間。自己的任務一完成，連忙把注入生命力的呼吸器交給氣喘吁吁的夥伴們。尼莫船長率先示範，帶頭遵守這條嚴肅的紀律。時間一到，他就把呼吸器讓給接班的人，回到船上呼吸污濁的空氣，他總是從容不迫，從不氣餒，毫無怨言。

這一天，大家的幹勁更足了，完成工作量突飛猛進。只剩下二米厚的冰層要挖掘了。我們離自由海只有兩公尺距離。但是，幾個儲氣罐幾乎都用空了。所剩無幾的空氣還要留給工作的人。鸚鵡螺號得不到一絲純淨空氣了！

我回到船上，幾乎喘不過氣來。多麼難熬的一夜啊！憋氣之苦難以描狀。胸口的痛楚無法用語言來形容。第二天，我呼吸急促，頭疼目眩，像酒精中毒似的。我的兩個同伴也有同樣的症狀。幾個船員也在苟延殘喘。

那是我們受困的第六天，尼莫船長嫌鐵鍬和鎬頭的工作進度太慢，決定用船身的力量來壓碎把我們同海水隔開的冰層。此人始終保持著冷靜和毅力。他用精神力量戰勝肉體的痛苦。他深思熟慮，多謀善斷，而且身體力行。

鸚鵡螺號遵照他的命令，進行減負清理，即他藉由改變船體重心來使它從冰面上浮一點。船體上浮起來後，大家就把船牽引到大坑裡，這個大坑是按照船的吃水線圈出來的。然後，給儲水罐注滿水，船體下沉，正好套進大坑裡。

此時，全體人員通通回到船上，通往外界的雙道門已經關閉。鸚鵡螺號就停在大坑冰層上，冰層的厚度已不足一公尺，但已被探頭戳得百孔千瘡。

於是，儲水罐的開關被完全打開，往裡灌注了一百立方公尺的海水，鸚鵡螺號的重量增至十萬公斤。

我們候著，聽著，忘記了一切痛苦，總感到還有希望。我們把生還的賭注全壓在這最後的一搏上。

儘管我的腦海嗡嗡亂響，但不久我就聽到鸚鵡螺號船體底下傳來一陣震顫聲。船體開始下壓。只聽冰層發出咔嘶喀啦的怪響，勢如破竹，鸚鵡螺號下去了。

「我們過關了！」貢協議在我耳根輕聲說。

我已無力答話，抓住他的手，不由一陣痙攣，死死抓住不放。

突然，鸚鵡螺號如子彈在真空中飛行那樣迅速潛下水裡，船體驚人的超重產生驚人的潛力。

而後，水泵卻又開足馬力，全力以赴為儲水罐排水。只消幾分鐘，船體下沉勢頭煞住了。壓力錶很快顯示上升運動態勢。螺旋槳全速運轉，弄得船體鋼板和螺釘都瑟瑟顫抖，船正高速向北疾駛。

從浮冰底下直到鑽出自由海，到底還需要多少時間？還要一天嗎？果真如此，我恐怕早就死了。

我斜躺在圖書室一張沙發上，上氣不接下氣地喘息著。我臉色發紫，嘴唇發藍，各種感官都失靈了。我看不見了。我聽不見了。時間的概念在腦海中消失。渾身肌肉已經不聽使喚。

時光就這樣飛逝而去，我不知道究竟過了多少個鐘頭。但我意識到自己危在旦夕。我明白我快死了……

突然，我甦醒過來了。幾口新鮮空氣沁肺潤腑。莫非我們浮出了水面？莫非我們闖出了大浮冰？

不對！是尼德和貢協議，是我的兩位好朋友捨己救了我。原來，他們的呼吸器裡還殘留一點空氣，他們自己捨不得用，都留給了我，他們自己憋得喘不過氣來，卻一點一滴為我輸送著生命之源。我想推開呼吸器。他們卻抓住我的手，一連好幾分鐘，我痛快地吸了幾口氣。

我的視線落在掛鐘上。上午十一點，應當是三月二十八日了。鸚鵡螺號如入水蛟龍，正以四十海哩的時速風馳電掣般滾滾前進。

尼莫船長在哪裡？他倒下了嗎？他的同伴們跟他一起殉難了嗎？

此時，壓力錶顯示，我們離水面只有二十英尺了。我們頭上只有一層普通的冰田把我們與大氣隔開。能衝破這道堅冰嗎？

很可能！鸚鵡螺號別無選擇，只有拚死一試了。真的，只覺得鸚鵡螺號採取傾斜姿態，船尾下坐，衝角仰起。只要稍微向水箱注水就可以打破船的平衡。而後，螺旋槳開足馬力往前一衝，船身像猛公牛一樣朝冰原底端頂去，接著再後退，再向上頂，繼而，進行最猛烈的衝刺，終於一躍衝出了水面，鸚鵡螺號憑藉自身的重量把船底下的冰原壓得粉碎。

船頂蓋板打開了，可說是硬被拽開的。純淨的空氣如潮水般滾滾流入鸚鵡螺號的各個角落。

第十七章　從合恩角到亞馬遜河

我不知道自己怎樣來到平臺上的。也許是加拿大人把我背上來的吧。反正我盡情呼吸著，痛痛快快地吸納海上清爽的空氣。我的兩個夥伴在我身邊，他們也都陶醉在新鮮空氣裡。飢腸轆轆的倒楣蛋見了施捨千萬不能放任肚皮大吃大喝。但我們相反，我們無須節制，可以敞開胸懷呼吸新鮮大氣，和風習習，沁人肺腑，盪氣迴腸，多麼令我們心醉神迷。

「啊！」貢協議感慨道，「好極了，氧氣！先生別怕吸多了，這裡空氣有的是，人人能享用。」一尼德・蘭呢，他一句話也不說，但他張開大嘴，鯊魚看了都會害怕。這叫氣吞山河！加拿大人像一座熊熊燃燒的爐火，正利用鼓風機「抽風」呢。

我們頓時恢復了元氣，我環顧四周，發現就我們三人在平臺上。不見一個船員，也不見尼莫船長。鸚鵡螺號的船員真是奇怪，只滿足於船內流通的空氣，卻沒有一個人到船外享受露天的空氣。

我開口說的第一句話，是向我的同伴表示感謝和感激。尼德和貢協議曾在我漫長的最後幾小時的彌留之際，設法延長我的生命。他們如此忠心耿耿，捨己為人，我怎麼感激都不為過。

「好啦！教授先生，」尼德・蘭回答道，「區區小事，何必一直掛在嘴上！我們有什麼功勞值得嘉許？一點沒有。其實只是一道算術題。您的生命比我們的更有價值。因此，應當保全您的生命。」

「不，尼德，」我回答道，「我的生命並不比別人高貴。慷慨善良的人才是最高尚的人，你們就是最高尚的人！」

「好啦！好啦！」加拿大人不好意思地答道。

「看你，我的好貢協議，你受苦了。」

「不太要緊的，對先生我說的全是實話。我只是少吸了幾口氣，但我自信撐得住。而且，我看先生已經暈過去了，我也失去了呼吸的欲望了。像俗話說的，割了我的氣……」

貢協議怕自己說得太俗氣，停住不說了。

「朋友們，」我說，心中十分激動，「我們生死與共，你們對我有權……」

「我可要好好利用囉。」加拿大人當即回應道。

「嗯？」貢協議不解。

「沒錯，」尼德・蘭道，「我離開鸚鵡螺號地獄時，我有權拉著你們跟我一起走。」

「就算是吧，」貢協議道，「也得選準方向對吧？」

「方向是對的，」我回答說，「我們朝著太陽走，這邊是太陽，太陽在北邊。」

「或許是，」尼德・蘭又說，「但還必須知道是去太平洋還是大西洋，也就是去繁忙的海域還是荒涼的海域。」

對這個問題，我不好回答。我擔心尼莫船長更願意把我們帶到同時沐浴亞洲海岸和美洲海岸的那片汪洋中去。這麼一來，他就可以完成環球海底旅行，重新回到鸚鵡螺號得以完全獨立自主的海域中去。但如果我們重回太平洋，遠離有人居住的陸地，尼德・蘭的計畫要怎麼才能實現呢？

對這個重要問題，我們大概很快就能夠清楚。鸚鵡螺號快速前進。很快就可以穿越南極圈，衝角正對準合恩角。三月三十一日晚上七點，我們抵達美洲之角周邊海域。

時過境遷，我們過去經受的種種痛苦都被拋到腦後。囚困在冰窖裡的慘狀也從我們的記憶中消失了。我們一心一意想著未來。尼莫船長不再露面，不論是在大廳裡或是在平臺上，都不見他的身影。大副每天測定方位並標在地圖上，我得以知道鸚鵡螺號的確切航向。正好，那天晚上，真是喜出望外，我們顯然朝北取道返回大西洋。

我立刻把觀察結果告訴加拿大人和貢協議。

「好消息，」加拿大人回應道，「但是，鸚鵡螺號到底要往哪裡走？」

「我也不清楚，尼德。」

「船長到了南極後，難道還要去北極冒險，然後從著名的西北通道去太平洋？」

「不能排除這種可能性。」貢協議答道。

「那好，」加拿大人說，「我們恕不奉陪了。」

「不管怎麼說，」貢協議補充道，「尼莫船長是個了不起的人物，認識他我們並不後悔。」

「尤其是離開他以後！」尼德・蘭回應道。

第二天，四月一日，鸚鵡螺號在中午前幾分浮出海面，只見西邊有條海岸。那是火地島，這個島名是早期的航海家給起的，當時他們看見土著島民的茅屋上升起滾滾炊煙。火地島長三十法哩，寬八十法哩，是幅員遼闊的群島，地處南緯五十三度至五十六度、西經六十七度五分至七十七度十五分之間。我發現海岸線很低，但遠處卻有幾座高山聳立。海拔二千零七十公尺高的薩米恩托峰依稀可見，山體由板岩構成，狀似金字塔，頂峰峻峭如削。尼德・蘭告訴我，只要看看山峰有沒有霧氣縈繞，便可「預告天氣是好是壞」。

「好一座晴雨錶，我的朋友。」

「是的，先生，這是一座天然的晴雨錶，我以前常在麥哲倫海峽航行，它的預告從不騙我。」

此時，尖峰在天幕中清晰可見。這是晴天的預兆。果然應驗了。

鸚鵡螺號潛回水裡，逐漸向海岸開去，然後沿著海岸前進，只拉開幾海哩距離。透過大廳的觀景窗，我看見了長長的海藤和寬闊的墨角藻，這類帶漿果氣囊的大型海藻，我們在南極自由海見識過幾個品種，若把粘滑的絲帶算在內，長度可達三百米。海帶堪稱水纜，粗若大拇指，堅韌無比，經常用作繫船用的纜繩。還有一種海草，名叫維爾普，葉長四英尺，粘在珊瑚的分泌物裡，像地毯一樣鋪滿了海底。成千上萬的甲殼動物和軟體動物，如螃蟹、烏賊等，紛紛在草叢中築巢做窩，捕捉食物。也就在那裡，海豹和海獺盡情享用葷素兼備的英國大餐，一邊吃魚肉，一邊吃海菜。

這一帶海底水草茂盛，海產肥美，鸚鵡螺號從中匆匆穿行。傍晚時分，它向馬爾維納斯群島逼近，第二天，我就可以看到島上巍峨險峻的山峰了。這片海域並不深。因此，我有理由認為，這兩個被眾多小島簇擁著的大島，從前是屬於麥哲倫大陸的一部分。馬爾維納斯群島很可能是著名的航海家戴維斯[1]發現的，正是他為它扣上「戴維斯南群島」的帽子。後來，理查・霍金斯[2]把它們叫作處女

1 戴維斯（1550—1605），英國航海家和探險家。以研究北極圈著名。

2 霍金斯（1560—1622），英國航海家和冒險家。一五九四年發現一個群島，命名為「霍金斯處女地」，疑是馬爾維納斯群島。

群島。到了十八世紀初葉，聖馬洛的漁民管它叫馬魯因群島，最後被英國人定名為福克蘭群島，至今屬於英國的領地。

在這片海域，我們的拖網打撈起許多美麗的海藻，其中最多的就是墨角藻，藻根夾帶著世界名產貽貝。海鵝和海鴨成群落在平臺上棲息，一來就是十幾隻，它們很快就被請到廚房裡各就各位。說到魚類，我特別注意屬於硬骨魚綱的蝦虎魚，尤其是圓咕隆咚的蝦虎魚，只有兩分米長，渾身有黃色和灰白色的斑點。

這裡水母之多，也讓我大飽眼福，最漂亮的品種就是馬爾維納斯的特產金水母了。牠們時而像一把光滑的半球形太陽傘，上面展現一道道紅棕色的條紋，傘邊鑲著十二朵圖案規則的小花；時而又像一個倒置的花籃，花籃裡的長枝闊葉向外伸展，紅潤雅致，嫵媚動人。水母游泳時，四隻葉腕手舞足蹈，觸鬚則披散絲帶，婀娜多姿。我本想採集幾隻水母做成植形動物的標本，但牠們漂泊不定，如雲，似影，是表像，一旦離開牠們生存的海洋環境，恐怕就面目全非，一無是處了。

群山歷歷，當馬爾維納斯群島的最後幾座高峰在地平線上消失時，鸚鵡螺號也潛入二十至二十五米深的水下，沿著美洲海岸前進。尼莫船長依然沒有露面。

直到四月三日，我們一直沒有離開過巴塔哥尼亞海域，鸚鵡螺號時而潛入海裡，時而浮出水面。鸚鵡螺號穿過了寬闊的拉普拉塔河口喇叭狀海灣，四月四日，沿著烏拉圭海岸北行，離岸距離五十海哩。它始終沿著南美洲蜿蜒曲折的海岸向北航行。從日本海出發至今，我們已經航行了一萬六千法哩。

上午十一點，我們在西經三十七度切過南回歸線，穿過弗裡奧角。令尼德・蘭最為反感的就是，尼莫船長不喜歡靠近有人居住的巴西海岸，航速之快令人咋舌，就是天上最快的飛鳥，水裡最快的遊魚，也都休想追上我們的船，這些海域的奇觀異景一閃而過，我們根本來不及觀察。

這樣的高速度一連保持了好幾天。四月九日晚，我們看見了南美洲最東端的聖羅克角。但此時鸚鵡螺號又重新遠離海岸，潛入更深的海域，去尋找一個海底深谷，其位置在聖羅克角和非洲海岸國家塞拉里昂之間。這個海底峽谷在安地列斯群島緯度線上分叉，一直延伸到北面一片九千米長大窪地。在這個地方，大西洋的地質斷層一直延伸到小安地列斯群島，形成一道六公里長的懸崖峭壁，而且在佛得角緯度線上，還有另一道毫不遜色的長城，峭壁與長城之間，便是沉淪的大西洋島。在這個大海盆裡，矗立著幾座山峰，延綿起伏，為海底景致平添許多詩情畫意。我說的這些情況，主要的依據來自鸚鵡螺號圖書室裡的幾張海圖，海圖顯然是尼莫船長根據自己的觀察親手繪製的。

我們利用斜板舵深入這片荒涼的海盆參觀了兩天。鸚鵡螺號可利用斜板技術傾斜潛入任何海底深度。但四月十一日，它突然浮出水面，我們又看到了陸地，原來我們面對的是亞馬遜河入海口，海口極其開闊，滾滾河水注入大海，把好幾法哩的鹹海水都給沖淡了。

赤道一穿而過。西面二十海哩便是法國的屬地圭亞那群島，在那裡，我們不難找到避難所。但風大浪急，排山倒海，不容小艇去冒這個風險。尼德·蘭可能心裡很明白，只見他一聲不吭。我這邊也隻字不提他的逃跑計畫，我也不想慫恿他去做註定要失敗的蠢事。

逃跑計畫雖然推遲了，但我的研究課題卻饒有興味。四月十一日至十二日兩天，鸚鵡螺號一直沒有離開海面，拖網捕魚大豐收，捕獲了許多魚類、植形動物和爬行動物。

魚網拖泥帶水，順便就把有些植形動物給帶上來了。這裡面大都是鮮豔多姿的海葵科動物，其中有一種是大西洋的土特產，小圓筒狀，渾身有直紋，紅斑點綴其間，頭頂觸手花枝招展，恰似美麗的皇冠。說到軟體動物，品種頗多，我大都觀察過，如錐螺，紫楓螺，蜘蛛螺，鉤蝦，船蛸，烏賊等。

紫榧螺殼上有規則的交叉線條，肉根有突出的淺紅斑點；蜘蛛螺很古怪，活像石頭蠍子；鉤蝦綠色半透明；烏賊美味可口，其中有幾種槍烏賊，古代自然學家把這類槍烏賊歸入飛魚類，主要用作釣鱈魚的誘餌。

這個海域的魚類豐富，這裡不妨列舉幾種我過去尚無機會研究的品種。在軟骨魚中，有七鰓鰻魚，長十五英寸，淡綠色的頭，紫紅色的鰭，藍灰色的脊背，銀褐色的肚皮上布滿醒目的斑點，眼膜周圍鑲著金邊，這種奇特的動物依然生活在淡水裡，顯然是被亞馬遜河急流帶到海口來的；癩疤鰩魚，尖嘴巴，長細尾，武裝有鋸齒毒刺；小角鯊，一米長，渾身灰白色，牙齒排列成好幾行，而且向後打彎，俗名拖鞋匠；蝙蝠鮟鱇魚，淡紅色，類似等腰三角形，半米長，胸鰭似肉臂，看上去像蝙蝠，但鼻孔附近有角刺，故有海麒麟的美稱；最後是幾種鱗鲀，兩側有鮮豔的黃色小斑點，金光閃耀，還有一種亮紫鱗鲀，顏色像鴿脖子一樣富有光澤。

最後，我要講講我觀察到的一系列硬骨魚，作為海洋動物分類的結束語，雖然難免有些枯燥乏味，但保證準確無誤。首先是巴桑魚，無背鰭屬，吻部圓潤雪白，表皮漆黑油亮，長有細長的肉飄帶；然後是頜齒沙丁魚，長三十釐米，渾身銀光閃閃；雙臀鰭鯖魚；黑脊魚，長二米，可用火把誘捕，肉白，肥嫩，厚實，味美若鰻魚，魚乾不亞於燻鮭魚；淺紅隆頭魚，只有背鰭和臀鰭下才長有鱗片；點金貴鯛魚，渾身披金戴銀，珠光寶氣；金尾鯛魚，肉質細嫩，在水中游過時磷光閃閃；橙黃色的細舌鯛魚；還有金尾石首魚，黑刺尾魚，蘇里南四眼魚等等。

我雖然落筆「等等」，但意猶未盡，還要列舉一種魚，貢協議對它念念不忘，其中自有緣故。

當時，我們下了一網，打上來一條扁平的鰩魚，如果把魚尾割去，就是一張大圓盤，重達二十多公斤。牠上紅下白，有深藍色的圓斑點，斑點周圍鑲黑邊，表皮光滑，尾部有分叉鰭。只見牠平躺在平臺上，卻在進行垂死掙扎，極力想翻過身來，於是拚命一跳，差點就要掉進海裡，貢協議連忙撲將過去，拚命用雙手把魚逮住了，我要阻止也來不及了。

貢協議卻跌了個仰面朝天，半身不能動彈，嘴卻嗷嗷亂叫：

「啊！主人，主人！快來救我！」

這是我這個可憐夥計第一次不用「第三人稱」跟我說話。

加拿大人和我，我們連忙把他扶起來，並使命為他按摩，等他緩過神來，這位孜孜不倦的分類專家還結結巴巴地進行他的分類：

「軟骨綱，軟骨鰭目，固定鰓，橫口亞綱，鰩科，電鰩屬！」

「沒錯，我的朋友，」我回答道，「這是一條電鰩，正是牠弄得你如此狼狽。」

「啊！請先生相信我，」貢協議回敬我道，「我一定要報復這個傢伙。」

「怎麼報復？」

「把牠吃掉！」

他當晚真的這麼做了，純粹是出於報復，因為老實說，電鰩肉很難啃得動。

倒楣的貢協議不依不饒的那條電鰩屬於最危險的品種，名叫庫馬納。這種離奇古怪的動物在諸如海水這樣的導體中放電，可以把好幾公尺遠的魚群擊死，其發電器官能量相當可觀，身體中線兩側帶電面積不小於二十七平方英尺。

第二天，四月十二日，鸚鵡螺號向荷蘭海岸靠近，奔往馬羅尼河口。河口生活著好幾群海牛家族。牠們與儒艮、無齒海牛同屬海牛目。這些美麗的動物生性溫和，從不發動進攻，身長六至七米，體重多達四千多公斤。我告訴尼德・蘭和貢協議，大自然富有遠見，讓這類哺乳動物扮演一個重要角色，就是同海豹一起，務必守在海底草原吃海草，這樣就可以把堵塞出海口的茂盛海藻清除掉。

「可是你們知道嗎？」我補充道，「自從人類把這類有益動物幾乎消滅殆盡後，產生了怎樣的後果嗎？那就是海草氾濫，腐爛成災，毒化了空氣，結果導致黃熱病流行，致使這片富饒的地區變得荒蕪。在熱帶海底，由於毒草蔓延，傳染病隨之大肆傳播，從拉普拉塔河口海灣一直蔓延到佛羅里達海峽。」

如果圖斯內爾的觀點可信，那麼，海牛滅絕帶來的災難比起鯨和海豹瀕臨滅絕帶來的災難相比，恐怕就是小巫見大巫了。鯨和海豹一旦滅絕，大海不再有上帝委派的「大胃口動物清除海面」，到時候章魚、水母、槍烏賊等勢必氾濫成災，成為傳染病大面積流行的發源地。

鸚鵡螺號對上述理論並無質疑，但船員們還是捕捉了六條海牛。當然囉，是為船上儲備食糧增添美味牛肉，海牛肉與陸地牛肉或小牛肉相比，肉質更加鮮嫩可口。但捕獵海牛沒什麼意思，海牛任人宰割，毫不反抗。幾千公斤海牛肉就這樣放進了食品儲藏室，等著以後烘成牛肉乾。

那一天，又進行了一場別開生面的捕撈活動，大大充實了鸚鵡螺號的儲備食糧，顯示這一帶海產多麼豐富高產。這次拖網撈上來一種魚，頭腹部有一個橢圓形的肉質吸盤，那便是亞鰓軟骨目第三科的印魚。印魚扁平吸盤是成雙成對的軟骨片組成，軟骨片之間可以造成真空，有很強的吸附能力，可以隨意貼附在其他物體上。

我們在地中海曾觀察到的印頭魚，也是一種印魚。但上面提到的印魚則是大西洋這帶水域的特產。我們的水手抓到這種魚之後，立即把牠們裝進盛滿海水的水桶裡養起來。

捕魚結束後，鸚鵡螺號就向海岸開去。在這個地方，有一群海龜在海面上隨波逐流睡大覺。但要捕捉這些珍稀的爬行動物卻非易事，因為牠們稍遇異常動靜，就會驚醒過來，何況牠們渾身有甲殼保護，能經受住魚叉的攻擊。但印魚卻有本事抓住海龜，而且保證十拿九穩，命中率高得驚人。千真萬確，印魚是一種活的魚鉤，會給臨海垂釣的天真漁翁帶來好運和財富。

鸚鵡螺號的船員們在這些活印魚尾巴上套一個環，大小正好不影響印魚的活動，然後在環上繫一根長繩，繩子的另一端繫在船上。

於是，一條條活印魚便被拋進海裡，牠們一下水就各顯神通，各自尋找對象，吸附在海龜的腹甲上。印魚一旦吸附上去，會死死咬住不放，即使遭撕裂也不鬆開。船員們把繩子收回船上，印魚連同牠們抓住的海龜便成了鸚鵡螺號的戰利品。

我們就用這種方法，抓到好幾隻「卡古安」海龜，背寬一米，體重兩百公斤。海龜渾身披著棕色角質甲片，很薄很大，光亮透明，上面還點綴著白色和黃色斑點，堪稱海龜中的珍稀品種。另外，從美食角度看，這種海龜乃是海味中的佳品，味道極其鮮美，與其他正宗龜鱉無異。

我們在亞馬遜河海口逗留捕魚，最後以抓海龜而告結束，夜幕已經降臨，鸚鵡螺號又回到汪洋大海裡去。

第十八章　章魚

有那麼幾天，鸚鵡螺號總是回避美洲海岸。很顯然，它不想在墨西哥灣或安地列斯海域拋頭露面。當然，並不是因為水淺難行船，這一帶海域水深平均達一千八百米，那就很可能是因為這一帶島礁星羅棋布，汽船來往如梭，尼莫船長自然對此忌諱有加了。

四月十六日，我們看見了馬提尼克島和瓜德羅普島，離我們還有三十海哩左右。有一陣子，我還瞥見了島上高高聳立的山峰。

加拿大人本指望在墨西哥灣實現逃跑計畫，或登上某片陸地，或爬上島嶼間穿梭來往的一條行船，然而事情總不平順。本來，只要尼德・蘭能背著尼莫船長奪取那條小艇，逃跑當不成問題，但現在是在汪洋大海裡，一切都無從談起，連想都不用去想。

加拿大人、貢協議和我，我們就這個問題討論過很長時間。半年來，我們一直被囚禁在鸚鵡螺號上。我們隨船航行了一萬七千法哩，正如尼德・蘭所說，事情也該有個了結。因此，他向我提出一個建議，令我頗感意外。就是索性向尼莫船長挑明問題：尼莫船長是不是打算無限期地把我們扣留在船上？

我對這類魯莽舉動心存反感。依我看，這樣做不會達到目的。我們不應當對鸚鵡螺號的船長抱任何希望，一切只能靠自己。更何況，一段時間以來，這個人變得更加陰鬱，更深居簡出，更不合群。他似乎在躲避我。我難得遇見他。以前，他很樂意向我介紹海底奇觀，現在他對我的研究索性不聞不問，也不再來大廳了。

他內心到底發生了什麼變化？究竟為了什麼原因？可是我沒做任何虧心事呀。有沒有可能是我們在他船上出現對他構成了壓力？反正，我不該抱有幻想，別想他會還給我們自由。

於是，我請求尼德・蘭容我好好想一想，之前千萬別輕舉妄動。如果攤牌毫無結果，反而會激起尼莫船長的猜疑，那麼我們的處境就會更加艱難，對加拿大人的逃跑計畫就會造成危害。我還說，千萬不能藉口健康原因離開這裡。且不說我們已經經受住了南極大浮冰艱苦卓絕的考驗，就現在而論，我們的身體從來沒有這麼健康過，不論是尼德・蘭，還是貢協議，還是我自己。飲食衛生，空氣清新，生活有規律，室溫恆定，疾病無縫可鑽。不過，這樣的生活條件，對於一個看破紅塵、對大陸毫無眷戀之人而言，對於尼莫船長這種人而言，我很容易理解，那是超凡脫俗，是適得其所，他們就是生活在自己的家裡，想去哪裡就去那裡，他們所走的航道，在外人看來神祕莫測，但對他們自己來說，無異於穿街走巷，怎麼走總能到達目的地；但是我們不同，我們塵緣未斷，以我來說吧，我不想讓自己如此標新立異的研究成果與我同歸於盡，葬身魚腹。現在我有權寫一部真正的海洋專著，而且我還希望這部專著能盡早問世。

還有，正是在這個地方，在安地列斯海域，在水下十米深的地方，從大廳的觀景窗看去，有那麼豐富的海產令我興味盎然，值得在我的日記裡大書特書！在植形動物中，形若降落傘的水母最為可觀，尤以深水僧帽水母著稱，大型浮囊狀似魚鰾，散發著珠光寶氣，一旦展開薄膜，藍色的觸手像絲絨般漂浮在水中，看去是花枝招展的水母，用手觸摸簡直就像一把蕁麻，但要小心，牠們會分泌有毒的液體。在節肢動物裡，有一種環節動物，長一點五公尺，有一支粉紅色的吻管，渾身有一千七百個運動器官，牠們在水下逶迤蠕動，經過時會發出太陽光譜具有的各種微光。就魚類來說，有一種名叫莫盧巴的鰩魚，屬大型軟骨魚，長十英尺，重六百磅，胸鰭呈三角形，背脊微微隆起，兩隻眼睛長在魚頭的最前端，平時，鰩魚像沉船殘片漂浮在水面上，有時又貼在觀景窗的玻璃上，宛若不透光的百葉窗簾。這是美洲鱗魨，大自然專門為牠們調製了黑白分明的兩種顏料塗在身上。還有筆盒蝦虎魚，身段修長，肉質肥厚，黃鰭，顎骨突出。還有鯖魚，長十六分米，牙齒雖短但很尖銳，周身披細鱗，是一種白脂鯖魚。接著是成群結隊的羊魚，從頭到尾貫穿著一條黃金帶，牠們搖鰭擺尾，富麗堂皇，不愧是古人貢獻給狄安娜[1]的珠寶珍品，深得羅馬富人的青睞，有民諺為證：「羊魚千金貴，抓到不要吃！」最後還看到金刺蓋魚，有金圈神仙魚之美稱，牠們舞動著翡翠綠的袖帶，渾身綾羅絲絨綢緞，猶如委羅內塞畫中貴族老爺從我們眼前大搖大擺地走過；還有馬刺鯛魚，一看見我們就搖動著胸鰭躲了開去；還有鰶魚，長十五英寸，渾身磷光閃閃；還有鯔魚，用肥大的尾巴打水；紅色鮭魚，鋒利的胸鰭在不斷切割海水；月亮魚名副其實，渾身披著銀光，浮出東方水面時，猶如初升的月亮映照水底。

若不是鸚鵡螺號逐漸潛入深海，我也許還可以觀察到更多千奇百怪的海魚新品種。鸚鵡螺號的斜板機把我們帶到二千至三千五百米的深海區。在深水層，動物主要代表有海百合、海星等；有柄五腕海百合嫵媚動人，頭像水母，直柄頂端有一個花托，腕從花托裡伸展開來；還有馬蹄螺、血紅的孩牙螺、鑰孔螺等，這些都是近海軟體動物中的大品種。

四月二十日，我們上浮到平均深度為一千五百公尺的水層。當時，離我們最近的陸地是巴哈馬群島，法國人叫盧凱群島，大小島嶼像一塊塊鋪路石板散布在海面上。群島海底懸崖峭壁林立，猶如一道道巨石砌成的長城，基礎寬大而且厚實，巉岩之間黑洞套黑洞，深沉詭祕，船上的探照燈也無法摸底深究。

巉岩怪石表層覆蓋著大片的海草，如昆布、墨角藻之類，堪稱海底籬笆牆，不愧是希臘神話提坦巨神主宰的世界。

貢協議、尼德・蘭和我，我們在高談闊論海底大型植物時，自然而然要提到海底巨型動物。因為有海草就有吃海草的動物。可是，鸚鵡螺號幾乎靜止不動，從觀景窗只能看到海草葉片上棲息的腕綱的節肢動物，如長腿緊握蟹、紫蟹、海若螺等，這也算是安地列斯群島海域的特產吧。

上午十一點，尼德・蘭提醒我注意，大海藻叢裡好像發生著什麼大騷動。

「得啦，」我說，「那可是名副其實的章魚窩，那裡有那種怪物出沒，不必大驚小怪。」

「好傢伙！」貢協議驚問道，「槍烏賊吧？普通的槍烏賊，屬於頭足綱吧？」

「不是，」我說，「我說的是大章魚！不過，尼德朋友可能看錯了，我什麼也沒發現啊。」

「我感到可惜，」貢協議辯解道，「我倒很想面對面見識見識這種大章魚，我老聽人說，章魚能把船拖到海底深淵中去。這群傢伙，叫克拉克……」

「砍拉砍算了。」加拿大人揶揄道。

「是克拉肯，」貢協議不在乎同伴的玩笑，終於把海妖說對了。

「誰說我也不相信，」尼德・蘭說，「打死我也不相信有這種怪物存在。」

「為什麼不相信？」貢協議回敬道。「先生說的獨角鯨，我們不都相信了。」

「可是我們都錯了，貢協議。」

「當然啦！但也許還有人依然相信有獨角鯨呢。」

「這有可能，貢協議，但我這個人頑固不化，非親手殺了這種怪物才會相信怪物的存在。」

「這麼說，」貢協議問我道，「難道先生也不相信有大章魚嗎？」

「嘿！哪個鬼相信過？」尼德嚷嚷道。

「相信的人多著呢，尼德朋友。」

「漁民不會相信。學者倒有可能！」

1 狄安娜，羅馬神話中月亮和狩獵女神。

「對不起，尼德。漁民和學者都有人相信！」

「但我要對您說，」貢協議板起臉孔鄭重地說，「我清楚地記得，我看過一條大船被一隻頭足綱動物的巨臂拖進海裡。」

「您看過？」加拿大人問。

「對，尼德。」

「親眼？」

「親眼。」

「請問在哪裡？」

「在聖馬洛。」貢協議毫不含糊地回答。

「在港口嗎？」尼德‧蘭譏諷道。

「不，在一個教堂裡。」貢協議答道。

「在一個教堂裡！」尼德‧蘭大叫起來。

「是的，尼德朋友。是一張畫，畫上有那隻大章魚！」

「好哇！」尼德‧蘭說著大笑起來，「貢協議先生拿我尋開心呀！」

「實際上，他沒有說錯，」我說，「我也聽說過那幅畫，畫的題材來自一個傳說，可是您知道應當如何對待有關自然史的傳說的！何況，只要一提起怪物，人們就難免想入非非。不僅有人說章魚可以把船拉入海底，還有一個叫馬格努斯[2]的人揚言，有一種頭足綱動物，身長足有一海哩，與其說是動物，還不如說是海島。還有人說，尼德羅主教有一天在一塊大岩石上設祭壇，剛做完彌撒，腳下的岩石竟然動了起來，沉入海裡。所謂大岩石原來是條大章魚。」

「就這些？」加拿大人問。

「還有呢，」我答道，「有一個主教，叫蓬托皮丹・德・伯爾根，也提過一條大章魚，說章魚背很大，可以讓一個騎兵團在上面進行操練！」

「從前的主教們，他們的嘴還真神呀！」

「還有呢，古代博物學家提到一些怪物，說他們的嘴像海灣，身體太大，直布羅陀海峽都過不去。」

「神乎其神！」加拿大人道。

「這些故事難道就沒有真實的成分？」貢協議問。

「毫無真實可言，我的朋友們，至少超出了事實底線而上升為寓言或神話部分，純屬子虛烏有。不過，講故事的人發揮想像，總得有個起因，至少有個來由吧。誰也無法否認有大章魚和大槍烏賊的存在，但牠們比鯨小。亞里斯多德曾證實確有過一條長三點一公尺的槍烏賊。我們的漁民也不時看見長一點八公尺的槍烏賊。義大利的里雅斯特市博物館和法國蒙彼裡埃市博物館還收藏有兩公尺長的章魚標本。而且，根據自然學家的推算，一條六英尺的章魚，其觸手就可能長達二十七英尺。單憑這一點，不是龐然怪物才怪呢。」

「現在有人抓到章魚嗎？」加拿大人問。

「即使沒人抓到，起碼水手也見到過。我有一個朋友，就是保羅・博斯船長，法國勒阿弗爾人，他經常信誓旦旦地告訴我，他在印度海域遇過這樣的龐然怪物。也就在幾年前，即一八六一年，有一

---

2 馬格努斯（1490—1557），瑞典歷史學家。

件事令世界震驚，誰也無法否認這種巨型動物存在的事實了。」

「什麼事實？」尼德・蘭問。

「事情是這樣的。一八六一年，在特納里夫島東北，與我們現在所處的緯度不相上下，阿列克通護衛艦有人發現一隻龐大的槍烏賊在海面上遊動。布蓋艦長便把艦艇開過去，用魚叉和火槍進行打擊，但未能加以制服，因為槍彈和鐵器穿過軟綿綿的章魚肉體，就跟戳進果凍裡的效果差不多。經過幾番嘗試皆無結果，艦員們便動用繩索打扣的辦法套住槍烏賊的身軀，繩扣一直滑到槍烏賊的尾鰭才扣緊。於是大家使勁想把怪物拉上船來，但怪物畢竟太重，以至於把尾巴扯斷了。槍烏賊身尾分離，只好丟下尾巴，逃之夭夭。」

「總算有一件真事了，」尼德・蘭說。

「這可是千真萬確的事實，我的好尼德。為此，有人提議把這條章魚命名為『布蓋的槍烏賊』。」

「牠到底有多長？」加拿大人問。

「大約有六公尺吧？」貢協議道，只見他站在觀景窗前，又注意起坑坑窪窪的海底懸崖來了。

「準確。」我答道。

「牠的腦袋不是長著八隻腕手嗎？」貢協議又說，「八隻腕手在水裡游動好比一窩蛇。」

「準確。」我答道。

「牠的眼睛是不是很突？而且大得離奇？」

「對，貢協議。」

「還有牠的嘴，是不是很像鸚鵡大張口，大得嚇人？」

「沒錯，貢協議。」

「好了！請先生恕我冒昧，」貢協議冷靜地說，「這如果不是布蓋的槍烏賊，這一隻，一定就是牠的兄弟了。」

我看了看貢協議。尼德・蘭連忙奔向觀景窗口。

「大怪獸！」加拿大人大叫起來。

我也湊上前去，不看則已，一看打了個冷戰，忍不住一陣噁心。在我眼前，一個可怕的怪物正招搖過海，將牠列入神怪傳奇毫不為過。

這是一條巨型章魚，有八米長。牠與鸚鵡螺號同向同步倒游著。兩隻海藍大眼瞪得鼓鼓的，死盯著我們看。牠頭上長有八隻觸腕，也可以說是八隻腳，因此才有頭足動物的稱謂。觸腕比身體長一倍，扭動張揚起來活像復仇女神[3]的長髮。我們看得清清楚楚，章魚觸腕內側上分散長有二百五十個狀如半球形瓶蓋的吸盤。吸盤可以形成真空，有時候，章魚用吸盤緊貼在大廳觀景窗的玻璃上。怪物長著鸚鵡般的角質喙，垂直地翕動著。角質舌頭上長著幾排尖牙利齒，從老虎鉗般的大嘴中抖動著吐出來。大自然無奇不有！鳥喙居然長在軟體動物身上！章魚的身體像紡錘，中間鼓鼓囊囊形成大肉團，體重可達二千至五千公斤。章魚是變色龍，由於情緒喜怒無常，顏色隨之迅速變化，一會兒冷灰慘白，一會兒漲得赤紅。

是什麼東西激怒了這隻軟體動物？也許是牠不能容忍鸚鵡螺號在牠眼前出現，因為這隻船居然比牠更龐大，牠張揚著大腕和吸盤，對鸚鵡螺號卻無從下手和下口。不過，造物主竟然讓章魚如此生龍

3 復仇女神，希臘神話專司懲治罪惡的三女神的總稱。她們的頭髮由許多毒蛇盤結而成。

活虎，牠居然長有三個心臟，與三頭六臂的怪物何異！

天賜良機讓我面對這隻大章魚，我不想錯過仔細研究此類頭足綱動物活標本的機會，儘管牠形容醜惡，但我毅然拿起畫筆，為牠素描下來。

「說不定就是阿列克通艦遇到的那個醜八怪呢。」貢協議說。

「不可能，」加拿大人反駁道，「這條很完整，但那條丟了尾巴！」

「這倒不是理由，」我答道。「這類動物有再生能力，腕手和尾巴可以斷而復生。『布蓋的槍烏賊』斷尾已經七年了，說不定已經重新長好了呢。」

「再說，」尼德不服氣，「興許這條不是斷尾槍烏賊，可能是裡面另外一條呢！」

果然，右舷觀景窗前又出現了幾條章魚。我數了數，有七條之多。牠們成了鸚鵡螺號的護衛隊，我還聽見牠們的喙啄船板的篤篤聲。我們如願以償，有人上門服務了。

我繼續為章魚作畫。這群怪物在海水裡與我們的船同步前進，形影不離，速度恰到好處，以至於看上去一動不動似的，我簡直可以從玻璃窗口將牠們縮小臨摹下來。再說，我們航行的速度並不快。

突然，鸚鵡螺號緊急剎車。一陣撞擊弄得船體渾身顫抖。

「我們觸礁了嗎？」我問。

「反正已經脫身了，」加拿大人回答道，「船已經漂浮起來。」

鸚鵡螺號是漂浮起來，但卻開不動了。螺旋槳葉不打水了。一分鐘後，尼莫船長走進大廳，大副跟在後頭。

我有好久沒見到船長了。只見他臉色陰沉。他沒跟我們說話，也許沒看見我們，他徑直走向觀景窗，看了看章魚的動靜，然後對大副小聲說了幾句話。

這是一條巨型章魚，有八米長。

大副匆忙出去。很快，護窗板關上。天花板上的照明燈亮了。

我走向船長。

「一次章魚奇觀收藏展。」我對船長說，語氣頗輕鬆，彷彿業餘愛好者站在透明魚缸前侃侃而談。

「沒錯，自然學家先生，」他回答我道，「我們就要同牠們展開肉搏戰。」

我看著船長，以為是聽錯了。

「肉搏戰？」我重複道。

「是的，先生。螺旋槳不靈了。我猜測一條章魚的下巴咬在葉片上，以致我們無法前進了。」

「您打算怎麼辦？」

「浮出水面，殺盡這幫混蛋。」

「很難下手。」

「的確很難。電子彈遇到軟肉發揮不出威力，因為阻力不足，無法引爆。但我們可以用斧頭發動進攻。」

「還可以用魚叉，」加拿大人說道，「只要您不拒絕我的幫助。」

「我接受，蘭師傅。」

「我們跟你們去。」我說完，便跟著尼莫船長，走向中央扶梯。

那裡已經聚集十幾個人，個個手握斧頭，準備出擊。我和貢協議也拿了兩把斧子。尼德・蘭抓起一把魚叉。

鸚鵡螺號已經回到海面上來。一個水手站在最高層臺階上，正在卸蓋板螺釘。螺母剛卸下，蓋板

八隻觸腕被砍斷了七隻。剩下的唯一大腕仍然死死抓住受害者不放，就像揮動羽毛那樣在空中筆走龍蛇。

就猛然掀開，顯然是被章魚的觸手拽開的。

頓時，章魚的一條長腕像蛇一樣從洞口鑽了進來，還有二十多條觸腕在洞口亂舞。尼莫船長眼疾手快，一斧頭就砍斷這隻大腕，只見腕手捲成一團從樓梯上滾落下來。

我們爭先恐後爬上平臺，說時遲，那時快，又有兩隻大腕在空中一揮，突然打在尼莫船長身邊的那個水手身上，一下子就把他給捲走了。

只聽尼莫船長大叫一聲，衝向前去。我們也跟著一擁而上。

多麼驚心動魄的場面！那個倒楣的水手被觸腕纏住吸牢，聽憑章魚巨臂在空中揮來舞去。只聽他聲嘶力竭地大喊大叫：「救我！救救我！」他喊的是法文，我深受震動，頓時驚呆了！船上原來有法國同胞，也許有好幾個！呼救聲撕心裂肺，我死也忘不了！

倒楣的水手完蛋了。誰能把他從團團糾纏中解救出來？只見尼莫船長不顧一切撲向章魚，一斧頭又砍下章魚的另一條腕手。大副怒不可遏，同從鸚鵡螺號另一側爬上來的章魚展開搏鬥。船員們紛紛揮斧猛砍。加拿大人、貢協議和我，我們也各執利器，七手八腳向肉團砍去，戳去。空氣中迷漫著一股濃烈的麝香味。真是可怕極了。

有一陣子，我以為被章魚纏住的那個倒楣船員有可能從吸盤上被奪回來。章魚的八隻觸腕已經被砍斷了七隻。然而，剩下的唯一大腕仍然死死抓住受害者不放，就像揮動羽毛那樣在空中筆走龍蛇。尼莫船長和大副不顧一切猛衝過去，章魚急中生智，突然從腹腔液囊裡噴出一股濃黑的墨汁。我們眼前一片漆黑，一個個像似瞎了眼。待黑幕消散後，章魚早已無影無蹤，那位倒楣的同胞也被綁票了！

我們人人怒火沖天，與章魚怪勢不兩立！是可忍孰不可忍！十幾條章魚已經包圍了船體兩側，有的開始佔領平臺。平臺上一段段蛇身亂攪一氣，鮮血和墨汁翻滾在一起，我們連滾帶爬與海妖混戰一場。這些粘糊糊的觸腕似乎可以斷而復生，就像九頭蛇許德拉[4]那樣。尼德・蘭的魚叉百發百中，每一叉都刺中章魚的賊藍大眼，把眼珠子都挖了出來。但我這位勇敢的夥伴猝不及防，突然被一隻怪物的大腕打翻在地。

啊！我又急又怕，心都快碎了！只見章魚向尼德・蘭張開血盆大口。眼看倒楣的尼德・蘭就要被咬成兩段。我縱身撲過去救他。但尼莫船長已搶先一步。他的大斧頭早已飛進章魚的大嘴裡，加拿大人奇蹟般地獲救了，只見他挺了挺身姿，用力將魚叉整個插入章魚體內，直透三個心臟。

「這是我該對您的回報！」尼莫船長對加拿大人說。

尼德只是鞠躬致謝卻沒答話。

這場搏鬥持續了一刻鐘之久。怪物們頭破血流，肢離體斷，一敗塗地，遭到致命的打擊，最終退出現場，倉惶潛入波濤洶湧的大海裡。

尼莫船長渾身赤血淋漓，靠在探照燈座旁木然不動，眼睜睜地看著這片吞沒自己夥伴的大海，大顆大顆的眼淚奪眶而出。

4 許德拉，希臘神話中的九頭水蛇。她毀壞莊稼，吞噬牲口，窮兇極惡，頭被砍斷後會再生。

第十九章　灣流

四月二十日驚心動魄的場面，我們每個人死也不會忘記。我把這可怕的場景記下來時，依然心有餘悸。寫好後，我重讀這篇日記，念給加拿大人和貢協議聽。他們覺得的確實事求是，只是效果不夠動人。要把當時情景描繪得有聲有色，栩栩如生，恐怕只有當代最著名的詩人、《海上勞工》的作者[1]才能妙筆生花。

我前面提到，尼莫船長望著大海潸然垂淚。他的痛苦大如汪洋大海。自從我們來到船上後，他已經失去了兩個夥伴。第二個死得又是如此悲慘！這位朋友被章魚巨腕死絞糾纏，筋斷氣絕，被血盆大口的鋼牙咬得粉身碎骨，死後還不能跟自己的夥伴一起安息在寧靜的海底珊瑚公墓裡！

我呢，在這場大戰中，倒楣船員的絕望呼救聲把我的心都給撕碎了。這位可憐的法國人，忘記了船上的專用語言，情不自禁地用母語發出最後的呼救！鸚鵡螺號的船員與尼莫船長生死與共，都是憤世嫉俗、遠避紅塵的超人，在他們當中居然有我的同胞！在這個顯然由多個民族組成的神祕團體中，難道法蘭西只有一個代表嗎？這又是一個懸而未決的問題，讓我百思不得其解。

尼莫船長回到自己的房間了，此後又有一段時間未曾見到他的身影。但他一定非常傷心，絕望，而且變得優柔寡斷，我之所以敢下這樣的斷言，都是從船的狀態感知的，船如其人，他是船的靈魂，船能感受到他的任何喜怒哀樂！鸚鵡螺號不再有明確的航向，如同一具屍體，隨波逐流，漫無目的。螺旋槳早已清除了障礙，但卻經常閒置不用。東游西逛，信馬由韁。鸚鵡螺號深陷最後惡戰的戰場不能自拔，這片海域曾吞噬了自己一個患難與共的夥伴啊！

就這樣漂泊了十天時間。直到五月一日，鸚鵡螺號看見了巴哈馬群島的巴哈馬海峽出口，才果斷取道北上。於是，我們順著海洋中最大的暖流前進，這條大河有自己的海岸、魚類和海洋氣候。這就是墨西哥灣暖流，我把它簡稱為灣流。

這的確是一條大河，它在大西洋中自由奔流，與海水互不混合。這又是一條鹹水河，比周圍的海水更鹹，平均深度為三千英尺，平均寬度為六十海哩。在某些水域，水流時速達四公里左右。灣流水流量比陸地上的任何大江大河都大，而且長年保持穩定不變。

追根溯源，海灣暖流的真正源頭始於歐洲的加斯科涅灣，即比斯開灣，這是莫里船長認定的。在那裡，儘管水溫不高，顏色不深，但暖流已開始形成。然後它向南沿著赤道非洲流去，在熱帶陽光照耀下，波濤逐漸升溫，然後穿過大西洋，抵達巴西海岸的聖羅克角，而後一分為二，其中一支與安地列斯群島的暖流匯合。這樣一來，海灣暖流就可以平衡水溫，把熱帶海水與北方寒帶海水加以中和，發揮調節器功能。暖流在墨西哥灣被曬得滾熱後，又沿著美洲海岸北上，流經紐芬蘭島淺灘外緣，在戴維斯海峽寒流的推動下偏離河床，沿著地球大圈等角線，再次取道大西洋，在靠近北緯四十三度處分成兩支，其中一股受東北信風的影響，又折回比斯開灣和亞速群島，而另一股為愛爾蘭和挪威海岸帶去溫暖後，一直流到斯匹次貝根群島周邊，水溫從此下降到四度，注入北極的自由海。

當時，鸚鵡螺號正在大西洋的灣流上航行。巴哈馬海峽出口寬十四法哩，深三百五十米，灣流從海峽流出的正常時速為八公里。灣流愈往北，流速逐漸趨緩。但願這種有規律的減速運動一直保持下去。因為有人指出，灣流流速和方向一旦發生變化，歐洲的氣候就會受到嚴重干擾，後果將不堪設

1 即法國大文豪維克多・雨果。

想。

中午時分，我和貢協議還在平臺上。我為他介紹灣流的種種特點。解釋完後，我就讓他把手伸進暖流裡。

貢協議照我說的做了，但他很吃驚，竟然感覺不出冷和熱。

「原因就在於，」我對他說，「灣流從墨西哥灣流出來時，水溫和人的體溫幾乎沒有差別。這個灣流可是一個工程浩大的供暖系統，可以確保歐洲沿海四季常青。如果莫里的觀點可信的話，將這條灣流的熱量充分利用起來，足以維持一條熔化的鐵水長河奔流不息，浩蕩之勢絕不亞於亞馬遜河或密西西比河。」

此時，灣流流速為每秒二點二五公尺。灣流的水與周圍海域的水差別極其明顯，以至於灣流受盡海水的擠壓，居然高出普通洋面，在暖流與冷水之間形成水位差。何況灣流顏色深沉，含鹽量豐富，靛藍的灣流與碧綠的海水形成鮮明的對照。流與海界線是那樣分明，以至於鸚鵡螺號航行在加羅林群島緯度線上時，衝角已沖入灣流破浪開路，而螺旋槳卻還留在大西洋海面上打浪推進。

這股暖流走南闖北，帶來了一個生物大世界。地中海常見的腕足動物船蛸，成群結隊順暖流遠遊。在軟骨魚的行列裡，最值得一提的是鰩魚，細長的尾巴幾乎占身長的三分之一，很像二十五英尺長的菱形體；還有一米長的小角鯊，頭很大，吻短而圓，牙齒尖利排成好幾行，全身披著鱗片。

在硬骨魚的行列裡，我必須提提這帶海域的特產髭鼬隆頭魚，虹膜似火的尖牙鯛魚，身長一米、大嘴細牙、喜歡唧唧哼哼的石首魚，前面說過的黑脊魚，披金戴銀的藍劍魚，有大西洋彩虹美譽、可與熱帶絕色豔鳥媲美的鸚鵡嘴魚，淺藍色的無鱗菱鮃，有形似希臘字母T的黃色闊紋橫帶的蟾魚，渾身褐色斑點的小蝦虎魚，銀頭黃尾雙鰭尖齒鯛魚，品種多樣的鮭魚，身段修長、和顏悅色、被拉塞拜德獻給終身伴侶的鯔魚，最後說一種美麗的魚，那就是有美洲騎士之稱的高鰭石首魚，牠渾身披掛著動章和綬帶，經常在一個偉大國家的沿海進進出出，可是這個國家對勳章和綬帶並不看重。

我還要補充說一下，在夜間，灣流之水波光粼粼，與鸚鵡螺號的探照燈交相輝映，暴風雨即將來臨前夕尤為壯觀。

五月八日，我們依然面對著哈特拉斯角，與加羅林群島同一緯度線上。此處灣流寬度為七十五海哩，深度二百一十米。鸚鵡螺號繼續逍遙閒逛。船上似乎解除了一切警戒。我尋思，在這樣的條件下，逃跑有可能成功。沒錯，沿岸有居民，到處可以找到避難所。海上不斷有輪船航班來往於紐約、波士頓和墨西哥灣之間，還有負責海岸巡邏的雙桅小帆船日夜穿梭在美國海岸各站點。我們可以指望得到他們的收留。總之，這是一個有利時機，雖然鸚鵡螺號離美國聯邦海岸還有三十海哩。

但有一個很討厭的情況妨礙加拿大人實現逃跑計畫。那就是天氣很惡劣。我們前面的海域時常有暴風雨光顧，而這正是灣流作威作福的結果。駕著一葉小舟，要同大風大浪搏鬥，只能自找滅亡。尼德・蘭也認識到這一點。醫治尼德瘋狂思鄉病的唯一辦法就是逃跑，但天公不作美，只好咬緊牙關忍一忍。

「先生，」那天尼德告訴我，「事情該結束了。我要抱定決心。您的尼莫極力避開陸地，立意北上。我對您說白了，我在南極已經受夠了，我絕不會跟他到北極去。」

「那怎麼辦？尼德，這時候逃跑又行不通？」

「我還是原來的想法。應當對船長說一說。我們到您老家海域時，您什麼也不提。現在到了我老家的海域，我可要說了。我想，再過幾天，鸚鵡螺號就要到達新蘇格蘭一線，在離紐芬蘭不遠，有一個大海灣，聖洛朗河就流入這個海灣，聖洛朗河就是我的河，我的老家魁北克市的河，一想到這裡，我就著急上火，臉燒得厲害，頭髮都立起來了。氣死人，先生，我寧可跳海！我也不待在這裡！我快憋死了！」

加拿大人顯然失去了最後耐心。他生性粗獷剛烈，很難適應這遙遙無期的囚禁生活。只見他面容日益消瘦，性情愈來愈陰鬱。我與他同病相憐，也飽受思鄉病的折磨。我們已經有七個月沒有得到任何陸地上的資訊了。而且，尼莫船長深居簡出，對我們不聞不問，與章魚大戰後更加沉默寡言，所有這一切都讓我有時過境遷之感。我不再像初來乍到時興致勃勃了。這裡是鯨出沒和海洋生物繁衍生息的地方，只有像貢協議這樣的法蘭德斯人才能入鄉隨俗，隨遇而安。說真的，假如這個好小子只長鰓不長肺，我相信他一定是一條非常出色的魚！

「行不行，先生？」尼德・蘭看我不答話，便又提醒道。

「對了，尼德，您是要我去問尼莫船長，到底對我們打算怎麼辦是吧？」

「對，先生。」

「但這件事，他不是有言在先了嗎？」

「沒錯。我想得到一錘定音的回答。只為我去問，只以我的名義，如果您願意的話。」

「但我難得見到他。他甚至躲著我。」

「那就多一條理由去看他了。」

「我會問他的，尼德。」

「什麼時候？」加拿大人得寸進尺。

「碰到的時候。」

「阿羅納斯先生，您是不是想讓我自己去找他？」

「不，讓我來問吧。明天……」

「今天。」尼德・蘭說。

「那好吧。就今天，我去見他。」我回答加拿大人。要是他自己找上門去，非把事情搞砸不可。

我獨自留了下來。既然答應了人家的要求，索性來個快刀斬亂麻。我喜歡水落石出，不喜歡拖泥帶水。

我回到自己的房間。我側耳細聽，尼莫船長的房間有走動聲。千萬不能錯過見他的好機會。我敲了敲他的房門，沒有得到回應。我又敲了敲，然後轉動門把手，門開了。

我進了門。船長在裡頭。他正在伏案工作，他沒有注意我的到來。我抱定決心，不問個水落石出就不出去，我於是向他走去。船長驀然抬起頭來，蹙了蹙眉頭，口氣十分嚴厲地對我說：

「您在這裡！您想做什麼？」

「有話對您說，船長。」

「我很忙，先生，我在工作。我給了您獨處的自由，難道我不能有獨處的自由？」

船長的接待令人掃興。但我決定先洗耳恭聽，再慷慨陳詞。

「先生，」我冷言冷語地說，「有一件事要跟您談，不好再延拖。」

「什麼事，先生？」他譏諷地回答道，「您是不是發現了我沒有發現的東西？大海是不是向您奉送了新的祕密？」

我們的想法風馬牛不相及。但我還來不及回答，船長就指了指攤在桌上的一部手稿，口氣更為嚴厲地對我說：

「這是一部用好幾種文字寫好的手稿，阿羅納斯先生。它是我對海洋研究的總結，天主保佑，但願它不會與我同歸於盡。這部手稿由我署名，還附有我的生平傳記，它將裝進封閉的小漂浮容器裡。鸚鵡螺號最後一位倖存者將把它扔進海裡，讓它隨波漂流而去。」

與此人的名義！他自己寫自己的生平傳記！那麼他的祕密總有一天會大白於天下了？但是此刻，我權且將他的話題當作正話的引子。

「船長，」我答道，「我完全認同您敢作敢為的動機。不應該讓您的研究成果埋沒海底。但您使用的方法在我看來未免過於原始。誰知道風浪會把漂浮物送到何方，最後落在誰的手裡？難道您想不出更高明的方法？您，和你們其中一個人……」

「絕對不行，先生。」船長斷然打住我的話題。

「可是，我的夥伴們，我們隨時準備為您保存好這部手稿，如果您恢復我們的自由……」

「自由！」尼莫船長說著站了起來。

「是的，先生，我正是來跟您談這件事。我們來您的船上已有七個月，今天我以我的同伴和我個人的名義來問您，您的意思是不是要永遠把我們留在船上。」

「阿羅納斯先生，」尼莫船長道，「我今天對您的回答同七個月前的回答一樣：『誰進入鸚鵡螺號就不該離它而去。』」

「您強加給我們的是奴隸制！」

「隨便您冠什麼名稱。」

「但任何地方的奴隸都保有獲得自由的權利！不管用什麼可行的辦法獲取自由，奴隸可以認為都是好辦法。」

「這種權利，」尼莫船長答道，「誰否認了你們這種權利？我何曾想過要用誓言把你們拴在這裡？」船長雙臂抱胸看著我。

「先生，」我對他說，「第二次回味這個問題既不合您的口味，也不合我的口味。但是，既然我們已經提出來了，那就索性敞開天窗說亮話。我複述一遍，這不僅僅涉及我個人的問題。對我來說，研究是一種拯救，是一種強有力的消遣，是一種鍛煉，是一種可以忘記一切的愛戀。和您一樣，我是一個淡泊名利、喜歡沒沒無聞生活的人，只心存一線希望，希望把我的研究成果裝進一個理想的漂浮瓶裡留贈未來，任憑風吹浪打，聽天由命。一句話，我可以佩服您，我可以心甘情願跟著您，以我自己的知識，在某些方面發揮一點作用，但您一生中還有許多東西讓我隱約感到複雜蹊蹺，神祕莫測，而在這裡，只有我和我的夥伴對此一無所知，置身局外。即使我們的心能被您感動，為您的痛苦分憂而難過，乃至為您的天才和勇氣而備感歡欣鼓舞，但我們也不得不抑制興奮的情感，以至於，每當看到美好的事物，不管來自朋友或敵人，我們都不願流露激動的心情。沒錯！正是對您形同陌路的隔閡感使我們的處境變得不可接受，甚至讓人忍無可忍，連我都受不了，更不必說尼德・蘭了。任何人，只要他是人，都值得他人為其想一想。您想過沒有，對自由的熱愛，對奴役的憎恨，會使得像加拿大人這種秉性的漢子萌生復仇計畫嗎？您想過沒有，他可能有什麼想法，可能有什麼企圖，可能有什麼嘗試嗎？……」

我收住話題。尼莫船長站了起來。

「尼德・蘭愛想什麼讓他去想好了，他的企圖，他的嘗試與我何干？又不是我去請他上船的！又不是為了讓我自己高興我才把他留在船上的！至於您，阿羅納斯先生，您是個明白人，甚至是懂得沉默的人。我對您只好無可奉告了。但願您是第一次來談這個問題，也是最後一次，若是第二次，別怪我聽都不聽。」

我只好告退。自這一天起，我們的處境很緊張。我把這次談話告訴了我的兩個夥伴。

「現在，我們知道了，」尼德・蘭說，「對此人，我們不抱任何希望。鸚鵡螺號正靠近長島。我們務必逃跑，管它天氣好壞。」

但老天愈來愈不留情面，出現了大風暴的跡象。海空一片灰濛濛。風捲雲馳，烏雲滾滾團聚天邊。低飛的濃雲翻滾而過。海面波濤洶湧，大浪滔天。除了暴風雨的朋友、有鬼鳥之稱的海燕之外，其餘海鳥已銷聲匿跡。氣壓計明顯下降，說明大氣的濕度極高。大氣帶電，在電離子作用下，氣候預測管中的化合物開始分解。大自然各路大軍調兵遣將，一場自然力的大會戰即將開始。

五月十八日白天，暴風驟雨席捲而來，當時鸚鵡螺號正航行在長島一線上，離紐約航道只有幾海哩。我可以對這場大風暴如實加以描繪，因為莫名其妙的尼莫船長心血來潮，不是把鸚鵡螺號開進深海避難，而是浮出水面故意與風浪抗爭。

狂風從西南方向刮來，開始涼風陣陣，風速每秒十五米，到下午三時，增至二十五米。這是暴風的資料了。

尼莫船長不畏狂風，在平臺上站穩了腳跟。他腰間繫著一根纜繩，以防被洶湧而至的巨浪捲走。我也爬上了平臺，繫上纜繩，既欣賞這場大風暴的壯觀，也讚佩這位頂天立地人物的非凡氣概。長驅直入的烏雲在驚濤駭浪中翻滾。我再也看不到浪打浪激起來的小浪花，只有煤煙色的長浪連綿起伏，推波助瀾，一浪高過一浪，來勢洶湧澎湃，不斷爭強鬥勝。鸚鵡螺號時而側臥，時而像桅杆一樣挺身直立，俯仰顛簸，驚心動魄。

下午五點，暴雨傾盆而下，既沒有壓住狂風的勢頭，也沒有鎮住大海的惡浪。颶風速度每秒四十五米，即接近每小時四十海哩。這個等級的狂風可以掀倒房屋，捲屋頂瓦入門，折斷鐵柵欄，推動口徑二十四釐米的大炮。然而，鸚鵡螺號在大風大浪中逍遙自得，這也驗證了一位高明的工程師說過的一句話：「若無精製的船體就休想闖海！」鸚鵡螺號不是一塊海浪可以沖毀的頑石，而是一座鋼鐵紡錘，不用索具，不用桅檣，機動靈活，駕駛起來得心應手，任憑雨暴風狂，它自安然無恙。

這時，我仔細地觀察起這脫韁野馬般的狂濤。大浪滔天，高五米，寬一百五十至一百七十五米，奔騰速度為風速的一半，每秒十五米。海水愈深，海浪愈大，勢頭愈兇猛。我於是明白了海浪所起的作用，正是它們裹挾著空氣，翻滾著捲入海底，為深海輸入氧氣和生命。據計算，當海浪壓力達到最高值時，它們對海面上的衝擊力高達每平方英尺三千公斤。正是這樣的海浪，將赫布裡底群島上一塊重達八萬四千磅的岩石移動。也正是一八六四年十二月二十三日的風暴捲起的大潮，在日本洗劫了部分江戶市後，以每小時七百公里的高速度，當天就沖到美洲海岸，造成驚濤拍岸的景象。

隨著夜幕的降臨，暴風雨愈演愈烈。就像一八六〇年在留尼旺島刮龍捲風一樣，氣壓計降至七百一十毫米。日落時，我看見天邊有一條大船正在風浪中苦苦掙扎，大船減弱了蒸汽壓力，放慢了航速，在大浪中力圖保持穩定。這可能是從紐約開往利物浦或勒阿弗爾一線的輪船。大船很快就在夜幕中消失。

晚十點，火舌亂舔長天，雷霆暴跳，猛烈的閃電撕破海空。我實在受不了閃電強光的刺激，可尼莫船長卻敢於正視，他似乎要把風暴的靈魂吸納進自己的心胸。只聽一聲可怕的轟隆聲在空中滾動，這是一種混聲交響，破碎浪濤的怒吼聲、狂風的呼嘯聲和驚雷的爆破聲響成一片。八面威風周天肆虐，龍捲風從東方發作，席捲北方、西方和南方，又回到原來的地方，與南半球風暴的旋轉方向正好相反。

啊！這所向無前、作威作福的灣流！怪不得它有風暴王之稱！暖流流經的上空由於各層大氣溫差較大，從而造成了摧枯拉朽、勢不可擋的龍捲風。

大雨傾盆，接著閃電助威。雨點變成了帶電的羽飾。尼莫船長似乎希望死得其所，試圖讓自己化作雷霆萬鈞的壯烈。忽然一陣猛烈的顛簸，只見鸚鵡螺號的鋼衝角朝天高昂，如同一枚刺入蒼天的避雷針，我看見從針頭上吐出長長的火舌。

我精疲力竭，我只好趴在平臺上向蓋板爬去。我打開了蓋板，回到大廳裡來。此時暴風雨方興未艾，鸚鵡螺號艙內站都站不起來。

快到半夜了，尼莫船長才回到船內。我聽到儲水罐逐漸注滿水的聲音，鸚鵡螺號緩慢地潛入水裡。

透過大廳打開了的觀景窗，我看見一些大魚驚惶失措，像幽靈一般匆匆從電光吐舌的海水中穿過。其中有幾條魚就在我眼皮底下被雷電當場擊斃！

鸚鵡螺號不斷往下沉。我想它只要潛到十五米深處即可找到安寧。但我錯了。海水上層惡浪翻滾過於兇猛，波及深度遠遠超出我的預料，一直到五十米深的大海腹部，我們才得以安下心來休息。

好一個安寧、寂靜的所在！好一個太平世界！誰會相信，此時此刻，大西洋海面上正風狂雨暴、怒濤洶湧呢？

第二十章　北緯四十七度二十四分，西經十七度二十八分

風暴過去了，但我們卻被拋回到大西洋東邊來。準備在紐約海岸或洛朗河口逃生的一切希望頓時化為泡影。可憐的尼德・蘭絕望了，也像尼莫船長那樣自我封閉，離群索居。貢協議則和我形影不離。

我剛才說過，鸚鵡螺號偏離了航道，被刮到東邊去了。我應該說得更準確些，是被刮到東北方來了。它隨波遊弋，時而在海面上，時而潛入水下，時值大霧瀰漫，航海家們到此無不戰戰兢兢，如履薄冰。濃霧主要是流冰融化時大氣濕度過高造成的。多少過往行船葬身霧海，它們本來很快就可以看到對岸明滅閃爍的燈光！濃霧朦朧造成了多少海難！狂風的怒吼聲淹沒了大浪撲礁的驚濤聲，多少船隻因此釀成觸礁大禍！航道行船來往如梭，多少船隻在大霧中互相碰撞而船毀人亡，儘管各自都裝備有船位指示燈，儘管各自都有鳴笛、敲鐘等報警設備，但都難逃厄運！

因此，這一帶海底便呈現出戰場才有的面目，成了所有征服海洋失敗者的歸宿，有的沉船已經陳舊腐爛，有的卻還新亮，船上的鐵板銅具在我們的探照燈照耀下發出閃閃反光。其中有多少沉船生命財產同歸於盡，所有船員和乘客無一倖免！海難事故統計表中羅列的危險地點主要有：拉斯角、聖保羅島、貝爾島海峽、聖洛朗河口等。僅僅最近幾年，在羅亞爾－馬伊、英曼、蒙特利爾航線上，就有不少遇難船隻列入海難年鑑，如太陽神路號、彩虹女神號、真諦號、匈牙利號、加拿大號、盎格魯－撒克遜號、洪堡號、美利堅合眾國號，以上都是觸礁後沉沒的；還有阿蒂克號和里昂號則毀於撞船事故；而總統號、太平洋號、格拉斯哥號失事原因尚未查明。鸚鵡螺號就穿行在這片陰森可怖的沉船遺

骸中，彷彿是在進行亡靈大檢閱！

五月十五日，我們來到紐芬蘭大淺灘的最南端。這個大淺灘是海流沖積的結果，從赤道流來的暖流和從北極沿美洲海岸流來的寒流在這裡交匯，形成橫無際涯的生物有機體水葬場。這裡還堆積著不少冰川解凍時沖刷下來的山石。這裡自然形成了一個巨大的收屍場，數以億萬計的魚類、軟體動物和植形動物的屍骨埋葬在這裡。

紐芬蘭大淺灘海水深度不大，最多只有幾百英尋。但往南海底卻突然下陷，形成一個深達三千米的大海坑。到了這裡，灣流變得開闊寬廣起來，流速也逐漸趨緩，水溫開始降低，成為一片汪洋大海。

鸚鵡螺號穿過大海坑時驚動了眾多的魚群，我不妨略舉一二，如一米長的圓鰭魚，背脊發黑，腹部發黃，配偶忠貞不二，但模範行為很難被眾多魚類仿效；尤內納克長蟲，實際上是一種翡翠色的海鱔，味道很鮮美；卡拉克魚，大眼睛，魚頭像狗頭；鳚魚，和蛇一樣的卵生動物；蝦虎球魚，又稱黑鮈魚，二分米長；長尾魚，銀光閃閃，動作快速，常遠離北冰洋到外面冒險。

拖網撈上來一條北方海域的杜父魚，褐體紅鰭，渾身疙裡疙瘩，頭上長刺，鰭上有鋒芒。這種魚膽大，冒失，勁足，肉厚，體長二至三米，是名副其實的海蠍子，專門與鳚魚、鱈魚、鮭魚為敵。鸚鵡螺號負責打魚的船員們費了不少工夫才把這條魚抓到手。杜父魚的鰓蓋骨構造很不一般，可以保證呼吸器官在乾燥的空氣中繼續進行呼吸，因此杜父魚離開水後還能存活很長時間。

我現在再列舉幾種魚以備忘：波斯科魚，北極海裡陪航船行動的小魚；尖嘴歐鯀魚，北大西洋的特產；伊豆鮋魚；最後引起我的注意的是鱈魚，俗名大頭青，是著名的冷水魚，紐芬蘭大淺灘魚龍混雜，也是鱈魚偏愛的水域，我在這裡發現它們頗感意外。

可以這麼說，鱈魚是山魚，其實紐芬蘭本身就是海底的一座大山。當鸚鵡螺號在水下群山峻嶺之間開闢一條通道時，貢協議禁不住大發議論：

「好傢伙！原來這就是鱈魚！可我一直以為鱈魚是扁塌塌的，像黃蓋鰈、鰨魚那種模樣呢！」

「太幼稚了！」我嚷嚷道，「鱈魚只有在食品店裡才是扁塌塌的，因為它們被剖開來當樣品的。但在水裡，它們和鯔魚一樣呈紡錘形，這種形體很適合在水裡穿梭暢遊。」

「先生說的是，」貢協議道，「鱈魚雲集！密密麻麻！」

「唉！我的朋友，如果它們沒有天敵，如果沒有鮋魚和人類，鱈魚可能還要繁榮呢！您知道一條雌鱈魚能產多少卵嗎？」

「我儘量說多些，」貢協議答道，「五十萬。」

「一千一百萬，我的朋友。」

「一千一百萬。我怎麼也不會相信有這麼多，除非我親自清點過。」

「那你就清點吧，貢協議。但你不必算也很快就會相信我說的話。再說了，成千上萬的法國人、英國人、美國人、丹麥人、挪威人，他們都在大舉捕撈鱈魚。世界鱈魚的消費量大得驚人，幸好鱈魚有驚人的繁殖能力，要不然鱈魚早就瀕臨滅絕了。僅英國和美國專業捕鱈魚的漁船就多達五千艘，參加作業的水手七萬五千名，平均每條船打撈四萬條鱈魚，合起來就是二千五百萬條。挪威沿海情況也大致如此。」

「好吧，」貢協議答道，「那我就相信先生吧，我不清點了。」

「怎麼啦？」

「一千一百萬個魚卵。不過，我有一個看法。」

「什麼看法？」

「假如所有的魚卵都能孵化出魚來，那麼，只要四條鱈魚就足以供應英國、美國和挪威了。」

我們在紐芬蘭大海灘潛行時，我發現每條船都拖著十幾條長長的釣魚線，每條線上掛著二百個魚鉤，線的一端用四爪鉤拉著，水面上則有軟木浮標加以穩定。鸚鵡螺號駕駛技術要求很機靈，才能在水下密布的釣魚線網中順利穿行。

不過，在這片繁忙的海域，鸚鵡螺號沒有久留。它向上開到北緯四十二度。這是紐芬蘭島的聖讓港和哈茨康坦的緯度，橫貫大西洋的海底電纜就到這裡收尾。

鸚鵡螺號並沒有繼續北上，而是向東行駛，彷彿想沿著鋪設電報電纜的海底高原前進，經過多次探測，海底高原的地形早已摸得一清二楚了。

五月十七日那天，我發現鋪設在海底的電纜線，當時鸚鵡螺號離哈茨康坦大約五百海哩，那裡的水深二千八百米。我事先沒有把海底電纜的事情告訴貢協議，他看見了以為是一條大海蛇，正準備按老規矩進行分門別類。但經我一點撥，好小子才恍然大悟，為了不至於使他太失望，我便把鋪設海底電纜的大致經過和特點做了一番介紹。

第一條海底電纜是在一八五七至一八五九年間鋪設的，但大約傳輸了四百封電報後，線路就中斷了。一八六三年，工程師們又建造了一條新電纜，長三千四百公里，重四千五百公噸，由大東方號負責運載。但這次努力又失敗了。

湊巧，五月二十五日，鸚鵡螺號潛入三千八百三十六米深的海底，恰好是電纜斷裂導致工程功虧一簣的所在。這裡距愛爾蘭海岸六百三十八海哩。下午兩點鐘，東方號上有人發現，與歐洲的電報聯繫突然中斷。船上的電工們決定先把電纜剪斷，然後打撈上船。晚上十一點，他們就把破損的電纜拉回來了。他們重新做好接頭，然後再把電纜沉下海底。可是，只過了幾天，電纜又斷了，從此埋沒深海，再也收不回來了。

美國人並沒有洩氣。大西洋電報電纜業的創始人居魯斯・菲爾德膽魄驚人，他將自己的全部財產作為工程的風險投資，發起了新一輪認捐運動。資金很快就籌集到位。一條工藝更完備的海底電纜製造成功。電纜導線用古塔橡膠包裹絕緣，然後套進金屬纖維管裡嚴加保護。一八六六年七月十三日，大東方號再度起錨出海。

鋪設工程進展順利。不過也發生過節外生枝的插曲。有好幾次，在打開電纜時，電工們發現，有人在新電纜線上打進釘子，顯然是有意破壞電纜芯線。安德森船長召集全體助手和工程師開會研究，最後決定貼出佈告，稱罪犯一經捕獲，無須經過審判即拋進海裡餵魚。從此，類似的犯罪事件再也沒有發生。

七月二十三日，大東方號距紐芬蘭島只有八百公里，此時收到從愛爾蘭發來的電報，獲悉普魯士和奧地利在薩多瓦戰役[1]後簽訂了停戰協定。二十七日，施工船在濃霧中測定了哈茨康坦港的位置。工程順利完工，年輕的美國發給古老歐洲的首封電報賀詞充滿睿智而且深邃：「光榮屬於天上的上帝，而和平屬於地上的好人。」

我並不指望能看到電纜出廠時的原始狀態。這條長蟲渾身覆蓋著貝殼碎片和孔蟲，包上一層石質般的膠狀物，反而保護它不受好鑽營的軟體動物的侵擾。它安息海底，不受海水運動的衝擊，通電的電壓足以在零點三二秒內將電報從美洲發往歐洲。電纜很可能萬壽無疆，因為有觀察發現，古塔膠皮

1 薩多瓦戰役，亦稱科尼格累茨會戰。普奧戰爭中的一次重要戰役。一八六六年七月三日，普奧軍隊在薩多瓦展開決戰，普軍重創奧軍。七月二十六日，由法國出面調停，雙方在尼可爾斯堡簽訂停戰協定。

在海水中泡的時間愈長愈堅韌，性能愈改善。

再說，選擇在這片海底高原上鋪設電纜可謂匠心獨運，電纜線決不會不斷下墜以致斷裂。鸚鵡螺號一直沿著電纜線航行，直到最低點，水深為四千四百三十一米，電纜在那裡安息，毫無緊張的拉力。然後，我們向一八六三年發生事故的地方開去。

此時，海底出現了一個寬一百二十公里的大山谷，如果把阿爾卑斯山的白朗峰放置到這裡來，峰頂也不會露出水面。山谷東面有一堵高二千米的峭壁作屏障。五月二十八日，我們抵達山谷，鸚鵡螺號離愛爾蘭島只有一百五十公里遠。

尼莫船長會不會繼續向上開向不列顛群島？不會。可我不由大吃一驚，鸚鵡螺號竟掉頭南下，開向歐洲海域。鸚鵡螺號繞過綠寶石島時，有一陣子我瞧見了克利爾海岬和法斯特內燈塔，燈塔為千萬艘從格拉斯哥或利物浦開出的船隻導航。

我的腦子不由閃過一個重大問題：鸚鵡螺號敢不敢走英吉利海峽？自從我們逼近陸地行駛後，尼德·蘭又拋頭露面了，而且反復問我這個問題。怎樣回答他好呢？尼莫船長依然不見蹤影。他讓加拿大人眼睜睜地瞄了幾眼美洲海岸後，難道會讓我一睹法國海岸的容貌不成？

反正鸚鵡螺號繼續南下。五月三十日，它從英國的最西端和右邊的錫利群島中間穿過，地角歷歷在目。

鸚鵡螺號如果想開進英吉利海峽，就必須直接往東拐，可它沒有這樣做。

五月三十一日，鸚鵡螺號一整天都在海上兜圈子，弄得我簡直莫名其妙。它好像在尋找一個什麼地方，卻找來找去找不著。中午，尼莫船長親自來大廳確定方位。他一句話也不跟我說。我覺得他從來沒有如此憂鬱過。是誰使得他這樣悶悶不樂？是否因為臨近歐洲海岸而觸景生情？是不是對背井離鄉的往事不堪回首？他到底做何感想？怨恨還是遺憾？這些問號在我腦海中久久盤旋，我有一種預感，說不定不久會發生什麼突發事件，讓尼莫船長的隱祕將大白於天下。

第二天，六月一日，鸚鵡螺號依然故我繞圈子。顯而易見，它千方百計在尋找大西洋某個準確的地點。尼莫船長和昨天一樣，照樣來觀測太陽的高度。大海風和日麗，天空純淨如洗。在東邊八海哩處，在海天線上出現一艘大輪船。船上沒有懸掛任何旗標，因此，我難以確定它是哪個國家的船隻。

再過幾分鐘，太陽就要經過子午線，只見尼莫船長拿起六分儀進行精密的觀測。風平浪靜，觀測十分順利。鸚鵡螺號巋然不動，既不左右搖晃，也不上下顛簸。

此時此刻我也在平臺上。尼莫船長測定後，只吐出了一句話：

「就是這裡！」

我翻過蓋板，下到船艙裡來。難道他看見大輪船改變了航向，似乎要向我們開來？我可不知道。

我回到大廳。只聽到蓋板關閉的聲音，水罐正在汩汩往裡注水。鸚鵡螺號開始垂直深沉，此時螺旋槳已剎停，不產生任何推動力。

過了幾分鐘，鸚鵡螺號在八百三十米深的海底停穩。

此時，大廳天花板燈光熄滅，觀景窗蓋板打開，我看見窗外半海哩方圓內的海水被探照燈照得通明徹亮。

我看了看左側視窗，除了白茫茫的寧靜海水，什麼也沒發現。

右邊呢，只見海底有一堆明顯的隆起，不由引起我的注意。好像是一攤廢墟，只不過包裹著一層厚厚的白貝殼，猶如披著一件雪白的大衣。我細細查看這堆東西，認定是一條外形腫大了的帆船遺骸，桅杆已經折斷，可能是船頭先往下栽的。這場海難肯定發生在遙遠的年代。因為遺骸外堆滿了海中垃圾，說明它在海底已經度過了漫長的歲月。

這究竟是一條什麼船？為什麼鸚鵡螺號專程來此探視它的墳墓？難道這艘船不是因海難而沉淪海底的嗎？

我正在左思右想，只聽船長在我身邊侃侃而談：

「從前，這艘船名為馬賽號。船上有七十四門火炮，一七六二年下水。一七七八年八月十三日，在拉波瓦普—韋特里厄艦長指揮下，同英國普勒斯頓號戰艦進行英勇無畏的作戰。一七七九年七月四日，它參加德斯坦海軍上將指揮的艦隊作戰，攻佔了格林伍德島。一七八一年九月五日，它在美國的切薩皮克灣參加了德・格拉斯伯爵指揮的戰鬥。一七九四年，法蘭西共和國為它改名。同年八月十六日，它在布列斯特港與維拉雷—儒瓦厄茲艦隊匯合，負責為從美國運送小麥的運輸船護航，船隊由馮・斯塔貝爾海軍上將指揮。共和二年牧月[2]十一、十二日，運輸艦隊與英國艦隊遭遇。先生，今天是牧月十三日，西元一八六八年六月一日。七十四年前的今天，就在這個地點，北緯四十七度二十四分，西經十七度二十八分，經過一場浴血奮戰後，這艘戰艦被炸斷三根桅杆，船艙冒水，三分之一船員傷亡，但它寧願與三百五十六名官兵一起葬身海底，也誓死不肯向英國人投降，只見艦尾掛著醒目的戰艦旗標，在一片『共和國萬歲！』的口號聲中沉入萬頃波濤之中！」

「復仇者號！」我叫了起來。

「是的，先生。復仇者號！多麼漂亮的名字！」尼莫船長意味深長地喃喃道，說著，他雙手交叉抱在胸前。

2 法蘭西共和曆的第九個月份，即西曆的五月二十日至六月十八日。

第二十一章　一場大屠殺

如此的說話方式，意料不到的沉船場景，愛國戰艦的歷史沿革，開始只是冷靜的平鋪直敘，最後是這個怪人的慷慨陳詞，讓我心領神會的「復仇者號」艦名，所有這一切都給我留下刻骨銘心的印象。我的眼神再也捨不得離開尼莫船長。只見他把雙手伸向大海，以熾熱的目光打量著這艘光榮的戰艦遺骸。也許，我永遠也無法知道他到底是什麼人，來自何方，要去何處，但我愈來愈看清楚，這個人並不是一般的學者。尼莫船長及其同夥之所以能堅守在封閉的鸚鵡螺號船上，並不是出於一般的看破紅塵，憤世嫉俗，而是懷著深仇大恨，不管這種仇恨是多麼離奇或者多麼崇高，但時間永遠也無法磨滅復仇的意志。

難道這種深仇大恨還在尋求報復嗎？也許在不久的將來我就會水落石出。

此時，鸚鵡螺號正悄然升上海面，復仇者號的模糊形影在我視線中逐漸消失。不久，船身輕輕顛簸了一下，說明我們已經漂流在海空之間了。

此時，傳來一陣沉悶的爆炸聲。我不由看了看尼莫船長，可他泰然不動。

「船長？」我問。

船長沒有回答。

我便離開船長，立刻登上了平臺。貢協議和加拿大人早已捷足先登了。

「哪來的爆炸聲？」我問。

「一聲炮響。」尼德・蘭答道。

先前曾發現一條船，我不由朝那條船看去。那艘船正朝鸚鵡螺號開來，只見它蒸汽騰騰，全速逼近，離我們只有六海哩。

「這是什麼船，尼德？」

「從船上的索具看，從桅杆的高度看，」加拿大人回答道，「我敢打賭，肯定是一艘軍艦。但願它能追上我們，如果有必要，索性把這艘該死的鸚鵡螺號擊沉算了！」

「尼德朋友，」貢協議道，「它能奈何得了鸚鵡螺號？它能潛入水下發動攻擊？它能往海底開炮嗎？」

「請告訴我，尼德，」我請求道，「您能識別這條船的國籍嗎？」

加拿大人蹙起眉峰，眯起眼簾，集中視力，緊盯住那條船觀察了好一陣子。

「不行，先生，」加拿大人回答，「我看不出它屬於哪個國家。它沒有掛國旗。但我可以確定，是一條戰艦，因為主桅杆掛著一面三角旗。」

我們繼續觀察了有一刻鐘，只見那艘船直奔我們而來。不過，我不能肯定，在這樣的距離內，那條船能否識別出鸚鵡螺號來，更不能肯定，它是否知道這艘潛水艇的底細。

很快，加拿大人便明確告訴我，這艘船是一艘大軍艦，船艄有衝角，雙層甲板結構。兩座煙筒濃煙滾滾。船帆密集擁擠，分不清橫桁。斜桁上沒有掛國旗。由於距離較大，看不清艦旗的顏色，它像一條飄帶迎風飄揚。

軍艦高速前進。如果尼莫船長讓它逼近，那麼我們就有一次獲救的機會。

「先生，」尼德．蘭對我說，「等軍艦距離我們只有一海哩，我就立即跳海，我建議你們跟我跳。」

我沒有回答加拿大人的建議，只是繼續觀察軍艦的動向，眼看著軍艦變得愈來愈龐大了。不管這艘軍艦是英國的、法國的、美國的或是俄國的，只要我們能爬上去，他們一定會收留我們的。

「請先生好好回憶一下，」貢協議趁機說道，「我們有過泅水的經驗。如果先生覺得可以跟著尼德朋友做，就請先生放心，我會設法幫先生游到軍艦那邊去。」

我正要回答，突然發現戰艦前部冒出一道白煙。而後，只過幾秒鐘，海水受到沉重打擊，在鸚鵡螺號身後濺起大片水花。頓時，一陣爆炸聲如雷貫耳。

「怎麼？他們向我們開炮了！」我叫了起來。

「好傢伙！」加拿大人低聲說。

「這麼說，他們並不把我們看作是攀附沉船殘片的遇難者了！」

「請先生別見怪……得，」貢協議道，一面抖了抖身上的水珠，剛才又一發炮彈打來濺了他一身水，「請先生別見怪，他們已經認出獨角鯨了，他們是在向獨角鯨開炮。」

「但他們也得好好看看，」我喊道，「他們是在跟很多人打交道。」

「也許他們正是對人開炮的！」尼德・蘭看著我回答道。

我恍然大悟。無疑，人們早已心中有數，知道現在該如何對待所謂怪物存在的事件了。當林肯號逼近怪物的時候，當加拿大人用魚叉打擊怪物的時候，法拉格特艦長就已經看清了，所謂的獨角鯨原來是一艘潛水船，它比一條超自然的鯨怪豈不更危險？

是的，事情可能該這麼解釋，無疑，人們已經在各個海域對這艘可怕的毀滅性潛水船展開大追捕。

如果假設成立，尼莫船長是在利用鸚鵡螺號從事一場報復事業，那的確是可怕的了！想想那天夜裡，他把我們囚禁在那間小牢房裡，不正是在印度洋上對一艘船展開攻擊嗎？那位至今埋葬在珊瑚墓地裡的男子，難道不是鸚鵡螺號製造的撞船事件的直接受害者嗎？是的，我再說一遍，事情可能就該這樣解釋。尼莫船長神祕莫測存在的內幕正逐漸揭開中。如果說他的身分尚未得到確認，但至少，各國已經開始聯手對付他了，現在他們捕獵的不再是憑空捏造出來的一個怪物，而是與他們有不共戴天仇恨的死敵！

可怕的往事歷歷在目。在這艘咄咄逼近的船隻上我們非但找不著朋友，而只能找到無情的敵人。

此時，落在我們周圍的炮彈愈來愈密集。幾顆炮彈落在海面上，受阻力作用滑漂很遠去了，居然沒有一顆擊中鸚鵡螺號。

此時，裝甲艦離我們只有三海哩了。對面炮火十分猛烈，尼莫船長還是沒有在平臺上露面。但是，如果有一顆錐形炮彈擊中鸚鵡螺號船體，那麼後果不堪設想。

加拿大人連忙對我說：

「先生，我們必須盡一切可能退出這糟糕的一步。發送信號吧！鬧鬼了！也許他們會理會我們是好人！」

尼德．蘭掏出手絹準備在空中揮動。然而，他剛抖開手絹，就被一隻鐵拳打翻在地，儘管他身強力壯，但還是趴在平臺上。

「混帳東西！」船長嚷嚷起來，「難道你要我先把你釘在鸚鵡螺號的衝角上，然後再衝向那條戰艦不成！」

尼莫船長聲色俱厲，聽起來很可怕，看起來更嚇人。他的臉色因心臟痙攣而慘白，他的心臟很可能因為過於緊張而停止跳動了一陣子。他的瞳孔在拚命收縮。他的喉嚨不是在說話，而是在吼叫。他奮身向前撲去，雙手死死抓住加拿大人的肩膀。

後來，尼莫船長放開了加拿大人，轉身朝向逐漸逼近的戰艦，戰艦的炮火雨點般落在船長的身旁。

「啊！你知道老子是誰了吧，你這條該死的國家的破船！」他高聲喊道，「你不掛國旗，我也認識你！看看吧！我讓你見識一下我的旗！」

於是，尼莫船長在平臺前方展開了一面黑旗，與插在南極上空的那面旗幟無異。

此時，一顆炮彈橫飛，擊中了鸚鵡螺號的船側，但沒有造成傷害就滾落海裡了。

尼莫船長聳聳肩膀。然後，強行命令我說：

「下去，下去，您和您的夥伴都下去！」

「先生，」我喊道，「難道您要攻擊這條船嗎？」

「先生，我要把它打沉！」

「您不能這樣做！」

「我就這樣做！」尼莫船長神情冷峻地回答道，「您不必在我面前多說廢話，先生。命運讓您看到您不該看到的東西。人家打過來了。反擊是可怕的。進去吧！」

「這艘船，是哪一國的？」

「您不知道嗎？那好。好極了！它的國籍至少對您是個謎。下去吧！」

加拿大人、貢協議和我無可奈何，只好服從。約有十五名鸚鵡螺號的水手圍在船長的身邊，他們懷著不共戴天的仇恨，眼看著敵船的逼近。可以看出，他們個個怒火滿腔，同仇敵愾。

我下船時，又一顆炮彈落在鸚鵡螺號船殼上，但只劃破了一層皮。我聽到船長大叫道：

「打吧，瘋船！把你的炮彈打個精光才好！你躲不過鸚鵡螺號的衝角，但你沒有資格死在這塊地盤上！我不願讓你的屍骨和復仇者號混葬在一起！」

我回到我的艙房。船長和船副仍然留守在平臺上。螺旋槳開始轉動，鸚鵡螺號迅速脫離戰艦火炮的射程。角逐在繼續，但尼莫船長只保持適當的距離。

下午四點，我無法抑制揪心的焦慮和不安情緒，情不自禁地朝中央扶梯走去。蓋板敞開著。我斗膽登上了平臺。只見船長還在上面來來回回地踱步，腳下憤憤不平。他目視戰艦，敵艦就在下風五六海哩處。他像猛獸一樣圍繞著戰艦兜圈子，並把它引向東邊，故意讓它追逐。不過，船長沒有發動攻擊。也許他還在猶豫？

我想進行最後一次干預。但我剛對尼莫船長打了聲招呼，他就封住了我的嘴：

「我就是法律，我就是正義！」他對我說，「我是受壓迫者，而前方是壓迫者！它就是罪魁禍首，我的所愛、所親、所敬的一切，祖國，妻子，子女，父親，母親，我眼看著這一切慘遭劫難！我的千仇萬恨，都集中在那裡！您給我住口！」

我朝冒著團團蒸汽的戰艦投去最後一注目光。轉身就去找尼德和貢協議。

「我們逃吧！」我喊道。

「好，」尼德道，「哪國的船？」

「我不知道。但不管是哪個國家，天黑前勢必被擊沉。反正，寧可與它同歸於盡，也不可淪為復仇的同謀，何況現在不能判斷報復是否正當。」

「我也這樣看，」尼德・蘭冷靜地回答，「等天黑吧。」

夜幕降臨，船上一片沉寂。羅盤顯示，鸚鵡螺號沒有改變航向。我聽到螺旋槳有節奏的急速拍打海浪的響聲。鸚鵡螺號堅持在海面上行駛，只是偶有顛簸，船體或左或右輕微搖晃著。

我和我的同伴，我們決定，等戰艦靠近些，只要我們的呼喚能被對方聽到，或者我們的動作能被對方看到，就立即逃跑，因為再過三天月亮就圓了，月色非常明亮。一旦上了戰艦，即使我們來不及通知對方岌岌可危的撞擊，但至少可以視情況隨機應變。有好幾次，我都以為鸚鵡螺號準備發動攻擊。但它只是吸引敵手向自己靠近，然而卻虛晃一槍，又趕緊溜之大吉。

大半夜都過去了，什麼事都沒有發生。我們伺機而動。我們心潮激動難平，反而不多說話。尼德・蘭恨不得跳入海裡。我強迫他耐心等待。依我看，只要鸚鵡螺號攻擊水面上的雙層甲板戰艦，逃跑不僅可能，而且容易。

凌晨三點，我坐立不安，便登上了平臺。尼莫船長還在上面。只見他站在平臺前方，緊挨著旗幟，一陣海風吹來，黑旗就在他頭上招展。他的視線一直沒有離開過戰艦。他的目光炯炯有神，咄咄逼人，對戰艦有一股特殊的吸引力和迷惑力，就是用纜繩牽引，戰艦恐怕也未必如此亦步亦趨，窮追不捨！

此時，月亮正跨越子午線。木星正從東方升起。在這靜謐的大自然裡，天空和海洋比試安寧，而大海為月亮獻出一面最美麗的鏡子，這面鏡子曾幾何時好好照過月亮的倩影！

當我看到茫茫海天星月交輝的安謐，再聯想到孤零零的鸚鵡螺號船殼裡沖天的怒火，我渾身不寒而慄。

戰艦離我們只有兩海哩了。它愈來愈近，向這片閃耀的磷光直奔而來，磷光顯示鸚鵡螺號所在的方位。我已經看見戰艦的兩盞船位指示燈，一綠一紅，而白色信號燈則懸掛在主桅的支索上。照在索具上的反射光影影綽綽，說明炮艦上燈火通通打開。戰艦煙筒冒著一團團火星，燃燒未盡的煤渣火光閃爍，在空中散布星星點點。

我在平臺上一直待到清晨六點，尼莫船長似乎沒有看見我。戰艦離我們只有一點五海哩，天空剛出現第一道曙光，對面軍艦炮擊又開始了。鸚鵡螺號攻擊敵艦的時刻可能不遠了，我的同伴和我，我們將永遠離開這個怪人，但對他的功過我不敢妄下結論。

我正準備下去通知我的兩個夥伴，大副卻上了平臺。大副身後跟著好幾名水手。尼莫船長沒有看見他們，或者說視而不見。大副他們採取了一些必要措施，也許可以稱之為鸚鵡螺號的「戰鬥準備」。措施很簡單。平臺四周的圍欄纜繩收了下去，探照燈和駕駛艙外殼縮進船體裡，與船殼嚴絲合縫，無懈可擊。這樣一來，這具長長的鋼鐵雪茄表面就沒有任何突出物妨礙它的行動了。

我回到大廳。鸚鵡螺號一直漂浮在水面上。幾縷曙光映照在水中。微波蕩漾，玻璃窗上閃耀著旭日的紅光。六月二日這個可怕的日子來臨了。

五點整，計程儀告訴我，鸚鵡螺號的航速開始放慢。我明白，它有意讓敵艦靠近。而且，炮聲隆隆，爆炸聲愈來愈密集。炮彈在周圍四面開花，海面頓時跌宕起伏，水中呼嘯而起一片怪響。

「我的朋友們，」我說，「到時候了。握握手，願天主保佑我們！」

尼德・蘭很堅定，貢協議很冷靜，而我卻很緊張，只是勉強克制自己。

我們走進圖書室。正當我推開通向中央扶梯的艙門時，我聽到上面的蓋板砰的一聲猛然關閉了。加拿大人衝向臺階，但被我攔住了。只聽到一陣熟悉的汩汩聲，船上的儲水罐正在注水。果然不錯，頓時，鸚鵡螺號往水下沉了幾米。

我明白鸚鵡螺號要做什麼。我們太晚了，來不及行動了。原來鸚鵡螺號不準備直接攻擊堅不可摧的雙層甲板部位，而是突破它吃水線下裝甲保護不到的薄弱外殼。

我們重新被囚禁起來，被迫淪為慘案的見證人，這個慘案正在緊急準備當中。何況，我們幾乎沒有時間思考。我們躲在我的房間裡，你看著我，我看著你，彼此啞口無言。我六神無主，心慌意亂，思路斷了線，完全處於坐以待斃的痛苦不堪的精神狀態中，驚天動地的爆炸聲就要響起。我等著，聽著，似乎只有耳朵還讓我活著。

此時，鸚鵡螺號的航速明顯加快。它發起衝擊就是這樣子。整個船體顫動不已。

突然，我大喊一聲。撞擊發生了，但比較輕。我感覺到了鋼衝角的穿插力量。我聽到劃破和刮擦鋼板的破裂聲。但鸚鵡螺號推動力強大，其衝角正在對戰艦開膛剖肚，猶如尖杆劃破緊張的布帆一樣勢如破竹！

我再也控制不住自己了。我發狂地衝出房間，直奔大廳。

尼莫船長正在大廳裡。只見他默不作聲，神情陰鬱，懷著切骨仇恨看著左邊窗口外的動靜。

只見一大團傢伙沉下海底，為了全程跟蹤那傢伙垂死掙扎的慘狀，鸚鵡螺號也與它同步沉入深淵。離我十公尺遠處，我看見戰艦船殼已經開裂，海水洶湧灌注艙內，發出雷鳴般的響聲，我還看到了兩排炮位和舷牆。甲板上到處是驚惶失措的黑影。

海水不斷往上淹去。甲板上不幸的人們爭先恐後衝向桅杆，爭抓支索，拚命在水中掙扎。這簡直是突然被海浪沖走的人間螞蟻窩，亂作一團！

我也在看，急得我渾身癱瘓，活像一具屍體，頭髮都豎了起來，眼睛瞪得鼓鼓的，上氣不接下氣，怎麼也喘不過來，怎麼也說不出話來！有一股不可抗拒的吸力，把我死死貼在玻璃窗上，動彈不得！

大型戰艦就這樣慢慢往下沉去。鸚鵡螺號緊隨其後，跟蹤監視它的一舉一動。突然，一聲巨響，爆炸發生了。高壓空氣把戰艦的甲板掀掉了，彷彿是燃料油庫起火似的。海水猛烈動盪，鸚鵡螺號也顛得偏離了方向。

於是，倒楣的戰艦加速往下沉。先看到的是桅樓，上面擠滿了受害者；而後是橫杆，爬上去的人太多，橫杆被壓彎了；最後看到的是主桅杆的尖頂。後來，陰森森的龐然大物消失了，隨葬的是全體艦員，他們的屍體被滾滾漩渦捲進了無底深淵……

我轉身看著尼莫船長。這位可怕的伸張正義者，名副其實的復仇天使，一直目不轉睛地觀看著。當這一切都結束後，尼莫船長便朝自己的房間走去，他打開門，進入房間。他的一舉一動我都看在眼裡。

在他房間裡頭的窗板上，在他崇拜的英雄肖像下方，我還看到一張肖像，上面畫著一位依然年輕的婦女和兩個孩子。尼莫船長對他們看了好一陣子，然後向他們伸出雙臂，同時雙膝跪地，淚如泉湧，泣不成聲。

第二十二章　尼莫船長的最後幾句話

觀景窗的蓋板關上了，窗外的恐怖景象隨之消失，但大廳的燈光並沒有打開。鸚鵡螺號船內一片漆黑，無聲無息。在水下一百英尺深度，它飛快地駛離這塊令人痛心疾首的地方。它要去哪裡？往北還是往南？可怕的報復過後，此人要往哪裡逃？

我回到我的房間，尼德・蘭和貢協議在裡面相對無言。我感到，尼莫船長實在可怕之極。即使他受盡了人為的苦難，他也無權進行如此殘暴的報復。即使他沒有讓我當他報復行動的同謀，但至少迫使我做了他復仇行動的見證人！這已經太過分了！

十一點整，電燈亮了。我來到大廳。廳裡沒有別人。我查看一遍各種儀錶。鸚鵡螺號以二十五海哩的時速朝北逃竄，時而浮出水面，時而潛入水下三十英尺。

我在地圖上找到了位置，我們正從英吉利海峽口通過，全速朝北極海突飛猛進。

有些魚來去匆匆，我只能抓住浮光掠影，如經常光顧這帶海域的長鼻角鯊、雙髻角鯊、貓鯊、大海鷹石首魚等；還有雲集的海馬，其形狀與國際象棋裡的馬頗為相似；還有好動的鰻鱺，就像煙花火舌那樣迤邐漫遊；還有成群結隊、橫行霸道的海螃蟹，牠們披堅執銳，交叉揮舞著左右大螯鉗；最後還有海豚的大隊人馬，牠們正與鸚鵡螺號比賽速度。然而，時過境遷，現在已談不上觀察、研究和分類的問題了。

傍晚時分，我們已跨越大西洋二百法哩了。夜幕降臨，大海一團漆黑，直到月亮升起才出現亮光。

我回到我的房間。但我睡不著。可怕的毀滅性場面不斷在我腦海裡重現。

打從這天開始，誰能說明白，鸚鵡螺號究竟要把我們帶到大西洋大海盆的哪個角落？一路飛奔，速度之快難以估計！一路北上，團團迷霧籠罩！它掠過斯匹次貝根岬角和新地島的陡峭海岸嗎？它涉足過鮮為人知的白海、喀拉海、鄂畢灣和利亞霍夫群島和那些陌生的亞洲海岸嗎？我可說不上來。光陰飛逝，我已無法計算日月時辰了。船上的幾座掛鐘已經停擺。正如在南北極地一樣，晝夜交替不再按常規程式進行。我感到自己被拖進奇異的領域，愛倫・坡曾在這個王國裡自由馳騁他的想像力。每時每刻，我就像虛構的戈登・皮姆那樣，總想看到「那個蒙面人，他的身軀比陸地上的任何居民都高大得多，他奮身橫跨極圈屏障的大瀑布！」

我估計——但也可能搞錯——我估計鸚鵡螺號這次冒險歷程持續了十五至二十天，如果沒有發生那場大災難，這次旅行肯定不會結束，但我真不知道將延遲多少時間。現在不光是尼莫船長不肯露面的問題。連大副也深藏不出。船員們也不知哪裡去了，連一個照面都不打。鸚鵡螺號幾乎一直堅持在水下潛航。如果需要換氣浮出水面，蓋板總是自動打開後自動關閉。海圖也不再標記方位了。我不知道我們究竟身處什麼地方。

我還要說說加拿大人，他的勇氣和耐心都已熬到盡頭，再也不露面了。貢協議從他嘴裡掏不出一句話來，生怕他懊喪過度，思鄉病惡性發作，弄不好會自尋短見。因此，貢協議一直忠誠地守候在夥伴身邊，一刻也不曾怠慢。

我們都明白，條件已無可挽回，我們的處境危如累卵，再也維持不下去了。

一天早上——究竟是哪天，我也說不好——天快亮時，我才迷迷糊糊有點睡意，但似病似睏、備受熬煎。我剛醒過來，就看見尼德・蘭俯身低聲對我說：

「我們快逃吧！」

我一骨碌連忙坐了起來。

「什麼時候？」我問。

「就今天夜裡。鸚鵡螺號所有的監控似乎都不靈了。好像船上人心惶惶。您準備好了嗎，先生？」

「好了。我們在什麼地方？」我問。

「我看見陸地了，今天一大早，我透過濃霧，就在東邊二十海哩。」

「那是什麼地方？」

「我不知道。管它什麼地方，逃過去再說。」

「行！尼德。好，今晚就逃，就是被大海吞了也幹！」

「海況很糟糕，風很猛，但駕著鸚鵡螺號的小艇划二十海哩不在話下。我已經在艇上偷偷放了一些食品和幾瓶水，沒被船上的人發現。」

「我跟著您。」

「還有，」加拿大人補充道，「如果我被發現，我就進行自衛，讓他們殺了我好了。」

「要死也要死在一起，尼德朋友。」

成敗在此一舉，我全豁出去了。加拿大人向我告辭走了。我上了平臺，驚濤拍擊船身，我很難站穩。天空烏雲翻滾，風暴來勢逼人，不過，既然陸地隱藏在濃霧之中，逃跑便是上策。時不我待，別說一天，就是一個鐘頭也不能耽誤。

我回到大廳，既怕碰到尼莫船長，又希望與他不期而遇；既想見他一面，又不願意再看到他。我對他說什麼好呢？他的所作所為難免讓我產生厭惡情緒，難道見了面我還能裝出若無其事的樣子？不行！那就最好不要面對面！最好把他忘得一乾二淨！反正……

這一天是多麼的漫長，這也許是我在鸚鵡螺號上度過的最後一天！這裡只有我一個人。尼德·蘭和貢協議儘量回避同我說話，生怕露出破綻。

晚六時，我用晚餐，可肚子並不餓。儘管胃口不好，但為了保持體力，只好勉強吃下去。

六時三十分，尼德・蘭進我的房間。他對我說：

「出發之前，我們不能再見面了。十點，月亮還沒有上來，我們趁黑行動。您到小艇去。貢協議和我，我們在那兒等您。」

加拿大人說完就出去了，根本不留給我答腔的時間。

我想核實一下鸚鵡螺號的航向。我又回到大廳。我們取道東北偏北方向，水深五十米，航速驚人。

我最後看了一眼大自然的奇珍異寶，看一眼堆積在陳列室裡的藝術財富，這些無價之寶註定有一天要同收藏者一起葬身海底。我要讓這些珍藏留給我刻骨銘心的印象。我就這樣流連忘返了一個小時，沐浴在天花板明亮的燈光裡，對玻璃櫥窗裡的珍稀瑰寶一一檢閱了一番。然後，我回到自己的房間。

在艙房裡，我穿上了結結實實的潛水服。我收拾好我的筆記，把它們貼身捆綁穩妥了。我的心口突突直跳。我無法抑制內心的激動。倘若尼莫船長當時在場，我的慌亂，我的緊張，肯定逃脫不了他那敏銳的眼光。

此時此刻船長在做什麼？我把耳朵貼在他房門上細聽。我聽到一陣腳步聲。尼莫船長原來在房間裡。他還沒有上床。他每次走動，彷彿就會出現在我面前，就會質問我為什麼要逃跑！我老覺得不斷傳來警報聲。我做賊心虛，警報聲似乎愈來愈響。我緊張到了極點，甚至想，不如索性闖進船長房間裡，當面用手勢和目光向他挑戰！

簡直是一個瘋狂的念頭。幸好我克制住自己，躺倒在床上，渾身從心驚肉跳的情緒中逐漸鬆弛下來。我的神經稍顯平靜，但大腦卻興奮異常，我來到鸚鵡螺號後的種種經歷在腦海中紛紛回閃，自從我離開林肯號以來，幸運與不幸事件接踵而至，至今歷歷在目：海底打獵，托勒斯海峽，巴布亞野人，觸礁事件，珊瑚公墓，蘇伊士海底通道，桑托林島，克里特島潛海人，維哥灣，沉淪的大西洋島，大浮冰，南極，冰窖受困，大戰章魚，灣流風暴，復仇號，以及戰艦被撞毀與全艦人員同葬海底的可怕場景！……所有這些事件，猶如劇院的舞臺背景，一幕又一幕在眼前掠過。於是乎，在這奇觀異景之中，尼莫船長愈來愈高大，大到不可收拾的地步。這個人物形象越來越典型，簡直成了不可一世的超人。他已經不再是我的同類，而是水中的人，海裡的神。

已是九點三十分了。我雙手緊緊抱著腦袋，生怕頭昏腦漲發生爆裂。我閉上雙眼。我不想再想下去。還要等半個小時！再做半小時的噩夢，我非發瘋不可！

就在這個時候，我聽到管風琴響起了和聲，音樂憂傷委婉，難以名狀，是一個看破紅塵的人發自肺腑的哀怨。我調動所有的感官，屏息靜氣地聆聽著，像尼莫船長一樣沉浸在美妙的樂曲聲中，如醉如癡，超然塵世之外。

後來，我突然產生一個想法，可把我嚇壞了。尼莫船長已經離開了他的房間。他現在就在大廳裡，我出逃必須穿過這裡。我很可能在那裡同他見最後一面。他很可能看見我，也許會同我說話！他只要做個手勢，就能叫我完蛋；他只要說句話，就能把我鎖在船上！

可是，眼看就要到十點鐘了。我該離開房間，與我的夥伴會合時刻到了。

箭在弦上，不得不發，哪怕尼莫船長突然站在我的面前。我小心翼翼地打開房門，但我轉動門把手時，覺得聲音特別響。這聲響動很可能是心虛想像出來的吧！

我弓著背摸索著穿過漆黑的過道，每走一步都要歇一歇，以便緩和一下激烈的心跳。

我來到大廳的角門。我輕輕把門打開。大廳裡漆黑一團。管風琴的和聲似微風吹拂弱柳。尼莫船長正在裡面。他看不見我。我甚至以為，即使燈火通明，他也未必能看我一眼，因為他已全身心地陶醉在音樂世界裡。

我躡手躡腳，悄悄地在地毯上挪著步，生怕不小心磕碰出聲音，千萬不能暴露我的存在。我用了五分鐘時間才摸到大廳裡頭通向圖書室的門口。

我正要開門，只聽尼莫船長長歎一聲，我彷彿被釘死在原地，木然不動。我知道他已起立。我甚至隱約看見他的身影，因為圖書室亮著燈，幾縷餘光滲漏進大廳裡來。只見他雙臂抱在胸前，不聲不響地朝我走來，那不是行走，簡直是飄忽，就像一個幽靈。他那憋屈的胸口因咽不下氣而鼓脹起來。只聽他喃喃自語：

「萬能的主啊！夠了！夠了！」

這是他打動我耳根的最後幾句話！

莫非此人突然良心發現，才脫口發出內心的懺悔？……

我頓時瘋瘋癲癲，急忙衝進圖書室。我爬上中央扶梯，沿著上層的通道，來到小艇旁邊。我從出口處鑽進小艇，我的兩個夥伴早已從這裡爬出去了。

「開路！開路！」我喊道。

「馬上就走！」加拿大人答道。

「就走！」加拿大人答道。

原來，鸚鵡螺號船體鋼板鏤孔事先已經被尼德‧蘭關上並用扳手把螺釘旋緊了。小艇的出口也關上了。但小艇依然固定在潛水船上，尼德‧蘭馬上去把螺釘打開。

突然，船內傳來一陣響動。有人在大叫大嚷，互相呼喚。出了什麼事？難道有人發現我們逃跑不成？我感覺到尼德·蘭在我手裡塞了一把匕首。

「好！」我悄悄說，「我們知道該怎麼死！」

加拿大人剛忙完活，我就聽到一聲呼喚，十幾二十遍的一陣呼喚，一種可怕的呼喚，我頓時明白了船內騷動的原因了。船員們大喊大叫不是沖我們來的！

「大漩流！大漩流！」船員們嚷嚷道。

大漩流！我們的耳朵聞所未聞，難道還有比這更令人心驚膽戰的險境，還有比這更令人膽戰心驚的名字？難道我們身臨挪威海岸險象環生的海域不成？正當我們的小艇即將離開鸚鵡螺號船體的時候，難道它卻被捲進了大漩流不成？

大家知道，漲潮時，挪威海的弗羅群島和羅弗敦群島之間的海水因水道狹窄而怒濤翻滾，勢不可擋。這股狂潮形成一股大漩流，船隻一旦被捲進去就休想再出來。巨浪滔天，從四面八方奔向著名的「大西洋的肚臍眼」，形成一個大漩渦，引力達十五公里之遠。大漩渦不僅能吞噬過往船隻，就是大鯨和大白熊也難逃劫難。

正是在這個大漩渦裡，鸚鵡螺號被它的船長無意或可能是故意引導進來了。它旋轉起來，速度越來越快，螺旋半徑越來越小。小艇尚未離開船體，便隨大船一起飛速被捲了進去。我感到大小船一起旋轉。那種病理體驗，與長時間旋轉造成的眩暈症狀差不多。心驚肉跳，喪魂落魄，血液循環停止了，神經反應沒有了，渾身冒著垂死掙扎的冷汗！我們脆弱小艇周圍的呼嘯聲駭人聽聞！幾海哩外響起的回聲比虎嘯獅吼有過之而無不及！驚濤拍打海底峭壁激起的駭浪破裂聲震耳欲聾！縱有鋼筋鐵骨，撞上這尖利的海礁也要粉身碎骨！拿挪威人的話說，參天大樹到那裡也勢必變成一張「毛茸茸的皮」！

千鈞一髮，岌岌可危！我們被顛簸得死去活來。但鸚鵡螺號就像一個人那樣進行自衛。它的鋼筋鐵骨在吱嘎作響。有時它挺胸昂首，我們也隨它昂首挺胸。

「要挺住，」尼德說，「把螺絲擰緊！緊緊貼住『鸚鵡螺號』，我們也許還有救……！」

他的話還沒說完，只聽喀嚓一聲，螺母脫落了，小艇離開巢穴，猶如一塊投石飛了出去，頓時墜入大漩渦的萬丈深淵裡。

我一頭撞擊在小艇的一根鋼筋肋骨上，只感到猛烈一震，頓時失去了知覺。

第二十三章　尾聲

這次海底旅行就這樣結束了。那天夜裡究竟發生了什麼事情，小艇是如何逃脫大漩流中可怕的大漩渦的，尼德·蘭、貢協議和我，我們是怎樣從漩渦中死裡逃生的，我都說不上來。我只知道，當我醒過來時，我躺在羅弗敦群島的一個漁民家小木屋裡。我的兩個夥伴安然無恙，他們就在我身旁，他們緊緊握住我的手。我們激動地擁抱在一起。

這個時候，我們還不能考慮動身回法國。挪威南北交通不便。我只能耐心等待，因為從北角開出的輪船航班半個月只來一趟。

我們受到了正直善良漁民的熱情款待，於是，我乘機在這裡審閱我的海底歷險日記。記錄準確無誤。事實俱在，沒有任何遺漏，細節毫無誇張。這是一部史無前例的海底探險的忠實記錄，探無人問津之險，記難以置信之實，總有一天，隨著人類的進步，海底將變成四通八達的通途。

讀者會相信我嗎？我不知道。不過，這並不重要。但有一點我現在就可以確定，那就是我有資格談論我親身經歷的海域，在不到十個月的時間裡，我的行程達二萬法哩，我有資格談論這次潛海環球旅行，我前後穿越了太平洋、印度洋、紅海、地中海、大西洋、南極海和北極海，一路險象環生，奇觀無限！

可是，鸚鵡螺號的命運如何呢？它戰勝了大漩流中的大漩渦了嗎？尼莫船長是不是還活著？他是否繼續在大洋底下進行駭人聽聞的復仇行動？抑或在那次大屠殺後，他就洗手不幹了？那部記載著他一生經歷的手稿，在驚濤駭浪中到處漂流，會有被人發現的一天嗎？此人姓甚名誰，我最終會揭開這個謎底嗎？那艘沉淪海底的戰艦一旦被確認了國籍，那麼尼莫船長的國籍是否也昭然若揭了呢？

但願一切如我所願。我也同樣希望，他那堅不可摧的潛水船能戰勝大海，戰勝最可怕的大漩渦；儘管無數船隻在大漩流中難逃劫難，但願鸚鵡螺號能死裡逃生！果真如此，如果尼莫船長照樣深居汪洋，認定大海就是他賴以寄養的祖國，那麼，我多麼希望仇恨在他憤世嫉俗的心中會風平浪靜！但願海底奇觀的閱歷能熄滅他心中復仇的怒火！但願狹義判官的角色會逐漸淡化，而學者的風範在心平氣和的海洋探險中會繼續發揚光大！如果說尼莫船長的命運是離奇的，那麼這種命運也是崇高的。難道我對此了解得還少嗎？我不是也經歷了十個月超凡脫俗的生活嗎？因此，我要鄭重回答《傳道書》[1]一個六千年前提出的問題：「有誰探測過無底深淵的深度？」現在，世界上只有兩個人有資格回答這個問題。那就是尼莫船長和我。

1 《傳道書》，《聖經・舊約》裡的一卷，一譯《訓道篇》，是猶太教的「哲理書」或「智慧書」。

國家圖書館出版品預行編目資料

海底兩萬哩／儒勒．凡爾納（Jules Verne）著；楊松河譯．
——初版．——新北市：自由之丘文創出版：遠足文化發行，2012. 9

面；　公分．——（NeoReading；7）
譯自：Vingt mille lieues sous les mers
ISBN 978-986-88359-3-1（平裝）

876.57　　101014476

NeoReading 07

海底兩萬哩

作　　者　儒勒．凡爾納（Jules Verne）
譯　　者　楊松河
名詞校正　陳重銘
選書責編　劉容安
行銷企畫　翁紫舫

總 編 輯　席　芬
社　　長　郭重興
發行人兼出版總監　曾大福
出　　版　自由之丘文創事業／遠足文化事業股份有限公司
email: freedomhill@bookrep.com.tw
發　　行　遠足文化事業股份有限公司
23141 新北市新店區民權路 108-3 號 6 樓
電話：(02)2218 1417　傳真：(02)8667 1065
劃撥帳號：19504465　戶名：遠足文化事業股份有限公司

封面設計　羅心梅
封面繪圖　小瓶仔
內頁插圖　Alphonse de Neuville, 1835-85 和 Édouard Riou, 1833-1900
內頁排版　黃雅藍
印　　製　卡樂製版印刷事業有限公司
法律顧問　華洋法律事務所　蘇文生律師
定　　價　400 元
初版一刷　2012 年 9 月
ISBN 978-986-88359-3-1
Printed in Taiwan

本書譯文由上海譯文出版社授權使用